Simon
Simon wächst als Adoptivsohn bei der warmherzigen und klugen Karin und ihrem Ehemann in einem Haus an der Küste von Göteborg auf. Es ist eine unsichere Zeit, denn der Ausbruch des Zweiten Weltkriegs steht bevor. Simon weiß nicht, dass sein Vater ein jüdischer Musiker ist, da Karin den Jungen nicht mit dem Wissen um seine Herkunft belasten will. Aber der sensible Simon begibt sich auf die Suche nach seinen Ursprüngen.

Inge und Mira
Als Inge und Mira sich zufällig in einer Gärtnerei in der Nähe von Stockholm kennen lernen, haben beide Frauen schon viel erlebt. Inge ist Schwedin, hat viele Jahre als Lehrerin gearbeitet und schreibt nun Bücher; Mira ist nach Pinochets blutigem Militärputsch aus Chile geflüchtet und hat in Schweden ein neues Leben begonnen. Zwischen den beiden unterschiedlichen Frauen entwickelt sich eine enge Freundschaft.

Marianne Fredriksson wurde 1927 in Göteborg geboren. Sie ist verheiratet und hat zwei Töchter. Als Journalistin arbeitete sie lange für bekannte schwedische Zeitungen und Zeitschriften. 1980 veröffentlichte sie den Roman ›Eva‹, den ersten Band ihrer Trilogie über die »Kinder des Paradieses«, dem die Bände ›Abels Bruder‹ und ›Noreas Geschichte‹ folgten. Seitdem hat sie viele erfolgreiche Romane geschrieben.

Lieferbare Titel im Fischer Taschenbuch Verlag: ›Inge und Mira‹ (Bd. 15236), ›Lillemors Rätsel‹ (Bd. 14044), ›Sofia und Anders‹ (Bd. 15615), ›Geliebte Tochter‹ (Bd. 15617), ›Hannas Töchter‹ (Bd. 14486), ›Simon‹ (Bd. 14865), ›Maria Magdalena‹ (Bd. 14958), ›Marcus und Eneides‹ (Bd. 14045); ›Eva‹ (Bd. 14041), ›Abels Bruder‹ (Bd. 14042), ›Noreas Geschichte‹ (Bd. 14043), ›Sintflut‹ (Bd. 14046).

Unsere Adresse im Internet: www-fischerverlage.de

Marianne Fredriksson

SIMON
INGE UND MIRA

2 Romane

Aus dem Schwedischen
von Senta Kapoun

Fischer Taschenbuch Verlag

Limitierte Sonderausgabe
Veröffentlicht im Fischer Taschenbuch Verlag,
einem Unternehmen der S. Fischer Verlag GmbH,
Frankfurt am Main, Dezember 2004

Simon
Die Originalausgabe erschien 1985
unter dem Titel »Simon och ekarna«
im Verlag Wahlström & Widstrand, Stockholm

Inge und Mira
Die Originalausgabe erschien 1999
unter dem Titel »Flyttfåglar«
im Verlag Wahlström & Widstrand, Stockholm

Druck und Bindung: Clausen & Bosse, Leck
Printed in Germany
ISBN 3-596-50827-4

Band 1

SIMON

Für Ann

I

Eine von oben bis unten gewöhnliche Eiche«, sagte der Junge zu dem Baum. »Knapp fünfzehn Meter hoch, was zum Angeben nicht gerade viel ist.«

»Und hunderttausend Jahre bist du auch nicht alt. Vielleicht so ungefähr hundert«, schätzte er und dachte an seine Großmutter, die fast neunzig und auch nichts weiter als eine ganz gewöhnliche unzufriedene alte Frau war.

Benannt, vermessen und verglichen verlor der Baum an Großartigkeit für den Jungen.

Aber dennoch konnte er in der mächtigen Krone ein wehmütiges und vorwurfsvolles Rauschen hören. Da blieb ihm nur Gewalt, und er schlug den großen Stein, den er schon lange in seiner Hosentasche mit sich herumtrug, fest in den Stamm.

»Das hast du davon, und jetzt schweig«, brummte er.

In diesem Augenblick wurde der große Baum still und der Junge, der wußte, daß etwas Wesentliches geschehen war, schluckte den Kloß im Hals herunter und achtete nicht auf seine Trauer.

Es war der Tag, an dem er Abschied von seiner Kindheit nahm. Er tat es zu einer bestimmten Stunde und an einem bestimmten Ort, und deshalb würde er sich immer daran erinnern. Und viele Jahre lang würde er darüber nachgrübeln, was es gewesen war, worauf er an diesem Tag in dieser sehr fernen Kindheit verzichtet hatte. Mit zwanzig sollte er eine Ahnung davon bekommen, und von da an würde er sein Leben lang versuchen, das Verlorene wiederzufinden.

Doch jetzt stand der Junge auf dem Felsen hinter Äppelgrens Garten und sah aufs Meer hinaus, wo sich der Nebel zwischen den kleinen Inseln verdichtete, um sich dann langsam auf die Küste zuzuwälzen. Im Land seiner Kindheit hatte der Nebel viele Stimmen, von Vinga bis Älvsborg sangen an einem Tag wie diesem die Nebelhörner.

Hinter sich hatte er den Berg und die Wiese mit dem Land, das es eigentlich nicht gibt. Am Ende der Wiese, wo der Boden tiefer wurde, lag der Eichenwald, dessen Bäume all die Jahre zu ihm gesprochen hatten.

In ihrem Schatten war er dem kleinen Mann mit dem seltsamen runden Hut begegnet. Nein, dachte er, so war es nicht. Er hatte den Mann immer gekannt, aber im Schatten der Laubbäume hatte er ihn auch gesehen.

Das konnte ihm jetzt gleichgültig sein.

»War alles nur Quatsch«, sagte der Junge laut und kroch unter dem Stacheldraht von Äppelgrens Zaun hindurch.

Er entging der Frau, Edit Äppelgren, die an einem Vorfrühlingstag wie diesem aus schnurgeraden Beeten Unkraut zu reißen pflegte. Die Nebelhörner hatten sie ins Haus getrieben, sie vertrug keinen Nebel.

Der Junge verstand das. Der Nebel war die Trauer des Meeres und ebenso unendlich wie das Meer. Eigentlich unerträglich ...

»Quatsch«, sagte er dann, denn er wußte es ja besser, hatte er doch soeben beschlossen, die Welt so zu sehen, wie andere Leute sie sahen. Der Nebel war die Wärme des Golfstroms, die in den Himmel stieg, wenn die Luft sich abkühlte.

Das war alles.

Aber so ganz konnte er die Traurigkeit, die im langgezogenen Heulen der Nebelhörner an der Hafeneinfahrt lag, nicht abstreiten, als er Äppelgrens Rasen überquerte und zu Hause in die Küche schlüpfte. Dort bekam er heiße Schokolade.

Er hieß Simon Larsson, war elf Jahre alt, klein von Wuchs, mager und von etwas dunklerer Hautfarbe als andere. Seine Haare waren borstig, braun, fast schwarz, und die Augen so dunkel, daß es manchmal schwierig sein konnte, die Pupillen zu erkennen.

Das Andersartige an seinem Aussehen war ihm bisher nie aufgefallen, denn bis zu diesem Tag waren ihm Vergleiche kein Anliegen gewesen, und er war dadurch vielen Qualen entgangen. Er dachte an Edit Äppelgren und ihre Schwierigkeiten mit dem Nebel. Aber vor allem dachte er an Aron, ihren Mann. Simon hatte Aron immer gern gemocht.

Als Junge war Simon ein kleiner Ausreißer gewesen, eines von diesen Kindern, die wie übermütige junge Hunde den Lockungen der Landstraße erliegen. Es konnte mit einem grellbunten Bonbonpapier im Straßengraben vor dem Zaun beginnen, mit einer leeren Zigarettenpackung weitergehen, und dann lag irgendwo eine Flasche und dann noch eine, und dort blühte eine rote Blume und weiter weg lag ein weißer Stein und dann tauchte vielleicht schattenhaft irgendwo eine Katze auf.

So kam es, daß er sich weiter und weiter von daheim entfernte, und er erinnerte sich sehr deutlich daran, wie ihm bewußt wurde, daß er verloren war. Das war, als er die Straßenbahn erblickte, groß und blau auf rumpelnder Fahrt aus der Stadt heraus. Er war fast von Sinnen vor Schreck, aber genau in dem Augenblick wo er den Mund öffnete um zu schreien, stand Aron vor ihm.

Und Aron beugte sich mit seiner langen Gestalt über den Jungen und seine Stimme kam wie aus dem Himmel als er sagte: »Guter Gott, Junge, willst du schon wieder ausreißen.«

Dann hievte er Simon auf den Gepäckträger seines schwarzen Fahrrads und begann heimwärts zu gehen. Er sprach von den Vögeln, von dem dicken Buchfinken und den geschäftigen Kohlmeisen und von den Spatzen, die im Staub der Landstraße ganz in ihrer Nähe herumhüpften. Für sie hatte er nur Verachtung übrig, fliegende Ratten, sagte er.

Im Frühling gingen sie zusammen über die Weiden und der Junge lernte das Lied der Lerchen erkennen. Danach sang Aron mit dröhnender Stimme ein Lied, das die Hänge bergab rollte und als Echo von den Klippen zurückkam: »Wenn der Früüühling in den Bergen …«

Am schönsten war es, wenn Aron pfiff. Er konnte jeden Vogelruf nachmachen, und der Junge platzte fast vor Spannung, wenn Aron das Amselweibchen zum Antworten brachte, sehnsüchtig und willig. Dann grinste Aron sein breites, gütiges Grinsen.

Nun war es aber so, daß das Vogellied, das alle anderen zwischen den Felsen dort an der Flußmündung übertraf, das Schreien der Möwen war. Aron konnte auch sie nachmachen, und es kam vor, daß er sie bis zum Irrsinn reizte und sie sich wütend auf den Mann und den Jungen herabstürzten.

Da mußte Simon so sehr lachen, daß er fast in die Hose gemacht hätte. Auch die Nachbarn, die auf dem Weg geschäftig vorbei eilten, blieben stehen und verzogen den Mund über den großen Mann, der ebensoviel Spaß hatte wie der kleine Junge. »Aron wird nie erwachsen«, sagten sie.

Aber das hörte Simon nicht. Bis zu diesem Tag war Aron in seiner Welt König gewesen.

Jetzt saß der Junge am Küchentisch vor seinem mehr als süßen Kakao und sah Aron so, wie andere Leute ihn sahen. Begriff vor allem, daß die seltsame Fähigkeit des Mannes, ihn, Simon, zu retten, wenn er sich als kleiner Junge verlaufen hatte, mit Arons Arbeitszeiten zusammenhing. Simon war nach dem Frühstück ausgerissen, Aron hatte zumeist erst in den Morgenstunden Arbeitsschluß und war gerade aus der Straßenbahn gestiegen, als der Junge an der Haltestelle ankam und feststellen mußte, daß er sich verlaufen hatte. Aron hatte dort sein Fahrrad stehen und, wie es eben so war, stand manchmal auch dieses merkwürdige Kind dort, das sich so oft verirrte.

Plötzlich sah Simon die Verachtung, das schiefe Grinsen und die abgehackten Worte, die Aron seit jeher von sich gegeben hatte. Er war Rausschmeißer in einer schlecht beleumundeten Hafenkneipe und hatte einen Spitznamen, den Simon nicht verstand, der aber so gemein war, daß seine Mutter, wenn sie ihn hörte, vor Ärger rot anlief.

Simon mußte wiederum an Tante Äppelgren denken, die dauernd saubermachte und eine so feine Küche hatte, daß er dort nie hineingehen durfte. Er glaubte zu verstehen, daß man Küche und Gartenbeete so adrett halten mußte, wenn man einen Mann mit einem widerwärtigen Spitznamen hatte, der die Frauen erröten ließ.

Als Simon das letzte Stück Hefebrot gekaut und die Kakaotasse mit dem Löffel ausgekratzt hatte, dachte er, daß Aron den Schritt nie getan hatte, den er heute vollzog. Aron Äppelgren hatte nie auf einem Felsen gestanden und Abschied von seiner Kindheit genommen.

Die Küchenbank diente dem Jungen als Bett. Das ließ ihn zum Sozialisten werden.

Es war eine geräumige Küche, sonnig, mit großen Sprossenfenstern nach Westen und Süden, mit weißen Gardinen, Topfpflanzen drinnen und alten Apfelbäumen draußen. Unter dem Südfenster befand sich das eingelassene Zinkbecken mit dem Kaltwasserhahn, in der Ecke gegenüber stand der eiserne Herd und daneben die Holzkiste mit dem zweiflammigen Spirituskocher darauf. An der langen Wand unter dem anderen Fenster nahm die Küchenbank ihren Platz ein, blau gestrichen wie die Stühle, und davor stand der große Küchentisch mit dem Wachstuch am Werktag und einer bestickten Baumwolldecke an den Sonntagen.

Kochfleisch, häufig Suppe. Kaffee. Selbstgebackenes, gute Düfte am Mittwoch, wenn das weiße Hefebrot aus dem Ofen kam. Nachbarschaftsklatsch. Man konnte jedes Wort von der Holzkiste aus in sich aufsaugen, wenn man sich klein und unsichtbar machte, die endlosen Gespräche über all das, was um ein Haar hätte passieren können, oder wer ein Kind erwartete und wer einem leid tun mußte.

Es konnten einem viele leid tun, eigentlich sogar alle. Der Junge lernte Mitleid zu haben anstatt Abneigung zu empfinden. Dadurch kam ihm der Zorn so frühzeitig abhanden, daß er eigentlich nie damit umgehen lernte. Es gab ihn, manchmal versuchte er in seinem Leben einen Aufschrei, aber immer zu spät und immer an der falschen Stelle.

Er wurde ein lieber Junge.

Er selbst hatte es gut, das brachte man ihm früh und so gründlich bei, daß er im Verlauf der Jahre nie auf die Idee gekommen wäre, sich selbst leid zu tun.

Da gab es diesen Hansson, der arbeitslos war und aus diesem

Grund seine Frau jeden Samstag schlug, wenn er seine Schnapsration zugeteilt bekommen hatte. Da war Hilma, die zwei Töchter im Sanatorium hatte, und deren Jüngste bereits an der Schwindsucht gestorben war. Und dann war da Anderssons schöne Tochter, die immer neue Kleider trug und in der Stadt auf den Straßen herumging.

Aber als die Nachbarn dahinterkamen, was sie auf den Straßen machte, warfen sie den jungen Mann, der bei ihnen wohnte, hinaus. Die Frauen hatten Angst vor unehelichen Kindern.

Die Männer waren anders. Das war das Schöne am Schlafen auf der Küchenbank. Am Abend saßen die Männer in der Küche, Bier statt Kaffee, Politik statt Gerede über allzu Menschliches, und dann dieses verdammte Auto, das wieder seine Mucken hatte.

Anderssons hatten ein Fuhrunternehmen, aber das hieß nur, daß sie ein Lastauto besaßen. Es beförderte tagsüber Holz zu den Baustellen im Umfeld der wachsenden Stadt. Und Lebensmittel für die Haushalte. Nachts wurde es repariert, denn die Lager holperten, und die Ventile mußten immer wieder nachgeschliffen werden, und das Getriebe war auch schon fast hinüber.

Sachkundig waren sie beide, der Vater und der Onkel. Sie wechselten aus, schmiedeten und fertigten neu. Die Freude war groß, als sie eines Tages einen sechszylindrigen Motor als Ersatz für den alten ausgeleierten vierzylindrigen ergatterten. Aber der Tausch zwang sie dazu, die Kardanwelle zu verlängern, wofür sie ein zusätzliches Kreuzgelenk brauchten. Da sie hartnäckig an der bewährten Zahnradübersetzung festhielten, hatten sie bald ein Auto, das die steilsten aller steilen Straßen der Stadt hinauftuckern konnte. Und das sogar bei Glatteis.

Das Auto war mit der Zeit fast bis ins kleinste Detail von Hand gefertigt. Zwar stand Dodge auf der Kühlerhaube, aber man konnte sich fragen, ob wesentlich mehr als die prächtige rote Karosserie noch aus Detroit stammte.

Sie machten jeden Abend um zehn Uhr mit einer Flasche Bier und den Spätnachrichten im Radio, das auf einem Schemel am Fußende des Küchensofas stand, eine Pause. Am Kopfende lag Simon unter einem rosafarbenen Zelt, einem Stück rotweißkariertem Stoff, das zwischen der Klappe und der Rückwand des Sofas gespannt und an den vorderen Füßen eingehakt wurde, wenn der Junge sich hingelegt hatte und man davon ausging, daß er schlief.

Auf diese Weise erfuhr er von dem Schreckgespenst, das aus dem Herzen Europas herankroch und Hitler hieß. Manchmal hörte man diesen Hitler persönlich im Radio brüllen, und die Deutschen schrien ihr Heil, und danach sagte der Vater, daß früher oder später alles beim Teufel sein werde und bald alles nur noch ein Scherbenhaufen, was die Arbeiter und Per Albin aufgebaut hatten.

Einmal kam ein Mann mit einer Sonderanfertigung handgeschmiedeter Muttern, er habe sie aus reiner Herzensgüte angefertigt, sagte die Mutter, nachdem der Vater ihn hinausgeworfen hatte.

»Herzensgüte!« schrie der Vater. »Ein Judenhasser, ein Nazi in meiner Küche! Bist du nicht gescheit, Frau!«

»Du wirst mit deinem Geschrei noch den Jungen wecken«, mahnte sie.

»Dem können schlimmere Dinge passieren als das«, sagte der Vater, doch da begann die Mutter zu weinen und der Streit verebbte bald in beruhigenden Worten.

Unter dem Zelt auf dem Sofa lag der Junge und fürchtete sich und versuchte zu begreifen. Jude. Das Wort hatte man ihm in der Schule nachgeschrien. Sein Vater war blaß geworden, als Simon es erzählt hatte, und an einem unglaublichen aber wunderbaren Abend hatte er dem Jungen gezeigt, wie man seine Fäuste gebraucht. Stunde um Stunde hatten sie im Keller geübt, gerade Rechte, schneller linker Haken und dann ein Uppercut, wenn die Lage es erforderte.

Am nächsten Tag hatte der Junge sein Können in der Schule ausprobiert, und seither hatte er das Wort nicht mehr gehört.

Erst heute abend wieder.

2

Simon hatte eine gute Mutter.

Das durfte nicht vergessen werden, denn ihre Güte war irgendwie immer vorhanden. Sie gestaltete die Welt, in der der Junge aufwuchs.

Die Mutter war auch schön, war hochgewachsen und blond, hatte einen großen empfindsamen Mund und überraschenderweise braune Augen.

Ihre Güte war nicht von dieser aufdringlichen Art, sie besaß eigene Kräfte und war nicht bedroht von fremden Einflüssen. Karin war vielleicht einer jener seltenen Menschen, die wissen, daß Liebe nicht auf künstlichem Nährboden herangezüchtet werden kann.

Weil Liebe nichts anderes ist als ein Nichtvorhandensein von Angst.

Sie hatte auch begriffen, daß gegen die Angst, die das Leben der Menschen durchzittert, nur selten etwas unternommen werden kann, daß kein Mensch einem anderen innerlich helfen kann. Und daß dies der Grund ist, warum Trost so unendlich notwendig ist.

Also war sie diejenige, bei der alle Schutz suchten. Es gab nicht eine geplagte Frau, nicht einen Mann, die in ihrer Küche nicht Kaffee und Zuspruch bekamen. Ganz zu schweigen von all den Kindern, denen etwas zugestoßen war, und die sich hier ausweinen und Kakao trinken konnten.

Sie trocknete keine Tränen und dachte sich keine Lösungen aus. Aber sie konnte zuhören.

Sie war nicht auf Dank aus, ihre Geduld und ihr großes Herz schenkten ihr wenig Freude. Es war im Gegenteil eher so, daß das ganze Elend des Lebens, dem in ihrer Küche Trost zuteil wurde, ihre

Trauer noch vermehrte. Aber sie bekäme dadurch, wie sie sagte, neuen Auftrieb für ihre sozialistische Überzeugung, weil nämlich Menschen einander wie Tiere behandeln, wenn sie selbst wie Tiere behandelt werden. Wie alle guten Menschen glaubte Karin nicht an das Böse. Es war zwar vorhanden, aber nicht als das Böse an sich, es war nur ein Irrtum, der in Ungerechtigkeit und Unglück wurzelte.

Der Junge wurde gerecht behandelt und war glücklich. So konnte er der Flut düsteren Schmerzes und roter Traditionen standhalten. Er wollte es nicht wahrhaben, aber manch alte Schuld gab dem Schmerz Nahrung.

Die Ågrensche hatte acht Kinder und haßte sie alle. Simon war vermutlich der einzige Mensch im Dorf, der sich zu ihr hingezogen fühlte. Das ging sogar so weit, daß er sich mit einem ihrer Söhne anfreundete. Es war keine einfache Freundschaft. Wie alle Ågrenkinder war der Junge hinterhältig und mißtrauisch.

Aber die Freundschaft verschaffte Simon Zutritt zu Ågrens Küche, und da er das Talent hatte, sich unsichtbar zu machen, konnte er den Haß beobachten und belauschen. Dieser Haß war so voller Kraft, daß er dauernd überkochte und jeden erfaßte.

»Verdammte Kuh!« schrie die Ågren ihre älteste Tochter an, die sich vor dem Küchenspiegel kämmte. »Was nützt dir das schon, du siehst aus wie eine elende Kuh und bist so dürr, daß du nicht mal das Geld für den Schlachter wert bist. Glaub bloß nicht, daß einer Lust kriegt, dich zu decken.«

Gegen ihre Töchter war sie besonders gemein, die Söhne bekamen ihr Fett eher beiläufig ab.

»Euch hab ich für meine Sünden gekriegt«, schrie sie. »Raus aus meiner Küche, damit ich euch aus den Augen hab.«

Eines Tages erblickte sie Simon, und plötzlich stand er im Brennpunkt ihres Hasses: »Du Satansbraten«, sagte sie langsam, leise, gedehnt. »Zur Hölle mit dir und nimm deine verdammte scheinheilige Mutter gleich mit. Aber vergiß sie ja nicht vorher zu fragen, wo sie dich her hat.«

Simon holte tief Luft als er merkte, wie sein Zorn sich an ihrem entzündete. Aber er fand keine Worte, sondern stürzte ins Freie und lief zum Strand und den Felsen am Badeplatz. Es war Herbst, die See war grau und böse und half ihm, Worte zu finden. »Du Aas«, sagte er. »Du verdammtes Aas.«

Aber das war nicht genug, er mußte schnell handeln. Er schnitt ihr die Brüste ab, schlug ihr die Augen ein. Dann trampelte er sie tot.

Danach fühlte er sich merkwürdig erleichtert.

Die Ågrensche war nicht alt. Aber sie hatte in dreizehn Jahren vier Fehlgeburten gehabt und acht Kinder geboren, und sie hatte jedes einzelne schon in ihrem Leib gehaßt. Die verdammten Gören fraßen sie auf, verschlangen ihr Leben, zerhackten ihre Nächte und erfüllten ihre Tage mit gallebitterem Verdruß. Sie nahmen ihr jegliche Selbstachtung und jegliche Freude. Nur der Zorn hielt sie aufrecht, ermöglichte gekochtes Essen und saubere Kleider für Mann und Kinder.

»Sie ist wie eine samende, überreife Gurke«, sagte Karin. »Das ist ihr Unglück.«

Selbst schob die Frau alles auf Ågren, den liederlichen Teufel. Aber immerhin brachte er jeden Freitag eine volle Lohntüte nach Hause, und so wagte sie nicht wirklich, sich gegen ihn aufzulehnen.

Sie hatte sich schon sehr jung mit einem netten Mann in geordneten Verhältnissen verheiratet, einem Mann im Dienste der Krone, einem Zöllner. Viele hatten das für ein großes Glück gehalten, und sie selbst hatte irgendwann vielleicht von einem guten Leben in dem neuen Haus am Meer geträumt.

Dann, an einem Frühlingstag ging die älteste Tochter ins Wasser. Sie war sechzehn Jahre alt, doch als die Polizei den Leichnam fand, stellte sich heraus, daß sie schwanger war. Beim Krämer sagte die Ågrensche, sie sei froh, daß das Mädel Verstand genug gehabt hatte, sich umzubringen, sonst hätte sie, die Mutter, die verdammte Hure eigenhändig erwürgen müssen.

Danach ging sie heim und hatte eine Fehlgeburt.

Zum Winter hin wurde ihr Bauch wieder dick, aber dieses Mal war es kein Kind. Die Ågrensche starb im siebenunddreißigsten Lebensjahr an einem Krebs, der ebenso verheerend war wie ihr Haß.

Simon trauerte um sie. Und als Ågren sich ziemlich bald mit einer ganz gewöhnlichen Frau wiederverheiratete, einer Frau, die untertänig war, alles sauber hielt und Plätzchen buk, hörte der Junge mit seinen Besuchen in diesem Haus auf.

Jetzt aber war der Abend des Tages gekommen, an dem Simon sich entschlossen hatte, erwachsen zu werden. Gegen den Nachmittag hin hatte sich der Nebel gelichtet. Der helle Maihimmel vor dem Küchenfenster färbte sich durch den rotweißkarierten Stoff über dem Küchensofa rosa, während er dort lag und an seinen Entschluß dachte.

Er hatte es für seine Mutter getan, soviel war sicher. Aber er hatte die Worte nicht gefunden, die es ihr hätten erklären sollen, und so mußte er auf die Belohnung verzichten, die darin bestanden hätte, daß die Trauer in ihren braunen Augen verschwunden wäre.

Diese Traurigkeit war das einzig wirklich Gefährliche im Leben des Jungen, das einzig Unerträgliche. Er sollte es erst viel später verstehen, dann, wenn er erwachsen und sie bereits tot war, daß ihre Trauer kaum etwas mit ihm zu tun gehabt hatte.

Er konnte sie fröhlich machen. Er hatte sich im Laufe der Jahre viele Tricks ausgedacht, die den Glanz eines Lachens in ihren braunen Augen hervorriefen. Trotzdem glaubte er immer, daß er es war, der sie traurig machte.

Einige Tage zuvor hatten sie erfahren, daß Simon in die Oberschule aufgenommen worden war. Er war der erste in der Familie, der studieren sollte. Obwohl er erst elf war, hatte er selbst die Antragsformulare ausgefüllt und war allein den weiten Weg zur von den Eltern sogenannten Hochmutschule geradelt, als die Zeit für die Aufnahmeprüfung gekommen war.

Der Junge hatte den Freudenschimmer in den Augen der Mutter gesehen, als er mit der Nachricht, daß er aufgenommen worden war, nach Hause kam.

Dieser Schimmer erlosch aber sofort, als der Vater sagte: »So, aus dir soll also etwas werden. Und ich soll's natürlich bezahlen. Bist du sicher, daß wir uns das leisten können?«

»Das mit dem Geld wird schon in Ordnung gehen«, antwortete die Mutter. »Aber der Rest ist deine Sache. Schließlich war es auch dein Einfall.«

Einige Jahre später, in den Jahren der Reife, sollte Simon sie beide für die Worte hassen, die an diesem Abend in der Küche gefallen waren. Und auch wegen der Einsamkeit, die folgte. Doch später im Leben begann er seine Eltern zu verstehen. Ihre zwiespältige Einstellung zur bürgerlichen Schule, die die begabten Kinder verschlang und damit die Arbeiterklasse von innen heraus aushöhlte. Zu dieser Zeit begann er auch ihre Gefühle zu erahnen, wenn sie zusammen beim Essen saßen und vage begriffen, daß nun ihr Junge sie überholen würde.

Aber man wollte ja, daß die Kinder es besser hätten.

Als Karin damals den Tisch abgeräumt und das Wachstuch saubergewischt hatte, nahm Erik sich das Wirtschaftsbuch vor und setzte sich mit den terminbedingten Ausgaben auseinander. Dann berechnete er die Ausgaben für Schulbücher und Straßenbahn und machte ein bekümmertes Gesicht. Aber das war wie bei vielen Dingen eher ein Ritual, sie hatten eigentlich nicht zu wenig Geld.

Nur diese ewige Angst vor der Armut.

Die Mutter dachte wohl kaum an das Geld. Aber ihr war nicht wohl zumute, und ihre Augen wurden schwarz vom Gewicht ihrer Worte, als sie sagte: »Dann muß eben Schluß sein mit den Träumen.«

Vielleicht galt ihre Sorge etwas ganz anderem als dem, daß Simon die Schule nicht schaffen könnte, vielleicht dachte sie vielmehr daran, daß ihr Junge jetzt einer von der Sorte Mensch werden würde, die weder das eine noch das andere waren, Menschen, die aus eigener Kraft entweder etwas werden oder untergehen mußten.

Doch Simon hörte nur die Worte, und jetzt lag er dort auf der Küchenbank und dachte darüber nach, wie sehr Karin sich freuen würde, wenn er ihr nur in irgendeiner Weise sagen könnte, daß er ein Kind wie alle anderen sein wollte, nur eben noch ein bißchen mehr und ein bißchen besser. Denn er hatte ja gemerkt, daß sie stolz auf die guten Zensuren war und auf die Worte der Lehrerin beim Schulabschluß im vergangenen Jahr.

»Simon ist sehr begabt«, hatte sie gesagt.

Der Vater hatte gegrunzt, er wehrte sich gegen das Wort. Und dann genierte er sich auch für die Lehrerin. So etwas zu sagen, wenn der Junge zuhörte, das war wohl mehr als dumm.

»Der Junge kann doch eitel werden«, sagte er, als sie gemächlich heimgingen. Es war die Zeit, als die Baumblüte gerade begonnen hatte. »Begabt«, sagte er, ließ das Wort über die Zunge gleiten, spuckte es aus.

»Er ist tüchtig«, betonte Karin.

»Klar ist er tüchtig«, sagte Erik. »Schließlich gerät er uns nach.«

»Und du redest von Eitelkeit«, lachte die Mutter, aber ihr Lachen klang glücklich.

Der Junge war immer ein Bücherwurm gewesen, wie man so sagt. Das war eine Eigenart, die so hingenommen wurde wie auch sein kleiner Wuchs und seine schwarzen Haare. Aber sie durfte nicht in Übertreibung ausarten.

Simon hatte schon in den ersten Sommerferien alle Bücher im Haus verschlungen.

Er erinnerte sich an eine Frau, die ihn mit ›Gösta Berling‹ im guten Zimmer auf dem Sofa entdeckt hatte: »Liest der Junge doch Lagerlöf ...« Die Stimme hatte vorwurfsvoll geklungen.

»Man kann ihn nicht davon abhalten«, sagte Karin.

»Aber er kann ein solches Buch doch nicht verstehen.«

»Etwas muß er wohl verstehen, sonst würde er ja nicht weiterlesen.«

Mamas Stimme bat nicht etwa um Entschuldigung, aber die andere Frau hatte trotzdem das letzte Wort. »Glaub mir, das kann auf keinen Fall gut für ihn sein.«

War bei Karin ein Anflug von Unruhe zu bemerken gewesen? Vielleicht, denn sie mußte es dem Vater erzählt haben, der zu Simon sagte: »Glaube nur nicht, daß die Welt aus Herrenhoffräuleins und verrückten Pfarrern besteht. Lies lieber Jack London.«

Und Simon las Jack Londons gesammelte Werke, marmorierte braune Bände mit rotem Leinenrücken. Aus dieser Zeit waren ihm noch einige Figuren in Erinnerung geblieben, Wolf-Larsen, ein Geistlicher, der Menschenfleisch aß, ein wahnsinniger Geigenspieler. Und einige Bilder, der lange See von Löven und die Slums in East End.

Der Rest versank im Unterbewußtsein und trug dort reiche Frucht.

Jetzt, mit elf, hatte er den Weg zur Volksbücherei in Majorna gefunden, sein Verlangen war nun weniger brennend, wie das eben so ist bei einem, der weiß, daß er nicht mehr entbehren muß. Er war jetzt auch vorsichtiger geworden, hatte die Angst in Mutters Gesicht auflodern sehen, wenn sie sich fragte, ob ihr Junge allen Ernstes anders als die anderen sein könnte.

»Lauf raus und beweg dich, bevor das Blut in dir fault,« konnte sie sagen. Es war ein Scherz, aber darin verbarg sich auch Besorgnis.

Einmal fand sie ihn auf dem Dachboden, vertieft in Joan Grants Buch über die Königin von Ägypten, seine Augen starrten Karin von pharaonischen Höhen herab an und er hörte nicht, was sie sagte. Erst als sie ihn durch die Jahrhunderte zurück rüttelte, konnte er sehen, daß sie Angst um ihn hatte.

»Du darfst das Leben nicht einfach so aus den Augen verlieren«, sagte sie.

Es tat noch immer weh, obwohl er versuchte, es zu vergessen.

An diesem Abend machte er sich auf der Küchenbank ihre Frage zu seiner: War vielleicht irgend etwas wirklich bei ihm verkehrt?

Er hatte den Schritt hinüber in die Welt der Vergleiche getan.

Aber am nächsten Tag hatte er fast alles wieder völlig vergessen. Er begleitete seinen Cousin im Kanu hinaus zur Flußmündung, lag dort mit dem Paddel in Bereitschaft und wartete auf die Fähre aus Dänemark. Sie kam so pünktlich, daß man die Uhr danach stellen konnte, und war längst nicht das größte Schiff auf dem Weg in den großen Hafen. Aber im Unterschied zu den Amerikadampfern und den weißen Schiffen aus dem Fernen Osten durfte die Fähre die Mündung in voller Fahrt passieren.

Sie pflügte durch die hohe See, und die Jungen waren inzwischen sehr geschickt in der Kunst, das Kanu in die erste Welle zu lenken und auf ihr bis an den Strand zu reiten.

Da kam sie, schnell und schön. Simon hörte den Cousin vor Spannung aufschreien, als sie sich auf den Wellenkamm zubalancierten. Aber sie näherten sich in einem zu schrägen Winkel, so daß das Kanu zu schwanken begann und die Jungen hinausschleuderte, die mit der Welle in die Tiefe glitten.

Für einen Augenblick war Simon von Furcht gepackt, doch er war wie sein Cousin ein guter Schwimmer. Er wußte, was er zu tun hatte, um nicht in den Sog der nächsten Welle zu geraten und ließ sich mittreiben, widerstandslos, auch von der nächsten und übernächsten.

Als die See sich geglättet hatte, schwammen die Jungen zu ihrem Kanu und bugsierten es an Land. Dort stand die Clique, erschrocken zwar, aber höhnisch.

Doch der Cousin tat sich groß mit der riesigen Woge, die höher gewesen war als jede andere jemals zuvor – das wurde anerkannt und die Ehre war gerettet.

Simon hatte anderes im Sinn: das Bild des Mannes, dem er auf seinem Weg in die Tiefe des Meeres begegnet war. Der Kleine war dort gewesen, dem er am Vortag für immer Lebewohl gesagt hatte.

Zu Hause bekam er Schelte und trockene Kleider. Dann kletterte er den Felsen hinauf, lief über die Wiese zum Eichenwald. Er fand seine Bäume, zwischen zehn und fünfzehn Meter hoch, schweigend, genau wie sie es sollten. Die Abmachung wurde eingehalten, das war gut, und nur das hatte er wissen wollen.

Aber in der Nacht, im Schlaf, begegnete ihm sein Mann wieder, saß auf dem Grund des Meeres und führte lange Gespräche mit ihm. Und als er am nächsten Morgen erwachte, fühlte er sich merkwürdig gestärkt.

Erst viel später am Tag, als er in der Schule bereits die Rechenarbeit abgegeben und noch eine Weile Zeit hatte, fiel ihm ein, daß er vergessen hatte den Mann zu fragen, wer er sei, und merkte, daß er sich an kein Wort von dem erinnerte, was gesprochen worden war.

Es war ein ungewöhnlich warmer Sommer, voller Unruhe. In der Küche verfolgten die Erwachsenen jede Nachrichtensendung im Radio.

»Es sieht düster aus«, sagte der Vater.

»Wir brauchen Regen«, sagte die Mutter. »Die Kartoffeln vertrocknen und der Brunnen gibt kaum noch Wasser.«

Aber der Regen kam nicht, und schließlich mußten sie Wasser kaufen und den Brunnen mit dem Tankwagen auffüllen lassen.

3

Im Herbst begann Simon die Schule genau an dem Tag, an dem Ribbentrop nach Moskau fuhr.

Simon war der kleinste in der Klasse und der einzige, der aus einer Arbeiterfamilie kam. Er konnte sich den Manieren schlecht anpassen, stand nicht auf, wenn der Lehrer mit ihm sprach, sagte ja ohne bitte und danke, und ebenso nein.

»Danke-danke, danke-danke«, spotteten die Mitschüler, und Simon fand es albern. Sah aber ein, daß er lernen mußte, es lernen mußte für die Schule und lernen mußte, streng zu trennen. Zu Hause wäre er ausgelacht worden.

Dort war man dankbar, man dankte nicht.

Er war der einzige, der einen Antrag auf Schulgeldermäßigung einreichte. Aber wie alle anderen bekam er ein Deutschlesebuch und eine deutsche Grammatik.

Der Heimweg auf dem Fahrrad war mehr als fünf Kilometer lang. Simon war den Großstadtverkehr, die schweren Lastwagen und großen Straßenbahnen nicht gewöhnt. Er kam nach Hause und brauchte Trost.

Aber Karin war mit Erik beschäftigt, der in der Küche mit einem zerbrochenen Weltbild vor dem Radio saß. Sein politischer Scharfsinn hatte die Sowjetunion immer außen vor gelassen. Der Pakt mit Moskau war ein Verrat an den Arbeitern der Welt.

Simon begriff erst, wie ernst es war, als Karin den Schnaps aus der Speisekammer brachte, obwohl es nur ein ganz gewöhnlicher Wochentag war.

Gegen Abend hatten der Branntwein und Karins tröstende Worte das ihre bewirkt. Erik hatte den Boden unter seinen Füßen notdürftig ausgebessert und war zu dem Schluß gekommen, daß die Russen unterschrieben haben mußten, um Zeit zu gewinnen für die Aufrüstung zur großen und entscheidenden Schlacht gegen die Nazis. Karin konnte aufatmen, ihren Jungen ansehen und fragen: »Na, wie war's in der neuen Schule?«

»Gut«, sagte der Junge, und mehr wurde während der vielen Jahre Realschule, Gymnasium und Universität eigentlich nie geäußert.

Er zog an diesem Abend die Deutschbücher nicht aus dem Rucksack.

Schon in der ersten Pause am nächsten Tag kam es: »Du kleiner Judendreck«, sagte der Längste und Blondeste in der Klasse, ein Junge mit einem so vornehmen Namen, daß beim ersten Aufrufen ein Raunen durch die Klasse gegangen war.

Simon schlug zu, der Arm schnellte seine rechte Gerade direkt aus der Schulter, rasant und überraschend wie er es gelernt hatte, und der Lange fiel mit heftig blutender Nase um.

Zu mehr kam es nicht, weil es zur nächsten Stunde klingelte. Und es kam auch nie zu Schlimmerem, denn Simon hatte sich Respekt verschafft. Aber er wußte, daß nun die große Einsamkeit für ihn begann, genau wie in der Volksschule.

Doch da irrte er sich.

Als die Jungen die Treppe zum Physiksaal hinaufliefen, legte sich ihm ein Arm um die Schultern und er schaute in zwei braune, traurige Augen.

»Ich heiße Isak«, sagte der Junge. »Und ich bin Jude.«

Sie setzten sich im Physiksaal nebeneinander, so wie sie von da an alle Schuljahre hindurch nebeneinander sitzen würden. Simon hatte einen Freund gefunden.

Aber das sofort zu begreifen war nicht einfach, sein Erstaunen war viel größer als seine Freude. Ein richtiger Jude! Simon schaute Isak während der Schulstunde immer wieder an und konnte es nicht fassen. Der Junge war groß, schlank, hatte braune Haare, sah nett aus.

Wie ein ganz normaler Mensch.

In der Mittagspause nahm Isak Simon mit nach Hause, und sie aßen belegte Brote. Es gab dort ein Dienstmädchen, das ganz wie Tante Äppelgren war, und das dicke Scheiben Leberpastete auf die Brote legte und ihnen dazu Tomaten reichte.

Simon hatte noch nie ein Dienstmädchen gesehen und kaum je Tomaten gegessen, aber das war es nicht, was ihn beeindruckte. Nein, es waren die großen düsteren ineinanderführenden Zimmer, der schwere Samt an den Fenstern, die roten Plüschsofas, die endlosen Reihen von Bücherregalen – und der Geruch, der feine Duft von Bohnerwachs, Parfüm und Reichtum.

Simon sog alles in sich auf und dachte, als er am Nachmittag heimwärts radelte, daß er jetzt erfahren hatte, wie Glück aussah. Er hatte Isaks Cousine kennengelernt, die so elegant war wie eine Prinzessin und lange, lackierte Fingernägel hatte. Simon fragte sich, ob sie überhaupt jemals auf die Toilette gehen mußte.

Dann fiel ihm ein, daß Karin fragen würde, ob er seine Schulbrote aufgegessen hatte, machte also einen Umweg über den Eichenwald, setzte sich dort hin und aß sie auf.

Die Bäume schwiegen.

Als er bergab an Äppelgrens Garten vorbeifuhr, begegnete er einem seiner Cousins. Es war der Zurückgebliebene, und Simon schämte sich für ihn, weil er so dreckig und sein anbiederndes Grinsen absolut unerträglich war.

Ich hasse ihn, dachte Simon. Ich habe ihn immer gehaßt. Und dann schämte er sich noch mehr.

Sie waren gleich alt, waren gleichzeitig in die Schule gekommen. Aber der Cousin war bald in der Hilfsklasse gelandet, und jetzt hatte die Schule ihn ganz aufgegeben. Er war meistens im Stall bei Dahls, die hier in dem wachsenden Vorort zwischen den Eigenheimen noch eine kleine Landwirtschaft betrieben. Sie hatten einen Knecht, der schwachsinnig war, aber gutartig und kräftig genug für die schwere Arbeit auf dem Bauernhof.

Zu Hause hatte Karin ein Gästebett vom Dachboden geholt und zeigte Simon jetzt, wie er es allabendlich im guten Zimmer auseinanderklappen und für sich zum Schlafen zurechtmachen sollte. Für das Bettzeug hatte sie im Eichenbüfett ein Fach ausgeräumt. Dann hatte sie die Decke von dem großen Tisch am Fenster genommen und für seine Bücher eine Schublade freigemacht. Er sollte aus der Küche ins gute Zimmer übersiedeln. Das war eine Anerkennung für seine Ernsthaftigkeit an der neuen Schule.

So neigte sich die lange erste Woche ihrem Ende zu und der Sonntag kam, ein Sonntag, den die Welt nie vergessen sollte. Hitlers Truppen marschierten in Polen ein, Warschau wurde bombardiert. Und England erklärte den Krieg und das alles bewirkte so etwas wie ein Gefühl der Erleichterung.

Am meisten merkte man es Erik an, der sich straffte, wenn er sein ›endlich‹ sagte, und man hörte es auch an den Stimmen der Menschen, wenn sie sich in der Küche um das Radio versammelten. Nur Karin war noch trauriger als gewöhnlich. An diesem Abend half sie Simon das Bett zu machen und sagte: »Wenn ich einen Gott hätte, würde ich ihm auf Knien dafür danken, daß du erst elf Jahre alt bist.«

Simon verstand es nicht. Er hatte nur wie immer, wenn seine Mutter betrübter war als sonst, Schuldgefühle.

Auch in der Schule war am nächsten Tag etwas verändert, die Luft war irgendwie reiner und alles schien einfacher geworden zu sein. Sie lebten hier im größten Hafen an der Westküste ihres Landes, dem Meer und England zugewandt. Nazis gab es nur wenige.

In der ersten Schulstunde hatten sie Geschichte, aber es dauerte, bis sie ihre Bücher aufschlugen. Der Lehrer war jung und verzweifelt und betrachtete es als seine Aufgabe, den Jungen das Geschehene zumindest annähernd zu erklären. Sie kamen fast alle aus Elternhäusern, wo man die Kinder vor der Wirklichkeit zu schützen versuchte.

Für Simon war das meiste eine Wiederholung: Faschismus, Nationalsozialismus, Rassismus, Judenverfolgungen, Spanien, Tschechoslowakei, Österreich, München. Plötzlich zeigte die Küchenbank ihren Nutzen, er war derjenige, der Bescheid wußte, der dem Lehrer entgegenkam, so daß sich bald ein Dialog entspann.

»Es ist gut zu wissen, daß wir hier in der Klasse einen Schüler haben, der weiß, worum es geht«, sagte der Lehrer abschließend. Hinter diesen Worten stand ein Aufruf an die anderen, an die Bürgerkinder, in deren Weltbild sich an diesem Morgen die ersten realistischen Konturen abzeichneten.

Isak äußerte sich kaum, aber die Augen des Lehrers ruhten manchmal auf ihm, als wüßte er, daß dieser Schüler schwieg, weil er ein noch weit größeres Wissen hatte.

Simon saß in seiner Bank und dachte, daß es Brücken zwischen seinen beiden Welten gab und daß vieles von dem, wofür Erik und Karin einstanden, auch hier in der Hochmutsschule von Wert war. Daß nicht alles abzulehnen war, und daß man sich nicht dafür schämen mußte.

Das schlimmste an all dem Neuen war für Simon, daß er sich seiner Familie schämte. An diesem Nachmittag brachte er es fertig, Isak zu fragen, ob er an einem Tag mit ihm nach Hause kommen wollte.

Wie es aber dazu kam, daß Isak zu Karin fand und damit zu zwei Armen und einer Begründung, in ihrer Küche heimisch zu werden, ist eine spätere Geschichte. Denn in diesem Augenblick sagte der Lehrer: »Was auch immer geschieht in der Welt, es muß jeder einzelne das Seine dazu beitragen. Wir schlagen unsere Bücher auf. Wie ihr wißt, begann die Geschichte mit den Sumerern.«

Damit war Simon dort und nicht mehr im Klassenzimmer. Nie hätte er sich etwas so Phantastisches ausdenken können.

Sie lasen Grimberg: »Ein Land des Todes und der großen Stille ist Mesopotamien in unseren Tagen. Schwer ruht die rächende Hand des Herrn seit Jahrtausenden auf dem unglücklichen Land. Die Worte des Propheten Jesaia: ›Ach, du bist vom Himmel gefallen, du Vernichter der Völker‹, klingt wie eine Totenklage zwischen den zerfallenden Mauern . . .«

Simon verstand nicht alles, ließ sich aber von der Wortgewalt gefangennehmen. Danach ging Grimberg zu den Sumerern über, den Breitschädeligen, Untersetzten, die an Mongolen erinnerten.

»Sie erfanden die Schriftzeichen«, sagte der Lehrer und berichtete von den unzähligen Keilschrifttafeln in den großen Tempeln. Die gewaltigen Zikkuraten entstanden zum ersten Mal vor den Augen des Jungen und er folgte dem Lehrer hinab in die Grabkammern von Ur und zu den Toten.

Erst viele Jahre später glaubte Simon zu erkennen, daß sein Interesse für Frühgeschichte in dieser Stunde geboren wurde und eine immerwährende Kraft aus dem Erfolg schöpfte, den er gleich zu Beginn dieses Unterrichts gehabt hatte.

Oder weil ihn das alles so stark beeindruckt hatte, weil es ein so überaus gewaltiger Tag gewesen war: der erste des großen Krieges.

Schon der Elfjährige erkannte die Bedeutung, die sich hinter den Worten verbarg, daß die Welt, die sich ihm jetzt eröffnete, verwandt war mit der Wiese daheim.

Er wog das schwere Messer in der Hand und die blauen Steine aus Lapislazuli sprachen in ihrer geheimnisvollen Sprache zu ihm, gaben seiner Hand Kraft. Sein Blick haftete an der langen goldenen Klinge.

Das Werkzeug war gut.

Aber es würde ihm nicht helfen, wenn er nicht in dem sich nähernden Augenblick verweilen, ihn zeitlos machen konnte. Er näherte sich dem großen Tempelsaal, sah nicht, sondern ahnte eher die nach oben gewandten Gesichter der vielen tausend Menschen, die im Gebet vereint waren.

Der Stier war gewaltig, im Augenblick der Entscheidung hatte die Zeit ihn eingeholt. Und damit auch die Verbündete der Zeit, die große Angst. Als der Stier auf ihn zurannte, wußte er, daß er sterben würde, und er schrie ...

Er schrie so laut, daß er Karin weckte, die sofort bei ihm war, ihn wachrüttelte und sagte: »Du hast schlecht geträumt, steh auf und trink einen Schluck Wasser. Man muß immer zusehen, daß man richtig wach wird, wenn der Alb einen reitet.«

Bevor Isak in Karins Küche landete, hatte Simon schon zusammen mit dessen Eltern und der Cousine mit den lackierten Fingernägeln an Isaks Mittagstisch gesessen. Simon hatte Schwierigkeiten mit dem vielen Besteck, lernte aber durch Beobachtung rasch und wagte zu glauben, daß niemand seine Unsicherheit bemerkte.

Er war zum Essen eingeladen worden. Zu Hause bei Simon wurde nie zum Essen eingeladen, wenn jemand gerade zur richtigen Zeit kam, aß er einfach mit. Wenn eingeladen wurde, dann feierte man ein Fest.

Isaks Vater war einer jener seltenen Menschen, die immer intensiv anwesend sind. Ihm war eine gewisse körperliche Geschmeidigkeit zu eigen, und das fein geschnittene Gesicht war lebhaft, voller Abwechslung. Er hatte ein rasches Lächeln, hell, freundlich. Die Augen waren braun und lebendig. In ihnen lag außer Neugier noch etwas anderes. Angst? Simon erkannte es, wollte es aber nicht sehen und wies den Gedanken als ungehörig zurück.

Dieser Ruben Lentov hatte sich eine Existenz in Schweden geschaffen und auf Bücher gesetzt. Seine Buchhandlung mitten im Zentrum war die größte der Stadt und hatte Filialen in Majorna, Redbergslid und Örgryte. Sie war in der ganzen Welt bekannt, und er hatte Kontakte zu London, Berlin, Paris und New York.

In seiner Jugend war Ruben Lentov ein Suchender gewesen, war von Strindberg und Swedenborg nach Schweden gelockt worden, hatte gefroren und verzichtet, ehe sein Unternehmen sicheres Wachstum versprach.

Sein Aufbruch war auch ein Aufbegehren gewesen gegen allzugroße Mutterliebe und eine allzu starke Vaterbindung. Aber die Familie daheim in Berlin hatte das so nie sehen wollen. Sie hatten ihn zum ersten, der Weitsichtigkeit bewiesen hatte, gemacht, zu einem, der lange vor 1933 begriffen hatte, was geschehen würde. Sie hatten ihn mit Geld und Bankverbindungen versorgt und sich um seine Frau und seinen kleinen Sohn gekümmert.

Mitte der dreißiger Jahre war Rubens Frau nachgekommen, als er schon gut etabliert war. Sie war jedoch völlig verängstigt. In den ersten

Jahren erlangte er nie Klarheit darüber, was er von der Neigung seiner Frau zu bösen Vorahnungen halten sollte und davon, daß sie immer alles zum Schlimmsten auslegte.

Aber in den letzten Jahren glaubte er verstanden zu haben.

Die Ärzte, die sie in dem neuen Land aufsuchte, sprachen von Verfolgungswahn. Das war ein Wort, das tagsüber brauchbar war. Aber nie im Dunkeln, denn dort gab es ein Jahrtausende altes Gespenst.

Jetzt saß Simon an Rubens Mittagstisch, er, der schwedische Junge, der der Freund des Sohnes war. Ruben war dankbar für jede Verbindung, die in dem neuen Land geknüpft werden konnte, und er hatte sehr aufmerksam zugehört, als Isak von der Geschichtsstunde und dem Jungen erzählt hatte, der politisch so klarsichtig war und der die Nazis haßte.

Doch er war enttäuscht und schämte sich dafür. Diesen kleinen dunkelhäutigen Jungen hatte er nicht erwartet, mit einem langen blonden Schweden wäre er besser zurechtgekommen.

Die Enttäuschung legte sich im Lauf des Gesprächs als Simon loslegte und Ruben sehr bald erkannte, daß dieser Junge der schwedischen Arbeiterklasse entstammte, daß er die Stimme eines Kindes hatte, die Quelle jedoch die wachsende, mächtige Sozialdemokratie war. Sie stritten sich wegen der Kommunisten und Simon verlor für einen Moment den Boden unter den Füßen, als Ruben sich darüber ereiferte, daß die Sowjetunion ein Sklavenstaat von gleichem Schrot und Korn sei wie Hitler-Deutschland. Dann mäßigte sich Ruben, sah ein, daß er kein Recht hatte herabzusetzen und zu verletzen.

Er schämte sich und bot eine zweite Portion Eis an.

Simon sollte den Abend nie vergessen. Weniger wegen der Dinge, die er gehört hatte, als vielmehr wegen der Unruhe und des Unglücks, das er hier inmitten in all dem Reichtum gesehen hatte. Und weil er sich so sehr vor Isaks Mutter gefürchtet hatte.

Simon war bisher noch nie etwas so Widersprüchlichem begegnet. Ihr Mund und ihr Duft lockten, ihre Augen und ihre Töne erschreckten ihn. Sie klirrte mit Armbändern und scheppernden Halsketten und ihr Blick brannte vor Traurigkeit, sie zog ihn an und stieß ihn ab. Sie umarmte und küßte ihn, schob ihn weg, beobachtete ihn und sagte rätselhaft: »Larsson? Das ist doch unmöglich.«

Dann vergaß sie ihn, sah ihn nicht mehr, sie trank Wein und Simon merkte, daß sie auch Isak aus dem Augenblick und ihrem Bewußtsein verdrängte, und er verstand die Trauer in den Augen des Freundes, die ihm schon am ersten Tag aufgefallen war.

Am Samstag des nächsten Wochenendes wagte er den Versuch eines Brückenschlags zwischen seiner alten Welt und der neuen, und erzählte zu Hause am Küchentisch von der vornehmen Familie, die ihn zum Essen eingeladen hatte.

»Sie waren so ... so nervös«, sagte er und suchte nach Worten, die die Besorgnis dort in der großen Stadtwohnung hätten erklären können.

Und Karin fand sie.

»Die leben in Angst«, sagte sie. »Sie sind Juden, und wenn die Deutschen kommen ...«

Aber der Herbst verging und die Deutschen kamen nicht. Etwas anderes passierte, etwas, das aus Eriks Sicht fast noch schlimmer war. Am dreißigsten November bombardierten die Sowjets Helsingfors.

Winterkrieg.

Herrgott, wie kalt war doch dieser Winter, in dem die Erde fast an der Bosheit der Menschen zugrunde ging. Es kamen Tage, an denen die Kinder zu Hause bleiben mußten, wenn das Radio meldete, daß die Schulen geschlossen blieben. Simon saß im guten Zimmer, wo Karin im eisernen Ofen Feuer gemacht hatte und die Kohle ihren trockenen Geruch verströmte und Erik mit rotgefrorenen Ohren heimkam und sagte, wenn das so weitergeht, können wir bald mit dem Auto übers Wasser bis hinüber nach Vinga fahren.

Am nächsten Sonntag machten sie es auch, und es war ein Abenteuer, das sich nie mehr wiederholen sollte. Das allzeit lebendige, allzeit gegenwärtige, unbesiegte und gewaltige Meer ließ sich von dem bösen Wind aus Osten in Ketten legen, dem Wind, der mit zwanzig

Metern in der Sekunde seine dreißig Minusgrade über den Inseln verbreitete.

Russen und Finnen starben wie die Fliegen an Eis und Feuer. Der Tod holte sich etwa 225 000 Menschenleben, wie man später feststellte, als die Verhältnisse wieder derart waren, daß man auch wieder einen Sinn für Zahlen hatte.

In Simons Heimatstadt machten die großen Werften Überstunden und die Arbeiter schenkten ihren Verdienst den finnischen Nachbarn. In Luleå wurde das Haus der Vereinigung Nordlichtflamme in die Luft gesprengt, und fünf beherzte Kommunisten mußten dafür ihr Leben lassen.

Im Februar war alles vorbei und Karelien hatte sein Heimatrecht im Norden verloren. Etwa zu dieser Zeit sagte Karin, sie müßten zum Frühjahr hin versuchen, einen Acker von Dahls zu pachten und mehr Kartoffeln setzen. Und Gemüse pflanzen.

Lebensmittel begannen knapp zu werden.

4

Viele Jahre danach würde Simon sich mit der Frage beschäftigen, ob er an diesem Morgen etwas Besonderes empfunden hatte. Er war in der Dämmerung aufgewacht und hatte seine Mutter im Schlaf weinen hören.

Karin hatte Vorahnungen.

Er selbst fühlte sich wohl wie immer, als er zur Schule losradelte. Die Stadt war zu einem Tag erwacht, der ein gewöhnlicher zu werden versprach. Von der Bergkuppe an der Stadtgrenze konnte er alle Hebekräne des Hafens sich wie tanzende langbeinige Spinnen bewegen sehen. Wie gewöhnlich überholte er die Straßenbahn, die die bessergestellten Kameraden in die Schule brachte, und wie gewöhnlich empfand er dabei eine gewisse Genugtuung. Majorna lag in der Sonne und ein Hauch von Wärme belebte die Karl-Johansgata.

Wie üblich machte Simon seine Deutschaufgaben während der Morgenandacht in der Aula. Er hatte sich noch immer nicht überwinden können, die Deutschbücher zu Hause aufzuschlagen, und in den Stunden fühlte er sich schlecht.

Wie gewöhnlich hatten sie am Dienstagmorgen Chemie und wie gewöhnlich war Simon kaum daran interessiert.

Aber in der dritten Stunde, mitten im Geschichtsunterricht, ging der Schulwart von Klasse zu Klasse und sagte knapp und mit verschlossenem Gesicht, daß Schüler und Lehrer sich in der Aula einzufinden hätten.

Woran er sich hinterher am besten erinnern konnte, war nicht, was der Direktor gesagt hatte, sondern es war die durch ihn vermittelte Angst, als die Jungen nach Hause geschickt wurden. Alle sollten sofort zu ihren Eltern gehen, die Schule könne an diesem Tag keine Verantwortung für sie übernehmen, sagte er.

Es war der 9. April 1940, Ottos Namenstag, und Simons Beine bewegten sich wie Motorkolben, als er heim zu Karin radelte. Sie stand weinend am Küchenfenster. Als sie den Jungen aber hochhob, ihn auf die Küchenbank stellte und in die Arme nahm, fühlte er mit der Gewißheit eines Kindes, daß nichts Schlimmes geschehen konnte, solange Karin bei ihm war.

Aus dem Radio knatterte eine aufgeregte Stimme, daß die Norweger das deutsche Schlachtschiff *Blücher* beim Einlaufen in den Hafen von Oslo versenkt hatten. Karin sagte, es wäre besser gewesen, wenn die Norweger es wie die Dänen gemacht und sich gleich ergeben hätten.

Erik kam mit dem Auto nach Hause. Schweden hielt den Atem an. Der Ministerpräsident sprach im Radio, sagte, daß die schwedische Wehrfähigkeit gut sei, und vielen Familien schenkten seine feste Stimme und die skånische Mundart so etwas wie Zuversicht.

Nicht so jedoch in Larssons Küche, denn dort sagte Erik es geradeheraus, wie es tatsächlich war: »Der lügt, der muß ja lügen.«

Wenige Tage später war Erik an einen unbekannten Ort verschwunden, einberufen. Karin und Simon hackten den Ackerboden auf, den sie gepachtet hatten, und setzten Kartoffeln.

In Simons Träumen stürzten sich wilde Bergvölker mit gezückten Säbeln von hohen Bergen hinunter und fielen wie die Heuschrecken in weite, fruchtbare Ebenen ein, brandschatzten, erschlugen die Menschen und warfen ihre toten Körper in Kanäle und Flüsse.

Die nächtlichen Bilder hatten wenig zu tun mit dem Krieg, der rundherum in Simons Welt wütete, denn wie dieser aussah, wußte er aus Zeitungsberichten und Kino-Wochenschauen. Bei Tag bestand das Entsetzen aus Hakenkreuzen, Stiefeln und schwarzen SS-Uniformen, bei Nacht nahm es die Gestalt beleibter, farbenprächtiger Wahnsinniger an, die ihm mit orientalischer Wollust die Kehle durchschnitten und ihn in den Fluß warfen. Dort schwamm er mit tausend anderen Toten herum und das Wasser färbte sich rot, und er sah Karin mit zerschmettertem Kopf neben sich schwimmen. Und sie war es, obwohl sie sich gar nicht ähnlich sah.

Als Erwachsener würde er noch oft darüber nachdenken, was der Krieg mit den Kindern machte, und wie die tiefe Angst sie prägte. Woran er sich am besten erinnerte, das war die Sehnsucht an jedem einzelnen Morgen, daß der Tag enden möge ohne daß etwas passiert war, dieser Tag und der nächste und der übernächste, ein immer gegenwärtiger schmerzlicher Wunsch.

Fünf Jahre sind eine Ewigkeit, wenn man Kind ist.

Seine Generation wurde zu einer Generation der Ungeduldigen, Menschen, die nicht im Heute verweilen konnten, sondern nur für den morgigen Tag lebten.

Trotz allem gab es immer noch einen Alltag. Die Schule war wieder geöffnet. Viele der Jungen hatten wie Simon keinen Vater mehr zu Hause. Nur für Isak war es anders, bei ihm war es die Mutter, die verschwunden war. In der Nacht zum zehnten April hatte sie versucht, die Kinder zu vergiften und in der schönen Wohnung an der Kvartsgata Feuer zu legen. Isak und seine Cousine waren in eine Klinik gebracht worden, wo man ihnen den Magen ausgepumpt hatte. Als sie wieder nach Hause kamen, war die Mutter nicht mehr da, man hatte sie ans andere Flußufer in ein Krankenhaus für Geistesgestörte gebracht.

Dort gab es Spritzen, die ihr Schlaf schenkten, und die sie nach und nach abhängig machten. Isak bekam seine Mutter nie mehr zurück.

Ruben Lentov lief auf dicken echten Teppichen durch die große stille Wohnung, wanderte in den Nächten zwischen den Bücherregalen in der Bibliothek und der Diele umher, immer vor und zurück. Er war sein Leben lang ein Mann der Tat gewesen, jetzt war er ein Mann umgeben von Ohnmacht. Ein Tier im Käfig. Noch gab es eine Tür, durch die man flüchten konnte. Jüdische Freunde hielten den Luftweg nach London und von dort weiter nach Amerika offen, er konnte seine Läden verkaufen, Kind und Geld nehmen und von hier verschwinden.

Er dachte an seinen Bruder in Dänemark, der zu lange gezögert hatte.

Aber am häufigsten dachte er an Olga, die im Psychiatrischen Krankenhaus eingesperrt war, nur noch ein Wrack, vollgepumpt mit Drogen, ohne jeglichen Kontakt, und doch seine Frau und Isaks Mutter.

Die Käfigtür war ins Schloß gefallen und er wußte es.

Dennoch ging er Nacht für Nacht umher, als müsse er einen Entschluß fassen und brauche die langen Stunden, um Klarheit zu finden.

Für Simon hatte die Angst Namen, und so konnte er sie einigermaßen beherrschen: Bomben, Gestapo, Möllergatan 19. Isak kannte die Wörter auch, aber er konnte sie nicht ordnen und auf Abstand halten. Sein Entsetzen war von einer anderen Art, allumfassend und wortlos wie die Angst nun einmal ist, wenn sie uns sehr früh ergriffen hat und wir uns nicht an das Wann erinnern können oder einfach nicht die Kraft dazu haben.

Karin verstand das, erkannte es schon, als sie den Jungen zum ersten Mal sah.

Einmal war es ihr möglich gewesen, mit Isak über Ängste zu sprechen: »Wir können ja nicht mehr als sterben, keiner von uns.«

Es war eine einfache Wahrheit, doch sie half dem Jungen.

Für ihn wurden Karin, ihre Küche und ihre Mahlzeiten, ihr Schmerz und ihr Zorn zu etwas, womit er leben konnte. Karin schuf Ordnung, sie machte das Leben faßbar.

Den ganzen Sommer über hatte Isak in ihrer Küche gehockt, während seine Mutter zu Hause immer verwirrter und erschrekkender wurde. An jenem Sonntag im Mai, als die Norweger ihren Widerstand aufgaben und der König samt seiner Regierung Norwegen verließ, kam Isak zu ihnen hinaus und half Karin und Simon beim Unkrautjäten.

Er kam von seiner Mutter, die er im Krankenhaus besucht und die ihn nicht erkannt hatte.

Am Tag darauf zog Karin sich schön an, wählte den hellblauen

Mantel, den sie selbst genäht hatte, und den großen weißen mit blauen Rosen verzierten Hut und fuhr mit der Straßenbahn zu Ruben Lentovs Büro.

Sie sahen einander lange schweigend an und Ruben dachte, wenn sie den Blick nicht bald abwendet, besteht die Gefahr, daß ich anfange zu weinen. Da sah sie weg und gab ihm Zeit, übers Wetter zu reden, ehe sie ihr Anliegen vorbrachte: »Ich habe mir gedacht, Isak könnte für eine Weile bei uns wohnen, bei Simon und mir.«

Und Ruben Lentov ließ den Gedanken endlich zu, den er jetzt seit Monaten zurückgewiesen hatte, daß nämlich die Angst in Isaks Augen Olgas Angst glich, und daß es für den Jungen schlecht ausgehen konnte, wenn nichts unternommen wurde. Er sagte: »Ich bin so dankbar.«

Viel mehr wurde kaum gesprochen. Als er sie durch das ganze Büro bis zur Haustür geleitete, hatte er das Gefühl, nie eine schönere Frau gesehen zu haben. Erst am Nachmittag fiel ihm ein, daß er für den Jungen bezahlen mußte, Larssons waren Arbeiter und hatten es wohl nicht allzu üppig.

Aber er hatte an Karin Larsson keine Spur von Proletariat wahrgenommen, und als er sie am Nachmittag anrief, um wegen des Geldes zu fragen, fand er keine Worte.

Später war er froh darüber, als ihm bewußt wurde, daß das, was Karin anbot, unbezahlbar war.

So fand er einen anderen Weg und fuhr einmal in der Woche mit Kaffee und Konserven, Büchern für Simon und Geschenken für Karin hinaus in das kleine Haus an der Flußmündung nahe der ausgehöhlten Felsen, in denen die Streitmacht Öl lagerte. Er wurde wie jeder andere in der großen Küche willkommen geheißen, bekam eine warme Mahlzeit, und wenn er sehr betrübt aussah, auch einen Schnaps.

Ruben mochte zwar keinen Branntwein, mußte Karin aber recht geben, daß er gegen die Schwermut half.

Bald zeigte sich, daß Isak für sich selbst geradestehen konnte. Ihm gefiel die körperliche Arbeit, er war praktisch, geduldig, hatte ein gutes Verhältnis zu Äxten, Spaten, Schraubenschlüsseln und zu schwerer Plackerei und übernahm so in vielen Belangen Eriks Aufgaben. Das war in dieser Familie viel wert, weitaus mehr als Simons Bücherwissen.

»Es ist, als hätten wir unsere Kinder ausgetauscht«, sagte Karin zu Ruben Lentov, als er eines Sonntags kam, um Erik zu besuchen, der Heimaturlaub hatte.

Erik war schlanker als früher, aber ebenso wortreich und bis in die Tiefe seiner schwedischblauen Seele empört über den schlechten Zustand der Streitkräfte.

»Wir haben Autos und kein Benzin«, sagte er. »Aber andererseits haben wir Munition und keine Waffen.«

Dann gebot Karins Blick ihm Einhalt, und er sah auch selbst, wie die Unruhe in Rubens Augen wuchs.

An diesem Abend erzählte Ruben, was er aus geheimen Quellen über das Schicksal der Juden in Deutschland wußte. Simon hatte es nie vergessen. Die Jungen wurden zwar aus der Küche geschickt, aber es war der Ausdruck in Eriks Augen, als er sich einmal in die Küche stahl, um etwas Wasser zu trinken.

Sein Vater hatte Angst.

Und weil Karin so blaß war, als sie den beiden Jungen an diesem Abend die Betten im guten Zimmer machte. Aber vor allem war es, weil er ein Telefongespräch mit angehört hatte.

Es war Erik, der irgendwo anrief, er war in Eile, weil er mit der Eisenbahn zu seinem Einsatzort fahren mußte. Aber es war nicht die Eile, die seiner Stimme diese Schärfe und den Klang von etwas unerhört Wichtigem verlieh.

»Du mußt den Brief verbrennen ...«

...

»Ja, ich weiß, daß ich es versprochen habe. Aber da konnte ich ja nicht ahnen ...«

...

»Du mußt doch begreifen, daß sein Leben in Gefahr ist, wenn die Deutschen kommen.«

Simon horchte, saß aufrecht im Bett, um besser hören zu können. Aber eigentlich brauchte er sich nicht anzustrengen, das Telefon hing im Flur an der Wand zum guten Zimmer, jede Silbe drang deutlich zu ihm durch.

Die Fragen schwirrten ihm durch den Kopf. Mit wem sprach Erik, was war das für ein Brief, wessen Leben war in Gefahr?

Dann krampfte sich sein Magen zusammen, denn er wußte, daß er die Antwort auf die letzte Frage bereits kannte.

Es ging um ihn.

Isak schlief in einem eigenen Bett neben ihm, das war gut, denn er durfte nicht beunruhigt werden.

Aber Simon war sehr einsam, als er so dasaß und zu begreifen versuchte, ohne zu irgendeinem Schluß zu kommen.

Er hörte, wie Erik sich von Karin verabschiedete, seinen Rucksack nahm: »Auf Wiedersehen, Karin, gib gut auf dich und die Jungen acht.«

»Auf Wiedersehen Erik, paß auf dich auf.«

Er konnte die beiden vor sich sehen, wie sie sich ein wenig unbeholfen die Hand gaben.

Und kurz bevor die Tür ins Schloß fiel: »Hat sie verstanden?«

»Ich glaube, ja.«

Simon wurde jetzt böse, wie Kinder es werden, wenn sie nicht wissen, worum es geht. Die Wut brachte ihm gespenstische Träume, er begegnete der Ågrenschen, die im Tod noch unheimlicher war als zu Lebzeiten, und die ihm am Strand nachlief und schrie: »Geh heim und frag deine Mutter!«

Aber er hatte die Frage vergessen, hatte sie einfach verloren, konnte sich nicht erinnern, suchte verzweifelt, als hinge sein Leben davon ab.

Er wachte auf, weinte und verharrte im Reich der Dämmerung zwischen Schlafen und Wachen. Er ging auf die Bäume zu, die Eichen, und es gelang ihm schließlich, das Land zu finden, das es eigentlich nicht gibt, und traf seinen Mann, den Kleinen mit dem komischen Hut und dem rätselhaften Lächeln. Sie saßen eine Weile beisammen und sprachen miteinander, wie sie es die Jahre über immer getan hatten, wortlos und jenseits der Zeit.

Am Morgen stand er lange vor dem Spiegel, der über dem Kaltwasserhahn der Spüle an der Wand in der Küche hing, und schaute in die fremden Augen, die wohl die seinen aber doch anders als die aller anderen Menschen waren, dunkler als Karins, dunkler sogar als die von Ruben.

Aber er stellte dem Bild keine Fragen.

Auch Karin fragte er nicht.

Der Alltag um ihn herum behauptete sich. Bei der Hetze vom Haferbrei zu den Broten, die noch geschmiert werden mußten, und den Schulbüchern, die er zusammensuchen mußte, und den Strümpfen, die unauffindbar waren, verblaßte der gestrige Abend, das Telefongespräch verlor seine Konturen, bekam einen Anflug von Unwirklichkeit und Traum.

An diesem Tag bekam Simon ein Ungenügend für seine Deutscharbeit. Isak war bekümmert: »Meinst du, Karin wird traurig sein?«

Simon schaute erstaunt, die Schule lag in seiner Verantwortung, Karin würde nicht einmal fragen.

»Nein«, sagte er. »Die Schule ist ihr egal.«

Isak nickte erleichtert, ihm fiel ein, daß er gehört hatte, wie sie Ruben gegenüber gesagt hatte, als er sich nach Isaks Schulaufgaben erkundigte, man müsse Vertrauen zu seinen Kindern haben.

Dann sagte Isak: »Ich kann ja mit dir Deutsch büffeln, es ist schließlich meine Muttersprache.«

Simon war so verblüfft, daß er sich fast an seinem Rahmbonbon verschluckt hätte, das er sich zum Trost gekauft hatte.

Isak nahm am Deutschunterricht nicht teil, irgendwie hatte Simon es für selbstverständlich erachtet, daß er davon in gleicher Weise befreit war wie vom Religionsunterricht, eben weil er Jude war. Erst jetzt verstand er, daß Isak nicht deutsch zu lernen brauchte, weil er diese erschreckende Sprache mit den vielen harten Kommandowörtern schon beherrschte: Achtung, Heil, halt, verboten …

So kam es, daß die Küche, die jahrelang Hitler hatte brüllen hören, nun einem ganz anderen Deutsch lauschen durfte, einem weichen und runden Berlinerisch.

Das war komisch, selbst Karin war erstaunt darüber, wie angenehm die Sprache der Nazis klingen konnte. Simon lernte schnell, machte sich mit der Sprache vertraut. Er schaffte die nächste Schularbeit gut, und das Halbjahreszeugnis, das sie an dem Tag bekamen, an dem die Deutschen in Paris einmarschierten, war in Ordnung.

Eine Welle von Hirnhautentzündungen hatte die Gegend erfaßt. In der Nacht, in der die Engländer weit über 300 000 Männer in kleinen Booten von Dünkirchen herüberholten, starb eine von Simons Spielgefährtinnen, ein Mädchen, mit dem er immer seine Schwierigkeiten gehabt hatte.

Dieser kleine Tod bedeutete mehr an Wirklichkeit als alle Toten des großen Krieges zusammengenommen. Simon bekam Schuldgefühle.

Er hatte das Mädchen erst vor vierzehn Tagen bei einem gehässigen und unnötigen Streit Fuchsarsch genannt. Sie war rothaarig gewesen und hatte, wie er auch, ein loses Mundwerk gehabt, war die Mittlere in einer kinderreichen Maurerfamilie gewesen, wo der Vater trank und die Mutter viele Tränen vergoß.

»Sie hatte es schwer. Sie wollte wahrscheinlich einfach nicht mehr«, vermutete Karin.

Aber in den nächsten Tagen beobachtete sie die Jungen sehr genau und war eines Abends sehr beunruhigt, als sie glaubte, Isak habe Fieber.

Noch ein Ereignis blieb Simon aus diesem Frühling deutlich im Gedächtnis. Karin erwachte eines Morgens mit der Erinnerung an einen lebhaften Traum und erzählte den Jungen, wie sie in einem Schutzraum gesessen und den Gekreuzigten an der Wand hängen gesehen hatte. Als Bomben fielen, wurde er lebendig, hob seinen Arm und zeigte mit einem Palmzweig an die Decke, die sich öffnete. Und Karin konnte sehen, daß der Himmel über den winzigen Flugzeugen blau und unendlich war.

»Die Flugzeuge und auch die Bomben sahen aus wie Spielzeug«, sagte sie und fügte hinzu, daß der Traum ihr Trost gespendet habe.

Auch die Jungen fühlten sich gestärkt, besonders nachdem Edit Äppelgren in die Küche gekommen war, um eine Schere abzuholen, die Karin sich geliehen hatte, und so auch zu einer Tasse Kaffee und ihrer Vorstellung von Karins Traum gekommen war. Sie war eine Christin und wußte zu erzählen, daß das Pfingstfest, welches sie soeben mit blühenden Narzissen auf dem Frühstückstisch gefeiert hatten, zum Gedenken an den Heiligen Geist stattfand, der sich über die Menschen dieser Welt ergossen hatte.

Sie hatten gerade ihre Kaffeetassen geleert, als sie die Fliegerabwehr auf dem Käringberg feuern hörten, ins Freie stürzten und noch für einen kurzen Moment die deutsche Maschine mit dem Hakenkreuz und dem deutschen Piloten zu sehen bekamen, der in der Luft wie ein Stück Holz brannte, ehe er samt seinem Flugzeug in der Kühle des unendlichen Meeres verschwand.

Simon weinte, aber Isak war erregt, seltsam freudig.

Es wurde trotz allem ein richtiger Sommer, draußen auf den Wiesen zwischen den Felsen – dort, wo der große Fluß ins Meer mündete. Weiße Sommernächte, Zelte am Badestrand, Mädchen, die man ärgern, Jungen mit denen man sich prügeln konnte, Kanus, Segeljollen.

Erik kam nach Hause und berichtete, wie sie in aller Heimlichkeit norwegischen Juden über die Grenze halfen.

Eines Sonntags nahm er das Auto, um Inga, eine seiner Cousinen, zu besuchen. Sie hatte in einiger Entfernung nördlich der Stadt einen kleinen Bauernhof.

Ob Simon mitfahren wolle?

Nein, er mochte Inga nicht besonders gern, sie war dick und faul, roch nach Stall und wagte nie, ihn richtig anzusehen.

Aber Isak sagte, die Sache müsse doch wichtig sein, wenn Erik trotz rationiertem Benzin fahre, und da bekam Simon ein schlechtes Gewissen.

Danach vergaß er alles. Er stand mit Isak auf dem Gerüst und strich das Haus mit weißer Farbe an, die Ruben besorgt hatte. Es war ein Geschenk für Erik, und Isak sang bei der Arbeit: Der Wind weht kalt her, kaltes Wetter vom Meer.

Simon verabscheute Isaks Gesang, aber er mußte zugeben, der Sommer 1940 kam nie so richtig in Schwung.

5

Vom Fenster der Kammer aus konnte man den See im Herbst zumindest erahnen, dann nämlich, wenn das Laub von den Bäumen gefallen war. Und natürlich auch im Frühling, wenn man hören konnte, wie er sich schwappend vom Eis befreite. Das Haus, das eigentlich nur eine Hütte war, lag in herrlicher Südlage an einem Hang, hatte die Berge im Rücken, was jetzt allerdings weniger herrlich war als zu jener Zeit, zu der es genug arbeitsfähige Männer gegeben hatte, die das Weidengestrüpp entfernt und die Aussicht zum See hin frei gehalten hatten.

Ein paar Wiesen, ein paar Felder, Kartoffeln, kein Getreide mehr. Aber vier Kühe im Stall, zwei Schweine, an die zwanzig Hühner und dann – in der Hütte – zwei sehr alte verwirrte und hinfällige Menschen. Die Verwandten in der fernen Großstadt schoben alle außer Karin den Gedanken daran, wie einsam Inga eigentlich war, beiseite.

Wie alle andern war Inga in jungen Jahren in die Stadt gegangen, hatte bei einer Familie eine Anstellung gefunden und später in einem Laden gearbeitet. Es waren unbeschwerte Jahre gewesen, voller Begegnungen mit Menschen, Eindrücken und Ereignissen. Sie war hübsch anzusehen gewesen, hellhäutig und rundlich in einer zarten, ansprechenden Weise.

Sie hätte wohl auch, wie ihre Schwestern, einen Mann finden können. Aber sie war die Älteste von sieben Geschwistern gewesen und hatte genug von der Liebe gesehen und davon, was sie aus einer Frau machen konnte.

Sie war auf der Hut.

Und so kam es wie es kommen mußte, als die Alten sich selbst und den Hof nicht mehr versorgen konnten. Sie war diejenige, die zurückkommen, die der Angst der Eltern vor dem Armenhaus nachgeben mußte, das jetzt zwar Altersheim hieß aber immer noch schlimmer war als der Tod.

Sie widersprach nicht ein einziges Mal, beugte sich frühzeitig der Schuldigkeit, ergab sich der Pflicht des vierten Gebots.

Alles wäre leichter gewesen, wenn es wenigstens Zuneigung gegeben hätte, die Möglichkeit eines Gesprächs zwischen ihr und der Mutter. Aber nicht einmal die hatte ihr das Leben zum Geschenk gemacht, sie war von Geburt an noch ungeliebter gewesen als die Schwester, die ihre Eltern zur Heirat gezwungen hatten. Sie kam zu früh, nur etwa einen Monat nach der Trauung, und diese Schande blieb die ganze Jugend über an ihr haften.

In den ersten langen Wintermonaten seit sie als Erwachsene zurückgekehrt war, stellte sie sich oft vor, wie es wäre, den Alten Gift zu geben und den Hof anzuzünden. Sie wußte, wo das Bilsenkraut wuchs, erinnerte sich, wie Ida, die Dorfhexe ihrer Kindheit, das Gift aus den Kapseln gezupft hatte.

Dann begriff sie, daß sie drauf und dran war, verrückt zu werden und daß die Ursache dafür ihre vielen Gedanken waren. Sie hatte erkannt, daß man vom Denken wahnsinnig werden konnte, daß es die Grübler waren, die ins Irrenhaus nach Hisingen gebracht wurden.

Also beschloß sie, mit dem Denken aufzuhören, und nach einigen Jahren war ihr das recht gut gelungen.

Als der Vater erblindete, wurde die Zeitung abbestellt. Die Verwandtschaft war nicht bewandert im Schreiben, es kamen nur Ansichtskarten zu den Feiertagen.

Und obwohl die zwanziger Jahre schon dem Ende entgegen gingen, hatte der elektrische Strom noch nicht über den Berg zur Hütte gefunden, also war an ein Radio auch nicht zu denken.

Die Geschwister schickten Geld, aber es verging viel Zeit zwischen den Besuchen, und das war auch gut so. Denn wenn sie kamen, und vor allem die Brüder, wurde die Mutter unruhiger als gewöhnlich, und diese Unruhe hielt danach noch viele Tage an.

Am häufigsten kam Erik, der Cousin mit dem Lastwagen. Und seine Frau Karin, die Inga damals die Stelle in dem Laden in der Markthalle gleich in der Innenstadt verschafft hatte und die so besonders lieb war. Lieb und stark in einem, das hatte Inga immer bewundert.

Sie kamen, weil Karin Mitleid mit ihr hatte, das wußte Inga. Karin hatte zu den Alten einmal geradeheraus gesagt, daß Inga ein Recht auf ein eigenes Leben habe und daß alte Leute heutzutage im Altersheim in der Kreisstadt gut aufgehoben seien. Da bekam die Mutter aber sofort Herzschmerzen und Erik mußte mit dem Auto den Doktor holen, der zwar keinen Herzfehler feststellen konnte, aber doch sagte, man müsse mit so alten Menschen sehr behutsam umgehen.

Dann wurde über diese Sache nie wieder gesprochen, aber Inga sah immerhin, daß Erik zornig war, und sie merkte, daß Karin Vorwürfe gemacht bekommen würde für das, was sie angerichtet hatte.

Dann kam der Frühling, in dem der Spielmann am Bach saß.

Das kann nicht wahr sein, dachte Inga hinterher, er mußte ihren Träumen entsprungen sein. Aber an diesem Abend war er ganz und gar wirklich, und auch am nächsten und übernächsten bis hin zu den weißen Mittsommernächten, wo er schließlich verschwand.

Es war ein recht unansehnlicher Bach, der einen weiten und mühsamen Weg durch die Wälder wandern mußte, um zwischen den Bergen hindurch zum See zu gelangen. Am Ende schließlich wußte er sich keinen anderen Rat, als sich von dem Steilhang über die letzten Klippen hinunterzustürzen, um das Ufer endlich zu erreichen.

Es war kein kleiner Wasserfall, den dieser Bach zustande brachte. Besonders im Frühling war er voller Kraft und Heiterkeit.

Für Inga war der Wasserfall eine Freude. Und eine Befreiung.

Sie versorgte die Alten, sie mühte sich mit den Kartoffeln ab, und sie melkte das Vieh und hielt es gut bei Kräften und Laune. Aber es lag ihr nicht mit den Tieren zu sprechen, die Persönlichkeit eines jeden zu erkennen, so daß ihr der Umgang kaum Freude bereitete.

Nein, sie ging von den stummen Tieren zu den stummen Menschen. Der Vater hatte schon seit vielen Jahren kein Wort mehr gesprochen, und die Mutter brach von Zeit zu Zeit in immer unverständlichere Tiraden aus.

Sie war boshaft, das war sie schon immer gewesen, dachte Inga.

Aber vor allem dachte sie an den Sturzbach, zu dem sie, wenn die Alten eingeschlafen und die Tiere im Stall versorgt waren, gehen wollte, um sich gründlich zu waschen. Bis weit in den Herbst hinein ging sie jeden Abend dorthin, zog sich aus und stand unter dem Wasserfall, wurde rein und von Kummer frei.

Dann, eines Abends im Frühling, war der Geigenspieler dort, saß einfach da und schaute sie an, als wäre sie ein Wesen aus einer heidnischen Sage.

Sie hatte keine Angst, dafür war alles einfach zu unwirklich. Sie ging geradenwegs auf ihn zu, legte, nackt wie sie war, ihren Kopf in seinen Schoß, und er legte seine Geige ans Kinn und spielte für sie, und das eine war nicht wundersamer als das andere.

Die Musik war wild und schön, genau wie sie sein sollte.

Man kann sagen, es wäre besser für Inga gewesen, wenn es der Milchmann gewesen wäre, der jeden zweiten Tag mit dem Molkereiauto kam, um die Milch abzuholen. Aber der war häßlich und mürrisch und außerdem verheiratet.

Der Spielmann hatte vielleicht auch eine Frau, aber das erfuhr Inga nicht, denn sie konnten nie miteinander sprechen. Er war ein Ausländer. Später brachte Erik in Erfahrung, daß er Jude und Musiklehrer an der Volkshochschule auf der anderen Seite des Sees war. Als das Semester beendet war, kehrte er nach Deutschland zurück, er hatte dort einen Namen, eine Adresse in Berlin.

Aber es hatte ihm nie jemand geschrieben, und Inga wußte ja, daß er nie richtig von dieser Welt gewesen war und bestand deshalb auf ihrem »Vater unbekannt«.

Das alles geschah viel später, tief im Winter, als Inga endlich zugeben mußte, daß sie schwanger war und daß der Mann am Bach aus Fleisch und Blut gewesen war.

Sie liebten sich, halbe Nächte lang liebten sie sich in diesem Frühling und Inga begriff endlich, warum Leute alles aufgeben konnten, Würde und Wohlstand, nur um der Liebe willen. Sie hatte nie geahnt, was der Körper alles erleben konnte, wenn er auf diese Weise von erfahrenen Händen gestreichelt wurde, hatte auch nie gewußt, wie schön ein Mann sein konnte. Er war schlank, zart gebaut, aber sein Glied war kräftig und groß, und sie konnte nie genug davon bekommen. Auch nicht von den Augen, die schwarz waren wie der Waldsee.

Er sprach und seine Stimme war voller Zärtlichkeit. Da sie jedoch die Worte nicht verstand, mußte er sein Gefühl für das Wunder und für sie mit der Geige ausdrücken, und er spielte ihr jeden Abend fast wie irr vor Begierde vor.

Später konnte sie sich erinnern, daß er am letzten Abend sehr traurig und daß sein Geigenspiel voll Schmerz gewesen war. Sie wunderte sich also nicht, als er am nächsten Abend nicht kam.

Sie war nur unendlich traurig.

Aber sie sagte sich auch, daß sie die ganze Zeit über gewußt hatte, daß es so kommen werde, daß es ein Traum gewesen war und daß Frauen wie sie früher oder später aufwachen und ihr Los ertragen mußten

Als sie im Herbst die Kartoffeln aus der Erde zog, war sie plump und schwerfällig, dachte aber trotzdem nicht daran, daß ein Kind in ihr war. Erik und Karin kamen gleichzeitig mit dem ersten Schnee und halfen ihr die Kartoffelsäcke in den Keller zu schleppen, und Karin sah sofort, wie es um sie stand.

»Inga«, sagte sie. »Du wirst ein Kind bekommen.«

»Was zum Teufel, hast du nur getrieben«, wetterte Erik und seine Stimme war so schrill, daß es Inga wie ein Peitschenhieb traf.

Aber Karin unterbrach ihn schnell und schroff: »Jetzt hältst du ausnahmsweise einmal dein großes Maul, Erik Larsson.«

Dann ging sie mit Inga in die Bodenkammer hinauf und langsam und zögernd begann Inga sich zu erinnern und konnte alles erzählen.

Wäre der dicke Bauch nicht gewesen, hätte Karin wohl geglaubt, Inga wäre da draußen in der Einsamkeit übergeschnappt, was Karin auch nicht weiter verwundert hätte. So wie es jetzt aussah, mußte sie der Geschichte von dem schwarzäugigen Geigenspieler am Bach wohl Glauben schenken.

»Das bringt Mama ins Grab«, weinte Inga, und Karin verschwieg, was sie dachte, daß das nämlich das beste wäre, was passieren könnte.

Sie waren praktische Menschen, auch Inga, die trotz allem ansprechbar blieb und immerhin sosehr Bauerntochter war, daß sie sehr schnell zum Wichtigsten kam, daß nämlich niemand von ihrer Schande erfahren durfte. Keiner im Dorf, nicht die Geschwister, und auf keinen Fall jemals die Eltern.

Erik sprach mit den Alten, sagte, wie es nicht war, daß Inga eine schwere Krankheit im Bauch habe und, wie es war, daß sie ins Krankenhaus in der Stadt müsse. Er konnte nicht beurteilen, wieviel sie wirklich verstanden.

Wer aber alles mitbekam und verstand, war ihre mittlere Schwester, als Inga in ihrer Küche im Amtmannbau in der Stadt auftauchte. Sie sagte, ihre Kinder seien jetzt groß genug, um allein zurechtzukommen, und daß sie, Märta, nach Hause fahren und sich während Ingas Operation um die Eltern kümmern solle.

Märta widersprach zuerst, gab aber dann nach, man hatte sich Erik zu beugen. Und sie glaubte ihm, als er behauptete, Inga könne sterben, wenn sie nicht in Pflege käme. Sie packte und fuhr heim zu den Alten.

Dann hielt sie es dort in der Hütte und in der Einsamkeit aber nur wenige Wochen aus, also kamen zu Beginn des Spätwinters die Eltern doch ins Altenheim, wo alles so verlief, wie sie es immer vorausgesagt hatten. Sie starben beide innerhalb eines Monats.

Zu dieser Zeit war das Kind geboren und von Karin und Erik bereits adoptiert.

Inga kehrte auf den Hof zurück, obwohl sie das jetzt gar nicht mehr mußte und Karin sich angeboten hatte, ihr noch einmal eine Stelle in der Markthalle zu verschaffen.

»Sie ist menschenscheu geworden«, sagte Erik. »Sie hat nicht mehr den Mut, in ein normales Leben zurückzukehren.«

Karin nickte, dachte aber, so einfach sei es nun auch wieder nicht.

Als Karin mit dem Neugeborenen in den Armen dastand und die Krankenschwester sagen hörte, die Mutter habe den Jungen nicht einmal sehen wollen, spürte sie in der Tiefe ihres Herzens, daß sie kein Anrecht auf das Kind hatte. Sie hatte es nicht in Seligkeit und Pein getragen und es nicht in Schmerzen geboren.

Sie sah lange in die Augen des Jungen und erkannte in ihnen die Wehmut der langen dämmrigen Stunden am See. Aber noch etwas anderes sah sie, eine große Einsamkeit, ein Nicht-Sein.

Das kommt, weil Inga ihn verleugnet hat, dachte Karin, es kommt von neun Monaten nicht anerkannten Daseins. Und Karin dachte an Ingas Worte in der Bodenkammer, daß sie geglaubt hatte, der Mann mit der Geige sei der Nöck, der Wassergeist, den es eigentlich nicht gab.

Aber es hatte diesen Mann gegeben, dachte Karin und es beunruhigte sie, daß dieses Kind sehr jüdisch aussah. Das Kind eines fremden Mannes, das ihres werden sollte.

Nicht etwa daß sie an die Schwierigkeiten wegen des Andersseins dachte. Sie liebte den Jungen. Und da sie ein praktischer Mensch war, wußte sie trotz aller Bedenken, daß ihre Liebe Berge versetzen und die Festungen des Himmels überwinden würde, wenn es für die Sicherheit des Kindes notwendig sein sollte.

Er sollte ein guter Mensch mit einer glücklichen Kindheit werden.

Zu Beginn des Frühlings, als sie in den Nächten aufstand, um ihm ein zusätzliches Fläschchen zu geben, war sie über die Frage hinweg, wer ein Anrecht auf das Kind hatte.

Sie hatte starke und wunderliche Gedanken.

Die Kinder gehören der Erde, dachte sie, haben die uralte Geschichte der Erde in ihren Zellen und die ganze Weisheit der Natur in ihrem Blut.

Sie sah doch, daß dieser Junge die Wahrheit in sich trug.

Alle Kinder tun das, dachte sie. Für kurze Zeit sind die Kinder die Weisen. Vielleicht ist jedes neue Kind ein Versuch der Erde, dem Ausdruck zu verleihen, was nicht verstanden werden kann.

Es war Inga, die den Namen bestimmte. Nach dem Begräbnis der Eltern ging sie direkt auf Erik zu und sagte: »Er soll Simon heißen.«

Karin verstand, daß sie sich dem zu beugen hatten. Sie stand mit dem Kind auf dem Arm da und dachte: Er hatte ja trotz allem einen Namen, Nöck.

6

Karin war ein Nachkömmling gewesen, die Jüngste von sechs Kindern. Alle anderen waren Jungen, und der jüngste von ihnen ging schon in die Schule, als feststand, daß noch ein Kind in Schneidermeister Lundströms Häuschen gegenüber der Eisenbahn in der värmländischen Bergwerksgemeinde dazukommen werde.

Die Mutter weinte und verwünschte das Schicksal und das Kind, das in ihr wuchs. Sie war etwas über vierzig und hatte sich frei geglaubt. Es war ein drei Tage langer harter Kampf, das Kind aus dem Leib zu pressen, fast wäre sie dabei gestorben, aber als sie mit dem Neugeborenen an der Brust dalag, hatte sie doch noch Tränen übrig.

Jetzt weinte sie, weil das Kind ein Mädchen war, eines jener armen Wesen, die zu Sklaverei und schmerzerfüllten Geburten verdammt waren.

Als Kind bekam Karin immer wieder zu hören, wie unerwünscht sie gewesen war und wie sie ihre Mutter fast das Leben gekostet hatte. Es war eine oft gehörte Geschichte, die sie als gegeben hinnahm, und sie verstand ihre Mutter.

Hingegen verstand sie nie den Schmerz, der tief in ihrem Herzen wurzelte, und der mit solcher Macht wuchs und sich verzweigte, daß sie ihn nie würde ausreißen können.

Eigentlich hätte Karin schon frühzeitig aufgeben müssen so wie die anderen unerwünschten Kinder, die in der Gegend von der Tuberkulose dahingerafft wurden. Aber sie überlebte, wurde groß und kräftig, denn sie hatte einen Vater.

Petter Lundström war schon sechzig Jahre alt, als seine Tochter geboren wurde. Er war zweimal verheiratet gewesen und hatte auch Kinder aus erster Ehe. Die Älteren waren Söhne, schon seit langem erwachsen. Aber es hatte auch eine Tochter gegeben, ein kleines Mädchen, das mit sieben Jahren an der Schwindsucht gestorben war.

Und es war ganz eigenartig, dieses tote kleine Mädchen war Petters Verbindung zum Leben, zu dem, was in ihm selbst lebendig war. Er hatte dieses Kind geliebt. Die Söhne, auch die aus der zweiten Ehe, hatten viele Geschichten darüber gehört, wie seltsam zart das kleine Mädchen gewesen war und wie innig er es geliebt hatte.

Daß ihm nun gegen Ende seines Lebens eine neue Tochter geboren wurde, war für Petter eine große Freude. Gott allein weiß, ob er sich nicht sogar einbildete, daß sein kleiner Liebling als Trost und neues Licht in einem immer grauer werdenden Leben zu ihm zurückgekommen war.

Er hatte seine Werkstatt zu Hause, und schon vom ersten Tag an war das Kind seins. Es durfte in einer Kiste auf dem großen Schneidertisch liegen, und er gluckste mit ihm, lächelte es an, sang ihm vor.

Die Leute kamen und gingen in der Werkstatt aus und ein, und mitten in diesem Strom saß Petter mit dem Karinkind, dem Engelskind, der Süße seines Lebens, dem Augenstern. Gewiß lachte der eine oder andere über ihn und seine grenzenlose Liebe, aber hier in Värmland war genug Raum für jegliche Eigenart. Es war im großen und ganzen also ein gutmütiges Lachen. Und das Kind war niedlich und keinem eine Last, und es war auch nicht im Weg, wenn man etwas anprobieren mußte.

Er kannte hundert Lieder, tausend Märchen und noch mehr verrückte lustige Geschichten. All das schenkte er ihr, er führte sie auf einem Weg von Wärme und pfiffiger Weisheit. Sie lernte schon früh fast alles über die Torheit und die Klugheit der Menschen und auch darüber, daß die meisten das Gute wollen aber im Bösen enden.

Petter war immer ordentlich gewesen. Jetzt wurde es so sauber in der Werkstatt, daß die Leute sagten, hier könne man direkt vom Fußboden essen. Er ließ sich ein Buch aus Karlstad kommen, aus dem er alles lernen konnte, was die kleinen Kinder zu jener Zeit brauchten.

Da stand viel von Reinlichkeit, Ernährung und frischer Luft. Über Zärtlichkeit und Liebe stand da nichts, und was Petter Lundström betraf, war das sowieso alles dasselbe.

Auf diese Weise kam Karin zu ihrer inneren Stärke und ihrer Einsicht darüber, wie unbegreiflich das Leben eingerichtet war und wie es trotz allem begreiflich werden konnte.

Als sie dann in die Schule ging, konnte sie längst lesen und schreiben und durfte zu Petters unermeßlichem Stolz eine Klasse überspringen.

Die Mutter? Doch, die gab es, sie ging in der Werkstatt aus und ein, tief gebeugt durch ihr Bild von sich selbst als einem geduldigen Lasttier und sie war von den vielen Geburten und all der Mühsal des Kochens und Putzens frühzeitig gealtert. Sie war die Schuld in Petters Leben, er konnte sich nie davon freimachen, daß er es gewesen war, der ihr die vielen Kinder gemacht hatte, und davon, wie sie so oft sagte, daß er seine erste Frau in ein zu frühes Grab gelegt hatte.

Sie war im Wochenbett gestorben.

Er hatte das ständige Jammern und die dauernde Müdigkeit seiner Frau zu ertragen. Was ihm jetzt, wo Karin geboren war, nur recht war. Die Mutter konnte das Kind ja nicht zurückverlangen, mußte zugeben, daß er tat, was er konnte, um ihr diese letzte schwere Bürde abzunehmen.

Er rührte sie im Bett nie wieder an und dunkel ahnte sie, daß es da einen Zusammenhang gab, daß sein Bedürfnis nach Nähe befriedigt war, solange er sich um das Kind kümmern durfte.

Die Reibereien mehrten sich, als das Mädchen größer wurde und die Mutter meinte, daß Karin im Haushalt helfen solle. Petter konnte das nicht verweigern und gab das Mädchen her. Aber immer nur für kurze Zeit. Sie wurde nicht häuslich, war oft ungeschickt am Herd. Einmal schlug die Mutter ihr mit dem Feuerhaken auf den Rücken.

Es war ein Ereignis, das niemand in der Schneiderstube je vergessen würde, denn der gutmütige Petter ging mit eben diesem Feuerhaken auf seine Frau los, und auch er schlug zu.

»Damit du weißt, wie sich das anfühlt«, sagte er und war weiß im Gesicht vor Zorn.

Die Mutter vergaß es wie gesagt nie, nicht nur die Demütigung, auch der Schmerz setzte sich tief in ihr fest, was für das Mädchen nicht gut war. Mit der Zeit war sie es ja doch, die diese Rechnung begleichen mußte.

Als Karin neun Jahre alt war, starb der Vater, saß am Schneidertisch und fiel einfach wie ein ausgeleiertes Klappmesser vornüber.

Das Kind begriff es nicht, so etwas konnte doch nicht sein. Sie lief hinaus in den großen Wald, blieb über Nacht dort, wachte am Morgen unter einer Fichte auf und erinnerte sich. Es ging tiefer in den Wald, kam zu einer Lichtung. Dort floß ein Bach, langsam wurde dem kleinen Mädchen bewußt, was geschehen war und es erkannte, daß der Bach zu klein war, um sich darin zu ertränken.

In der Morgendämmerung machte ein Schwarm Seidenschwänze auf der weiten Reise vom Gebirge im Norden zu den warmen Flüssen im Süden am Bach Rast. Sie ließen sich um das Kind herum nieder, das diese sonderbar schimmernden Vögel noch nie gesehen und ihren Gesang, der zwischen Jubel und Trauer lag, nie gehört hatte.

Das Mädchen blieb ganz ruhig sitzen und wußte, daß der Vater ihr diesen Gruß geschickt hatte, daß er noch immer bei ihr war und immer da bleiben würde.

So kam es, daß sie beschloß, ihr Leben durchzustehen.

Die Mutter verkaufte die Schneiderei und zog mit den Kindern, die noch zu Hause waren, zwei fast erwachsenen Söhnen und dem kleinen Mädchen, das sie kaum kannte, nach Göteborg. Dort fand sie in der Fabrik, die sie auslaugte, aber doch Geld für die Einzimmerwohnung in Majorna und das Essen für sie und die Kinder einbrachte, eine neue Verwendung für das Bild, das sie von sich selbst hatte als dem geschundenen Arbeitstier.

Bald kam der Erste Weltkrieg, das Essen wurde knapp und die Menschen mit schwindendem Lebenswillen starben wie die Fliegen an der Spanischen Grippe.

Karin überlebte dank der Seidenschwänze. Und auch dank des einen oder anderen Lehrers, der das ungewöhnliche und begabte Mädchen gern mochte. Als Karin zum Konfirmationsunterricht ging, suchte der Pfarrer die Mutter auf um ihr zu sagen, daß das Mädchen eine höhere Schule besuchen sollte.

Das war der reine Hohn, er sah das selbst, als er dort in der Küche bei der schwergebeugten Witwe stand.

»Flausen«, sagte sie, als der Pfarrer gegangen war. »Dein verrückter Vater hat dafür gesorgt, daß du dir einbildest, etwas Besseres zu sein.«

Als die Söhne nach Hause kamen, erzählte sie von dem verrückten Pfarrer, und sie lachten alle gewaltig und lange. Für ein Mädchen ein Studium zu bezahlen, etwas so Dummes hatten sie wirklich noch nie gehört. Aber der Schweigsamste von ihnen sagte später, wenn der Vater noch lebte, dann ...

Bei dieser Gelegenheit kam ihr zu Bewußtsein, warum die Brüder sie haßten.

Mit dreizehn ging sie als Dienstmädchen zu einer Familie, mit fünfzehn ging sie in ein Nähatelier, mit sechzehn in ein Geschäft in der großen Markthalle. Überallhin folgten ihr die Seidenschwänze, und als sie achtzehn war, lernte sie Erik kennen, sah daß er Petter ähnlich war, wurde Sozialistin und anerkannt, wagte sogar zu glauben, was er zu ihr sagte, nämlich daß sie sehr schön sei.

Erik war der einzige Sohn in der Einzimmerwohnung im städtischen Sozialbau am Stigberg. Er war die Hoffnung seiner Mutter und die Stütze seiner jüngeren Schwester.

Die Schwester war schwächlich, eine von denen, die mit einer punktierten Lunge leben mußten, nachdem die Tuberkulose sie mit sechs Jahren befallen hatte. Ihr waren sowohl eine eigene Persönlichkeit als auch ein eigenes Leben versagt und sie wuchs langsam und krumm im Schatten der Mutter heran.

Die Mutter war ein starker Mensch, schön und verbittert und sehr religiös. Sie hatte spät geheiratet und die Liebe mit solcher Wut gehaßt, daß sie ihren schattenhaften Mann, kaum waren ihre Kinder geboren, aus dem ehelichen Bett vertrieben hatte.

Ein Ventil für ihre Lust verschaffte sie sich, indem sie den Jungen mit dem Teppichklopfer auf den nackten roten Hintern schlug. Es war keine einfache Kindheit, aber es gab doch so etwas wie Respekt vor Erik, vor seinem Geschlecht, dem Mann im Jungen, der die Intelligenz und die Kraft der Mutter geerbt hatte und der ihre Träume wahr machen sollte.

Diese Achtung die er spürte, verlieh ihm soviel Stärke, daß er sich mit der Zeit gegen seine Mutter auflehnen konnte, zumindest gegen ihre Ansichten und ihr düsteres Christentum. Schlimmer war all das, was er so früh erfahren hatte, daß es unsichtbar blieb.

Die körperliche Liebe empfand er sein Leben lang als Sünde, und nie half ihm jemand dabei, den merkwürdigen Zusammenhang zwischen Lust und Grausamkeit zu verstehen, den es in seinen Phantasien gab und für den er sich entsetzlich schämte.

Als die Mutter ihm nicht mehr mit dem Teppichklopfer beikommen konnte, erzwang sie seinen Gehorsam durch ihre ständigen Androhungen eines Herzschlags.

Ihr Herz wurde zu eben jener Zeit krank, als er in die Pubertät kam.

Auch er hätte studieren sollen, war einer der vielen seiner Generation, die es weit hätten bringen können, wie man so sagte. Aber vielleicht war es am besten so wie es war.

Als fünfzehnjähriger Lehrling in den Götawerken trat er der Gewerkschaft bei und pilgerte jeden Abend nach dem Zehnstundenarbeitstag zu den Studienkreisen und den Büchern. Hier fand er das Handwerkszeug, mit dessen Hilfe er endlich die grausame Welt begreifen lernte, in der er aufgewachsen war, und er lernte auch, wie Unterdrückung funktioniert – immer nach unten, immer gegen die noch Schwächeren.

Manchmal konnte er seine Mutter verstehen.

Und er verstand jetzt auch, woher das fürchterliche Gefühl der Demütigung kam, das an den Schuhen haftete, die er als Heranwachsender jedes Jahr zu Weihnachten vom Gemeindepfarrer entgegennehmen mußte, der sie wiederum von einer wohltätigen Organisation bekommen hatte, die sich Älvsborger Weihnachtsmänner nannte.

Mit sechzehn teilte er seiner Mutter mit, daß es Gott nicht gäbe und daß ihre Kirche kaum besser wäre als der Schnaps, wenn es darum ging, das arbeitende Volk zu unterdrücken.

Sie faßte sich ans Herz und drohte mit dem Tod, doch das verfehlte seine Wirkung, denn der Junge war schon auf dem Weg zur nächsten Versammlung.

Weitaus machtloser war er, wenn es um die Liebe ging. Die Mädchen, in die er sich verliebte, trieb ihm die Mutter schnell wieder aus, zu Tode erschrocken bei dem Gedanken, der Sohn könne sie verlassen.

Als er Karin kennenlernte, war er fast dreißig und wußte, schon als er das erste Mal in ihre sanften braunen Augen geblickt hatte, daß es jetzt ernst war, und sein Verlangen war so groß und seine Angst so gewaltig, daß er jetzt eine himmlische Macht gebraucht hätte, zu der er hätte beten können: Guter Gott, hilf mir mit meiner Mutter.

Aber er hatte sich in der Samtäugigkeit geirrt, mußte bald einsehen, daß hinter Karins Sanftmut eine Kraft stand, die sich durchaus mit der seiner Mutter messen konnte. Schon beim ersten Besuch bei ihm zu Hause sagte sie es geradeheraus: »Erik und ich werden heiraten.«

»Das ist mein Tod«, verkündete die alte Frau und wurde blaß, als wolle sie die Drohung hier am Küchentisch unmittelbar wahr machen. Aber Karin besaß die Frechheit, ihr ins Gesicht zu lachen und zu sagen, daß das ja der Sinn des Lebens sei, und die Alten wegsterben mußten, um den Jungen hier auf Erden Platz zu machen.

Dann nahm sie Erik einfach mit. Die Mutter überlebte und war viele Jahre lang eine schwere Last für Erik und Karin.

Erik wurde nie bewußt, vor welchem Schicksal Karin ihn bewahrt hatte. Aber er verstand an diesem Abend, daß seine Frau ebenso stark war wie seine Mutter, und er erschrak bei dem Gedanken, daß er von einer Frauenfalle in die andere getappt war. Und er dachte, daß es wichtig war, seine Männlichkeit zu behaupten, um nicht auch zu einem Schatten zu werden wie sein Vater.

Sie heirateten im Frühling. Beide Mütter weinten, Karins Mutter allerdings, weil die Tochter jetzt das Frauenschicksal mit den ständigen Schwangerschaften und schrecklichen Geburten erleiden mußte.

Dann richteten sie sich ein. Er tischlerte die Möbel selbst, Stühle, Büfett, Eßtisch, Leinenschrank. Sie nähte.

Es wurde ein Heim ganz unüblicher Art, aber schön.

Das junge Paar blieb zur Freude der Schwiegermütter kinderlos.

Bei einem Geburtstagskaffee verspottete seine Mutter Karin unverblümt, und ausnahmsweise brach Eriks grenzenloser Zorn über die Alte heraus als er sagte, die Kinderlosigkeit sei seine Schuld. Er habe eine peinliche Krankheit gehabt, eine die man sich zuzieht, wenn einem die Möglichkeit verwehrt wird, ein eigenes Mädchen zu haben und deshalb gezwungen ist zu den Huren zu gehen. Also mußte sie, die Mutter, einsehen, daß es im Grunde ihre Schuld war.

Als sie an diesem Abend nach Hause fuhren, nahm Karin Eriks Hand und sagte, daß seine Mutter, nachdem sie an diesem Abend nicht auf der Stelle tot umgefallen war, sicher hundert Jahre alt werden würde.

Sie wurde sechsundneunzig.

Karin wagte nie zu fragen, ob sich die Wahrheit hinter der Geschichte verbarg, die Erik erzählt hatte. Er hatte sie schützen wollen. Das sah ihm ähnlich, er war ein Mann, auf den man sich verlassen konnte. Nicht so wie auf Petter, das hatte sie erkannt, er war leichter zu verunsichern aber streitlustig und verletzlich.

Doch auch das war gut so, denn Petter lebte in ihrem Herzen weiter und niemand würde ihn dort gefährden.

Dann bekamen sie ihren Sohn, und was spielte es für eine Rolle, daß dieses lange ersehnte Kind nicht von ihrem Blut war.

Erik war stolz wie ein König, hob die Ersparnisse ab und kaufte draußen an der Flußmündung ein Grundstück, wo das Kind frische Luft und freien Auslauf haben würde.

Dann baute er eigenhändig ein Haus. Es wurde ein lustiges Haus, dessen Maße von den Hölzern bestimmt wurden, die er billig bekommen konnte, wenn er mit dem Lastwagen durch die Stadt fuhr. Er kannte alle Leute vom Bau und wußte von vielen Häusern, die abgerissen wurden. Er kam zu seinem Bauplatz mit Sprossenfenstern und voller Freude am Zimmern, mit stattlichen Kachelöfen aus den Patrizierhäusern in der Allee, die modernisiert wurden, und Türen mit schönem Profil aus einem alten Gutshof in Landvetter, der umgebaut wurde.

Sie sahen es natürlich nicht so, aber es wurde ein Haus von großer Behaglichkeit, voller Überraschungen und Wärme. Und nie waren sie glücklicher als in diesem Sommer, in dem sie dort draußen durch den Lehm stapften und in den warmen Nächten im Wagenaufbau schliefen, den Erik im Hafen ergattert hatte, und der wesentlich wetterfester war als ein Zelt.

Die Schwiegermütter, die nicht wußten, woher das Kind gekommen war, tuschelten von bösem Blut und bösem Erbe. Aber Erik befahl ihnen zu schweigen, und durch Karin fand er in seinem sozialistischen Glauben zu der Gewißheit, daß das Umfeld von großer Bedeutung für die Entwicklung eines Menschen war.

Es konnte vorkommen, daß es Erik durchzuckte, wenn er in die schwarzen Augen des Säuglings blickte. Aber er wies den Schmerz zurück und machte den Jungen zu seinem Sohn, er war wie er. Bald sah er weder die Schwärze der Augen noch die borstigen Haare, Simon war sein und damit gut, erstklassig in jeder Beziehung.

Erik hatte eine kräftige und helle Singstimme, geübt schon in jungen Jahren im Kirchenchor und später dann in der Arbeiterbewegung. Da er es nicht über sich brachte, sich mit dem Kind in einer Babysprache zu unterhalten, wie Karin das dauernd tat, sang er die Internationale, daß es zwischen den Bergen nur so hallte, und platzte fast vor Stolz, wenn der Junge vor Entzücken gurgelte. Wenn Erik die Kampflieder ausgingen, ging er zu den alten Chorälen über, ohne Worte natürlich, aber voller Frieden und Kraft.

Simons Freude am Gesang war nicht anzuzweifeln, auch Karin sah es und staunte.

Karin hatte das Kind fast immer im Arm, doch im Frühjahr, als der

Garten zu grünen begann und sie anpflanzen mußte, baute Erik eine Wiege und hängte sie an den großen Birnbaum, der schon lange bevor sie hierher gekommen waren, auf dem Grundstück gestanden hatte. Dort schlief der Junge und dort wachte er beim Summen der Hummeln und dem Rauschen der Blätter auf, während die weißen Blüten wie Schneeflocken auf sein kleines Bett fielen.

7

Das Meer war aus Simons Kindheit nicht wegzudenken. Es würzte die Luft mit seinem Salz und erfüllte den Raum mit einem Lied aus Tiefe und Weite. Und es färbte jegliches Licht zwischen den Häusern und Bergen.

Graue Tage wurden undurchdringlich grau. Blaue Tage wurden blauer als alles andere auf Erden, an Tagen an denen das Meer zum Spiegel für den großen Himmel wurde, vervielfachte es das Licht und warf es auf das Land zurück.

Dieses schimmernde Licht nahmen die Kinder fürs ganze Leben mit, es drang durch die Haut, durch Mark und Bein und bis hinein in die Seele, wo die Sehnsucht geboren wird.

Eine blaue Sehnsucht nach Freiheit und Grenzenlosigkeit.

Und als sich diese Sehnsucht einen Fixpunkt in der Wirklichkeit suchte, zog es die Kinder zu den großen Schiffen hin, deren Weg am Oljeberg vorbei zum großen Hafenbecken führte. Fast alle Freunde Simons aus Kindertagen gingen zur See, viele lernten trotz des Krieges die weite Welt kennen, und das noch ehe Simon selbst die Prüfung zur Mittleren Reife hinter sich gebracht hatte.

Sie heuerten auf den Geleitschiffen mit den auf die Bordwände gemalten blaugelben schwedischen Flaggen an. Manche der Jungen kamen nie zurück, sie gingen mit ihrem neutralen Schiff und ihrem Freiheitsdrang unter.

Andere kamen zwar nach Hause zurück, hatten aber etwas im Blick, das sich schwer deuten ließ, und die Mütter sprachen in Karins Küche von einem Alb, der ihre Söhne bei Nacht befiel.

Auch Simon und Isak fühlten sich zu den Schiffen im großen

Hafen hingezogen, wo der Betrieb aus wirtschaftlichen Gründen inzwischen so gut wie still stand. Schweden war abgeschnitten von der übrigen Welt.

Genau wie die Kaianlagen, die jetzt von der Polizei bewacht wurden.

Trotzdem hatten in diesem Hafen noch nie so viele Schiffe gelegen wie jetzt, so viele an Bojen und Anker gekettete Riesen, verurteilt zum Schweigen und Nichtstun. Trotz der gesperrten Kaianlagen konnten sie nicht unsichtbar gemacht werden, und die Jungen erkannten bald, daß man sich den Schiffen am einfachsten nähern konnte, wenn man mit einer der Fähren den Fluß überquerte.

Sie fuhren ab Senkwerk hin und wieder zurück. Dann gingen sie zum Fischereihafen und bestiegen die Fähre zum Sannegården, standen an Deck und sahen die gigantischen Schiffsseiten wie gespenstische Felsen aufragen.

Viele der Schiffe gehörten zur norwegischen Handelsflotte, einige von ihnen waren nagelneu. Sie waren direkt von den schwedischen Werften zum Anlegeplatz gebracht worden, ohne je für die ihnen zugedachte Aufgabe eingesetzt worden zu sein.

Andere hatten alle Häfen der Erde besucht und sich in dem Frühjahr, in dem die Nazis Norwegen überfielen, dem Heimatland müde und erschöpft genähert. Verzweifelt hatten die Schiffe den Kurs geändert und das Nachbarland angelaufen, das noch seine Freiheit besaß. Dort blieben sie liegen, schweigend, arbeitslos, beschlagnahmt.

Doch Anfang des Frühjahrs verbreiteten sich Gerüchte in der Stadt, daß die norwegischen Schiffe, mit Kugellagern und Waffen beladen, Anstalten machten, in See zu stechen, und daß man an Bord Sprengladungen angebracht hatte, damit die Schiffe sich, wenn notwendig, selbst in die Luft jagen konnten.

In der Nacht zum 31. März hielt die Stadt am Strom den Atem an, während zehn norwegische Schiffe sich an der Festung vorbei hinaus zum Rivöfjord schoben. Es herrschte Nebel, aber er sollte ihnen nicht helfen. An Bord befanden sich hunderte von Menschen, die die Morgendämmerung niemals sehen würden, denn in der Höhe von Måseskär wartete bereits die deutsche Kriegsflotte auf sie.

Drei der Schiffe wurden gemäß dem Selbstmordplan von der eigenen Mannschaft versenkt, drei gingen nach der Torpedierung durch die Deutschen unter, zweien gelang es umzukehren und nach Schweden zurückzukommen.

Nur zwei Schiffe durchbrachen die feindlichen Linien und erreichten England. Es waren ein kleiner Tanker und das Schnellboot B. P. Newton, ein Sechzehntonner, der am dritten April, unter dem Geleitschutz des Kriegsschiffes seiner britischen Majestät, Valorous, in einen schottischen Hafen einlief.

Es war ein schwerer Tag für die der See zugetane Stadtbevölkerung, und einer der schwärzesten Tage des Krieges.

Es wurde von Verrat gemunkelt.

Simon saß während der Schulstunden in der Klasse, ohne – genau wie die Mitschüler – ein Wort mitzukriegen. Die Lehrer waren ebenso verzweifelt, aber keiner sprach von dem, was geschehen war. Die Stunden krochen dahin und man folgte, so gut es ging, dem Ritual: Wir schlagen im Lehrbuch Seite 56 auf.

Am Ende des Tages machte sich Simons Anspannung Luft, er warf sich über sein Pult und weinte. Das war während der Schwedischstunde, und auch die Lehrerin gab nach, weinte am Katheder still vor sich hin.

Keiner sprach ein Wort.

Dann läutete die Schulglocke und langsam erhoben sich die Jungen, und langsam und schweigend verließen sie mit feuchten Augen und verrotzten Nasen die Klasse.

Erst als sie im Korridor ihre Jacken anzogen, sah Simon, daß Isak nicht geweint hatte und daß in seinen Augen ein unverständlicher Ausdruck lag.

Sie hatten eigentlich in die Bibliothek gehen wollen, aber Simon war sich bewußt, daß es jetzt wichtiger war, so schnell wie möglich nach Hause zu kommen, zu Karin in die Küche. Die beiden überquerten auf dem Weg zu den Fahrradständern den Schulhof. Isak ging wie eine aufgezogene Puppe, und Simon wußte sofort, daß sie heute mit der Straßenbahn heimfahren mußten.

Isak folgte ihm wie ein Hund, aber während der ganzen Fahrt trafen sich ihre Blicke nicht ein einziges Mal, es war, als erkenne Isak den Freund gar nicht. Als sie ausstiegen, fand er den wohlbekannten Weg nicht, und Simon bekam solche Angst, daß sein Magen sich zusammenkrampfte. Er wäre am liebsten geflohen, hakte sich aber bei Isak unter, und sie gingen zusammen bergauf und bergab den Weg, den Aron Äppelgren Simon lieben gelehrt hatte.

Und sie kamen heim und Karin war da und sie sah sofort, was los war, und der Krampf in Simons Magen ließ nach, obwohl er bemerkte, daß Karins Stimme unsicher war, und auch sah, daß in ihren braunen Augen eine flackernde Schwärze stand, als sie sagte: »Geh du hinaus.«

Er stürmte durch die Tür hinaus zu den Eichen und zu dem Land, wo alles einfach ist.

Sanft und vorsichtig, als liefe er Gefahr zu verbluten, zog Karin Isak Jacke und Schuhe aus. Dann setzte sie sich mit dem großen Jungen auf dem Schoß in den Schaukelstuhl, wiegte ihn leicht hin und her, strich ihm über die Haare, gurrte.

Er erwärmte sich ein wenig. Aber die Steifheit blieb und es war ganz offenbar, daß er Karin nicht erkannte.

Sie sang ein altes Kinderlied: Isak, kleiner Isak ... und vielleicht war er jetzt etwas weniger steif, doch als sie versuchte, seinen Blick einzufangen, stand einwandfrei fest: Isak Lentov wußte nicht mehr, wer er war.

Ich sollte Ruben anrufen, dachte Karin, aber jeder Versuch, sich zu erheben und die Arme des Jungen zu lösen, steigerten die Angst in seinem Körper. Sie mußte also warten bis Helen mit der Milch kam und Karin ihr die Telefonnummer geben und ihr zuflüstern konnte, sie möge sich um Gottes willen beeilen.

Ruben Lentov erwischte ein Taxi, aber seine Ankunft veränderte nichts. Isak erkannte auch seinen eigenen Vater nicht.

Er war vier Jahre alt und seine Mutter liebte ihn, wie man etwas liebt, das einem angsterfüllten Leben Sinn und Würde verleiht. Diese Liebe zwang das Kind, sich immer den Bedürfnissen der Mutter anzupassen, und hinderte es daran, seinen eigenen Gefühlen nachzuspüren, die es gebraucht hätte, um das eigene Leben einschätzen und begreifen zu lernen.

Er wurde zu einem braven und stillen Kind.

Aber ihn konnten manchmal unbeschreibliche Wutausbrüche überkommen. Dann rannte er schreiend durch die große Berliner Wohnung.

Sein Vater sei in einem fernen Land, das waren die Worte der Mutter, und sie sprach diese mit einer Sehnsucht aus, die sein Bild von Schweden ein Leben lang prägen sollte. Doch er hatte einen Großvater, und der war Gott selber, soviel hatte der Junge begriffen, denn der Großvater hatte eine Stimme, die dröhnte wie die Stimme des Herrn, und an den Samstagen, wenn er mit dem kleinen Enkelsohn an der Hand zur Synagoge schritt, war er majestätisch und würdevoll gekleidet. Genau wie der Herr des Hiob.

Und er strafte wie Gott und sein Zorn traf Gerechte und Ungerechte schwer, und der Junge versuchte nie, das auch nur verstehen zu wollen, denn er hatte in der Synagoge gelernt, unbegreiflich sind die Ratschläge des Herrn.

Außerdem erinnerte sich der Junge später nie an die Stunden, in denen er schreiend durch die Wohnung gerannt war und seiner Mutter Qualen bereitet hatte, und sie den Herrn anrief, der schweren Herzens und mit harter Hand das Kind bestrafen mußte.

Aber genau an diesem Nachmittag, als er zwischen vier und fünf Jahre alt war und in Berlin die Frühlingssonne schien und er seiner Mutter mit seinem Schreien wieder wehgetan hatte und unter dem Speisezimmertisch mit der dicken in Rot und Gold gestickten Decke saß und es schwach nach Bohnerwachs und saurem Wein roch und er die Mutter in ihrem Zimmer weinen hörte und er auf den Herrn wartete, der kommen und ihn schlagen würde – genau an diesem Tag wurde ihm ein neues Gefühl zuteil.

In diesem Gefühl gab es auch eine Wut von gleicher Art wie die, mit der er kurz zuvor schreiend herumgerannt war. Aber jetzt war er sich des Zornes bewußt und das gab Hoffnung, er konnte denken und er dachte, er werde ausreißen und zu seinem Vater in das ferne Land gehen. Er wollte sich durchfragen, er kannte die Adresse.

Er zog die Schuhe aus, um nicht gehört zu werden, und schlich in die Diele. Da stand er eine Weile und sah sich an der Garderobe um und dachte, er werde auf der langen Wanderung in das neue Land, in dem es angeblich so kalt war, wohl seinen Mantel brauchen.

Aber er reichte nicht hinauf.

Es gelang ihm, die Tür lautlos zu öffnen und sie hinter sich wieder zuzuziehen. Und er ging die Treppe hinunter und hinaus auf die Straße, wo die Sonne schien und die Gesichter der Menschen dank der Militärmusik und dem zackigen Marschieren der Hitlerjugend lebhafter wirkten.

Er konnte sich nie daran erinnern, wie sie ihn aufgegriffen hatten, die langen Kerls in Braunhemden mit Hakenkreuzbinden an den Ärmeln. Aber er erinnerte sich daran, wie ihre Nasenflügel vor Begeisterung bebten und wie sie lachten, als sie ihn in der nächsten Kneipe auf den Tresen hoben und ihm die Hose auszogen, um nachzusehen, ob sein Pimmel beschnitten war, ob er ein kleines Judenschwein war, das ihnen die Vorsehung an diesem sonnigen und großherzigen Tag, der so voll Hoffnung für all jene war, die die Geburt des Dritten Reiches miterlebt hatten, über den Weg hatte laufen lassen.

Sie zogen an seinem kleinen Glied bis es blau war, doch im Verlauf dieser Folterung verfiel der Junge dem Dunkel der Bewußtlosigkeit, was das Vergnügen minderte. Trotzdem hörten sie erst auf, als Blut aus dem Glied spritzte und die Kellnerin sich einmischte, das Kind nahm und es in das Zimmer hinter dem Tresen brachte.

Sie war groß und blond gewesen wie Karin.

Und am Abend, als das stramme Marschieren auf den Straßen aufgehört hatte, trug sie ihn heim in die Lentovsche Wohnung.

Sie kannte das Kind.

Als der Junge sich wieder gefaßt hatte, war er zur Einsicht gelangt, daß der Großvater nicht Gott war, und er weinte aus Angst und Verzweiflung. Ein Arzt kam, es gab einen Verband und Medikamente, und bleibende Folgen werde die Sache für den Jungen nicht haben, versprach der Arzt, der selbst Jude war und so verängstigt, daß die Beruhigungsspritze in seiner Hand bebte.

Während der Junge den Schlaf des schweren Giftes schlief, saßen der Vater des Vaters und die Mutter des Kindes an seinem Bett und hatten in ihrem gegenseitigen Haß nur das Bestreben, einander die Schuld zuzuweisen.

Du verdammte dumme Gans mit deinen Tränen und deinen Auftritten, nur du hast mich dazu gebracht, ihn zu schlagen.

Durch dich, alter Satan, war er vor Angst ganz außer sich. Aber sie sprachen kein Wort, und die alte Großmutter mit ihrem Wein und ihrem Trost, den sie aus dem vierten Gebot schöpfen konnte, strich um sie herum. »Kinder vergessen ja so leicht«, sagte sie.

Und nach und nach durchliefen die Erwachsenen alle Phasen von Schock und Haß und wurden in stiller Übereinkunft zu Verbündeten. Ruben Lentov sollte nie erfahren, was seinem Sohn zugestoßen war.

Allerdings waren sie, als sie sich schließlich trennten, um ein wenig zu schlafen, doch in Sorge, daß das Kind etwas verraten könnte. Aber die Besorgnis hätten sie sich sparen können, denn als der Junge aufwachte, war er stumm.

Er sprach nicht und er weinte nicht, nur wenn der Arzt kam, um die Wunden frisch zu verbinden, konnte es vorkommen, daß er ein wenig wimmerte.

»Er steht unter Schock«, erklärte der Arzt.

Und so verhielt es sich auch noch nach einem Monat, als Ruben Lentov zu Besuch kam und wütend und verzweifelt zu wissen verlangte, was geschehen war. Die beiden Verbündeten hielten ihre Abmachung: Ruben Lentov durfte nie zu Ohren kommen, was seinem Sohn widerfahren war. Aber sie hatten nicht mit dem Arzt gerechnet, der, immer besorgter über den Zustand des Jungen, weiterhin im Haus ein und aus ging.

Noch viele Jahre danach mußte Ruben Lentov sich Mühe geben, diese Nacht, das Gespräch mit dem Arzt, sein Entsetzen und die Schuldgefühle zu vergessen. Nie aber kam er auf die Idee zu fragen, warum der Junge versucht hatte auszureißen.

In diesem Drama gab es für ihn nur einen Schuldigen, ihn selbst.

Als der Tag graute, nahm er mit der Kraft der Verzweiflung in Angriff, was er schon längst hätte tun sollen, lief straßauf, straßab durch Berlin, strapazierte Wartezimmerstühle, wurde beschimpft und gedemütigt, konnte aber doch auf seine schwedischen Papiere bauen.

Dann stand er eines Tages mit allen gestempelten Dokumenten im Zimmer des Jungen, hob das Kind hoch und rief: »Du wirst mit mir in das neue Land kommen.«

Und die Stärke in der Stimme des Vaters und die Wärme in seinen Armen hatten die Kraft, die Versteinerung zu durchdringen, Isak wurde lebendig und konnte denken. In ihm nahm der Gedanke Form an, daß es ihm doch gelungen war, und sein Ausreißen zum Ziel geführt hatte.

Er weinte den ganzen Tag still vor sich hin und weigerte sich, Ruben loszulassen.

Am Abend begann er zu sprechen, aber nur sein Vater durfte es hören. Aber als die Mutter in seinem Zimmer auftauchte, schrie er die Düsternis in seinem Inneren dennoch sofort laut hinaus. Ruben verstand und dachte, daß es künftig seine schwerwiegende Pflicht sein würde, das Kind vor der Mutter zu schützen.

Als sie am letzten Morgen in der alten Wohnung in Berlin mit dem Reisegepäck in der Diele standen, sagte Ruben zu seinen Eltern, er hoffe, daß sie bald nachkommen würden. Aber er empfand große und mit Schuld durchsetzte Erleichterung, als sein Vater sagte, sie würden in Deutschland bleiben, in dem Land, das sie liebten, und daß die Sache mit den Nazis bald vorbei sein werde.

Der Junge sah seinen Großvater nicht an, er hatte ihn schon ausradiert.

Lentovs zweiter Sohn ging nach Dänemark, und die einzige Tochter fuhr mit Mann und Kindern nach Amerika. Die Alten blieben zurück, wie sie es beschlossen hatten, und vielleicht gingen sie in eben dem Frühjahr, in dem die von Schweden zurückgehaltenen norwegischen Schiffe bei Måseskär versenkt wurden und Isak erkrankte, ihrem Tod in einem der großen Lager im Osten entgegen.

Jetzt saß Ruben in der Eisenbahn, hörte das Holpern der Räder auf den Schienennähten, sah seine Frau an und wagte zu denken, welche Erleichterung es bedeutet hätte, wenn sie in Berlin geblieben wäre. Neben seiner Frau saß deren Cousine, ein elfjähriges Mädchen, für das zu sorgen sie versprochen hatte, und das in all seiner Selbstsucht doch gut für den kleinen Jungen war.

Sie hatten Glück mit dem Wetter, das Land, das sich, nachdem sie in Helsingborg umgestiegen waren, vor den Augen des Jungen ausbreitete, war licht und von frühsommerlicher Pracht.

In der neuen Wohnung blühte vor dem Fenster des Kinderzimmers ein Ahorn, und der Junge konnte dort stundenlang fast in der Krone des Baumes stehen und dem Summen der Hummeln zuhören und den Honigduft der abertausend lichtgrünen Blüten atmen.

Das ferne Land roch gut.

Aber das beste von allem war, daß es eine andere Sprache hatte.

In der Buchhandlung arbeitete eine große junge Frau. Diese Ulla hatte eine höhere Mädchenschule besucht und konnte Deutsch, war sich jedoch zu fein, um Kindermädchen zu werden. Ruben erkannte aber, wie gern sie den Jungen hatte, erhöhte ihren Lohn und nannte sie Gouvernante.

Sie war eine von den Menschen, die Lieder, Gedichte und Märchen liebten. Drei Jahre lang widmete sie sich dem Jungen, der bald die Lieder von Bellman und auch die von Evert Taube sang. Er liebte die neue Sprache so leidenschaftlich, daß er sie in kürzester Zeit zu seiner eigenen machen wollte. Schon nach wenigen Monaten war er wortgewandter und beredter als er auf Deutsch jemals gewesen war.

Ruben war erstaunt und erfreut. Der Junge war doch nicht minderbemittelt, wie seine Mutter und der Großvater es befürchtet hatten. Er sah, daß es für seinen Sohn um mehr ging als um Worte, daß Isak mit der neuen Sprache den Weg zu den eigenen Gefühlen fand und Geschichte und Zusammenhänge erkannte.

Mit seiner Mutter sprach der Junge nie schwedisch.

8

Schließlich schlief Isak dann doch in Karins Armen im Schaukelstuhl ein. Simon und Ruben zogen zu zweit das Unterbett aus der Couch und legten Isak in Eriks Bett.

Ruben schlief in der Küche auf Simons altem Küchensofa so gut es eben ging. Aber es war wohl nicht die Unbequemlichkeit, die ihn die Nacht über wach hielt.

Karin lag neben Isak mit seiner Hand in ihrer. Er schlief so tief und fest, daß er nicht aufwachte, als Simon am nächsten Morgen in die Schule ging und Ruben in die Stadt fuhr, um in seinem Büro die notwendigsten Arbeiten zu erledigen.

Er wollte mittags zurück sein, und Karin flüsterte mit ihm von Lebensmitteln und anderen praktischen Dingen, die er besorgen sollte, und er nickte ihr von der Küchentür aus zu, schloß sie hinter sich, kam aber noch einmal zurück und sagte, sollte er dort bei Olga landen ...

Da vergaß Karin zu flüstern und meinte, Isak werde nie in eine Irrenanstalt kommen, solange sie, Karin, im Besitz ihrer Kräfte sei.

»Ich bin stark, Ruben«, sagte sie. »Gehen Sie jetzt.«

Aber tief im Herzen war sie weit ängstlicher, als sie zugeben wollte.

Dann, völlig undramatisch, wachte Isak auf, sah Karin an und erkannte sie. Aber er hatte Angst, ließ seinen Blick heimlich durchs Zimmer schweifen, als erwarte er, daß noch jemand anderes da sei. »Wen suchst du denn, Isak?«

»Großvater«, sagte Isak und war ebenso erstaunt wie sie, verzog fast ein wenig den Mund über seine Dummheit.

»Warum fürchtest du dich vor deinem Großvater?«

»Er hat mich immer geschlagen, wenn ich so wie jetzt fort war und mich an nichts erinnern konnte.«

Brüchig, allzu brüchig war das Eis, über das Karin gehen mußte, nur ja nicht ängstlich sein, nicht zu lange zögern, nicht zuviel denken. Nur ruhig den nächsten Schritt tun. Vertrauen haben.

»Was ist denn gestern passiert?«

»Wir sind in der Pause mit dem Rad zum Bahnhof Olskroken gefahren, weißt du, und haben sie uns angesehen.«

Jetzt weiteten sich seine Augen, die Angst packte ihn. Karins Gehirn arbeitete schnell und klar, sie wußte, was die Jungen gesehen hatten. Die deutschen Züge rollten durch Schweden, im Bahnhof Olskroken machten die Hakenkreuzträger Rast und streckten die Beine.

»Es tut so weh!« schrie Isak und griff sich in den Schritt.

»Wahrscheinlich mußt du aufs Klo«, sagte Karin und wußte im selben Moment, daß sie einen Schritt in die falsche Richtung gemacht hatte und umkehren mußte.

Aber Isak nahm den Ausweg dankbar an und verschwand in Richtung Klohäuschen im Hof hinter dem Haus. Als er zurückkam, hatte Karin Kakao gekocht und Honigbrote geschmiert, denn sie wußte, daß er das mochte, aber sein Blick flackerte jetzt wieder und sie fühlte verzweifelt, daß er drauf und dran war, ihr zu entgleiten. »Und was ist dann passiert, Isak? Nachdem ihr in Olskroken gewesen wart?«

»Ich erinnere mich nicht.«

Das Eis war brüchig, die Stimme aber warm und sicher. »Natürlich erinnerst du dich, Isak.«

»Wir kamen zur Schule und dort haben wir erfahren . . .«

»Was erfahren? Isak!«

»Ich erinnere mich nicht, zum Teufel, ich erinnere mich nicht.«

»Doch, Isak. Dort habt ihr von den ausgelaufenen norwegischen Schiffen erfahren.«

»Ja!« schrie er. »Schweig jetzt, verdammt noch mal, schweig!«

Aber Karin ließ nicht locker, das Eis war jetzt sicherer, es trug.

»Von den Schiffen, die auszubrechen versuchten und von den Deutschen, die auf sie warteten.«

Da warf er sich rücklings auf das Sofa, hielt die Hände in den Schritt und schrie: »Es tut so weh, hilf mir, Karin, hilf mir.«

»Du hast Schmerzen in deinem Glied«, sagte Karin.

»Ja, ja!«

»Was ist dir passiert, Isak?«

»Ich weiß es nicht mehr.«

»Aber du kannst es vor dir sehen, Isak. Mach deine Augen auf, schau.«

In diesem Augenblick verstand der Junge, daß er sich dem Ganzen stellen mußte, er mußte es noch einmal sehen und erleben. Er klammerte sich an Karin fest, er wechselte die Sprache, schrie es deutsch, die Worte schossen aus ihm heraus und ebenso die Tränen und das Entsetzen.

Es war gut, daß Karin nicht alles verstand, denn hätte sie den Vorfall, der an diesem Morgen in ihrer Küche noch einmal erlebt wurde, in seinem vollen Ausmaß begreifen können, wäre ihr fürchterlicher Zorn vielleicht mit ihr und mit dem Jungen durchgegangen. Wie es jetzt aber war, verstand sie das Wesentliche und konnte ihre Ruhe bewahren und ebenso das Gefühl für gut überlegte Schritte auf dünnem Eis und auch ihren klaren, nüchternen Verstand.

Als Ruben zurückkam, war das Schlimmste vorüber, Isak und Karin saßen auf der Küchenbank, hielten einander bei den Händen und weinten alle beide verzweifelte aber erfrischende Tränen.

Ohne Abstriche berichtete Karin Isaks Geschichte, fragte nach, wo sie nicht verstanden hatte, und Ruben, der rot vor Scham war, wenn er nicht vor Schuldgefühlen erbleichte, mußte ergänzen. Isaks Blick ging vom einen zum anderen, und für alles gab es Worte und alles konnte erzählt werden.

Es war eine große Erleichterung, nicht zuletzt als Karin sagte, daß die Nazis ganz sicher Schweine waren, daß sie aber sowohl Isaks Mutter als auch seinen Großvater auch für verdammte Bestien hielt.

Isak ging das ganze Sommerhalbjahr nicht zur Schule sondern blieb zu Hause, denn Karin wollte es so. Aber schon am selben Abend ging er mit Simon zu den Eichen, und Simon erzählte ihm, wie die Bäume, als er klein gewesen war, mit ihm gesprochen hatten.

Isak glaubte ihn zu verstehen, fand es aber schade, daß Simon diese Eichen später gezwungen hatte, zu schweigen.

»Ach was«, sagte Simon. »Bäume können doch nicht reden. So was bildet man sich als Kind doch nur ein.«

Doch Isak erwiderte, er wisse, daß Bäume reden können und daß der Ahorn vor seinem Fenster ihm in dem Frühling, in dem er nach Schweden gekommen war, viel zu sagen gehabt hatte.

»Was denn?« fragte Simon, und seine Stimme klang neugierig.

»Er wollte wohl darauf hinaus, daß nichts wirklich gefährlich ist«, antwortete Isak, und Simon wußte, daß hier etwas Wesentliches in Worte gekleidet worden war.

Karin, die spürte, daß sie frische Luft brauchte, begleitete Ruben zur Straßenbahn. Sie sah wohl, daß auch er Trost brauchte, aber es war, als hätte sie dazu keine Kraft mehr.

»Haben Sie gewußt, daß der Großvater ihn schlug?«

»Ich hätte es wissen müssen.«

»Was mich am allermeisten ärgert, ist aber doch das Verhalten Ihrer Frau«, sagte Karin. »Was ist das für eine Mutter, die ihr eigenes Kind verrät und dann auch noch zusieht, wie es mißhandelt wird.«

»Ich hatte selbst eine solche Mutter«, sagte Ruben.

Da schämte sich Karin, aber er bemerkte es nicht, denn plötzlich sah er in der Dämmerung auf der Straße seine eigene Mutter mit Karins Augen, und er fühlte, daß er sie haßte.

Dann dachte er an die Vernichtungslager.

Es wurde ein langer und schwieriger Frühling für Isak. Am allerliebsten wollte er schlafen, und jedesmal wenn Karin ihn zum Aufwachen zwang, weinte er.

Manchmal dachte er, daß die Trauer in ihm nie ein Ende haben würde.

Er hatte keine Freude mehr am Leben und keine Kraft, irgend etwas zu tun.

Eigentlich änderte sich das erst, als Erik wieder heimkam und mit Isak ein Boot zu bauen begann.

9

Sie bauten ein Schiff hoch im Norden …

Isak sang und unter der Persenning dehnte sich das Spant über einem Skelett aus kräftigem Abbruchholz.

Es sollte eine Karavelle werden mit Bordwänden aus Mahagoni, der eleganteste Küstensegler an der Strommündung. Wie Erik 1942, dem Jahr der Isolierung Schwedens, zu dem Mahagoni kam, wußten nur er und der liebe Gott. Aber eines Tages wurde es im Hinterhof zwischen Haus und Berg abgeladen und liebevoll und sorgsam zugedeckt.

Erik war vom Bereitschaftsdienst nach Hause zurückgekommen und wie so viele andere Männer arbeitslos. Der Lastwagen war in Betrieb, fuhr jetzt mit Holzgas und brachte gerade mal das Geld ein, das die Familie des Schwagers zum Leben brauchte. Trotzdem war Erik guter Dinge.

»Ihr werdet sehen, wir schaffen es«, sagte er. »Diese Teufel haben jetzt alle Hände voll zu tun, und das alte Schweden hat sich als harte Nuß erwiesen.«

Er war ein schwedischer Tiger, er durfte nicht viel sagen, aber aus seinen Worten ging hervor, daß es jetzt an den Grenzen Ordnung, Soldaten, Waffen und einen verdammt sturen Kampfgeist gab.

In dieser Frühsommernacht feierte man in Larssons Garten ein Fest, Nachbarn und Freunde hoben das Glas und tranken auf Hitlers Tod, den Mut der Russen und die fliegenden Festungen der Amerikaner.

Ruben Lentov trank ermutigt und getröstet sein Glas in einem Zug leer. Schon im vergangenen Jahr hatte er erkennen müssen, daß Erik ein politisch kluger Kopf war. Damals war er nur über die Mittsommertage auf Heimaturlaub gewesen, hatte aber eines Abends an Rubens Wohnungstür geklingelt, in der Diele gestanden und gesagt: »Ich bin nur raufgekommen, um dich wissen zu lassen, daß jetzt die Wende kommt, der ganze verdammte Krieg wird jetzt die Richtung ändern.«

Ruben hatte sich mehr über den Besuch als über die Botschaft gefreut, hatte eine seit langem aufbewahrte Flasche französischen Kognak hervorgeholt und versucht, mit möglichst fester Stimme zu fragen: »Was in Gottes Namen läßt Sie das glauben?«

Damals hatte es nicht viele Hoffnungsschimmer gegeben, außer daß die englischen Flieger Hitler in der Schlacht um Großbritannien standhielten.

»England hat noch nie einen Krieg verloren«, sagte Erik. »Und nur der Teufel weiß, ob nicht bald im Osten etwas passiert.«

Ruben konnte sich nicht erinnern, wieviel von dem Kognak sie schon getrunken hatten, als sie die Radionachrichten anschalteten. Aber er erinnerte sich daran, daß sie ein wenig schwankten, als sie mitten in seiner Bibliothek stehend die aufgeregte Stimme des Sprechers die Nachricht von der Operation Barbarossa herausbellen hörten. Hitlers Truppen im Blitzangriff auf Rußland. Er würde nie vergessen, wie Erik vor Freude aufschrie und Ruben in einer Umarmung fast die Luft abdrückte. Und als er ihn losließ, sagte: »Du, der du einen alten grausamen und gerechten Gott hast, bete! Bete jetzt, Ruben Lentov, um einen höllischen Winter mit Schneestürmen und vierzig saftigen Minusgraden.«

Dann lachten sie wie die Verrückten, tranken die Kognakflasche leer und sprachen über Napoleon und den Schwedenkönig Karl den Zwölften.

Als das Eis sich in diesem Winter an den Küsten türmte und die beiden Männer sich irgendwann trafen, machten sie darüber Scherze. Und als Erik in der Zeitung las, daß die Eisbrecher in der Ostsee bis in den Juni hinein zu tun hatten, sagte er zu Ruben: »Verdammter Kerl, du bist erhört worden!«

Beim Bauen des Bootes hatte es zeitweise gewisse Schwierigkeiten gegeben. Ruben hatte ein Boot bestellt, das dem Sohn neuen Mut geben sollte. Er bereitete einen Vertrag vor, der alles einschloß, auch einen ordentlichen Arbeitslohn für Erik. Doch als er mit seinen Papieren kam, ging ein Engel durch Larssons Küche. Oder vielleicht war es ein Weihnachtsmann, einer von den Älvsborger Weihnachtsmännern, wie die Gesellschaft sich nannte, die Erik während seiner Kinderjahre in ihrer unergründlichen Güte im Gemeindesaal jedes Jahr ein Paar Schuhe geschenkt hatten.

»Nimm dein Geld und fahr zur Hölle«, sagte Erik, und Ruben senkte das Haupt unter diesem Hieb, wie sein Volk es seit Jahrtausenden getan hatte. Dann aber schlug seine Verbitterung in Zorn um und er sagte, er habe sein Geld ehrlich verdient und es stinke nicht, auch wenn es durch die Taschen eines Juden gegangen sei.

»Verdammt, du bist doch verrückt«, wetterte Erik. »Das hier hat doch wirklich nichts mit Juden zu tun.«

Aber er schämte sich wie ein Hund und sagte, weil er fürchtete daß Karin dazukommen könnte, daß sie jetzt angeln gehen sollten.

Sie nahmen die Jolle, setzten das Sprietsegel und ankerten in der Rinne vor Rivö, wo sie mit der Handleine Makrelen angelten und aus einer Viertelflasche sogenannten Volkskognak tranken. Hier bekam Ruben die Geschichte von den Älvsborger Weihnachtsmännern zu hören und erfuhr von Eriks Traum von einer Werft. Er wollte Boote bauen.

»Nach dem Krieg könnte eine gute Zeit dafür sein«, vermutete Erik.

In der darauffolgenden Woche gründeten sie bei Ruben Lentovs Anwalt eine Gesellschaft, und damit war der Grundstein gelegt für die Tätigkeit, die Erik nach und nach zu einem wohlhabenden Arbeitgeber machte, was für einen Mann wie ihn, mit all seinen Widersprüchlichkeiten, schwierig war.

Aber in diesem Sommer wurde das erste Boot auf Kiel gelegt. Simon fühlte sich ausgegrenzt, saß lieber über seinen Büchern, als daß er an der Arbeit am Boot mithalf. Er haßte Isak wegen seiner guten

Zusammenarbeit mit Erik, und er haßte sich selbst, weil er ihn haßte, denn Isak mußte einem doch wirklich leid tun, und alle mußten sich doch über sein Interesse am Bootsbau und seine Freundschaft mit Erik freuen.

So drückte Karin es jedenfalls aus.

Auch sie zeigte in diesem Sommer kein größeres Interesse an Simon, er war nichts weiter als ihr wohlbehüteter Sohn, der es immer nur gut gehabt hatte. Ihre Gedanken kreisten um Isak, ständig auf der Jagd nach Anzeichen, ob er doch noch einmal ins Niemandsland abgleiten könnte. Und Isak, der von seiner eigenen Mutter nie beachtet worden war, genoß Karins Besorgnis.

Sie sah Simon ab und zu etwas zerstreut an, wenn sie feststellen mußte, daß er in die Höhe schoß und aus den Kleidern herauswuchs. Sie änderte Isaks alte Hosen ab und nahm nicht einmal den Zorn in Simons Augen wahr, wenn sie ihn zu einer Anprobe zwang.

Er lief zu den Eichen, saß dort und weinte wie ein Kind, doch dann ging er zum Meer und brachte Isak um. Aber auch das gelang ihm nicht besonders, es verschaffte ihm keine Erleichterung, und der kleine Mann seiner Kindheit war verschwunden. Lange überlegte er, ob er nicht weglaufen sollte, der Gedanke, wie traurig Karin sein und wie die Reue sie packen und wie sie verzweifelt die Hände ringen und schreien würde, daß sie ihren Sohn in den Tod getrieben habe, gab ihm eine gewisse Genugtuung.

Denn sie würden ihn finden, getötet von eigener Hand.

Der Plan hatte nur einen Haken, Simon wollte nicht sterben. Als er das erkannte, schämte er sich, denn Isak mußte einem doch leid tun und Karin war ein Engel, das hatte Ruben gesagt, und Simon hatte es immer gewußt. Er kam zerknirscht nach Hause und war froh, daß Karin nicht mehr wach war, denn wenn sie seine finsteren Gedanken bemerkt hätte, wäre er gestorben.

Dessen war er sicher.

In dieser Nacht träumte er einen Traum vom Wald und einem weitgestreckten See. Er erkannte alles wieder, wußte, daß er schon einmal dort gewesen war und daß die Wehmut in diesen Bildern sich zu wilder Angst steigern würde. Er war vorhanden, aber keiner sah ihn, er schrie, weinte, trat um sich, alles in der Notwendigkeit, daß jemand ihn sähe, und da war eine Grotte, und in wütendem Entschluß fand er den Ausgang, schmal war er, und es schmerzte am ganzen Körper, als er sich hindurchzwängte, aber die, die ihn sehen mußte, damit er leben durfte, gab es dort nicht, und die Raserei ebbte ab zu einer großen Müdigkeit, und er starb, und dann war jemand da, der ihn sah, und das war Karin, und ihre Augen waren braun wie die Treue und voller Liebe, aber seine Verzweiflung über die, die nicht gesehen hatte, war weiterhin vorhanden und würde ihm sein Leben lang folgen.

Dann war es Morgen und niemand sah, daß Simon seltsam blaß war, als sie alle – wie gewöhnlich mit Zeichenpapier und Stiften zwischen den beiseite geschobenen Kaffeetassen und den Tellern mit Haferbrei – um den Frühstückstisch saßen und erneut skizzierten, wie sie das eine oder andere Detail der Kombüseneinrichtung lösen könnten. Karin machte sich, wie in dieser Zeit üblich, Sorgen um das Mittagessen. Sie hatte keine Fleischmarken mehr, die alten Kartoffeln waren ausgewachsen und ihre Phantasie am Ende.

Aber ihr fiel trotzdem auf, daß Simon ohne Appetit aß.

»Iß deine Haferflocken, Junge«, sagte sie. »Du brauchst das jetzt, wo du so schnell wächst.«

Da sah Simon seine Mutter an und fühlte, daß er sie haßte.

Dann wurde er von den Cousins gerettet, die an Larssons Küche vorbeigekommen waren, um Simon zu fragen, ob er mit zum Fischen kommen wolle. Es war ein trüber Tag mit tiefhängenden, regenschweren Wolken, so daß Karin ihm Ölzeug, eine Kapuze und Stiefel aufnötigte. Doch dann war er frei, war sie und die Bootsbauer mit ihrem dauernden Gemecker, daß er wenigstens Handlangerdienste leisten könnte, los.

Der Wind kam ausnahmsweise von Land, sie hielten kurz auf Danska Liljan zu, kamen hinter Böttö in Lee und setzten den Anker. Normalerweise hatte Simon keinen Spaß am Fischen, aber heute paßte ihm das lange Warten an der Handleine.

Er war erschrocken über den Gedanken, der ihm während des Frühstücks gekommen war, nämlich daß er Karin haßte, und so sagte er sich, während er auf die aus dem Wasser ragende Sandbank starrte, daß er eigentlich gar nicht sie gemeint hatte. Gemeint hatte er die Ågrensche und ebenso Isaks verdammte Mutter oder auch Tante Jönsson aus dem Lebensmittelgeschäft, die ihn erwischt hatte, als er einmal ein Rahmbonbon mopsen wollte, und dann Tante Äppelgren, die nicht ganz bei Trost war und immer nur saubermachte und ihn einmal beschuldigt hatte, in ihrem Garten Äpfel geklaut zu haben.

Verdammte Spinatwachtel, dachte er und erinnerte sich, wie die Äpfel geschmeckt hatten, süß und verboten.

Dann dachte er an Tante Inga und fühlte, daß er sie am allermeisten haßte, obwohl sie ihm nie etwas getan hatte. Er sah ihr feistes Gesicht vor sich und ihren Blick, der immer auswich.

Sie ist eine Sau, murmelte er und war darüber erstaunt, wie groß sein Abscheu war, als er an sie dort in der dreckigen Hütte dachte. Doch dann sah er den langen See und hörte das Rauschen des Waldes, und im nächsten Moment hatte er Herzklopfen und wußte, daß er etwas sehr Gefährlichem nahegekommen war.

Da biß ein Fisch an, der Ruck war so kräftig, daß Simon fast von der Ruderbank gerutscht wäre, aber er zog die Leine an, wie es die Lage erforderte, und hatte einen Riesen von einem Dorsch erwischt, einen Kerl von sicher fünf Kilo. Es war ein Glück, daß die Angelschnur hielt, und die Jungen zogen den Fang über die Reling und schlugen den Fisch unter Jubelgeschrei tot.

Die Sonne brach durch die Wolken, als sie auf dem Heimweg waren, ein freundlicher Wind kam auf und trocknete die Segel, er kam von der richtigen Seite, vom Meer. Sie konnten den ganzen Weg raumschot segeln, es ging schnell, und Simon sah den Dorsch dankbar an, der ihn gerettet hatte und ihm einen guten Tag bereiten würde. Karin würde sich freuen, sie würde ihn willkommen heißen wie einen Mann, der in schlechten Zeiten Nahrung nach Hause brachte.

Es war, wie er es sich vorgestellt hatte, Karin drückte sowohl den Dorsch als auch den Jungen an sich, überwand ihr schlechtes Gewissen und ging hinaus, um junge Kartoffeln auszugraben. Aber das war wirklich eine Sünde und eine Schande, denn die Kartoffeln waren noch sehr klein und hätten gut doppelt so groß werden können, wenn Karin einen Monat oder sogar länger gewartet hätte.

Dann riefen sie Ruben an und sagten ihm, es sei Simon zu verdanken, daß sie in der Küche ein Fest feiern könnten, und ob er kommen wolle und vielleicht ein Stückchen Butter übrig habe, die sie bräunen könnten? Und er kam und brachte nicht nur ein Stück Butter, sondern auch eine Flasche Wein mit.

Und eine Nachricht für Isak. Schon ab der nächsten Woche sollte er Privatunterricht bekommen, um nachzuholen, was er während seiner Krankheit in der Schule versäumt hatte. Ruben hatte schon mit dem Lehrer gesprochen, drei Stunden täglich mußte Isak zum Unterricht gehen.

Erik machte ein erstauntes Gesicht, sagte aber nichts. Auch Karin schwieg, obwohl sie die Sache für unnötig hielt, denn jetzt war Freude für Isak das Wichtigste.

Isak selbst wurde rot vor Zorn, wagte aber nicht zu widersprechen. Nur Simon freute sich von Herzen.

Dann aber sagte Erik, nun müsse eben Simon in den Stunden, die Isak abwesend war, beim Bootsbau mithelfen, und Simon wußte genau, wie das ausgehen würde, weil er ja mit zwei linken Händen geboren war, wie Erik zu sagen pflegte.

10

Ruben Lentov besuchte gern Konzerte. Irgendwann hatte er versucht, die Larssons mitzunehmen, aber Erik hatte ein verlegenes Gesicht gemacht und Karin hatte gemeint, das ist wohl nichts für uns.

»Für mich ist es eine der Möglichkeiten zu überleben«, sagte Ruben.

»Ja, jeder von uns hat wohl eine solche Möglichkeit«, sagte Karin, doch Ruben wagte nicht zu fragen, welche sie für sich habe. Aber er kannte sie inzwischen so gut, daß er ihre Traurigkeit sah, diese Trauer, die sie immer umgab.

An einem Samstagabend, als er sich von Larssons und dem Bootsbau frühzeitig verabschieden mußte, weil die *Symphonie Fantastique* von Berlioz gespielt wurde, nahm er Simon mit. Niemand machte sich Gedanken darüber, wie es zugegangen war. Vielleicht hatte Ruben Simons Einsamkeit erahnt und wollte ihm etwas Trost spenden, und vielleicht hatte Simon zugesagt, um Karin zu ärgern. Oder weil er sich geschmeichelt fühlte. Vielleicht war es auch nur ein Zufall.

Oder das große Schicksal zog im Spiel um Simon Larssons Leben einen entscheidenden Stein auf dem Brett.

Zunächst empfand Simon es als äußerst unbehaglich. Der große Konzerthaussaal, die elegant gekleideten Menschen mit den feierlichen Gesichtern und die ernsten Männer auf dem Podium, die ihre Instrumente stimmten und wie Elstern aussahen – das alles flößte ihm ein so befremdendes Gefühl ein, daß er am liebsten geflohen wäre. Wenn er sich getraut hätte.

Dann aber hob einer der schwarzweißen Männer einen Stab.

Und Simon hörte die Gräser in einem anderen Land und in einer anderen Zeit singen, als die Welt noch jung und voll Hoffnung war. Der Himmel wurde von wildem Vogelrufen durchdrungen, er war, wie das Gras, ohne Ende, und jeder Vogel in diesem Blau besaß Persönlichkeit wie die Gräser am Boden.

Der Wind, der sich frei über die Ebene bewegte und alles berührte, bisweilen herausfordernd heftig, sanft und zärtlich im nächsten Moment, hauchte allem Leben ein. Aber es gab da auch einen Schmerz und eine blaue Sehnsucht, eine Ungeduld und einen Traum. Und einen Mann, der all dies in sich trug. Er saß an dem großen Strom und er war zugleich das Wasser des Stroms, immer dasselbe und immer wieder neu. Und er suchte die Ufer auf, als könne er nie genug bekommen von deren Schönheit und den sanften Hängen.

Andere kamen, Menschen, die sich in ständig wachsender Erwartung in dem Strom spiegelten, und er nahm ihre Bilder in sich auf und wußte, daß es sein Schicksal war, ihren Träumen Gestalt zu geben.

Da wuchs der Wind zum Sturm an und trieb ihn der Entscheidung entgegen, und seine Pein steigerte sich fast bis zum Wahnsinn, denn sein Gemüt war sanft wie das des Stromes und er wollte keine Gewalt.

Aber der Sturm hatte den Säbel gezogen, er kam aus den Bergen im Osten und war vom Tode berauscht, von der Freude am Töten, und das Blut spülte über die Felder.

Als der Sturm über die Ebene weitergezogen war, scharten die Überlebenden sich um ihn und legten alle ihre Erwartungen in seine Hände. Und er sprach zu ihnen von dem Gott, dessen Tempel zerstört worden war und dessen Name nicht mehr genannt werden durfte. Aber das Bemerkenswerteste war doch die Sprache die er benutzte, die uralte Sprache, die jahrhundertelang geschlafen hatte.

Sprache und Tempel, seine Aufgabe war es, sie beide wieder auferstehen zu lassen. Die gewichtige Sprache, die die Heimat dieser Menschen während tausenden von Jahren gewesen, die jedoch niedergemacht und verboten worden war. Und den alten Gott, der aus seiner Heimat im Herzen des Volkes vertrieben worden war.

Als er dort am Strand stand, fühlte er, daß die alte Sprache auch die Sprache des Stromes und der Gräser, der Bauern und des Friedens war, schwer von Erde und harter Arbeit. Er sah über die Ebene hin, sah die Kanäle, die die Landschaft mit ihren Silbersträngen durchzogen und das Wasser des Stromes über die Äcker ausgossen. Nicht anders als die Sprache stand es nun unter fremder Herrschaft.

Obwohl es verboten war, sang er den Leuten die alten Hymnen vor, die Lieder von der Heiligkeit der Erde und der Liebe des Wassers, vom Fluß, der der Erde, unserer großen Mutter, Leben spendete.

Die alten Männer und Frauen, die dabeistanden, kannten die Worte noch und fielen in den Gesang ein. Die Jungen, denen es verwehrt blieb sich in der Muttersprache heimisch zu fühlen, vernahmen dennoch, daß die Sprache die Macht besaß, am Kopf vorbei das Herz zu berühren.

Die Freude stieg in den Himmel, zeitweise klang es wie Tanz, wie Spiel aus einer entschwundenen Zeit, als alles noch einfach war und die Herzen der Menschen weit offen für das Grundlegende. Es waren Klänge, die aus der Erde hervorgegangen waren, die Farbe und Kraft aus dem endlosen Grasmeer geholt hatten und aus der gelben Wärme des sanften Flusses.

Seit langem vergessene Bilder ließ der Mann wieder auferstehen, der dort am Fluß sprach und sang und dessen Worte die Trauer weckten, die so groß war, daß sie hunderte von Jahren hatte verleugnet werden müssen. Unter der Trauer schlummerte der Zorn, die besinnungslose Wut. Jetzt erwachte sie und die Menschen schrien: »Tod dem Akkad!«

Da wanderte er einsam fort und seine Angst war groß. Aber noch größer war die Trauer, denn er kannte den Preis für sein Handeln. Und er betete zu dem verbotenen Gott dort oben im blauen Himmel um Entbindung von diesem Auftrag, und der Gott antwortete ihm mit Vogelgesang, der erfüllt war von Freiheit. Und der Mann erkannte, daß er die große Tat nicht vollbringen mußte und ein kleines Leben in Zwang und Ruhe leben konnte.

Als die Dämmerung hereinbrach, war er noch immer am Fluß, ruhte unter dem großen Baum aus, in dessen Krone sich die Vögel das Nachtlager bereiteten. Und er sprach mit den Vögeln von seinem großen Zweifel. Aber der Gesang der Vögel hatte nur eines zu sagen, daß das Leben schön war so wie es war, und die Taten der Menschen Torheiten. Der Baum sprach zu ihm von den wortlosen Schöpfungen jenseits von Gut und Böse. Dieses Sprechen gab Kraft, er verstand es so, daß er die Grenze überschreiten mußte, die von der Schuld und der Schande bewacht wurde.

Aber der Fluß sang in der Nacht von der Veränderung, der Bewegung, die unabhängig vom Menschen ist.

Du bist nur zu Gast in der Wirklichkeit, weil du sie nicht siehst. Du siehst nur die mit Namen versehenen Teile, nie die Zusammenhänge, aus denen die Ganzheit besteht.

Das war die Botschaft des Flusses und der Mann war völlig zwiegespalten. Doch als die Morgendämmerung mit dem ersten Sonnenflimmern im Fluß und dem ersten Vogelruf in der Luft kam, hatte er seinen Entschluß gefaßt. Im Trotz erwiderte er ihnen allen, dem Baum, dem Fluß und den Vögeln, daß er ein Mensch sei und den Weg eines Menschen gehen müsse, der ein Weg der Tat und des Gedankens ist.

Und der neue Krieg wurde grausam wie der erste und das Wasser des Flusses färbte sich rot vom Blut der vielen, die seinetwegen ihr Leben verloren, seiner großen Idee wegen, die ihm gehörte und wiedergeboren werden wollte, jedoch Haß säte und Tod erntete.

Am Tag des Sieges legte er den Grundstein zum Tempel, während die müden Soldaten nach Hause zurückkehrten. Ihre Schritte waren schwer wie die des Todes, und das Gras welkte unter ihren Füßen.

Er sah es, strich den Anblick jedoch aus dem Gedächtnis. Er hatte die Zwangsjacke des Mitgefühls abgelegt und war allein mit dem Gott, dessen Ehre er wiederhergestellt hatte und dessen Tempel der größte der Welt werden sollte. In schwindelerregender Schönheit ragte er bis in die Wolken, enthielt fünfzig kleinere Tempel, einen für jeden Sohn, jede Tochter des Gottes. Saal auf Saal wurde mit dem

Gold ausgekleidet, das den Hymnen und der alten Sprache Glanz verleihen sollte. So groß war sein Sieg, so gewaltig, daß alles Leise und Behutsame vernichtet wurde. Die Mauern des Tempels waren so massiv, daß der Wind an den Steinen zerschellte, und sie waren so gut verfugt, daß kein Vogel sich dort niederlassen konnte.

Die Trommelschläge dröhnten am Abend in wuchtigen Rhythmen über die Stadt hin. Sie sollten die Botschaft vom Frieden zum Volk tragen, das endlich seine eigene Sprache sprach, das aber wegen der vielen Toten, wegen seiner Zerrissenheit und den Brudermorden, wegen der Verräterei und Falschheit im Herzen als Folge des Freiheitskrieges keine Ruhe finden konnte.

Das Volk kannte die Kunst nicht, Erinnerung von sich zu weisen. In jedem Haus der Stadt stampfte die Scham auf der Schwelle und die Schuld stand nachts an den Betten Wache. Die Tage waren nicht wesentlich leichter zu ertragen, denn da weinte die Trauer im Wind und alle konnten sie hören außer dem Mann in dem riesigen Tempel, dem Mann, der seine Erinnerungen abgetötet hatte.

In der Stadt wurde geflüstert, daß der Gottkönig nicht schlafen könne, daß er ihre Schuld in endlosen Wanderungen um die Mauern des neuen Tempels trage. Und die Wahrheit war, daß er Nacht für Nacht im ständigen Zweikampf mit der Frage unterwegs war, was zwischen ihm und dem Gott stand, dessen Herrschaft er auf der Erde wiedererrichtet hatte.

Er bekam keine Antwort und er bebte vor dem unerhörten Gedanken, daß Gott tot war.

Doch seine Sterndeuter waren voller Hoffnung für das neue Reich, und es wurden Lieder zu seiner Ehre gedichtet. Und die Trauer des Volkes wurde gedämpft durch die großen Zeremonien, Schauspiele von nie geahnter Pracht.

Er hatte zwei Mütter, Ke Ba, die die Priesterin der Göttin Gatumdus war und die ihn im geheimen geboren hatte. Sie war noch immer schön und ihr Ansehen im Volk war groß.

Doch Lia, die ihn großgezogen hatte, kannte er nicht, sie war im Volk untergetaucht, in der grauen, gesichtslosen Menge. Sie liebten ihn beide, wie Mütter das tun, und vielleicht war es so, daß es ihre Liebe war, von der er lebte.

In schweren Stunden erwog er, zurück zum Fluß zu gehen, zum Baum und den Vögeln, aber er war jetzt so weit von der Wahrheit entfernt, daß er glaubte, Fluß, Baum und Vögel würden nicht mehr auf ihn hören.

Und das konnte er nicht ertragen.

So kam es abschließend zu seinem letzten Opfer in der Frühlingsnacht, in der er dem langgehörnten Stier begegnen sollte, um ihm das goldene Messer ins Herz zu stoßen. Er wußte, daß die Tat nur gelingen konnte, wenn er frei war von Furcht und daß sie von jedem Gedanken rein sein mußte.

Er hatte lange dafür geübt, er hatte es Jahr für Jahr zu der Zeit getan, zu der der Gesang der Vögel sich wieder über den wiedergeborenen Gräsern und über den Feldern erhob, zu der schon die erste Saat in der roten Erde keimte.

Doch in dieser seiner letzten Stunde auf der Erde trat die Schuld in der Erinnerung hervor und sprengte die Tür, die er mit vielfachen Schlössern verriegelt hatte. Und die Hörner des Stieres spalteten seinen Brustkorb, das Herz fiel heraus und zersprang.

Da sah das ganze Volk, daß nur das Äußere des Herzens aus Stein gewesen war und daß dieser Stein so dünn war wie eine Eierschale. Und daß das Innere die schwarze Trauer war, so überschäumend groß, daß sie irgendwann doch die zerbrechliche Schale gesprengt hätte.

11

Ruben hatte Simon während des Konzerts beobachtet, anfangs mit Freude, dann mit Erstaunen und schließlich mit Beunruhigung. Der Junge war im Gesicht weiß wie eine Leinwand und schien irgendwann gegen Ende nur schwer atmen zu können.

Sie sollten die Nacht gemeinsam in der Stadt in Lentovs Wohnung verbringen, so war es beschlossen worden. Keiner von beiden sagte ein Wort, während die Straßenbahn hinaus nach Majorna ratterte. Auf dem Eßzimmertisch stand, mit einem weißen Tuch abgedeckt, ein Teller mit Broten, doch Simon schüttelte den Kopf, ging sofort in Isaks Zimmer und ließ sich ins Bett fallen. Ruben hatte noch nie einen Menschen so augenblicklich einschlafen sehen. Der Junge hatte mit Mühe und Not gerade noch die Kleider ablegen können.

Aber er lächelte Ruben dabei an und er lächelte im Schlaf, und als Ruben einige Zeit später die Eindrücke des Abends mit einem Kognak verdaut hatte, konnte er Simon im Schlaf lachen hören.

Beim Frühstück fragte Simon: »Warum mußte er sterben?«

»Wer?« fragte Ruben, der ins Handelsblatt vertieft war.

»Der in der Musik, König oder Priester oder wie immer er genannt wurde.«

»Simon«, sagte Ruben, »ich habe keinen Priester gesehen. Die Musik handelt nicht von etwas Bestimmtem, jeder Mensch hat dabei andere Erlebnisse.«

Simon war grenzenlos erstaunt. »Und der, wie hat er noch geheißen, der sich das ausgedacht hat ...«

»Berlioz ...«

»Ja, Berlioz, der, der hat den Priester nie gesehen?«

»Nein.« Ruben spürte den Ernst, der über dem Frühstückstisch lag, faltete die Zeitung umständlich zusammen und versuchte zu antworten, unsicher, ob er die richtigen Worte fände. »Das, was wir Kunst nennen, Simon, entsteht in den Menschen, die zuhören oder lesen oder ein Gemälde betrachten. Da wird etwas geweckt, Gefühle, für die es keine Worte gibt.«

Simon strengte sich an, und wie immer, wenn er intensiv daran arbeitete, etwas zu verstehen, blinzelte er, und Ruben dachte wie schon mehrmals zuvor, daß in diesem Jungen ein Feuer brannte.

»Es ist also nicht wirklich?«

»Das hängt davon ab, was man unter Wirklichkeit versteht. Du liest sehr viel und mußt daher verstanden haben, daß die Menschen in den Büchern nicht auf die gleiche Art wirklich sind wie du und ich, und daß das, was ihnen passiert, nicht dort passiert, wo du Wirklichkeit erlebst.«

Simon hatte darüber noch nie nachgedacht, er hatte es für gegeben erachtet, daß die Welten, in die er sich begab, und die Menschen, denen er in den Büchern begegnete, genau so waren und aussahen wie er sie vor sich sah.

Er hatte das Gefühl, daß in seinem Kopf etwas in Bewegung geraten war, und er zog die Stirn in Falten und biß sich in dem Bemühen, Ordnung in seine Gedanken zu bringen, auf die Unterlippe.

Da sagte Ruben: »Gebrauche nicht den Kopf, Simon. Gebrauche dein Herz.«

Simons Gesicht glättete sich und die Augen wurden weit, als sich sein Blick fern im Ungreifbaren verlor und er sich an die Bäume erinnerte, die in seiner Kindheit so deutlich zu ihm gesprochen hatten, ohne daß er es sich später hatte in die Erinnerung zurückrufen können. Er dachte an den Mann und die Gespräche unter den Eichen, daran, wieviel Kraft ihm zuteilgeworden war, ohne daß er sich je an Worte hätte erinnern können.

Ruben, der die Veränderung sah, traute sich zu fragen: »Kannst du davon erzählen?«

Da wagte Simon das Unerhörte und sagte rasch: »Ich habe in der Musik den Mann wiedererkannt, einen Priester oder König. Er war bei mir, als ich klein war.«

Ruben nickte und lächelte: »Ich verstehe dich, Simon, es hat ihn für dich einmal gegeben und die Musik hat dich daran erinnert.«

»Aber es hat ihn wirklich gegeben.«

»Ja, ich glaube dir. Er war einmal ein Teil deiner Wirklichkeit, deiner inneren Welt. Es ist normal, daß Kinder sich in ihrer Einsamkeit zum Trost Phantasiefiguren schaffen.«

Simon fühlte sich erleichtert und doch hintergangen, denn er spürte, daß an dem, was Ruben sagte, etwas nicht richtig war.

Dann kam das Dienstmädchen und räumte den Tisch ab und Ruben mußte zu Olga ins Irrenhaus von Hisingen fahren. Es war einer der zu dieser Zeit seltenen Warmwassertage im Haus, und Ruben ermunterte Simon, ein Bad zu nehmen, ehe er mit der Straßenbahn zu Erik und Karin nach Hause fuhr. Simon nickte, wusch sich dann aber doch nur so notdürftig wie immer.

Als Ruben das Haus verlassen hatte, ging der Junge durch die Wohnung, um sich alles anzusehen. Es gab ein paar große Gemälde, über die Erik sich gern lustig machte, Schmieralien, die nichts darstellten. Simon stand lange davor, sah sie sich an und dachte, es werde sich vielleicht in seinem Herzen etwas regen – aber nichts dergleichen geschah.

Dann fuhr er nach Hause und dort war alles wie immer, alles drehte sich nur um das Boot und niemand hatte Zeit für ihn und niemand fragte, wie ihm das Konzert gefallen hatte. Für letzteres war er allerdings sehr dankbar.

Doch Ruben ließ der Gedanke an den Jungen nicht los, der in der Musik versunken war, und am Sonntagabend rief er Karin an und sagte, er habe Grund zu der Annahme, daß Simon musikalisch sei und daß er gerne wolle, daß der Junge sein Talent entwickeln könne, wenn es tatsächlich vorhanden sei. Er, Ruben, habe einen Freund, einen Musiklehrer, und Simon könne es immerhin einmal versuchen.

»Ich kann mich irren«, sagte er. »Aber es würde mich nicht wundern, wenn da noch etwas in Simon steckte, ja, vielleicht, ein Geigenspieler.«

Es war gut für Ruben Lentov, daß er Karins Gesichtsausdruck nicht sehen konnte. Jetzt hörte er nur, daß ihre Stimme unsicher war, als sie sagte, Simon müsse das selbst entscheiden, daß sie sich aber keine Musikstunden leisten könnten.

Doch Ruben war seit der Sache mit den Älvsborger Weihnachtsmännern selbstsicherer geworden und sagte mit Nachdruck, falls seine Vermutung sich bestätigen sollte, mache er es zur Bedingung, Simons Stunden bezahlen zu dürfen.

Der Junge lag wie üblich, die Nase in einem Buch, oben in der Dachkammer. Aber obwohl Lord Jim in Joseph Conrads Roman gerade seinen schicksalsschwangeren Sprung vom rostigen Deck des Dampfers *Patnas* hinter sich hatte, war Simon nicht dort, war nicht voll dabei in der Einfahrtrinne zum Persischen Golf. Seine Gedanken waren auf einem Streifzug durch das Land, in dem die Gräser sangen und der Fluß in seiner milden Weisheit mit den Menschen sprach.

Der Priesterkönig hatte davon gesprochen, eine Sprache wieder wachzurufen, die verboten und vergessen worden war.

Simon gab sich alle Mühe, das zu verstehen. Dann fiel ihm ein, was Ruben vom Erinnern mit dem Herzen gesagt hatte, und da konnte er den Fluß hören und auch die Stimmen der Menschen.

Dann aber trug der Kopf den Sieg davon, was hatten sie gerufen? Welches Geheimnis steckte hinter dem Vergessen der Sprache?

Karin kam die knarrende Holztreppe herauf und sagte: »Onkel Ruben bildet sich ein, daß du musikalisch bist und will, daß du Geige spielen lernst.«

Ausnahmsweise hörte er den besorgten Vorwurf nicht, der ihm sonst immer durch Mark und Bein ging. So überwältigt war er von Freude, als der Gedanke in seinem Kopf explodierte: Wenn er ein Instrument spielen konnte, würde er das Wunder selbst neu erschaffen.

Die Jungen schliefen wie immer im Sommer auf dem Dachboden, Isak tief und körperlich müde. Daher wachte nur Simon von der Auseinandersetzung unten in der Küche auf und hörte, wie Erik Karin anschrie, daß sie, Himmel, Arsch und Zwirn, nicht gescheit sei und daß er, Erik, in seinem Leben von mysteriösen Geigenspielern schon lange mehr als genug habe.

Wie immer wenn die beiden stritten, steigerte sich Simons Schuldgefühl, und dieses Mal war er ganz sicher, daß die Schuld bei ihm lag. Er setzte sich im Bett auf und ihm wurde übel, und als die Stimmen lauter wurden und die Schimpfworte schlimmer und das Weinen kam und alles noch unerträglicher wurde, kletterte er die Bodentreppe hinunter und öffnete die Küchentür und stand dort und weinte und sagte, daß er nicht in eine Geigenschule gehen wolle.

Karin empfand es, als habe der Junge sie mitten ins Herz getroffen, und Erik schämte sich so sehr, daß er weiterschreien mußte: »Du sollst doch schlafen, du verdammter Unglücksrabe.«

Aber das hörte Simon nicht, denn er lag in Karins Armen und war vier Jahre alt und das Leben war wieder heil und sie sorgte sich nur um ihn, als sie Tränen trocknete und tröstete und versicherte, daß sie und auch Erik im Leben nichts anderes wollten, als ihn froh und glücklich zu sehen.

»Aber ihr kümmert euch doch immer nur um Isak«, sagte Simon und im nächsten Augenblick war er eingeschlafen.

Es war ein schwerer aber heilsamer Augenblick für Erik, der in den Keller hinunter ging und dachte, er werde das Bootbauen eine Woche auf sich beruhen lassen und mit Simon fischen gehen. Und es war auch wegen Karin, die den Jungen in ihr Bett gelegt hatte und die auf den Frühling und den Sommer zurückblickte und auf all das, was sich ereignet hatte, seit Isak krank geworden war.

Nach dieser Nacht war Simon im Haus an der Flußmündung wieder sichtbar.

Am nächsten Vormittag, als Simon zu seiner Musikprüfung und Isak zu seinem Förderunterricht gegangen waren, konnten Erik und Karin wieder miteinander sprechen. Nicht über den bösen Streit und ihre Angst, verletzt zu haben, und nicht über die gemeinsame Schuld gegenüber dem Jungen, der sich verlassen gefühlt hatte. Und am allerwenigsten darüber, was sie an Rubens Vorschlag so in Aufregung versetzt haben mochte.

All das berührte Gefühle, und für Gefühle gab es nur dann Worte, wenn in ihrer Küche oder in ihrer Ehe gestritten wurde. Wo es aber um Tatsachen ging, konnten sie sich über das Merkwürdige an Rubens Idee austauschen.

»Simon hat Musik doch nie leiden mögen«, sagte Karin und erinnerte daran, wie sie damals gelacht hatten, als Simon aus dem Kindergarten nach Hause gekommen war und gesagt hatte, er hält das nicht aus mit *Die helle Sonn' leucht' jetzt herfür*, das jeden Morgen gesungen werden mußte.

»Erinnerst du dich, wie er gesagt hat, ihm wird bei der Abschlußfeier schlecht, wenn die Kinder singen *Der Mai ist gekommen*, und die Lehrerin begleitet das auf dem Harmonium?«

»Doch«, nickte Erik. Aber er erinnerte sich auch daran, wie die Lehrerin gespielt und wie die Kinder geklungen hatten, und daß Simon schon als er noch ganz klein war, vor Unbehagen richtig in sich zusammengesackt war, wenn Karin ihm etwas vorgesungen hatte.

Karin besaß überhaupt kein musikalisches Gehör.

»Er mochte auch das Koffergrammophon nie«, sagte Karin, und Erik dachte an die schwankenden Platten mit *Wenn ich groß bin, liebe Mutter*, und wie er selbst Schwierigkeiten gehabt hatte, Olof Sandberg anzuhören wenn er noch mehr winselte als sonst, nur weil Karin vergessen hatte, das Grammophon aufzuziehen.

Und dann dachte er daran, wie er dem Jungen, der damals höchstens drei Jahre alt gewesen war, aus Holz ein Lastauto gebaut und der Kleine auf der Hobelbank gesessen und Erik beim Tischlern die Torero-Arie aus Carmen gepfiffen hatte. Plötzlich hatte der Junge, so klein er war, die Melodie nachempfunden und mitgesungen.

Glockenrein.

Das hatte Erik schon damals bedrückt, er hatte an das Erbe gedacht.

Den Scheitel mit Wasser gezogen, mit frisch gebügeltem Hemd und Geld für die Straßenbahn in der Tasche, ging Simon den gewohnten Weg zur Haltestelle. Ihm war leicht ums Herz wie damals, als er auf Onkel Arons Gepäckträger gesessen hatte und gerade vor dem Verloren- und Verlassensein gerettet worden war.

Er stieg am Järntorg um und kam nach und nach dorthin, wo er hin sollte, zu einer großen und merkwürdigen Wohnung am Viktoriapark, wo ein aufgeregter und ungeduldiger Mann ihn erwartete.

Aber Simon war an diesem Tag nicht leicht zu erschrecken.

Dennoch war der Besuch eine Enttäuschung, der Aufgeregte, der lange Haare hatte und in gebrochenem Schwedisch herumschrie, klimperte nur auf seinem Klavier herum und wollte, daß Simon die Töne nachmachte. Eine Geige war nirgends zu sehen, aber der Langhaarige war zum Schluß recht nett und brummelte etwas von interessant.

»Sehr interessant«, sagte er.

»Nicht besonders«, sagte Simon, als er nach Hause kam und Karin ihn fragte, wie es gewesen sei.

»Du hast also kein Interesse?«

Jetzt öffnete Simon sich ganz ihrer Besorgnis und antwortete, nein, das habe er wohl nicht.

Aber etwa eine Stunde später rief Ruben an und berichtete, daß der ungeduldige Mann am Viktoriapark gesagt habe, Simon besitze etwas, das man absolutes Gehör nennt und das sei sehr selten.

»Aber er will keine Stunden nehmen«, sagte Karin und jetzt hörte Ruben, daß sie erleichtert war.

»Das ist nicht möglich«, sagte Ruben. »Ich komme raus und rede mit dem Jungen.«

Dann saßen sie abends im guten Zimmer, allein, Ruben und Simon.

»Du wirst eine neue Sprache lernen«, sagte Ruben.

Simon dachte an Englisch, das ihm Freude machte, und an Deutsch, das schwierig war, und konnte nicht verstehen, warum er noch eine weitere Sprache lernen sollte.

»Was soll ich damit?«

Ruben wirkte traurig, als er sagte: »Ich habe mir eingebildet, du hättest diese Sprache als Veranlagung mitbekommen und könntest viel von dem damit ausdrücken, was du in dir trägst ...«

Der Junge verschwand so blitzschnell, daß Ruben nie dazu kam, das Erstaunen und den Schmerz in den schwarzen Augen zu sehen.

Er wurde nie ein Geigenspieler.

12

Etwa zu dieser Zeit fing Simon an zu lügen. Es ging leicht, als schlummere auch dafür ein Talent in ihm.

Es war wie laufen, wie damals, als er auf dem Sportplatz der Neuen Werft die sechzig Meter schneller als jeder andere gelaufen war und einen Preis bekam und plötzlich im Mittelpunkt stand.

Bald war er zum Meister geworden. Die Lügen quollen ihm nur so über die Lippen, die erste ergab die zweite, die zweite gebar die dritte, der wiederum die nächste und übernächste entschlüpfte.

Er konnte kein Ende finden.

Die Lügen sicherten ihm einen Platz an der Sonne, in der Schule, unter den Freunden zu Hause, in Karins Interesse und Eriks Wertschätzung. Er wurde einsamer denn je.

Im Haus am Meer war das Dasein einfach, denn dort gab es klare Grenzen zwischen Schwarz und Weiß. Lüge war schwarz, mildernde Worte über Phantasien gab es nicht.

Simon log, und sobald er allein war, schlug ihm die Schuld ihre Krallen ins Fleisch. Und die Angst. Er glaubte, wenn Karin ihn ein einziges Mal ertappte, würde ihre Liebe, von der er lebte, aufhören. In wachsender Angst trainierte er sein Gedächtnis, um sich an das zu erinnern, was er gesagt hatte um sich nie zu widersprechen. Die Anstrengung setzte sich im Magen fest, der sich verkrampfte und schmerzte.

Es begann mit Dolly, dem Mädchen im zweiten Stock des Nachbarhauses, das er geliebt hatte, seit er denken konnte. Sie hatte Augen wie Vergißmeinnicht und eine Wolke aus blonden Locken, vom Vater, der Friseur war, wöchentlich sorgsam gelegt.

Dolly war ein Einzelkind und wie Mama und Papa fein bis zum Äußersten. Als die Familie in die Wohnung bei Gustafssons einzog, waren die Wände mit kleinblumigen Tapeten verkleidet, die Fußböden mit bunten orientalischen Teppichen ausgelegt, Stilmöbel schnurgerade aneinandergereiht worden, und an den Zimmerdecken klirrten Kristallkronen.

Dolly hatte ein eigenes Zimmer, schon allein das war hier in der Stadt etwas so Besonderes, daß es ihr Glanz verlieh.

Ihr Papa war mit seiner Tochter an der Hand durch die Gegend gegangen und hatte ihr die Häuser gezeigt, wo sie die Kinder kennen und in der Küche spielen durfte. Nicht bei Olivia, denn dort wohnten Zigeuner, nicht bei Helene, denn dort hatte man die Schwindsucht gehabt.

Die Häuser hatten Frauennamen wie die Boote.

Larssons gehörten zu den Anerkannten, und das war ein Glück für Dolly, denn damit hatte sie Zugang zu Karins Küche, zu Wirklichkeit und Hausmannskost.

Zehn Jahre später war Dolly zur elegantesten Nutte der Gegend geworden, aber davon ahnte man noch nichts, als sie und Simon vierzehn Jahre alt waren und einander liebten.

Nun ist allerdings nicht erwiesen, ob Dolly ihn liebte, aber Simon war etwas Besseres, er ging auf die höhere Schule und die Bootswerft seines Vaters entwickelte Macht und Herrlichkeit. Außerdem war Simon groß und hübsch geworden, die Schwärze, die seine Andersartigkeit offenbart hatte als er klein war, machte ihn jetzt interessant.

Vom halbrunden Fenster auf Larssons Dachboden konnte man direkt in Dollys Jungmädchenzimmer sehen. Keiner von beiden sagte je etwas zu jemand darüber, aber Dolly entkleidete sich jeden Abend – bei brennender Deckenlampe und ohne die Rollos herunterzuziehen – langsam und wollüstig.

Und Simon stand am Dachbodenfenster, die Hand in festem Griff um sein Glied, und der Genuß war groß und die Koordination gelang schnell. Wenn Dolly das Unterhöschen endlich abgestreift hatte, stellte sie einen Fuß auf das Fensterbrett, fuhr sich mit der Hand zwischen ihre Beine und schob Hinterteil und Geschlecht in immer schnellerer Folge vor und zurück.

Da ging es los bei Simon, die Lust, die in ihm schwoll, explodierte in einer schwindelerregenden Sekunde, seine Hand füllte sich mit warmem Samen und sein Herz mit Dankbarkeit gegenüber dem Mädchen, das sich ihm so freizügig anbot.

Wenn sie einander begegneten, begegneten sich nie ihre Blicke. Und nicht ein Wort wurde gesprochen, denn Simon verschlug es die Sprache. Doch eines Sonntags sagte er den Jungen der Umgebung, daß er Dolly im winterverlassenen Kiosk neben dem Bad gebumst habe.

Er hatte nicht ganz begriffen, wieso das Interesse an der Geschichte so groß war, alle wollten mehr wissen und er erzählte ihnen mehr. Lüge erzeugte Lüge, er malte erregende Bilder in Weiß, Rosa und Rot.

Ja, sie hatte Haare zwischen den Beinen. Und ein Muttermal auf der Pobacke, wo sie reingebissen werden wollte. Nein, sie hatte nicht besonders geblutet, das mit der Jungfräulichkeit war nicht so schwierig. Ja, man durfte an ihrer Brust lutschen.

Simon war selbst so verblüfft über das, was er sagte, daß er gar nicht bemerkte, wie die Luft um ihn herum vibrierte. Und bald genoß er die Bewunderung in vollen Zügen, die aus den aufgerissenen Augen der ihn umringenden Jungen strahlte.

Also probierte er am Montag alles mit demselben Resultat noch einmal in der Schule aus. Sogar Isak war stumm vor Staunen und stolz auf den Freund.

In der großen Pause strichen sie, wie es jetzt Brauch geworden war, frierend am hohen schmiedeeisernen Zaun der Mädchenschule entlang und schauten sich die Trauben kichernder Mädchen dahinter an und haßten sie alle, weil sie alles hatten, was Jungen brauchen, all diese weichen, feuchten, geheimnisvollen Löcher, um die sich alle Träume rankten.

»Man stelle sich vor, selbst so ein Loch zu haben, mit dem man tun kann, was man will«, sagte Isak, und Simon war erschrocken und erregt, sie hatten das bisher nie in Worte gekleidet. Jetzt nach der Erzählung über Dolly war alles möglich, das verstand Simon.

»Bist du mit deinem Schwanz richtig in sie rein?«, fragte Isak.

»Nein«, sagte Simon. »Ich habe mich mit dem Finger begnügt.«

In diesem Augenblick verfluchte er sich selbst, spürte die Mauer, die sich zwischen ihn und den Freund schob und hätte sie gern kurz und klein geschlagen. Aber es gab kein Zurück.

Die Lügen quollen weiterhin aus ihm heraus und wurden mit der Zeit immer brauchbarer.

An einem Spätwintermorgen mit Sturm über der Hafeneinfahrt machte er einen Umweg zum Meer, zum Strand, setzte sich dort auf die Klippen und versuchte sich einzureden, der Sturm blase ihn von aller Verlogenheit rein. Dann kam er zu spät zur ersten Stunde, mußte an die Tür klopfen und um Entschuldigung bitten. Das war ihm schon früher passiert, er gab nie einen Grund an und steckte ohne Protest einen Tadel ein. Den Karin ohne Vorwürfe zu unterschreiben pflegte.

Dieses Mal sagte er: »Ich war bei einem Unfall dabei.«

Dann schilderte er den Lastwagen mit den quietschenden Bremsen und die Frau, die überfahren worden war, und wie auf der Karl-Johans-Gata das Blut in den Rinnstein geflossen war und wie er mit knapper Not sein Fahrrad hatte anhalten können und wie er als Zeuge von der Polizei verhört worden war.

Sie hatten Rubbe in Mathe, einen grobschlächtigen Mann um die Fünfzig, seit Jahrzehnten darin geübt, Jungen zu durchschauen. Er beachtete also das aufgeregte Tuscheln in der Klasse nicht, sondern sagte zu Simon nur, er solle sich setzen und seine Wurzeln ziehen. Es lag Mißtrauen in den kalten Augen des Lehrers und Simon fühlte, wie sein Magen sich zusammenzog. Diese Geschichte konnte überprüft werden und Rubbe sah aus, als hätte er das auch vor.

Aber Simon sollte erfahren, daß sein eigenes Böses Verbündete hatte, hilfreiche Kräfte auf Gebieten, wo die meisten Menschen schon an ein Eingreifen des Zufalls glaubten. Am nächsten Tag stand in der Handelszeitung von einem Unglück in der Karl-Johans-Gata und Rubbe griff die Sache erneut auf: »Larsson hat sich geirrt«, sagte er. »Es war keine Frau, die überfahren wurde, sondern ein älterer Mann.«

Dann hielt er ein Referat über Zeugenpsychologie und darüber, wie die Aufregung, wenn man einem Unfall beiwohnt, die Sichtweise verdreht.

»Zeugen irren sich häufig und man kann sich nur selten auf sie verlassen«, sagte er.

Zunächst fühlte Simon nur Erleichterung, fast so etwas wie Triumph. Dann aber kam die Angst wieder angekrochen, setzte sich diesmal im Zwerchfell fest und nicht im Magen.

Der Teufel beschützt die Seinen, war einer von Eriks Sprüchen.

Jetzt wußte Simon, daß das stimmte. Der Teufel half ihm immer wieder. Erik gegenüber behauptete er der einzige in der Klasse zu sein, der am Seil bis an die Decke zu klettern wage, und der Turnlehrer sei ganz verblüfft gewesen und habe gesagt: Teufel noch mal.

Erik strahlte vor Glück.

Am nächsten Tag kletterte Simon, der an sich Höhenangst hatte und eher zaghaft war, bis an die Decke, und der Turnlehrer, ein alter Rittmeister mit lächerlichen O-Beinen, sagte: Teufel noch mal.

Simon erzählte Karin, er habe die Großmutter besucht, und Karin freute sich. Am nächsten Tag wurde ihm bewußt, daß er die alte Frau besuchen mußte. Er nahm Blumen mit, für die er sich das Geld von Isak lieh, dem er sagte, er habe eine Wette verloren, die er während der Religionsstunde mit Abrahamsson eingegangen war. Diese Geschichte brauchte er nicht so genau zu nehmen, denn Isak nahm am Religionsunterricht nicht teil und kam mit Abrahamsson nie zusammen. Aber Simon erntete großes Lob für die Blumen, die das Herz seiner Mutter rührten.

Als er einmal nachmittags von der Straßenbahnhaltestelle heimwärts ging, hatte jemand mit Kreide an die Wand der Bäckerei geschrieben, Simon liebt Dolly, und das Ganze mit Herz und Pfeil und so. Simon spürte, wie sein Nacken vor Anstrengung steif wurde, weil er den Kopf so halten wollte, daß er das Gekrakel unmöglich hätte lesen können.

Als er die Straße entlang auf Larssons Garage zuschlenderte, sah er sie dort an der Biegung unter der Hecke sitzen: Dolly. Rote Wangen, glänzende Augen.

»Hast du's gelesen«, sagte sie.

Er nickte.

»Ist das wahr«, sagte sie und er wollte sterben oder zumindest im Erdboden versinken, und er dachte an den Weg von Nordenskiöld und Vega durch die Nordostpassage und an die großen Eisfelder dort oben in der Polarnacht und fühlte, wie trocken sein Mund war und wagte es nicht, in die Vergißmeinnichtaugen zu schauen.

Aber sie war hartnäckig, sagte lauter: »Ist das wahr?«

Und Simon, der fürchtete, Karin könnte es hören, nickte und sagte kaum hörbar: »Wird wohl so sein.«

Er dachte vorsichtshalber, daß man Mädchen nicht schlagen durfte, sollten sie ihn anspringen und kratzen. Doch sie sah äußerst zufrieden aus und sagte, wenn sie sich nach dem Essen unten bei den Badeklippen träfen, wo niemand sie sehen könnte, dann dürfe er sie küssen.

Er hatte keine Lust, zu dem Rendezvous zu gehen, wagte aber nicht wegzubleiben. So kam es, daß der erste Kuß, den er einem Mädchen gab, nur nach schwarzer Lüge und gelber Angst schmeckte. All seine Liebe hatte mit diesem Kuß ein Ende, er verabscheute dieses Mädchen, von dem er in all den Jahren seiner Kindheit geträumt hatte.

Und als er erkannte, daß sie bald von ihm fordern würde, all das zu tun, was er schon getan zu haben behauptet hatte, geriet er beinahe in Panik.

Da kam die Lüge aus dem Mund gesprungen, als Rettung und Hilfe wie immer. Schwermütig blickend zog er die Stirn kraus und sagte: »Ich werde bald sterben. Weißt du, ich habe Tuberkulose, aber bisher hat es noch niemand erfahren. Aber ich huste die ganze Nacht Blut.«

Dolly war auf und davon.

Stärker als die Eroberungslust, stärker als die Geilheit, stärker sogar als die Eitelkeit war die Angst vor der Schwindsucht.

Als an diesem Abend in der Küche die Zehnuhrnachrichten angeschaltet wurden, ging Simon wie immer auf den Dachboden, um Dolly beim Auskleiden zuzusehen. Aber diesmal hatte sie die Rollos heruntergezogen.

Simon war erleichtert.

Eine Woche später sagte Karin: »Tante Jenny war hier und hat behauptet, daß du so stark hustest. Ich habe zwar nichts bemerkt, aber sie hat so ängstlich ausgesehen, daß ich fast beunruhigt war.«

»Ach was«, sagte Simon. »Ich war irgendwann ein bißchen erkältet und habe zufällig als Dolly auch in der Straßenbahn war gehustet.«

Karin verzog den Mund, dann seufzte sie in Gedanken an die feinen Nachbarn in den hübschen Zimmern, bei denen die Bazillenangst die Wände entlangkroch.

Dann kam der Frühling mit heftigen Stürmen aus dem Westen. Sie bliesen zwischen den Bergen alles rein und die Gräser ganz grün, und die Stimmen der Menschen klangen hoffnungsvoll und heller als seit vielen Jahren. Als die Apfelbäume blühten, wurde Isaks Boot vom Stapel gelassen, und es war, genau wie Erik sich das vorgestellt hatte, das prächtigste Kielboot in der Flußmündung. Es wurde an Boje und Anker unterhalb des Oljebergs festgemacht, bekam als Ersatz für das Blei, das für Geld nicht zu haben war, Feldsteine als Ballast. Der Segelmacher verzögerte die Sache, aber an einem Tag Ende Mai konnten sie auf Probefahrt gehen.

Das Boot flog, durchschnitt das Meer wie im Tanz und Isak vergaß die Träume von Mädchen mit feuchten Löchern über dem Glück, sein Boot in den Wind zu stellen. Es zeigte sich, daß es teuflisch gut am Wind lag, und es wurde nach Karin und dem Westwind auf Kajsa getauft.

An jenem Tag, als die große Invasion ihren Brückenkopf in der Normandie aufschlug, legten Isak und Simon die Prüfung zur Mittleren Reife mit gutem Erfolg ab. Simon bekam das Prämium in Schwedisch, den literarischen Anerkennungspreis der Schule, wie es hieß.

Er hatte einen Aufsatz über den Bauern geschrieben, der die Äcker unter dem Oljeberg bearbeitete und ein mürrischer alter Mann war, vor dem Simon sein Leben lang Angst gehabt hatte. Aber im Aufsatz verwandelte er den Alten in einen Mann von großer Begabung, in einen Runenmeister, der um die Kraft der alten Zeichen wußte, Umgang mit den Mächten hatte und die Leute mit dem bösen Blick bedenken, jedoch auch von schweren und seltenen Krankheiten heilen konnte.

Die Studienrätin Kerstin Larberg las der Klasse den Aufsatz vor und sagte, das sei eine wunderbare Geschichte. »Gibt es eine Spur Wahrheit darin? Oder steckt in Larsson ein Dichter?«

Die Worte zuckten wie ein Blitz durch Simons Kopf, und in einem einzigen befreienden Atemzug sagte er: »Ich habe es mir ausgedacht.«

Eine Weile trug er den Spitznamen Dichter, aber das kümmerte ihn wenig. Er dachte viel an Onkel Ruben und an das, was dieser nach dem Konzert von einer Wirklichkeit gesagt hatte, die aus Lügen aufgebaut ist, aber Wahrheit enthält.

Bevor er einschlief, faßte er einen Entschluß: Er wollte sich aus den Lügen freischreiben. Den ganzen Sommer über würde er Geschichten von Frauen und Brüsten und Löchern und von Polarforschern und dem Tod in Europa schreiben. Er wollte von Karin als einer Norne, einer Schicksalsgöttin dichten, die in ihrer Küche am Spinnrocken saß und die Schicksale der Menschen zu einem Faden drehte, und von dem kleinen Mann aus den Träumen, der einen so merkwürdigen Hut aufgehabt hatte und im fernen Reich der hohen Gräser Krieg führte und starb, als er einen Stier im Tempel opfern wollte. Und über Dolly wollte er schreiben, diese treulose Schlampe, die den Mann betrügt, der sie liebt, und über Tante Inga in der einsamen Hütte am blauen See. Dieses letzte erstaunte ihn, was, zum Teufel, konnte man von Inga erzählen.

Aber er zerbrach sich darüber jetzt nicht den Kopf. Morgen würde er Onkel Ruben um Schreibhefte bitten, einen ganzen Stapel.

Dann entließen die Sommerferien die beiden Jungen in ihre fröhliche Freiheit. Sie waren jetzt nicht mehr so unzertrennlich.

Isak segelte, Simon schrieb.

Und Karin arbeitete in der Gartenerde, Erik sang und legte den Kiel für den dritten Einmaster, und die Amerikaner und Engländer befreiten Paris.

Als der Sommer rundum am schönsten war, versiegten die Lügen in Simon Larssons Mund. Vielleicht hatte das Schreiben ihm geholfen, obwohl es nicht so viel war wie er sich vorgestellt hatte. Er hatte bald herausgefunden, daß zu dichten viel schwieriger war als zu lügen. Da geschah inmitten aller Wirklichkeit etwas, das so verblüffend war, daß es alle Phantasien Simons bei weitem übertraf.

Es ist unmöglich zu erzählen, denn niemand würde es glauben.

Sie hieß Maj-Britt und war eine von den Frauen, die wie zum Gehen angesetzter Hefeteig überquellen, wenn man mit Mehl gegeizt und mit Hefe gewuchert hat. Üppig, milchig weiß, überschäumend.

Sie war neunzehn Jahre alt und Tochter eines Witwers und Sprengmeisters, der sein Haus an der Stadtgrenze am höchsten Punkt gebaut hatte, und sie litt an gebrochenem Herzen, denn sie hatte einen von den Seeleuten geliebt, die der Tod im stählernen Rumpf der *Ulven* ereilt hatte. Maj-Britt hatte aus tiefstem Herzen getrauert, die Tränen hatten sie vollends aufgeschwemmt.

Zu ihr wurden Isak und Simon an einem warmen Nachmittag zum Haareschneiden geschickt. Sie war beim Friseur angestellt, schnitt und tat schön und hatte nicht Worte genug über den schönen Fall von Isaks Haaren, und darüber, mit welcher Qualität, welcher Pferdemähne, die Natur Simon bedacht hatte. Die Jungen waren rot wie die Geranien, die an diesem heißen Nachmittag voll Bienengesumm vor dem Fenster prangten, einen Ständer hatten sie beide, das Mädchen sah es, und ihr überschwengliches Lachen hallte durch den Frisiersalon hinaus in den Garten, wo selbst die Hummeln in den überreifen Blütenkelchen erstaunt verstummten.

»Kommt heute abend zu mir nach Hause. So um sechs. Ins Haus des Sprengmeisters. Durch den Kellereingang«, sagte sie, als sie sich vom Lachen erholt hatte. Sie befanden sich allein im Salon, der Friseur war mit seiner Frau und Dolly in Urlaub gefahren.

Zu Hause sagte Karin, das sei aber kein guter Haarschnitt, das Mädel hätte Vernunft genug haben müssen, mehr zu kürzen, wenn sie schon dafür bezahlt wurde. So wie die Jungen jetzt aussahen, hätte Karin das selbst besser fertiggebracht.

Sie aßen zeitig, Gott sei Dank, und kurz vor sechs flitzten die Jungen auf ihren Rädern der Stadtgrenze und dem Berg mit der schwindelerregenden Aussicht über Meer und Stadt entgegen. Es war so steil, daß sie im Stehen treten mußten. Aber ihre Herzen klopften wohl nicht nur vor Anstrengung, und auch der Schweiß floß nicht nur aus diesem Grund, als sie am Haus des Sprengmeisters entlang zur Rückseite und zur Kellertür fanden.

Maj-Britt erwartete die beiden, sie hatte im Keller ein Zimmer mit einem großen Bett, das der Matrose von der *Ulven* auf einer Auktion billig gekauft und bis hier herauf geschleppt hatte. Und sie lachte ebenso überschwenglich wie sie es im Frisiersalon getan hatte und auch so hemmungslos, daß die Jungen bald mitlachen mußten.

Es war wie ein Traum, ein verrückter und wunderbarer Traum, als sie das Kleid auszog und darunter keinen Faden am Leib hatte und sich mit ausgestreckten Armen und Beinen aufs Bett legte. »Kommt jetzt, ihr Knirpse«, sagte sie. »Laßt uns genießen. Ich will es euch lehren.«

Und das tat sie, bald lagen sie dort, einer auf jedem Frauenarm, und sie führte ihre Hände an alle heimlichen Stellen und übte mit ihnen die richtigen Handgriffe, abwechselnd fest und sanft. Sie lutschten jeder an einer großen Brust und bissen hinein, und Maj-Britt stöhnte und jauchzte vor Lust und Freude, als Simon als erster sein Glied in ihr Loch schob.

Dann kam auch sie, und sie schrie, daß die Kellerdecke sich wölbte.

Aber nach einer Weile hatte sie sich wieder erholt und Isak durfte lernen, wie man zu der glatten Erbse in ihrer tropfnassen Spalte findet, und sie stöhnte: »Mehhhhr, das ist das Beste.«

Dann sprengte die Lust sie wieder und sie sank zusammen und lachte ihr gewaltiges Lachen und machte es Isak, der immer noch einen Ständer hatte, mit dem Mund.

Das kann nicht wahr sein, dachte Simon, aber das war es, und mittendrin schaute Maj-Britt auf die Uhr und schrie: »Lieber Himmel, gleich kommt der Sprengmeister. Ab durch die Mitte, ihr Hurenböcke.«

Und ihr Lachen folgte ihnen, als sie den Berg hinuntersausten, und sie fühlten sich wie die Götter, kamen zum Badeplatz und warfen sich ins Meer und durchpflügten das Wasser in kräftigen Zügen.

Sie hatten gar nicht gewußt, daß sie so schnell schwimmen konnten. Als sie bei Isaks Boot ankamen, waren sie immer noch erhitzt und erregt, sahen aber, daß an der Zugleine klebrige Quallen hingen und wußten, daß sie so schnell wie möglich an Bord gehen mußten. Simon hatte sich verbrannt, aber es gab Süßwasser im Boot und sie spülten Salz und Quallenfäden ab, ehe Isak den Schiffsboden anhob und Bier aus dem Kielschwein holte, geheimes Bier, bei Ruben geklaut.

Und sie tranken. Versuchten sich zu beruhigen.

»Hast du gehört, was sie gesagt hat, als wir abhauen mußten?«

Jaja, Simon hatte es gehört. Kommt morgen um dieselbe Zeit wieder, hatte sie gesagt.

An jedem Abend in diesem heißen Sommer, in dem 30 000 Balten in kleinen Booten über die Ostsee flüchteten, kamen sie zum Haus des Sprengmeisters und ergötzten sich, wie Maj-Britt das nannte, und lernten alles über die richtigen Handgriffe beim Lieben, alles, was Jungs so brauchen. Sie würden es beide im Leben gut mit den Mädchen haben und sie würden dieser sagenhaften Maj-Britt vom Berg oft dankbar gedenken.

Eines Abends, als sie wie gewöhnlich beim Sprengmeister um die Hausecke schlichen und an der Kellertür klopften, öffnete ihnen ein Matrose in weiten Hosen aber ohne Hemd. Er war breit wie eine Ladeluke und lang wie ein Fahnenmast.

»Was in aller Welt wollen diese Zwerge?« erkundigte er sich bei Maj-Britt, die drinnen in der Kühle des Kellers im Bett lag. Simon, der nicht alles vergessen hatte, was er im vergangenen Winter gelernt hatte, reagierte schnell: »Wir kommen für die Älvsborger Weihnachtsmänner sammeln«, sagte er.

»Mitten im Sommer«, wunderte sich der Matrose, verfolgte diesen Gedanken aber wegen Maj-Britts Lachen, das aus dem Bett herüber schallte, nicht weiter.

Auf dem Heimweg versuchten die beiden Jungen, Haß auf den Mann zu entwickeln, aber es gelang ihnen nicht besonders gut. Sie waren dankbar für das, was sie geradezu im Überfluß bekommen hatten, denn sie hatten ja die ganze Zeit gewußt, daß dieses Unglaubliche nicht ewig andauern konnte.

13

Dann war er da, der längste Frühling aller Zeiten. Noch nie war die Zeit so langsam vergangen. Die Tage krochen den Abenden entgegen, an denen sich aber auch nichts ereignete.

Raoul Wallenberg verschwand in Budapest.

In Deutschland wurden nun auch schon die Vierzehnjährigen zum Kriegsdienst verpflichtet.

Bedeutende Männer trafen sich in Jalta, um die Welt unter sich aufzuteilen. Dann starb Roosevelt, und Karin sagte in auflodierndem Zorn, das sei ungerecht.

Irgendwann stand die Zeit still, das war, als Hitler sich in seinem Bunker in Berlin erschossen hatte und trotzdem der Friede nicht kam. Das Radio lief in seiner Ecke im Leerlauf, der Zeiger der alten Küchenuhr rührte sich nicht vom Fleck, und Karin ertappte sich dabei, wie sie an der Uhr herumschüttelte. Aber das alte Ding war nicht kaputt, die Zeit selbst war stehen geblieben und machte die wartenden Menschen verrückt.

Schließlich kam der Tag doch, es war der siebte Mai, und die Knospen an den Bäumen begannen auszuschlagen. Die Gärten dufteten nach feuchter Erde, und die Vögel hätten sich eigentlich in die Herzen der Menschen singen müssen. Aber die Menschen hatten keine Kraft mehr, sich diesem Gesang zu öffnen. Sie versammelten sich wie üblich um das Radio in Larssons Küche und hörten den Jubel in Oslo, London und Stockholm, aber bei ihnen selbst konnte keine rechte Freude aufkommen.

Wallin saß auf der Küchenbank und besah sich trotzig seine Arbeiterhände, die bleiern und tatenlos in seinem Schoß lagen, als könnten sie nie wieder zum Leben erweckt werden, Ågren hatte Fieberrosen auf den Wangen und stieß Flüche aus. Himmel, Arsch und Zwirn.

Erik schwieg ausnahmsweise. Äppelgren stolzierte wie ein knikkebeiniger Kranich durch die Küche, verhedderte sich im Läufer und weinte ungehemmt wie ein Kind.

Auch Karin weinte, still und tonlos.

Simon und Isak saßen wie üblich eng aneinandergedrängt auf der Holzkiste, und Simon konnte nur denken, daß heute nacht dort unten in Europa kein Mensch einen anderen totschlagen werde. Er hätte auch gerne geweint, aber dazu war er inzwischen wirklich zu groß. Seine Aufregung machte sich Luft, indem er mit Beinen und Füßen wie mit Trommelschlegeln an die Holzkiste schlug, bis Karin um Rücksicht bat: Um Gottes willen, Simon, sei ruhig!

Isak saß neben ihm, ebenso seltsam tatenlos wie Wallin. Sein Herz brannte, aber sein Kopf war kalt und leer und sein Körper so steif, als wäre er zu Eis gefroren. Erst als Johansson, der Briefträger, der als Fischer geboren und groß wie ein Haus war, sagte, jetzt müsse man alle Naziteufel in heißem Öl sieden und sie so lange wie möglich zappeln lassen, ließ die Spannung in Isaks Körper nach.

Er holte tief Luft und erkannte, daß das, was seinem Körper Krämpfe verursacht hatte, Haß, und das, was in seinem Herzen brannte, die Einsicht war, daß Rache möglich und süß sein konnte.

Irgendwann kam Helen mit der Milch. Sie strahlte eine gewisse Feierlichkeit aus, sah all die Herumsitzenden herausfordernd an und wagte zu sagen: »Ich finde, ihr solltet heute abend alle in die Kapelle kommen und Gott für den Frieden danken.«

Da endlich wurde Erik lebhaft, er sprang auf und schrie: »Und wem, zum Teufel, sollen wir für den Krieg und all die Toten danken?«

»Der Krieg ist Menschenwerk«, sagte Helen, die keinen Funken von ihrer Feierlichkeit einbüßte.

»Du bist nicht gescheit«, sagte Ågren, aber Karin fiel ihm ins Wort und sagte, daß zumindest in ihrer Küche jeder den Ansichten des anderen Respekt entgegenzubringen habe.

Von den Worten her war es Karin, aber ihrer Stimme fehlte die übliche Kraft.

Gegen Abend kam Ruben mit einem schwer zu deutenden Ausdruck in den Augen, einer großen Erleichterung gemischt mit einem solchen Schmerz, daß es nicht auszuhalten war. Als Karin seinem Blick begegnete, holte sie die Branntweinflasche und die Schnapsgläser, goß jedem einen ordentlichen Schluck ein und sagte mit einer hauchdünnen Stimme: »Dann stoßen wir also an – auf den Frieden.«

Und die Männer tranken und Karin trank. Sie schluckte dieses schreckliche Zeug in einem Zug, und wäre es nicht eine so große und geschichtsträchtige Stunde gewesen, hätten die andern es sicher bemerkt, und sie wären erstaunt gewesen, erschrocken.

Jetzt aber war jeder mit sich selbst beschäftigt.

Karin ging hinaus auf den alten Abort hinterm Haus und übergab sich. Dann lehnte sie bleich und in kalten Schweiß gebadet an der gekalkten Wand und ließ die Wellen der Übelkeit über sich ergehen.

Aber viel schlimmer war, daß es in der Brust so schmerzte.

Sie war erstaunt über sich selbst. Und wütend. Warum, zum Teufel, tat es jetzt weh, wo alles vorbei war und die Erde und die Menschen aufatmen konnten.

Der Schmerz bohrte und stach, als wäre da drinnen einer mit dem Messer am Werk. Sie versuchte an ihren Vater Petter und an die Seidenschwänze zu denken, aber es gelang ihr nicht. An Petters Stelle trat in diesem Moment die Mutter mit den verbitterten Augen und der boshaften Zunge. Etwas schien in Karins Herzen ins Wanken zu geraten, die alte, beständige Trauer kam in Bewegung, riß an ihren Wurzeln.

Karin dachte, der große Krieg werde auch die Seidenschwänze das Leben gekostet haben.

Sie stand an der Hauswand bis es zu dämmern begann, erkannte, daß die Zeit wieder ihren normalen Gang ging, daß sie ins Haus gehen, die Männer aus der Küche schicken und zu kochen anfangen mußte. Also preßte sie ihre geballte Faust an die linke Brust und nahm ihren Alltag in Angriff.

Im Winter davor hatten sie das Haus umgebaut, im oberen Stockwerk waren Wände eingezogen worden, den Dachboden gab es nicht mehr, Simon hatte ein eigenes Zimmer bekommen, in dem auch für Isak reichlich Platz war. Ein Gästezimmer mit Aussicht aufs Meer hatten sie für Ruben vorgesehen, der, weil er die vielen Flüchtlinge nicht mehr ertrug, die mit der Familie seines Bruders Aufnahme in der großen Wohnung in Majorna gefunden hatten, immer öfter hier draußen bei ihnen blieb.

Larssons hatten ein Badezimmer bekommen und eine Innentoilette.

Es war großartig und Karin und Erik hatten sich den ganzen Winter gemeinsam daran erfreut.

Sie hatten die Spüle in der Küche in der Höhe versetzt und das Zink gegen rostfreien Stahl ausgetauscht, sie hatten jetzt Zentralheizung und Kalt- und Warmwasser. Karin wagte es kaum zu glauben, daß jetzt Schluß war mit dem Schleppen von Holz und Kohle und mit den qualmenden Kachelöfen, oder daß sie nur an einem Hahn zu drehen brauchte, damit heißes Wasser hervorsprudelte, in dem man die Hände waschen oder anwärmen konnte. Wo früher die Waschgelegenheit für die Familienangehörigen in der Küche gestanden hatte, befand sich jetzt ein großer Kühlschrank.

Für Karin gab es vieles, worüber sie sich freuen konnte. Sie ließ sich das alles durch den Kopf gehen, als sie spät an diesem Abend wieder unter sich waren und das Essen auf dem Tisch stand. Als sie sich ein Stück Kartoffel in den Mund steckte, konnte sie endlich zugeben, wie sehr sie Kartoffeln verabscheute – ob gekocht, gebraten, gerieben, gratiniert, in der Schale –, es blieben gekochte Kartoffeln. Damit war jetzt Schluß, dachte sie, die Sorge ums Essen würde bald nur noch Erinnerung sein, genau wie die Kohle und das kalte Örtchen im Hinterhof.

Die Rationierungen würden aufhören, es würde wieder Obst geben. Bananen, dachte Karin und erinnerte sich daran, wie gern Simon Bananen gegessen hatte, als er klein gewesen war. Inzwischen hatte er vermutlich vergessen, wie sie schmeckten.

Sie schaute Erik an, dessen Brust vor Stolz nur so geschwellt war. Es ging ihm und seinem Bootsbau gut, die Liste mit Bestellungen war lang, vier Mann hatte er angestellt. Sie versorgten vier Familien, wie Karin das gern ausdrückte.

Auch das Geld gefiel ihr, dieses Geld, das jetzt immer vorhanden war, wenn es gebraucht wurde.

Wie immer, wenn Karin sich an den Vorsatz hielt, alles aufzulisten wofür sie dankbar zu sein hatte, ließ sie Ruben aus und hob sich Simon bis zum Schluß auf.

Dieser Junge, der ihr so viel Freude geschenkt hatte.

Er ist bald erwachsen, dachte sie. Und er hat sich richtig gemacht, sieht blendend aus. Wie ein fremder Vogel, der sich durch einen wunderbaren Zufall in ihrer Küche niedergelassen hatte.

Es waren Gedanken voller Unruhe, und wieder stach es ihr in der Brust. Simon, der jede ihrer Regungen immer gleich bemerkte, sah den Schmerz, der über ihr Gesicht zuckte, und sagte: »Du bist müde, Mama. Geh ins Bett, ich werde abwaschen.«

Sie nickte, wußte aber, als sie seinem besorgten Blick begegnete, daß alle dankbaren Gedanken ihr an diesem Abend nicht geholfen hatten. Ihre Reichtümer halfen nicht, um all das zu besänftigen, was in ihrer Brust brannte und stach.

Was ist nur mit mir los?

Erik machte noch eine Runde durch die Werft. Karin hatte das Schlafzimmer für sich allein, und so stand sie vor den Rosen der neuen Tapete und besah sich im Spiegel. Sie war mit ihrem Aussehen immer zufrieden gewesen, das energische und schön geschnittene Gesicht mit dem großen Mund und der geraden Nase hatte ihr gefallen.

Jetzt betrachtete sie ihre Züge lange und gründlich, als verrieten sie ihr etwas Neues. Als gäben sie Antwort. Und sie sah sehr wohl, daß die braunen Augen, die bei ihrem blonden Haar jeden erstaunt hatten, jetzt von neuer Tiefe waren.

Was mochte sich wohl im Hintergrund verbergen?

Furcht?

Nein, das wollte Karin nicht. Ich habe mehr Falten bekommen, dachte sie, die Haare sind fahl wie Stroh. Dick bin ich noch nicht aber schwerer geworden, massiger.

Morgen ist das vorbei, sagte sie sich. Ich muß nur schlafen.

Und am nächsten Morgen, als sie alle Verdunkelungsrollos heruntergerissen und in der Frühlingswärme die Fenster putzten, war sie fast fröhlich.

Doch dann kam der Abend, an dem Ruben die ersten englischen Zeitungen mit Augenzeugenberichten aus den geöffneten Vernichtungslagern in Polen und Deutschland mitbrachte. Er saß am Küchentisch und las, Isaks Stimme schlug bis an die Decke, als er übersetzte, Erik war weiß im Gesicht, und das Blau seiner Augen wurde schwarz. Simon suchte Karins Blick, wie immer, wenn er sich fürchtete.

Im nächsten Augenblick riß er Ruben die Zeitung aus den Händen und schrie, jetzt sei aber genug damit, und Ruben schaute durch seine große Müdigkeit hindurch von dem Jungen zu Karin und sah, daß sie einer Ohnmacht nahe war.

Er schämte sich, dann bekam er Angst.

Doch sie sagte, wie es war, daß, wenn seine Verwandten das hatten durchstehen können, sie wohl aushalten müßten, daß darüber gesprochen werde.

Trotzdem war es von diesem Abend an auch für die anderen ganz offensichtlich, daß mit Karin etwas nicht stimmte. Man versuchte sie zu schonen, Erik nahm das Radio mit in die Werkstatt und Simon schmuggelte morgens die Zeitung *Ny Tid* an ihr vorbei. Aber Karin fühlte sich zu all dem Entsetzlichen irgendwie hingezogen, sie fuhr in die Stadt und kaufte Zeitschriften mit Bildern von Leichen, die zu Haufen übereinandergestapelt auf der Erde lagen.

Dann kamen die weißen Busse des Roten Kreuzes nach Malmö herüber, und Karin ging selbst die Morgenzeitung mit den Fotos von Menschen kaufen, die das Böse erlebt hatten, und die besser hätten tot sein sollen, statt den Betrachter so aus erloschenen Augen anzustarren.

Nun wußte Karin, daß auch sie sterben würde. Und ihr war dieser Gedanke willkommen.

Einige Tage danach sagte Ruben zu Erik, so könne das mit Karin nicht weitergehen, und sie brachten sie zu einem Herzspezialisten, den Ruben kannte. Der horchte lange und bekümmert das ungesunde Rasseln in ihrer Brust ab und sagte dann, sie müsse all ihre Arbeit anderen überlassen, wenn das nicht ganz böse enden sollte.

Karin war so erschöpft, daß sie nicht einmal protestieren konnte, und wurde in die Privatklinik des Arztes aufgenommen. Dort bekam sie Medikamente und damit auch Schlaf. Im Schlaf begegnete sie ihrer Mutter und ließ endlich den Gedanken zu, daß ihre Mutter sie vom Tag ihrer Geburt an gehaßt hatte.

So wie sie auch Petter gehaßt hatte.

Wie eine riesige schwarze Krähe ging die Mutter in den Träumen in der vornehmen Klinik auf Karin los. Sie krächzte und schrie, und die Hakenkreuze blitzten rundum auf, und sie flog zwischen den Kreuzen hin und her, die plötzlich daheim in der Hütte in der Schneiderwerkstatt standen, und Karin sah, daß Petter unter den Kreuzen kauerte und daß er den Menschen merkwürdig ähnlich sah, die aus den weißen Bussen in Malmö quollen, und die tot hätten sein sollen, und daß das schreckliche Krächzen ihn mitten ins Herz traf und so weh tat, daß das Herz zum Schluß kaputtging, und er auf seinem Schneidertisch tot zusammenbrach.

Die Träume kamen und gingen und Karin ließ es geschehen, ließ die Bilder ihre deutliche Sprache sprechen, ohne sich zu widersetzen oder Erklärungen zu suchen. Es war, als sollten ihre Gedanken reingewaschen werden ehe sie starb, es tat weh, war aber gut. Es war irgendwie notwendig.

In wachen Momenten führte sie Gespräche mit ihrer Mutter: »Warum bist du so geworden?«

Doch die Mutter krächzte nur ihr Mit-leid, Mit-leid, und Karin wandte sich angeekelt ab und erkannte, daß sie das Böse immer hatte leugnen müssen, gerade weil sie in seinem Schatten aufgewachsen war.

Dann, im Halbschlaf, hörte sie sich selbst über Simon krächzen: Mit-leid, Mit-leid, und sie sah seine ängstlichen Blicke, die ihr immer folgten.

Da schrie sie laut auf und der Arzt kam und sagte, daß sie auf keinen Fall trübe Gedanken haben dürfe, und sie bekam neue Medikamente, um diese Gedanken zu vertreiben.

In der nächsten Nacht kam Petter zu ihr, und der Schlaf war tief und friedvoll, und sie glaubte, nun wäre es vorbei und sie dürfe ihm folgen und brauche nicht mehr zu einem neuen Tag aufzuwachen.

Er war die ganze Nacht bei ihr, wiegte sie in seinen Armen, sang ihr vor, und es gab das Böse nicht und Karin fühlte sich so geborgen wie ein kleines Kind.

Sie wußte, daß er ihr etwas sagen wollte, aber sie war zu müde, um zuzuhören.

Dann kam die Morgendämmerung, und als Karin das Sonnenlicht wahrnahm, das unerbittlich durch den Schlitz zwischen Rollo und Fenstersims drang, wußte sie, daß nichts vorbei war. Sie war noch hier, allein. Während sie gewaschen und mit Brei gefüttert wurde, dachte sie darüber nach, was Petter ihr wohl hatte sagen wollen. Aber nicht lange, sie konnte ihre Gedanken nicht zusammenhalten.

Dann, plötzlich, war Simon da und es war wieder Nacht und er war schwer zu verstehen, doch Simon war ganz wirklich und hielt ihre Hand so fest, daß es fast weh tat und sie hörte den Zorn in seiner Stimme, als er sagte: »Du darfst mich nicht verlassen, Mama.«

Als Karin das nächste Mal aufwachte, war es wieder hell und er saß neben dem Bett und sie sah ein, daß er recht hatte. Sie durfte nicht gehen, noch nicht.

»Simon«, flüsterte sie. »Ich verspreche dir, daß ich wieder gesund werde.« Seine Freude war so groß, daß sie sofort auf Karin übersprang, sie wärmte und ihr neues Leben spendete.

Als er gegangen war, weinte Karin lange tonlos vor sich hin. Sie hatte nie geahnt, daß sie so viele Tränen in sich barg. Woher die Tränen kamen, konnte sie nicht begreifen, aber sie fühlte, wohin sie gingen, geradenwegs in ihr Herz, warm und erlösend.

Simon radelte wie ein Verrückter durch die Stadt, sah, wie die schrägen Sonnenstrahlen dieses Morgens glitzernde Lichter auf Hafen und Meer warfen, er strampelte, keuchte bis hinaus zur Werft und zu Erik. »Papa, sie überlebt, sie hat es mir versprochen!«

Normalerweise hätte Erik für eine solche Botschaft nicht viel übrig gehabt. Doch jetzt war er so voller Angst und hatte ein so großes Bedürfnis nach Trost, daß er Simons Worte ohne weiteres als unumstößliche Wahrheit annahm.

Erik und Simon waren jetzt fast gleich groß, und sie standen jeder auf einer Seite des Einmasters und weinten beide die gleiche Art von heilsamen Tränen wie Karin.

Dann ging Erik ins Haus, wusch die Sägespäne von Hals und Händen, rasierte sich und zog seinen besten Anzug an, der dunkelblau und eigentlich für den Winter war. Es gab kein gebügeltes Hemd, dafür pflückte Simon im Garten einen riesigen Strauß frisch erblühter Tulpen.

Erik kam sich ein wenig albern vor, als er mit seinen vielen Blumen im Arm im Korridor der vornehmen Klinik stand. Karin sah es, sah seine Unsicherheit, die Angst des Arbeiters und den ungebügelten Hemdkragen, und ihre Zärtlichkeit war groß, und sie verstand, daß sie auch um dieses zerbrechlichen Menschen willen bleiben mußte.

14

Die Tage der Erholung waren von Ruhe erfüllt.

Ruben kam mit Rosen. Mit ihm konnte sie darüber sprechen: »Ich hatte mich zum Gehen entschlossen.«

Er sagte nur: »Ich sehe schon lange, daß du eine tiefe Traurigkeit mit dir herumträgst.«

Karin war erstaunt, so hatte sie es selbst nie verstanden. Aber sie war von dieser Wahrheit betroffen, und sie erzählte von ihrem Vater Petter und den Seidenschwänzen. Und von der Mutter und dem Bösen, das sie immer hatte abwehren müssen.

Ruben äußerte dazu nicht viel, eigentlich nur: »Nichts ist einfach.«

Lange danach dachte Karin über diese Worte nach.

Sie wollte ihn wegen Gott fragen, dem zu begegnen er jeden Samstag in die Synagoge ging, und der ihm immer wieder die Kraft geben mußte, bei allem Unglück weiterzuleben.

Aber sie fand keine Worte.

Dann, als er ging, schon in der Tür stand, sagte er – und sie sah, daß es ihm schwerfiel: »Du mußt zu leben versuchen, Karin. Auch meinetwegen, damit ich durchhalte.«

Dann war er weg und Karin lag lange da und sah, wie die Sonne ihr Licht durch die dunkle Tanne vor dem Fenster siebte. Eine Straßenbahn rumpelte um die Kurve vor dem Krankenhaus, und als die Schwester mit dem Essen kam, sah Karin, daß sie leuchtend blaue Augen hatte.

Das eingemachte Kalbfleisch in Dillsauce duftete kräftig und lekker, und das Apfelmus zum Nachtisch erfrischte den Mund.

Es schien, die Welt war neu und wieder greifbar geworden.

Am Nachmittag versuchte Karin sich eine Weile zu schämen, weil sie Ruben mit ihren Sorgen belastet hatte, der doch selbst schon seinen Teil zu tragen hatte. Aber es gelang ihr nicht, dem Gefühl fehlte alle Kraft.

Vielleicht ist mir das Gewissen abhanden gekommen, dachte sie.

Doch als Simon gegen Abend kam und Karin sah, wie blaß er war und wie mager, wurde ihr bewußt, daß ihr Gewissen sie keineswegs verlassen hatte.

»Ihr eßt doch wohl ordentlich«, sagte sie, und die Schuld hackte auf die alte wohlbekannte Art nach ihr.

Als Simon ging, fragte sie ihn mit einer Stimme in der das ganze Gewicht der alten Verantwortung lag: »Wo hast du Isak gelassen? Sage ihm Grüße und er soll mich doch morgen besuchen kommen.«

Simon nickte, aber sie hatte den Eindruck, er mache ein eigenartiges Gesicht, und sie erkannte, daß sie etwas Wesentliches vernachlässigt hatte.

Simon radelte durch die Stadt, von dem Gedanken gestärkt, daß Karin sich gleich geblieben war, daß sie so stark und anspruchsvoll war, wie es sein sollte. Aber gleichzeitig war er beunruhigt. Und wütend.

Verdammter Isak, dachte er.

Simon wußte genau, wo er ihn finden würde, im Hafen draußen bei Långedrag, wo Ruben einen Liegeplatz gemietet hatte, und Isak im Abglanz seines prächtigen Bootes König war. Simon konnte schon von weitem das Gejohle aus der kleinen Kajüte hören, und sein Zorn stieg bis zum Siedepunkt, als er die Bierflaschen im Wasser um das Boot tanzen sah.

Sie rauchten, die Luft schlug ihm dick entgegen, als Simon die Luke zur Kajüte aufriß und es aus ihm herausbrach: »Schert euch alle zum Teufel! Ich will mit Isak allein sprechen.«

Sie verschwanden nicht auf der Stelle und es folgten etliche Flüche, doch nach einer Viertelstunde waren Simon und Isak allein. Simon nahm den Kescher, befestigte ihn am Bootshaken und fischte die leeren Flaschen aus dem Wasser, die noch nicht gesunken waren, entleerte Aschenbecher, spritzte Sitzraum und Deck sauber und sagte zu Isak, der zusammengesunken auf einer Pritsche in der Kajüte saß: »Morgen wirst du Karin besuchen.«

»Das trau ich mich nicht.«

»Sie ist jetzt gesund. Es geht ihr gut. Kapiert?«

»Kommt vom Bier«, sagte Isak.

»Verdammt noch mal, sie trinkt doch gar kein Bier«, erwiderte Simon erstaunt. »Spinnst du? Oder bist du besoffen?«

Dann standen sie aufrecht in der Kajüte und starrten einander an, und tief in Isaks Augen war eine Leere, die Simon vom Krieg her kannte, von dem Tag, an dem die Embargoschiffe vor Måseskär in der Tiefe versanken, und der Zorn in Simons Herz verflüchtigte sich, und er bekam furchtbare Angst, und er dachte, diesmal gibt es keine Karin, die das Unbegreifliche in die Hand nehmen kann, er mußte es alleine schaffen, und er schlang die Arme um Isak und sagte ohne im geringsten zu ahnen, woher die Worte kamen: »Isak, zum Teufel, du hast doch nichts mit Karins Krankheit zu tun.«

Er merkte, daß es die richtigen Worte waren, denn Isak entspannte sich, und als ihre Blicke sich trafen, war die erschreckende Leere verschwunden.

Am nächsten Tag saß Isak im Krankenhaus und sah mit eigenen Augen, daß Karin fast wie früher war. Er konnte ganz wie immer mit ihr sprechen: »Ich wollte sie in Öl sieden und ihnen den Schwanz abdrehen, weißt du. Ich wollte in den Oslofjord segeln, denn in der Zeitung steht, daß sich viele Deutsche noch dort verstecken und ich wollte sie finden und ...«

»Und ...?«

»Ja, und dann bist du krank geworden.«

Mit wenigen Worten brachte sie ihn zur Einsicht, daß die Trauer um all das Geschehene und um das, was im Frieden zutage getreten war, sie krank gemacht hatte, und daß seine bösen Gedanken nur ein Windhauch waren in dieser Welt der bösen Taten. »Diese Rachephantasien waren vielleicht gut für dich, Isak«, sagte sie.

Da erzählte er vom Bier, von den Jungs im Boot auf Långedrag und davon, daß sie das Bier mit Kognak verstärkt hatten, den Isak aus Rubens Schrank geklaut hatte. Und da war Schluß mit ihrer Nachsicht. Karin setzte sich im Bett auf, schaute den Jungen fest an: »Das läßt du sofort bleiben, Isak Lentov. Das wirst du mir hier schwören und zwar sofort ...«

Isak war rot vor Scham und duckte sich unter ihrem Zorn.

»Du mußt lernen, zwischen Phantasie und Wirklichkeit zu unterscheiden, Isak. Vielleicht brauchst du die schlimmen Rachegedanken, aber solltest du einen verängstigten deutschen Jungen, der nach Norwegen ausgerissen ist, erwischen, würdest du vor Mitleid weinen. Rache ist nur in der Phantasie süß, das mußt du begreifen.«

Isak schwieg. Er glaubte ihr nicht.

»Alkohol stehlen und andere ins Verderben locken, das ist Wirklichkeit. Und damit mußt du aufhören.«

Isak legte ein feierliches Versprechen ab und verließ sie beschämt und glücklich.

Und Karin lag in ihrem Bett und dachte darüber nach, wie dumm sie gewesen war, wie selbstsüchtig. Es war doch offensichtlich, daß sie leben und den Menschen das Leben begreiflich machen mußte, für die sie die Verantwortung trug.

Der Gedanke machte sie so zufrieden, daß sie sofort einschlummerte und die ganze Nacht ohne Tabletten fest schlief.

Seltsamerweise dachte sie kaum an Erik, der es doch von allen am schwersten hatte.

Er war eines Tages gekommen, um mit dem leitenden Arzt zu sprechen, es fielen gewichtige Worte. Karin mußte geschont werden. Heftige Gefühle müßten vermieden werden, sagte der Doktor.

Erik allein trug die Verantwortung dafür, daß Ruhe in ihr Leben einkehrte.

»Wenn sie Angst bekommt oder zornig wird, kann das schlimme Folgen haben«, sagte der Herzspezialist.

Erik hatte Gewissensbisse, er fühlte, wie der Hemdknopf seine

Gurgel beengte, empfand so etwas wie Klassenhaß und dachte, da ist es nun wieder, das alte Gefühl der Unterlegenheit.

Verdammt noch mal.

Als er sich schließlich verabschieden und zu Karin ins Zimmer gehen konnte, war er zerstreut und irgendwie abwesend. Er hatte ihr von dem Wagen erzählen wollen, den er gekauft hatte, war schon auf ihren erregten Protest, ihre Worte von Verschwendung gespannt gewesen und auf ihre Freude, wenn er abschließend sagen würde: Aber ich habe ihn doch gekauft, damit du in die Welt hinaus kommen und dich umsehen kannst.

Daraus wurde nichts.

Auch er empfand keine Freude über den wendigen Fiat Balilla, als er durch die Allee und entlang der Kais heimwärts fuhr, wo die Hebekräne wieder tanzten wie in früheren Zeiten. Er fuhr bei Majnabbe hinauf zur Karl-Johans-Gata, ging in die dortige Niederlassung des Alkoholmonopols und kaufte eine ganze Flasche Klaren.

In der Werft war er am Nachmittag kurz angebunden und rastlos und sah sehr wohl, daß ihm die Leute das übelnahmen.

Zu Hause in der Küche sah es furchtbar aus, es roch nach Abfällen und ungespültem Geschirr. Simon kam kurz und ging sofort wieder, er wollte mit Isak hinaus aufs Meer.

»Hau du nur ab«, sagte Erik, es war freundlicher gemeint als es klang, und er hielt das für genau richtig. Weshalb richtig, das wurde ihm erst klar, als er die Tür zuschloß und den Schnaps auspackte.

Beim dritten Glas dachte er an seine Mutter, wie sie ihn die ganzen Jahre mit ihrem Herzen in Angst und Schrecken versetzt hatte. Jetzt war er wieder dort angelangt, aber diesmal war es Wirklichkeit, die Falle war zugeschnappt und es gab kein Entrinnen.

Eine ganze Weile haßte er Karin wegen ihres Herzens. Dann schämte er sich. Karin war anders als seine Mutter. Sie hatte nie gedroht.

Aber dann packte ihn auch deswegen die Wut und er dachte, Karin sei hinterhältiger als seine Mutter gewesen, sie hatte nicht beunruhigt, nicht gewarnt, sie hatte einfach zugeschlagen.

Keine Auseinandersetzungen, hatte der Chefarzt gesagt, nichts was Aufregung verursacht. Mitgehen, beistehen.

Du lieber Himmel.

Was hatte ihn die Auflehnung seinerzeit gekostet, als er aus der Kirche aus- und der Gewerkschaft beigetreten war. Aber die Mutter war entgegen seiner Befürchtung nicht gestorben, sie lebte noch heute bei bester Gesundheit. Karin, die konnte jeden Augenblick sterben.

Dafür gab es ärztliche Befunde.

Und Erik kamen sonderbare Gedanken, als er so allein bei seinem Schnaps saß, der die Grenzen für ihn verwischte. Ein alter Fluch ging seiner Vollendung entgegen, eine alte Sünde sollte gerächt werden.

Dann versuchte er sich zusammenzunehmen, wärmte den Kaffee auf, und es dämmerte ihm, daß alles wieder so werden würde wie in seiner Kindheit, als er immer gewußt hatte, daß das zerbrechliche Herz in der Brust seiner Mutter sein Werk war, und daß er sich immer so verhalten mußte, daß es schlug und nicht zu schlagen aufhörte.

Herrgott!

Am nächsten Tag sprach er mit Anton, dem Innenausstattungstischler seiner Werft, über dessen Frau Lisa. Erik hielt es selbst für eine Demütigung, war sich bewußt, daß er reichlicheren Lohn anbot als es üblich war, aber Anton freute sich und versprach, mit Lisa zu sprechen. Das Geld konnten sie gut brauchen, und Lisa hatte jetzt, wo die Kinder schon fast aus dem Haus waren, daheim nicht mehr so viel zu tun. Sie war unübertrefflich im Putzen und Aufräumen, und auch nicht gerade schlecht im Kochen.

Erik baute Barrikaden gegen das Düstere, lief ins Krankenhaus und war so liebenswürdig, daß ihm ganz übel davon wurde, während Lisa inzwischen das weiße Haus bis in den entferntesten und geheimsten Winkel aufräumte und auf Hochglanz brachte. Aber nichts von alldem half Erik seinen Zorn, diese mächtige Wut, die in seiner Brust brannte, und die er nur dann begriff, wenn er Schnaps trank, zu bezwingen.

Bald würde auch damit Schluß sein, Karin sollte aus der Klinik entlassen werden, und er wußte, wie ihre Augen aussahen, wenn er trank.

Pfui Teufel.

Es war eine Falle, und er rannte in ihr im Kreis herum wie eine tobsüchtige Ratte.

15

Sie kam am Mittsommerwochenende nach Hause und Erik bezahlte eine Rechnung, die der Hälfte des Gewinns an einem Einmastschoner entsprach. Er tat es mit einer verbissenen Befriedigung, so als hätte er sich freigekauft.

Sie gaben ein Festessen mit Räucherlachs und jungen Kartoffeln, Ruben brachte Wein mit und Nachbarn und Freunde kamen mit Blumen. Karin freute sich und war zutiefst und auf eine stille Art glücklich.

Sie freute sich auch über das Auto, in dem Erik sie abgeholt hatte.

Und natürlich über das blitzblank geputzte Haus.

Als dann aber der Alltag Einzug hielt, war da die Sache mit Lisa, die immer so fein tat, und mit der Karin seit jeher ihre Schwierigkeiten gehabt hatte. Trotzdem mußte sie anerkennen, daß ihr Haus nie so schmuck ausgesehen hatte wie jetzt, und daß aufgeräumte Schränke und schön gestapeltes Leinen auch glücklich machen konnten. Ganz zu schweigen von den gebügelten Herrenhemden, den spiegelnden Fensterscheiben und den prächtig gedeihenden Topfpflanzen.

Karin war in ihrem Leben selbst einmal Dienstmädchen gewesen. Dabei hatte sie gelernt, wie man als Frau des Hauses nicht sein durfte. Nicht gelernt hatte sie jedoch, wie man zu sein hatte.

Also war sie letztlich die Unterlegene.

Und wenn schon, sie mußte ja zugeben, daß sie müde war und den Haushalt einfach nicht schaffte. Und daß es lieb von Erik gewesen war, Lisa aufzunehmen. Bald erkannte sie auch, daß es unwiderruflich war. Das war zu dem Zeitpunkt als sie sah, daß Anton und Lisa, die immer fast an der Armutsgrenze gelebt hatten, sich und ihre Träume schon in einem anderen Licht sahen und daß ihnen das Lisas neue Entlohnung ermöglichte.

Karin mußte sich zufriedengeben.

Als sie kräftiger wurde, fand sie eine Lösung und sagte zu Lisa, Hilfe genüge jetzt wohl stundenweise. Also einigte man sich darauf, daß Lisa vormittags um elf kam und nachdem sie aufgeräumt, abgewaschen und die abendliche Mahlzeit vorbereitet hatte, täglich um drei Uhr wieder heim ging. Auf diese Weise hatte Karin sich die eigenen Morgenstunden in der Küche mit der Kaffeekanne in Reichweite und Nachbarsfrauen zu Besuch zurückerobert, so wie es früher immer gewesen war.

Auch die Nachmittage gehörten ihr, sie schlief ein Stündchen, erledigte kleine Näharbeiten, las viel.

Abends konnte es vorkommen, daß sie sich ein bißchen über sich als einer Dame des gehobenen Standes lustig machte.

Aber der größte Gewinn dieser neuen Lebensweise waren ihre Streifzüge. Wenn Lisa um elf Uhr kam und Karin die Verantwortung fürs Haus abnahm, begann sie ihre Wanderungen. Sie ging am Flußufer entlang hinaus zu den schäbigen Bootsstegen, die versteckt im Schilf lagen, sie blieb stehen, hörte dem Wasser zu und betrachtete lange die lustigen grauen Glöckchen der Strandgräser.

Hinter den Felsen ging sie dann durch den wild wuchernden Naturgarten bis hinaus ans Meer, das alles so großartig und zugleich einfach scheinen ließ.

Auf dem Heimweg durchstreifte sie die Hügel, saß auf warmen Felsen und sprach mit dem Wind und den Glockenblumen. Einmal fand sie den Weg zu Simons alten Eichen. Von da an stattete sie ihnen täglich einen Besuch ab, und zwischen ihr und den großen Bäumen entstand eine Art Freundschaft.

Zum ersten Mal in ihrem Leben hatte Karin Zeit und Raum für viele Gedanken, auch für die schweren, die sich durch Beschäftigung nicht vertreiben ließen.

Die meisten Gedanken drehten sich um ihre Mutter. Sie sprach mit den Eichen viel über die alte Frau und ihre eigene Kindheit. Und die

Eichen lauschten mit großem Ernst und lehrten sie, daß sie alles gar nicht immer verstehen mußte.

Daß es nicht notwendig war.

Daß es das Unglück des Menschen war, alles erklären zu wollen und dadurch alles nur mißzuverstehen.

Sie sagten wie Ruben: Es ist nicht so einfach.

Das Schlehendickicht war tückischer, seine Dornen stachen gerne und ohne Grund zu, erinnerten unsanft an Bosheiten in der bitteren Kindheit.

Da ging Karin dann ans Meer, saß dort, schaute in die Endlosigkeit hinaus und lauschte der Botschaft, daß das Leben um so vieles großartiger war als das Schlehengestrüpp, und daß es weit über das Bittere hinaus eine große Geschmacksvielfalt besaß.

Auf Anderssons Wiese war das Heu zum Trocknen gehäufelt, und der kräftige Geruch rief einen Kitzel in ihren Brustwarzen und in ihrem Schoß hervor. Karin errötete wie eine Siebzehnjährige, denn Lust zu empfinden war sie nicht gewöhnt.

Doch sie pflückte einen Strauß Sommerblumen, Margeriten und Kornblumen und hauchzarten, duftigen Kerbel, stellte ihn im Schlafzimmer in eine Vase und lockte Erik ins Bett, als der Abend kam.

Es war ein schönes Beisammensein, aber es entging Karin nicht, daß ihr Mann ängstlich war. Hinterher versuchten sie darüber zu sprechen. Er sagte: »Du weißt, der Arzt hat gewarnt ...«

Da lachte Karin ihr altes, kräftiges Lachen und sagte: »Dann pfeifen wir halt auf den Doktor.«

Auch Erik lachte und wagte zu glauben, daß es doch auch Ausnahmen geben konnte. Und er schlief ein wie ein getröstetes Kind, die Hand auf Karins Herzen, das gleichmäßig schlug.

Eines Tages nahm Karin all ihren Mut zusammen, zog sich städtisch und hübsch an, und fuhr mit der Straßenbahn zu ihrer Mutter auf Besuch. Die ungewohnte Kleidung, weißer Sommermantel, Handschuhe und großer Hut mit blauen Rosen, machte ihr Spaß und sie stand lange vor dem Spiegel und dachte, daß sie gut aussah, so mager wie sie jetzt war. Sie nahm sogar einen Lippenstift zur Hand und malte sich den Mund rot an.

Dann ging sie zur Werft, um Erik zu sagen, daß sie in die Stadt fuhr. Aber er kletterte vom Mast des Bootes, mit dem er beschäftigt war, herunter und sagte: »Zu ihr gehst du nicht allein. Warte einen Moment, ich zieh mich um und bringe dich mit dem Auto hin.«

Karin blieb auf der Bank neben der Treppe sitzen und überlegte verblüfft, daß Erik wohl eine ganze Menge mehr begriffen hatte, als sie geglaubt hatte.

Bei der Mutter ging es leichter als erwartet, sie freute sich aufrichtig, Karin wiederzusehen. Und erschrocken darüber, daß Karin jetzt so mager war, sagte sie: »Herrdujemineh, du siehst aber elend aus!«

Karin hörte die Besorgnis in ihrer Stimme und schluckte die widerlich fetten Speckbrote, die die Mutter auftischte. Damit Karin wieder ein bißchen zulegen würde.

Das värmländische »herrdujemineh« rührte sie sogar ein bißchen. Erik war gesprächiger als sonst, und Karin sah die Freude der Mutter und erinnerte sich daran, daß ihre Mutter den Schwiegersohn immer besonders gerne gehabt hatte. Er sprach von den Altenwohnungen, die in Masthugget gebaut werden sollten und konnte das Interesse der alten Frau dafür wecken. Plötzlich begriff Karin, daß aus dem Alptraum nichts werden würde, sie würde nicht gezwungen sein, der Mutter einen Platz in ihrem Haus einzuräumen, wenn die alte Frau nicht mehr allein zurechtkäme.

Der älteste Bruder tauchte auf, und Karin fühlte, daß sie ihn mochte. Auch das war neu für sie, denn ihre Brüder waren ihr schon vor Jahren fremd geworden.

Sie brachen gemeinsam auf, der Bruder wollte Eriks Auto ansehen.

Auf der Treppe sagte Karin: »Heute war unsere Mutter ja richtig nett.«

»Du wirst gemerkt haben, daß sie sich um dich Sorgen macht«, sagte der Bruder.

Aber Karin ging das zu schnell: »Ich habe bisher nie gemerkt, daß sie sich für mich interessiert.«

Der Bruder wurde verlegen, wie Männer das tun, wenn Frauen gefühlvoll werden. Und er sagte nicht ohne Bosheit: »Du hast nicht nur ihr, sondern auch uns, den Mann und Vater weggenommen. Also ist wohl nicht alles nur ihre Schuld.«

Karin blieb mitten auf der Treppe stehen, hatte Herzklopfen, und Erik, der das sah, unterbrach: »Jetzt hältst du die Klappe. Karin darf sich nicht aufregen.«

Die Männer gingen voraus, aber Karin hörte die Worte des Bruders an der Haustür trotzdem: »Du wirst es auch nicht gerade leicht haben.«

Im Auto legte Karin Erik die Hand auf die Schulter, ihr gingen Rubens Worte durch den Kopf: Was ist schon einfach.

16

Am sechsten August fiel die Bombe.

Hiroshima, das ist ein schöner Name, es muß eine schöne Stadt gewesen sein, dachte Karin.

Die Rede war von 300 000 Toten.

Die Zahl war zu groß, um sie fassen zu können, der Kopf konnte sie nicht aufnehmen, und das Herz, ihr Herz, hatte inzwischen genug.

Erik las aus der Zeitung vor, daß nach dieser Bombe die Welt nie mehr wie vorher sein werde. Jetzt wußte der Mensch, daß er sich selbst und alles, was auf der Erde wuchs, ausrotten konnte.

Karin konnte es nicht fassen, ihre Welt war bereits zu sehr verändert. Aber die Jungen, die mit in der Küche saßen und Erik vorlesen hörten, überlief mitten in der Sommerwärme ein kalter Schauer. Isak dachte an Hitler und daran, daß man sich jetzt rechtzeitig vor den Irren dieser Welt in acht nehmen mußte. Und Simon dachte, daß sich seine Welt schon in der Nacht im Krankenhaus, als er bei Karin gewacht und geglaubt hatte, sie werde sterben, vom Vertrauen hin zur Unberechenbarkeit verändert hatte.

Die Schule fing wieder an. Dritte Klasse Gymnasium. Alles war wie früher, weder Kriege noch Atombomben konnten diese Welt verändern.

Hier herrschte die Unlust.

Sie klebte in dicken Schichten an den Wänden, sie tropfte in die Ecken, wo sie sich sammelte, um sich unerbittlich in den Bankreihen breitzumachen. Sie roch nach Kreide und Schweiß, wurde im Mund des Lateinciceronen wiedergekäut und knirschte zwischen den Zähnen des Mathepaukers. Diese Unlust durchdrang alles. Sie war im Deutschunterricht anwesend und im Unterricht der schwedischen Muttersprache, die sofort den Geist aufgab, wenn man ihr die Versfüße beschnitt.

Es gab Augenblicke, da bekam Simon Angst und dachte, gleich werde er ebenso leblos sein wie die Lehrer am Pult. Die Unlust werde seine Lungen füllen, sein Blut vergiften und den Körper erstarren lassen.

Das ist eine Krankheit, dachte Simon, und das Schlimmste an ihr ist, daß man daran stirbt, ohne es zu merken. Man macht weiter wie bisher, die Beine bewegen sich, der Mund leiert unregelmäßige französische Verben herunter.

Manche von den Leblosen waren in der Hölle gelandet und Teufel geworden, deren einziges Vergnügen aus Bosheit bestand.

»Es wäre gut, wenn Svensson etwas im Kopf hätte, woran er die Verben aufhängen könnte. Zum jetzigen Zeitpunkt wirbeln sie nur im leeren Raum herum.« Svensson, Dalberg und Axelsson gehören eher nach Stretered, sagte der Mathelehrer. Das war die städtische Anstalt für geistig Behinderte.

Larsson gehörte dort nicht hin, ihm fiel alles leicht. Zu leicht, er brauchte das Wissen, das sich in Heu verwandelt hatte, um die Schüler zu Wiederkäuern zu machen, nicht wiederzukauen. Kauen, schlucken, aufstoßen und nochmals kauen, schlucken, aufstoßen.

Aus dem Klassenzimmer kroch die Unlust hinaus in den Korridor, in die Physik- und Chemiesäle. An der Tür zur Bibliothek mußte sie anhalten, aber sie kroch weiter in Richtung Aula.

Das war ein schöner Raum, aber die Unlust überschritt die Schwellen und fand reichliche Nahrung in all den erbaulichen Reden vom Frieden und von Gott, dem besonders dafür zu danken war, daß er das Vaterland verschont hatte. Am besten ging es der Unlust mit dem Pfarrer, der einmal in der Woche zur gemeinsamen Morgenandacht kam und ganz erstaunlichen Blödsinn von sich gab, während vierhundert Schüler von schmuddeligen Zetteln Vokabeln büffelten, die sie in ihre Gesangbücher geschmuggelt hatten.

Vielleicht wäre Simon schließlich doch an der Unlust zerbrochen, hätte er nicht das Glück gehabt, in der Dickinsonschen Bibliothek ein bestimmtes Buch zu finden. Es ging darin um Yoga und man konnte daraus lernen, wie man das Bewußtsein dazu bringen konnte, den Körper zu verlassen.

Man mußte sich auf einen Punkt in der rechten Gehirnhälfte konzentrieren, und zwar auf den angenommenen Schnittpunkt einer vom rechten Auge ausgehenden Geraden mit einer vom rechten Ohr ausgehenden Linie. Mit etwas Übung war es nicht allzu schwierig, diesen Punkt zu finden. Nun blieb man zwei Minuten regungslos sitzen und konzentrierte sein Bewußtsein auf diesen Punkt.

Der nächste Schritt war schon schwieriger, denn jetzt ging es darum, das Bewußtsein mit Energie aufzuladen. Aber Simon lernte auch das, und bald konnte er seinen Verstand vorsichtig durch die Naht zwischen dem Schläfenknochen und dem Stirnbein lotsen.

Und das Bewußtsein wanderte in die Welt hinaus, es flog über den Atlantik und traf auf die Wolkenkratzer von New York, wo es lange und erstaunt um das Empire State Building kreiste. Dann flog es westwärts in die Prärie, machte aber an der Küste des Stillen Ozeans abrupt kehrt und nahm seinen Weg zurück nach Europa. Über dem Mittelmeer machte es einen Abstecher nach Istanbul zum Harem des Sultans und Simon erkannte mit Entzücken, daß er auch unabhängig von der Zeit durch den Raum schweben konnte. Denn jetzt befand er sich im siebzehnten Jahrhundert, und der Harem war wunderbar anzusehen. Er verliebte sich in eine Bauchtänzerin, die sich wie eine Schlange in goldenen Schleiern wand. Bei diesem Anblick mußte er das Schulbuch herunter auf seinen Schoß ziehen, damit niemand bemerken konnte, daß sein Glied steif geworden war.

Auf den Klippen des Badeplatzes zu Hause saß Karin und beobachtete, wie der breite Strom auf das Meer traf. Sie dachte darüber nach, ob der Strom um sein Wasser trauerte, das sich nun im Grenzenlosen verlor. Aber sie glaubte es eigentlich nicht, dachte eher, daß es ein Gefühl der Vollendung und Befreiung sein mußte.

Und das Wasser, das sich hier mit dem Meer vereinte, wußte bestimmt, daß es das Seine getan hatte. Es war in rasender Wucht durch die Fälle bei Trollhättan getost, war im Strombett vorbei an Lilla Edet gewirbelt, hatte den Turbinen aus Menschenhand und dem ruhigen Grün der Ufer etwas von seiner Kraft geschenkt. Es brachte die Süße der langen Wanderung durch den Vänersee, entlang der Steilufer des Klarälv und der Gletscher der norwegischen Berge mit. Bis ganz hinaus nach Rivö Huvud würde diese Süße zu riechen und zu schmecken sein, ehe sie sich im Salzmeer verlor.

Sie dachte an den Frühling, in dem auch sie nahe daran gewesen war, sich mit dem Grenzenlosen zu vereinen und daran, wie sie sich in jener Nacht, in der Simon an ihrem Bett saß, selbst Einhalt geboten hatte.

Sie war nicht wie das Wasser des großen Stroms, sie hatte das ihre noch nicht vollendet.

Er hatte ein Recht, es zu wissen, dachte sie.

Und sie dachte es immer und immer wieder, wie sie es schon den ganzen Sommer über gedacht hatte, und es war so offenbar und so drohend, daß es wie eine Felswand vor ihr stand. Steil, ohne Halt für Hand und Fuß.

Simon mußte es erfahren.

Die Schuld hieb nach ihr, er hätte es schon vor langer Zeit wissen müssen.

Aber sie wehrte den Stoß ab. Es hatte Gründe gegeben.

Von Anfang an hatten sie es ihm eigentlich sagen wollen, sobald er groß genug wäre, es zu verstehen. Aber dann, in den dreißiger Jahren, hatte sich der Judenhaß im Dorf breitgemacht, hatte hier und dort Wurzeln geschlagen, hatte die Luft vergiftet und sie und Erik so erschreckt, daß sie schwiegen.

Sie erinnerte sich an einen Hausierer, einen von den vielen Landstreichern und Wanderhändlern, die im Lauf der Jahre in ihrer Küche zu Kaffee und Butterbrot gekommen waren. Der Hausierer war etwas Besseres gewesen als alle andern, denn er hatte eine Nichte beim Film gehabt.

Karin hatte ihm ein Nadelbriefchen abgekauft und erst gemerkt, daß der Mann verrückt war, als Simon rotwangig und schwarzäugig in die Küche gestürmt war, um Wasser zu trinken. Er war als Kind immer durstig gewesen, als würde er innerlich brennen und Kühlung brauchen.

Sie konnte es wie ein Theaterstück vor sich sehen, Szene um Szene. Der Junge, der stehen geblieben war, einen Diener gemacht und höflich gegrüßt hatte. Und der Mann, dessen Gesicht verzerrt war vor Haß.

»Ein Judenschwein«, hatte er gesagt. »Beim Herrn Christus! Sie hat ein Judenbalg in ihrer Küche.«

Dann verwischte sich die Szene, sie erinnerte sich nicht, wie sie den Mann aus dem Haus bekommen hatte, wußte nur noch, daß sie ihm das Nadelbriefchen nachgeschmissen und mit der Polizei gedroht hatte, falls er noch einmal käme. Aber das Bild des bleichen Jungengesichts mit den vielen Fragen darin war noch ganz deutlich. Genau wie die Erinnerung daran, daß sie mit dem Jungen auf dem Schoß am Küchentisch gesessen und versucht hatte zu erklären, was nicht zu erklären war.

Und sie erinnerte sich an den Abend, als Erik den Lastwagen in die Garage gebracht hatte und sie nicht rechtzeitig eingreifen konnte, als Simon fragte: »Papa, was ist ein Judenschwein?«

Erik war zuerst wie erstarrt, fing sich, antwortete: »Die gibt es nicht.«

Doch Karin wußte, daß Simon den Schrecken in Eriks Augen gesehen hatte.

An diesem Abend hatten sie ihren Entschluß gefaßt. Es war besser für den Jungen, nichts zu wissen.

Im Dorf wurde getuschelt, Karin erinnerte sich an ihre Sorge wegen der Ågrenschen Giftzunge und wie Simon eines Tages nach Hause gekommen war und gesagt hatte, Tante Ågren will wissen, wo du mich aufgegabelt hast.

Dann kam der Krieg und das Frühjahr 1940, als das Finstere sich von bodenloser Boshaftigkeit zur unmittelbaren Bedrohung wandelte. Oh, diese Frühlingsnächte im April, als die Deutschen Norwegen besetzten und Karin dachte, sie könnten jeden Augenblick auf ihrer Schwelle stehen und auf den Jungen zeigen.

Damals hatte ich auch Herzschmerzen, dachte Karin, erstaunt darüber, daß sie sich daran bisher gar nicht erinnert hatte.

Wie sie Rubens Angst verstanden hatte. Und Olga, die Mutter, die sie nie gesehen hatte, die Frau, die sich für den Wahnsinn hinter den Mauern von Lillhagen entschieden hatte.

Ich hätte mit Ruben sprechen sollen, dachte sie.

Jetzt wurde das Meer hinter der rosafarbenen Festung grau, es würde noch vor dem Abend Regen geben, und so stand Karin auf, wußte, die Uhr hatte längst dreimal geschlagen und Lisa war nach Hause gegangen und Helen mit der Milch gekommen. Ihr selbst blieb noch Zeit für ein kurzes Schläfchen, ehe Simon aus der Schule heimkommen würde.

Aber es wurde nichts aus Karins Schlaf, denn als sie sich auf dem Bett ausgestreckt und sich in die Decke gewickelt hatte, stand die Felswand vor ihr.

Er mußte es erfahren.

Ihre Gedanken wanderten wieder zurück in die Kriegsjahre, zu dem Abend, als Erik und sie sich wieder an den Brief erinnert hatten. Inga hatte einen Brief von dem Spielmann bekommen, einen langen Brief in deutscher Sprache, den keiner von ihnen lesen konnte. Und sie hatten beschlossen, Inga solle ihn aufbewahren, bis sie ihn Simon irgendwann geben könnten.

Sie erinnerte sich an das Telefongespräch, Eriks Stimme, die Inga gezwungen hatte, den Brief zu verbrennen. Danach hatte die Angst vor den Kirchenbüchern Karin verfolgt, was stand dort, wen hatte Inga als Vater angegeben?

Sie hatte gehofft, Erik werde sie beruhigen, wenn er das nächste Mal auf Heimaturlaub kam, werde ihr sagen, sie solle den Teufel nicht an die Wand malen. Aber ihre Angst war auf ihn übergesprungen und er opferte kostbare Benzinmarken, um zu der Landkirche weiter im Norden zu fahren, wo Inga eingeschrieben war.

Es schmerzte nur noch mehr. Erik hatte dem Pfarrer die ganze Geschichte erzählt, einem Mann mittleren Alters, der sich die Lippen geleckt hatte.

»Der verdammte Pfarrer ist ein Nazi«, sagte Erik beim Nachhausekommen. »Aber das habe ich erst begriffen, als er davon zu faseln anfing, wie wichtig es sei, die arische Rasse reinzuerhalten.«

Sie hatten Streit bekommen.

»Ich hätte ihn umbringen können«, sagte Erik.

Im Kirchenbuch stand: Vater unbekannt.

Karin öffnete die Augen, aus dem Mittagsschlaf konnte nichts werden. Ihr Blick fiel auf den Schaukelstuhl neben dem Kachelofen, in dem sie mit Isak gesessen hatte, zu der Zeit, als die Embargo-Schiffe verschwanden und Isak nicht nur sich selbst, sondern auch seinen Verstand verlor.

Alles zusammen hatte dazu beigetragen, ihre Angst lebendig zu erhalten. Aber die Erinnerung an Isak in jenen Tagen gab dennoch Kraft.

Ich habe ihn durchgebracht, dachte sie.

Dann hielt Simon seinen Einzug, schmiß die Schulbücher auf die Treppe und stand nun dort, konzentriert und voller Leben.

»He, Mama! Wie geht's dir heute? Was gibt's zu essen?«

»Falschen Hasen«, sagte sie. »Hast du's eilig?«

»Ja, ich muß nach Långedrag zum Tanzen.«

Karin sah den hübschen Jungen an und dachte, wie gerne sie jetzt jung wäre, um mit ihm tanzen zu gehen.

Es ist gut für ihn gewesen, daß er nichts weiß, dachte sie, als sie das Bett verließ, um mit dem Kochen anzufangen.

»Geht Isak auch mit tanzen?«

»Ja, Ruben bringt ihn her und läßt bestellen, daß er gerne eine Tasse Kaffee hätte.«

Das trifft sich gut, dachte Karin, und nach dem Essen, als Simon in sein Zimmer rannte, um sich umzuziehen, sagte sie zu Erik: »Er muß es erfahren, er ist siebzehn Jahre alt und hat ein Recht, es zu wissen.«

Erik sah mit einem Mal zehn Jahre älter aus, aber er nickte: »Ja, ich habe mir das auch schon gedacht.«

»Es ist schwierig«, sagte Karin. »Ich möchte, daß wir uns vorher mit Ruben beraten.«

Sie sah, daß Erik das nicht wollte.

»Alle, die uns nahestehen, müssen es irgendwann erfahren«, betonte Karin.

»Ja, du hast recht.«

Als Ruben kam, war der Kaffeetisch im guten Zimmer gedeckt, und schon daran erkannte er, daß es kein gewöhnlicher Abend werden würde.

Sie sprachen, schleppend und unsicher im Anfang, dann immer lebhafter, Karin und Erik nahmen einander dabei fast das Wort aus dem Mund. Karin hatte immer gewußt, daß Ruben ein Zuhörer war, aber sie hatte nicht geahnt, daß es ein so gutes Gefühl sein würde, ihm die ganze lange Geschichte darlegen zu dürfen. Dichtes Oktoberdunkel herrschte vor den Fenstern, sie konnten einander nicht sehen. Als Erik schließlich aufstand, um Licht zu machen, sahen sie, daß Ruben feuchtglänzende Augen hatte.

Er sagte einfach nur: »Dann war es also kein Zufall, daß ihr Isak helfen konntet.«

»Wir saßen ja im selben verdammten Boot«, erklärte Erik.

Es herrschte langes Schweigen bis Ruben sagte: »Ich habe mir anfangs so meine Gedanken gemacht, er sah nicht gerade besonders schwedisch aus.«

Und er erinnerte sich daran, wie Olga gesagt hatte: Larsson? Das ist doch nicht möglich.

Aber das erzählte er nicht, sagte, im Lauf der Jahre habe er oft gefunden, daß Simon seinen Eltern gleiche.

»Vom Gemüt her ist er dir sehr ähnlich, Karin, die gleiche Redlichkeit, wenn ihr versteht, was ich meine. Und er ist auch in vielem wie Erik, aufgeschlossen und engagiert.«

Das tröstete.

Aber wie schätzte Ruben Simons Reaktion ein?

Ruben seufzte: »Das wird nicht leicht. Aber ich glaube nicht an eine echte Gefahr. Er hat ein starkes Fundament.«

Dann meinte Ruben, sie müßten sich ganz natürlich verhalten, Simon die Wahrheit nicht einfach ins Gesicht schleudern, sondern den richtigen Augenblick abwarten.

»Und wann ist der?« fragte Karin erschrocken.

»Das werdet ihr wissen, wenn es soweit ist«, sagte Ruben mit solcher Sicherheit, daß sie ihm glauben mußten.

Als die Jungen vom Tanzen zurückkamen, saßen alle wie üblich mit einem Bier und einem belegten Brot in der Küche. Ruben umarmte Simon, klopfte ihm auf den Rücken und sagte: »Herrgott, Junge, wenn du wüßtest, was für ein Weihnachtsgeschenk ich für dich in Amerika bestellt habe!«

Am nächsten Morgen lag der Nebel wie Watte zwischen den Häusern. Simon erwachte wie so manchen Morgen vom Heulen der Nebelhörner vor der Hafeneinfahrt und meinte, diesmal klängen sie unheilkündender als gewöhnlich. Karin wirkte bleiern wie der Nebel als sie das Frühstück auf den Tisch stellte und sagte, sie müsse hinüber zu Edit Äppelgren gehen, bevor die wegen des Nebels völlig durchdrehe. Simon solle das Fahrrad stehen lassen und mit der Straßenbahn fahren.

»Man sieht ja kaum die Hand vor den Augen«, meinte Karin.

Er mußte das letzte Stück bis zur Haltestelle rennen, um die blaue Straßenbahn zu erwischen, die wie ein Phantom aus dem Nebel auftauchte, ihn dann aber mit freundlich blinkenden Glühbirnen in ihrem warmen Inneren aufnahm.

Am Rednerpult in der Aula stand der Pfarrherr persönlich. Er war der Dümmste von allen Pfarrern, die das Gymnasium mit Morgengebeten segneten, und Simon beschlich Unbehagen.

Schon beim Einleitungssermon zum Vaterunser gelang es ihm, in Gedanken auszusteigen, doch merkte er zu seiner Enttäuschung, daß sein Bewußtsein dieses Mal auf kürzestem Weg nach Hause gegangen war.

Er fand die Küche leer, Karin war schon drüben bei der Äppelgren. Simons Gedanken schweiften weiter zur Werft, aber dort konnte er sie einigermaßen zügeln. Erik und seine Leute hatten Pause, und Simon konnte Erik über der Kaffeetasse das große Wort führen hören. Er sprach von der Bombe und der veränderten Welt und alle hörten andächtig zu.

Jetzt fühlt er sich, dachte Simon. Jetzt ist er der Schrecklichste und Beste und Größte.

Simon spürte, daß er seinen Vater haßte, ihn verachtete.

Wie der Vater Simon verachtete, den Jungen mit den zwei linken Händen und dem Kopf voller Flausen, die zu überhaupt nichts Nützlichem zu gebrauchen waren.

Der nie ein ehrlicher Arbeiter werden würde.

Gott, wie satt hatte Simon dieses Haus.

Und die Werft. Und die Angeberei mit den Booten. Und die Politik. Und alles Handfeste.

Simons Gedanken machten auf dem Gartenweg plötzlich kehrt und trafen dort im Nebel auf Karin, er sah sie auf sich zu kommen und sah sie mit neuen Augen, als Außenstehender. Sie war nicht gerade schön, und der Zug von Selbstzufriedenheit um den Mund war verabscheuungswürdig. Sie, der Engel, hatte die gute Tat des Tages vollbracht.

Er haßte auch sie, dachte, daß nie ein vernünftiges Gespräch mit ihr möglich war, daß sie ungebildet und dumm war und daß sie ihn nie verstanden hatte.

Dann brach es los: »Danke, Herr, für Deine Gaben ...«

Und Simons Gedanken mußten die Schwelle am Schläfenknochen wieder passieren und ihm wurde wie immer schlecht, wenn in seiner Nähe laut und falsch gesungen wurde.

Selbst sang er nie einen Ton.

Dann bekam er Bauchschmerzen wegen der schlimmen Gedanken, und im Physiksaal, wo Alm sich auf irgendein idiotisches Experiment versteifte und ihm genügend Zeit zum Nachdenken blieb, erinnerte er sich an den gestrigen Abend und daß in der Küche eine eigenartige

Atmosphäre geherrscht hatte, als er und Isak vom Tanzen nach Hause gekommen waren.

Etwas Eigenartiges. Erik hatte müde ausgesehen.

Aber die Erinnerung an Erik fachte den Zorn nur noch an, Simon fühlte wieder seinen Abscheu Erik gegenüber – Erik mit seinen groben Händen und seinen simplen Wahrheiten.

Auch Karin dachte an Erik. Der Nebel hob sich im Lauf des Tages und sie begab sich wie üblich auf einen ihrer Streifzüge.

Erik hatte gestern keinen leichten Abend gehabt. Der Beschluß, den sie während des Krieges gefaßt hatten, nämlich Simons Herkunft zu verschweigen, hatte dazu geführt, daß sie alles verdrängten. Von nichts wußten.

Von nichts zu wissen, das lag Erik.

Er war immer empfindlicher gewesen als sie selbst, wenn es um Simons Herkunft ging. Jedenfalls hatte er immer stärker reagiert, wenn sie irgendwie daran erinnert wurden. Wie etwa damals, als Ruben sich einbildete, Simon solle Geige spielen lernen.

Erik war vor Zorn fast durchgedreht.

Er ist ein Mensch, der sich seine eigene Wirklichkeit schafft, dachte Karin. Er baute sie selbst auf, Stein für Stein, ohne jemandem etwas schuldig zu bleiben. Alles, was in dieses Gebäude nicht hineinpaßte, wurde verworfen oder abgestritten. Andere Menschen mußten die Güte haben, sich so zu ändern, daß sie sich einbauen ließen.

Simon paßte immer schlechter hinein.

Es lag Streit in der Luft, das wußte Karin, obwohl Simon und auch Erik die Worte ihretwegen zurückhielten, um sie nicht aufzuregen. Es ging nicht nur darum, daß Simon ungeschickt war, nein, es ging um viel mehr. Eriks Überlegenheit war Voraussetzung dafür, daß seine Wirklichkeit stimmte, er mußte als der einzige Sohn seiner großartigen Mutter mehr sein als andere. Und wenn nicht?

»Ja, da würde er wohl sterben«, sagte Karin, zornig wie immer, wenn sie das Erbe ihrer Schwiegermutter aufdeckte, laut vor sich hin.

Inzwischen hatte Simon ihn auf vielerlei Art überholt, an Scharfsinn, an Kenntnissen, an Wendigkeit. Erik war gefährdet, wurde höhnisch.

»Faß mal mit an, Junge, vorausgesetzt du hast keine Angst, dir die Finger dreckig zu machen.«

Simon war ein Intellektueller, und dafür mußte er bezahlen. Schuld daran war natürlich die Schule, aber auch einiges mehr. Er wurde schon als Intellektueller geboren, dachte Karin, und im nächsten Augenblick: Aber das ist ja lächerlich.

Konnten die Gründe dafür in seiner Herkunft liegen, hatte Simons Wesen mit diesem Jüdischen zu tun?

Nein. Isak war nicht nur Jude, er gehörte außerdem der Oberschicht an, und bei ihm fand sich alles, was Erik forderte, Schläue und die nötige Fingerfertigkeit im Umgang mit Nägeln und Schrauben. Und dann natürlich das wichtigste von allem, eine große Bewunderung für Erik, sowie die selbstverständliche Anerkennung seiner Autorität.

Jetzt brach die Sonne durch, das Licht war silberweiß vom Nebel, und Karin ging zu den Eichen.

Dort unter der breitesten Krone, die üppig und golden war vom beginnenden Herbst, erkannte sie, daß sie mit all diesen Gedanken um Erik nur sich selbst schützen wollte. Sie wagte es nicht, ihre eigene Angst ans Tageslicht kommen zu lassen.

Er war drauf und dran zu zerreißen, diese Nabelschnur, die auch ihrem eigenen Leben Nahrung gegeben hatte.

Wenn Simon es erfährt, ist er frei, dachte Karin. Sie war nicht seine Mutter, und darum konnte er sie abwählen. Sie wußte sehr wohl, daß es Augenblicke gab, wo er sich ihrer schämte.

Sie hatte jetzt Schmerzen in der Brust, und es kamen keine Tränen, sie zu lindern.

Zu Hause sah sie im Spiegel, daß ihre Lippen blau waren. Sie nahm Herztabletten und schlief daraufhin ein. Sie träumte, daß sie unter großen Schmerzen einen Sohn gebar, und es war Simon, der aus ihrem Leib kam, und sie wickelte ihn in Windeln und ging mit dem Kind zu seinem Vater.

Es war ein weiter Weg zu dem Mann, der sie oben auf dem Hügel erwartete, aber sie ging mit großer Würde, trug das Kind zu ihm hin. Und er nahm es in seine Arme, und erst da sah sie ihn an, sah empor in sein Gesicht und erkannte Ruben.

17

Direktor Ruben Lentov?«

»Ja, das bin ich.«

»Mein Name ist Kerstin Andersson. Ich bin Kuratorin am Sanatorium Söråsen.«

Der Name einer Stadt wurde genannt, Ruben konnte sie einigermaßen im småländischen Hügelland lokalisieren.

»Ja«, sagte er. »Guten Tag.«

Die Stimme am Telefon tat alles, um einigermaßen sicher zu wirken, doch gelang es ihr nicht.

»Könnte es stimmen, daß Ihre Gattin eigentlich Leonhardt heißt, ich meine, bevor sie verheiratet war.«

»Ja.« Jetzt fühlte Ruben Bedrohung.

»Olga Leonhardt?«

»Ja, wieso?« Sein Ton war jetzt so formell, daß die Stimme am anderen Ende ihr Selbstvertrauen völlig einbüßte und sagte: »Ist sie vielleicht telefonisch zu erreichen?«

»Nein«, sagte Ruben. »Meine Frau ist geisteskrank.«

»Oh, tut mir leid.«

Um was, zum Teufel, geht es hier, dachte Ruben, wußte aber bereits, daß das Unentrinnbare ihn schon eingeholt hatte. Die Stimme sprach weiter, als hätte sie seine Gedanken vernommen.

»Wir haben hier ein Mädchen, eine von den Geretteten aus Bergen-Belsen. Sie heißt Isa von Schentz und behauptet, eine Nichte Ihrer Gattin zu sein.«

Die Wände in dem geräumigen Kontor zogen sich enger um Ruben, der Raum verkleinerte sich, die Bilder jagten durch seinen

Kopf. Iza, eine lebhafte Fünfjährige, die einst in einer anderen Welt Blumenstreukind bei seiner Hochzeit gewesen war. O Gott, dachte er, Gott Israels, hilf mir, und er legte den Hörer auf den Schreibtisch und es gelang ihm, das Fenster zur Norra Hamngatan zu öffnen, atmete tief durch und sah, daß die See bis hinauf zum Hafenkanal weiß von Schaumkronen war. Es herrschte Sturm über Göteborg.

Dann hörte er, weit weg von seinem Schreibtisch, wie aus einem anderen Universum die Stimme aus dem Telefon: »Hallo, hallo! Sind Sie noch da, Direktor Lentov?«

Er mußte sich zusammennehmen, er griff zum Hörer, um viele Fragen zu stellen, aber er konnte die Fragen nicht finden.

»Iza«, sagte er. »Die kleine Iza.«

Kerstin Anderssons Stimme hatte ihre Kraft wiedergewonnen, als sie sagte: »Ich verstehe, daß Sie Zeit zum Denken brauchen. Vielleicht können Sie später zurückrufen.« Er bekam eine Telefonnummer, seine Hand notierte, und als er den Hörer aufgelegt hatte, merkte er, daß er fror.

Doch als er aufstand, um das Fenster zu schließen und draußen im Büro Bescheid zu geben, daß er nicht gestört werden wolle, hatte der Raum wieder seine normale Größe. Dann legte er sich mit dem Handelsblatt überm Gesicht auf das schwarze Ledersofa.

Er versuchte sich an das Kind zu erinnern, sich das Gesicht vorzustellen. Er konnte es nicht.

Eine von Millionen Toten war zurückgekehrt, aber sie hatte kein Gesicht. Glich sie ihrer Mutter? Ruben erinnerte sich plötzlich, was es ihn gekostet hatte, nicht an Rebecca zu denken, während all dieser Jahre in Schweden nicht an das Mädchen zu denken, das er in Berlin einmal geliebt hatte.

Rebecca Leonhardt. Sie war wunderbar.

Sie hatte einen deutschen Offizier geheiratet, Ruben hatte auch kein Bild dieses von Schentz vor Augen, aber er erinnerte sich sehr deutlich an ein Gespräch in einem Café in Paris, wo Rebecca versucht hatte, ihm die Verlobung mit dem Deutschen zu erklären.

Er ist ein guter Mensch, dieser von Schentz, hatte sie gesagt. Mit seiner Hilfe würde sie dem Judentum entkommen, das sie einengte und ankettete. »Ich kriege keine Luft auf der Frauenempore in der Synagoge.« Er, Ruben, hatte seine Verzweiflung nicht erkennen lassen, hatte sich großzügig gezeigt, verständnisvoll.

Die Ehe hatte ihr also nicht geholfen, dachte er und stand auf, er brauchte Wasser, fand eine Flasche Mineralwasser, öffnete sie, trank.

Sie war Schriftstellerin geworden. Bis zum Ende der dreißiger Jahre hatte sie Olga Briefe und Bücher mit Widmung geschickt.

Ruben hatte es nie über sich gebracht, ihre Romane zu lesen, aber er wußte, daß sie anerkannt war.

Ich habe Olga geheiratet, um Rebecca nahe sein zu können, dachte er.

Nein.

Doch.

Die beiden Töchter des reichen Doktor Leonhardt, deren eine alles mitbekommen hatte, Begabung, Schönheit und einen weit offenen Sinn. Während die andere …

Ruben empfand jetzt für Olga eine fast wilde Zärtlichkeit, die kleine Schwester, die in der großen Irrenanstalt mit Puppen spielte.

Das Bild von seiner Frau und ihren Puppen brachte Ruben Lentov zurück in die Wirklichkeit, nach Göteborg im Spätherbst 1945, zu Handlungsfähigkeit und Verantwortung.

Ich habe nicht einmal nachgefragt, wie es dem Mädchen geht, dachte er, setzte sich an den Schreibtisch, wollte anrufen. Aber seine Hand wählte Karins Nummer, und als er ihre Stimme hörte, erkannte er, was er immer gewußt aber nie zu erkennen gewagt hatte, daß Karin in ihrer ganzen Wesensart Rebecca glich.

»Aber Ruben!«, sagte Karin. »Wie wunderbar. Wir müssen zusehen, daß sie gesund wird und sich hier in Schweden wohlfühlt.«

Das war richtig. Es war das, was er hören wollte.

»Du mußt dich zu allererst erkundigen, wie geschädigt sie ist. Möglicherweise hat sie Tuberkulose, wenn sie jetzt in einem Sanatorium ist. Du mußt mit den Ärzten reden, du mußt hinfahren.«

»Ja.«

»Und du mußt nach ihren Angehörigen fragen. Ihrer Mutter.«

»Ja.«

»Du mußt die Kuratorin fragen, nicht das Mädchen. Du lieber Gott, Ruben, es ist wie ein Wunder!«

Er hörte, daß Karin aufgeregt war, dachte an ihr Herz und wollte etwas Beruhigendes sagen, aber er hatte nur Raum für die Erkenntnis, daß er Rebecca schon beim ersten Mal in Karin wiedererkannt hatte, als sie in sein Büro gekommen war.

»Ruben.«

»Ja?«

»Wir werden ihr wieder Lebensfreude schenken.«

Beide sollten sich dieser Worte erinnern, als sie nach und nach erkannten, daß Iza ein Mensch von rücksichtsloser und brennender Lust am Leben war.

»Wie alt ist sie, Ruben?«

Er dachte nach, er hatte 1927 geheiratet, sie mußte 1923 geboren sein.

»Sie ist zweiundzwanzig.«

»Wie schön«, sagte Karin. »Ich glaube, junge Leute werden leichter wieder gesund.«

Er spürte von Karins Trost noch einiges in sich, als er das Ferngespräch mit Kerstin Andersson anmeldete.

»Einige Schatten auf der Lunge, gut ausgeheilt«, gab sie Auskunft. »Iza gehört zu denen, die überleben werden. Sie hat hier bei uns die Schule besucht, hat die Sprache leicht erlernt, war unerhört neugierig auf das Leben in dem neuen Land.«

»Aber die Sache mit Ihnen wird schwierig werden«, fuhr die Kuratorin fort.

»Inwiefern?«

Kerstin Andersson berichtete, daß ihre Patienten Schwierigkeiten damit hatten, freudige Überraschungen zu verkraften. Er erfuhr von einer Frau, die die besten Voraussetzungen hatte, die aber starb, als sie einen Brief von ihrer Schwester erhielt, die auch überlebt hatte und jetzt in Palästina wohnte.

Ruben versuchte zu verstehen. »Ist das der Grund, warum Sie nicht früher Kontakt mit mir aufgenommen haben?«

»Nein«, sagte die Kuratorin. »Iza hat den ganzen Sommer von einer Tante in Norwegen erzählt, konnte sich aber an deren jetzigen Familiennamen nicht erinnern, darum haben wir das wohl nicht ganz ernst genommen.«

Das Mädchen wußte nicht, wie ich heiße, dachte Ruben. Rebecca hat mich ausgelöscht wie ich sie ausgelöscht habe.

»Eines Tages hat sie dann in der Zeitung eine Anzeige Ihrer Buchhandlung gesehen.«

Ruben erinnerte sich an die Annonce, angekündigt wurden die amerikanischen und englischen Neuerscheinungen dieses Herbstes, Bücher, die durch seine Filialen zu beziehen waren.

»Sie erkannte den Namen wieder und war wie verrückt, bekam erneut Fieber und erschreckte damit die Ärzte. Selbst habe ich nicht unbedingt an die Geschichte geglaubt, aber der Chefarzt meinte, ich solle der Sache nachgehen. Vor allem, um Iza zu beruhigen, müssen Sie verstehen. Darum habe ich Sie jetzt angerufen.«

»Weiß sie davon?«

»Nein, ich muß heute mit ihr darüber zu sprechen versuchen.«

»Ich würde sie am Wochenende gerne besuchen.«

»Aber warten Sie ab, bis ich mich wieder melde.«

»Ja. Gibt es etwas, das Iza vielleicht gern haben möchte, Fräulein?«

Jetzt kam Lachen aus dem Telefonhörer: »Sie will alles haben. Kleider, Schuhe, Schminke, Süßigkeiten, Bücher, Handtaschen, Strümpfe. Sie wollen alle alles haben.«

Ruben konnte nicht lachen, er konzentrierte sich auf die schwierigste Frage: »Weiß man etwas von ihrer Mutter?«

Die Stimme am anderen Ende war jetzt von solchem Ernst, daß der Telefonhörer in Rubens Hand bleischwer wurde: »Ja, sie ist in Auschwitz vergast worden, beide Kinder haben gesehen, wie die Mutter zum Ofen gebracht wurde. Der Bruder starb in Bergen-Belsen eine Woche nach der Befreiung.«

»Oh nein!«

»Ja, das war schwer für Iza. Und gerade an dieser Schwelle haben viele aufgegeben. Es hat ja auch etliches an Krankheiten gegeben. Unter anderem Fleckfieber.«

Kerstin Anderssons Stimme klang müde, und es war eine Weile still ehe sie wieder zu hören war: »Ihre Frau? Ist sie sehr krank?«

»Sie hat keinen Kontakt mit der Welt mehr, ist im psychiatrischen Krankenhaus. Aber Sie können unbesorgt sein, ich habe einen Sohn, habe Freunde, ich werde mich gut um Iza kümmern.«

»Das war nicht der Grund, warum ich gefragt habe, ich wollte nur wissen, was ich dem Mädchen mitteilen kann.«

Es gelang Ruben, abschließend etwas Freundliches zu sagen, ihm war bewußt, daß er mit einem Menschen sprach, der es nicht leicht hatte.

Bald darauf rief Erik an und sagte, er werde Ruben am Samstag gerne in dieses Krankenhaus bringen. Im småländischen Hügelland waren die Zugverbindungen schlecht, und er kannte Rubens Abneigung gegen lange Autofahrten über Land.

»Ich finde gut hin«, sagte Erik. »Ich war in meiner Jugend selbst einmal Patient dort.«

Ruben nahm dankend an, es war in jeder Beziehung eine Erleichterung für ihn. Aber er war doch auch erstaunt: »Bist du lungenkrank gewesen?«

»Ja, eine leichte Erkrankung nach Herzenskummer in jungen Jahren.«

Herzenskummer klang aus Eriks Mund recht ungewohnt, aber er fand wohl kein anderes Wort. Und Ruben mußte denken, wie gut sie einander doch kannten und wie wenig sie voneinander wußten.

Kerstin Andersson hatte den Hörer mit Nachdruck aufgelegt und war sitzen geblieben. Sie wußte, der ganze Frauenpavillon war vor Aufregung schon auf dem Siedepunkt, weil Iza möglicherweise Verwandte in Schweden hatte, märchenhaft reiche Verwandte. Die Hoffnung aller Frauen hatte sich an Izas Hoffnung entzündet.

Sie ist so zerbrechlich, dachte Kerstin. Aber sie wird sicher nicht sterben, es sind ja trotz allem keine persönlichen Bande. Iza konnte sich an diesen Onkel nicht erinnern.

Aber familiäre Bande waren immerhin ein Zeichen dafür, daß man dazugehörte, ja, mehr als das, sie waren ein Verbindungsglied in der Kette, die mit der Welt verband. Kerstin erhob sich, ging zum Regal und nahm das Journal mit den Aufzeichnungen über die Gespräche heraus, die sie mit Iza geführt hatte. Ja, sie erinnerte sich jetzt, der Vater war deutscher Offizier gewesen und hatte sich mit seiner Dienstpistole erschossen, als die Gestapo Frau und Kinder abholen kam.

Sie erinnerte sich an Izas Verwunderung: »Weißt du, er ist direkt vor unsern Augen gestorben.«

Es war, als hätte das Mädchen es vergessen gehabt und sich plötzlich daran erinnert, an diesen ersten Tod von tausend Toden, die sie gesehen hatte.

Es hatte auch eine kleine Schwester gegeben, sie war schon auf dem Transport gestorben.

»Das war für sie das beste«, hatte Iza gesagt. »Aber unsere Mama hat das nicht begriffen, wir mußten ihr das Kind wegnehmen.«

Dann die üblichen Vorgänge, aber es war Iza und ihrem Bruder gelungen, durch die Hölle hindurch zusammenzuhalten. Als er während der Befreiung starb, war Iza krank geworden, hatte zwischen Leben und Tod geschwebt.

Kerstin seufzte, schob die Mappe an ihren Platz zurück, dachte wie viele Male zuvor, daß diese Arbeit über ihre Kräfte ging. Iza lebte in einem starken Spannungsfeld, sie war etwas Besseres. Im Sanatorium hielten sich vor allem Polinnen auf, die in den Ghettos von Lodz und Warschau aufgewachsen waren, und Iza provozierte sie mit ihrem guten Deutsch, ihrem scheißvornehmen Namen und ihren Manieren.

Und ihrer Rücksichtslosigkeit, dachte Kerstin widerwillig.

Aber sie sah aus wie die andern, entsetzlich.

Ich muß Lentov darauf vorbereiten, auf die Fettsucht und den Haarausfall, dachte Kerstin.

Dann ging sie hinaus, um Iza zu suchen und fand sie mit einem

Buch im Schulsaal. Einem schwedischen Roman. Vilhelm Mobergs »Reit heute nacht!«.

»Ist das nicht etwas schwierig für dich?«

»Nein, es ist unheimlich spannend.«

Und Kerstin dachte an den eigentümlichen Eifer, mit dem das Mädchen sich in die Sprache hineinwühlte, in alles, was schwedisch war. Sie erinnerte sich daran, wie Iza Zeitung gelesen hatte, wie sie auf der ersten Seite begann und alles las, Annoncen, Todesanzeigen, Radioprogramme, Anzeigen über entlaufene Hunde, verlorene Brieftaschen und Inserate von jüngeren und älteren Menschen, die Kontakt suchten: Ehe n. ausgeschl. Alles erstaunte sie, entzückte sie, sie fragte wegen eines jeden Wortes, das sie nicht verstand, sie zwang Krankenschwestern, Pflegepersonal, Kerstin, ja selbst den Arzt, es ihr zu erklären.

Es war vorgekommen, daß die Befragten über die Eigentümlichkeiten des schwedischen Lebens ebenso erstaunt waren wie Iza.

›Ich bin ein hübsches Mädchen von 22 Lenzen, das auf Kleiegrütze ebenso versessen ist wie auf Spaziergänge. Wo ist der Mann, der mich zähmen kann. Antwort unter *Wildkatze.*‹

»Das ist ja total verrückt«, sagte Iza mit glänzenden Augen. Und damit hatte sie durchaus recht.

Jetzt bat Kerstin Iza, mit in ihr Büro zu kommen, bot ihr einen Stuhl an, blieb aber selbst stehen, als sie kurz und bündig von Ruben Lentov berichtete, daß er sich an Iza und auch an deren Mutter erinnerte und daß er sich gerne um sie kümmern wollte.

Izas Triumph war grenzenlos.

»Ich habe es gewußt!« schrie sie »Ich habe es gewußt, aber du hast es mir nicht glauben wollen.« Dann hielt sie nichts mehr, sie rannte durch den Korridor, von Krankenzimmer zu Krankenzimmer tobte ihr Geschrei.

»Ich habe einen Onkel in Schweden, einen reichen Onkel, der sich um mich kümmern wird.«

Und die Aufregung setzte sich überall fort, und die Träume blühten auf. Man vergaß, daß Iza stinkvornehm war, ein Wunder hatte sie ereilt, also konnte jeder von den anderen auch ein Wunder widerfahren.

Jetzt kriege ich wieder geschimpft, dachte Kerstin Andersson und sah die Stationsschwester kommen, feierlich wie immer, aber strenger als sonst: »Habe ich nicht gesagt, die Patienten dürfen sich nicht aufregen? Heute abend werden sie wieder alle Fieber haben, und daran sind nur Sie schuld, Fräulein.«

Kerstin rannte Iza nach.

»Jetzt kommst du mit mir. Zieh deinen Mantel und die Stiefel an, und dann gehen wir in den Park.«

»Deine Tante ist krank. Geisteskrank.«

»Wieso das?« Iza blieb unvermittelt stehen.

»Wie soll ich das verstehen? Sowas kann man doch nicht wissen.«

»Das ist lächerlich«, erwiderte Iza. »Hier, mitten im Frieden satt zu essen und noch dazu einen reichen Mann zu haben und dann verrückt werden.«

Sie war wütend. Und ängstlich, denn ihr war bewußt, daß das ihre Position veränderte. Ruben Lentov war kein Blutsverwandter, sie war die Nichte seiner Frau.

»Du sagst, er will sich um mich kümmern?«

»Ja. Er ist bestimmt ein Mann, auf den man sich verlassen kann.«

Iza beruhigte sich, ihre Stimme war weniger hart: »Ist es wahr, daß er reich ist?«

Kerstin dachte an ihre ärmlichen Studienjahre am Sozialinstitut in Göteborg, und wie sie und ihre Kollegen sich dort in der eleganten Buchhandlung mit den weichen Teppichen und dem Geruch von schönen Büchern herumgedrückt hatten.

»Ich glaube schon«, sagte sie.

Sie fuhren am frühen Samstagmorgen in Rubens altem Chevrolet weg, der während des Krieges aufgebockt gewesen war und jetzt, schnurrend wie eine zufriedene Katze, die Kurven der engen Borås-Straße nahm, bergauf vor Freude brummte und es genoß, in die Welt hinaus zu kommen und sich bewegen zu dürfen.

»Was für ein Wagen«, sagte Erik. »Sowas wird heute gar nicht mehr gebaut.«

Aber das Auto fraß Benzin, und in Borås fing es noch dazu an zu schneien. Erik tankte, hörte, daß das Wetter sich im Raum Ulricehamn verschlechtern werde, und kaufte vorsichtshalber Schneeketten.

Auf dem Rücksitz saßen Simon und Isak, die nach einem gewissen Zögern beschlossen hatten mitzufahren und sich die Kusine anzusehen, die aus dem Totenreich zurückgekehrt war.

Im Gepäckraum lag Olgas Pelzmantel, eine neue Handtasche aus feinstem Lackleder, ein Beutel mit Kosmetikartikeln, die Karin besorgt hatte, Schokoladetafeln und ein Berg Bücher.

»Sie liest alles, was ihr in die Finger kommt«, hatte die Kuratorin gesagt.

Sie schlängelten sich aus Borås hinaus und begannen ihre Kletterpartie durch das småländische Hügelland und hinein in das Reich des Schnees. Hohe, blaue Berge, meilenweit Wälder, weiß verschneite Fichten.

»Hier ist es schön«, sagte Ruben, der immer wieder darüber staunte, wie großartig Schweden war, wenn er, wie so selten, die Stadt hinter sich ließ.

Aber Erik meckerte über die abgefahrenen Reifen, kroch im zweiten Gang dahin, war dann schließlich auch noch zum Anhalten gezwungen, um die Schneeketten anzulegen. Isak half ihm, Ruben und Simon gingen ein paar Schritte in den Wald, um zu pinkeln. Dann stand Ruben eine Weile stampfend im Schnee, um sich warm zu halten, und sah Erik zu, der routiniert und ohne Zögern an allen vier Rädern die Ketten festzurrte.

In dieser Situation fiel Ruben ein, wie Otto von Schentz ausgesehen hatte.

Beim Weiterfahren dachte er an den Deutschen, den Vater von Iza. Er konnte immer noch am Leben sein, irgendwo in einem russischen Gefangenenlager auftauchen.

Nun ja.

Es war still im Auto, sie hatten inzwischen alle vier schlechte Laune. Sie dachten an Berichte, die sie gelesen und Bilder, die sie gesehen hatten, und erkannten, daß nichts von alldem für sie Wirklichkeit geworden war.

Nicht – bis heute.

Dann waren sie am Ziel, fuhren in den Hof ein, der Schnee funkelte in der Sonne und der Wagen war umschwärmt von ganz wirklichen Menschen, dick, belustigt, neugierig. Und lebhafter als normalerweise die Menschen in Schweden waren, kindlicher, aufgeschlossener.

Ob sie etwas zu essen bei sich hätten? Brot?

Nein. Hatten sie Hunger? Bekamen sie nicht genügend zu essen?

Erik fühlte Zorn in sich aufsteigen, aber dann war die Kuratorin da, eine große, grauäugige junge Frau, die kurz darüber aufklärte, daß hier alle die doppelte Ration bekämen, daß sie aber wie Fässer ohne Boden seien.

»Sie sehen doch, wie sie sich dick essen.«

Simon fand die Frau schrecklich, aber ihre Patienten lachten und sagten, es sei furchtbar, daß sie vom Essen nie genug kriegen könnten. Sie sprachen in einer Mischung aus Deutsch und Schwedisch.

Erik konnte sie einigermaßen leicht verstehen, und bald saß er mit einem Hefekranz und einer Kanne Kaffee zwischen zehn dicken Frauen und fühlte sich unwirklich. Aber fröhlich, gut gelaunt.

Iza wartete im Zimmer der Kuratorin auf Ruben. Die letzten Tage hatten sie verändert. Sie war ruhiger geworden, hatte versucht weniger zu essen, hatte sich die Haare gewaschen und verzweifelt geweint, als diese büschelweise ausfielen. Im Schulsaal allein, hatte sie stundenlang versucht sich zu erinnern, wie man aufzutreten hatte, wie man in den Salons gebildeter Menschen sprach, wie man sich dort verhielt. Sie hatte sich von einer Pflegerin Nagellack geliehen, das gab ihr Selbstvertrauen, denn sie hatte schöne Hände.

Aber in dem hohen Spiegel des Turnsaals wagte sie sich nicht anzusehen.

Am Morgen dieses Tages hatte das Fieberthermometer fast 38°

angezeigt, die Schwester war verärgert, aber Iza freute sich, denn sie konnte in ihrem Taschenspiegel sehen, daß das Fieber ihre Wangen rosig färbte und den Augen Glanz verlieh.

Sie war Olga ähnlich. Nicht Rebecca, sondern Olga. Die gleiche nervöse Lüsternheit um den Mund, die gleiche leicht gebogene Nase und die schmale, hohe Stirn. Sogar das feine andeutungsweise blaue Netz der Adern an den Schläfen war vorhanden. Und der gleiche rastlose Eifer, der gleiche Hunger, für den es keine Sättigung gab.

»Iza, meine Kleine«, begrüßte Ruben sie.

Und Iza sah auf den ersten Blick, daß sie sich nicht anzustrengen brauchte, daß sein Schuldgefühl so groß war, daß er sie hinnehmen würde, so wie sie war.

»Ich will hier weg«, begann sie. »Jetzt, sofort.«

»Ich kann das verstehen«, antwortete Ruben. »Aber das letzte Wort hat der Chefarzt.«

»Ich hasse ihn«, sagte Iza und Ruben erschrak vor der Intensität ihrer Stimme und vor ihrem Haß. »Er ist ein Nazi, ein Satan, genau wie die Deutschen im Lager.«

Sie kann recht haben, dachte Ruben bestürzt.

Aber er wechselte lieber das Thema.

»Die Kuratorin hat mir von Rebecca erzählt«, sagte er.

»Ich will mich nicht daran erinnern.«

»Das verstehe ich.«

Die Antwort kam blitzschnell: »Nein, verstehen kannst du überhaupt nichts.«

Und Ruben neigte den Kopf. »Weißt du etwas von deinem Vater?«

Die Frage kam zögernd, aber er mußte doch alles wissen. Iza sprach sofort darauf an, sie wirkte jetzt offen, echt und erstaunt wie ein Kind. »Er hat sich erschossen«, sagte sie. »Direkt vor unseren Augen. Wir standen da, und er hat sich einfach erschossen.«

Ihr Blick schweifte zurück zu dem Augenblick, in dem das Unbegreifliche begann.

»Warum? Wann?« Ruben konnte es nur flüstern.

»Als die Gestapo kam, um uns abzuholen, Mama und uns Kinder.«

Jetzt kehrte der Blick in den Raum und zu Ruben zurück, und sie lachte auf: »Kannst du dir so einen feigen Kerl vorstellen?«

Ruben wagte sie nicht anzusehen.

Nach einer Weile öffnete er die Tür, rief nach Isak und bat die Jungen, die Geschenke zu holen. Iza sah ihren Vetter kaum an und Simon überhaupt nicht, sie hatte nur Augen für die Geschenke. »Gott, was für ein wundervoller Pelzmantel.«

Sie riß ihn aus der Hülle, versuchte sich hineinzuzwängen.

Es ging einigermaßen, aber zuknöpfen ließ sich der Mantel nicht.

»Ich werde wieder schlank werden«, sagte sie. »Ich will, ich will.«

Als Simon ihr aus dem Mantel half, sah er die Nummer, die plump eintätowierten Ziffern auf ihrem Arm.

Es war ein Augenblick jenseits der Zeit, eine Sekunde, die alles enthielt, was man jemals zu wissen brauchte. Er las die große Zahl und sah die vielen Toten, wußte, daß sie die Lebenden nicht zur Verantwortung ziehen würden.

Daß sie aufgehört hatten, im Wind zu flüstern.

Aber auch, daß es die Toten waren, die die Stille auf der Erde schufen und alles, was keiner verstand.

Als sein Blick vom Arm der jungen Frau zu ihren Augen wanderte, sah er, daß sie boshaft war, und er wußte, daß ihre Bosheit Wirklichkeit in sein Leben bringen würde und daß er alles würde ertragen müssen.

Isak hatte die Ziffern auch gesehen, bemerkte aber nur: »Warum gehst du mitten im Winter ärmellos?«

Doch sie hörte es nicht, denn sie war vertieft in die wunderbare Lacktasche, den Lippenstift, das Parfüm.

Jetzt kam die Kuratorin mit dem Bescheid, daß der Chefarzt Ruben zu sprechen wünsche. Der Nazi, dachte Ruben, als er der großen jungen Frau mißmutig durch den Korridor folgte, an eine Tür klopfte und einem alten jüdischen Freund gegenüberstand.

Olof Hirtz!

Sie waren einer wie der andere gleich verblüfft.

»Ich hatte nur von einem reichen Onkel gehört.«

»Und ich bekam etwas von einem nazistischen Chefarzt zu hören.«

Sie fielen einander in die Arme.

Hirtz war ein bedeutender Forscher, auf Tuberkulose spezialisiert. Er war mit einer Psychiaterin verheiratet und Ruben erinnerte sich, daß Olof immer an der Psychologie der Tuberkulose interessiert gewesen war, am Zusammenhang zwischen Tbc, Trauer und schwachem Lebenswillen.

Trotzdem mußte Ruben fragen: »Was tust du hier?«

»Ich habe mich vom Sahlgrenschen Krankenhaus freistellen lassen«, antwortete Olof. »Du weißt selbst, man will irgend etwas beitragen. Außerdem habe ich hier interessantes Studienmaterial.«

Das Wort war beabsichtigt zynisch, er unterstrich es noch mit einer Grimasse.

»Aber diese Fälle hier können doch keineswegs als repräsentativ angesehen werden, ich will damit sagen, diese Menschen haben die Krankheit ja unter außergewöhnlichen Umständen bekommen.«

Ruben fand nur zögernd Worte.

»So habe ich am Anfang auch gedacht«, sagte Olof Hirtz. »Aber ich fange an, mir selbst Fragen zu stellen.«

Er steigerte sich langsam hinein. »Diese Menschen hier waren doch einmal normale Leute, sie sind großgezogen, geliebt, gehaßt worden, hatten gute oder schlechte Mütter, frostige Elternhäuser, Elternhäuser voll Wärme, Geschwister, arme Eltern, reiche.«

»Nun, das ist klar, aber ... Aber dann ...«

»Ja, sie kamen in die Hölle, wurden bis zum Äußersten gedemütigt, mißhandelt, und reagierten, je nach Herkunft, ganz verschieden, abhängig von der Kraft, die sie in ihrer Kindheit empfangen haben.«

»Sie sind gar nicht so anders als wir, meinst du?«

»Nun, sie sind deutlicher erkennbar. Der Unterschied besteht darin, daß sie Geprüfte sind. Sie wissen – nicht selten ganz unbewußt –, was Bestand hat, und was nur Schein ist. Wir normal Sterblichen erfahren das nur äußerst selten.«

»Das ist wahr«, nickte Ruben.

»Wir dürfen es vielleicht erfahren, wenn wir an der äußersten Grenze angelangt sind, kurz vor dem Sterben, meine ich. Wenn wir dann nicht schon so sehr von Medikamenten betäubt sind, daß wir nichts mehr merken.«

Olof klang zornig, also hielt Ruben zurück, was er auf der Zunge hatte, nämlich daß es dann ja sowieso egal sei. Er erinnerte sich jetzt, daß Olof Hirtz tief religiös war, und Ruben wollte keine Diskussion über die letzten Dinge herausfordern.

»Iza!« begann er. »Ich bin ja hergekommen, um mit dir über Iza zu reden ...«

»Die wird es schaffen«, sagte Olof. »Eigentlich wundert es mich, daß sie überhaupt Tuberkulose bekommen hat, denn sie gehört zu den Lebenshungrigen, die aus purem Lebenswillen überlebt haben. Vielleicht ist es typisch, daß die Krankheit erst spät ausbrach, sie war noch ganz frisch, als man sie während der Quarantäne in Malmö feststellte.«

»Ich verstehe nicht ganz?«

»Solange sie kämpfen mußte, hatte sie Kraft. Als der Kampf vorüber war, konnte sie sich ihrer Erschöpfung hingeben. Dann starb ihr Bruder, und von da an konnte sie ihre kindheitsbedingten Gefühle des Verlassenseins nicht mehr verdrängen.«

»Wie meinst du das?«

»Iza hat es als Kind nicht leicht gehabt.«

Ruben fühlte sich bis ins Mark getroffen.

»Ihre Mutter war ein wunderbarer Mensch.«

»Das ist möglich. Aber Iza war in hohem Grad die Tochter ihres Vaters, und er ...«

»Und er?«

»Nun, er war preußischer Offizier ...«

Alle Worte hingen jetzt im Raum, Ruben ahnte, daß Olof mehr wußte, als er erzählen wollte.

»Jedenfalls muß sie über den Winter hierbleiben«, fuhr Olof fort. »Wir werden im Frühjahr eine neue Diagnose stellen, es besteht die

Gefahr, daß wir operieren müssen. Du weißt vielleicht, daß sie einen Pneumothorax hat, ein Lungenflügel ist mit Gas ...«

Nein, Ruben wußte nichts über die Behandlung von Tuberkulose, aber er reagierte sofort auf das Wort Gas!

»Du kannst uns voll vertrauen, bessere Pflege als hier bekommt sie nirgends.«

»Ja, davon bin ich überzeugt.«

Die Worte stellten die alte Vertrautheit zwischen den beiden Männern wieder her. Sie sprachen eine Weile über gemeinsame Freunde, über Bücher, die Olof gern haben wollte und die Ruben zu beschaffen versprach.

Als Ruben schon an der Tür stand, sagte Olof: »Du kannst Iza am besten helfen, wenn du dich traust nein zu sagen und Bedingungen stellst. Hüte dich vor deiner alten Feierlichkeit.«

»Was meinst du damit?«

»Daß du einen Anflug von christlicher Hochachtung vor dem Leiden hast, und das ist keine Hilfe für die Überlebenden der Konzentrationslager.«

Ruben hatte eine Szene erwartet, als er dem Mädchen sagen mußte, daß sie noch lange im Krankenhaus zu bleiben hatte.

Sie aber zuckte nur mit den Schultern, vermutlich hatte sie es gewußt.

Ruben versuchte es mit fester Stimme zu sagen: »Der Chefarzt ist ein alter Freund von mir, ein bekannter Wissenschaftler und Humanist. Er ist kein Nazi, er ist Jude.«

»Ich weiß wahrscheinlich mehr über Nazis als du«, sagte Iza. »Und die Juden verachte ich.«

»Wie es die Nazis taten«, warf Isak ein, und seine Stimme war einem Peitschenhieb gleich. Iza erschrak, sagte, sie habe es nicht ganz so gemeint, sei sehr müde, das viele Sprechen habe sie sehr angestrengt und sie habe Fieber.

Im Auto wurde auch auf der Heimfahrt nicht viel gesprochen. Eigentlich ließ sich nur Erik gleich zu Anfang kurz darüber aus, wie stark der Überlebenswille des Menschen sei und wie sehr er über die Freude dieser Kranken gestaunt hatte.

»Sie glauben wirklich an die Zukunft«, sagte er.

Ruben nickte, dachte aber, daß ein nur auf das Überleben ausgerichtetes Leben seine Kraft wohl aus einer großen Einfachheit bezog.

Simon saß auf dem Rücksitz und schämte sich wegen Erik. Isak hörte nicht zu.

Sie fuhren bis zum Haus am Strom, wo Karin mit dem Essen auf sie wartete, Kalbfleisch mit eingelegten Gurken und Erdbeerkompott.

»Wie war sie?«

»Sie war voller Leben«, erklärte Erik. »Und Zorn.«

»Kaputt«, ergänzte Ruben. »Hektisch und kaputt.«

»Sie war verdammt affig«, fand Isak und ließ seine Gabel auf den Boden fallen.

Karin schaute von einem zum andern und dachte an die Gespenster aus den weißen Bussen und an ihre Gefühle, dachte, daß diese Gestalten eigentlich ebenso tot sein müßten, wie sie selbst längst tot sein sollte, und daß sie sich genau wie Iza zum Überleben entschlossen hatte. Aber sie sprach es nicht aus, denn Erik brüllte: »Du hast es dir einfach gemacht, Isak.«

Ruben dachte an die Ähnlichkeit des Mädchens mit Olga und schwieg.

Später, als Karin mit Simon allein war, griff sie die Frage noch einmal auf.

»Und wie ist sie wirklich, Simon?«

Simon sah Karin lange an und dachte, das würdest du nie begreifen.

Aber er versuchte eine Antwort: »Lebhaft«, erwiderte er, suchte nach Worten, fand zwei. Ein anständiges: »Unnatürlich«, meinte er. Und dann nach einer Weile ein Göteborgisches: »Åpen. Süchtig nach allem ist sie, heißhungrig. Und manchmal hat sie so einen Blick, du weißt schon, Augen wie Isak sie damals hatte.«

Karin nickte.

Ausdruckslos, dachte sie. Vielleicht müssen sich Augen, die zu viel gesehen haben, leeren.

18

Zwei Tage vor dem Heiligen Abend kam völlig überraschend und mitten am Vormittag Ruben in einem gemieteten Lastwagen hinaus zum Haus an der Strommündung.

Er strahlte förmlich vor guter Laune.

»Was in aller Welt ...«, konnte Karin nur stammeln, und offenbar waren das die richtigen Worte, sie hörte es seinem Lachen an.

Der Fahrer half beim Abladen einer großen, schweren Holzkiste mit amerikanischer Aufschrift: Handle with care. Ruben hatte den Morgen auf dem Zollamt verbracht, und jetzt war es hier, sein Weihnachtsgeschenk für Simon.

Als der Lastwagen weggefahren war, ging Ruben zur Werft, denn er brauchte Eriks Hilfe.

»Was, um Gottes willen, ist das?« fragte der.

»Ich bin so aufgeregt, daß ich Kaffee kochen muß«, erklärte Karin, aber Lisa hatte das Wasser schon aufgesetzt.

Sie tranken also Kaffee, während Ruben weiterhin vor Überraschungsfreude strahlte und bald zu kommandieren anfing: »Auf, auf, ihr Frauen, jetzt wird in Simons Zimmer Ordnung geschaffen.«

»Dort ist tadellos aufgeräumt«, bemerkte Lisa.

»Aber so doch nicht«, beschwichtigte Ruben. »Alles von der Längswand gegenüber dem Bett muß weg.«

Jetzt lachte Karin, angesteckt von seiner Freude, laut auf.

»Es wird alles geschehen, wie du es möchtest, Ruben«, sagte sie, und dann ging sie mit Lisa die Treppe hinauf, um die Einrichtung umzukrempeln.

»Das kriegen wir nie die Treppe hoch«, meinte Erik, aber dann nahm er Maß, berechnete die Winkel und kam zu dem Ergebnis, doch, doch, es werde schon gehen.

»Hast du einen Elektriker auf der Werft?«

»Nein, so was schaffe ich selbst«, behauptete Erik und seine Augen funkelten vor Neugier.

»Ist es eine Maschine?«

»Ja, so könnte man es vielleicht nennen.«

Es kostete sie viel Schweiß und eine gute halbe Stunde, die Kiste die Treppe hinauf zu bugsieren, und das war gut, denn Lisa und Karin brauchten ihre Zeit, um das Bücherregal erst einmal auszuräumen, an die schmale Wand zu schieben, und dann wieder einzuräumen.

Die Männer bekamen jeder ein Bier, während sie in der oberen Diele verschnauften, und ehe sie sich über den Inhalt der Kiste hermachen konnten, war der Deckel noch mit einem Messer zu lokkern. »Vorsicht!« mahnte Ruben.

Aus der Kiste quollen Holzwolle und Papier, und Lisa dachte, wenn sie das gewußt hätte, hätte sie mit dem Saubermachen gewartet. Schließlich war sie dann ausgepackt, die schreckliche Musiktruhe aus hochglanzpoliertem Nußholz mit protzigen Leisten aus gelbem Metall und silberglänzendem Stoff vor den Lautsprechern.

»Die ist alles andere als schön«, kritisierte Ruben.

»Mir gefällt's«, sagte Karin. »Einfach prachtvoll. Aber wozu braucht man das?«

Erik lachte von einem Ohr zum andern, als er den Stecker montierte, und er fragte, ob Ruben dafür wirklich einen Elektriker gebraucht hätte.

»Moment!« sagte Ruben, drückte auf einen Knopf und betätigte einen Hebel. Durch den Raum dröhnte das Radiosymphonieorchester, als stünden die Musiker alle Mann im Frack hier im Zimmer.

Das Haus hielt den Atem an, noch nie hatte man hier etwas Ähnliches gehört. Aber daran würden sie sich jetzt gewöhnen müssen. Eriks Gesichtszüge zerflossen, Karin saß auf Simons Bett und stöhnte vor Staunen, und Lisa hätte um ein Haar den Staubsauger fallen lassen, mit dem sie gerade die Treppe heraufkam.

»Das, was ihr hier jetzt hört«, erklärte Ruben, »ist nicht die Hauptsache. Wo, du lieber Himmel, ist der Plattenteller?«

Nur hörte bei dieser Musik keiner, was er sagte.

Da stellte Ruben den Ton leiser und sah befriedigt in die verblüfften Gesichter: »Hör zu, Erik Larsson, du bist doch ein technisches Genie. Sei so gut, suche den Plattenteller und schließe ihn an.«

Erik nickte, er hatte verstanden.

»Der muß doch irgendwo zu finden sein«, murmelte er und tastete mit der Hand das Möbel ab, das *Victorola* hieß, denn dieser Name war darauf in kleinen goldnen Lettern angebracht.

»Schalte das Ding ab!« schrie Karin. »Es kann doch explodieren!« Aus dieser Bemerkung wurde eine Geschichte, über die in diesem Haus noch lange und viel gelacht werden sollte.

»Frau, nimm dich zusammen!« forderte Erik, und Ruben mußte sich mit aufs Bett setzen, weil er vor Lachen nicht mehr konnte. Solchen Spaß hatte er lange nicht mehr gehabt.

Nun verhielt es sich mit Erik so, daß er mit allen Dingen schnell vertraut war, egal wie neu und unbekannt sie auch waren. Es dauerte also nicht lange, bis er den Knopf gefunden hatte, durch den sich die eine Hälfte der Abdeckhaube wie ein Deckel hob. Der Plattenteller, schwer und solide, war an seinem Platz. Der Tonabnehmer aber lag säuberlich verpackt samt Montageanweisungen in einem eigenen Karton.

Ruben übersetzte langsam, doch Erik riß ihm ungeduldig das Blatt aus der Hand, warf einen Blick auf die Zeichnungen, setzte den Tonabnehmer zusammen und montierte ihn dort, wo er hingehörte.

»Also los!« kommandierte Ruben, der eine Schallplatte in der Hand hielt. »Die hier ist für euch, die beiden andern gehören Simon.«

Aus den häßlichen Lautsprecherboxen ertönte ein Lied, gesungen von Jussi Björling, das von Schweden handelte, und das im Raum eine feierliche Stimmung verbreitete.

»Donnerwetter ist das schön!« rief Erik aus, und Ruben sah, daß er feuchtglänzende Augen hatte, und wieder einmal dachte er, wie wenig man doch voneinander weiß.

Danach gingen sie hinunter in die Küche und Ruben meinte, nun sollten sie auf die Jungen warten, und sobald sie die Auffahrt heraufkämen, wollte er, Ruben, nach oben laufen und Berlioz auflegen.

»Was ist das denn?« fragte Karin.

Da mußten wieder alle über sie lachen, sie lachte selbst und meinte, es sei nur gut, daß sie sich nicht so leicht auf den Schlips getreten fühle.

»Ich hatte doch geräucherten Lachs und Wein dabei«, überlegte Ruben. »Wo sind die Sachen geblieben?«

»Vermutlich im Lastwagen«, kicherte Karin, und dann mußten sie wieder alle lachen.

»Müssen wir eben nochmal einkaufen gehen«, meinte Ruben. »Denn ein Fest feiern wollen wir.«

Während Karin den Tisch deckte, erzählte er, daß er über die Weihnachtsfeiertage mit Isak nach Kopenhagen zu seinem dort ansässigen Bruder fahren wolle. Sie wollten am 24. morgens zusammen mit Iza, die vom Sanatorium die Erlaubnis für diese Reise bekommen hatte, von Torslanda aus hinüber nach Dänemark fliegen.

»Wir haben während des Krieges, als sie alle bei mir wohnten, oft davon gesprochen«, sagte Ruben. »Davon, den Frieden in Kopenhagen zu feiern. Es war der Traum meines Bruders.«

Karin nickte, sie verstand, daß es über Rubens Kräfte ging, sich allein um das Mädchen zu kümmern, daß er die Unterstützung der Verwandten brauchte, um Iza zu einer gemeinsamen jüdischen Familienangelegenheit zu machen.

Das wird nicht einfach werden, dachte sie und erinnerte sich an Rubens überängstliche Schwägerin.

»Isak hat sich nicht gerade darüber gefreut«, bemerkte Ruben. »Er hat so seine Schwierigkeiten mit der dänischen Verwandtschaft. Von Iza ganz zu schweigen. Aber er hat sich überreden lassen, und das vermutlich vor allem, weil er so gern einmal fliegen möchte.«

Ein Engel ging durch die Küche während Karin an Iza dachte. Sie hatten sich inzwischen kennengelernt, Karin hatte selbst in die unnatürlich großen Augen geblickt und dabei gedacht, daß Simon sich irrte. Izas Blick war nicht leer, er war angefüllt mit all dem, was sie gesehen hatte, der Erniedrigung, dem Grauen. Und in der Tiefe brannten diese Augen, ganz unten auf dem Grund existierte ein Hunger, den niemand und nichts würde stillen können, der aber jeden verzehren konnte, der ihren Weg kreuzte.

Sie begreift es selbst nicht, hatte Karin gedacht, sie glaubt, sie kann alles nachholen, was ihr vorenthalten worden ist.

»Und du, was hast du während des Krieges gemacht?« hatte sie Karin gefragt. »Hast Kartoffeln gepflanzt und dich ums Mittagessen gesorgt?«

»Ja. Und was hättest du an meiner Stelle getan?«

Die Worte hatten Karin weder zornig noch traurig gemacht. Aber sie hatte gespürt, wie das Mädchen Zwietracht säte, und als Karin Simon angesehen hatte, erkannte wie bezaubert er war, hatte Angst sie befallen.

Doch Ruben schlug die Gedanken an Iza in den Wind, heute war ein Tag der Freude. Und im Moment als er das dachte, fuhr der Lastwagen wieder in den Hof und der Chauffeur klopfte an die Tür. Lachs und Wein waren gerettet.

»Das hatten Sie wohl bei mir vergessen«, schmunzelte der Fahrer.

Etwa eine Stunde später hörten sie die Fahrräder der Jungen die Einfahrt herauf scheppern und Ruben rannte wie von der Tarantel gestochen die Treppe hinauf, legte die Schallplatte auf und stellte den Ton so laut wie nur möglich.

Den Jungen wird der Schlag treffen, dachte Karin, doch im nächsten Augenblick war er schon in der Diele und hörte die Musik die Treppe herunterfließen, wurde ganz still und so glücklich, daß er wie lichtumflutet da stand. Langsam ging er hinauf in sein Zimmer, legte sich noch in der Jacke aufs Bett.

Sie sprachen in der Küche nicht viel, während die Musik das Haus erfüllte. Es war, als hätten sie verstanden, daß Simon sich jetzt in einer anderen Welt befand, in einem Land das seines war, und nach dem er sich immer gesehnt hatte.

Ruben hat es begriffen, dachte Erik und schämte sich, als er sich an das Gespräch vor vielen Jahren erinnerte, wo Ruben versucht hatte, Simon zu ermöglichen, Geige spielen zu lernen.

Ich habe es doch auch gewußt, dachte er verdrossen und war von der Musik beunruhigt, die eigenartig und fremd weiter durchs Haus strömte.

Schließlich war es still und Simon kam die Treppe herunter, stand in der Küchentür, sah Ruben an, sagte dann: »Du bist verrückt, Onkel Ruben.«

Darin lag mehr als nur Dankbarkeit für das Geschenk, und Ruben empfand es, als hätte er eine Auszeichnung bekommen, und wie schon viele Male zuvor streifte ihn der verbotene Gedanke: Wenn das mein Junge wäre.

Erst spät am Abend, nachdem Erik Ruben und Isak nach Hause gefahren hatte, und sie in der Küche die Musik aus der oberen Etage noch einmal hörten, konnten sie sich der Frage widmen, die sie sich insgeheim schon den ganzen Tag gestellt hatten: Was mochte dieses Grammophon gekostet haben?

»Allein die Fracht von Amerika bis hierher«, überlegte Erik. »Bedenke nur die Fracht und den Zoll ...«

»Aber er ist ja reich«, tröstete ihn Karin, und Erik dachte, daß allein das Kapital, das Ruben in die Werft investiert hatte, ihm guten Ertrag brachte.

So äußerte er sich auch Karin gegenüber, und auf diese Weise kamen sie über die beunruhigende Frage hinweg, was die Musikmaschine Ruben wohl gekostet haben mochte.

Sie sahen in diesen Weihnachtsfeiertagen nicht viel von Simon. Er machte kurze Ausflüge in ihre Welt, um etwas zu essen und Karin mit ein paar Handgriffen in der Küche zu helfen, er war am Heiligen Abend körperlich anwesend und öffnete die Pakete der beiden Großmütter, die handgestrickte Socken und andere Sachen enthielten, die er nicht haben wollte, aber er mochte die beiden Alten dann doch ein klein wenig mehr als sonst.

Am Morgen des Weihnachtstages, der nicht glitzerte, sondern das Haus mit dickem grauem Nebel umgab, wusch er ab, während Erik den Nachbarn die Musiktruhe vorführte und alle sagten, das sei ja gerade so, als ob Jussi Björling persönlich mitten im Zimmer stehen würde.

Simon nahm Erik diese Angeberei nicht übel und haßte auch nicht die Berge von Tellern mit den eingetrockneten Resten der traditionellen schwedischen Weihnachtsspeisen, Stockfisch und Reisbrei. Alles war, wie es sein sollte, und als Erik mit den Nachbarn fertig und die Küche tadellos aufgeräumt war, kehrte Simon zur *Symphonie Fantastique* von Berlioz zurück.

Die ersten Male war er beim Abspielen seiner Platte wieder im Reich der hohen Gräser, er sah den Mann, der die verbotene Sprache sprach, Krieg, Tempelbau, den Tod auf den Hörnern des großen Stiers.

Doch nach und nach verblaßten die Bilder und Simon konnte die unerhörte Trauer in den langen Tönen des Anfangs empfinden und die schmerzhafte Schönheit, wenn der erste Satz in voller Pracht erblühte. Mitten in dem befreienden Sturm wurden ihm die Schrekken der Finsternis im Hintergrund bewußt, der Ernst, der der Welt Ordnung schenkte. Und, erschreckend und herrlich, die Macht. Er empfand das All und die Himmel, die gewaltigen Himmel, ohne sie zu benennen oder zu sehen, ebenso wie das Licht, das von links einströmte, weiß und befreiend. Dann folgte das Spiel von Sonne und Wind im Grasmeer, und wieder waren die Bilder da, gefärbt von zerbrechlicher Freude.

Danach erfüllte ihn wortlose Wehmut.

Er spielte den ersten Satz wieder und wieder und machte eine eigenartige Entdeckung. Wenn er seinen Gedanken freien Lauf ließ, sie schweifen ließ wohin sie wollten, und dabei gleichzeitig seinen

Empfindungen nachspürte ohne sie zu benennen, fand eine Verschmelzung statt. Gedanken und Empfindungen nahmen ein Ende, lösten sich gegenseitig auf.

Die Ewigkeit, dachte er. Das Himmelreich. Doch sobald er zu denken anfing, ging alles verloren.

Er spielte den ersten Satz noch einmal, versank. Kehrte zurück zum Fußboden auf dem er lag, wußte, daß er etwas wiedererkannt hatte, erinnerte sich an die Eichen, an das Land, das ist, das es aber nicht gibt.

Er mußte an seinen Philosophielehrer denken, einen der wenigen an der Schule, dem es gelang, die Unlust zu vertreiben. Er hatte über den Gedanken gesprochen. Ist er unbegrenzt? hatte er gefragt. Oder ist er es, der uns Grenzen setzt?

Simon hatte das dumm gefunden, es war doch ganz selbstverständlich, daß man mit dem Gedanken das Universum erobern konnte.

Der Lehrer hatte von Einstein und von Niels Bohr gesprochen, von der Theorie des Unbegreiflichen. Er hatte etwas Komisches gesagt, etwas worüber die Schüler hatten lachen müssen, was? Simon begann in seinen Aufzeichnungen zu blättern, er wußte, daß er es aufgeschrieben hatte, weil es so widersprüchlich war.

Er fand das Heft, es waren mehrere Zitate, aber Simon hatte, weil seiner Meinung nach unnötig, nicht dazugeschrieben, wer das gesagt hatte: »Jeder Versuch, das Unbegreifliche zu verstehen, führt zum Selbstbetrug. Du denkst daran, im nächsten Augenblick hast du eine Idee daraus gemacht und damit hast du es verloren.«

Etwas weiter unten stand, schlampig, fast unleserlich: »Der Gedanke kann alle Fragen über den Sinn des Lebens stellen, aber er kann nicht eine einzige beantworten, denn die Antworten liegen jenseits des Gedankens.«

Das stimmt ja, murmelte Simon laut und verwundert.

Dann spielte er den ersten Satz noch einmal ab.

Er brauchte fast die ganzen Weihnachtsferien dazu, sich die Symphonie zu erschließen, sie zu einem bekannten Weg zu den eigenen Quellen zu machen.

Bevor er abends einschlief, dachte er in heimlicher Freude an die andere Schallplatte, die er bisher noch nicht abgespielt hatte. Die Erste Symphonie von Mahler, sie ist einfacher, irdischer, ich glaube, du wirst sie mögen, hatte Ruben gesagt.

Am Abend vor Dreikönig wollte er sich Mahler anhören, denn Karin und Erik waren zum Essen eingeladen.

Irgendwann an diesem Abend schien ihm, diese Musik werde ihn vor Freude um den Verstand bringen, in ihr lag Humor, Junges und Unbezwungenes, Freiheit, die durch die großen Wälder stürmte. Es ging dieses Mal leichter, die Bilder loszulassen, er tat es fast mit Wehmut, denn sie waren voll Heiterkeit.

Als er am Dreikönigstag im Lauf des Nachmittags auch bei Mahlers Musik hinter die Bedeutung kam, fühlte er sich mächtig und siegessicher wie ein König.

Aber auch böse, von Zorn erfüllt. Ohne Schuld, ohne Furcht.

Genau zu diesem Zeitpunkt hatte Erik genug. Er tat, als sähe er das Flehen in Karins Augen nicht, und schrie die Treppe hinauf: »Kann man denn keinen Augenblick Ruhe vor dieser verdammten Musik haben!«

Simon schaltete das Grammophon ab, sprungbereit ging er die Treppe hinunter.

Jetzt, dachte er. Jetzt!

Er stand in der Küchentür und sah die beiden an, groß und schlank war er, und seine Augen loderten, sie schienen von der Musik noch dunkler geworden zu sein. Doch als er sich Karin zuwandte, lag in seiner Stimme mehr Trauer als Zorn: »Was, verdammt noch mal, habt ihr gegen meine Musik? Wovor fürchtet ihr euch nur?«

Und Tränen traten ihm in die Augen, als er sich daran erinnerte, wie sie ihn einst daran gehindert hatten, Geige spielen zu lernen, und er sagte: »Um was ist es bei eurem Streit damals eigentlich gegangen, als Ruben wollte, daß ich ein Instrument spielen lerne? Was war da denn Furchtbares dran?«

Schnee fiel draußen in der Dämmerung, Flocken groß wie Kinderhände, und wie immer bettete der frischgefallene Schnee das Haus in eine große Stille ein.

Sie lauschten ihr alle drei, und Karin wußte, jetzt waren sie bei dem Augenblick angelangt, von dem Ruben gesprochen hatte. Sie sah es Erik an, daß auch er es wußte, es aber nicht wahrhaben wollte, daß er sich in Kürze erheben und sich zur Werft aufmachen würde, wenn sie ihn nicht in der Küche halten konnte, und so sagte sie: »Wir werden jetzt darüber sprechen, Simon. Wir trinken unsern Nachmittagskaffee im schönen Zimmer.«

Da wußte Simon, daß etwas Unerhörtes auf ihn zukam, ihn befiel solche Angst, daß ihm übel wurde, und auch er versuchte zu entkommen, sagte zu Erik: »Können wir nicht mit dem Auto einen Ausflug machen?«

Aber sie gingen alle zwei ins schöne Zimmer, saßen dort auf den unbequemen Stühlen und hörten Karin mit dem Kaffeegeschirr klappern. Erik wich Simons Blick aus, und als Karin mit dem Kaffee kam, sagte er zu ihr: »Nimm lieber eine Herztablette bevor wir anfangen.«

19

Der Augenblick war so groß, daß darin kein Platz war für kleine und umständliche Worte.

Nun, es war so, daß Erik und sie keine Kinder bekommen konnten, begann Karin. Es war ihnen nie möglich gewesen. Simon war adoptiert worden, er war zu ihnen gekommen, als er drei Tage alt war.

Simons Blick wanderte von Karin weg zum Fenster. Der Schnee fiel, es dämmerte. Alles, was jetzt geschah, war jenseits der Wirklichkeit.

Ich habe es immer gewußt, dachte er, irgendwie habe ich es immer gewußt. Ich habe nie hierher gehört. Es war ein alter Gedanke, er gehörte zur Unwirklichkeit, zu den Phantasien.

»Wer bin ich denn?«

Karin nahm einen Mundvoll Kaffee, schluckte geräuschvoll, und Simon fühlte, daß er die beiden schon lange verabscheute, Erik mit seiner Angeberei und Karin mit ihrer Schlichtheit. Aber auch dieses Gefühl gehörte der Phantasie an, der heimlichen Welt, die er schuf, wenn er zornig oder traurig war.

Karin begann von dem Spielmann zu erzählen, dem jüdischen Spielmann, von dem sie so wenig wußten.

Die Mutter spielt in meinen Tagträumen mit, dachte er. Das ist verrückt, irgendwie sogar schändlich.

»Inga hat ihn für den Wassermann gehalten«, sagte Karin.

»Inga«, wiederholte er.

Das stimmte nicht, das paßte nicht in seine Träume, er wurde eiskalt und sah sich im schönen Zimmer um und erkannte, daß das Unglaubliche sich trotz allem in der Wirklichkeit abspielte.

Nein.

»Sie war damals jung und schön«, sagte Erik.

»Sie haben sich im Wald am Wasserfall ineinander verliebt«, ergänzte Karin. »Aber sie konnten nicht zusammen sprechen.«

Die unwahrscheinliche Geschichte beruhigte Simon, sie konnte gar nicht wahr sein. Sein Blick suchte den von Karin, aber dann hörte er sich fragen: »Weiß Inga, wie er hieß?«

»Nein«, sagte Erik.

»Er hieß wohl Simon«, vermutete Karin. »Er war Musiklehrer an der Volkshochschule gegenüber am andern Seeufer, aber er kam aus Berlin und war Jude.«

»Ein Judenschwein«, sagte Simon, und dann war alles wieder wahr, denn dieses Wort war wie eine Bestätigung.

Der Schnee fiel, es lag Schweigen zwischen den Menschen, bis Simon sagte: »Aber ich bin Inga ja überhaupt nicht ähnlich?«

»Nein, du bist deinem Vater nachgeraten. Zumindest wenn man Inga glauben darf.«

»Also sind wir jedenfalls verwandt, du und ich?«

»Ja«, bestätigte Erik. »Um zwei Ecken.«

»Papa«, sagte Simon, und jetzt wollte er eine Unterbrechung, wollte die beiden sagen hören, jetzt spucken wir drauf, jetzt kehren wir zurück in die Wirklichkeit, damit alles wieder wird wie es sein soll. Aber er wollte es wissen: »Warum habt ihr nie was gesagt?«

Sie sprachen beide gleichzeitig, der unterschwellige Judenhaß, der Nazismus, die Deutschen die in Norwegen saßen und Halb- und Vierteljuden aufstöberten.

Da endlich wußte Simon, daß alles seine Richtigkeit hatte: »Ich erinnere mich an ein Telefongespräch im Frühjahr 1940. Ich habe dich zu jemand sagen hören, ein Brief müsse verbrannt werden.«

O Gott, dachte er. Ich habe schon damals gewußt, daß es um mich ging.

»Wir hatten solche Angst.« Karin sprach, aber Simon hatte kein Mitleid mit ihr.

»Es gab einen Brief?«

»Ja.« Das war wieder Erik. »Inga bekam einen Brief aus Berlin, aber keiner von uns konnte ihn lesen. Wir beschlossen ihn aufzuheben und ihn dir zu geben, wenn du größer wärst.«

»Jemand hätte ihn doch wohl übersetzen können!« Simon schrie es fast heraus.

»Schon, aber das war da draußen auf dem Land eine solche Schande, und wir hatten Inga versprochen, daß niemand es erfährt.«

Da stimmte etwas nicht, Karin erkannte das selbst, aber Simon fuhr fort: »Der Brief wurde verbrannt?«

»Soviel wir wissen, ja.«

Erik erzählte die Geschichte von den Kirchenbüchern, von dem nazistischen Pfarrer. Doch Simon hörte nur das Wort Kirchenbuch und sagte: »Was stand da drin?«

»Vater unbekannt«, sagte Erik, und die alte Bitterkeit schwappte über ihn hinweg.

»Du mußt verstehen, ich habe dich diesem Nazischwein von einem Pfarrer ausgeliefert.«

Der Schnee verbreitete unendliche Stille, Simon fror, er fror so sehr, daß er zitterte. Aber er sah die beiden an, sah von einem zum anderen: »Ich muß also dankbar sein, noch dankbarer?«

Karin fand keine Worte, hatte einen Mund, rauh wie Sandpapier.

»Für uns warst du ein Gottesgeschenk.«

Das war Erik, und Simon war so erstaunt, daß der Schock ihn für einen Moment lähmte. Wegen des Wortes, das so ungewohnt aus Eriks Mund kam und wegen der großen Wahrheit, die dieses Wort enthielt. Er wußte es ja, es gelang ihm zu sagen: »Verzeih mir, Papa.«

Karin trank wieder einen Schluck Kaffee und wollte von den Nächten mit dem kleinen Kind erzählen, von den starken und seltsamen Gedanken, die sie gehabt hatte, daß alle Kinder Kinder dieser Welt waren. Aber sie sagte nur: »Du warst erst drei Tage alt.«

»Das hast du schon gesagt.«

Wieder langes Schweigen, dann Simon: »Weiß es jemand?«

»Ja, Ruben. Wir haben mit ihm darüber gesprochen.«

»Was hat er gesagt?«

Karins Papierstimme hörte zu flattern auf, als sie sich erinnerte: »Er hat gesagt, Kinder gehören zu denen, die sie lieben und beschützen.«

»Und er hat noch etwas gesagt, nämlich daß du Karin ähnlich bist, das gleiche Gemüt hast wie sie«, fügte Erik hinzu.

Simon fror so sehr, daß er mit den Zähnen klapperte, und Karin ging ihm die warme Jacke holen. Als sie sie ihm um die Schultern legen wollte, zuckte er bei der Berührung zusammen, sie mußte das Kleidungsstück über die Stuhllehne hängen. Er schlüpfte hinein, sah Erik an: »Dann brauche ich gar nicht so tüchtig zu sein wie du?«

»Mein Gott, Simon, du bist doch viel tüchtiger.«

Simon sah, daß das Erstaunen echt war.

Zum Schluß schien nichts mehr übrig geblieben zu sein was noch zu sagen war. Simon wirkte gefaßt, zitterte aber immer noch vor Kälte. Daran ist dieses verdammte feine Zimmer schuld, dachte Erik.

In der Küche trank der Junge Wasser, ein Glas nach dem anderen. Dann stand er in der Tür, schaute die beiden an und sagte: »Irgendwie habe ich es immer gewußt.«

Bald darauf hörten sie oben das Grammophon wieder spielen. Die unbegreifliche Musik erfüllte das Haus. Aber bald klang sie aus, und als Karin leise die Treppe hinaufging, um nach Simon zu sehen, schlief er wie ein Bär.

Das ist fast enttäuschend, dachte Karin.

Und Erik sagte: »Ist ja alles gut gegangen.«

Und sie waren beide auch so müde, daß sie ohne Abendessen ins Bett fielen.

Am nächsten Tag war Schule, und in der Küche herrschte beim Frühstück die übliche Hast. Das Halbjahreszeugnis! Simon holte es, Karin unterschrieb: »Zur Kenntnis genommen.«

Aber das stimmte eigentlich nicht, sie überprüfte Simons Zeugnisse nie. »Alles in Ordnung?«

»Klar, Mama. Nur keine Sorge.«

Aber schon nach wenigen Stunden kam er mit hohem Fieber nach Hause zurück.

Daran war nichts Merkwürdiges, die halbe Stadt hatte Grippe. Karin brachte ihn zu Bett, kochte Honigwasser und maß die Temperatur. Fast 40°, sie erschrak: »Du hast keine Genickschmerzen?«

Es gelang ihm, den Kopf zu schütteln und sie anzulächeln. Dann schlief er.

Mit allen Müttern jener Zeit teilte Karin die Angst vor Kinderlähmung, sie lag wie eine eisige Bedrohung über allen, die hohes Fieber oder Nackensteife bekamen. Karin rief also den alten Kreisarzt an, der ihr sagte, das klinge alles nach Grippe, und sie möge am nächsten Tag wieder anrufen, falls das Fieber nicht zurückginge.

Es lief ein Mädchen im Reich der hohen Gräser neben ihm her, die Vögel bauten Nester in ihrem Haar und sie sagte: Hübsch, was?

Und er begehrte sie und er bekam sie, durfte alles mit ihr tun, wenn er nur achtsam mit dem Vogelnest umging. Er entkleidete sie, saugte an ihren Brustwarzen, küßte alles, was sie war, und seine Begierde war wild wie der Frühling, und er konnte nicht genug von ihr kriegen, und er sah, daß sie schöner war als jede irdische Frau. Die Gräser spielten den zweiten Satz aus Mahlers Erster Symphonie, die Wogen des Rhythmus schlugen mit ihrem zusammen, und als er dem Unbekannten entgegentrat, dröhnten die Trommeln wie besessen und er wurde vernichtet und er trat über die Grenze des Landes, in dem nichts eine Form hat und alles faßbar und vollendet ist.

Sie war bei ihm und fragte ohne Worte, ob er das verstand, was er immer gewußt hatte.

Da sah er, daß ein Ei in ihrem Vogelnest lag, daß es schimmernd weiß war und wie von selbst leuchtete, und er wußte, daß das Ei Leben bedeutete, und daß das Junge die Schale bald sprengen würde und seine Form annehmen würde, und er liebte das Ei, es war kostbar wie das Leben selbst.

Dann war Karin mit Fleischbrühe da und sie sagte, Flüssigkeit sei wichtig, und falls es ihm nicht bald besser ginge, müßten sie den Arzt herbitten. Er schluckte gehorsam, hörte die Worte von der gesunden

Suppe und zwang sich, dachte es wäre gut für das Ei, für das Junge, das bald schlüpfen sollte.

Aber er wollte zurückkehren zu den Gräsern, zu dem unendlichen Gräsermeer und dem Mädchen mit dem Vogelnest im Haar. Doch er fand sie nicht und seine Angst war ebenso gewaltig wie die Gräsermeere, durch die er lief und ihren Namen rief. Aber sie hatte keinen Namen, er wußte es, und trotzdem konnte er ihn über die Ebenen hallen und in den weit entlegenen Bergen ein Echo hervorrufen hören.

Er wurde fast irr vor Erschrecken, begriff sie denn nicht, daß er zurück zu ihr und dem Ei mußte, sollte nicht alles zunichte werden und das Leben, seine eigene Möglichkeit zu leben, verloren sein.

Aber sie war verschwunden.

Jetzt stand er am Fuß einer Klippe und sah, daß dort hoch oben unter dem Himmel ein großer Vogel sich niedergelassen hatte, und er wußte, das war der Vogel der Weisheit, und er glaubte, daß dieser Kenntnis davon hatte, wo das Mädchen mit dem Ei sich befand. Er sammelte seine letzten Kräfte und kletterte den Berg hinauf und betete: Guter Gott, laß mich den Vogel nicht erschrecken. Und der Vogel blieb, es war, als hätte er auf ihn gewartet, und als er näher kam, sah er, daß der Vogel brütete, und er verstand, daß das Ei, das der Vogel mit seiner Wärme am Leben erhielt, sein Ei war, sein Leben.

Im nächsten Augenblick hörte er eine Geige, die eine wundersame Melodie voller Wehmut spielte, und als er den Blick dem Berghang zuwandte, sah er das Mädchen, sah, daß sie jetzt ein Mann war, ein junger Spielmann, der mit seiner Geige davonzog und daß die Einsamkeit, die ihn umgab, groß war.

Der große Vogel betrachtete Simon mit Karins Augen und er erkannte, daß es der Vogel der Trauer und nicht der Weisheit war, und daß er sich um sein Ei keine Sorgen zu machen brauchte und auch nicht um das Leben, das sich in der zerbrechlichen Schale mit den zarten Häuten befand.

Der Vogel der Trauer war treu und liebevoll. Und stark, nichts Böses würde dem Jungen widerfahren.

Jetzt rief der Vogel:

»Aber Simon, so beruhige dich doch!«

Und der Vogel gab ihm Tabletten, und das Fieber klang mit einem gewaltigen Schweißausbruch ab, und der Vogel zog ihm kühle Kleider an und trocknete ihm Körper und Stirn.

Karin war außer sich und holte den Arzt, obwohl es schon zehn Uhr abends war. Der tastete und drückte und leuchtete mit der Taschenlampe und horchte und beruhigte.

Es war nur eine ungewöhnlich hektische Grippe.

»Ist ihm irgend etwas zugestoßen?« fragte der Arzt beim Abschied. »Es gibt gewisse Anzeichen eines Schocks.«

Und Karin faßte sich an die Stirn und zweifelte ihren Verstand an, weil sie nicht zwei und zwei zusammengezählt und alles begriffen hatte.

Erik trug das alte Gästebett in Simons Zimmer, und Karin legte sich für die Nacht neben den Jungen. Aber er schlief die ganze Nacht durch, wachte jedoch vor ihr auf, lag im Bett und betrachtete den Vogel der Trauer, der über sein Leben gewacht hatte.

Dann mußte er wieder eingeschlafen sein, denn als er das nächste Mal aufwachte, stand Erik mit Tee und Broten bei ihm, und Simon aß mit gutem Appetit, und Karin und Erik seufzten erleichtert auf. Simon sah Erik an und dachte, wie gut, daß du bist wie du bist, irdisch und rücksichtslos.

Begrenzt, ein kleines Stück Boden begrenzend, den du zu deinem gemacht hast.

Simon konnte auf seinen eigenen zittrigen Beinen ins Badezimmer gehen, und als er zurückkam, hatte Karin das Bett frisch überzogen.

»Zum wievielten Mal weiß ich selbst nicht«, sagte sie und dachte dankbar an Lisa, die nun bald kommen und sich des Hauses und der Wäsche annehmen würde.

Sie holte einen Überwurf für das Gästebett und eine Decke, legte sich darauf, als hätte sie gewußt, daß Simon und sie jetzt würden reden können. Und die Worte waren vorhanden, bildeten ganz natürliche Sätze.

Sie erzählte von dem Winter, in dem sie nachts aufgestanden war, um ihm zusätzliche Mahlzeiten zu geben, wie sie mit dem Säugling im Arm in der Küche gesessen und starke, seltsame Gedanken gehegt hatte. »Ich war wohl sehr übermütig«, sagte sie. »Ich war so sicher, dir alles geben zu können was du brauchtest, um ein starker und glücklicher Mensch zu werden.«

Da konnte Simon erwidern: »Aber du hattest doch recht.«

Und da mußte Karin ein bißchen weinen. Sie fand auch Worte für all die Freude, die er ihnen geschenkt hatte, wie er ihnen die Kraft gegeben hatte, sich aus der Umklammerung und dem Armeleutegetue der Schwiegermütter zu lösen, Grund und Boden zu erwerben und ein Haus zu bauen.

»Sie empfanden uns als völlig übergeschnappt und hochmütig und meinten, das alles werde schlecht enden«, sagte sie. »Aber wir wußten beide, daß wir für dich ein Haus am Meer brauchten.«

Ein Nest am Meer, dachte Simon.

Sie erzählte von dem Hausierer, dem Judenhasser mit den Nadelbriefchen, wie er Simon angesehen und dreckiges Judenkind gezischt hatte.

»Mich hat vor Schreck fast der Schlag getroffen«, sagte Karin. »Weißt du das noch?«

»Nein.«

Simon fielen die Landstreicher wieder ein, die von Haus zu Haus gegangen waren und erinnerte sich nur, daß ihnen etwas Merkwürdiges angehaftet hatte, etwas Erschreckendes.

Er hatte die Schulzeit nicht vergessen, in der Schimpfwörter gefallen waren. Judenschwein. Und wie Erik weiß im Gesicht geworden war und ihn kämpfen gelehrt hatte.

»Ja, ich war damals eigentlich dagegen«, erinnerte sich Karin. »Aber es hat dir immerhin geholfen. Es war auch für mich eine nützliche Lehre, denn ich mußte ja begreifen lernen, daß ich dich nicht ununterbrochen beschützen konnte, daß du stark werden mußtest, um allein zurechtzukommen.«

Tagelang redeten sie, riefen Simons Kindheit zurück.

Am Morgen des sechsten Tages schien die Sonne auf den Schnee und Simon tauchte wie üblich in seiner Musik unter, während Karin einen Spaziergang am Fluß entlang und hinaus zum Meer machte.

Lange stand sie dort und sah Vinga wie eine Fata Morgana durch die glasklare Winterluft schimmern.

»Ich habe meinen Teil getan«, sagte sie zum Meer.

Als sie wieder heim ging, war sie müde, aber nicht auf die alte hoffnungslose Art müde. Ihr Herz schlug ruhig und gleichmäßig.

Kräftig.

Es heilt, dachte Karin, jetzt endlich hat es Ruhe zu heilen.

Ein paar Tage später kam Ruben zu Besuch. Isak ging auf die Werft, so daß Karin erzählen konnte, daß sie sich ausgesprochen hatten, niemand war daran gestorben, aber Simon hatte eine Grippe mit Fieberphantasien hinter sich bringen müssen.

»Es wäre sicher gut, wenn du auch mit ihm sprichst«, sagte sie. Ruben nickte und ging die Treppe hinauf in Simons Zimmer.

Beim Essen konnten sie alle fünf über Simons Herkunft reden, das lange Verheimlichte, sorgfältig Versteckte und unerhört Gefährliche war sichtbar geworden.

Es war eine echte Erleichterung.

Doch Erik, der nicht nur alles verdrängt, sondern es auch zu vergessen versucht hatte, biß die Zähne zusammen, als Karin sagte: »Ich habe mir gedacht, wir sollten vielleicht nachforschen, ob Simons Vater noch am Leben ist.«

»Er war Musiker«, sagte Ruben schnell. »Viele Künstler haben Deutschland verlassen, bevor es zu spät war.«

Er dachte an die jüdischen Organisationen, die jetzt bemüht daran arbeiteten, getrennte Familien wieder zusammenzuführen.

Doch Simon sah den jungen Rücken des Spielmanns vor sich, der mit seiner Geige den Berg hinunter wanderte, und er sah, daß dessen Weg zu den Öfen führte, deren Schornsteine am Horizont aufragten.

»Er ist tot«, sagte er. »Er ist eine von den Ziffern auf Izas Arm.«

Simon sagte es so bestimmt, daß niemand einen Einwand wagte, und nur Isak dachte: Wie zum Teufel kann er das wissen.

Es war Karin, die das Gespräch wieder aufnahm: »Er war bestimmt ein guter Mensch.«

Gut! Simon mußte über sie lachen. Laut sagte er: »Er war einsam und traurig.«

Da konnte Isak sich nicht mehr zurückhalten: »Wie willst du das wissen? Vielleicht war er wild und fröhlich.«

Simon lachte: »Das auch, möglicherweise.«

»Ich dachte an das Erbe«, sagte Karin, und da sprach Ruben lange über alles, was man jetzt über die Bedeutung der Umwelteinflüsse in der Kindererziehung wußte.

»Wir erben bestimmte körperliche Merkmale und das eine oder andere Talent, wie zum Beispiel Simon seine Musikalität«, sagte er. »Güte ist nicht in den Genen verankert, Karin, die ist abhängig von der Sicherheit, die dem Kind zuteil wird.«

Simon hörte nicht so genau zu, er dachte vor allem an das, was Ruben oben im Zimmer gesagt hatte, daß alle Jugendlichen herumphantasieren, vermuten daß sie uneheliche Kinder sind und daß jeder junge Mensch irgendwann inneren Aufruhr und Abscheu erlebt und auch seine Eltern verachtet.

»Ich habe oft genug darüber nachgegrübelt, warum ich nicht ebenso praktisch veranlagt bin wie Erik«, gestand Simon. »Aber ich konnte seine Fähigkeiten ja gar nicht geerbt haben.«

Da lachte Ruben: »Und was ist mit Inga, deiner leiblichen Mutter? Ich habe immer wieder gehört, daß sie Hof und Vieh wie ein ganzer Mann bewirtschaftet.«

Simon gefiel das Gespräch nicht, aber er mußte genau wie die andern wenigstens den Mund zu einem leichten Grinsen verziehen.

»Du hast nie darüber nachgedacht, warum Isak nicht genauso belesen und an Büchern interessiert ist wie ich?«

»Nein«, sagte Simon.

»Vielleicht ist es so, daß jeder Sohn seinen Vater besiegen muß«, überlegte Ruben. »Da liegt es auf der Hand, ein Gebiet zu wählen, in dem der Vater nicht überlegen ist, und wo der Sohn seinen Papa haushoch schlagen kann.«

Während des langen Spätwinters kam es dazu, daß Simon schmerzhaft von einer Angst befallen wurde, die sich vom Bauch bis zum Hals bemerkbar und das Atmen schwer machte.

Er dachte an Inga, wies aber den Gedanken von sich, sie besuchen zu fahren. Er dachte an Wurzeln, daran, daß er keine hatte, kam aber nicht ganz damit zurecht.

Und dann dachte er an das Mädchen, das im Sanatorium auf ihn wartete wie die Spinne auf die Fliege. Ruhig und gelassen in der Gewißheit, daß er sich fangen lassen werde, daß es nur eine Frage der Zeit war.

20

Dann kamen die letzten Sommerferien. Die würden sie in Erinnerung behalten: Simon, weil er hintergangen worden, und Isak, weil er der Liebe begegnet war.

Iza war im Frühjahr aus dem Sanatorium entlassen worden, sie zog zu Ruben und fand die Wohnung beengend und die Stadt langweilig. Sie fand Ruben selbst ebenso hoffnungslos wie seinen Freundeskreis von literaturbeflissenen Männern mittleren Alters. Mit ihm hinaus zu Karin und Erik zu fahren, weigerte sie sich.

»Karin ist genauso eine Kuh, wie meine Mutter eine war«, sagte sie und übersah Rubens Reaktion.

Er versuchte sie mit jüdischen Familien der Stadt bekannt zu machen, wandte sich an Mütter mit Töchtern. Aber trotz guter Vorsätze hielt niemand es mit ihr aus, und Izas Angst wuchs, wenn sie in den Geschäften der Avenue und der Kungsgata versuchte, sich Erleichterung zu erkaufen. Isak hatte solche Angst vor ihr, daß er sich schon vor Schulschluß hinaus zu Larssons und der Werft verzog.

Karin suchte Hilfe bei Ruben: »Wir müssen ihn verstehen, das Mädchen erinnert ihn an das, was passiert ist.«

Sie erinnert auch an etwas anderes, dachte Ruben. An Olga. Er empfand es ja selbst so, dieses rastlose Laufen auf hohen Absätzen durch die Wohnung, das Klirren von Hals- und Armbändern, überall der Geruch von schweren Parfums, aber vor allem die Unruhe, die durch die Räume vibrierte.

Eigentlich gab es nur eines, was Iza interessierte, und das war Simon.

»Er hat etwas Rätselhaftes an sich«, sagte sie, und Ruben versuchte abzuwehren: »Er ist doch nur ein Junge, der noch nicht einmal die Schule hinter sich hat.«

»Ich habe nichts gegen kleine Jungen«, sagte Iza.

Sie war schlank und hübsch geworden, wie sie es sich vorgenommen hatte, und sie sprach mit Simon über das Vernichtungslager und seine Schrecken.

»Sie muß sich aussprechen können«, sagte Simon zu Ruben, als dieser sie unterbrach.

»Nein«, widersprach Ruben. »Sie schwelgt darin und weiß, daß sie dich dadurch fesselt. Paß um Gottes willen auf, Simon, paß auf!«

Es war an einem Spätnachmittag nach der Schule. Ruben hatte Simon in Izas Zimmer vorgefunden und ihn so gut wie hinausgeworfen und war ihm dann bis auf die Straße gefolgt.

Simon hing über seinem Fahrrad, schaute den Mann an, den er mehr als jeden anderen bewunderte, und war so verzweifelt, daß seine Augen schwarz wurden.

»Ich entkomme ihr nicht, Onkel Ruben.«

Aber schon als er heimwärts radelte, hatte er nicht nur die eigene, sondern auch Rubens Angst vergessen, fühlte nur das Verlangen nach ihr, den roten Lippen und dem verführerischen Körper mit all seinen unglaublichen Erinnerungen.

Eine Woche später, kurz vor Schulschluß, war Iza zur Erholung in einen Schweizer Kurort geschickt worden. Olof Hirtz, ihr Arzt und Rubens Freund, leitete alles in die Wege und verschaffte ihr auch einen Psychoanalytiker in Zürich. Iza war zufrieden, sie wollte in die Welt hinaus. Simon konnte warten, dachte sie, denn trotz allem waren Simons Worte nicht spurlos an ihr vorbeigegangen.

»War das notwendig?« fragte Karin, als sie es erfuhr.

»Du weißt ebenso gut wie ich, daß es verdammt notwendig war«, antwortete Ruben.

Simon fühlte sich hintergangen, aber in die Enttäuschung mischte sich auch Erleichterung. Er konnte wieder befreiter atmen, seit das Mädchen abgereist war.

Nach Mittsommer gingen Simon und Isak segeln, sie befanden sich fast einen Monat lang auf See. Die Küste von Bohuslän hinauf, hinein in den Oslofjord. Sie kamen in die Stadt, durch die die Nazis in ihren Stiefeln marschiert waren.

»Ich meine, ich kann sie noch hören«, sagte Isak, und Simon blieb stehen und lauschte dem taktfesten Dröhnen der Stiefel auf dem Straßenpflaster.

»Hauen wir ab, Isak.«

Sie sahen also nicht viel von der Stadt, schauten sich nicht einmal das Osebergschiff an, von dem Isak geträumt hatte, und auch nicht das Nansen-Museum, das Simon hatte besuchen wollen.

Sie kamen braun wie die Indianer, verdreckt, ausgelaugt von Wind und Salzwasser, und stolz auf ihre schütteren Bärte nach Hause zurück. Karin lachte laut auf vor Freude, schickte sie sofort in die Badewanne und legte Rasierapparate bereit.

»Wenn ihr einen Bart wollt, müßt ihr warten bis er gleichmäßiger wächst,« meinte sie, und die Jungen gaben ihr recht, nachdem sie sich gründlich im Spiegel betrachtet hatten.

Sie bockten das Boot auf, entfernten Muscheln und Tang und machten Ordnung an Bord, denn nun wollten Erik und Ruben auf große Fahrt gehen. Sie wollten Karin mitnehmen, die jedoch verzichtete. Ruben dachte, daß sie Angst um ihr Herz hätte, Erik, daß sie die Jungen nicht unbeaufsichtigt lassen wolle.

Aber der wahre Grund war, Karin wollte nicht so lange in Rubens Nähe sein.

An einem Hochsommerabend machten sich die Jungen zu einem Tanzfest auf einem Bootssteg bei Särö auf.

Isak lernte Mona kennen.

Und Isak erkannte augenblicklich, daß sie eines jener seltenen Wesen war, die die Welt begreiflich machen.

Sie war tropfenförmig, hatte alles Gewicht unterhalb der Taille und von oben bis unten gleichmäßig dicke Beine, die sie immer, egal wo sie war, mit der Erde verbanden, mit dem Mittelpunkt der Erde.

Bis Isak es erkannte und es nun der Welt offenbarte, hatte niemand gesehen, wie unendlich schön sie war. Sie schaute ihn mit Karins Augen an, aber seltsamerweise waren diese Augen blau, und sie liebte Isak vom ersten Augenblick an.

In einer alles umfassenden, ruhigen Art.

Sie war für ihre zwei kleinen Geschwister zur Mutter geworden, und das hatte ihr geholfen, die Welt als etwas Handfestes zu betrachten. Sie trug seit dem Tag, an dem ihre Mutter starb, eine tiefe Verletzung in ihrem Inneren, und trotz ihrer vierzehn Jahre war sie schon damals ebenso unerschütterlich, zuverlässig und gradlinig wie ihre Mutter es gewesen war.

Im übrigen hatte sie keine Zeit gehabt, sich krank zu trauern oder über das Schicksal nachzugrübeln, denn die kleinen Kinder mußten täglich und stündlich bekommen, was sie brauchten.

Wäre da nicht eine Tante gewesen, hätte es schiefgehen können, aber diese Tante gab es und sie achtete streng darauf, daß Mona ihr Recht auf ein eigenes Leben wahrte.

So war also trotz allem für die Tochter des Fischhändlers der Besuch der Mädchenschule möglich gewesen, und gerade in diesem Frühjahr hatte sie die siebente Klasse abgeschlossen und peilte zielstrebig vier Jahre Krankenschwesternausbildung an der Sahlgrenschen Klinik an.

Der Welt zeigte sie eine leicht verächtliche Haltung gegenüber Männern, sie hatte nie verstanden, daß diese es wert sein sollten, ernst genommen zu werden. Möglicherweise hatte sie in dem einen oder anderen Wochenblatt etwas über Liebe gelesen. Aber sie hatte kaum an diese geglaubt und nie hatte sie sich vorgestellt, daß sie selbst jemals davon betroffen sein könnte.

Eigentlich war sie deshalb über alle Maßen erstaunt.

Das war Simon ebenfalls. Er war der großen Liebe zwar schon in tausend Büchern begegnet, jener Leidenschaft, die die Menschen mitriß, sie vor Verzweiflung oder Glück um den Verstand brachte. Aber auch er hatte nicht so recht an sie geglaubt und sie im wirklichen Leben noch nie beobachtet.

Jetzt sah er, wie sie sich direkt vor seinen Augen ereignete. Das erfüllte ihn mit Staunen, Eifersucht und noch etwas anderem, das er nach und nach als Neid erkannte.

»Die sind verrückt, Mutter«, sagte er zu Karin. »Die sind wie in Trance und sehen nur noch sich.«

»Ich hoffe, er bringt sie bald mal mit, damit ich mir dieses Wunder ansehen kann«, meinte Karin.

Aber sowohl Karin als auch Simon existierten in Isaks Welt nicht mehr.

Er schlief in der Stadt, in Rubens Wohnung, stand jeden Morgen auf, holte den alten Chevrolet aus der Garage und fuhr ohne Führerschein zu Axelssons Kolonialwarengeschäft an einer Straßenkreuzung in Askim. Dort wartete sie und war noch schöner als am Tag zuvor, und das Auto brachte sie in die Laubwälder weiter südlich, zu den Klippen bei Gottskär, zum Süßwasser in den Delseen und den tiefen Nadelwäldern von Hindås. Sie fanden immer wieder irgendwo weiches Moos, sich darauf auszuruhen, neue Wiesen, um drüberzuwandern, neue Blumen für Sträuße.

Widerstandslos und wie selbstverständlich gab sie sich ihm hin, und er kam ihr sanft und voller Zärtlichkeit entgegen und gedachte, als er mit Mona schlief, dankbar der Sprengmeisterstochter an der Stadtgrenze. Dieses Mädchen war eine Unschuld, aber auch dadurch wurde nichts schwierig oder peinlich. Am Tag danach ging sie ohne Zögern zu einem Arzt, ließ die Tests machen und lernte mit einem Pessar umzugehen.

Erst gegen Ende dieser lichtvollen Woche nach dem Tanz in der Nähe von Särö erinnerte sich Isak, daß es in der Welt noch andere Menschen gab und daß Karin und Simon ein Recht darauf hatten zu erfahren, daß und wofür er lebte.

Ganz zu schweigen von Ruben, der eine Woche später auch wieder zurück sein würde.

Er ließ es Mona gleich wissen, als sie sich trafen: »Wir müssen einen Besuch machen, es ist nicht gerade meine Familie, aber es sind immerhin die Menschen, die mir am nächsten stehen.«

Sie nickte, das mußte ja kommen.

Dann wollte er erklären, wer er war, aber das machte ihn verlegen, in seinem Kopf gab es keine Gedanken mehr und in seinem Mund keine Worte. Sie sagte: »Ich weiß nicht einmal deinen Nachnamen.«

»Lentov«, sagte er. »Isak Lentov.«

Da wurde sie verschlossen, er fühlte es, und Angst durchzitterte ihn.

»Ich bin Jude«, sagte er.

Da lachte sie: »Ich bin schließlich kein Idiot, und ich habe von der Sache mit der Beschneidung gelesen.«

Die Angst ließ nach, er mußte den Wagen anhalten, sie küssen. Aber es gab da eine Art Ablehnung, ein Erstaunen und so etwas wie Verwirrung. »Was stimmt denn dann nicht?«

»Lentov«, sagte sie. »Der reiche Lentov mit den vielen Buchhandlungen?«

»Ja, und was ist daran verkehrt?«

»Nichts«, sagte sie und wurde steif wie ein Brett. Sie mußte sich so verhalten, um den Jubel in ihrem Inneren zu unterdrücken. Wenn Mona in ihrem Leben Träume gehabt hatte, dann hatten sie sich immer um Geld gedreht, um Reichtum und teure, schöne Dinge.

»Das ist einfach unfaßbar«, sagte sie. Und dann mit einer Stimme, die dünn war vor innerer Unruhe: »Was wird dein Vater sagen?«

»Mein Vater wird dich lieben«, sagte Isak.

»Das siehst du jetzt aber sehr einfach. Du mußt doch kapiert haben, daß deinem Vater für dich eine Verbindung mit einem reichen und vornehmen jüdischen Mädchen vorschwebt.«

»Da kennst du Ruben Lentov schlecht«, erwiderte Isak. »Er wird auf unserer Hochzeit vor Freude tanzen.«

Es erstaunte sie nicht, daß von Hochzeit die Rede war, das war vom ersten Augenblick an selbstverständlich gewesen. Aber sie glaubte nicht an den Vater, den Isak ihr da beschrieb.

Im Augenblick ging es aber um Karin und Simon. Eigentlich war es bis zu ihnen mit dem Auto nur eine Viertelstunde, und doch brauchten sie mehrere Stunden. Es gab vorher so viel zu erzählen.

Es war ja nicht so einfach zu erklären, wer Karin war, wenn er sich nicht einmal traute von damals in Berlin zu erzählen, als die Hitlerjugend marschierte.

Mona weinte, wie es ihr als dem feinfühligen Kind, das sie war, zustand, und sie umarmte und tröstete Isak als die gute Mutter, die sie ebenfalls war. Ich werde ihn nie im Stich lassen, dachte sie, nie. Nicht einmal, wenn Ruben Lentov ihn enterbt.

Dann konnte sie von ihrer eigenen Mutter erzählen, vom Tod, der eines Nachts kam und alles Blut aus dem Unterleib der Mutter drückte, konnte von den vielen roten Laken und den seltsamen Gedanken erzählen.

»Man will es nicht glauben«, sagte sie. »Es läuft vor deinen Augen ab, dieses Sterben, und trotzdem glaubst du nicht daran. Ist das nicht seltsam?«

»Nein«, Isak fand das eigentlich nicht.

Nach einer Weile fiel ihm Olga ein und daß das auch besprochen werden mußte. »Meine Mutter ist im Irrenhaus«, sagte er. »Sie ist über Nacht wahnsinnig geworden, damals als die Deutschen Norwegen besetzten.«

»Die Arme.«

»Das ist erblich«, sagte Isak und wußte, daß er das nicht einmal zu denken gewagt hatte, ehe er Mona kennenlernte. Aber er wollte ihr nichts vorenthalten: »Ich habe eine Cousine, die auch irgendwie verrückt zu sein scheint«, sagte er. »Aber die ist in einem Konzentrationslager gewesen.«

Mona weinte jetzt wieder, sagte aber: »Wir werden vier glückliche Kinder haben.«

Schließlich saßen sie dann doch bei Karin auf dem Küchensofa, sprachen nicht viel, erfüllten aber die ganze Küche mit Helligkeit. Sie sind der reinste Sonnenschein, dachte Karin und sah durchs Fenster den Regen wie Bindfäden auf die Erde fallen, während sich in ihrer Küche ein helles Leuchten ausbreitete.

»Ihr bleibt doch hoffentlich zum Essen«, sagte sie.

»Ja, gerne.«

Als der Platzregen vorbei war, gingen sie alle in den Garten, um Erdbeeren für den Nachtisch zu pflücken. Simon kam vom Meer, er war mit dem Kahn fischen gewesen, freute sich, betrachtete die beiden jungen Leute lange und sagte dann: »Ihr zwei seid das Erstaunlichste, was ich je erlebt habe.«

Darüber mußten sie natürlich lachen, alle miteinander.

Karin nahm Simon mit in die Küche, während das Liebespaar weiter Beeren pflückte.

»Kannst du sehen, wie sie von Licht umgeben sind, Simon?«

»Ja, Mutter, ist das normal?«

»Normal?« fragte Karin. »Ich kann dir nur eins sagen. Nicht einmal wenn ich meine ganze Phantasie aufgeboten hätte, um mir für Isak etwas Besonderes auszudenken, hätte ich dieses Mädchen ersinnen können.«

Im Erdbeerbeet sagte Mona zu Isak: »Ich mag sie.«

»Selbstverständlich«, meinte Isak.

»Aber Simon ist eifersüchtig.«

Da lachte Isak Mona an: »Das soll ihm gegönnt sein.«

Dann steckte er ihr eine Erdbeere in den Mund und holte sie sich küssend zurück.

Sie übernachteten im Gästezimmer in Rubens schmalem Bett, und Karin lieh Mona ihr schönstes Nachthemd.

Ich habe eine Tochter bekommen, dachte Karin, als sie im Bett lag und hörte, wie das Mädchen zu Hause anrief und seelenruhig geradeheraus log: »Sagt dem Papa einen schönen Gruß und daß ich über Nacht bei einer Freundin in der Stadt bleibe.«

Bei so einem lieben Mädchen muß das eine liebe Familie sein, sagte sich Karin, ehe sie einschlief.

Es blieben ihnen einige Tage, um sich richtig kennenzulernen, ehe Ruben und Erik heimkommen würden. Es gelang Karin, Isak bestimmte Arbeiten zu übertragen, so daß sie zumindest hin und wieder mit dem Mädchen allein sein konnte.

Schon am ersten Morgen schickte sie ihn mit dem Auto nach Hause: »Du stellst es in die Garage. Aber erst wirst du es waschen. Und kein Wort zu Ruben, daß du ohne Führerschein gefahren bist.«

Er gehorchte und Karin sagte genau wie Monas eigene Mutter immer gesagt hatte: »Männer! Da siehst du's mal wieder.«

Als die Jungen mit dem Wagen wegfuhren, gingen Karin und Mona zum Badeplatz. Karin tauchte wie üblich ein paarmal unter, aber Mona schwamm wie eine Robbe.

Sie war offen, schien nichts zu verbergen zu haben. Erzählte von ihrer Mutter, das war nicht leicht. Von den kleinen Geschwistern, die jetzt alt genug waren, um ohne die große Schwester zurechtzukommen.

Vom Vater, dem Fischhändler.

»Von dem haben wir nicht gerade viel«, erklärte Mona. »Schreit herum, ist gleich eingeschnappt, fühlt sich dauernd auf die Füße getreten. Beschränkt und geizig ist er auch. Aber man muß sich damit abfinden, schließlich ist er mein Vater.«

Karin mußte lachen: »Und wie wird er das mit Isak aufnehmen?«

»Na, das wird natürlich einen Aufstand geben.«

»Weil Isak Jude ist?«

»Ja, das auch, aber vor allem, weil er zu Hause sein Dienstmädchen verliert.«

»Ist er religiös? Freikirchlich? Das sind doch die meisten Schärenbewohner.«

»Na ja, manchmal brüllt er herum von Antichrist und sowas. Aber das Religiöse spielt bei ihm nur eine ganz kleine Rolle.«

Monas Augen glänzten vor Entzücken, als sie weiterdachte: »Er wird schnell einlenken, wenn er das mit dem Geld kapiert hat.«

Nicht einmal eine leibliche Tochter hätte mir so ähnlich sein können, dachte Karin erstaunt und sehr zufrieden. Aber Mona runzelte die Stirn.

»Viel schlimmer ist, was Isaks Papa sagen wird.«

»Nicht doch«, beschwichtigte Karin. »Der wird dich mögen.«

»Wie kannst du das wissen?«

»Na ja«, meinte Karin. »Wie kann ich das wissen.« Sie schwieg eine Weile, dann sagte sie: »Er ist ein Mensch ohne Falsch.«

»Das ist ein komischer Ausdruck«, meinte Mona. »Und hilft mir das?«

»Du wirst ja sehen«, erwiderte Karin lachend.

Am Samstag rief Erik aus Marstrand an. An Bord war alles in Ordnung.

»Wir kommen morgen, wie ausgemacht«, sagte er. »Wir kommen an der Werft an und ich schaffe den Proviant dort an Land. Geht's dir gut?«

»Mir geht es prima«, lachte Karin. »Sag Ruben einen schönen Gruß, und wir haben hier eine große Überraschung für ihn.«

»Für mich nicht?«

»Nein. Leider«, sagte Karin und dachte an Simon und Iza. »Man muß das Leben nehmen, wie es kommt.«

Sie klang ganz normal, so, wie sie immer geklungen hatte. Eine Norne, die in ihrer Küche Lebensschicksale spann, die sich um die Fäden sorgte, damit sie nicht rissen oder sich verhedderten, die aber hinnahm, daß das Lebensgewebe kompliziert war und sich nicht immer entwirren ließ.

»Und dein Herz? Deine Medikamente nimmst du doch?«

»Erik, ich spüre es überhaupt nicht.«

»Darauf achtest du doch gar nicht«, sagte Erik.

Aber es klang froh, er und Ruben hatten über allerlei gesprochen, darüber, daß Karin seit dem Gespräch mit Simon letzten Winter um so vieles gesünder geworden war. Auch der Arzt war beim letzten Besuch zufrieden gewesen.

Als das schöne Schiff mit vollen Segeln das Oljenäs umschiffte, atmete Mona, die sich auf Boote verstand, tief durch vor Bewunderung.

»Das Boot gehört mir«, sagte Isak mit leuchtenden Augen.

Das Großsegel wurde eingeholt, und die Fock schlug beim Ankern an die Reede und flatterte dann beim Wassern des Beiboots im Wind.

Erik blieb an Bord, Ruben ruderte allein zum Steg und rief Karin zu: »Wo hast du die Überraschung?«

»Kommt schon noch«, versprach Karin.

Wie jung er ist, dachte Mona. Und schön, jeder Zentimeter gefiel ihr. Sie hatte Herzklopfen und hielt sich mit feuchten Händen an Isak fest.

Sie konnten nicht hören, was Karin am Bootssteg sprach, doch Isak kannte sie so gut, daß er es sich denken konnte, und er wußte, daß er keine bessere Abgesandte hätte haben können: »Eine große Liebe, Ruben. Und sie ist alles, was Isak braucht.«

Und Ruben war so überrascht, daß er sich auf einen Poller setzen mußte.

Er hatte im Lauf der Jahre gelernt, sich auf Karins Urteil zu verlassen, und war, noch ehe er das Mädchen begrüßt hatte, schon überzeugt. Es war ein verhangener Tag, so daß er den Sonnenschein, der die beiden jungen Menschen umgab, sofort wahrnahm.

Er sah das bodenständige Mädchen an und erfaßte den Kern ihres Wesens mit einem Blick. »Herrgott! Was soll man da sagen?«

Dann umarmte er Mona und lachte: »Du bist mir eine schöne Überraschung.«

Danach sah er Isak lange an, und alle empfanden die Zärtlichkeit in seinem Blick und die Freude, als er sagte: »Mein Junge.«

Mit dem Fischhändler ging es im wesentlichen, wie Mona es vorausgesagt hatte. Er brüllte vor Wut, sie sei zu jung! Ein Jude, war sie total übergeschnappt! Was würden die Leute sagen, und die Glaubensgemeinschaft?

Aber dann, als er den Namen hörte und an das Geld dachte, erhellte ein schwacher Abglanz des Goldes sein Gemüt und beschwichtigte es: »Die Juden sind zweitausend Jahre gestraft worden«, sagte er. »Vielleicht ist die Schuld inzwischen bezahlt.«

Sie verlobten sich am Sonntag vor Schulbeginn feierlich im Restaurant des Gartenvereins.

Am Vormittag vor dem Fest fuhr Mona mit Ruben auf einen Besuch zu Olga. Es war seit vielen Jahren wieder das erste Mal, daß Ruben diese schwierige Fahrt nicht allein machte.

Er war auch dankbar, als er sah, wie natürlich und furchtlos Mona Olga gegenübertrat, wie sie über die Puppen Kontakt mit ihr aufnahm und ein Aufflackern in Olgas Augen bewirkte.

Auf dem Heimweg sagte das Mädchen im Auto: »Sie ist nicht unglücklich. Und das ist ja irgendwie das Wichtigste.«

Ruben nickte, ihm selbst war der Gedanke auch schon gekommen, daß Olga jetzt glücklicher war als in all den gesunden Jahren, in denen sie der Angst gnadenlos ausgeliefert gewesen war.

»Das stimmt«, sagte er. »Aber für mich ist das kaum ein Trost.«

»Ja, das kann ich verstehen«, antwortete Mona.

Als Ruben im Restaurant mit dem Fischhändler anstieß, ehe sie zu Tisch gingen, dachte er, daß das Leben an sich und der Weg des Menschen durch eben dieses Leben rätselhafter waren als jegliche Psychologie jemals erklären konnte.

Wie, um Gottes willen, hatte dieses Mädchen sich im Schatten dieses Mannes so entfalten können?

Erik hielt eine Rede, sagte das Wesentliche: »Du hast eine Karin gefunden. Hüte sie wohl, sie sind selten.«

21

Das Göteborger Symfoniorchester spielte Gösta Nystroems *Sinfonia del Mare.*

Liebevolle Indianderfrauen wuschen ihre Kinder in der Quelle des großen Flusses, dort wo die Welle geboren wurde, die zum Meer gehen und die Erinnerung an den Geruch der Menschenkinder mitnehmen würde. Auch an die Düfte der Bäume am Fluß, an ihren Geruch nach Schlamm und Moos würde die Welle sich erinnern, die großen Bäume, die mit ihren starken Wurzeln den Lauf aufhalten und das Wasser für eine Weile, für eine Nacht, in den Schlaf singen konnten, ehe es zur neuen Geburt im Meer weitereilen mußte.

Dort in der Mündung traf die Welle auf die Lachse, die, besessen von ihrer Liebe zum Leben, flußaufwärts unterwegs waren.

Dennoch vergaß die Welle die spielenden Fische bald. Es war die Angst, die Furcht des Flußwassers, sich im Grenzenlosen zu verlieren.

Aber die Welle wurde nicht vernichtet, sie gefror zu Eis, war gefangen, und die Kälte kostete sie beinah die Lebenslust.

Dann kam eines Tages der Frühling und die Welle brach sich aus dem Eis frei und wußte, daß sie überlebt hatte, daß sie ein Ganzes war und gleichzeitig teilhatte an allem Meer. Sie begann ihre lange Reise, zog ostwärts, und die großen Schiffe durchfurchten sie, und die großen Winde spielten an ihrer Oberfläche.

Die Welle liebte die Winde, den starken Wind, der seine Kraft zum Sturm ballte und die Welle zum Tanz einlud. Aber sie liebte auch den Sonnenwind, der die Welle in den Schlaf und in die Träume vom

Himmel und den riesigen Wolken wiegte, die am Leben der Welle durch Nebel und Regen Anteil hatten.

An der Südspitze Grönlands traf die Welle auf die Eisberge, überschlug sich vor Staunen, hielt inne, gluckste um das durchsichtige Grün der glatten Steilwände und spürte ein sehnsuchtsvolles Bersten im Innern der Berge, heraus aus dem Frost und dem Reglosen in das Grenzenlose, allen Gemeinsame, zu gelangen.

Als die Welle weiterzog, hatte sie die Farbe des Schmelzwassers angenommen und die Trauer kennengelernt, die in allem ist, das sich als Form festlegen läßt.

Zwischen Island und den Shetland-Inseln war sie schwer geworden vom Salz, hatte Freude am Brausen und dem ständigen Austausch von weißen Kronen und grünem Grund empfinden gelernt. Über den Skagerrak bewegte sie sich in schweren Dünungen, umrundete Lister langsam und mächtig, wissend um ihre Kraft.

Dann eines Tages im Herbst wurde sie an den Küsten von Bohuslän zerfetzt, begegnete ihrem grauen Tod und wußte, daß sie nicht sterben konnte, daß sie dem Meer all ihre Erfahrungen zurückgeben mußte, ehe sie wiedergeboren werden und mit neuen Erinnerungen an tiefe Fjorde und harten Granit mit dem Golfstrom erneut nach Norden gehen konnte, dem Eis und den gewaltigen Stürmen entgegen.

Simon blieb im Konzertsaal sitzen, als das Pulikum hinausströmte. Schließlich legte Ruben ihm die Hand auf die Schulter und sagte: »Wir müssen jetzt wohl auch gehen.«

Olof Hirtz, der das Konzert ebenfalls besucht hatte, kam, um Ruben zu begrüßen. So ergab es sich, daß Simon seiner neuen Erkenntnis vor einem Fremden Ausdruck verlieh: »Die Welle stirbt nicht«, sagte er. »Für sie gibt es keine Vernichtung, denn sie erliegt nie der Versuchung, eigene Wege zu gehen.«

Olof Hirtz freute sich in einem Maß, wie es nur bei wesentlichen Begegnungen möglich ist. »Kommen Sie doch noch mit zu mir nach Hause auf einen späten Imbiß«, sagte er.

Nur wenige Häuserviertel weiter standen sie bald in der geräumigen Küche einer alten Wohnung und trafen dort auf Maria, eine der Indianerfrauen von der Quelle des großen Flusses. Sie hatte eine kräftige Adlernase, einen breiten, fröhlichen Mund, Augen, die schwarz und viel zu groß in dem dreikantigen Gesicht standen, und ihr kurzer Herrenschnitt wirkte wie ein schwarzer Helm.

Das kann nicht wahr sein, dachte Simon, aber er wußte ja, daß es wahr war, und daß Maria Olofs Frau und ebenfalls Ärztin war.

»Psychoanalytikerin«, sagte Ruben bei der Vorstellung, und das war ebenso verblüffend wie ihre lange Hose und die rote Samtjacke, die sie trug, und daß ihr Handschlag fest war und ihr Lächeln breit und voller Neugier.

Während Simon ihr half, Räucherlachs, Käse, Brot, Butter und Bier aus Speisekammer und Kühlschrank zu holen, hörte er, wie Ruben Karin anrief. »Es wird spät werden«, sagte er. »Wartet also nicht auf Simon, möglicherweise übernachtet er bei mir.«

Olof Hirtz hatte seinen Dienst an der Sahlgrenschen Klinik wieder aufgenommen, beschäftigte sich nach dem Jahr im Sanatorium im småländischen Hochland wieder mit Forschung und Lehre. Die Begegnung mit den Folgeerscheinungen all der Leiden in den Konzentrationslagern hatte ihn gezeichnet und nachdenklich gemacht. Er und Ruben trafen sich jetzt oft in Gesprächen über Iza, die Bekanntschaft hatte sich in Freundschaft gewandelt, wie das geschieht, wenn man über heikle und persönliche Probleme sprechen muß.

Ruben hatte von den Larssons erzählt, wie Karin und Erik Isak durch die Jahre hindurch beigestanden hatten, und von Simon, dem Jungen, der inmitten dieser glücklichen Familie so einsam war.

»Er fühlt sich zu Iza hingezogen«, hatte Ruben gesagt.

»Wenn die Mutter so gut ist wie du glaubst, ist es vielleicht nötig, daß er sich die Flügel versengt«, hatte Olof geantwortet und die üblichen gescheiten Worte hinzugefügt, daß jeder junge Mensch seine eigenen bitteren Erfahrungen machen muß.

»Das einzige, was wir ihnen wünschen können, ist die Kraft, ihr Schicksal zu ertragen.«

Jetzt, wo sie in der alten geräumigen Küche am Tisch saßen, empfand Olof das gleiche Bedürfnis wie Ruben, Simon zu schützen, und er sagte: »Nimm dich vor Iza in acht.«

Aber er war so klug, über das Mädchen kein einziges Wort zu verlieren. Statt dessen erzählte er Maria, was Simon im Konzertsaal geäußert hatte, und er sagte, er komme immer mehr zu dem Schluß, daß das Elend des Menschen in dem Bestreben liege, aus sich eine Persönlichkeit zu machen, die ihn von den anderen unterscheidet.

»Aber das ist doch wichtig«, betonte Maria.

»Es macht uns nur noch einsamer.«

»Sind wir denn nicht von Natur aus einsam? Wir werden einsam geboren und sterben einsam, wir sind keine Wellen im Meer.«

Ruben protestierte. »Im übrigen«, sagte er. »Im übrigen liegt eine tiefe Befriedigung darin, Persönlichkeit zu besitzen.«

»Nicht am Grunde der Seele«, widersprach Olof. »Eine Persönlichkeit wird nie den Sinn des Lebens finden und auch den Seelenfrieden nicht.«

Simon sah ihn aus Augen an, die rund waren vor Staunen, aber Ruben gab nicht klein bei: »Es gibt wohl noch andere Dinge, die dem Leben Inhalt verleihen. Kampf. Die Freude, ein Ziel anzustreben und zu erreichen, alles, was eine Persönlichkeit erfordert.«

»Macht und Geld?«

»Das auch«, bestätigte Ruben, und als Olof lachte, fügte er hinzu: »Damit kann man zumindest der Angst entgegentreten. Und es hilft auch ein wenig gegen Schuldgefühle.«

Jetzt wurde auch Olof ernst und sagte, er habe im vergangenen Jahr des öfteren darüber nachgedacht, ob es nicht gerade die eigene Schuld ist, die den Mythos aufrecht erhält, daß wir anders als andere sind. Er erzählte von seinen lungenkranken Patienten aus den Lagern, und wie sehr sie sich wegen alldem, was sie hatten ausstehen müssen, schuldig fühlten.

»Das ist ja verrückt«, sagte Simon.

»Nein, es stärkt vielmehr das Empfinden des eigenen Schicksals und verdeutlicht die Abgrenzung gegenüber dem Henker.«

Ruben wurde rot vor zurückgehaltenem Zorn: »Wenn es Schuld ist, daß ich nichts finde, was ich mit den Nazis in Buchenwald gemeinsam habe, dann bezahle ich den Preis. Teufel nochmal, Olof, wir leben doch immer im Zwiespalt.«

Da lachte Maria, sie hatte eine besondere Art, den Kopf zurückzuwerfen, und ihr Lachen war urwalddunkel. Indianisch, dachte Simon. »Olof«, sagte sie. »Ich weiß, daß du den Gedanken an den Sündenfall nicht magst, aber er hat nun einmal stattgefunden, und der entzweite Mensch ist leider gezwungen, vom Baum der Erkenntnis zu essen. Du weißt ebenso gut wie ich, daß jedes Kind seine Identität braucht, ein Ich, mit dem es sich als Er oder Sie behaupten kann. Sonst geht es schief. Dann erst kann man bedauern, daß Identität oder Persönlichkeit, wie ihr es nennt, so verwundbar ist, und daß Angst und Schuld immer wieder gerechtfertigt werden müssen. Aber das ändert nichts an der Tatsache, daß das Ich-Erlebnis das Schicksal oder die Aufgabe des Menschen ist.«

Jetzt lachte auch Ruben: »Eva«, sagte er. »Immer ist es eine Eva, eine irdische Frau, durch die wir auf dem Boden bleiben.«

Auch Olof amüsierte sich, hielt aber fest: »Ich glaube, daß der Sündenfall ein Irrtum ist und die Persönlichkeit ein Bollwerk gegen Bedrohungen, die es nicht gibt. Die Zwiespältigkeit betrifft ja nur einen kleinen Teil alles dessen, was der Mensch ist, nämlich den Intellekt.«

»Du vergißt den Körper«, bemerkte Maria.

»Wir sind keine Körper«, erwiderte Olof.

»Ich bin allerdings einer«, lächelte Maria etwas frostig.

Wie immer, wenn Simon sich anstrengen mußte, um etwas zu verstehen, wurden seine Augen schmal, und die Gesichtsmuskeln zogen sich zusammen. So viele Worte flogen über seinen Kopf hinweg, die eingefangen und von ihm heruntergeholt werden mußten. In der Furcht, ausgeschlossen zu sein, begann er von der Welle zu erzählen, die bei den Indianerfrauen geboren worden war.

Alle hörten zu, interessiert. Das machte ihm Mut, er begann vom Reich der Gräser zu sprechen.

»Irgendwie habe ich mich immer in diesem Land befunden«, sagte er. »Meine ganze Kindheit hindurch war ich dort, und jetzt gehen meine Träume dorthin.«

Er erzählte von dem Mädchen mit dem Vogelnest, von dem kostbaren Ei und dem Vogel der Trauer.

Maria war tief beeindruckt: »Wann hast du das geträumt?«

»Damals als ich erfahren habe, daß ich ein Adoptivkind bin und krank wurde.«

Maria nickte und sagte, daß er zu den Menschen gehörte, die durchlässige Wände zum Unbewußten hin haben, und daß er darüber froh sein solle. Simon verstand es zwar nicht, fühlte sich aber ermutigt und erzählte von der Berlioz-Symphonie, die ihm die Schicksalsstunde des Grasreiches beschert hatte, und vom Priesterkönig, der ihm seit seiner Kindheit vertraut war.

»Ein kleiner Mann mit einem witzigen runden Hut«, erzählte er.

Er hatte sich so hineingesteigert, daß er es vermied, die anderen anzusehen, er wollte nicht durch ihre Verwunderung abgelenkt werden. Er sprach von dem Grammophon, wie er die einzelnen Sätze der Symphonie wieder und wieder hören konnte, um sich zum Schluß durch die Bilder und deren Inhalt befreit zu fühlen.

»Wo befindest du dich danach?« fragte Olof.

»In der Wirklichkeit«, erklärte Simon und war darüber selbst so erstaunt, daß er Olofs Blick suchen mußte, um den Boden unter den Füßen nicht zu verlieren. Doch Olof nickte nur, als hätte Simon etwas völlig Natürliches ausgesprochen.

»Das ist gut ausgedrückt. Manche nennen es Gott.«

»Nääää«, sagte Simon, und die Erwachsenen mußten sich anstrengen, bei diesem Ausruf eines breiten Göteborger Neins nicht zu grinsen.

»Bei mir ist es ähnlich«, sagte Olof, und als er Simons Verwunderung sah, mußte er erklären: »Ich bin keiner von denen, die in Kirchen oder Synagogen gehen«, sagte er. »Ich versuche im Gegenteil so wenig wie möglich an Gott zu denken, aber ich will immer in Ihm sein.«

»Wie die Welle im Meer?«

»Ja, das ist ein gutes Bild. Drum hat es mich so interessiert, als du sagtest, die Welle könne nicht sterben, weil sie es vermeidet, sich vom Meer abzugrenzen. Ich glaube, dieselben Bedingungen gelten für den Menschen, es ist erforderlich, daß er auf ein Ich verzichtet.«

»Aber erst muß er seinen Teil auf der Erde geleistet haben«, bemerkte Maria. »Der Mensch muß Verantwortung für sein Leben und seine Welt übernehmen, seine Verhältnisse in den Griff bekommen, ein liebevoller Elternteil sein und ein anständiger Verwalter.«

Simon hörte ihr nicht zu, er hatte sich Olof zugewandt.

»Wie wird man sein Ich los?« fragte er. »Wie macht man das?«

»Ja«, sagte Olof. »Wie tut man den Willen Gottes? Das ist ein und dieselbe Frage, nicht wahr.«

So sah Simon es nicht, aber er brachte keine Einwände vor.

»Eine Möglichkeit ist, es so zu machen wie du und sich hinter die Bilder zu begeben. Aber das ist nicht so leicht, denn wer ein starkes Ich hat, hat auch viele Bilder. Er muß sich doch ein Bild von all dem schaffen, wovon er sich abgegrenzt hat.«

»Das würde bedeuten, wenn man eine Vorstellung von Gott hat, dann trennt man sich von ihm«, sagte Ruben.

»Ich glaube das. Man kann den Willen Gottes nur tun, wenn Er einem weder als Bild noch als Begriff gegenwärtig ist. Das hast du durch die Musik doch gelernt, Simon, du hast nur andere Worte. Und Worte haben keine Bedeutung.«

Ruben, der sah, wie der Junge innerlich brannte, und wie nahe er daran war, aus seiner Einsamkeit auszubrechen, warf ein: »Die Erfahrung, die du gemacht hast, wurde schon oft beschrieben, Simon. Suchende und Mystiker sind den gleichen Weg gegangen, sie haben sich des Gebetes oder der Meditation bedient, wo du die Musik brauchst.«

Simon war in seinem ganzen Leben noch nie so erstaunt gewesen. Er dachte an die endlosen Religionsstunden, an die Morgenandachten in der Schule und daran, wie er sich immer wieder gefragt hatte, wie man nur so vernagelt sein konnte wie dieser Geistliche da vorn am

Rednerpult. Konnte es möglich sein, daß er, Simon, derjenige gewesen war, der nicht begriffen hatte? Er erzählte von den Pastoren in der Schule, fragte: »Dann bin also ich der Idiot?«

Sie mußten wieder lachen, und Ruben sagte: »Nein, vermutlich bist nicht du der Dumme. Die Religionen schaffen ein System, das verdummt.«

»Jede Antwort trägt zur Verdummung bei«, warf Maria ein.

»Trotzdem muß man Fragen stellen«, betonte Olof. »Und ich meine, daß jeder Mensch, der Antworten auf die Frage über den Sinn des Lebens sucht, religiös ist. Du bist es, Simon.«

Es blieb lange still, als brauche jeder für sich Zeit zum Überlegen, bis Maria irgendwann sagte: »Ich habe im Lauf der Jahre durch meine Patienten gelernt, daß man sich, um einen anderen Menschen zu verstehen, fragen muß, in welcher Richtung dieser seine Antworten sucht, was seine geheime Religion ist.«

»Aber viele kommen ja nicht einmal auf diese Idee«, meinte Simon. Er dachte an Karin und Erik, die ihr Leben als etwas Selbstverständliches hinnahmen.

»Viel mehr Menschen als du denkst«, sagte Ruben.

»Denk doch nur an Mutter, Onkel Ruben, an Karin!«

Da lächelte Ruben so strahlend, daß es ganz hell am Tisch wurde.

»Karin gehört zu den Menschen, die nicht zu fragen brauchen. Sie lebt in der Antwort.«

Auch Maria lächelte.

»Solche Menschen gibt es«, bestätigte sie, »Ganz vereinzelt.«

»Und alle andern, die irgendwie nur von der Hand in den Mund leben?« warf Simon ein.

»Manche werden sich selbst und auch anderen fremd«, sagte Maria. »Wieder andere versuchen das Ziel ihrer Sehnsucht zu erreichen, indem sie regredieren.«

»Was ist damit gemeint?« Simon war so gespannt, daß er es fast herausschrie.

»Nun, sie suchen sich zurück in ihre Kindheit, in die paradiesische Zeit, ehe sie von ihrer Mutter getrennt wurden.«

»Willst du damit sagen, das Kind weiß die Antwort?« Simon merkte, daß er sie duzte und wurde rot, dachte, er sollte vielleicht Tante sagen, fand das aber albern.

»Ja«, sagte Maria. »Kinder haben auf ihre Weise eine Antwort, jenseits des Bewußtseins. Ich glaube das.«

Die Eichen, dachte Simon.

»Und das Regredieren ist kein guter Ausweg?«

»Nein«, sagte sie. »Es wird immer ein Elend.«

»Es gibt wahrscheinlich keinen Weg zurück«, überlegte Olof, und Ruben lachte, als er sagte: »Du weißt vielleicht noch von der Schule, daß das Paradies von einem Engel mit flammendem Schwert bewacht wird?«

Simon, der an den Schöpfungsbericht nie einen Gedanken verschwendet hatte, erinnerte sich an den Stein, den er damals in den Stamm des großen Baumes geschlagen hatte, und dachte, dann war dieser Abschied also notwendig gewesen, den er mit elf Jahren vollzogen hatte.

Später sagte Maria, daß die meisten Menschen tatsächlich vom Traum der Mutterbrust besessen seien, und da fühlte sich Simon ganz miserabel.

Aber Maria kochte Kaffee und fand eine Schachtel Pralinen, und die alltäglichen Handgriffe beruhigten Simon. Sie diskutierten über die Sprache als Werkzeug und Behinderung des Menschen, und daß wir die Dinge nie so lassen können wie sie sind und sie immerzu beschreiben müssen.

»Stell dir vor, wir könnten ein offenes Verhältnis zu unserer Welt haben«, sagte Olof. »Aufgeschlossen und empfindsam sein, ohne zu werten.«

»Nicht messen, nicht abwägen, nicht urteilen«, ergänzte Ruben.

»Genau das.« Olof klang so betrübt, daß Maria über ihn lachen mußte.

»Nimm eine von diesen feinen Pralinen«, schlug sie vor. »Ich weiß doch, wie sehr du sie magst.«

»Simon«, meinte Maria, als sie aufbrachen. »Glaub diesen alten

Männern nicht zu sehr. Es gibt auch befreiende Worte. Und du bist jederzeit hier bei uns willkommen, es war ein angenehmes Kennenlernen, wenn ich ausnahmsweise noch einmal eine Wertung wagen darf.«

Ruben telefonierte nach einem Taxi und wollte Simon mit zu sich nach Hause nehmen. Aber der hatte das Fahrrad vor dem Konzerthaus stehen, und außerdem wollte er allein sein.

Er raste durch die schlafende Stadt, dem Meer entgegen, hinaus bis zur letzten Anlegebrücke bei Långedrag. Dort stand er dann und ließ sich das, was im Lauf des Abends gesprochen worden war, kreuz und quer durch den Kopf gehen, bis er sicher war, alles im Gedächtnis behalten zu haben.

Wind kam auf, er konnte das Meer weit draußen zwischen den Schäreninseln toben hören. Die Sturmwolken jagten an einem erstaunten Mond vorbei, alle Düfte des Wassers schlugen Simon entgegen.

Wonach riecht das Meer?

Als er mit dem Sturm im Rücken heimwärts radelte, nahm er sich vor, heute nacht ein Gedicht über das Meer zu schreiben. Er stahl sich die Treppe hinauf, nahm in seinem Zimmer Papier und Bleistift zur Hand, die Meeressymphonie durchbrauste ihn, und er versuchte die Welle zu beschreiben, die bei den Indianerfrauen an der Quelle des Flusses geboren wird.

Aber die Worte wurden zu Asche, bis er seine Frage unverhohlen zuließ.

Wonach riecht das Meer?
Wend' das Gesicht dem Sturm zu
der draußen bläst und dir die Meeresdüfte bringt,
Fülle dir Nase und Lungen.
Beginne mit faßbaren Wörtern.
Tang. Salz.
Die Antwort ist nicht in den Wörtern.
Wonach riecht das Meer?

Versuche die anderen Wörter, die schwieriger sind:
Kraft, Freiheit, Abenteuer.
Sie fallen zu Boden, begrenzen das Unbegrenzte.
Stelle die Frage noch einmal:
Wonach riecht das Meer?
und sieh endlich ein, die Frage ist ohne Sinn.
Wenn du aufgehört hast zu fragen.
Dann vielleicht
kannst du das Meer erfahren.

Es war schon nach zwei Uhr nachts, aber Simon spürte keine Müdigkeit. Als er ins Badezimmer ging, mußte er Mona und Isak geweckt haben, die im Gästezimmer schliefen, er konnte sie lachen hören, zärtlich und leidenschaftlich, und er blieb in der Diele stehen und lauschte, bis er Monas unterdrückten Vogelschrei hörte.

Da schämte er sich, aber nur einen Augenblick, und als er endlich in sein einsames Bett kroch, spürte er, wie abgrundtief er Isak haßte.

Doch dann erinnerte er sich an sein Gedicht und dachte darüber nach, wie er diesem die Kraft von Musik und Rhythmus der Symphonie verleihen könnte.

Während seines ganzen letzten Schuljahres schrieb Simon an seinem Gedicht vom Meer weiter. Und haßte Isak weiterhin.

22

Sie machten das Abitur im Frühjahr 1947. Es war kein großer Tag, denn weder Simon noch Isak gehörten der Welt an, in der diese Prüfung ein bedeutendes Ritual war.

Das einzig Wichtige war, daß sie nun frei sein würden.

Frei von Zwängen, dachte Isak.

Frei von Eintönigkeit, dachte Simon.

Es war auch kein spannender Tag, denn keiner von beiden hatte riskiert, durch die Prüfung zu fallen.

Ruben veranstaltete ein Fest in seiner Stadtwohnung, und darüber war Karin sehr froh. Ein echt schwedisches Fest zur Erlangung der Universitätsreife wäre draußen zwischen den Felsen an der Flußmündung eine Herausforderung gewesen. Es reichte schon, daß Simon da draußen in der Vorstadt mit der weißen sogenannten Hochmutsmütze auf dem Kopf durch die Straßen flanierte. Sie schien tagelang auf seinem Kopf festgewachsen, doch bald vergaß er sie wieder.

Isak wollte an der Technischen Hochschule Chalmers weitermachen, das war kein Problem, denn sein Notendurchschnitt reichte dafür bei weitem aus. Simon wollte an der Universität Geschichte studieren.

Erik und Karin waren mit Simons Wahl nicht zufrieden, Geschichte, wozu sollte das gut sein, und was sollte daraus für ein Beruf werden?

Aber Ruben erklärte ihnen das Vorhaben, sprach von Forschung und davon, daß Simon in einigen Jahren Gymnasiallehrer werden konnte.

Das tröstete Karin, aber Erik meinte, Isak habe den besseren Weg gewählt. Diplomingenieur, das hatte er selbst immer gerne werden wollen.

»So, wie ich gern Historiker geworden wäre«, warf Ruben ein, und da mußten sie wieder einmal über den alten Scherz lachen, daß sie die Kinder vertauscht hatten.

Doch erst mußten die Jungen ihre Wehrpflicht ableisten.

Karin war insgeheim froh darüber, das waren für Simon noch einmal neun Monate weit weg von Iza, die wieder zurück war und eine Wohnung in Stockholm bezogen hatte, um dort eine Kunstschule zu besuchen.

Erik machte sich Sorgen um den Militärdienst, mein Gott, sie waren doch fast noch Kinder. »Betrachtet es eher als Spiel. Nehmt es nie zu ernst, leistet Gehorsam und denkt dabei, daß es bald vorüber sein wird.«

Simon nickte, er verstand, was Erik sagen wollte.

Aber Isak betonte mit großem Ernst, für wie wichtig er diesen Dienst hielt und daß er auf jeden Fall lernen wollte, Schweden zu verteidigen. Karin und Mona lachten, Karin nachsichtig, Mona stolz, und keinem fiel am Kaffeetisch in der Gartenlaube auf, daß Erik alles andere als fröhlich war.

Der Augenblick ging vorüber, Isak stimmte ein Soldatenlied an, und wie immer, wenn Isak sang, zog sich in Simon vor Unbehagen alles zusammen. »Daß ich es mit dir all die Jahre über ausgehalten habe, ist ein Wunder«, sagte er und erzählte von den Morgenandachten, wo er aus seinen Träumen geweckt wurde, weil Isak aus voller Kehle sang: »Felsen, der für mich geborsten ...«

Alle mußten lachen, doch dann begann Mona mit dem alten Kirchenlied und sang es schließlich mit Erik zweistimmig.

Simon war ganz einverstanden, so mußte es klingen.

»Ich habe keinen Unterschied herausgehört«, sagte Isak.

Aber Karin mochte aus irgendeinem Grund das »will geborgen sein in Dir« nicht.

Eriks Unbehagen hatte sie angesteckt.

»Vorrrwärrts mmmarrrrsch! Abteilung halt! Links um!«

Das Unbeschreibliche drohte Isak einzuholen, es kroch vom Hals zum Zwerchfell durch seinen Körper, begann dort zu schmerzen, es setzte sich fort in die Arme und bis in die Hände, stach dort mit tausend Nadeln, es erreichte die Beine, die den Gehorsam verweigerten.

»Lentov, Gleichschritt halten, zum Donnerwetter...«

»Annns Gewehhhhr.«

»Robben.« Es folgte eine kurze Instruktion.

»Auf. Nieder. Auf. Nieder.«

Das Unbeschreibliche lag in der Luft, die er atmete, im taktfesten Marschieren, in den schnurgerade ausgerichteten Reihen. Es klebte an ihm, eroberte ihn, und als es den Kopf erreichte, wußte er, daß er sich selbst verleugnen mußte, um nicht kaputtzugehen.

Doch dann war da Simon, dicht neben ihm.

»Isak, um Gottes willen, du gewöhnst dich dran, du kommst bald drüber weg.«

Und vielleicht hätte es eine Möglichkeit gegeben, wenn nicht die Mutter des Vizeleutnants Nilsson gestorben und an dessen Stelle ein Feldwebel getreten wäre. Er hieß Bylund und hatte seinen Beruf nicht zufällig gewählt, denn er hatte seine Freude daran junge Männer zu quälen. Jetzt stand er vor ihnen, dieser Neue, ein langer grobschlächtiger Kerl, der gar nicht übel aussah, dem jedoch ein unvermittelt plötzliches und merkwürdiges Lächeln zu eigen war.

Er grinst wie ein Wolf, dachte Simon, der noch nie einen Wolf gesehen hatte. Dieses Lächeln kam und ging, er war zufrieden, zwei Judenschweine in seinem Zug, das war mehr als Glück.

»Ihr da.«

»Wer, ich?«

»Ja! Und: Herr Feldwebel, zum Teufel.«

»Ja, Herr Feldwebel.«

Und dann hagelte es: Kriechen, auf, nieder, robben, links um, halt. Lentov ist eine Schande für die Streitmacht, aber etwas anderes kann man ja nicht erwarten.

Das trockene, knarrende Lachen.

Bylund amüsierte sich, dieser Sommer würde lustiger verlaufen als er gedacht hatte, in dem Nilssons verdammte Mutter sich zum Sterben bequemt hatte. Hügeliges Gelände, schützende Felsen zwischen ihm und dem Leutnant, der übrigens Juden auch nicht mochte und bestimmt ein Auge zudrücken würde. Bylund lächelte dem Leben sein Wolfslächeln zu.

Er riecht, er müffelt, er hatte eine Ausdünstung von Schwäche, von Leiche, ich kenne ihn, ich erkenne ihn wieder.

Doch Isak wählte nicht die Selbstverleugnung, nicht sofort. Er stand den Tag durch, kroch, robbte, ließ sich demütigen, beschimpfen.

Simon wurde fast verrückt vor Wut und vor Angst, denn als sie beim Abendbrot im Speisesaal saßen, sah er Isak immer automatischer werden.

Nicht erreichbar.

Wie damals auf dem Schulhof.

Er brachte Isak in die Unterkunft, legte ihn zwischen sechs andern ins Bett, die seinem Blick auswichen, und ging zum Leutnant, nahm Haltung an und begann: »Nun, Isak Lentov ...«

»Dienstnummer und Name!« der Leutnant brüllte nicht, aber die Stimme war eiskalt.

Simon nannte Nummer und Namen, konnte kurz und präzise melden: »Isak Lentov ist in Berlin als Kind von den Nazis schwer mißhandelt worden. Später wurde er krank, psychisch krank. Er erträgt die Behandlung nicht, der er durch den Feldwebel Bylund ausgesetzt ist.«

Die blauen Augen des Leutnants wurden schmal: »Ist das eine Anzeige?«

»Ich wollte ... Bericht erstatten. Es könnte für Lentov eine Gefahr bedeuten.«

Simon war und blieb auf peinliche Art Zivilist.

»Hat der Soldat meine Frage nicht verstanden?«

»Doch ...«

»Ja, Herr Leutnant, heißt das.«

»Ja, Herr Leutnant.«

»Es ist also keine Anzeige?«

Da sah Simon den Hohn in den blauen Schlitzen, der amüsierte sich, der verdammte Kerl amüsierte sich. Verzweiflung überflutete Simon, er drehte sich auf dem Absatz um und rannte davon.

Leutnant Fahlén unterdrückte den routinemäßigen Impuls, ihn zurückzurufen um ihm beizubringen, wie man sich von einem Offizier verabschiedet. Die Disziplin konnte bis zum nächstenmal warten.

Eine verdammt ungemütliche Geschichte, dachte er. Bylund war bekannt, seine Methoden unbekannt.

Wozu, zum Teufel, braucht man Juden beim Militär.

Larsson, aber vermutlich trotzdem kein Schwede. Jüdischer im Aussehen als der andere.

Lentov, Sohn dieses reichen Bücherjuden natürlich.

Aber er ließ es auf sich beruhen.

Am nächsten Tag behielt er Bylunds Gruppe in Sichtweite und sorgte dafür, daß der Feldwebel sich der Gegenwart des Leutnants bewußt war. Aber bald vergaß er das alles.

Und Bylund holte Versäumtes bei der Geländeübung nach. Simon nahm es hin, sah aber plötzlich einen Ausweg, stellte sich schwerfällig und ungeschickt an, zog Bylunds Haß auf sich, gab dessen Zorn Nahrung, kroch, robbte, ließ sich demütigen, jeden Augenblick der Tatsache bewußt, daß er von Isak ablenkte. Das erfreute Bylund weit weniger, sein Bauch sagte ihm, daß Larsson nicht zu beugen war. Aber er tröstete sich, der Sommer war lang, er hatte noch genug Zeit für Lentov.

Abends auf der Stube sah Simon, daß die innere Leere jetzt auch bei Isaks Augen angekommen war. Es war vermutlich keine Erleichterung für ihn, Simons Qualen zu sehen. Guter Gott, was soll ich nur tun.

Es gab eine Telefonzelle in der Nähe, er hatte sie beim Kommen gesehen. Ein gewöhnlicher Münzapparat. Aber als Soldat im Grundwehrdienst war er in der Kaserne eingesperrt.

Heimlich abhauen?

Die Wachen schossen scharf, war gesagt worden.

Aber er mußte unbedingt eine Nachricht durchgeben.

Am nächsten Morgen ging Isak wie eine Marionette zum Appell, wurde angeschrien, reagierte aber nicht. Wieder wurde eine Geländeübung angesagt, und plötzlich hatte Simon eine Idee.

Bei der ersten Rast sorgte er dafür, daß er sich mit Isak allein hinter einer Felskuppe befand, Bylund war für einen kurzen Augenblick außer Sichtweite, und Simon nahm einen großen Stein und schlug ihn mit voller Wucht gegen Isaks Unterarm.

»Isak«, sagte er. »Verzeih mir, aber ich sehe keinen anderen Ausweg.«

Und Isak lächelte Simon an, als hätte er begriffen, und als wäre er durch den Schmerz wieder zu sich gekommen.

»Jetzt landest du auf jeden Fall im Revier«, sagte Simon, aber Isak hörte nicht mehr, er war wieder vollkommen abwesend.

Simon rannte zu Bylund: »Herr Feldwebel!«. Haltung, Namen und Nummer, nichts vergaß er: »378, Lentov hat sich den Arm gebrochen.«

»Was, zum Teufel?«

Bylund überkam Unruhe oder vielleicht war es nur Enttäuschung, daß die Maus seinen Krallen entkommen war. Aber er befolgte die Vorschriften: Tragbahre, Transport, Krankenrevier.

Simon begleitete Isak, Bylund schrie: »Larsson bleibt!«

Simon ging weiter neben der Tragbahre her.

»Halt.«

Simon ging.

»Halt oder ich schieße.« Aber Bylund schoß nicht, denn er wußte plötzlich, daß die sechs Übriggebliebenen aus seinem Zug über ihn herfallen würden, wenn er die Pistole zog.

Isak war jetzt bewußtlos. Der Arzt hieß Ivarsson und war Hauptmann. Simon ging bis in den Behandlungsraum mit, und während der Arm untersucht – ja, er war tatsächlich gebrochen – und eingegipst wurde, erzählte Simon völlig unmilitärisch und sehr erwachsen von Bylund, von Isaks Kindheit in Berlin und von der Gefahr einer Psychose.

»Aber warum haben Sie nichts gesagt?« fragte Ivarsson, der mehr Arzt als Hauptmann war und sich furchtbar aufregte.

»Ich habe dem Leutnant Meldung gemacht.«

»Herrgott!« stöhnte der Arzt, und da sah Simon, daß er Angst hatte.

Aber dann setzte der Arzt das Gesicht des Hauptmanns auf und brüllte: »Der Soldat verläßt augenblicklich das Krankenrevier.«

Simon ging hinaus in die Sonne, sah auf dem Kasernenhof sofort, daß man ihn vergessen hatte, erkannte seine Chance und nahm sie wahr.

In seinem Spind hatte er eine Brieftasche liegen, Gott gib, daß kleine Münzen darin sind, sprang über den Zaun und rannte zur Telefonzelle.

Er hatte eine ausreichende Anzahl Zehnöremünzen bei sich.

»Onkel Ruben, ich bin's, Simon.«

Die gellende Stimme drang unmittelbar in Ruben ein.

»Du mußt dafür sorgen, daß Isak hier weg kommt, die bringen ihn um. Ich habe ihm den Arm gebrochen und er ist jetzt im Krankenrevier, aber er ist nicht bei sich, du weißt schon, wie damals im Krieg.«

Ein paar Worte konnte er noch hinzufügen, doch dann waren die Münzen durchgefallen.

»Der Arzt heißt Ivarsson.«

Alle Gefühle schalteten sich bei Ruben aus, das mit Sauerstoff angereicherte Blut schoß ihm in den Kopf, die Hand wählte die Nummer der Sahlgrenschen Klinik.

»Professor Hirtz, es eilt.«

»Einen Augenblick.«

»Olof, ich bin's, Ruben. Du weißt, was Isak in Berlin passiert ist.« Dann erzählte er kurz, was Simon berichtet hatte.

»Die Telefonnummer von dort, hast du die?«

»Ja.« Ruben hatte sie im Taschenkalender.

»Ich rufe an und lasse von mir hören.«

»Danke.«

Kaum eine Minute später kam Olof durch: »Doktor Ivarsson, hier

Professor Hirtz vom Sahlgrenschen. Ich bin ein guter Freund von Ruben Lentov, der soeben beunruhigende Dinge über seinen Sohn durchtelefoniert bekam.«

Ivarsson hatte bei Hirtz Vorlesungen gehört und bewunderte ihn. »Ein unkomplizierter Armbruch, es besteht keinerlei Gefahr.«

»Ich möchte ein psychiatrisches Gutachten haben.«

»Das wird nicht leicht sein, er ist kaum ansprechbar.«

»Er soll sofort per Krankenwagen hierher gebracht werden. Er braucht fachärztliche Betreuung.«

»Ja, Herr Professor.«

Ivarsson überwachte persönlich Isaks Abtransport mit der Ambulanz und erteilte Simon den Befehl, mitzufahren, obwohl Fahlén, der breitbeinig danebenstand, aussah, als wolle er protestieren.

Als der Wagen den Kasernenhof verließ, sah der Arzt den Leutnant lange an.

Der ist auch ein Faschist, dachte er. Beide spürten die Stille auf dem großen Hof, beide erkannten gleichzeitig, daß jeder von ihnen wußte, was passiert war.

Mit schweren Schritten ging der Arzt zum Regimentskommandanten, der zu ihm sagte: »Lentov. Der ist reich.«

»Und einflußreich.«

Der Regimentskommandant stöhnte, dieser verfluchte Bylund, wieso, zum Teufel, ist der wieder im Dienst?

Ivarsson wußte es nicht, berichtete aber, daß Simon Larsson Anzeige bei Leutnant Fahlén erstattet hatte.

Fahlén wurde hereinbeordert.

»Er hat keine Anzeige erstattet, nicht formell. Er hat etwas von Nazis gestottert und daß der Junge Bylund nicht ertragen könne. Ich habe das nicht so ernst genommen.«

»Leutnant Sixten Fahlén«, sagte der Regimentskommandant äußerst langsam. »Erfolgt hier eine Anklage und es kommt zu einem Skandal, und damit ist fest zu rechnen, dann sind Sie es, Leutnant, der seinen Kopf dafür hinhalten wird. Sie haben dem Regiment Schande bereitet.«

Fahlén schlug die Hacken zusammen und ging auf die Suche nach Bylund. Aber der Feldwebel war verschwunden.

In der Dämmerung kletterte der Krankenwagen die Hänge hinauf, dem großen Krankenhaus entgegen, Simon saß bei Isak und hielt dessen Hand, aber Isak war weit fort.

Der Ambulanzfahrer fragte am Tor nach Professor Hirtz und bekam seine Anweisungen. Ruben war dort, aber Isak erkannte ihn nicht, und die Bahre wurde direkt zur psychiatrischen Abteilung der Klinik geschoben.

Während Olof den Jungen untersuchte, standen Ruben, Simon und der Fahrer draußen im Gang.

»Ich habe getan, was ich konnte«, erklärte Simon, aber die Stimme versagte ihm.

»Ich weiß, Simon.«

»Es war ein Feldwebel«, setzte Simon an.

Er kam aber nicht weiter.

Da übernahm der Ambulanzfahrer das Wort, und Ruben bekam eine ausführliche Schilderung der Ereignisse und erfuhr einiges über Bylund, auch wie Simon versucht hatte, dessen Zorn auf sich zu lenken, und auch von der Anzeige beim Leutnant.

»Bylund, der ist ein Faschist«, sagte der junge Mann, der jetzt vor Aufregung zitterte. »Macht ihm den Garaus, macht allen diesen verdammten Kerlen den Garaus.«

»Es hat nicht viel gefehlt, und er hätte Simon Larsson erschossen«, fuhr er fort. »Die Jungs aus Zimmer achtzehn haben gesagt, daß er fast auf ihn geschossen hätte, nur weil Simon nach dem Unfall Isak begleitet hat.«

»Unfall«, sagte Ruben, begegnete Simons Blick.

»Ja, der Armbruch«, sagte der Ambulanzfahrer, aber in diesem Moment kam Olof Hirtz zurück.

»Schock! Unmöglich, eine Diagnose zu stellen, möglicherweise eine Präpsychose. Er muß hierbleiben.«

»Ruf Mutter an«, sagte Simon. Olof nickte, Ruben dachte an Karin und wie sie einmal gesagt hatte: Isak kommt in kein Irrenhaus, dafür werde ich sorgen.

»Darf sie über Nacht hier bleiben?« fragte er.

»Ja, wir geben ihm ein Einzelzimmer.«

Ruben ging telefonieren, blieb lange mit dem Hörer in der Hand stehen, um sich die richtigen Worte zu überlegen.

»Es ist besser, du fährst gleich mit mir zurück«, sagte der Ambulanzfahrer zu Simon. »Sonst brummen sie dir noch eine Strafe wegen Fernbleiben von der Truppe auf.«

Simon nickte. Als Ruben zurückkam, stand er schon an der Tür.

»Ich weiß nicht, wie ich dir danken soll.«

»Ach was«, sagte Simon und verschwand.

Eine Stunde später war Karin mit Mona da, die zum Glück im Haus gewesen war, als Ruben anrief.

Karin war blaß aber ruhig und gefaßt, als sie sich auf den Stuhl neben dem Bett setzte und ein paar Worte mit Olof Hirtz wechselte.

»Ich rufe an«, sagte sie.

Sie wollte, daß er ging, und sobald er verschwunden war, sagte sie zu Mona, sie solle sich zu Isak ins Bett legen.

Draußen im Gang traf Olof auf Erik, der im Gesicht weiß wie ein Laken war und zu Ruben sagte, das alles sei seine Schuld. »Ich habe doch gewußt, wie es ist, ich hätte das voraussehen müssen.«

»Aber er wollte es doch selbst«, erwiderte Ruben.

Erik ließ sich nicht trösten: »Mir fehlt, was Menschen angeht jegliche verdammte Phantasie«, sagte er. »Was wird jetzt mit ihm?«

»Ich weiß noch nicht«, antwortete Olof. »Warten wir ab, was ist, wenn er aufwacht. Karin ist es ja schon einmal gelungen, ihn zu stabilisieren.«

Erik seufzte: »Soll ich Sie nach Hause fahren, oder bleiben Sie auch über Nacht hier?«

»Danke«, sagte Olof. »Ich glaube, es ist am besten, wenn jeder von uns zu sich nach Hause fährt und zu schlafen versucht. Karin ruft mich an, wenn der Junge aufwacht.«

Im Auto sagte Erik auf dem Nachhauseweg: »Wenn die verdammten Kerle sich nur nicht an Simon rächen.«

Ruben fühlte, wie sein Magen sich zusammenkrampfte und wie müde er war. Und ängstlich.

»Ich rufe Ivarsson morgen früh an«, sagte Olof Hirtz.

Das tat er auch, aber da war es schon zu spät. Um viele Stunden zu spät.

23

Simon saß in dem Krankenwagen und war so müde, daß sein ganzer Körper schmerzte. Er konnte nicht mehr denken, seine Gedanken waren von dem Moment an, als er Isak an Ruben übergeben hatte, wie ausgelöscht gewesen.

»Leg dich ein bißchen schlafen, Kamerad«, sagte der Fahrer. Und Simon streckte sich auf der Krankenliege aus und schlief augenblicklich ein. Als der Fahrer ihn nach rund einer Stunde weckte, war ihm übel.

Der Kasernenhof war öde und leer, und Simon hatte nur einen Gedanken im Kopf, als er aus dem Wagen sprang: Ins Bett.

Als er aber in dem dunklen Korridor der Unterkunft stand, verflixt, wie finster es hier war, roch er etwas. Jeder Muskel in seinem Körper spannte sich zum Sprung, und er wußte noch ehe er Bylunds Schatten an der Wand gesehen hatte, wo dieser sich befand, und daß es hier um sein Leben ging.

Er selbst war im Licht aus der offenen Tür gut sichtbar, also schloß er sie schnell.

Nur so tun, als ahne er die Gefahr nicht. Einfach drauflosgehen und zuschlagen.

Sein Gehirn arbeitete blitzschnell, Eriks alte Instruktionen saßen. Die gerade Rechte war exakt, schnell und kraftvoll, auch der linke Haken saß, es knirschte, die Knöchel schmerzten, er duckte sich vor dem zu erwartenden Schlag, und als er sich wieder aufrichtete, sagte ihm sein Gehirn: Nur im äußersten Notfall, Simon, trittst du deinem Gegner mit voller Wucht in den Schritt ...

Und er trat zu und war fast beglückt von dem Schrei, und er schlug wieder zu, diesmal in den Magen, gemein aber zielführend. Bylund stand zusammengeklappt vor ihm, Simon schlug wieder zu, an den Kopf, und der Feldwebel fiel.

Mindestens fünfzig Augenpaare starrten ihn in dem hellen Licht, das jetzt plötzlich in den Korridor strömte, an. Aber Simon sah sie nicht, er sah Bylunds Schneidezähne in einer Blutlache am Boden, und er dachte, jetzt ist er tot, und er empfand eine wilde Freude.

Der Ambulanzfahrer, der gesehen hatte, wie die Lichter angingen, übernahm den Befehl.

»Licht aus!« brüllte er.

Sie gehorchten. Dann kam die Stimme aus dem Dunkel: »Zwei Mann bringen Bylund unter die Dusche. Alle andern verschwinden ins Bett, niemand, aber überhaupt niemand hat auch nur irgend etwas gesehen. Verstanden?«

Das nur geflüsterte Ja klang begeistert. Die beiden, die das Duschen übernommen hatten, kamen bald zurück und berichteten, Bylund sei am Leben.

»Ist er der Offizier vom Dienst?«

»Nja, er hat mit Fahlén getauscht.«

»Mein Gott«, sagte der Ambulanzfahrer, der Simon die Uniform ausgezogen und ihm die kaputten Knöchel verpflastert hatte.

»Legt Bylund ins Bett des Offiziers vom Dienst.«

Und er wiederholte: »Niemand hat etwas gesehen oder gehört.«

Dann brachte er Simon ins Bett und sagte: »Du hast dir beim Sprung aus dem Krankenwagen die Hand verletzt, das kann ich bezeugen. Kapiert?«

»Ja.«

Das wird nie durchgehen, dachte Simon, aber ihn beschäftigte viel mehr, daß er Bylund totgeschlagen hatte und daß ihn das so sehr beglückte.

Ich bin auch reif für die Klinik, dachte er. Und er flüsterte: »Ist er tot?«

»Gar nicht dran zu denken. Der Scheißkerl wird weiterleben und noch Generationen von Rekruten schinden.«

Trotz aller Erleichterung war Simon enttäuscht, aber bald fielen die widersprüchlichen Gefühle von ihm ab und er schlief wie ein Bär.

Beim Morgenappell erhielt Simon den Befehl, sich im Krankenrevier einzufinden. Am Eingang stand der Ambulanzfahrer und flüsterte: »Kein Wort!«

Zu der Krankenschwester sagte er: »Hier ist der Soldat, der sich gestern bei einem Sturz aus dem Ambulanzwagen die Hand verletzt hat.« Die Schwester war hübsch, stellte während des Verbindens keine Fragen. Ivarsson kam für einen Augenblick herein.

»Arm in die Schlinge«, sagte er. »Eine Woche Krankenrevier.«

Er schaute Simon nicht in die Augen.

Das ist ja total verrückt, die haben Bylund noch nicht gefunden, dachte Simon.

Der Ambulanzfahrer begleitete ihn in die Krankenstube und flüsterte: »Die haben Bylund heute morgen so gut es ging zusammengeflickt, und dann habe ich ihn ins Lazarett gefahren. Verdacht auf Gehirnerschütterung.«

»Die müssen das doch kapiert haben.«

»Sie haben noch kein Verhör durchgeführt, sieht aus, als sollte es vertuscht werden.«

Im Dienstraum des dritten Stockwerks ging der Regimentskommandant auf und ab und brüllte wie ein gereizter Tiger: »Leutnant, haben Sie die Absicht Bylunds nicht erkannt, als er den Wachdienst übernehmen wollte?«

»Nein, Herr Oberst.«

Der Alte zügelte seinen Zorn, sah den blonden Leutnant lange an und sagte dann: »Er ist kein Idiot, Fahlén. Er ist etwas viel Schlimmeres.«

Fahlén verschwand, der Alte setzte sich an seinen Schreibtisch und wählte die Nummer Ruben Lentovs.

»Ich brauche vielleicht nicht zu betonen, daß es mich sehr betroffen macht, was Ihrem Sohn passiert ist. Wie geht es ihm?«

»Er liegt im Sahlgrenschen auf der Psychiatrie.«

»Bedaure.«

»Haben Sie nur angerufen, um mir das zu sagen?«

»Nein.«

Lange Pause. Simon, dachte Ruben, hier geht es um Simon.

Dann meldete sich die Stimme wieder: »Simon Larsson hat den Feldwebel Bylund heute nacht fast umgebracht.«

Ruben fiel das Atmen schwer, aber seine Stimme war ruhig: »Das muß Notwehr gewesen sein«, stellte er fest.

»Durchaus möglich. Aber selbst hat er nicht einmal eine Schramme abgekriegt, es ist also offensichtlich, daß die Gewaltanwendung größer als erforderlich war. Bylund liegt mit eingeschlagenen Zähnen und einer ordentlichen Gehirnerschütterung im Lazarett.«

Ruben war stumm vor Staunen.

»Herr Direktor, Sie werden vielleicht verstehen, daß das für Larsson Gefängnis bedeutet, und zwar voraussichtlich für einen längeren Zeitraum. Wenn wir das Ganze nicht vertuschen.«

»Was ist der Preis dafür?« fragte Ruben, obwohl er es schon wußte.

Sie vereinbarten also in geschäftsmäßiger Form, auf beiden Seiten Schweigen über das Geschehene zu wahren.

»Ich werde Larsson zum Patrouillendienst in den Küstengewässern einteilen lassen«, sagte der Oberst.

Ruben rief auf der Werft an, verlangte Erik.

»Donnerwetter!« sagte Erik. »Was für ein Junge.«

Sein Stolz war nicht zu überhören. Die beiden Männer einigten sich, gegenüber Karin, Isak und Mona kein Wort darüber zu verlieren.

»Er soll irgendwie Dienst auf einem Boot an den Schäreninseln antreten«, sagte Ruben. »Es wird also ein Weilchen dauern, bis er Urlaub kriegt.«

Im Büro des Obersten saß Kapitän Viktor Sjövall, Kommandeur des Patrouillendienstes vor der Küste, und lauschte dem Bericht des Alten mit wachsendem Unbehagen.

»Pfui Teufel«, sagte er.

»Du nimmst dich des Jungen an?«

»Ja, muß ein feiner Kerl sein.«

»Ein Teufelskerl von einem Kämpfer«, sagte der Oberst voller Bewunderung und legte Simons Papiere auf den Tisch. »Abitur mit Auszeichnung«, fuhr er fort. »Einer der höchsten Werte, der im IQ-Test bei der Musterung je herausgekommen ist. Er sollte Offizier werden.«

Da mußte Sjövall lachen: »Die Lust daran haben wir ihm wohl gründlich ausgetrieben. Falls er sie je gehabt haben sollte.«

Der Alte seufzte.

Simon lag in der Krankenstube und schlief, wurde aber am Nachmittag geweckt, in größter Eile gesundgeschrieben und zu einem Patrouillenboot an der Landungsbrücke geschickt. Irgendwann dachte er: Die wollen mich in aller Stille ersäufen.

In dem Boot wartete ein Mann, der Kapitän war, Simon aber zum Sitzen aufforderte und ihn voll Verständnis und Wärme anblickte.

»Ich heiße Viktor Sjövall, und du wirst den Rest deiner Wehrpflichtzeit mit mir draußen bei den Schären verbringen.«

Simon hatte von diesem Patrouillendienst schon gehört und wußte, daß er heiß begehrt war.

»Ich weiß, was passiert ist, Larsson.«

Der ist ja fast ein Mensch, dachte Simon, aber er war auf der Hut und sagte: »Ja, Herr Kapitän.«

»Das heißt, ich weiß nicht, was mit Bylund heute nacht passiert ist, und es weiß niemand etwas, auch du nicht. Hast du verstanden!«

»Ja, Herr Kapitän«, sagte Simon, doch als er das Zucken in Sjövalls Mundwinkeln sah, fügte er hinzu: »Ich könnte vielleicht in einer finsteren Nacht auf See Näheres berichten.« Da lachte Sjövall, und Simon fühlte, wie sein Körper sich entspannte.

»Wissen Herr Kapitän, wie es Isak Lentov geht?«

»Nein, aber du kannst über Funk zu Hause anrufen, sobald wir auf See sind.«

»Danke«, sagte Simon, aber dann hielt er die Zuvorkommenheit des anderen nicht mehr aus, mußte die Augen zukneifen, um die Tränen zurückzuhalten. Viktor Sjövall sah es und meinte: »Das ist wohl ein bißchen zuviel auf einmal gewesen, Larsson.«

»Für Isak ist es viel schwerer, Kapitän.«

»Ich verstehe.«

»Ich glaube, das kann keiner verstehen«, sagte Simon, und während das Boot sich an den Schäreninseln vorbeimanövrierte, erzählte er von Isak und den Embargoschiffen und den jungen Nazis, die den Vierjährigen an einem Maimorgen in Berlin abgefangen hatten.

Als er alles gesagt hatte, sah er sein Gegenüber an, sah, daß der Mann feuchte Augen hatte und daß er Ähnlichkeit mit Erik besaß.

Eine Stunde später meldete der Telegraphist: »Wir haben deine Mutter in der Leitung, Larsson.«

Karin hatte noch nie über Funk telefoniert, ihr war klar, daß es drahtlos übers Meer kam, und daß man schreien mußte.

»Isak geht es gut. Er kommt morgen nach Hause.«

»Oh, Mutter«, sagte Simon.

»Er kommt zu Maria Hirtz in Behandlung.«

Die Indianerfrau, dachte Simon und schrie zurück: »Das ist prima, Mama.«

Zum ersten Mal seit vielen Tagen fühlte Simon, daß er zurück in der Wirklichkeit war. Doch dann sagte Karin: »Und wie geht's dir?«, und da wurde er wieder unwirklich.

»Sehr gut, ich bin jetzt auf See.«

Doch er dachte, wenn sie wüßte, wenn sie jemals erführe, daß ich fast jemanden totgeschlagen und Freude dabei empfunden habe …

Sein Leben wurde einfach: eine Anlegebrücke, ein paar Baracken, Patrouillen- und Transportboote, Wachdienst.

Aber die Unruhe nagte an ihm.

Sjövall sah es und sagte: »Wie steht's mit den Nerven, Larsson?«

Da sagte Simon, wie es war: »Ich müßte mit meinem Vater reden.«

Am nächsten Tag wurde Simon von einem Transportboot mitgenommen, das in der Neuen Werft etwas zu erledigen hatte. Der Schiffer wurde beauftragt, Larsson bei Rivö Huvud für zwei Stunden Urlaub an Land zu setzen.

Simon telefonierte drahtlos mit seinem Vater, vereinbarte Zeit und Ort. Bring Ruben mit, wenn du willst, aber nicht Karin, hörst du, Papa, Karin nicht.

»Kapiert«, sagte Erik.

Sie waren frühzeitig dort, legten mit dem Schiff an der Windseite an, um vom Meer her voll sichtbar zu sein.

Es ging ein frischer Wind, und das Boot riß an der Draggenleine.

»Wir müssen die Augen offenhalten«, betonte Erik.

Dann saß er mit Ruben an Bord und sie starrten Richtung Vinga. Erwarteten ein Torpedoboot, doch dann kam nur ein Fischkutter, und es dauerte eine Weile, bis sie erkannten, daß er unter dreieckiger Flagge fuhr. Der Kutter beschrieb eine Kurve, näherte sich dem Felsen, und Simon setzte zum Sprung an.

Die beiden Männer sahen es gleichzeitig, er war erwachsen geworden. Alles Jungenhafte war von ihm abgefallen, aus seinen Augen sprach eine neue, bittere Erkenntnis.

Sie gaben sich die Hand wie Fremde, dann sagte Erik feierlich und gefühlvoll in genau der Art, die Simon verabscheute: »Ich bin so verdammt stolz auf dich, Junge.«

Simons Augen verfinsterten sich, es zuckte um seinen Mund, als er sagte: »Nimm's leicht, Vater. Du weißt das Schlimmste noch nicht, ich habe nämlich den Feldwebel fast umgebracht.«

»Doch, Simon, wir wissen es.«

Und Simon hörte Ruben von dem Gespräch mit dem Oberst berichten, erfuhr von den gegenseitigen Drohungen und schließlich von der Abmachung.

»Verdammt!« sagte er. »Verdammte Scheiße, Onkel Ruben, ich

werde verrückt, wenn ich daran denke, denn wenn du ein ganz gewöhnlicher armer Teufel gewesen wärst, säße Isak jetzt im Irrenhaus und ich im Gefängnis. Ist das zu fassen!«

»Nein«, sagte Ruben. »Das ist nicht zu fassen.«

Sie setzten sich alle drei in den Windschatten.

»Weiß es Mama?«

»Nein, die halten wir da raus, du weißt schon, ihr Herz.«

Das Herz, dachte Simon, sonst nichts ...

Einen Moment später legte er Erik den Kopf in den Schoß und bedeckte seine Augen mit der verletzten Hand.

»Schmerzen?«

»Naja, das heilt schon, aber vom Salzwasser brennt es im Augenblick ganz höllisch.«

Er nahm die Hand vom Gesicht, sah Erik an, braune Blicke bohrten sich in blaue: »Stell dir vor, Vater, alles war ganz präzise, jeder Schlag fiel, wie er sollte.«

Da wagte Erik seine Finger durch die Haare des Jungen gleiten zu lassen, wie er es seinerzeit getan hatte, als Simon noch ein Kind war.

Ruben ging zum Boot: »Ich hole den Kaffee und die Brote.«

Während sie aßen, erzählte Simon, und sie bekamen in allen Einzelheiten zu hören, was im Korridor passiert war, als Bylund Simon dort aufgelauert hatte.

»Zur Erinnerung wird er sein Leben lang ein Gebiß tragen müssen. Und, verflixt und zugenäht, der Gedanke freut mich.«

Er sah die beiden Männer an, als erwarte er Einwände. Aber beide lachten auf dieselbe zufriedene Art wie er selbst auch. Da fuhr er fort: »Später, als der Ambulanzfahrer mich ins Bett gebracht hatte, dachte ich, Bylund ist tot und daß ich ihn umgebracht hatte. Ich war wie im Himmel vor Glück. Und dann dachte ich, ich bin Bylund wahrscheinlich gar nicht so unähnlich.«

Sie mußten wieder lachen, und Erik sagte: »Wir haben wohl alle einen kleinen Feldwebel in uns.«

Es war alles ganz einfach, selbst für Ruben war es einfach, eine Selbstverständlichkeit.

Als der Fischkutter wieder auftauchte, schüttelten sie einander die Hände.

»Auf bald«, verabschiedeten sie sich, und Simon ging an Bord und empfand jetzt selbst, daß er nun erwachsen und den beiden Männern ebenbürtig war.

»Er hat überhaupt nicht nach Isak gefragt«, wunderte sich Erik, als sie die Segel setzten.

»Nein. Danken wir Gott dafür«, sagte Ruben.

Isak war gegen vier Uhr morgens, erwärmt von Monas Körper, in seinem Krankenhausbett aufgewacht. Er hatte ihre Nähe überall gespürt aber nicht daran zu glauben gewagt.

Dann hatte er Karins Stimme gehört: »Es wird Zeit, daß du wieder zu dir kommst, Isak.«

Er hatte die Augen nicht aufgeschlagen, aber gesagt: »Erklär's mir, Karin.«

»Nun, Simon hat dir den Arm gebrochen, um dich von diesem Feldwebel wegzuholen.«

Isak erinnerte sich daran, an den Stein, an Simons Augen. Aber dann kam ihm Bylunds Stimme dazwischen und es entstand wieder Leere.

Karin hörte nicht auf zu sprechen: »Simon hat ein Telefon erwischt und konnte Ruben anrufen.«

»Er ist über den Zaun gesprungen, dieser verdammt mutige Kerl ist einfach abgehauen.«

Karin hatte nicht verstanden, was er meinte, aber von dem Wunsch getrieben, alle Zusammenhänge zu erfassen, hatte sie weitererzählt. Dann hatte sie zu fragen begonnen, hatte versucht, Isak diese ganze elende Geschichte zu entreißen. Stück für Stück. Immer und immer wieder. »Wem hat er ähnlich gesehen?«

»Ich weiß nicht.«

»Isak, du weißt es.«

Aber die Nazis aus der Kindheit verschwammen für Isak, er konnte die Gesichter nicht auseinanderhalten.

»Da war etwas mit seiner Nase, Karin, er schniefte. Und dann sein Lachen. O Gott.«

Isak hatte vor Angst aufgeschrien, geweint, gebettelt und gebeten, daß sie ihn nie wieder dorthin schicken dürften, zurück zum Regiment und zu Bylund.

Sie hatten es ihm versprochen.

Dann war Ruben mit Rudolf Hirtz und Maria gekommen. Isak hatte sie angesehen und an Simon gedacht, daran, daß Simon für Maria schwärmte.

Er mußte eingeschlafen sein, denn als er aufwachte, war nur noch Maria bei ihm. Er weinte nicht mehr, denn die Angst in seiner Brust war zu groß für Tränen.

»Werde ich jetzt verrückt?«

Sie hatte nicht gekichert wie Karin und ihn auch nicht getröstet, sondern nur gesagt: »Die Gefahr besteht, Isak.«

Da hatte er zurück in das Unsagbare gewollt, in die Stille der Auslöschung. Aber Marias Gesicht war nicht wie das von Bylund, sie hatte ihn also nicht über die Grenze jagen können, obwohl sie gesagt hatte: »Du mußt Schluß damit machen, dich der Furcht hinzugeben, Isak. Ich glaube schon, daß ich dir helfen kann, aber du mußt dich deiner Angst stellen.«

»Lieber sterbe ich!« hatte er geschrien.

Aber das war nun schon lange her, viele Wochen. Er war entlassen worden, war zu Karin und Erik gefahren, aber ihre Kraft und die des Hauses hatten keinen Einfluß mehr auf ihn.

Manchmal konnte er für wenige Stunden die Angst vergessen, das war, wenn er auf der Werft gebraucht wurde und seine Hände ihm gehorchten. Doch manchmal wußte er nichts mit ihnen anzufangen, konnte stundenlang sitzen und sie anstarren.

Mona kam und fuhr wieder weg, er sah, daß auch sie immer ängstlicher wurde, und in einem Anflug von Klarsicht dachte er, daß er wenigstens eines tun könnte, sie freigeben.

Er gab ihr den Ring zurück, bat sie, zu gehen. Aber sie ging nicht, und da haßte er sie. Haßte sie, wie er Karin wegen ihrer düsteren Unruhe in den Augen haßte, und der alternde Ruben schrumpfte für ihn von Tag zu Tag mehr.

Maria kam abends heraus, sie saßen in Simons Zimmer, und es kam vor, daß er sich bemühte, einen Faden aus dem Knäuel der Angst zu lösen, das schmerzhaft in seiner Brust steckte. Doch wenn jemand an dem Faden zog, entwirrte sich nichts, das Durcheinander wurde nur schlimmer, wurde noch unerträglicher.

Eines Tages rannte er weg. Er kam zur Halbinsel Onsala und stand einen Nachmittag lang auf den Badeklippen, wo er und Mona sich vor nur einem Jahr geliebt hatten. Er dachte an den Jungen, der das Mädchen geliebt hatte, ohne sich selbst noch zu kennen, und daß damals ein ganz anderer so glücklich und voller Hoffnung gewesen war. Lange dachte er darüber nach, ob er mit sich selbst Schluß machen, ob er von der Klippe ins Wasser springen sollte.

Aber dafür war er ein viel zu guter Schwimmer.

Er erinnerte sich an eine Katze, die er einmal mit Simon ertränkt hatte.

Sie hatten sie in einen mit Steinen beschwerten Sack gesteckt und in den Fluß geschmissen, aber in ihren Träumen hatten sie die Katze noch lange schreien hören.

Obwohl es eine alte verwilderte Katze gewesen war, der man, wie Erik gesagt hatte, als er ihnen den Auftrag gab, nichts Besseres tun konnte, als sie sterben zu lassen.

Träume, Maria redete von Träumen.

Ich habe in meinem ganzen Leben nicht geträumt, dachte Isak.

Wie er wieder auf die Landstraße gekommen war, daran erinnerte er sich nicht, aber als er an einem Lebensmittelgeschäft vorbeikam, ging er hinein und rief Karin an.

»Meine Güte, Isak, Ruben hat gerade die Polizei verständigt.«

»Polizei, warum das?«

»Du bist seit drei Tagen verschwunden.«

Er war erstaunt, aber es berührte ihn nicht.

»Ich komme jetzt nach Hause.«

Ein Autofahrer nahm ihn bis zum Käringberg mit, von dort ging er zu Fuß. Alle saßen wartend in der Küche. Er ertrug ihre Blicke nicht, machte also an der Tür kehrt und ging zur Treppe. Dort überlegte er es sich aber anders, ging wieder zurück und sagte zu Karin: »Vielleicht ist es besser aufzugeben, Karin, und mich ins Irrenhaus zu stecken.«

Aber Karin schaute ihm tief in die Augen: »Maria sagt, es wird sich bessern, je schlechter du dich fühlst, desto sicherer ist eine Besserung.«

»Die spinnt ja selber«, sagte Isak.

Als Maria am nächsten Tag kam, fragte er trotzdem: »Wieviel schlimmer muß es noch werden?«

»Ich weiß es nicht«, antwortete sie. »Aber ich wünschte, du würdest mir vertrauen.«

Da fühlte Isak, daß er das tat, und er konnte es ihr sogar sagen.

Sie zogen wieder an einem Faden, dem Faden der Erinnerung an das Ertränken der Katze. Aber das Knäuel verknotete sich nur, wurde härter, und der Faden riß.

»Ich schaffe es nicht«, sagte er.

Beim Weggehen meinte Maria: »Wir können dich ja wieder in die Klinik einweisen.«

»Warum das?«

Da war sie ganz ehrlich und sagte, damit er nicht ausreißen und sich Schaden zufügen könne. Er fühlte, wie sein Körper sich verkrampfte, und in dieser Nacht hatte er einen Traum. Er steckte Maria in einen Sack und füllte ihn voll Steine, und sie weinte und bettelte um ihr Leben, aber er ertränkte sie und dachte, als der Sack sank, daß er jetzt nie mehr würde an Fäden zu ziehen brauchen.

Es war eine große Erleichterung.

Am Morgen erinnerte er sich an den Traum, wußte aber, daß er nie den Mut haben würde, ihn Maria zu erzählen. Er blieb, während Lisa das Haus aufräumte und Karin ihren Spaziergang machte, im Bett liegen.

Dann kam ihm der Gedanke, wegzugehen und diesmal das Boot zu nehmen. Hinaus aufs Meer, dachte er, und es lag eine Freiheit in dem Gedanken, ein Augenblick des Freiseins von allen Ängsten. Er fand sein Fahrrad nicht, schnappte sich das von Erik aus der Garage, mußte bald anhalten und die Reifen aufpumpen. Aber es dauerte nicht lange, und er war an der Brücke von Långedrag, und dort lag sie! Die *Kaja*, sein Schiff.

Wie idiotisch von ihm, nicht früher an sein Boot gedacht zu haben.

Er kreuzte in westlicher Richtung, vorbei an Vinga, geradenwegs in den Sonnenuntergang hinein. Als die schwedische Sommernacht, die keine Dunkelheit kannte, ihn umschloß, gab es nur noch das Meer und das Boot, Isak konnte kein Land mehr sehen.

Doch dann mußte er am Ruder eingeschlafen sein, denn plötzlich war da ein Fischerboot mit einem alten Mann, der schrie: »Brauchst du Hilfe, Junge?«

Die Segel schlugen wie besessen, er bekam sie nicht in den Wind.

»Das Ruder ist kaputt!« schrie er.

Sie warfen ihm eine Leine zu und nahmen ihn ins Schlepptau, und er dachte, daß er sich also auch nicht totsegeln konnte. Sie schleppten ihn in den Schärengürtel, frühmorgens erreichten sie die Rinne von Korshamn, der Schipper deutete auf die Werft an der Nordseite von Brännö und den dortigen Kran, meinte, dort würden sie ihm das Ruder bestimmt in Ordnung bringen.

Isak machte die Leine los und rief seinen Dank übers Wasser, das jetzt reglos war, als hielte es den Atem an. Er wußte natürlich, daß das Ruder keinen Defekt hatte, aber er schämte sich, es zuzugeben, also ruderte er auf die Werft zu und legte dort für ein, zwei Stunden an.

Keine Menschenseele war um diese Tageszeit dort, und dafür war er dankbar.

Schließlich setzte er die Fock, strich an der Felsenküste entlang, suchte sich eine windstille Bucht, vertäute, kroch in die Kajüte, und schlief. Ich bin sogar zu beschränkt, um mir das Leben zu nehmen.

Es war später Abend, als er vom Regen geweckt wurde, der auf das Deck prasselte, er war mutloser denn je. Hier gab es keinen Lebensmittelladen, also konnte er nicht einmal zu Hause anrufen und seine Leute beruhigen.

Ich muß ins Irrenhaus, das wird für alle eine Erleichterung sein, dachte er, als er die Segel setzte. Er nahm Kurs auf Långedrag, war aber unkonzentriert, kam zu weit nach Norden, und rammte bei Kopparholmen das Bollwerk, das im Jahr 1914 zur Verteidigung Göteborgs errichtet worden war.

Der Aufprall dröhnte im Boot wie ein Kanonenschuß, und dann stand Isak zitternd auf der Befestigungsmauer, als hätte er deren Würde verletzt, doch er ließ seine Angst nun Angst sein und begann zu handeln.

Das Boot hatte keinen großen Schaden erlitten, er bekam es mit dem Bootshaken flott, und steuerte dann mit vollen Segeln die Werft und Erik an.

Es drang Wasser ein.

Kurz dachte er, jetzt kann ich wenden, zurück ins Meer segeln und mit dem Boot versinken. Aber das Boot war wertvoll, unersetzlich, es war damals gebaut worden, als er schwer krank gewesen war, und es war für ihn zu einem Symbol des Lebens geworden.

Also hielt er weiter auf die Flußmündung zu.

Alle saßen wie gewöhnlich in der Küche, um auf ihn zu warten, doch es waren an diesem Abend mehr Leute als sonst, Olof und Maria waren da, und auch Mona, die merkwürdig klein wirkte.

Aber Isak sah nur Erik: »Ich bin bei Kopparholmen aufgelaufen. Das Boot ist untenrum kaputt und leckt vorne an Backbord wie verrückt.«

Da brannte bei Erik die Sicherung durch. »Du verdammter, verwöhnter Nichtsnutz«, schrie er. »Du bist der größte Egoist, der je in einem Paar Schuhen gesteckt hat.«

»Erik«, sagte Karin warnend, aber er hörte sie nicht.

»Für wen hältst du dich eigentlich, du verdammter Prinz auf der Erbse, segelst wie ein Idiot durch den Schärengürtel und denkst an nichts als an deine schwachen Nerven.«

»Schwache Nerven!« schrie er weiter. »Die sind verdammt noch mal bestimmt nicht schwächer als Karins krankes Herz. Du mußt endlich mit deinen Nerven leben lernen, wie sie mit ihrem Herzen lebt.«

Isak hob die Hände, streckte sie Erik entgegen, als bäte er um Schonung. Aber Erik war nicht zu bremsen.

»Wie, denkst du, wird es Karins Herzen gehen, wenn sie sich dauernd um dich Sorgen machen muß. Ganz zu schweigen von Ruben, der schon fast zusammenbricht. Oder Mona.«

Erik war so wütend, daß ihm die Stimme versagte.

»Ich habe mit Mona Schluß gemacht«, flüsterte Isak.

»Schluß!« schrie Erik, daß die Teetassen auf dem Küchentisch klirrten. »Du hältst dich wohl für eine Art Gott, der einfach Schluß machen kann mit einem Menschen. Ihr gehört zusammen, wir gehören alle zusammen, und du bist der einzige, der so verdammt beschränkt ist, daß du das nicht begreifst und deinen Teil der Verantwortung einfach nicht übernimmst.«

Isak dachte, jetzt kommt sie wieder, die Auslöschung, jetzt verschwinde ich. Aber Eriks hellblaue Augen ließen Isaks Blick nicht eine Sekunde los, und die Wut in ihnen zwang Isak zum Stehenbleiben, die Wut und noch etwas anderes.

Verzweiflung.

Isak liebte Erik, bewunderte ihn.

»Lieber«, sagte er.

»Ich bin nicht lieb«, brüllte Erik. »Und ich werde, verdammt, einen Kerl aus dir machen.«

»Erik!« schrie jetzt Ruben, und sein Rufen war so beschwörend, daß Eriks Wut für einen Moment verebbte. Doch jetzt griff Olof ein und sagte: »Mach weiter, Erik, du hast mit jedem einzelnen Wort recht.«

Eriks Stimme war normal, als er sich vorbeugte und zu Isak sagte: »Ich werde dir einen Job bei den Götawerken verschaffen, Junge. Dort, wo das Geld deines Vaters dich aus keiner noch so kniffligen Situation freikaufen kann. Denn jetzt sollst du erwachsen werden, Isak Lentov, dafür werde ich sorgen.«

Es war ganz still in der Küche, bis Karin fragte: »Hast du schon was gegessen, Junge?«

»Hier gibt es erst was zu essen, wenn das Boot auf dem Trockenen ist«, warf Erik ein. »Komm mit, Isak, wir holen es raus, ehe es sinkt.«

Fünf Minuten später wurden in der Werft die Scheinwerfer angeschaltet, Erik kam noch einmal in die Küche zurück und sagte: »Wir brauchen Hilfe.«

Ruben ging, Olof ging, Maria hielt Erik noch einen Moment mit den Worten an der Tür auf: »Ist schon gut, Erik. Und beschaffe ihm, um Gottes willen, wirklich diesen Job.«

»Du kannst dich auf mich verlassen«, erwiderte Erik und warf Karin einen langen und zufriedenen Blick zu.

Isak schlief in dieser Nacht nicht viel, er stand am Fenster seines alten Kinderzimmers und hatte genauso viel Angst wie vorher.

Aber er fühlte sich wirklich.

Immer wieder kam er auf das zurück, was Erik gesagt hatte, daß er nämlich mit seinen Nerven ebenso leben mußte wie Karin mit ihrem Herzen.

Und, Teufel noch mal, er würde es schaffen.

Am nächsten Tag rief er Mona an: »Willst du's wagen?«

Schon während des Frühstücks begann Erik mit seiner Planung bezüglich der Götawerke.

»Abitur wird unterschlagen«, sagte er. »Es ist schon schlimm genug, wenn du die Mittlere Reife hast, aber natürlich mußt du irgendwelche Abgangszeugnisse vorlegen.«

»Und wenn sie dann fragen, was ich nach dem Realschulabschluß gemacht habe?«

»Hast du etwa nicht hier bei mir auf der Werft gearbeitet? Klar stelle ich dir ein Zeugnis aus.«

Und es stimmte ja, daß Isak auch während der Jahre auf dem Gymnasium auf der Werft ausgeholfen hatte. Mit Karins Hilfe formulierte Erik noch am selben Abend eine Bestätigung, so daß er, ohne zu lügen, ein ganzes Arbeitsjahr zusammenbrachte.

Isak arbeitete an der Reparatur der *Kaja*, die zum Glück längst nicht so ramponiert war, wie er am Abend zuvor befürchtet hatte. Zwei Borde mußten ausgewechselt werden, aber jetzt gab es ja genügend Mahagoni auf der Werft.

»Du kannst es in Raten abbezahlen«, erklärte Erik. »Jetzt wirst du ja bald Geld verdienen.«

Isak faßte es als Scherz auf, aber Erik sah nicht aus, als hätte er einen Witz gemacht. »Bist du immer noch wütend auf mich?«

»Nööö, den meisten Dampf habe ich wohl schon abgelassen. Was ich hatte sagen wollen, war eigentlich nur, daß man Verantwortung tragen muß, auch wenn es da drinnen noch so mistig aussieht.«

»Du warst noch nie in Gefahr, verrückt zu werden.«

»O doch«, sagte Erik. »Wahrscheinlich haben das die meisten Menschen schon erlebt. Aber, wie gesagt, man muß damit leben.«

»Ich habe verstanden«, sagte Isak.

Ruben rief auf der Werft an. »Wie geht's?«

»Besser, glaube ich.«

»Dann war es also gut, daß du deine Wut rausgelassen hast?«

»Ja, unsere beiden Ärzte haben es so formuliert.«

»Eriksberg sucht Lehrlinge, steht heute in der Zeitung.«

»Das ist mir schnuppe«, sagte Erik. »Der Junge muß zu den Götawerken. Diese Werft ist für ihr gutes Arbeitsklima bekannt.«

»Oh, das wußte ich nicht.«

Zum Glück konnte Erik die Worte zurückhalten, die er auf der Zunge hatte, daß es nämlich eine ganze Menge Dinge gab, von denen er keine Ahnung hat, der Direktor Lentov.

Er sagte statt dessen: »Wir sind an einem Wendepunkt, Ruben, ich fühle, daß wir an einem Wendepunkt sind.«

Zum ersten Mal seit langem hörte er Ruben lachen.

»Das hast du schon einmal zu mir gesagt, Erik, erinnerst du dich?«

»Nein«, sagte Erik. »Habe ich recht behalten?«

»Ja, in höchstem Maße.«

»Na siehst du.«

»Du mußt dir einen Job in den Maschinenhallen geben lassen«, sagte Erik beim Mittagessen. »Die Werft sucht ganz dringend Leute, und mehr als alles andere brauchen sie Revolverdreher.«

Im Personalbüro ging alles wie geschmiert, sie nahmen Isaks Zeugnisse entgegen, nickten, stellten einige Fragen bezüglich Larssons Werft, die bauen schöne bohusläner Segelschiffe, und sagten dann: »Hier bei uns ist alles etwas größer und weniger aus Holz.«

Dann kam die ärztliche Untersuchung, atmen, nie Herzbeschwerden gehabt, Asthma, Tbc? Gut, schöne Blutwerte, der Nächste bitte.

Ein Fragebogen war besonders schwierig, aber Isak füllte ihn aus. Es gab mehrere Alternativen bezüglich der Religion: lutherisch, katholisch, mosaisch, anderes Glaubensbekenntnis?

Er kreuzte ›mosaisch‹ an. Nicht lügen, hatte Karin gesagt.

Abgeleistete Wehrpflicht? Hier gab es nur ja oder nein, aber Isak schrieb ohne Zögern: Freigestellt. Nationalität: Schwedisch. Geburtsort: Berlin.

Nach etwa einer Stunde waren seine Papiere dort angekommen, wo sie hin sollten, waren wieder zurückgekommen, sein Name wurde im Warteraum aufgerufen und der Mann hinter dem Tresen sagte: »Sie fangen Montag um sieben Uhr als Lehrling bei Egon Bergman in Maschinenhalle zwei an.«

Ein Stundenlohn wurde genannt, und als Isak ein erstauntes Gesicht machte, sagte der Mann hinter dem Tresen, daß er schon nach etwa einem Monat im Akkord arbeiten werde.

Isak verschwieg, daß er nie damit gerechnet hatte, bezahlt zu bekommen.

Er hatte Angst als er dort wegging, aber es war eine erfaßbare Angst, die in den Knien und im Magen saß. Auf der Rückfahrt mit der Fähre kroch diese Angst ihm bis in den Hals und er konnte sie in Worte fassen: Wenn ich das jetzt nicht schaffe, ist es aus mit mir.

»Was immer geschieht, ich halte zu dir«, hatte Mona am Abend vorher gesagt. Sie war unerschütterlich.

Aber Isak konnte letztlich von ihrer Kraft nicht leben.
Auf Frauen ist kein Verlaß, dachte er.

Der Gedanke erstaunte ihn so sehr, daß er eine Weile neben seinem Fahrrad stehen blieb. Was war nur mit ihm los, hatte er nicht all die Jahre Karin gehabt, auf die er sich felsenfest hatte verlassen können?

Nur hätte der Tod sie ihm irgendwann fast genommen.

Isak, sagte er zu sich selbst, ein Mensch hält sein Versprechen auch wenn er krank wird. Und Mona war, das wußte er mit seinem ganzen Wesen, wie Karin, eine Grundfeste.

Er schämte sich.

Maria setzte ihm ununterbrochen zu, seine Träume zu erzählen und sich an eigenartige Gedanken zu erinnern. Er träumte nicht, aber jetzt hatte er zumindest einen eigenartigen Gedanken vorzuweisen, dachte er, als er sich an der Fährenstation aufs Rad schwang und heim zu Karin und Erik fuhr, um ihnen zu erzählen, daß er den Arbeitsplatz bekommen hatte.

An der Karl-Johans-Gata änderte er aber die Richtung und radelte der Stadt zu. Ruben, sein Papa, sollte es als erster erfahren. Ruben freute sich, aber Isak entging die Besorgnis in seinen Augen nicht, er fragte sich genauso wie Isak selbst: Würde er es schaffen?

»Dort arbeiten nur lauter Männer und sicher herrscht eiserne Disziplin«, sagte Ruben, doch als er das Erschrecken in Isaks Gesicht sah, hätte er es lieber ungesagt gelassen.

»Isak«, begann er wieder und versuchte dem Jungen den Arm um die Schultern zu legen. »Es wird gut gehen, du hast immer geschickte Hände gehabt. Und sollte es zu schwer für dich werden, können wir immer noch auf Chalmers Technische Hochschule überwechseln. Wenn du die absolviert hast, kannst du ohne weiteres ... weniger harte Arbeit bekommen.«

Isak zog den Arm seines Vaters von der Schulter.

»Papa«, sagte er. »Lügen ist bei uns nicht üblich. Du weißt sehr wohl, wenn ich das hier nicht schaffe, ist es aus mit mir.«

»Nein!« schrie Ruben auf.

Aber der Schmerz in den Augen des Jungen traf ihn sofort. Isak sah es und fühlte sich unmittelbar schuldig, machte auf dem Absatz kehrt und rannte durch das Kontor hinaus zu seinem Fahrrad.

Mona hatte das ganze Wochenende, das zwischen Isaks Frage und dem bedeutungsvollen Montag stand, im Krankenhaus Dienst. Das war ihm recht, er wollte allein sein. Er nahm sein Boot, lag zwischen Vinga und Nidingen am Wind, reffte nicht, obwohl es außerhalb des Schärengürtels auffrischte.

Ohne konkrete Gedanken hielt er Ausschau nach einem Boot mit dreieckiger Flagge, hielt Ausschau nach Simon. Aber es war, so weit das Auge reichte, von Militär nichts zu sehen, und in verbotene Gewässer wagte Isak sich nicht.

Ich bin kindisch, dachte er. Das alles ist nur meine Sache. Zum ersten Mal im Leben muß ich mich allein zurechtfinden.

Achtern tauchte Bylunds Gesicht auf der Wasserfläche auf, der schniefende Rüssel, die bebenden Nasenflügel, doch schon im nächsten Augenblick dachte Isak, er werde direkt auf den Leuchtturm von Bödö zuhalten und einen Bogen fahren.

Er wußte, daß die Brise zu steif war, daß Erik mit ihm geschimpft hätte, aber er bewältigte das Manöver, und als er das Boot wieder am Wind hatte, dachte er, er werde es wohl schaffen, selbst wenn Egon Bergman ein ähnlicher Typ wie Bylund sein sollte.

Die Welt war für ihn jetzt ganz wirklich, und was ihm salzig übers Gesicht lief, war nur Meerwasser, dachte er, als er bei Långedrag einlief und vertäute. Er machte auf seinem Boot bis in den letzten Winkel klar Schiff, niemand sollte etwas anderes sagen können, als daß alles an seinem Platz war. Seemannsmäßig, makellos und schmuck.

Als er heimkam, rief er Mona im Krankenhaus an: Doch, es ging ihm gut, nein, er sei nicht aufgeregt.

Sie hatten schon gegessen, aber Karin wärmte ihm die Frikadellen auf, er aß hungrig wie ein Wolf und ging bald ins Bett.

Er schlief die ganze Nacht durch.

Um sechs Uhr weckte Erik ihn, Karin schmierte Brote, drängte ihm eine halbe Tasse Kaffee auf, packte die Brote, den Blaumann und feste Schuhe in einen Rucksack. Um halb sieben stellte Isak sein Fahrrad beim Werk zu tausend anderen Rädern, und zwanzig vor sieben stand er als einer von hundert wie die Ölsardinen zusammengepferchten dösigen Männern in einem Kahn, der die große Werft auf der anderen Seite des Flusses ansteuerte.

Schon im Kahn meinte er so etwas wie wortlose Freundlichkeit zu spüren. Aber er wagte nicht daran zu glauben.

Die Werft tauchte vor ihm auf, löste sich aus dem Frühnebel. Am rechten Küstenstreifen sah er die Helligen, wo die riesigen Schiffe heranwuchsen, und neben diesen konnte er die beiden Docks erkennen, eines davon unfaßbar groß.

Eisenbahnschienen, Werkstätten, Magazine, ein Wirrwarr aus großen und kleinen Gebäuden.

Wie sollte er sich da zurechtfinden?

»Ich will zur Maschinenhalle zwei«, sagte er zu dem langen Kerl, der neben ihm stand.

»Hinter der Tischlerwerkstatt über die Schienen«, antwortete der Mann mit den noch nicht ganz wachen Augen.

»Du kannst mit mir kommen«, sagte ein anderer. »Ich arbeite dort. Neu?«

»Ja, ich fange als Lehrling bei Egon Bergman an.«

»Onsala«, sagte der Mann, der groß und dick war.

Isak mochte nicht fragen, was damit gemeint war, aber er sah dem andern, als der Kahn an der Brücke anlegte, ins Gesicht, und traf auf zwei blaßblaue, in Fettwülste eingebettete, neugierige und etwas belustigte Augen.

»Mich nennen sie hier Kleiner«, sagte er.

»Lentov«, stellte Isak sich vor.

»Dreherlehre?«

»Ja.«

Isak merkte, daß man hier mit Worten sparsam umging. Er trabte hinter dem Dicken her an der Tischlerwerkstatt vorbei in die Maschinenhalle und erhaschte einen Blick auf eine endlose Welt aus

Stahl und Maschinen, ehe sie über eine Treppe zu einem Umkleideraum kamen. Er bekam einen Spind, zog rasch den Blaumann über, und in dem Moment als sie über eine andere Treppe zur Werkstätte kamen, ertönte die Werkspfeife.

Mehr als fünftausend Männer fingen gleichzeitig mit der Arbeit an. Isak hatte für einen Augenblick das Gefühl, in dem Lärm unterzugehen.

»Du siehst fast schon erwachsen aus«, begrüßte ihn Onsala.

»Unsereins ist eher an Kroppzeug gewöhnt«, meinte er dann. »Fünfzehnjährige, die ihre Finger nicht zu gebrauchen wissen.«

Er hatte sehr blaue Augen, die tief in einem schmalen, intelligenten Gesicht lagen. Dann und wann huschte ein Lächeln darüber, ließ es von innen aufleuchten. Aber nicht oft.

Er war achtundzwanzig Jahre alt, passionierter Revolverdreher, stolz auf seinen Beruf, berühmt für seine Präzision, seine Fähigkeit eine maximale Toleranzgrenze von einem tausendstel Millimeter zu erreichen. Jetzt bekam er Lohnzulage für die Ausbildung von Lehrlingen, aber er hatte sich bestimmt nicht wegen des Geldes für diese Aufgabe entschieden. Er unterrichtete gerne und konnte ein stilles Glück empfinden, wenn er ab und zu einen Jungen erwischte, dessen Intelligenz in den Händen steckte, und dem auch diese besondere Leidenschaft für das Exakte zu eigen war.

Als Isak nach etwa einer Stunde die Drehbank selbst einstellen durfte und die Maschine seinen ersten Flansch lieferte, wußte Onsala, daß er dieses Mal Glück gehabt hatte.

Die Maschinenhalle 2 war eine Landschaft, unübersichtlich und chaotisch. Aber Onsala und seine Drehbank und sein Lehrling sorgten bald für einen Kreis von Faßbarkeit, ja geradezu Sicherheit.

An diesem ersten Morgen mußten sie schreien. »In der Montagehalle findet ein Probelauf mit einem Diesel statt«, schrie Onsala. »In zwei Stunden ist das vorbei, dann können wir wieder wie Menschen reden.«

Isak nickte.

»Wie heißt du noch?«

»Lentov.«

»Lehmtau?«

»Nein, Lentov!« schrie Isak, denn er wollte den jüdischen Namen, der noch dazu stadtbekannt war, nicht weglügen.

»Toff, fast so wie bei Töfftöff«, schrie er so laut, daß es durch den Lärm bis zu den Männern an den anderen Drehbänken drang.

Einige lachten, andere brüllten.

»Hallo, Töfftöff!«

Da huschte ein so seltenes Lächeln über Onsalas Gesicht, und er sagte: »Das ist diesmal schnell gegangen.«

Aber Isak begriff nicht sofort, daß er umgetauft worden war und daß mit dem neuen Namen der Jude weg war.

Eine Woche später hatte er erkannt, daß hier das Judentum keine Bedeutung hatte, weder im Guten noch im Bösen. Hier hätte er ohne die geringsten Folgen Moses heißen und eine Hakennase haben können.

Das begriff er eines Tages, als Onsala ihn beauftragte, in der Gießerei Roheisen zu holen.

»Es ist eine schwere und dreckige Arbeit«, sagte er. »Aber du sollst ja alles von Grund auf lernen, Junge.«

»Frag nach dem Juden!« rief er Isak nach, der mit dem Anforderungsschein schon unterwegs war.

Isak gelang es, seinen Laufschritt nicht zu verlangsamen, und er war froh, daß er Onsala den Rücken zugekehrt hatte.

In der Gießerei stand ein Zweimetermann mit rosiger Haut und schlohweißem Haar über dem jungen Gesicht. Albino, dachte Isak, wie dieser Pfarrer von den Morgenandachten in der Schule.

»Ich soll nach dem Juden fragen«, sagte Isak mit fester Stimme.

»Da bist du an der richtigen Adresse, das bin nämlich ich«, sagte der Mann und zeigte ein breites Grinsen, als er Isaks Erstaunen sah.

Auch Isak mußte lachen, dachte an den Kleinen, diesen fetten Riesen, der ihm am ersten Tag den Weg gezeigt hatte und ein höchst angesehener Karusselldreher war.

Onsala hatte nicht viel für Lob übrig, große Worte waren ihm, soweit bekannt, nie über die Lippen gekommen. Er drückte seine Zufriedenheit durch Grunzen aus, und er grunzte gegenüber Isak gar nicht so selten.

Das Minderwertigkeitsgefühl verging mit der Zeit. Die Angst in seiner Brust war noch vorhanden, und manchmal meldete sie sich, aber tagsüber war für sie kein Platz, und nachts schlief Isak, körperlich ermüdet, tief. An zwei Abenden der Woche ging er zu Maria, sie kamen nicht weiter, aber er mochte diese Stunden.

Nach vierzehn Tagen sagte Onsala: »Aus dir wird ein guter Dreher, ich hoffe, du bleibst.«

Ich werde mein Leben lang hier arbeiten, dachte Isak. Aber dann fiel es ihm ein: »Mein Vater will, daß ich Chalmers besuche.«

»Aber dazu braucht man doch das Abitur«, sagte Onsala.

Isak wußte, daß er eigentlich die Wahrheit sagen sollte, daß er das Abi hatte, und daß das überhaupt nichts Besonderes war, man brauchte nur eine Menge todlangweilige Stunden in einem Schulzimmer abzusitzen. Aber er war froh, daß er geschwiegen hatte, als Onsala fortfuhr: »Mein Gott, Junge, wie gerne wäre ich in die Schule gegangen. Aber du weißt ja wie das ist, es war kein Geld da, und jetzt ist es zu spät. Wenn du auch nur die geringste Chance hast, mach dein Abitur.«

»Chalmers«, wiederholte er, und eine Welt voller Sehnsucht lag in seiner Stimme. Isak schämte sich.

Sonst hatte er beim Reden keine Schwierigkeiten, er kannte die Gespräche in Karins Küche und auf Eriks Werft. Hier wie dort gab es lebhafte und manchmal sogar hitzige politische Diskussionen. Aber hier bei den Göta-Werken gab es wesentlich deutlichere Abgrenzungen zwischen Sozialdemokraten und Kommunisten.

Isak wurde Mitglied bei der Gewerkschaft.

Er kaufte die Bücher von ›Volk im Bild‹ und las sie zu Rubens unerhörtem Erstaunen sogar.

Langsam wuchs in ihm das Bewußtsein um Gewicht und Bedeutung des Geldes. Für ihn war Geld bisher so selbstverständlich gewesen wie die Atemluft, hier unter den Arbeitern bedeutete es leben oder sterben.

Es begann an der Drehbank. Isak hatte in seinem Anfängereifer gewisse Schwierigkeiten, das richtige Tempo einzuhalten. Aber die Kenntnis der Akkordarbeit war ebenso wichtig wie die berufliche Geschicklichkeit, Schande, und nochmals Schande über den, der den Akkord verhunzte. Bald hatte Isak das Tempo wie alle anderen in den Knochen, dreißig Prozent mehr, fünfzig oder manchmal sogar hundert. Er paßte sich an, lernte schnell auf die anderen zu zählen. Es konnte Streit um einen Job geben, wenn der Akkordlohn schlecht und die Arbeit dreckig und schwer war. Aber die Vorarbeiter waren weitestgehend vernünftig und nicht unbedingt kleinlich. Allerdings gab es im Betrieb auch schon mal den einen und anderen weniger beliebten Werkmeister, der sich mit Krawatte und dunklem Anzug hervortat. Aber die meisten wurden von den Männern respektiert.

Bei den großen Karusselldrehbänken, wo Zylinderbuchsen von anderthalb Meter Durchmesser hergestellt wurden, waren Fehler ausgeschlossen. Aber bei den älteren Revolverdrehbänken, wo man Schrauben und Bolzen aller Größen erzeugte, konnte es schon mal ein Mißgeschick geben. Eskilsson versaute eines Tages eine ganze Partie, und Isak war erstaunt über die bittere Enttäuschung, die Wut, die sich in nicht enden wollenden Flüchen Luft machte ...

Als er jedoch erfuhr, daß Helge Eskilsson den ausgefallenen Akkord ersetzen mußte, verstand er vieles besser. Helge hatte zu Hause vier kleine Kinder und mußte dazu noch beträchtliche Ratenzahlungen für ein vor kurzem in Torslanda gekauftes Häuschen leisten.

Während des Krieges ... hieß es oft. Und Isak bekam zu hören, daß alle Drehbänke in drei Schichten gefahren waren, und daß sie Granatenhülsen ausgespuckt hatten. Und er hörte von Schiffen mit Namen wie *Männlichkeit, Ehrlichkeit* und von dem *Panzerkreuzer Oskar II.*, die alle in der großen Werft immer wieder hatten überholt werden müssen.

»Herrgott noch mal!« sagten die Männer nur, die es damals beim Auftauchen eines deutschen U-Bootes vor lauter Schreck fast zerrissen hätte.

Eines Tages, es war kurz vor Mittag, überquerte Isak mit einer neuen Zeichnung für Onsala gerade die Gleisanlagen, als er von einem Jungen, kaum älter als er selbst, mit den Worten aufgehalten wurde: »Hej, du, bist du nicht Isak Lentov?«

Isak erkannte den Jungen nicht. Aber der junge Mann, der als Transportvorarbeiter tätig war, folgte Isak zu Onsala in die Dreherei und sagte, daß sie sich vom Militär her kannten, daß er den Ambulanzwagen gefahren und Isak mit seinem gebrochenen Arm in die Sahlgrensche Klinik gebracht hatte.

Während der Mittagspause, in der die meisten Arbeiter in der Baracke aßen, sagte Onsala: »Du hast also das Militär schon hinter dir, Töfftöff?«

Natürlich wurde es deswegen nicht still im Raum, die Frage war schließlich nicht ungewöhnlich. Aber Isak hatte das Gefühl, die Welt hielte den Atem an, die Zeit bleibe stehen, und er dachte an Karins Worte: Nur nicht lügen, niemals lügen, also sagte er: »Nein. Ich bin zwar eingerückt, bin dann aber krank geworden.«

»Dann warten die jetzt, wo du wieder gesund bist, wohl nur drauf, dich wieder in den Griff zu kriegen«, meinte Eriksson.

»Nein, ich bin freigestellt worden.«

»Was hattest du denn für eine Krankheit?« Onsala klang nicht mißtrauisch, eher beunruhigt.

Der mag mich, dachte Isak.

Unaufgefordert und zum ersten Mal freiwillig erzählte Isak die ganze Geschichte, diese ganze traurige Geschichte.

»Nun ja, es ist so, daß ich Jude bin. Ich bin in Berlin aufgewachsen ...«

Jetzt wurde es still in der Baracke, jetzt blieb die Zeit wirklich stehen. Als Isak zum Schluß gekommen war, wie er die Nazis in Bylund, in diesem Feldwebel wiedererkannt, und wie er einen Nervenzusammenbruch bekommen hatte, hätte man eine Stecknadel fallen hören können.

Die Stille erschreckte Isak, o Gott, dachte er, Gott Israels, warum rede ich so viel.

Aber dann spürte er die Atmosphäre, empfand das intensiv warme und starke Mitgefühl hier in der Baracke.

Schließlich sagte der Kleine, dieser große Karusselldreher: »Verdammt, Töfftöff, da, ich schenk dir mein Stück Kuchen.«

Über den Kleinen und sein Freßpaket mit dem vielen Kuchen wurde immer wieder gelacht, aber diesmal verzog niemand den Mund. Der Kleine schien alles gesagt und getan zu haben, was in diesem Augenblick gesagt und getan werden konnte.

Als die Fabrikspfeife zur Arbeit rief, gab manch einer von den Männern Isak die Hand. Und auf dem Rückweg zur Maschinenwerkstätte ereignete sich etwas, das es bisher noch nie gegeben hatte: Onsala legte seinem Lehrling den Arm um die Schultern.

Bei Maria erzählte Isak am Nachmittag von der Mittagspause und wie er unvermittelt über alles gesprochen hatte. Sie freute sich: »Gut, Isak. Das war ein Schritt vorwärts.«

»Die waren so verdammt nett.«

»Ist mir klar«, sagte Maria, aber sie war erstaunt.

»Menschen sind oft sehr nett, wenn man ihnen einzeln begegnet«, sagte sie. »Aber in der Gruppe werden die Leute oft schwieriger, ängstlicher.«

»Nicht in der Maschinenwerkstätte.«

»Wie werden sie denn dann?« fragte Maria. »Ich meine, wie läuft es zum Beispiel bei den Beförderungen ab?«

»Nun, mehr als ein geschickter Dreher kann man nicht werden, und das ist schön, denn man genießt großes Ansehen.«

»Es gibt also keinen Wettbewerb, keine Konkurrenz?«

»Nein.« Isak erzählte vom Akkord und die in diesem Zusammenhang ungeschriebenen Gesetze.

Als die Stunde bei Maria fast um war, erinnerte er sich an den merkwürdigen Gedanken, daß man sich auf Frauen nicht verlassen könne.

»Das war an dem Tag, an dem ich angestellt wurde«, sagte er. »Ich fand es selbst idiotisch, aber es war wie in meinem Kopf festgenagelt, daß alle Frauen unzuverlässig sind.«

»Und was dachtest du später?«

»Ich dachte an Karin und Mona und daran, daß sie zuverlässig sind wie ein Fels.«

»Aber es hat eine andere Frau in deinem Leben gegeben, vor Karin?«

Das Blut unter der Haut flutete heiß, Isak wurde rot.

»Mama ...«

Dann nach einer Weile: »Ich denke nie an sie.«

»Nein, das ist mir schon lange klar«, warf Maria ein. »Aber in deiner Erinnerung ist sie vorhanden.«

»Nein, ich erinnere mich an nichts.«

Maria beugte sich über den Schreibtisch, fixierte ihn: »Warum hat dein Großvater dich geschlagen? Warum wolltest du damals in Berlin ausreißen?« Sein Blick wich ihrem nicht aus, die Frage hatte ihn nicht erregt. Er hat sie sich selbst schon gestellt, dachte Maria.

»Ich weiß es nicht mehr«, sagte Isak.

»Es ist dir bei deinen Großeltern etwas passiert, und ich denke, es ist oft passiert. Diese Wahnsinnsangst, die du hast, gab es schon vor diesem Überfall der Nazis, da bin ich sicher. Du und ich, wir müssen gemeinsam dahinterkommen, verstehst du?«

»Aber ich erinnere mich doch an überhaupt nichts mehr.«

»Du gehst deine Mama nie besuchen?«

»Nein, Mona geht manchmal hin, und sie will immer, daß ich mitgehe.«

»Tu das, Isak.«

Isak wußte, daß er das nicht wollte, daß er es ganz und gar nicht wollte, aber Maria sagte: »Dir fehlt es dazu an Mut.«

»Das ist wahr. Iza, die ich manchmal besuchen muß, ist mir unheimlich genug.«

»Warum das?«

»Hat Ruben dir noch nicht gesagt, daß Iza und Mama sich wie Zwillinge gleichen?«

»Nein«, sagte Maria. »Vielleicht hat er es selbst noch gar nicht erkannt.«

»O doch«, erwiderte Isak. »Papa gehört eben zu der traurigen Sorte Menschen, die immer meinen, an allem schuld zu sein, an jedem einzelnen Unglück.«

Wie scharfsinnig der Junge ist, dachte Maria.

»Simon ist auch nicht anders«, fuhr Isak fort. »Manchmal denke ich, die sind alle viel verrückter als ich.«

»Da hast du vielleicht sogar recht«, nickte Maria. »Aber im Moment geht es um dich. Hast du nie daran gedacht, daß deine Mutter dir schon lange nicht mehr weh tun kann, daß sie nur eine verwirrte alte Frau ist und daß du selbst stark und erwachsen bist?«

Da begann Isak nach einem Taschentuch zu suchen, hatte aber keines bei sich. Maria half ihm mit einem aus, schwieg aber, hatte kein Wort des Trostes.

Als sie sich trennten, hatte Isak sich entschlossen: »Ich werde sie mit Mona zusammen besuchen«, sagte er.

»Gut, und danach kommst du wieder zu mir.«

»Versprochen.«

Sie sagten nichts, weder zu Ruben noch zu Karin, machten sich einfach früh an einem Sonntagmorgen auf, legten den ganzen weiten Weg zum Psychiatrischen Krankenhaus von Lillhagen mit Straßenbahnen und Bussen zurück.

Isak starrte vor sich hin, als sie durch die Korridore gingen, wollte keinen von diesen Irrsinnigen sehen. Olga hatte ein eigenes Zimmer, sie war angekleidet, duftete nach Parfüm, sah elegant aus, und ihre Armbänder klirrten wie eh und je, als sie da so in ihrem Sessel saß und mit Puppen spielte.

Sie zog die Puppen aus, sie zog die Puppen an.

Olga erkannte weder Isak noch Mona, aber darauf war er vorbereitet gewesen. Mona hatte gesagt: »Sie erkennt nur Ruben ab und zu in einem Aufflackern.«

Mona hatte gedacht, Isak werde Mitleid und Zärtlichkeit empfinden, aber er selbst verließ sich auf Marias Worte, daß er keine Angst mehr haben werde. Doch als er Olgas Blick begegnete, unstet wie schon früher, packte ihn eine Wut, die seinen ganzen Körper erfaßte, und die er unmöglich beherrschen konnte.

»Du verdammte Hexe!« sagte er.

Olga verstand vermutlich die Worte nicht, aber sie spürte die Unruhe in der Luft, wandte ihre Aufmerksamkeit einer Puppe zu, riß mit den Fingern daran herum und sagte: »Mein süßer, süßer Knabe.« Ihr Mund lächelte, aber ihre Stimme jammerte, als sie die Puppe an den Haaren zog, sie kniff, aber weiterhin mit dieser eigenartigen Stimme klagend und doch mit innerer Befriedigung vor sich hin lallte.

Isak hatte nur den Wunsch, das Zimmer zu verlassen, er stürzte auf die Tür zu und durch den Korridor hinaus. Er hörte Mona rufen: »Warte im Park auf mich. Ich komme bald.«

Und er saß dort im Gras unter einem Baum, empfand die Gewalt seines Zorns und hielt sich für ein unverbesserliches Miststück, pfui Teufel, sich so aufzuführen, und was Mona wohl dachte und was Ruben wohl sagen würde, wenn er es je erführe. Ganz zu schweigen von Karin.

Als Mona kam, war sie weder böse, noch machte sie ihm Vorwürfe. Natürlich hatte sie traurige Augen, als sie sagte: »Du fährst jetzt auf dem schnellsten Weg zu Maria.«

Maria war zu Hause, Gott sei Dank war sie zu Hause, Isak war unterwegs in die Unwirklichkeit, die Welt begann für ihn zu verschwimmen, und die Angst in ihm war von einer Art, daß er wußte, er würde an ihr sterben, wenn er ihr nicht entkam.

Mona ging mit hinauf und erzählte kurz, was passiert war. Maria freute sich, nahm Isak mit in ihr Sprechzimmer und sagte: »Jetzt sind wir endlich auf dem richtigen Weg.«

Sie hatte seinen Blick so unter Kontrolle, daß er sich nicht daraus befreien konnte, erbarmungslos führte sie ihn Schritt für Schritt zurück nach Berlin und in die frühen Kinderjahre. Isak spürte ihre Kraft und wußte, jetzt würde er sterben oder das Wagnis eingehen.

»Ich habe sie erkannt«, sagte er. »Ich habe das Gesicht wiedererkannt, den Blick und die schniefenden Nasenflügel. Sie gleicht Bylund.«

»Ja.«

»Ich habe so eine Wut gekriegt, ich war wie wahnsinnig und bin durch die Wohnung gerast, und sie hat mich an den Haaren gezogen und mich gekniffen und hat gejammert, aber es hat ihr die ganze Zeit Freude bereitet. Und dann ...«

»Dann?«

»Dann bin ich verschwunden«, sagte Isak. »Ich bin genau so verschwunden wie beim Militär. Aber dann ...«

»Aber dann?«

»Dann kam Großvater nach Hause und hat mich geschlagen.«

»Deine Mutter war ein Scheusal«, sagte Maria.

»Ja!« schrie er auf, denn jetzt war sie wieder da, die große Wut, die alles zur Wirklichkeit werden ließ, und er schrie, er werde ihr die Augen ausstechen und ihr die Brüste abschneiden und ihr einen Pfahl in die Fotze rammen.

Maria stachelte ihn an.

»Gut, Isak, gut! Gib's ihr, Isak!«

Und der Schmerz war unerträglich, war aber doch zu ertragen, und die Welt war vollkommen deutlich.

Isak waren die Augen aufgegangen, endlich.

24

Flimmernde Hitze lag zwischen den kahlen Schäreninseln. Die Männer, die im Land der großen Finsternis die lange Küste überwachten und die Sonne liebten, lernten sie nun fürchten.

Sie hatten die Sonne immer gesucht, hatten gelernt, jeden Sonnenstrahl auszunutzen. Aber jetzt saßen sie dicht beisammen wie Fliegen auf dem Leim, im Schatten jener Segel, die sie zwischen sich und der Unbarmherzigen spannen konnten.

Jeden Morgen erhob sich die Sonne über dem Land, zur Mittagszeit hatte sie auf dem Meeresspiegel ihre Kraft vervielfältigt und goß besinnungslos ihre sengende Glut über allem aus, heizte Felsen und Anlegeplätze auf, daß es unter den Füßen brannte. Es gab keinen schützenden Baum, nicht einen grünen Halm, auf dem die Augen hätten verweilen können.

Es war August und die Hitzewelle beherrschte alles.

»Bald wird das ganze verdammte Kattegatt kochen«, sagten die Männer, aber das Meer gärte nur so von Quallen. Um kurz baden und sich für ein paar spärliche Minuten abkühlen zu können, säuberten sie eine Bucht von dem schleimigen Getier. Aber das Meer legte sich als brennendes Salz auf ihre ausgedörrten Körper und schmerzte entsetzlich.

An dem Tag, als sie sich die letzte Dose Nivea brüderlich teilten, mußten zwei Rothaarige an Land und ins Lazarett gebracht werden.

Simon hatte es leichter als die meisten, seine Haut wurde tiefbraun und lederartig.

»Du siehst aus wie ein verdammter Wüstenscheich«, sagte eines Abends jemand, und Simons blendend weißes Lachen blitzte wie eine

Überraschung aus all dem Braun. Aber er gedachte seiner uralten Vorväter und deren Wanderungen durch die Wüsten des Sinai unter einer Sonne, die unbarmherziger war als diese schwedische hier, und an die lederne Haut, die sie entwickelt hatten, um zu überleben.

Zum Erstaunen seiner Kameraden las er abends in der Bibel, was ihm den unverdienten Ruf einbrachte, religiös zu sein. Doch dann kam von Ruben ein Paket mit der von Bendixon verfaßten zweibändigen Geschichte Israels. Und so verbrachte Simon die Abende mit Jesaja, Jeremia, Esra und Nehemia im fruchtlosen Versuch, zwischen Mythos und Geschichte zu unterscheiden.

Doch seine Träume waren erfüllt von Bäumen, von rätselhaften irdischen Riesen, deren Kronen Schutz und Schatten gewährten. Hohe Espen zeichneten ihre Spitzenmuster in den Himmel, alte Eichen schenkten Kraft und Weisheit, und weit ausladende Nadelbäume luden zum Verweilen in Vogelgezwitscher und Waldesrauschen ein.

Als er vom Schreien der Möwen und den Flüchen der Kameraden geweckt wurde und sah, wie die Sonne ihre bedrohliche Wanderung über den Himmel begann, dachte er, sobald er Urlaub bekäme, würde er durch die Wälder an dem langen See entlang wandern, an dem Ingas kleines Bauernhaus sich auf einer Anhöhe an den Hang schmiegte.

In der Nacht, die das Gewitter brachte, waren sie alle wie närrisch, rannten nackt aus den Baracken hinaus auf die Klippen, standen dort und ließen Haut und Haar, Lippen und Augen trinken. Sie gaben sich dem Wolkenbruch hin und blieben stehen bis sie froren und einer von ihnen sagte, verdammt, wie wunderbar, nie wieder werde ich mich über Kälte und Dunkelheit beklagen.

Es war eine Aussage, die er dann im Dezember oft genug zu hören bekommen sollte, als es schon nachmittags um drei stockfinster war, das Meer tobte, und der eisige Wind die Kleider bis auf die Knochen durchdrang.

Simon hatte inzwischen zweimal Urlaub bekommen, der erste war das reinste Fest gewesen, und Karin hatte alle seine Lieblingsgerichte gekocht. Er hätte an einem Samstagvormittag kommen sollen, hatte aber die Gelegenheit wahrgenommen, schon am Freitagnachmittag an Bord eines Bootes zu gehen, das zur Neuen Werft mußte. Er fand Karin mit einer Schüssel Erbsen auf dem Schoß allein in der Küche vor, und er ging ohne Zögern auf sie zu und legte seinen Kopf in ihre Schürze, sog ihren Duft ein und fühlte ihre Hände über seinen Nakken streichen.

Da dachte Simon, daß dieses sich Zurücksuchen in die Kindheit doch auch seinen Reiz hatte. Zumindest für ganz kurze Zeit.

Denn dann schauten sie einander genauer an, und er sah, daß sich viel verändert hatte, daß sie kleiner war als er sie in Erinnerung hatte, älter und mitgenommener. Große Zärtlichkeit überkam ihn. Ein fast schmerzliches Bedürfnis, sie zu behüten und zu erfreuen.

Vogel der Trauer, dachte er, der gute Vogel der Trauer.

Und Karin sah, daß der Junge, der da vor ihr stand, jetzt erwachsen war, daß es da eine Härte und eine Kraft gab, die sie einschüchterte.

Ein Mann, dachte sie, und in dem Gedanken lag Entfremdung und Trauer.

Doch dann besann sie sich, sagte sich, daß sie nicht ganz bei Trost sei, was hatte sie denn erwartet, und hatte sie sich nicht immer gerade dafür eingesetzt, daß Simon erwachsen und selbständig würde?

Am Wochenende nach dem schweren Gewitter erfüllte sich Simon seine Träume, rief Karin von der Landungsbrücke in der Nähe der Kaserne an und sagte: »Hör zu, Mama, ich hab vor, Inga mal zu besuchen.«

Er merkte der Stille am anderen Ende an, daß Angst dahinter steckte. Doch dann kam die Stimme zurück, voll Zuversicht wie immer. »Tu das, mein Junge.«

»Ich kann mit einem Kameraden fahren, der in dieser Gegend zu Hause ist und von seinem Bruder mit dem Auto abgeholt wird.«

»Was für ein Glück, Simon.«

Dann nach einem weiteren Schweigen: »Was meinst du, soll ich eine Vorwarnung durchtelefonieren?«

»Ja, das wäre wohl nicht schlecht«, antwortete Simon.

Er stieg hinter der Gemischtwarenhandlung aus, dort, wo der Waldweg zum See von der Landstraße abzweigte.

»Findest du hin?«

»Gar keine Frage.«

»Wir holen dich Sonntag so gegen fünf wieder ab.«

»Gut, tschüs und danke!«

Dann ging er unter den Laubkronen weiter und fand Ruhe unter den großen Bäumen.

Sein, nicht tun, dachte er.

Er sah, daß die Hitze den Bäumen zugesetzt hatte, so manches abgefallene Blatt leuchtete schon golden im Moos. Die lange Vorbereitung auf den Winter hatte begonnen, die Bäume stellten allmählich ihren Säftekreislauf ein, um in Schlaf zu versinken und nur in ihren Träumen zu leben.

Er kam zu einer Lichtung, einem Kahlschlag im Wald, wo man aus Respekt vor Größe und Alter eine Eiche hatte stehen lassen. Es war warm, Simon zog die Uniformjacke aus, rollte sie zu einem Kissen zusammen, legte sich hin und sah in die Krone hinauf, die immer noch dunkelgrün war, fast undurchdringlich.

Der Baum hatte Frieden mit sich selbst geschlossen, die Art von Frieden, der allen lebenden Geschöpfen zuteil wird, wenn sie sich dem Rätselhaften ergeben.

Er schlief eine Weile in dem grünen Schatten, ehe er zum See und dem Haus weiterging, in dem Inga ihn erwartete. Sie hatte aufgeräumt, alles schön hergerichtet, sie wurde glühend rot, als er am Waldrand auftauchte, und sie sagte nur: »Du willst sicher Kaffee haben.«

Inga hatte schon vor Monaten erfahren, daß Simon über alles Bescheid wußte, und sie hatte sich viele Bilder von dem Augenblick ausgemalt, wenn er durch den Wald kommen und sie beide zusammentreffen und endlich über alles würden sprechen können.

Während all seiner Kinderjahre hatte sie Abstand zu ihm gehalten, ängstlich hatte sie den quecksilbrigen Jungen aus den Augenwinkeln beobachtet. Als aber Karin und Erik im Frühjahr hier gewesen waren und Inga bei dieser Gelegenheit erfuhr, daß Simon nun alles wußte, hatte sie ihr Abstandnehmen niedergerissen wie man einen alten Zaun niederreißt, wenn er keinen Schutz vor dem Sturm mehr bietet.

Sie war dankbar für die Monate, die Simon hatte verstreichen lassen, sie hatte die Zeit gebraucht, um sich eine Vorstellung davon zu machen, was jetzt geschehen sollte. Aber sie hatte sich nicht vorgestellt, daß er so erwachsen war, so gut aussah und dem Spielmann so ähnlich. Das Gespräch beim Kaffeetrinken drehte sich zäh ums Wetter, die Hitzewelle und den Regen, der viel zu spät gekommen war. Inga hatte ihre Kühe verkauft, das konnte sie erzählen. Und Arbeit in der Schule gekriegt, bei der Schülerspeisung.

»Da hast du einen weiten Weg«, meinte Simon.

»Ja, aber eigentlich gar nicht so schlimm.« Sie konnte, bis der Schnee kam, mit dem Rad fahren, dann würde sie den Tretschlitten nehmen. Der Schneepflug machte den Weg befahrbar.

Ihm war bewußt, daß sie über die Arbeit froh war, weil sie dadurch mit Menschen zusammenkam und Gemeinschaft erlebte.

Bei Inga gab es keine Bitterkeit und auch keine Traurigkeit wie bei Karin. Eher eine Art Verwunderung in all dem Erdgebundenen.

Wolken zogen auf und die Winde brachten eine Ahnung von der Kühle des Herbstes mit. Sie gingen ins Haus.

»Es wird schon alles gelb«, sagte Inga. »Ist dir das aufgefallen?«

»Ja.« Er dachte an das falsche Gold im Moos und lachte sein neues weißes Lächeln in all der Bräune. Dann holte er tief Luft, und er nahm all seinen Mut zusammen für diese Frage: »Sehe ich ihm ähnlich?«

»Ja, bei Gott«, nickte Inga. »Wenn er hier neben uns stünde, hätte man Mühe, euch auseinanderzuhalten.«

Dann aber dachte sie, das sei wohl nicht wahr. Simon war derber, größer, besaß mehr an Kraft und weniger an Traum.

Es war zwischen ihnen jetzt eine gewisse Spannung entstanden. Deshalb war es eine Erleichterung, daß er das zu benennen gewagt hatte, worüber sie sprechen mußten. Inga versuchte ihrer Unruhe in einer gewissen Geschäftigkeit Luft zu verschaffen, sie spaltete Kleinholz, machte Feuer im Küchenherd.

»Hier ist kalt, findest du nicht? Ich habe einen Hefeteig angesetzt, da kommt die Herdwärme gerade recht.«

Simon fror nicht. Er sah sich in dem kleinen Haus um, als sähe er alles zum ersten Mal, spürte die Geborgenheit und das Wohlbehagen, das es unter niedrigen Dächern in alten Häusern immer gibt. Er dachte erstaunt, daß es hier schön war allein schon durch das Licht, das durch die kleinen Fenster drang und die bunten Flickenteppiche auf den breiten Bodendielen zum Leben erweckte.

Inga machte, wie es schien, aus lauter Tatendrang auch in der großen Stube Feuer im Kachelofen. Jetzt wurde es so warm, daß Simon die Uniformjacke ausziehen mußte, in Hemdsärmeln im Schaukelstuhl saß und fragte: »War er oft hier im Haus?«

»O nein«, erwiderte Inga. »Hier lagen Vater und Mutter im Sterben. Wir sind nie ins Haus gegangen, wir haben uns am Bach getroffen.«

»Es war ein so wundervoll warmer und schöner Frühling«, fuhr sie fort, und bei diesen Worten überkam sie eine tiefe Ruhe, sie konnte sich an den Tisch setzen und mit dem Erzählen beginnen.

Sie fand die richtigen Worte, sie fielen, wie sie sollten, und wie sie es sich den Sommer über ausgedacht hatte, als sie auf Simon gewartet hatte.

Schließlich war sie beim letzten Abend angekommen.

»Ich wußte, daß er sich verabschieden würde, denn seine Geige klang an diesem Abend besonders traurig. Darum war ich gar nicht so verwundert, als er nicht wiederkam.«

In ihrer Stimme lag Wehmut wie ein dünner blauer Ton.

»Auch nicht traurig?«

»Doch«, sagte sie. »Aber weißt du, ich hatte es ja die ganze Zeit gewußt. Wir beide waren nicht für einander geschaffen. Er war zu fein für mich.«

Simon sah es vor sich, wie sie sich zur Erde gebeugt und das Joch aufgenommen hatte, wie es bei den Bauersfrauen durch alle Zeiten der Brauch gewesen war, demütig und dankbar für das Vergangene.

»Er war nicht richtig von dieser Welt«, sagte sie. »Irgendwann später habe ich mir eingebildet, ich hätte das alles nur geträumt. Aber dann bist du in meinem Leib gewachsen.«

»Hat es lange gedauert, bis du gewußt hast, daß du ein Kind erwartest?«

»Ja, lange. Ich habe es wohl nicht zu begreifen gewagt. Ich war schon im November, als Karin kam, dick und schwer, und eigentlich habe ich es wohl erst begriffen, als sie es aussprach.«

»Du kriegst ein Kind, Inga«, hatte Karin gesagt. Noch heute klang es ihr in den Ohren, und sie konnte noch immer die gewaltige Angst von damals im ganzen Körper spüren, als sie sie annehmen mußte, diese Schande wegen des Kindes, das in ihr wuchs.

Verleugnet, dachte Simon. Aber er war nicht erstaunt, er konnte sich von seinen Kindheitsträumen her daran erinnern. Verleugnet und dann verlassen zwischen den gekachelten Wänden des weit von den Bäumen entfernten Krankenhauses, fern vom Rauschen der Kronen und dem Licht über dem See.

»Später bekam ich einen Brief«, sagte Inga.

»Ich weiß, aber Erik hat dich im Krieg dann gezwungen, ihn zu verbrennen.«

»Erik konnte mich doch dazu nicht zwingen«, sagte sie unerschütterlich wie der Boden, auf dem sie stand.

»Er hat im Frühjahr 1940 ganz hysterisch angerufen und ich dachte bei mir, wenn die Deutschen kommen, habe ich Zeit genug, den Brief im Hohlraum der Eiche hinter der Scheune zu verstecken. Aber die Deutschen kamen nicht. Der Brief liegt also noch im Sekretär, wo er immer gelegen hat.« Simon bekam Herzklopfen.

Inga nahm einen Schlüssel zur Hand, schloß den alten Sekretär auf und entnahm einer Schublade eine verdeckelte Messingdose.

»Ich habe den Brief damals in die Dose getan, als ich dachte, daß ich ihn vielleicht würde in der Eiche verstecken müssen«, sagte sie.

Sie konnte den Deckel nicht öffnen. Sie mußte in der Küche ein Messer holen, um ihn zu lockern.

Deutsche Briefmarken, abgestempelt am 4. März 1929 in Berlin. Geöffnet, nie gelesen.

»Ich habe die Sprache ja nicht verstanden. Wir haben nie miteinander reden können«, sagte Inga und Simon dachte, warum ist das Leben nur so unbegreiflich, so unfaßbar traurig.

»Ich habe die Bodenkammer für dich hergerichtet, dir oben das Bett gemacht«, sagte Inga, und Simon dachte, daß sie seit Karins Anruf eine Menge erledigt hatte. Sie hatte saubergemacht, ihr schönstes blaues Kleid gebügelt, einen Hefeteig angesetzt, in der Bodenkammer das Bett überzogen.

»Geh nach oben, da bist du allein«, forderte Inga ihn auf. »Du mußt allein sein, wenn du den Brief liest. Kannst du deutsch?«

»Ja«, sagte Simon und ging die Treppe hinauf, die unter seinen Schritten knarrte. Er legte sich mit dem Brief auf dem Bauch der Länge nach auf den gehäkelten Überwurf. Herrgott. Sein Mund war trocken, er ging in die Küche zurück, um sich einen Becher Wasser zu holen, blieb lange stehen und sah Inga zu, wie sie das aufgegangene Hefegebäck in den Ofen schob.

»Du hast nicht zufällig ein Bier?« fragte er.

»Ach nein«, sagte Inga. »Du wirst verstehen, ich hatte ja gar keine Zeit in den Laden zu gehen, und schon gar nicht habe ich daran gedacht, daß du ein Mann geworden bist, der ein Bier brauchen könnte.«

Darüber mußten sie lachen. Dann holte Inga Saft, den Saft aus schwarzen Johannisbeeren, die sie im letzten Sommer geerntet hatte. Also hatte Simon den Geschmack der Kindheit im Mund und den Duft der Kindheit nach frisch gebackenem Milchbrot in der Nase, als er sich oben in der Kammer überwand, den Brief zu lesen.

Es war ein Liebesbrief voll romantischer Worte. Waldfee, meine Waldfee, nannte er sie. Er hoffte, im Herbst wiederkommen zu können, hatte sich erneut um einen Lehrerposten an der Volkshochschule beworben. Aber er mußte sicher sein können, daß sie auf ihn wartete, daß ihre Sehnsucht nach ihm ebenso groß war, wie die seine nach ihr. Ob sie wohl schreiben, ein Lebenszeichen senden wolle. Tausend Küsse. Simon Habermann und eine Adresse in Berlin.

Simon spürte unmittelbar nichts als Enttäuschung, obwohl er sich fragte, was er denn eigentlich erwartet, was er erhofft hatte. Der jüdische Spielmann konnte nicht wissen, daß seine Liebe Frucht getragen hatte, daß es da einen kleinen Jungen gab.

Simon legte sich das Kissen übers Gesicht und ließ die Tränen kommen. Sie versiegten nach einer halben Stunde, aber er empfand eine Wehmut so groß wie das Meer.

Als er zum Waschtisch ging, um sich das Gesicht abzuspülen, sah er, daß das Wasser in der Kanne gelb und abgestanden war. Inga hatte die Kammer schon vor langer Zeit vorbereitet, sie hatte ihn seit langem erwartet.

Inga saß in der Küche. Sie hatte rote Flecken auf den Wangen, aber sonst war sie blaß, sehr blaß sogar. Simon setzte sich zu ihr und begann den Brief zu übersetzen.

»Mitt skogsrå . . .«, begann er. »Ich bin mir nicht ganz sicher, ob das der richtige Sinn des Wortes ›Waldfee‹ ist, aber es wird ungefähr hinkommen.«

Dann folgte all das von Sehnsucht, Liebe, Küssen. Und die Bitte um eine Antwort.

»Aber warum ist er nicht gekommen?« Ingas Stimme war kaum hörbar, sie hatte die Hände vors Gesicht geschlagen, doch Simon erkannte an ihren Schultern, wie das Weinen in Wellen über sie kam.

»Er hat auf Antwort gewartet«, sagte Simon.

»Aber er wußte doch, daß ich nicht verstehen konnte, was er schrieb.«

»Er hat wahrscheinlich angenommen, daß du zu jemand gehst, der den Brief übersetzen kann.«

Simons Stimme war voll Bitterkeit, als er weiterlas: »Schreibe mir, gib mir ein Lebenszeichen, damit ich sicher sein kann, daß es Dich gibt, daß Du nicht nur ein wilder und schöner Traum bist.«

»Gott im Himmel!« stöhnte Inga. »Zu wem sollte ich denn gehen? Begreif doch, daß niemand es wissen durfte. Die Schande, Simon, ich wäre vor Scham gestorben.«

»Meinetwegen«, murmelte Simon.

»Ja«, erwiderte Inga, und als Simon sich erhob und aus dem Haus lief, rannte sie ihm rufend nach: »Du verstehst das nicht, Simon, du wirst nie verstehen können, wie das früher war!«

Er blieb stehen, wandte sich halb um und sagte: »Nein, das kann ich wohl nicht verstehen.«

»Du hast es doch so gut gehabt, Simon, du hast es dort bei Karin und Erik doch so gut gehabt!«

Karin, dachte er in wildem Zorn, Karin hätte den Brief übersetzen lassen können, hätte nach Berlin schreiben und von dem Kind berichten können. Doch im nächsten Moment wußte er, daß sie das nie gewollt hatte, daß sie den Brief ungelesen haben wollte, während sie sich um ihr Baby kümmerte und daß sie so wenig wie möglich an den Vater des kleinen Jungen mit den unglaublich dunklen Augen erinnert werden wollte.

»Ich geh ein bißchen in den Wald, bin zum Essen wieder da.«

Seine Stimme war lauter als beabsichtigt, war aufgeladen mit dem Zorn, der nicht Inga galt, sondern Karin, und er versuchte zu lächeln, um es zu vertuschen. Aber Inga war schon ins Haus zurückgegangen.

Er kletterte durchs Geröll hangaufwärts, setzte sich hin und blickte über den See, dessen tiefes Blau ganz mit seiner Wehmut übereinstimmte. Aber die Bäume schwiegen, blieben stumm, und er wußte genau, daß ihr Friede nicht für ihn da war, daß seine Heimat die tausend unruhigen Fragen waren, die vergeblich nach Antworten suchten.

Auf dem Rückweg dachte er, wenn Habermann es mit seinem Brief ernst gemeint hätte, wäre es ihm immerhin möglich gewesen, ihn seinerseits übersetzen zu lassen. Es hatte in den zwanziger Jahren eine Menge Schweden in Berlin gegeben.

Im Haus erwartete ihn Inga mit einer Fleischsuppe, die er, wie sie wußte, besonders gern mochte, mit frischem Brot und Bier. Sie war mit dem Rad den weiten Weg bis zum Kaufladen gefahren und hatte ein paar Flaschen Bier geholt.

Er trank gierig, aber es war nur alkoholarmes Leichtbier und verschaffte ihm keine Entspannung.

Keiner der beiden hatte in dieser Nacht wohl besonders viel geschlafen.

Beim Frühstück sagte Simon: »Den Brief kannst du behalten. Er ist ja an dich gerichtet. Ich schreibe dir die Übersetzung auf die Rückseite.«

Aber Inga meinte: »Ich habe die ganze Nacht nachgedacht, und ich weiß genau, daß du mich auslachen wirst. Aber gesagt will ich es haben, daß ich nämlich zu dem Schluß gekommen bin, daß das alles nur deinetwegen geschehen ist, damit du auf die Welt kommst.«

Die ist verrückt, dachte Simon, aber er lachte nicht, und so fuhr Inga fort: »Ich bilde mir ein, daß du dir uns ausgesucht hast. Aber wir zwei, der Spielmann und ich, waren ja so unvereinbar. Hätte er mit mir reden können und verstanden, was für ein einfacher Mensch ich bin, hätte er sich nie in mich verliebt, hätte mich nicht einmal angeschaut. Wir gehörten verschiedenen Welten an, Simon.«

Das ist wahr, dachte er, sie hat recht. Sie hätten nie zu einer Familie werden können. Aber dann verhärtete sich sein Blick wieder und er dachte, hättest du ihn geheiratet, dann hätte er überlebt, wäre gerettet worden, wäre Hitler und dem Vernichtungslager entkommen.

Aber er sprach es nicht aus, und er erinnerte sich an den Mann im Traum, der mit seiner Geige den Hügel hinauf gegangen war, dem Tod entgegen, weil er sterben wollte.

»Du hättest verstanden, daß er auf der Erde nicht richtig heimisch war, wenn du ihn hättest auf seiner Geige spielen hören«, sagte Inga, als hätte sie Simons Gedanken belauscht.

»Das war keine Bauernmusik, Simon, kein solches Gefiedel, nach dem man bei uns herumhopst. Es kam wie aus dem Himmel. Ich hatte nicht einmal geahnt, daß eine Geige so klingen kann.«

»Weißt du etwas darüber, welche Musik er gespielt hat?«

»Ja, einmal habe ich seine Musik im Radio gehört, und ich habe mir eingebildet, daß er mitgespielt hat, denn es war ein Orchester aus Berlin. Der Mann, der die Musik geschrieben hat, war aus Finnland, aber seinen Namen habe ich inzwischen vergessen.«

»Sibelius«, sagte Simon.

»Ja!« sagte sie, und Simon hätte jetzt alles für eine Geige gegeben, um sie in ihr wieder zum Klingen zu bringen, diese wilde, sehnsuchtsvolle Musik von Sibelius.

Aber er hatte keine Geige, und er konnte nicht spielen.

Er umarmte sie vor dem Weggehen lange und herzlich, blieb winkend am Waldrand stehen und dachte, als er den Waldweg entlang rannte, um das Auto nicht zu verpassen, das ihn an der großen Landstraße aufnehmen wollte, daß Inga ihm den erstaunlichsten Trost mitgegeben hatte, den er je gehört hatte: Ich glaube, das ist alles nur deinetwegen geschehen. Du wolltest auf die Welt. Du hast dir uns ausgesucht. Vielleicht werde ich wirklich verrückt, dachte er. Ein so wahnwitziger, unglaublicher, lächerlicher Gedanke.

Aber er war tröstlich.

Simon blieb auf der Brücke mit dem Telefon nur wenig Zeit, bis das Boot zum Abholen kam, also rief er Ruben an und sagte: »Er hat Simon Habermann geheißen.« Und dazu bekam Ruben noch die Berliner Adresse. »Kannst du da nachforschen, Onkel Ruben?«

»Ist doch klar, Simon. Du hörst von mir.«

»Danke.«

Ich weiß doch, wie sinnlos es ist, weiß, daß er in den Öfen gestorben ist, dachte Simon. Aber er mußte dem Rationalen immerhin eine Chance geben.

Die jüdischen Gemeinden der ganzen Welt arbeiteten unermüdlich daran, ein Netz zwischen den Toten und den Überlebenden zu knüpfen. Schon nach einer Woche hatte Ruben Bescheid. Simon Habermann, Geiger beim Berliner Philharmonischen Orchester, war im November 1942 zusammen mit seiner Schwester deportiert und im Mai 1944 in Auschwitz vergast worden.

Die Schwester war schon früher an Entkräftung gestorben.

Er war unverheiratet gewesen, nähere Verwandte waren nicht mehr am Leben.

Simon war sechzehn, als dieser Mann starb, dachte Ruben. Im Lauf von sechzehn Jahren hätte der Musiker immerhin erfahren können, daß er einen Sohn in Schweden hatte. Zumindest hätte er ein Anrecht darauf gehabt.

Zum ersten Mal empfand Ruben einen Groll auf Karin. Sie hatte Anteil an einer Ungerechtigkeit, dachte er.

In der Baracke im äußeren Schärengürtel wartete ein Brief mit einem Poststempel aus Stockholm auf Simon. Er wußte, daß dieser Brief von Iza kam, und daß sie jetzt die Fänge nach ihm ausstreckte.

Ein Foto lag bei, sie war schlank, schön, zurechtgemacht wie ein Filmstar, und sie sah ihn aus Augen an, die vor Hunger brannten.

»Was für eine Braut!« sagten die Kameraden. »Was für ein heißer Feger! Wo, zum Teufel, hast du die versteckt?«

»In Stockholm«, gab Simon Auskunft und merkte, wie er in der Achtung der anderen stieg.

»Wirst du sie besuchen?«

»Ja, sie schreibt, daß sie es gerne möchte.«

»Wirst du dich mit ihr verloben?«

Simon sah die anderen lange und eindringlich an und sagte es dann, wie es war: »Ich hoffe, das bleibt mir erspart.«

Wie immer konnten sie ihn nicht begreifen, schüttelten die Köpfe. Der helläugige Bengtsson, der so viel Sehnsucht in sich trug, grinste verlegen: »Wenn's dir erspart bleibt, könntest du's einem andern vielleicht sagen. Hier ist nämlich einer, der gerne für dich einspringt.«

Gelächter dröhnte durch die Baracke, und Simon hatte keine Möglichkeit für eine Erklärung.

Wenn es da etwas zu erklären gegeben hätte.

25

Simon stand vor Rubens Bücherregal und las in ›Schwedisches Nachschlagewerk‹, erschienen in Malmö 1935, über Spinnen nach: ... *gekennzeichnet durch eine Verdickung des Hinterleibes, der stielartig mit dem Bruststück verbunden und mit vier oder sechs Spinndrüsen versehen ist ... Die Beine enden klauenartig /Fig. 2/, an den Spitzen befinden sich die Mündungen der Giftdrüsen ... Die vier Beinpaare haben kammähnlich gezahnte Klauen ... Die Hauptpartien des Nervensystems bestehen aus Gehirn ... die Ausführungsgänge der paarig angeordneten Geschlechtsorgane vereinen sich zu einem Kanal, der in den Hinterleib mündet ...*

Er sah sich Fig. 2 an und schüttelte sich vor Ekel.

Nachttiere, las er. *Raubtiere*. Gifte unbekannter Zusammensetzung. Die in Schweden vorkommenden Arten sind alle ungefährlich.

Doch es gab eine europäische Art, die Tarantel, deren Biß für den Menschen gefährlich sein konnte, selbst wenn die Giftwirkung auf die nähere Umgebung der Wunde begrenzt war.

Kein Wort darüber, daß die Weibchen die Männchen nach der Paarung auffraßen.

Er wartete auf Isak, der inzwischen den Führerschein gemacht hatte und Simon mit Rubens Auto zurück in die Unterkunft bringen wollte. Es war Herbst, gelbes Laub wirbelte draußen von den Bäumen, und am Meer war die Luft würzig und glasklar.

Die meisten Rekruten hatten Ernteurlaub oder, wie es hieß, aus familiären Gründen Sonderurlaub gehabt. Simon ging zu Kapitän Sjövall: Haltung annehmen, Meldung machen ... aber es lag eine leichte Scherzhaftigkeit über dem Ritual, als er um drei Tage Sonderurlaub aus Familiengründen ansuchte.

»Was ist denn mit Larssons Familie?« fragte Sjövall.

»Ich habe ein Mädchen in Stockholm«, sagte Simon.

»Kein Urlaubsgrund«, sagte Sjövall.

»Sie ist krank«, meldete Simon, und das stimmte ja irgendwie. Kranke Verlobte, schrieb Sjövall, und damit war die Sache geklärt. Simon verriet zu Hause niemandem auch nur ein Sterbenswörtchen, und am Mittwochmorgen saß er im Schnellzug nach Stockholm und versuchte sich an das zu erinnern, was er über Spinnen gelesen hatte.

Das Bild hatte seinen Reiz verloren.

Daran ist Isak schuld, dachte Simon und erinnerte sich an den Streit im Auto. Es hatte damit angefangen, daß Simon fast beiläufig erwähnt hatte, er werde am nächsten Wochenende zu Iza nach Stockholm fahren.

Isak hatte sich fürchterlich aufgeregt, hatte Simon angeschrien, er sei wohl übergeschnappt, daß er mit offenen Augen ins Verderben renne.

Simon hatte nicht nur wegen dieses Ausbruchs, sondern vor allem wegen des Fahrtempos Angst bekommen, denn binnen weniger Minuten hatte Isak Rubens alten Chevrolet auf fast Hundert gebracht, und Simon hatte geschrien, beruhige dich schon, sonst bringst du uns beide noch um.

Da hatte Isak das Tempo zurückgenommen und wie eine Mauer geschwiegen, und sie waren immerhin zehn Minuten zu früh in normalem Tempo auf dem Parkplatz vor der Kaserne angekommen. Und Isak hatte diese Minuten gut genutzt, er hatte sich Simon zugewandt und von Olga erzählt, und was Mona und er festgestellt hatten.

»Du kannst immerhin jetzt noch frei entscheiden, ob du wie Ruben ein Leben mit einer verrückten Frau leben möchtest, einer Frau, vor der Ruben erst seine Ruhe hatte, als sie in die Irrenanstalt eingeliefert wurde«, hatte Isak gesagt. Und dann hatte er hinzugefügt: »Aber du hast, verdammt, nicht das Recht, Kinder mit einer Mutter in die Welt zu setzen, wie Iza eine werden würde.«

Isak war dem Weinen nahe gewesen, und Simon hatte wie vom Blitz getroffen neben ihm gesessen.

»Ich will sie, zum Teufel nochmal, doch nicht heiraten!«

»Wenn die dir ein Kind anhängen kann, tut die das. Sie hat wenig Chancen zu heiraten, denn sie schreckt jeden normalen Mann ab. Wenn die dich in die Klauen kriegt, läßt sie dich nie wieder frei.«

»Klauen mit Giftdrüsen an den Spitzen«, hatte Simon geantwortet.

»Simon, wirst du jetzt auch schon verrückt? Vielleicht solltest du mit Maria reden, die schreibt dich vielleicht krank.«

Simon hatte Isak angesehen und zu lachen versucht.

»Ich werde daran denken ... an alles, was du gesagt hast. Und danke, daß du mir von deiner Mutter erzählt hast.«

Simon hatte gefühlt, daß das schwierig gewesen war. Aber inzwischen war es Zeit geworden, in die Kaserne zu gehen.

Jetzt saß er in der Eisenbahn und versuchte das alte Bild von der bösen und wirklichen Iza heraufzubeschwören.

Aber dann fand er das kindisch. Einer, der mit Gefühlen spielt.

Isak ist erwachsener als ich, dachte er, als der Zug in Skövde hielt. Einen Augenblick überlegte er, ob er aussteigen und auf die erstbeste Verbindung nach Süden warten sollte. Aber er blieb sitzen. Ich muß sie besiegen, dachte er.

Mein Bild von ihr besiegen, verbesserte er sich und schämte sich so, daß er rot wurde. Ein Mädchen, das ihm gegenüber saß, machte ein erstauntes Gesicht, und Simon mußte auf die Toilette gehen und sich Gesicht und Hände waschen, und danach ging er in den Speisewagen Kaffee trinken. Dort blieb er lange sitzen und sah die Landschaft vorüberfliegen, als würde sie vom Zug aufgefressen.

Iza holte ihn am Stockholmer Hauptbahnhof ab, unverändert, sie war genauso wie immer. Der berühmte Analytiker in der Schweiz hatte ihr nichts anhaben können. Sie zeigte Simon die Stadt, als wäre sie ihr Eigentum.

»Gegen das hier ist Göteborg ein Loch«, sagte sie, und Simon mußte, als er am Fenster in Izas Wohnung stand und auf Stockholm hinunterblickte, zugeben, daß die Stadt prachtvoll war, großartig.

Ruben hatte Iza auf den Anhöhen des Stadtteils Söder eine Wohnung gekauft, und es lag Sonne über dem Strömmen, dem Schloß und den tausend Dächern, obwohl sich der Oktober schon fast dem Ende zuneigte. Simon dachte, wie merkwürdig, daß in Göteborg nie jemand von Stockholm sprach, von der Hauptstadt, und davon, daß sie schön war. Aber gleichzeitig meinte er die Stadt recht gut zu kennen, obwohl er noch nie hier gewesen war, dachte, daß er sie durch August Strindberg und Hjalmar Söderberg kannte und aus Hunderten anderen Büchern, die er gelesen hatte.

Mehr als alles andere wollte er auf Entdeckungsreise gehen, wollte die Drottninggata entlang bis zu Strindbergs Blauem Turm gehen, den Strandvägen entlangschlendern, mit der Fähre hinüber zum Tiergarten fahren und die berühmten Eichen sehen. Aber Iza sagte: »Jetzt wollen wir uns lieben«, und Simon sah ihr ins Gesicht und dachte an die Spinnen: Hab ich dich erst im Netz, freß ich dich auf. Das steigerte die Verlockung nicht, und übrigens hatte er sich im Liebesleben der Spinnen einigermaßen geirrt.

»Ich habe Hunger«, sagte er. »Hast du was zu essen im Haus?«

Iza, die nie warten konnte, wurde wütend, stampfte mit dem Fuß auf, fluchte, machte, als das nicht half, eine dramatische Szene, weinte: »Jetzt warte ich schon seit Monaten auf meinen Geliebten, und dann will er nichts als essen.«

Aber Simon war schon draußen in der verwahrlosten Küche, öffnete den Kühlschrank und fand eine Dose Corned beef und ein paar Scheiben Knäckebrot.

»Komm, laß uns essen.«

Dann fragte er boshaft: »Seit wann bin ich dein Geliebter?«

Da strömten die Tränen wie ein Wasserfall, und Simon merkte mit Erstaunen, daß es ihn nicht berührte. Sie sah seine Kälte, hörte jäh zu weinen auf, und mit Augen voller Entzücken sagte sie: »Ich habe eine Flasche Wein gekauft.«

Sie aßen und tranken fast gut gelaunt, fast wie Freunde, bis Iza mit dem üblichen fieberhaften Eifer in der Stimme sagte: »Du bist also nicht hergekommen, um mit mir Liebe zu machen?«

»Nein, vor allem bin ich gekommen, um mir die Stadt anzusehen, und auch um nachzusehen, wie es dir geht.«

»Du machst Witze.«

»Vielleicht.«

»Ach, du bist grausam«, stöhnte sie und ihre Augen wurden schmal vor Erwartung und ihre Lippen wurden feucht vor Lust.

Simon trank seinen Wein aus, und dann waren sie im Bett, und er, der nach Monaten in den Schären ganz liebestoll war, hatte ihr viel zu bieten, wie er selbst meinte. Er brauchte sich nicht zurückzuhalten, sie wollte keine Zärtlichkeit, nur Ausdauer und zupackende Hände.

Aber er konnte sie nicht befriedigen. Sie wollte von ihm geschlagen werden, und er dachte an die Ausführungsgänge der Spinnen, die im Hinterleib münden, und er konnte nur schwer zuschlagen, und als sie, jetzt wild, in der Garderobe eine Peitsche holen lief, verlor er nicht nur die Lust, sondern auch seine Potenz.

Ihm war übel, er ging hinaus in ihr Badezimmer und übergab sich, redete sich ein, daß die verspeiste Konserve verdorben gewesen war, fühlte aber, daß sein ganzer Körper von Abscheu ergriffen war. Als der Magen seinen Inhalt von sich gegeben hatte, wusch Simon sich, zog sich die Hose an und ging wieder zu ihr.

Sie lag sehr still auf dem Rücken und sah mit leerem Blick an die Decke.

»Du bist nichts als ein kleiner Dreck, Simon Larsson«, sagte sie.

Da kannst du recht haben, dachte er, aber er sagte nichts, denn er hatte ihre Verzweiflung erkannt. Er kroch wieder ins Bett, legte sich dicht zu ihr.

Und ihre Hoffnung entzündete sich wieder, brannte bald mit verzehrender Kraft, und er ließ sich von ihrem Feuer mit Haut und Haar verschlingen.

Drei Tage und Nächte hielten sie durch, haßliebten sich, weinten, schliefen zwischendurch kurz, standen manchmal auf, um zu essen. Er lief ins Milchgeschäft, holte Brot und Butter, sie machte nicht einmal einen Ansatz, zu bezahlen, und er dachte, bald werde sein Geld zu Ende sein.

Sie saugte ihm das Blut aus, drang in sein Mark ein, und er ließ es geschehen, empfand es wie das Bezahlen einer alten Schuld, und sie stieß nicht auf Widerstand.

Dafür haßte sie ihn, alles sollte er haben, alles, was sie hatte ausstehen müssen. Sie erniedrigte ihn, schlug ihn, quälte ihn, und er hatte nichts entgegenzusetzen, erduldete alles, und sie schrie ihre Verachtung laut heraus.

Als am Samstagnachmittag die Dämmerung über die Stadt hereinfiel, schlief er über seiner eigenen und auch ihrer Verzweiflung ein. Da weckte sie ihn mit der Peitsche, schrie: »Schlag mich!«

Aber er konnte nicht schlagen, stand nur aus dem Bett auf und war frei, war mit allen fertig, mit Karin und Inga, der Ågrenschen und Dolly, er war ihnen allen begegnet und wußte, daß sie nicht zu besiegen waren.

Iza lag im Bett wie am ersten Tag, unbeweglich, den leeren Blick an der Decke.

»Geh«, sagte sie. »Geh jetzt, ich will dich nie mehr wiedersehen.«

Er duschte und zog die Uniform an, ging geradewegs hinaus in die fremde Stadt, in der es kalt war und dunkel. Fünf Kronen und fünfundsiebzig Öre hatte er in der Tasche, er wußte es, denn er hatte im Milchgeschäft nachgezählt. Das würde für ein Hotelzimmer nicht reichen.

Er hatte eine Rückfahrkarte, er konnte sich zum Hauptbahnhof durchfragen und den ersten Zug nach Göteborg nehmen. Als er aber den Katarinaberg hinunterging, dachte er, daß er die Stadt auf jeden Fall ansehen wollte, zumindest die Altstadt. Es gab noch keinen Frost, also konnte er die Nacht ruhig einmal im Freien verbringen.

Er überquerte die Schleuse, ging die Skeppsbron entlang und dann hinauf in die Gassen der Altstadt. Eisige Winde quälten sich zwischen den müden alten Häuserzeilen hindurch, Simon fror, fror ganz erbärmlich, als er auf dem großen Platz am Stortorget stand und dem Flügelschlag der Geschichte nachzuspüren versuchte, aber er fror.

Ich habe kein Herz mehr, dachte er, in meiner Brust gibt es keine Pumpe, die das Blut antreibt und warmhält.

Doch seine Beine bewegten sich Richtung Kornhamnstorg, wo die Cafés billiger aussahen. Er blieb lange vor einem stehen, las die Speisekarte im Fenster und rechnete aus, daß er für zwei Kronen und zwanzig Öre zwei Käsebrote und warmen Kakao bekommen konnte.

»Junge, Junge, du bist aber blaß«, sagte die Kellnerin in norrländischem Singsang, und Simon sah, daß sie Mona ähnelte, aber älter und noch mütterlicher war.

Er versuchte sie anzulächeln, aber es gelang nicht ganz.

Das Wichtigste war im Moment, daß er hier bei seinen Käsebroten eine Stunde im Warmen sitzen konnte.

Er biß nur kleine Stücke von dem Brot ab und kaute umständlich, trank den Kakao schlückchenweise und langsam. Allmählich kam sein Herz wieder in Gang, die Wärme drang vom Magen aus in die Füße, von wo sie auf Umwegen schließlich bis in den Kopf fand.

Als das Gehirn zu arbeiten begann, war diese Erleichterung, die er in Izas Schlafzimmer empfunden hatte, wie weggeblasen, und seine Gedanken waren von allerschlimmster Art.

Gott im Himmel, was war er nur für ein Ekel. Jahrelang hatte er von dem Mädchen phantasiert, die das Böse und ihn wirklich machen sollte. Er wollte sie, diese tausendmal Mißbrauchte, ebenfalls mißbrauchen um ihrer Wirklichkeit teilhaftig zu werden und sie begreifbar zu machen.

Denn er wollte sich die Bosheit zu eigen machen, hatte es aber, aus freien Stücken, selbst nie gewagt sie zu entwickeln.

Er dachte an die Ågrensche in den weit zurückliegenden Jahren seiner Kindheit, wie er sich zu ihr hingezogen gefühlt hatte, um hassen zu lernen, ihr die Brüste abschneiden und die Augen ausstechen zu können. In seiner Phantasie, immer nur in der Phantasie.

Jetzt rebellierte sein Magen wieder, wenn er sich nicht beruhigte, würde er das Essen nicht bei sich behalten können.

Bylund. Lange dachte er an Bylund und kam zu dem Schluß, daß sie einander eigentlich recht ähnlich waren, daß aber der Feldwebel der Ehrlichere war.

Es kamen keine Tränen, und dafür mußte er eigentlich dankbar sein, jetzt, wo das Café sich mit Menschen zu füllen begann. Er würde bald bezahlen, aufstehen und gehen.

Bylund hätte es geschafft, Bylund mit den bebenden Nasenflügeln hätte Iza all das geben können, was sie haben wollte. Er konnte Phantasie in die Tat umsetzen.

Aber er, Simon, hätte Bylund fast totgeschlagen.

Die Erinnerung stärkte ihn ein wenig, er konnte den nächsten Bissen schlucken, und der blieb im Magen, wie es sich gehörte.

Simon versuchte sich zu erinnern, wann es begonnen hatte, daß er sich zu Iza hingezogen fühlte.

Er hatte im Sanatorium das dicke, häßliche Mädchen angesehen und gedacht, daß er in ihr dem ersten Menschen begegnete, der in allem was er tat und sagte bedingungslos ehrlich war.

Das stimmt, so ist sie.

Dann erinnerte er sich, daß er die Ziffern auf ihrem Arm angestarrt hatte und daß die Zeit stehengeblieben war.

Sie ist im Besitz der Wirklichkeit, hatte er gedacht.

Inzwischen gab es viele Berichte aus den Lagern, geschrieben von Menschen, die überlebt hatten. Sie erzählten nicht nur von dem Bösen und von den Leiden, sie sprachen auch davon, wie das unfaßbare Geschehen alles unwirklich gemacht hatte.

Dort überlebte man nicht, indem man dem Mitleid Raum gab, schrieb einer. Aber ohne Mitleid wurde die Welt unwirklich.

Sie nehmen die Schuld der Henker an den Verbrechen auf sich, hatte Olof gesagt.

Iza?

Nein, er glaubte nicht, daß sie Schuld empfand. Aber für ein echtes Gegenwärtigsein mußte sie gequält werden.

Ich werde versuchen, ihr zu schreiben.

Was denn? Was sollte in diesem Brief stehen?

Wirkliche Menschen sind liebenswert, dachte er, Wirklichkeit ist, zu wissen, daß man sich auf einander verlassen kann. Wie Karin und Erik. Ruben, Inga, ja, auch sie besaß die Wirklichkeit.

Nicht dieser schwärmerische Musikant, der im Wald ein paar Wochen lang liebte und dann verschwand, um ein Jahr später mit einem albernen Brief von sich hören zu lassen.

Tausend Küsse.

Pfui Teufel, geradezu ekelhaft.

Lange dachte Simon an seinen Traum vom Spielmann, der der Vernichtung entgegenging.

Dieselbe Triebkraft wie seine eigene hin zum Bösen?

Ich habe es in den Genen, dachte er, es ist ein Erbe genau wie die Musik.

Tod?

Ich kann zum Bahnhof gehen, irgendein Gleis entlangtraben, und mich vor die Lok eines Schnellzugs werfen.

Aber er wußte genau, daß er das nicht tun konnte. Wegen Karin.

Er haßte sie dafür.

Dann dachte er, daß er gar nicht sterben wollte.

Das einzige, was er wirklich wollte war, geradenwegs zu ihr in ihre Küche zu fahren, ihr den Kopf in den Schoß zu legen und alles zu erzählen.

Aber das durfte er nicht.

Er mußte mit dem, was geschehen war, allein bleiben.

Allein, das war es, was Erwachsensein bedeutete.

Zum ersten Mal erkannte er, daß er erwachsen war, und der Gedanke war unerträglich.

26

Du siehst zum Erbarmen aus.«

Am Tisch saß ihm jetzt ein Mann mittleren Alters gegenüber. Er hatte etwas schräggestellte freundliche braune Augen.

»Du solltest was Richtiges essen«, bemerkte er.

»Ich habe kein Geld.«

»Einen Teller Suppe kann ich dir schon spendieren«, meinte der Mann, und die Kellnerin, die Simon schon lange mitleidig beobachtet hatte, kam fast angeschossen mit einem Teller voll dampfend heißem Essen. Simon aß voll Dankbarkeit, und der Mann, der ihm irgendwie bekannt vorkam, sagte: »Andersson.«

»Larsson.«

Sie schüttelten einander die Hände, der Mann hatte eine seltsam breite und kurze Hand, warm und trocken.

»Du bist nicht etwa vom Militär durchgebrannt?«

»Nein, nein. Ich fahre morgen nach Göteborg zurück. Ich hatte Urlaub.«

»Und bist in Stockholm gewesen und hast über die Stränge geschlagen, kann man ja verstehen.«

»Tja«, machte Simon mit einer Grimasse, mußte aber über den Schalk in den braunen Augen lachen.

»Ich habe eine Rückfahrkarte«, sagte er.

»Du kannst mit mir fahren. Ich fahre heute nacht mit einem Lastwagen nach Göteborg.«

Simon dachte, das sei mehr als er verdient hatte.

»Mein Vater hat viele Jahre einen Lastwagen gehabt«, sagte er. »Wahrscheinlich kommst du mir deswegen bekannt vor.«

»Ja, wir haben uns wohl manchmal gesehen, als du noch klein warst«, sagte Andersson und bezahlte nicht nur die Suppe, sondern auch die Brote. Dann bestellte er noch zehn Käsestullen. »Nein, lieber fünf mit Käse und fünf mit Leberwurst.«

»Wir brauchen Reiseproviant«, erklärte er und holte aus seiner Tasche unter dem Tisch zwei Thermosflaschen, die er mit Kaffee füllen ließ.

»Also, auf geht's!«

Sie gingen bergauf Richtung Schleuse, bogen zum Südbahnhof ab, wo Anderssons Lastwagen beladen und abfahrbereit wartete. Es war gegen zehn Uhr abends und die Straßen waren voller Menschen, ein rastloser Strom ohne Anfang und Ende.

»Stockholm fängt an, eine Stadt zu werden, die nachts nicht mehr schläft«, sagte Andersson.

Simon nickte, aber Stockholm interessierte ihn nicht mehr, ihn interessierte nur noch, so nah wie möglich bei dem Fernfahrer zu bleiben, der erstaunlich klein war, einen ganzen Kopf kleiner als Simon.

Ein grüner Dodge wartete auf Andersson, die Persenning war stramm über die schwere Last gespannt. Hinter dem Fahrerplatz befand sich eine knapp einen halben Meter breite Kabine mit einer dünnen Matratze, ein paar alten Decken und einem erstaunlich großen und weichen Kopfkissen.

Anderssons kurzer Daumen deutete auf das Lager.

»Du brauchst Schlaf, Larsson. Ich wecke dich bei Tagesanbruch irgendwo in Mittelschweden.«

Und Simon schlief gut wie ein Kind, eingehüllt in freundliche Träume von rauschendem Gras und lichter Geborgenheit.

Er wachte in der Morgendämmerung auf, als sie die Autobahn verließen und nun der Straßenbelag aus Schotter statt aus Asphalt bestand. Ihm wurde bewußt, wo er sich befand, er setzte sich irgendwo mitten in der Ebene von Östgötland auf, begegnete den schrägen Augen im Rückspiegel und fühlte sich gut aufgehoben.

»Ich habe mir gedacht, wir machen einen Abstecher Richtung

Omberg und essen auf dem heiligen Berg unser Frühstück im Grünen«, sagte Andersson.

Es war nicht mehr ganz so grün, aber eine milde Herbstsonne ging über der östgötischen Ebene auf. Es raschelte unter den Rädern, sie fuhren über einen Teppich aus dunkelrotem Gold.

»Buchenlaub, die Bäume werfen grade die Blätter ab«, sagte Andersson, und Simon betrachtete die säulengleichen Stämme am Weg. Er hatte in seinem Leben noch nie eine Buche gesehen, kannte sie nur aus Büchern.

»Was meinst du damit, daß der Berg heilig ist?« fragte er.

»Omberg«, sagte Andersson. »Er ist einer der acht heiligen Berge der Erde, seit Urzeiten in den geheimen Schriften erwähnt.«

»Du bist ein Ostgöte«, lachte Simon.

»Schon möglich«, sagte Andersson, und Simon dachte, die sind wahrscheinlich noch schlimmer als die Göteborger.

»Ich habe viele Beweise«, sagte Andersson und mußte auch lachen. »Schau dich mal in östlicher Richtung um, schau hinein in die Ebene.«

Simon gehorchte. Ein paar typisch rote Häuser standen dort, deren Fenster verschlafen in die Sonne blinzelten.

»Dort draußen hat Königin Omma vor langer Zeit über ihr Sumpfvolk geherrscht«, fuhr Andersson fort. »Es war ein magisches Volk, das das Geheimnis des Todes kannte und es bei Mondwechsel mit großen Festen feierte.«

»Das dichtest du dir jetzt aber zusammen«, lachte Simon, aber dann fiel ihm ein, daß er von den Ausgrabungen bei Dags Mosse gelesen hatte, einer seltsamen Pfahlbautensiedlung aus dem Neolithikum.

Andersson nickte: »Sie haben mehr als tausend Pfähle ins Moor getrieben und Böden darübergelegt«, sagte er. »Das war keine besonders schwere Arbeit, denn damals sind noch Riesen auf zwei Beinen über die Erde gegangen.«

Simon konnte es vor sich sehen, wie die Riesen die gewaltigen Buchen von Omberg ohne große Anstrengung aus der Erde gerissen, die Wurzeln abgeknickt und die Stämme zwischen Daumen und Zeigefinger durchgezogen hatten, um die Äste zu entfernen.

»Unsere Pinkelpause legen wir bei den alten Mönchen ein«, schlug Andersson vor, und schon sah Simon die Ruinen von Alvastra im Morgenlicht auftauchen.

Andersson hielt den schweren Wagen sanft an, schaltete den Motor ab, zog die Handbremse.

»Man muß sie pfleglich behandeln«, sagte er. »Sie ist nicht mehr allzu jung und hat ihre Mucken, die Karre.«

Sie gingen auf die Ruine zu und befreiten ihre Blasen, den Rücken einem Gedenkstein zugekehrt: Dem Beitrag der Könige Oskar II. und Gustav V. zur Geschichte des Klosters. Simon sah die schrägen Sonnenstrahlen sich durch die Gewölbe des Mittelschiffs schleichen und spürte die Flügelschläge, die er am Vorabend in der Stockholmer Altstadt vermißt hatte.

»Stell dir das mal vor«, sagte Andersson. »Stell dir eine lange Reihe französischer Mönche vor, die durch Europa trotten, Mann für Mann, wie aufgefädelt. Sie haben alle Arten von Samen für Heilpflanzen bei sich, Stecklinge von Apfel-, Birn- und Kirschbäumen, die alle zu Ahnen der Pflanzungen hier in diesem alten heidnischen Land werden sollen.«

»Stell dir das mal vor!« schwärmte Andersson weiter. »Stell dir vor, wie sie die Urwälder von Småland durchdringen und jeden Morgen zu ihrem Gott beten, ihn bitten, diese Wildnis möge vor dem Abend ein Ende finden, bevor die Wölfe zwischen den Bäumen zu heulen beginnen.«

Simon stellte es sich vor.

»Und eines Tages sind sie dann angekommen und fangen an, eine Kirche und ein Kloster zu bauen«, fuhr Andersson fort.

Simon konnte sie zwischen den Ruinen des Kapitelsaales schwach erkennen, graue Zisterziensermönche, Männer des heiligen Bernhard.

»Welch ein Mut«, sagte Andersson. »Das einzige, woran ihre Hoffnung hing, war der Brief eines Satansweibes, das Ulfhild hieß und schon mehrere Ehemänner umgebracht hatte und trotzdem von Sverker dem Alten geheiratet wurde und nun als Königin hier im Königshof saß.«

»Sie haben vermutlich Gott vertraut.«

»Ja. Dein Wille geschehe. Das ist es, was man Vertrauen nennt und was Wunder vollbringt.«

»Was die Materie besiegt und Berge versetzt«, fügte Simon hinzu.

Aber Andersson lachte als er sagte, es seien wohl etliche Pferde und Menschen dabei draufgegangen, als die Mönche aus den Kalksteinbrüchen von Borghamn Berge hierher versetzten, um ihre Kirche zu bauen.

Die beiden Männer wuschen sich im Baptisterium im nördlichen Kreuzgang die Hände, wo auch die Mönche sich einst die Hände gewaschen hatten.

»Ich wüßte gerne«, sagte Andersson, als er den ersten Gang einlegte und sie, vorbei an dem reichlich mit allerlei Schmuck versehenen Touristenhotel langsam bergauf krochen und Simon fast die Luft wegblieb bei dem Blick über den Vättersee, der sich ihm darbot, »ich wüßte gerne, ob es bei Ulfhild das schlechte Gewissen war, daß sie die Mönche kommen ließ.«

»Es war vermutlich Politik«, meinte Simon, der sich von der Schule her an die Werke des schwedischen Dichters Werner von Heidenstam erinnerte. »Es war nicht nur Gott, der demjenigen Macht verlieh, der sich gut mit der katholischen Kirche stellte.«

In Anderssons Gesicht zeigte sich ein Lächeln, das bedeutete, daß er mehr zu erzählen hätte, es aber lieber verschweigt. Weil es keine Worte dafür gab. Oder ganz einfach aus Freude an dem Geheimnisvollen.

Er gleicht einem alten Chinesen, dachte Simon, als Andersson fortfuhr: »Wie auch immer, es dauerte nicht lange, da hallten die Kirchenglocken über den Berg und vertrieben Königin Omma und auch die Riesen.«

»Wohin sind sie gegangen?«

Simon liebte diesen Augenblick, den Mann, den Berg, die Aussicht, das Gespräch. All das legte sich wie eine Arznei über die Qualen des gestrigen Tages.

»Sie gingen ein in eine andere Wirklichkeit, und dort haben sie es gut«, erwiderte Andersson mit so sicherer Stimme, als hätte er ihnen erst kürzlich einen Besuch abgestattet.

»Schön zu hören«, freute sich Simon, und dann mußten sie beide lachen.

»Links unten hast du die Höhle von Rödgaveln, die der Eingang zum Palast des Bergkönigs war«, erzählte Andersson weiter, aber Simon sah die schwindelerregenden Hänge nicht, denn der Lastwagen rollte schon bergab auf die Wiesen von Stocklycke zu, die von mächtigen Eichen umsäumt waren. Hier gab es auch Lärchen, jetzt in der Zeit des Nadelabwurfs flammend rotgelb. Bei der Touristenhütte bog der Fahrer jäh nach links ab und der Wagen begann wieder zu klettern, vorbei an Pers Sten und hinaus zur Landzunge von Älvarum. Auch hier blieb der Laster nicht stehen, er fuhr über Örnslid hinaus zur Steilküste, von wo man die Wände des Westens sehen konnte.

Hier hielt Andersson an, er sagte: »Du hast hoffentlich keine Höhenangst?«

Simon schüttelte, stumm vor Bewunderung, den Kopf. Wie der Felsen von Gibraltar dem Mittelmeer begegnet, begegnete der Omberg dem Vättersee, bewaldet zwar, norrländisch eindrucksvoll. Der See zeigte sich in strahlendem Türkis, die Sonne spiegelte sich im Wasser und hüllte die niedrigen Berge in blaugrünen Schimmer.

»Was für ein Licht«, staunte Simon.

»Keine Worte«, bat Andersson und nahm die Proviantdose und die Decken mit bis ganz hinaus zur Steilwand.

Ich werde ihm mein Gedicht vom Meer schicken, dachte Simon, als sie dort saßen, die verschwenderisch belegten Brote aßen und ihren Kaffee tranken.

Als Andersson den letzten Bissen gekaut hatte, sagte er: »Das Wasser ist so grün, weil die Riesen ihre dreckigen Unterhosen drin waschen.«

Bei Simon explodierte die Freude in einem großen Gelächter, das im Bauch begann, sein Echo aber in Ommas kilometerweit entfernter uralter Burg fand.

Andersson setzte sein geheimnisvolles Lächeln auf, die Sonne wärmte jetzt, er streckte sich auf seiner Decke aus, zog sich die Schirmmütze über die Augen und sagte: »Ist es nicht komisch, daß alles Wissen, das von außen kommt, dich glauben machen will, daß du nur ein Fliegenschiß im Universum bist? Aber das, was aus dir selber kommt, sagt dir nachdrücklich und eigensinnig, daß du alles bist und alles hast.«

Simon hatte darüber noch nie nachgedacht, überlegte eine Weile und meinte dann: »Irgendwie ist es wohl biologisch bedingt, ein Überlebenstrieb, der dir einredet, daß du ganz unerhört wichtig bist.«

»Nicht doch«, hielt Andersson dagegen. »Auf dieses Wissen kannst du dich verdammt mehr verlassen als auf die ganze Wissenschaft.«

Er schob die Mütze in den Nacken, stützte sich auf die Ellbogen und sah Simon lange an. »Mach die Augen zu, Junge«, sagte er. »Schalte dein Hirn ab und geh nach innen, in die Halle des Bergkönigs in deinem eigenen Herzen. Dort wirst du die Wahrheit darüber erfahren, daß du nicht vergebens geboren wurdest.«

Dann legte er sich hin, schlief ein, und Simon tat, wie er gesagt hatte, schloß die Augen. Zu ihm kam der zweite Satz der Symphonie Fantastique und fast unmittelbar trat er hinter die Bilder und hinaus in das Weiße ...

Er wurde von Andersson, der ihm die Hand auf die Schulter legte, wieder zurück in die Welt geholt. Es war eine Berührung voller Zuneigung.

»Wir müssen weiter, Junge. Na, hast du die Wahrheit vernommen?«

»Vielleicht nicht gerade vernommen«, erwiderte Simon. »Eher empfunden.«

»Gut, dann fahren wir also.«

Von Borghamn aus ging es Richtung Autobahn. Als die Räder keinen Lärm mehr machten, weil sie wieder auf Asphalt liefen, fing Andersson zu pfeifen an. Simon biß die Zähne zusammen, wie immer war er auf Mißtöne vorbereitet, aber nichts störte die Harmonie, als Andersson das Leitmotiv des zweiten Satzes von Berlioz pfiff.

Es war ein Morgen so voller Wunder gewesen, daß Simon sich schon über gar nichts mehr wundern konnte. Alles war wie es sein sollte, und dazu gehörte auch, daß Andersson die Musik vernommen hatte, die Simon dort oben auf dem Berg durchbraust hatte.

Als sie Jönköping hinter sich gelassen und das småländische Hochland erklommen hatten, bekam Andersson die Geschichte mit Iza zu hören, die ganze Geschichte.

»Ist dir klar, was für ein mieser Kerl ich bin?«

»Wie man's nimmt. Ich würde eher sagen, du bist einer von diesen armen Teufeln, die durchs Leben gehen, um alte Schulden abzubezahlen. Damit mußt du aufhören, denn diese Schuld gibt es nur in deiner Einbildung.« Simon schwieg lange Zeit, so erschrocken war er. Aber dann faßte er alles in einer Frage zusammen: »Der Versuch, abzubezahlen, ist also sinnlos?«

»Ja, denn es geht nicht«, erklärte Andersson. »Es gibt keine gängige Valuta. Ist doch selbstverständlich, wenn es keine Schulden gibt, kann es ja auch nichts geben, womit sie zu bezahlen sind.«

»Ich verstehe, was du meinst«, antwortete Simon. »Aber ...«

»Du bist phantastisch!« lachte Andersson und Simon hörte heraus, daß er sich über ihn lustig machte. »Meistens dauert es das ganze Leben, bis man mit den Ratenzahlungen quitt ist.«

Es war lange Zeit still im Wagen. Simon schaute hinaus in die Moorlandschaft von Bottnaryd und dachte so scharf nach, daß sein Gesicht ganz faltig wurde. All das Schwere in seinem Inneren, dieses viel zu Empfindliche und Verwundbare, das er Schuld zu nennen pflegte, gab es also gar nicht.

»Dann ist es wohl Traurigkeit«, sagte er wie zu sich selbst.

»Traurigkeit«, meinte Andersson. »Traurigkeit ist meistens nichts als Selbstmitleid.«

»Jetzt reicht's aber!« wetterte Simon, mußte aber lachen, denn im Moment stimmte es ja, in diesem Augenblick hatten Anderssons Worte Gültigkeit.

»Es gibt immer nur den Augenblick«, erklärte der Fernfahrer.

»Du lieber Gott ...«, stöhnte Simon.

»Ganz richtig«, sagte Andersson. »Gott ist der Gott des Jetzt, wie er dich vorfindet, so nimmt er dich an. Er fragt nicht danach, was du gewesen bist, sondern wie du jetzt in diesem Augenblick bist.«

Er ließ den Wagen bei Ulricehamn bergab im Leerlauf fahren und setzte fort: »Du bist wohl auch einer von diesen Narren, die glauben, das Leben unter Kontrolle halten zu können. Darum fühlst du dich zu dem, was du das Böse nennst, hingezogen, bildest dir ein, wenn du begreifst, wie es funktioniert, kannst du dich dagegen wehren und brauchst keine Angst zu haben.«

Simon holte tief Luft, das stimmte, er wußte es, und es tat ihm gleichzeitig weh und auch gut.

Dann war Anderssons Stimme wieder da, milder jetzt. »Wovor fürchtest du dich denn, Junge?«

»Ich weiß es nicht«, antwortete Simon, aber im nächsten Moment wußte er es, eine alte Angst rührte sich tief unten in seinem Bauch.

Er erzählte von Inga, von dem Gefühl der Verlassenheit bevor Karin kam.

»Der Körper hat seine eigenen Erinnerungen«, nickte Andersson.

Sie näherten sich Borås, wo es wie üblich regnete. Andersson kurbelte die Scheibe hoch und bekam nach einigen Versuchen die Scheibenwischer in Gang.

»Es ist etwas Eigenartiges mit Säuglingen«, sagte er. »Mit ihrem Bewußtsein. Hast du schon mal einem Neugeborenen in die Augen geschaut?« Nein, das hatte Simon nicht.

In Sjömarken hörte der Regen unversehens wieder auf und Simon fragte: »Hast du Kinder?«

»Eine ganze Reihe, verteilt über die ganze Welt.«

»In Amerika?«

»Ja, in Amerika auch, und sonst noch da und dort.«

»Du hast also keins mehr bei dir zu Hause?«

»Doch, ich habe einen Sohn in Schweden«, sagte Andersson und das rätselhafte Lächeln war sonniger denn je, als er hinzufügte: »Einen verdammt feinen Kerl.«

Es waren sechs Stunden vergangen, als sie im Glanz der Nachmittagssonne aus Richtung Kallebäck auf Göteborg zurollten. Aber für Simon war die Fahrt kurz wie ein Atemzug gewesen, er hätte mit Andersson bis in alle Ewigkeit im Wagen sitzen können.

»Das war's also«, sagte der Fahrer und hielt vor dem Hauptbahnhof. »Steig schnell aus, mir wird die Zeit schon knapp.«

»Du gibst mir doch wohl deine Adresse?« Simon stotterte vor lauter Hast, als er sah, wie Andersson schon die Wagentür wieder zuzog.

»Wir sehen uns wieder, Junge. Wir sehen uns, nur keine Bange.«

Andersson mußte mit seiner Ladung zum Hafen, die *Britannia* sollte bis spätestens fünf Uhr fertig beladen sein, und Simon sah den Wagen in Richtung Kaianlagen verschwinden.

Er fühlte sich unglaublich verlassen. Aber er betrat den Bahnhof, zählte sein Geld nach, es waren immer noch fünffünfundsiebzig, und fischte ein paar Zehnöremünzen heraus.

Karin war am Telefon.

»Hallo, Mama, bei mir ist alles bestens. Ist Isak in der Nähe?«

»Nein, er ist mit Mona im Kino.«

Simon versuchte zu denken, gewann Zeit durch die Frage: »Und dir geht's gut?«

»Absolut prima.«

»Du, Mama, kannst du Isak bestellen, daß ich es geschafft habe, daß es jetzt vorbei ist.«

»Wovon redest du, Simon?«

Er hörte die Besorgnis in ihrer Stimme und dachte, verdammt. »Ist nur ein Scherz, Mama, eine Wette.«

»Ach ja«, die Stimme klang jetzt eine Spur gekränkt, Karin glaubte ihm nicht.

»Mama!« schrie Simon. »Meine Münzen sind gleich alle, aber mir ist es im ganzen Leben noch nie so gut gegangen, hörst du!«

Das glaubte sie ihm, lachte, und dann war die Verbindung weg.

Als er am darauffolgenden Samstag in die Stadt kam, ging er stundenlang von einer LKW-Zentrale zur andern, von Fuhrwerker zu Fuhrwerker, und fragte nach Andersson, einem kleinen Mann mit braunen Augen, der einen grünen Dodge fuhr.

Nein, keiner kannte Andersson.

»Wird irgend so'n Einzelkämpfer sein«, hieß es. »Davon gibt es in unserer Branche eine Menge.«

27

Erik brachte Karin morgens den Kaffee ans Bett. Erst hatte sie das verlegen gemacht, aber bald war es zur Gewohnheit geworden. Ein Bedürfnis geradezu, mit frisch aufgebrühtem Kaffee und den oft neuen und guten morgendlichen Gedanken die Bettwärme noch eine Weile genießen zu dürfen.

In diesem Spätwinter kreisten ihre Gedanken häufig um Simon, der fröhlich und ausgeglichen war, obwohl es draußen auf den Inseln bei Kälte und Wind nicht unbedingt erheiternd sein konnte.

An einem Februartag, als es draußen schneite und sie die Nachttischlampe ausgeknipst hatte, um im Licht des anbrechenden Tages den Schneeflocken zuzusehen, klopfte Mona an ihre Tür.

Ach ja, dachte Karin, heute ist Mittwoch, da hat das Mädchen frei.

»Darf ich mich ein Weilchen zu dir setzen?«

Mona kroch ans Fußende des Bettes und wickelte sich in eine Decke. »Möchtest du Kaffee?«

»Nein, danke, ich habe schon gefrühstückt.«

Und dann, sehr schnell, als wolle sie es hinter sich bringen: »Karin, ich krieg ein Kind.«

Karin spürte, daß ihr Herz sich eine Weile seltsam benahm, aber das war sie ja gewöhnt und machte sich nicht viel daraus. Gedanken rasten ihr durch den Kopf, widersprüchliche Gefühle kämpften in ihr, uralte Frauenängste vor der Entbindung, Zärtlichkeit für die junge Frau, Freude, Besorgnis und, von allem am schwersten, das alte Leid ihrer eigenen Kinderlosigkeit.

Neid, dachte sie, ich bin neidisch.

Aber dann durchzuckte es sie, ich werde ein Enkelkind haben.

Das stimmte zwar nicht ganz, und doch war die Freude darüber das stärkste von allen Gefühlen.

»Herrgott, wie schön!« sagte sie.

Und dann laut lachend: »Da hätte man ja selbst drauf kommen können, so viel Liebe in einem so engen Bett und dann nur ein kleines Gummisäckchen als Gegenwehr!«

Mona hatte von ihrem Pessar erzählt, es der verwunderten Karin gezeigt, die gemeint hatte, zu so einem dünnen und schlotterigen Gummiballon hätte sie niemals Vertrauen.

Mona hatte sich damals stellvertretend für das Pessar gekränkt gefühlt, aber jetzt konnte sie einfach nicht sagen, wie es sich wirklich verhielt, daß sie es schon lange nicht mehr benutzte, weil sie die Hochzeit wollte. Und Kinder.

Und ganz besonders wollte sie von der Krankenpflegeschule loskommen.

»Jetzt wirst du Oma, Karin«, sagte sie.

»Jedenfalls sowas Ähnliches.«

Dann verloren sie sich in richtigem Frauengeschwätz von dem kleinen Jungen, nein Mädchen, sagte Mona, ich bin fast sicher, daß es ein Mädchen wird.

»Sie wird Malin heißen.«

»Wieso das?« fragte Karin. Sie fand den Namen altmodisch und nicht schön. Ihrer Meinung nach haftete ihm Armeleutegeruch an.

»Meine Mutter hat so geheißen«, sagte Mona, und da gab es nichts hinzuzufügen.

»Weiß Isak es schon?«

»Nein, noch nicht.«

»Ihr müßt heiraten.«

»Mmmm, hast du gehört, daß Frisörs in die Stadt ziehen wollen, die halten es mit dem Gerede über Dolly wohl hier nicht mehr aus. Und da habe ich mir gedacht, wir sollten die Dreizimmerwohnung im ersten Stock bei Gustafssons mieten.«

»Nicht schlecht«, nickte Karin und dachte, das Leben sei doch wirklich gut gesinnt, Mona und Isak würden ihre nächsten Nachbarn werden. Und das kleine Mädchen, ja, Karin hatte an das Ungeborene schon als an das kleine Mädchen zu denken begonnen.

»Vielleicht könntest du bei Gustafssons anrufen und dich erkundigen?«

»Ja, gerne«, erbot sich Karin.

Aber dann brachen alle Bedenken über sie herein. Wegen Isak und Chalmers.

»Wir können ein Studiendarlehen beantragen«, sagte Mona. »Das klingt albern, wenn man an Ruben denkt, aber trotzdem, wir werden das schaffen.«

Sie schaute Karin bittend an, die aber schüttelte den Kopf. In den Göta-Werken war Isak die Bedeutung des Geldes für das eigene Selbstwertgefühl bewußt geworden. Er bezahlte bei Karin und Erik ganz gewissenhaft für sich. Zu Ruben hatte er gesagt, für Marias Honorare wolle er selbst aufkommen. Das war eine große Ausgabe und ihm war längst bewußt, daß er noch Jahre zu ihr in Behandlung würde gehen müssen.

Das Geld war bei den beiden manchmal so knapp gewesen, daß Mona sich bei Karin etwas für die Straßenbahnfahrt borgen mußte.

Karin wußte sehr wohl, daß Isaks Haltung für ihn selbst wichtig war, aber manchmal tat ihr Ruben leid.

Jetzt hockten die beiden Frauen also im Bett und zählten im Kopf zusammen: Bettwäsche und Handtücher, Kissen, Decken, Betten, Möbel, Kochtöpfe, Teller ...

»Alles so schlicht wie möglich«, sagte Mona. Und als Karin meinte, sie wollten doch erst einmal im Keller nachsehen, was dort abgestellt war, mußte sie die Augen vor Monas Zorn niederschlagen: »Es kann nicht viel sein«, fügte Karin schnell hinzu, denn sie erinnerte sich, daß sie, als sie das Haus umbauten, die meisten Sachen weggeworfen hatte.

»Schade um deine Ausbildung«, sagte sie, denn sie hatte sich auf Monas Krankenpflegediplom gefreut.

»Pah«, machte Mona. »Ich möchte gar nicht Krankenschwester sein.«

»Aber du weißt, daß eine Berufsausbildung viel wert ist, wenn etwas passieren sollte«, entgegnete Karin, dachte aber im nächsten Augenblick, daß Rubens Familie nie in Not geraten konnte.

Trotzdem seufzte sie, ohne zu wissen, weshalb.

Als Lisa kam, hatte Karin schon bei Gustafssons angerufen, nein, sie hatten die Wohnung noch nicht vergeben, doch, doch, das würde schon in Ordnung gehen.

Während Lisa das Haus aufräumte, machten Mona und Karin einen Spaziergang am Strand. Es hatte zu schneien aufgehört, eine bleiche Wintersonne wagte sich heraus und färbte das Eis rund um die Bootsstege goldgelb.

»Es ist wichtig, daß Isak es bald erfährt«, sagte Karin.

Gegen Nachmittag fuhr Mona in die Stadt, stand am Kai und sah den Kahn mit den Männern der Göta-Werke über den Fluß kommen. Isak war gleich im ersten, freute sich, war aber doch ein wenig beunruhigt, als er sie sah: »Du mußt Onsala noch begrüßen.«

Mona schüttelte dem langen Revolverdreher die Hand, dann aber stand sie mit Isak allein am Kai und sah die Frage in seinen Augen.

»Gehen wir«, sagte sie. Isak schob sein Fahrrad und versuchte gleichzeitig, Mona einen Arm um die Schultern zu legen.

»Es ist hoffentlich nichts passiert?«

»Doch«, sagte sie. »Wir kriegen ein Kind.«

Isak ließ gleichzeitig sie und das Fahrrad los, das auf die Straße schepperte, während er sprachlos da stand und die Freude in sich einströmen ließ. Dann sagte er genau wie Karin: »Mein Gott, wie wunderbar.«

Nach einer Weile brachte er sein Fahrrad zur Gesenkschmiede, schloß es dort für die Nacht an, nahm Mona bei der Hand und sagte: »Jetzt gehen wir erst mal zu Papa.«

Sie schwebten förmlich durch die Stadt, die Füße spürten das Pflaster erst wieder, als sie sich Rubens Haustür näherten und Mona in die Wirklichkeit zurückfand.

»Was wird er sagen?«

»Er wird sich freuen.«

Trotzdem staunte Isak über Rubens Freude, als sie beide sehr jung und etwas furchtsam vor ihm standen und Mona es aussprach: »Wir erwarten ein Kind.«

Es war eine Freude, die aus den tiefsten Tiefen tausendjähriger Quellen emporstieg, eine Freude des Blutes, Familienfreude.

Mona schien es zu empfinden, denn sie sagte: »Es wird ein jüdisches Kind werden, wir werden in der Synagoge heiraten und ich werde euren Glauben annehmen.«

Da tat Ruben etwas Unerwartetes, entzündete die Kerzen auf dem siebenarmigen Leuchter, legte seine Arme um Mona und Isak, und sie standen vor den ruhigen Flammen und Ruben sprach ein langes Gebet auf Hebräisch.

Das alte Gebet drang in sie alle, und auch in das lauschende Kind ein, die Worte waren nicht zu verstehen, aber in ihnen war ein Friede, der allen Verstand überragte.

Etwas später rief Ruben Karin an und fragte, ob sie nicht heute abend zum Essen kommen könnten, er habe etwas Wichtiges zu berichten. Er hörte das helle Lachen in ihrer Stimme, als sie sagte, sie und Erik wollten es versuchen, aber erst als Ruben den Hörer aufgelegt hatte, begriff er, was das bedeutete.

Sie wußte es wohl schon, seine kluge Schicksalsgöttin.

Beim Essen sagte Isak: »Nun, Papa, ich möchte eigentlich bei den Göta-Werken bleiben. Was mich betrifft, lasse ich das Studium bei Chalmers gerne sausen.«

Mona senkte den Blick, um ihre Gedanken zu verbergen, aber Eriks Augen glitzerten neugierig und eine Spur boshaft. Jetzt würde sich zeigen, wie weit die Klassenlosigkeit reichte, die Ruben so gerne an den Tag legte. Nie würde er damit einverstanden sein, daß sein Sohn ein gewöhnlicher Arbeiter wurde, nicht, wenn es ums Ganze ging.

Aber Ruben sagte: »Ich habe das erwartet, Isak. Du fühlst dich dort ja wohl.«

Dann wandte er sich an Erik und gab fast schon ein wenig an: »Isak arbeitet schon an seiner eigenen Drehbank, das ist eine unerhört komplizierte Maschine.« Erik staunte, aber dann schlug er mit der Faust auf den Tisch, daß die Gläser klirrten: »Zum Teufel ...«

»Nicht fluchen«, mahnte Karin, und Erik kam fast aus dem Konzept, denn Karin war, was Flüche anbelangte, auch nicht von schlechten Eltern. Aber vielleicht dachte sie an das Kind in Monas Bauch ...

»Isak«, sagte Erik. »Du hast keine Ahnung davon, wie es mit der Zeit wird, wie man sich verausgabt und Rückenschmerzen und Rheuma kriegt. Gar nicht zu reden von den Gehörschäden und den schlechten Löhnen. Ich habe das selbst mitgemacht, ich weiß Bescheid. Auf die Dauer hält man den Dreck und den Lärm nicht aus.«

»Und die Unfreiheit«, fügte er hinzu. »Die ist das Schlimmste.«

Isak wollte einwenden, er habe inzwischen eine ganze Menge gesehen, wolle aber lieber die körperliche Belastung auf sich nehmen, als so ein scheißvornehmer Ingenieur werden. Aber Karin kam ihm zuvor: »Isak braucht Praxis, auch wenn er später noch in Chalmers studieren sollte. Es kann nie schaden, wenn er ein paar Jahre im Werk bleibt, damit sein Leben wenigstens in einigermaßen geordneten Bahnen verläuft, solange das Kind klein ist.«

Dann erzählte sie von der Wohnung bei Gustafssons.

»Ist die nicht zu unbequem?« warf Ruben ein.

»Nein, es gibt dort inzwischen Zentralheizung und Bad.«

Isak dachte, Gott ist gut, und er wollte Gustafssons noch am selben Abend aufsuchen, aber Mona und Karin dachten nur an Bettwäsche und Leinen, Möbel und Matratzen, Teller und Tassen und andere Notwendigkeiten.

Doch keine von beiden sprach es aus, und als Ruben mit Karin anstieß, erkannte sie an seinen fröhlichen Augen, daß ihm etwas Bestimmtes vorschwebte.

Mona erzählte, daß sie zum jüdischen Glauben konvertieren wolle. Erik machte ein erstauntes Gesicht, aber Karin nickte. Sie konnte es verstehen.

Keiner widmete dem Fischhändler auch nur einen Gedanken.

Alle brachen zeitig auf, denn Isak wollte Gustafssons doch noch aufsuchen. Er kam nach einer halben Stunde heim und sagte, alles sei abgesprochen, er werde den Mietvertrag am Samstag unterschreiben.

Es würde teurer werden als er gerechnet hatte, er nannte eine Miete, bei der Karin das Kinn herunterfiel.

»Da nimmt Gustafsson sich aber gewaltig was raus«, sagte Erik, als er später mit Karin allein war. »Hat sich wohl gedacht, der Sohn vom reichen Lentov kann zahlen.«

Karin nickte, meinte aber, bei der heutigen Wohnungsnot müsse man trotz allem dankbar sein.

Am nächsten Tag ging Mona zur Leiterin der Krankenpflegeschule und meldete sich ab. Sie sagte geradeheraus, daß sie schwanger sei, und die barsche Dame bekam mit gespitzten Lippen gerade noch heraus: »Dann würden Sie sowieso von der Schule verwiesen, Mona.«

Während die junge Frau die notwendigen Papiere ausfüllte, sprach die Leiterin von der Verwahrlosung der Jugend, und ob es für das Kind einen Vater gebe, ach so, es werde eine Hochzeit geben, und durfte man fragen, wer der Glückliche sei?

Mona lächelte nachsichtig: »Ja, es ist der Sohn von Ruben Lentov.«

»Die Alte hat ausgesehen, als würde sie ersticken«, lachte Mona, als sie es Ruben erzählte. Der lächelte und dachte, da habe ich nun endlich ein Kind, das stolz auf mich ist. Sie aßen, wie am Vorabend ausgemacht, in einem Restaurant zusammen zu Mittag.

Dann sagte Ruben Karins und Monas Sprüchlein in etwas umgekehrter Reihenfolge auf, das Sprüchlein von Möbeln und Teppichen, Porzellan und Silber, wie er sagte, und Mona liebte ihn allein schon wegen der schönen Wörter.

Er nahm ein Kuvert aus der Tasche: »Dies ist ein Geschenk an meine Schwiegertochter«, sagte Ruben.

»Und Isak«, ergänzte sie.

»Isak hat mit deiner und meiner Freundschaft nichts zu tun«, stellte er klar, und seine Augen funkelten.

Mona lächelte, als sie den Umschlag in ihre Handtasche steckte.

Während der langen Straßenbahnfahrt hinaus zu Karin widerstand sie der Versuchung, den Brief zu öffnen, dachte aber bekümmert, er sehe etwas dünn aus, und sie brauchten doch so viele Dinge. Teppiche, hatte Ruben gesagt. Sie wußte ein Geschäft, wo es wunderbare handgewebte Teppiche gab.

Bei Karin zu Hause nahm sie das Kuvert aus der Tasche, es war noch dünner, als sie es in Erinnerung hatte: »Mach du's auf«, sagte sie zu Karin. »Ich trau mich nicht.«

Karin nahm energisch ein Messer zur Hand und schlitzte den Umschlag auf, der nur ein Stück Papier enthielt.

»Das wird ein Scheck sein«, meinte sie, denn sie hatten beide bisher noch nie einen gesehen.

»Da steht Zehntausend drauf«, stellte Karin fest, und Mona mußte sich setzen, um nicht vor Freude in Ohnmacht zu fallen.

Sie versuchten sich bei einer Tasse Kaffee zu erholen, ehe sie sich die Wohnung anschauen gingen, in der die Frau des Friseurmeisters gerade zu packen angefangen hatte. So viele Rosen, dachte Mona, wie häßlich. Aber die Zimmer waren schön, groß und hell, und die Küche war ebenso geräumig wie die Küche bei Karin.

»Sieh mal«, sagte Mona, als sie am Schlafzimmerfenster standen und zu Larssons hinüber schauten. »Wir können einander zuwinken.«

»Schreckliche Möbel und entsetzliche Tapeten«, bemerkte Mona, als sie wieder zu Hause waren. »Wir werden in jedem einzelnen Raum die Wände weiß anmalen.«

Karin, die die Friseurfamilie nie hatte leiden können, stets aber deren Wohnung mit den Stilmöbeln und den Kristalleuchtern bewundert hatte, war erstaunt. »Wie wollt ihr's denn einrichten?«

»Weiße Wände, weiße Möbel, weiße Vorhänge«, antwortete Mona.

»Das klingt ... hell«, fand Karin.

»Wenige, aber teure Möbel«, sagte Mona. »Massenhaft Grünpflanzen.«

Sie war in Träume versunken, und Karin erkannte, daß sie diese schon lange gehegt hatte.

»Es soll aussehen wie in einem Pfarrhof auf dem Land«, sagte Mona. »Und die Küche soll so sein wie deine, mit vielen Flickenteppichen auf dem Fußboden. Und nur keine Kristalleuchter und solcher Firlefanz.«

Karin war bewußt, daß sie sich geschmeichelt fühlen sollte, also verschwieg sie, daß sie sich schon sehr lange einen Kristalleuchter gewünscht hatte.

Dann hörten sie Isak in der Auffahrt pfeifen, falsch wie immer, und Mona sah wie das verkörperte schlechte Gewissen aus. Er merkte es sofort: »Was hast du denn Schlimmes angestellt?«

Es sollte ein Scherz sein, aber er erschrak, als Mona vorschlug, lieber hinauf in ihr Zimmer zu gehen, um miteinander zu reden.

»Wenn du Hilfe brauchst, ruf mich«, murmelte Karin, die auch ein bißchen besorgt war.

Eine Weile später hörte sie aber Isaks Gelächter durch die Decke hindurch, und kurz darauf rannte er die Treppe herunter, nahm Karin in die Arme und imitierte Rubens etwas schleppenden Tonfall mit dem leichten Akzent: »Schöne Grüße an Isak, Mona, der hat mit deiner und meiner Freundschaft überhaupt nichts zu tun.«

»Mein Vater ist doch wirklich ein verdammt schlauer alter Jude!«

Isak war erleichtert und Karin und Mona begriffen beide sofort, daß er für sich das Sprüchlein auch immer wieder aufgesagt hatte: Bettwäsche, Leinen, Möbel, Porzellan.

28

Einige Wochen später kam der Samstag, der als ein Tag, an dem alles passierte, in die Familiengeschichte eingehen sollte.

Was Ruben anbelangte, fing der Tag nicht besonders gut an.

»Herr Direktor, Ihre Nichte ist am Telefon.«

Ruben verbiß sich eine Grimasse und sagte müde: »Sie ist nicht meine Nichte, sondern die Nichte meiner Frau.«

Er merkte, daß er lächerlich wirkte.

Die Stimme war wie immer fieberhaft, fordernd. Sie wollte mehr Geld.

»Ich bin am Verhungern«, sagte sie.

Aber Ruben war durch die Jahre bezüglich Iza abgehärtet, und er dachte an Olof Hirtz, und daß er dem Mädchen Grenzen setzen mußte, und so sagte er: »Du weißt, daß du mit der Unterstützung zurechtkommen mußt, die du bekommst.«

Sie schnurrte am Telefon wie eine Katze, als sie erwiderte: »Simon hat eine Woche bei mir gewohnt, er hat wie ein Löwe gegessen und wollte die Stadt kennenlernen und auf großem Fuß leben und so.«

Ruben wurde das Herz schwer, aber seine Stimme war ruhig, als er fragte: »Wann war das?«

»Es ist schon eine Weile her.« Und jetzt versagte ihr die Stimme und Ruben wußte, daß sie log, aber wohl doch nicht in jeder Hinsicht.

»Ich schicke einen Hunderter«, sagte er. »Wie geht's dir in der Schule?«

»So lala«, sagte sie. »Danke, lieber Onkel.«

Das war am Samstagmorgen, er rief Karin an und fragte, ob Simon wie üblich Wochenendurlaub habe. »Ja, wir erwarten ihn.«

»Dann hole ich ihn beim Regiment ab.«

Ruben war verärgert und wußte, daß er zornig war, weil er Angst um ihn hatte und ihn schützen wollte. Also versuchte er sich so gut es ging im Zaum zu halten: Verdammter Junge.

Simon stand auf der Anlegebrücke und wartete auf das Boot, das ihn zum Festland bringen sollte. Der Wind kam von See, aus Nordwest, und war beißend kalt, hatte die Stadt also nicht gestreift und brachte folglich auch keinen Hauch von Rubens Zorn mit.

Simon war gut gelaunt.

Er hatte in der Nacht am tiefschwarzen Meer Wache geschoben. An den eintönig sich hinziehenden Dienst war er inzwischen gewöhnt. Anfangs hatte er manchmal den Wunsch nach einem Krieg verspürt, feindliche Schiffe am Horizont, Eindringlinge auf den Schäreninseln, um schießen, Alarm schlagen und Bewegung in die Sache bringen zu dürfen, damit endlich einmal alles drunter und drüber ginge.

Es gab Wehrdienstleistende, die hatten etwas in dieser Richtung probiert, waren von Sjövall eingesperrt und noch Wochen danach von den Kameraden gehänselt worden, weil alle durch den Alarm aus den Betten gescheucht worden waren und vor Schreck Bauchschmerzen bekommen hatten.

Simon hatte in der vergangenen Nacht lange zu den kleinen Inseln hinübergesehen, hatte gedacht, sie wüßten, daß er sie beobachtete. Ihm war bewußt geworden, daß das Leben dieser Inseln in der Ewigkeit verankert war, daß nichts auf sie eingewirkt hatte, seit das Inlandeis vor zehntausend Jahren geschmolzen war. Dann aber kam ihm der Gedanke, daß für sie wohl eine andere Zeitrechnung galt, und er hatte sich mit einem Atomphysiker unterhalten, der ihm erklärte, daß im Inneren der Steine so etwas wie ein Tanz stattfinde.

»Ich glaube dir«, hatte Simon gesagt und versucht, sich den Tanz im Granit vorzustellen, den Rhythmus, der nichts von Angst wußte.

Dann war er abgelöst worden und hatte noch ein paar Stunden schlafen können, bis die Zeit für Waffenreinigung, Uniformpflege und Landtransport gekommen war.

Ruben sah den Jungen auf sich zu kommen, groß und fröhlich, weiß das Lächeln im wettergegerbten Gesicht, Intensität in den Bewegungen, im Handschlag. Er ist erwachsen und hat ein Anrecht auf Privatleben, dachte Ruben, aber es war schon zu spät.

»Du bist wütend auf mich«, stellte Simon fest.

»Naja«, zögerte Ruben. »Los, steig ein.«

Simon machte es ihm nicht schwer, er war seit eh und je offen wie ein Buch, das gelesen und verstanden werden wollte und nichts dafür konnte, daß sein reicher Inhalt kompliziert war.

»Iza hat angerufen«, sagte Ruben, legte den ersten Gang ein und blinkte in Fahrtrichtung.

Simon wurde feuerrot, dann zog er sich in sich selbst zurück, und es wurde still im Wagen. Er fühlte sich bloßgestellt, als hätte Ruben ihm alle schützenden Verkleidungen heruntergerissen und sein Innerstes entblößt, seine innersten und heimlichsten Phantasien offengelegt.

»Warum bist du hingefahren?«

»Weil ich kindisch bin, weil ich mir selbst Gefühle vormache.«

Wieder langes Schweigen: »Ich hatte mir eingebildet, sie schafft mir eine Wirklichkeit«, sagte er dann.

Und später: »Es ist absolut mißlungen, ich habe für sie alles nur noch schlimmer gemacht.« Er versuchte von den Spinnen zu erzählen, von der Sogwirkung der Vernichtung, kam aber davon ab, hörte selbst, wie angekränkelt das klang.

»Es gab ja auch eine Menge Schuldgefühle«, gestand er. »Idiotische Phantasien, Anteil an ihrem Schicksal haben zu können.«

Dann war es wieder still, er suchte nach Worten: »Ich konnte nichts für sie tun.«

»Nein, Simon, das kann niemand.«

»Das ist schrecklich.«

»Ja.«

»Ich schäme mich wie ein geprügelter Hund.«

»Du wirst nicht wieder hinfahren?«

»Nie im Leben.«

Ruben war so erleichtert, daß er innerlich zusammensackte. Er mußte Simon ein bißchen hochnehmen: »Aber du hast bei ihr gegessen und hast in der Stadt auf großem Fuß gelebt und ihr ganzes Geld verpraßt.«

»Das ist eine Lüge«, fiel Simon Ruben ins Wort und erzählte, wie er mit fünf Kronen und fünfundsiebzig Öre in der Tasche auf der Straße gestanden und sein Geld gezählt hatte, um überhaupt den Mut zu haben, in ein Café zu gehen und ein paar Käsebrote zu bestellen.

Ruben lachte.

»Können wir einen Moment stehenbleiben, ich muß dir was erzählen«, bat Simon, und Ruben fuhr bis zur nächsten Bushaltestelle, um dort im vorderen Bereich zu parken.

Nun folgte die Geschichte von Andersson, von Omberg und Alvastra und den Riesen, die ihre Unterhosen im Vättersee wuschen.

»Er hat die phantastischsten Sachen von sich gegeben, weißt du. Seit ich ihn kennengelernt habe, bin ich der fröhlichste Mensch.«

Ruben wurde fast eifersüchtig, aber dann ließ er sich von der Geschichte vom Saal des Bergkönigs im eigenen Herzen mitreißen, die jedem Menschen das Bewußtsein schenkt, nicht vergebens zu leben. »Aber das beste, was er gesagt hat, ist das von der Schuld«, berichtete Simon. »Er hat gesagt, daß es die Schuld an sich nicht gibt, daß es dabei um nie begangene Verbrechen geht, die somit nie gesühnt werden können.«

»Das habe ich auch schon manchmal gedacht«, sagte Ruben. »Aber es ist nicht wahr, jeder Mensch hat immer wieder einmal etwas verraten oder verletzt oder unterlassen.«

»Du auch?«

»O ja. Ich habe Isak verraten, als er klein war. Ich habe Olga verletzt, indem ich sie heiratete, obwohl nicht sie es war, die ich haben wollte. Ganz zu schweigen von meinen Eltern, bei denen ich nicht ernsthaft darauf gedrungen habe, mit mir nach Schweden zu kommen.«

»Wie hättest du sie denn zwingen können?«

»Es wäre gegangen, wenn ich wirklich gewollt hätte.«

»Andersson hat gesagt, Gott ist der Gott des Jetzt, den nur kümmert, wer man gerade in diesem Moment ist.«

»So leicht kann ich es mir nicht machen«, überlegte Ruben, doch Simon hörte nicht zu, er suchte nach anderen Aussagen von damals im Lastwagen.

»Wie dem auch sei, eine Verrechnung ist nicht möglich, es gibt keine Währung, um Schuld zu bezahlen.«

Ruben sah Simon lange an. Das ist wahr, dachte er, es ist ekelhaft wahr. »Was hat dieser Mann noch gesagt?«

»Daß die meisten Menschen ihr ganzes Leben hindurch immerzu sinnlose Abzahlungen probieren und daß ihnen nicht in den Kopf will, warum die Schuld immer gleich groß bleibt.«

»Diesen Andersson würde ich gerne kennenlernen«, sagte Ruben.

»Das geht nicht«, antwortete Simon und berichtete, wie er bei allen Fuhrunternehmern der Stadt nach diesem Fahrer gesucht hatte.

»Kein Mensch kennt ihn.«

»Merkwürdig.«

»Ja.«

Sie sahen einander kopfschüttelnd an und setzten ihre Fahrt Richtung Stadt fort.

»Wie geht's Mona?«

»Bestens«, antwortete Ruben und bekam zu hören, daß Andersson gesagt hatte, man müsse Neugeborenen in die Augen sehen, denn dabei könne man eine Menge lernen.

Als sie über die Torgny-Segerstedts-Gata Richtung Långedrag fuhren, fragte Ruben: »Du hast gar nicht mehr so lange bis zur Freiheit?«

»Noch sechs Wochen bis zur Entlassung. Wir zählen schon die Tage.«

»Ich werde Ende April nach Amerika fahren und zurück dann über London und Paris. Ich hätte dich gerne dazu eingeladen, wenn du Interesse hast.«

»Was heißt hier wenn?« schrie Simon. Doch dann sagte er: »Warum willst du mich mitnehmen?«

»Weil es mir Freude machen würde ...«

Simon lachte laut auf, es stimmte, sie beide konnten sich miteinander freuen. Es ging hier nicht um eine alte, noch offene Rechnung bei Karin, hier ging es um ihn, Simon.

Ruben strahlte wie die Sonne, als er sagte: »Ich stelle nur eine Bedingung. Und das ist, daß du dieses ärgerliche Onkel ablegst. Dafür bist du jetzt zu alt.«

»Und du bist zu jung, Ruben«, meinte Simon, und da waren sie auch schon an der Auffahrt zum Haus bei der Werft.

Eine große, bunt zusammengewürfelte Mahlzeit erwartete sie, Frühstücksmittag nannte es Karin, denn hier gibt es keinen, der Zeit hat, mehr als einmal am Tag etwas zu kochen. Das Schöne Zimmer hatte sich in eine Werkstatt und Nähstube verwandelt, am einen Ende des Zimmers umwogten Wolken von weißem Musselin Karins alte Nähmaschine und am andern Ende stand der Tisch mit maßstabgerechten Zeichnungen, Farbmustern, Möbelmodellen aus Papier und Stößen von Zeitschriften.

»Brautkleid?« fragte Simon und sah Mona in all dem Weiß erstaunt an.

»Nein, du Spinner«, sagte sie. »Vorhänge.«

Simon machte einen Kniefall vor ihr, der Jungfräulichen. »Du bist ja gar nicht verheiratet«, sagte er. Doch dann legte er ihr den Kopf auf den Bauch, sagte: »Hallo, du da drin!« und schaute zu Mona auf.

»Ein Mädchen«, stellte er fest.

»Ja«, sagte Mona. »Klar ist es ein Mädchen.«

»Die zwei sind nicht bei Trost«, erklärte Isak.

»Schwangere Frauen sind immer ein bißchen verrückt«, meinte Karin.

»Ist mir klar. Und Simon hat ja immer gesponnen.«

Sie aßen im Stehen, eine Stehparty also, und mitten in all dem Durcheinander sagte Simon fast nebenbei, ich fahre nach der Entlassung mit Ruben nach Amerika.

Erstaunen und Jubel. Aber Karin warf ein, das bringe sie um, wäre es etwa nicht genug mit einer Hochzeit und einer neuen Wohnung und der Entbindung, müsse da auch noch eine Amerikareise dazwischenkommen?

»Aber Mama«, klang Simon etwas ängstlich. »Um meine Reise brauchst du dich überhaupt nicht zu kümmern.«

»Simon«, entgegnete Karin. »Ich weiß, das Kleid unseres Königreichs hat etwas Magisches an sich, es wächst im Gleichschritt mit den Jungs, die drinstecken, mit. Aber hier zu Hause können wir nicht in ähnlicher Weise zaubern. Ich bin sicher, du paßt in kein einziges früheres Kleidungsstück mehr.«

Sie lachten, sie hatten Samstag für Samstag über Simons Versuche gelacht, sich zivil anzuziehen und sich in Pullis zu zwängen, deren Ärmel nur knapp über den Ellbogen reichten und in Hosen, die aussahen, als hätte jemand sie an der Wade abgeschnitten. Nicht zu reden von den Sakkos, die vor lauter Schreck geplatzt wären, wenn er versucht hätte, sich hineinzupressen.

»Es wird sicher zwischendurch ein paar Tage geben, um die Kleiderfrage zu lösen«, erklärte Ruben. »Ich brauche nur deinen Paß, Simon. Hast du überhaupt einen?«

Simon nickte, er hatte ihn sich kurz vor dem Abitur in dem Gefühl beschafft, daß sich ihm die Welt wieder öffnete und daß vielleicht . . .

»Ein Glück!« Ruben atmete auf und dachte an McCarthys Geist, der in den Vereinigten Staaten ebenso über der Paßbehörde wie über allem anderen schwebte.

Dann wurden Simon und Isak zu Gustafssons in den ersten Stock geschickt, um diesmal in der Küche Maß zu nehmen. Simon stand lange da und besah sich Dollys altes Kinderzimmer, und Isak sagte, von hier aus kann man direkt in den oberen Stock zu Hause gucken.

Simon nickte, ja, das konnte man.

Die Räume waren schon gestrichen, alles war weiß, wie Mona es beschlossen hatte. »Unsereins hat überhaupt keine Chance, seine Meinung zu äußern«, bemerkte Isak, als Simon meinte, man sei ja geradezu geblendet.

Sie gingen wieder zurück in das große Wohnzimmer.

»Du, Isak«, begann Simon. »Da ist etwas, was ich dir sagen möchte.«

»Noch was«, stöhnte Isak mit gespielter Furcht, sie hatten von Iza und dem Besuch in Stockholm gesprochen, so daß in dieser Hinsicht alles zwischen ihnen geklärt war.

Aber das Schweigen bezüglich Bylund hatte Simon belastet.

Er setzte sich mit ausgestreckten Beinen auf den Fußboden. Isak tat es ihm nach. »Du mußt es wissen«, fuhr Simon fort. »Ich habe Bylund fast totgeschlagen.«

Isak bekam runde Augen, rote Erregung breitete sich in seinem Körper aus. Er wollte alles wissen.

Als Simon zu den Schneidezähnen kam, die im Korridor in einer Blutlache gelegen hatten, konnte Isak nicht mehr stillsitzen, stand auf, schwankte wie ein Betrunkener und begann durch das leere Zimmer zu tanzen.

»Du weißt, ich bin bei Schlägereien immer gut gewesen«, bemerkte Simon gespielt kleinlaut, und Isak blieb mitten im Tanz stehen und erinnerte sich an sein erstes Zusammentreffen mit Simon irgendwann in fernen Kindertagen, als der kleine Junge den langen Grafensohn auf dem Schulhof fertiggemacht hatte.

Er hätte gerne zugegeben, daß er Simon liebte, begnügte sich aber mit: »Teufel noch mal!« Das allerdings voll Bewunderung.

Als sie zurückkamen, meinte Mona, sie hätten ja gewaltig viel Zeit gebraucht, und Karin sagte, es sei für Simon aus Stockholm ein Brief in einem braunen Umschlag gekommen.

Simon erschrak, er hörte es selbst, als er viel zu schnell fragte: »Wo ist er?«

»Ja, wo ist er?« wiederholte Karin. »In all diesem Durcheinander.«

Sie wühlten in den weißen Wolken, krochen unter Tisch und Nähmaschine herum, aber der Brief blieb verschwunden.

»Irgendwann wird er schon zum Vorschein kommen«, tröstete Karin, und Simon stöhnte, aber nur innerlich. Verdammt, jetzt hat Iza sich offensichtlich auf den Kriegspfad begeben.

Er wechselte einen Blick mit Isak und sah, daß auch er an die Worte im Auto dachte: Kann sie dich mit einem Kind festnageln ...

Inzwischen sind fast vier Monate vergangen, dachte Simon. Da ist es wohl nicht mehr gut möglich.

Aber er war beunruhigt und verdrückte sich, ging hinaus zur Werft, wo er Ruben und Erik in einer Holzbude fand, die als Büro diente. Erik machte ein bekümmertes Gesicht, das war Simon schon vorher aufgefallen, und er vergaß seine eigene Besorgnis, als er fragte: »Ist was los, Papa?«

»Erik hat es schwer«, übernahm Ruben die Antwort. »Alles läuft bei ihm ein bißchen zu gut.«

Da mußte Erik lachen und berichtete von den Bestellungen, die sich auf der Werft in fast nicht zu bewältigenden Mengen anhäuften, und daß diese somit weit über das zur Verfügung stehende Areal hinausgewachsen war.

»Ich will nicht vergrößern«, sagte Erik. »Dieser Gedanke, daß alles ständig wachsen muß, hat etwas Krankhaftes an sich. Warum soll ich es nicht bei drei oder vier Booten im Jahr bewenden lassen wie bisher?«

»Weil dann deine Kunden zu einem Konkurrenten mit größerer Kapazität und kürzeren Wartezeiten überlaufen werden«, überlegte Ruben, wie er und sein Rechtsanwalt es im Lauf des Winters schon öfter getan hatten. Erik war darüber jedesmal gleich wütend geworden.

»Es gibt doch da draußen bei Önnered noch Land genug«, warf Simon ein.

»Ja, zum Donnerwetter, ich habe doch in Askim schon ein Seegrundstück an der Hand«, erwiderte Erik. »Aber das wird ein solcher Betrieb, Simon, massenhaft Leute und Buchführung und Papiere und Sorgen.«

»Du mußt einen Direktor einstellen«, riet Ruben.

»Ruben Lentov!« begann Erik. »Wir kennen einander jetzt seit ...«

Aber Simon unterbrach ihn: »Papa«, sagte er. »Stell Isak an, der hat Rubens Geschäftssinn im Blut.«

Erik vergaß, was er hatte sagen wollen, und alle drei dachten daran, wie sie schon früher immer wieder über Isak und seine Fähigkeit gelacht hatten, billig einzukaufen und teuer zu verkaufen, leere Gläser und Flaschen, Sammelbildchen in Schokoriegeln und solche Sachen.

»Glaubt ihr, er will?« zögerte Erik.

»Er braucht vorher eine Ausbildung, Handelsschule«, warf Ruben ein.

»Chalmers«, ergänzte Erik.

Aber da sagte Simon, daß die Technische Lehranstalt von Chalmers Eriks Traum für Isak gewesen war, und niemals Isaks eigener Traum.

Erik mußte lachen: »Du bist ein Genie, Simon.«

»Ja«, meinte Simon. »Ich bin nicht unbegabt.«

Ruben war zufrieden. Wenn alles gut ging, konnte er, sobald Eriks Selbstwertgefühl dies zuließ, seinen Kapitalanteil an der Werft auf Isak überschreiben. Dann wäre der Junge abgesichert.

Aber alle drei saßen sie da und dachten an die Göta-Werke, die die Grundlage für Isaks Selbstbewußtsein bildeten.

»Wir müssen ihn selbst fragen«, schlug Erik vor.

»Ich gehe ihn holen«, erbot sich Simon.

Isak kam, war unerhört erstaunt und ebenso interessiert.

»Das ist ein ganz erstaunlicher Tag«, bemerkte er. »Wird mir Bedenkzeit gewährt? Ich muß das mit Mona besprechen und so.«

Aber er hatte sich schon entschlossen, und ehe er ging, fragte er: »Wie lange dauert diese Handelsausbildung?«

»Ich denke, du schaffst das in einem Jahr«, antwortete Ruben.

Es war schon spät, als Simon hinauf in sein Zimmer kam, und dort der Brief ordentlich auf seinem Schreibtisch lag, ein großer brauner Umschlag, genau wie Karin gesagt hatte.

Er riß ihn auf, fing zu schreien an und raste jubelnd die Treppe hinunter. Ruben war zum Glück noch da, und Simon warf sich ihm in die Arme und brüllte: »Es ist angenommen! Sie geben es heraus, das Gedicht vom Meer!«

Karin mußte sich auf die Küchenbank setzen, ihre Wangen brannten und ihre Augen leuchteten vor Stolz.

Ihr Junge war Schriftsteller geworden, es würde ein Buch herauskommen mit seinem Namen auf dem Umschlag. Er hatte ihr das lange Gedicht vorgelesen, sie wußte, daß es schön war, daß es vom Meer sang und ebenso unbegreiflich war wie dieses.

Auch Erik strahlte vor Stolz.

Doch Ruben, der das Gedicht ins Reine schreiben und dem Verlag hatte zusenden lassen, war längst nicht so erstaunt.

»Darf ich mir den Vertrag mal ansehen«, verlangte er.

Simon sollte vierhundert Kronen Honorar bekommen, und das war das erste Geld, das er in seinem Leben selbst durch Arbeit verdient hatte.

Für neue Kleider reicht es, dachte er.

29

New York, New York, das Herz der großen Stadt pochte, und Simon genoß den Pulsschlag. Alles war darin enthalten, Leben und Tod, Weinen und Lachen, Angst und Zuversicht, Grausamkeit und Mitleid. Aus dem Rhythmus löste sich eine Melodie, stieg in die Wolken, bezog aus dem Klopfen des großen Herzens ihre Kraft, wurde unanständig, übermütig, lachte über den Dächern.

Ein junges Lied voll Hoffnung, New York, New York.

Es gab Augenblicke, da fühlte der jetzt zwanzigjährige Simon sich alt wie ein abgekämpfter Fremdling aus einer gealterten Welt. Doch meistens war er im Einklang mit der Stadt, die das Lebensgefühl auf Touren brachte. »Es ist phantastisch«, sagte er beim Mittagstisch im Hotel zu Ruben, und dieses Urteil galt allem, auch dem Essen.

Ruben nickte zustimmend und freute sich innerlich darüber, wie phantastisch seine Reise dank Simon geworden war. Schau!, sieh mal!, hast du je ..., horch! koste! – alles wurde neu, auch für Ruben, der ein Mann konservativer Gewohnheiten war und, wäre er allein gewesen, alle berühmten Kunstsammlungen besucht hätte und höchstens noch das Metropolitan Operahouse.

Er war vor dem Krieg hier gewesen, und der Lärm, das Gedränge, die schamlose Prostitution und die große Armut mitten in einer Welt größten Überflusses waren ihm eine Qual gewesen. Jetzt konnte er, wie Simon, mit all seinen Sinnen genießen, ertappte sich dabei, die geschäftlichen Besprechungen lieber schwänzen, ja sogar Begegnungen mit alten Freunden aus der Verlagswelt eher meiden zu wollen.

»Schon richtig«, bestätigte Simon. »Und es stimmt auch wieder nicht. Du mußt wissen, ich war auch schon hier.«

Er erzählte von der Schule und der Langeweile, die aus allen Ecken kroch, und wie er gelernt hatte, all dem zu entfliehen.

Er schilderte genau, wie er geübt hatte, den Schnittpunkt von zwei Linien in der rechten Hirnhälfte zu finden, um sich zwischen Schläfenbein und Schädelknochen davonmachen zu können.

Ruben lachte.

»Ich bin oft hierher gefahren«, erzählte Simon. »Es hat im großen ganzen so ausgesehen wie jetzt, aber das Wesentliche blieb mir vorenthalten: die Intensität, der Rhythmus.«

Ruben stieß mit ihm an, es war ein vollmundiger, für seinen Geschmack etwas zu süßer kalifornischer Wein, schlug sich den Gedanken aus dem Kopf, für Simon eine Rede zu halten und ihm dafür zu danken, daß er die Reise für ihn so erlebnisreich gestaltet hatte.

Sie waren mit der *MS Stockholm* herübergekommen, es waren für Ruben acht Tage voller Ruhe und behaglichem Luxus gewesen. Doch Simon hatte überall bei Kommando und Mannschaft Freunde gefunden, war im geräuschvollen Herzen des Schiffes untergetaucht und hatte Maschinisten und Mechaniker mit seinen Fragen geplagt.

Während der ganzen letzten Nacht hatte er auf der Kommandobrücke gestanden, die für Passagiere ein verbotener Bereich war, und voll gespannter Erwartung der berühmten Skyline mit Freiheitsstatue und Wolkenkratzern entgegengesehen, und in der Morgendämmerung hatte er Ruben geweckt: Das mußt du miterleben!

Ruben hatte geschwiegen und nicht gesagt, das habe ich doch schon gesehen, er war mit dem Jungen gegangen und hatte sofort erkannt, daß er es so wirklich noch nie gesehen hatte.

Die letzten Tage zu Hause waren durch Simon, der nach dem Militärdienst neu ausgestattet werden mußte, schnell vergangen, Mona hatte ihn als Modeberaterin, wie sie es nannten, von Geschäft zu Geschäft begleitet. Alles wurde so angeschafft, wie sie es bestimmte, und es war ihr Verdienst, daß Simon sich während der ganzen Reise immer passend gekleidet fühlte.

Selbst hätte er sich zu einfache oder zu großspurige Sachen gekauft.

Hochzeit hatten sie auch gefeiert, eine schlichte Zeremonie in der Synagoge und danach ein Essen in Henriksberg. Niemand aus Monas Verwandtschaft hatte der Trauung beigewohnt, doch beim Essen führte Ruben eine Schwester ihrer Mutter zu Tisch. Karin als Gastgeberin nahm sich des Fischhändlers an, und auf beiden Seiten fand man notgedrungen immerhin spärlichen Gesprächsstoff.

Danach hatte man das neue Heim besucht, die Dreizimmerwohnung bei Gustafssons, und dort war alles so gediegen und gemütlich, daß Simon aufhörte, Mona wegen ihres Einrichtungsfimmels zu nekken, und Ruben sagte: »Ich frage mich, ob in dir nicht eine Künstlerin steckt, Kleine.«

Am letzten Abend in New York fuhren Ruben und Simon mit dem Lift hinauf auf das Empire State Buildung und schauten auf den Riesen mit den tausend Geräuschen und den abertausend Lichtern hinunter. Der Abschied stimmte Simon wehmütig, doch ließ er sich damit trösten, daß sie morgen über den Atlantik fliegen würden.

Die Flugreise war jedoch eine Enttäuschung, Simon mußte Ruben recht geben, daß Fliegen die langweiligste Fortbewegungsart der Welt war.

»Noch langweiliger als Fußmärsche«, lachte Simon, der Spaziergänge verabscheute.

London, die etwas gebrechliche aber freundliche, zuverlässige und intelligente alte Dame mit den vielen Narben aus dem Krieg, empfing die Ankömmlinge mit Sonnenschein.

Als die beiden sich in einem Hotel im Embankment gründlich ausgeschlafen hatten, erwachten die Lebensgeister wieder, sie nahmen ein üppiges, wunderbares Mahl zu sich, und Ruben sagte: »Hier in dieser Stadt habe ich viel zu tun und nur wenig freie Zeit.«

»Ich komme schon zurecht«, erwiderte Simon.

»Die Stadt ist nicht ganz so bieder wie sie scheint, Simon. Sie ist groß und gefährlich.«

»Ich fahre mit dem Bus zum British Museum«, erklärte Simon, tat es, und sah danach nicht mehr viel von London. Nach vier Tagen war er bei den Aufsehern in den historischen Sammlungen bestens bekannt, the Swedish boy, den man immer irgendwo aufstöbern mußte, wenn die Besuchszeit zu Ende war.

Ruben bekam abends Simons ausführlichen Bericht über die gewaltigen Schätze, die unglaublichen Sammlungen aus Griechenland und Rom, Ägypten und dem Zweistromland zu hören.

»Tja, mein Lieber, vor Plünderungen sind die englischen Imperialisten nie zurückgeschreckt«, lachte er.

»Nun, darüber kann man geteilter Meinung sein«, konterte Simon. »Im Moment bin ich jedenfalls heilfroh, daß es das alles hier, an einem Ort vereint, zu sehen gibt.«

Dann fuhren sie über den Ärmelkanal, der Frühling machte sich rundum bemerkbar, es war warm, fast heiß in der Eisenbahn, und Rubens Augen glänzten, als sie nach Paris hineindonnerten. Paris war auch eine ältere Dame, äußerlich vornehmer, eleganter und pikanter als London, aber auch sie war ausgezehrt und mitgenommen vom Krieg. »Paris war die Stadt meiner Jugend«, sagte Ruben. »Die Stadt meiner Träume, wo ich fast alles kennenlernte, was für mich entscheidend werden sollte, Musik, Kunst, die großen Geister.«

Rebecca, dachte er, in einem Frühling haben wir uns hier getroffen.

»Strindberg«, sagte er, und als er Simons Verwunderung sah: »Nicht persönlich, aber die deutschen Ausgaben seiner Bücher habe ich an einem Stand am Seinekai billig erstanden.«

Am nächsten Tag mußte Ruben zu Besprechungen gehen, und Simon besuchte den Louvre. Sie wollten sich um drei Uhr nachmittags im Foyer des Museums wieder treffen. Ruben kam auf die Minute pünktlich, aber Simon hielt die Zeit nicht ein.

Als es auf vier Uhr zuging, bekam Ruben es mit der Angst zu tun: Ich hätte ihm sagen müssen, daß diese Stadt gefährlicher ist als London.

Dann aber kam er, und Ruben sah schon von weitem, daß etwas passiert war, daß Simon bleich war, als hätte er ein Gespenst gesehen.

»Onkel Ruben!« rief er. »Du mußt mitkommen.«

Als Ruben hinter Simon her die Treppe hinauf und durch die langen Galerien lief, dachte er, daß der Junge zum ersten Mal während der ganzen langen Reise in die alte Gewohnheit zurückgefallen war und Onkel gesagt hatte.

Simon machte in einem der frühgeschichtlichen Säle vor der etwa einen halben Meter hohen Statue eines kleinen Mannes halt, der die Besucher mit der unergründlichen Weisheit weit zurückliegender Jahrhunderte anblickte.

Gudea, las Ruben, sumerischer Priesterkönig, 22. Jhdt. v. Chr.

»Das ist er«, sagte Simon. »Der Mann, von dem ich erzählt habe, der Mann, den es meine ganze Kindheit hindurch gegeben hat, und der in der Symphonie von Berlioz wieder zu mir gekommen ist.«

Ruben spürte, wie die Härchen an seinen Armen sich wie bei einem Urmenschen sträubten. Er dachte wieder an Strindberg, den Schriftsteller, der in ihm das Interesse an Swedenborg und Schweden geweckt hatte. Aber nicht einmal Swedenborg hätte Verständnis für das gehabt, was sich hier ereignete.

Ruben schaute von Simon zu der Statue, von den ängstlichen Augen des Jungen zu den orientalischen, souverän ruhigen.

Schließlich sagte er, doch seine Stimme war nicht so fest wie er es gern gehabt hätte: »Wie immer es sich auch mit dem Unbegreiflichen in unserem Dasein verhalten mag, wir sind jetzt hier, Simon. Sind anwesend in diesen unseren Körpern, die der Nahrung und der Ruhe bedürfen.«

Zu seiner Erleichterung sah er, daß der Junge lachen konnte.

Sie aßen schweigend, konnten jetzt das gute französische Essen in dem teuren Restaurant an den Champs Elysées nicht würdigen. An sich hatten sie noch eine Rundfahrt Paris by night mitmachen wollen, gingen aber in stiller Übereinkunft in ihr Hotelzimmer, und Ruben war froh, daß sie nicht die zwei bestellten Einzelzimmer bekommen hatten, sondern ein großes Doppelzimmer.

Sie duschten, zogen ihre Schlafanzüge an, Ruben trank noch einen Kognak, doch nicht einmal der konnte Ordnung in seine Gedanken bringen. Oder in seine Unruhe wegen Simon, der immer noch blaß war.

Als sie aber längere Zeit dagelegen und an die Decke gestarrt hatten, kam die Logik in Rubens Gehirn wieder in Gang.

»Mir fällt eine bekannte parapsychologische Studie ein, in der ich geblättert habe«, begann er. »Ausgangspunkt waren Menschen, die sich unter Hypnose an Dinge aus einem früheren Leben zu erinnern glaubten. Unter ihnen befand sich ein Mann, der ein tadelloses Latein sprach.«

»Ja?« machte Simon, setzte sich auf und knipste die Lampe an. Gott sei Dank, er zeigte Interesse.

»Es waren lange Texte, immer dieselben. Aber es war trotzdem erstaunlich, denn dem Mann fehlte jegliche klassische Bildung.«

»Ja?«

»Nun, man hat versucht, das Leben des Mannes genau aufzuzeichnen, alles, was er erlebt hatte, kleine und große Dinge. Irgendwann erinnerte er sich, daß er anläßlich einer dramatischen Auseinandersetzung mit einer Frau, die er liebte, völlig verzweifelt immer wieder viele Stunden in einer Bibliothek zugebracht hatte. Um ungestört zu sein, hatte er ein Buch entlehnt, es aufgeschlagen und, ohne wirklich hinzusehen, auf zwei Seiten gestarrt, die genau jenen Text enthielten, den er während der Hypnose auswendig aufgesagt hatte. Dieser Text hatte bei ihm das Bewußte passiert und sich in das Unbewußte eingeprägt.«

»Ja«, sagte Simon.

»Ich möchte meinen«, fuhr Ruben fort, und seine Stimme klang immer fester und überzeugter, »daß etwas Ähnliches auch dir passiert ist. Irgendwann, als du sehr müde warst oder noch so klein, daß du dich nicht mehr erinnerst, hast du ein Bild dieser Statue aus dem Louvre gesehen.«

»Und das Bild hat auf mein Unbewußtes großen Eindruck gemacht, meinst du?« Simons Stimme war voller Zweifel.

»Ja«, sagte Ruben und erzählte, daß er erst kürzlich das Bild des Gudea in einem Buch gesehen hatte, einem deutschen Buch über

Archäologie von einem Autor namens Ceram, das gerade ins Schwedische übersetzt wurde.

»Hast du dieses Buch?«

»Ja, die deutsche Ausgabe, ich kann es dir leihen, sobald wir heimkommen. Was ich damit sagen will, es ist eine vielfach abgebildete bekannte Figur. Hast du dir den Katalog mit den prähistorischen Sammlungen des Louvre besorgt?«

Ruben war ganz aufgeregt, Simon sprang aus dem Bett, holte den Katalog. Trotz spärlicher Französischkenntnisse lasen sie gemeinsam über den französischen Diplomaten Ernest de Sarzek, der die Statue bei Ausgrabungen in Lagash am Fuß eines Hügels fand und per Schiff in den Louvre verfrachtet hatte.

Die Statue hatte seinerzeit sehr großes Aufsehen erregt, denn sie war die Bestätigung dafür, daß es eine Kultur gab, die älter war als die der Assyrer, ja sogar älter als die ägyptische.

»Wann hat dieser de Sarzek gelebt?« wollte Simon wissen.

Es stand nicht in der Broschüre, aber Ruben nahm an, Ende des 19. Jahrhunderts.

»In den achtzehnachtziger Jahren, würde ich meinen. Wenn du ein bißchen warten kannst, will ich versuchen, mich an Angaben in Cerams Buch zu erinnern.«

Das Schweigen dauerte nur kurz, denn Ruben hatte ein gutes Gedächtnis.

»Es verhielt sich so«, begann er, »daß man aufgrund wissenschaftlicher, vor allem sprachlicher Indizien annehmen durfte, daß es vor den semitischen Hochkulturen im Zweistromland, vor Sargon, ein unbekanntes Volk gegeben hatte. Der Fund des Gudea war der Beweis, und so traten die Sumerer in die Geschichte ein.«

Simon war ganz Ohr, er hatte wieder Farbe bekommen, und erinnerte sich plötzlich an die Schulzeit, an den merkwürdigen Tag, als der Krieg ausbrach und der junge Lehrer gesagt hatte: Die Geschichte beginnt mit den Sumerern.

»Was ich damit sagen will ist«, sagte Ruben, »daß die Statue sehr bekannt ist und bestimmt in schwedischen Zeitungen im Zusammenhang mit dem einen oder anderen Artikel oder einer archäologischen Reportage auf der Kulturseite abgebildet war. Du hast so ein Bild gesehen, und weil du bist, wie du bist, hat sie deine Phantasie angeregt, und damit gleichzeitig deine Träume und nach und nach auch dein Innenleben.«

Er befand sich jetzt auf sicherem Boden, und seine Sicherheit übertrug sich auf Simon. Als sie am nächsten Morgen aufstanden, um zum Flughafen zu fahren und die Maschine nach Kopenhagen zu nehmen, hatte das Rätselhafte seine Macht über ihre Sinne verloren.

Wieder zu Hause, las Simon das Buch von Ceram, das er unglaublich spannend fand. Bald darauf lud Ruben ihn zusammen mit Olof Hirtz zum Essen ein. Die Geschichte von dem wiedergefundenen Priesterkönig seiner Träume in einer Dioritskulptur im Louvre war schnell erzählt.

Olof schien sonderbar überrascht, Ruben glaubte zu sehen, wie sich auch ihm die Haare sträubten. Doch dann legte Ruben seine Theorie von dem Bild dar, das sich in Simons Unterbewußtsein eingenistet hatte, und Olof nickte erleichtert.

Fast enthusiastisch.

»Schreibe darüber, Simon«, sagte er. »Schreibe ein Gedicht oder, warum auch nicht, eine Novelle über einen Tag in deiner Kindheit, einen vollkommenen Tag, wie geschaffen dafür, in den Gefühlen des Kindes ein Muster von Bestand zu formen. Die Sonne leuchtet, es liegt Sanftmut in der Stimme der Mutter, sie nimmt das Kind bei der Hand, schlendert am Strand entlang und kauft am Kiosk eine Wochenzeitschrift. Die beiden setzen sich in den Sand, die hohen Gräser am Ufersaum schwanken im Wind, und die Uferwiese ist in den Augen des Kindes ohne Ende. Die Mutter genießt die Wärme, blättert zerstreut in ihrem Journal und sieht dem Jungen zu, der Kanäle in den Sand gräbt und Meerwasser einleitet.

Sie döst vor sich hin, als der Junge zu ihr zurückkehrt, er sieht die Zeitschrift mit einer Reportage aus dem alten Mesopotamien aufgeschlagen neben ihr liegen. Er kann noch nicht lesen, aber die Bilder verzaubern ihn, die Löwen mit ihren Männerköpfen, die Kanäle,

Tempel und Türme überragen das Gräsermeer. Am intensivsten sieht sich das Kind das Bild des Gottkönigs mit dem eigentümlichen runden Hut und dem gütigen Gesichtsausdruck an, der mit dem Frieden dieses Tages übereinstimmt. Der Junge ist noch so klein, daß er bislang keine Erinnerungen in seinem Gehirn gespeichert hat, alles lagert sich im Unbewußten ab, gewinnt Farbe aus der Schönheit des Tages, aus der Liebe der Mutter und dem warmen Licht über dem Strom.«

Simon mußte lachen:

»Schreib's doch selbst!« meinte er. »Wenn du so sicher bist.«

»Aber ich bin kein Poet.«

»Doch, das hast du schon bewiesen«, sagte Ruben, und sie lachten alle drei.

Aber Simon dachte, daß er diese Novelle nie schreiben werde, auch wenn der Entwurf gut war und die Erklärung einleuchtend, ja geradezu glaubhaft.

Mein Freund der Fernfahrer, Andersson, würde das nie gutheißen.

30

Der Professor war ein kleiner Mann mit wachen Augen und einem Lächeln, das in seinem unschuldsvollen Gesicht flink hin und her huschte. Das Historische Institut in Göteborg war für Vitalität bekannt.

Es hieß, die Studenten würden dort gescheiter als sie von Natur aus seien, und vielleicht war etwas dran an dieser Behauptung. Jedenfalls wurde hier neben Intelligenz auch Phantasie vorausgesetzt, und die meisten Studierenden entwickelten sich den Erwartungen entsprechend. Studenten, die ein großes Bedürfnis hatten, sich hervorzutun, verschwanden oft schon nach einem Semester zu den Skandinavisten, wo die Möglichkeiten, beachtet zu werden, größer waren.

Simon führte ein kurzes Gespräch mit dem Professor und sagte, er wolle sich nach dem Magister auf Keilschriftforschung spezialisieren. Der Professor lächelte und sagte: »Das ist erfreulich, die meisten hier sind auf Asen und Wikinger fixiert.«

Doch dann verging das Lächeln wieder: »Schweden ist ja nicht gerade der beste Boden für Assyrologen«, fügte er hinzu. »Vielleicht wäre irgendwann London besser geeignet.«

In Simons Träumen tanzte Apollon durch die elysischen Gefilde.

Sein Bett stand bei Ruben in Isaks altem Zimmer. Es hatte deswegen und auch wegen des Geldes zu Hause Auseinandersetzungen gegeben. »Papa, ich werde ein Studiendarlehen aufnehmen.«

»Verdammter Quatsch. Meine Kinder brauchen sich kein Geld zu borgen, solange ich sie versorgen kann.«

In der Küche stieg die Temperatur, hier ging es auf beiden Seiten um mehr als Geld.

»Es wird viel teurer werden als das Gymnasium.«

Aber das Gemecker von damals hatte Erik schon lange vergessen.

»Ewig Dank schulden, wie das immer gewesen ist«, sagte Simon zu Karin, als sie später allein waren.

»Es ist dumm, sich unnötig zu verschulden«, antwortete sie, und als Simon ihren traurigen Blick sah, schwieg er. Ein wenig mußte er das ja zugeben, besonders seit Ruben in die Diskussion mit hineingezogen worden war und nun auf Eriks Seite stand.

»Man kann seine Selbständigkeit auch auf andere Weise wahren als mit Geld«, sagte Ruben und dachte daran, wie sehr er die Hilfe seiner Familie in Anspruch genommen hatte, als er sein Unternehmen in Göteborg aufzubauen begann. Bald aber erkannte er, daß dies ein jüdisches Erbe war, so selbstverständlich wie die Luft zum Atmen.

Simon behauptete sich, indem er verkündete, er werde von zu Hause ausziehen.

Erik war außer sich, er war der Meinung gewesen, jetzt, wo der Junge die Schulbank wieder drücken wollte, werde alles bleiben wie bisher. Aber Simon, der sehr wohl wußte, daß man, solange man an Eriks Tisch saß, dies und jenes immer wieder aufs Butterbrot geschmiert bekam, blieb bei seinem Entschluß. Er bekam unerwartet Hilfe von Karin.

»Du scheinst vergessen zu haben wie das war, erwachsen zu sein und zu Hause bei deiner Mutter zu wohnen«, sagte sie zu Erik.

»Es gibt schließlich Unterschiede zwischen Müttern«, konterte Erik. »Außerdem habe ich mich selbst versorgt und Geld abgegeben, das sie verdammt gut brauchen konnte.«

»Da hast du's«, sagte Simon.

Aber Karin meinte, jetzt reiche es, und die beiden Männer erkannten gleichzeitig, daß die Tränen nicht mehr weit waren. Also verschwand Erik mit gesenktem Blick, und Simon blieb, um zu trösten, aber im Grunde genommen war nichts geklärt.

Alles blieb wie es immer gewesen war.

Nun gab es aber keine Wohnungen in Göteborg, und die Untermietzimmer, die von der Hochschule vermittelt werden konnten, gingen an Studenten von auswärts. Es war Ruben, der vorschlug, Simon solle bei ihm ein Zimmer mieten, und der, als Erik vor Zorn rot anlief, ein Machtwort sprach: »Das ist nicht mehr als gerecht. Ihr habt dafür Isak jahrelang bei euch wohnen gehabt.«

Ausnahmsweise schwieg Erik.

Ruben, der von Monas Art der Inneneinrichtung begeistert war, ließ seine Wohnung renovieren. Alle Wände wurden weiß gestrichen, Samt und Plüsch wurden rigoros entfernt, und an die Fenster kamen ebensolche weißen Wolken wie bei Mona.

Sogar die alte Sitzgruppe mit den großen Ledersofas wanderte unbarmherzig auf die Sperrmülldeponie, wo ein überraschter Bediensteter und seine Frau vor Glück fast einen Herzschlag bekamen.

Auf grazilen Füßen hielten in Rubens Wohnung hellblaue Sofas im Stil Carl Malmstens, weiße Eßzimmertische und anmutige Stühle Einzug.

»Hier sieht es jetzt aus wie auf einem Herrenhof in Värmland«, stellte Karin fest, die in ihrer Jugend irgendwann einmal Selma Lagerlöfs Mårbacka besucht hatte.

Die chinesischen Teppiche durften bleiben und prangten wie Schmuckstücke auf den frisch abgezogenen Parkettböden. Und die verglasten Bücherschränke waren nie in Frage gestellt worden.

»Bald wird jeder erkennen, wie viele echte Kunstwerke du besitzt«, stellte Simon fest, als Ruben und Mona nach nicht enden wollenden Diskussionen die farbenfrohen Bilder an die strahlend weißen Wände hängten.

Simon erzählte, wie er als Kind vor den unbegreiflichen Gemälden gestanden und sie mit dem Herzen zu verstehen versucht hatte. Jetzt gelang es ihm zumindest manchmal.

Als seine Musiktruhe kam und an die weiße Wand im großen hofseitigen Zimmer gestellt wurde, fand Mona sie schauderhaft.

»Mir ist bisher nie aufgefallen, wie häßlich das Ding ist.«

Aber Simon lachte: »Das verzeihe ich ihr gerne.«

Insgeheim war er froh, daß er bei Ruben wohnen durfte.

In einer Vorlesung über wissenschaftliche Methodik hatte er einen rotgoldenen Pferdeschwanz vor sich. Die strahlende Sonne ließ den Mädchenkopf Funken sprühen. Simon konnte sich nicht erinnern, diese Haare schon früher gesehen zu haben, wartete also gespannt darauf, daß das Mädchen sich umdrehen würde. Als sie es tat, war er enttäuscht, langer Hals, unverhältnismäßig hohe Stirn über schmalem Gesicht, blaß und sommersprossig. Trotzdem lächelte er sie ein wenig an, als sie sich nach der Vorlesung erhoben, und er feststellte, daß sie fast so groß war wie er, einen großzügigen Mund hatte und große graugrüne Augen.

Umgekehrt war Simon Klara Alm schon am ersten Tag aufgefallen. Sie hatte festgestellt, daß er gut aussah, daß da aber auch noch etwas anderes war, eine gewisse Unruhe, nicht die der nervösen Art, sondern als wäre er ständig mit den Rätseln des Lebens beschäftigt und erwarte, daß die phantastischen Antworten sich im nächsten Augenblick offenbarten.

Wie gewöhnlich waren ihr zwei Gedanken gleichzeitig gekommen: Das ist ein Don Juan.

Er wird mich nie beachten.

Im ersten Punkt irrte sie sich. Es scharten sich zwar am Anfang Mädchen um Simon, er war freundlich zu allen, mehr aber nicht. Der hat ja nicht einmal genug Verstand, sich geschmeichelt zu fühlen, hatte Klara erstaunt festgestellt.

Aber der zweite Punkt stimmte. Er beachtete sie nicht.

Als er sie jetzt anlächelte, dachte sie, mein Gott, hat der eine Intensität. Dann befürchtete sie einen Schweißausbruch, hatte Angst, nasse Flecke unter den Armen zu kriegen und schlecht zu riechen.

In den nächsten Tagen fragte Simon eines der Mädchen über Klara aus und erfuhr, daß sie Ärztin werden wollte.

»Sie ist schon cand. med.«, teilte ihm das Mädchen mit. »Wahrscheinlich sucht sie momentan nur ein bißchen Entspannung in den humanistischen Studien und macht dann mit Medizin weiter.«

Simon wunderte sich, Klara schien jünger auszusehen als sie war. Aber das Mädchen plapperte weiter: »Sie ist unheimlich begabt, hat das Abitur schon mit sechzehn extern gemacht. Du weißt schon, so eine von diesen eiskalten Intelligenzbestien.«

Simon hielt das für ein Fehlurteil, Klara Alm ist nicht kalt, er hätte nur gern gewußt, wovor sie Angst hatte.

Dann vergaß er sie, bis er sie eines Tages an dem roten Nachmittagskaffeetisch wiedertraf, an dem Direktor Nordbergs zungenfertiger Sohn wie üblich Hof hielt und von der Unerläßlichkeit marxistischer Geschichtsauffassung schon hinsichtlich der alten Griechen sprach.

Klara wurde vor Zorn flammend rot, erhob sich so jäh, daß die Kaffeetassen überschwappten und sagte: »Du machst es dir ein bißchen zu leicht. Ich finde, du solltest zwischen der privaten und der politischen Revolution einen Unterschied machen und mit deinem Vater eine verspätete pubertäre Auseinandersetzung führen.«

Dann ging sie, viele lachten, Nordberg nannte sie erbost eine blöde Zicke, doch auch Simon verließ die Runde und ging Klara nach.

Als er sie in der Diele einholte, sagte er: »Du fürchtest dich wohl vor gar nichts.«

»Nein«, antwortete sie. »Aber ich bin dumm. Die stempeln mich jetzt als Rechte ab.«

»Und das bist du nicht?«

»Nein, im großen und ganzen bin ich mit ihnen ja einer Meinung. Aber dieser Mensch ist so unverschämt selbstsicher, und das auf Pump, wenn du verstehst, was ich meine. Er plappert Marx nach und reichert ihn mit seiner kindischen Aggressivität an.«

»Die neuen Revolutionäre pflücken die Früchte der Bürgerlichkeit vom Baum der Erkenntnis und bezahlen mit Geldern, die ihre kapitalistischen Väter auf mehr oder weniger ehrliche Art verdient haben«, lachte Simon.

»Du bist ja richtig intelligent«, sagte sie.

»Warum sollte ich das nicht sein?«

»Du weißt doch«, erwiderte sie. »Schöne Männer ...«

»Irrtum!« unterbrach er sie. »Schöne Mädchen haben nichts im Kopf.«

»Ach ja, das hab ich vergessen«, erwiderte Klara. »Wie du vielleicht schon gemerkt hast, bin ich sogar sehr intelligent.«

»Soll das eine Warnung sein?«

»Schon möglich.«

»Nicht notwendig«, sagte Simon, und sie dachte, daß sie längst wußte, daß ihn nur ganz allgemein ihre Bosheit amüsierte. Aber Simon setzte das Geplänkel fort: »Weißt du, ich bin nämlich ein Genie, mich kannst du nicht einschüchtern.«

Sie freute sich sehr, und hielt ein Lachen für angebracht, aber das verstand er nicht.

Als sie zu den Fahrradständern gingen, erzählte Simon von seinem Vater.

»Er war Lastwagenfahrer, politisch enorm hellsichtig. In jeder Hinsicht, ausgenommen was die Sowjets betraf. Jetzt, wo man die Augen nicht mehr davor verschließen kann, daß das Arbeiterparadies ein Polizeistaat ist, hat er das Interesse an der Politik völlig verloren.«

»Du kommst also aus der Arbeiterklasse?« staunte Klara.

»Ja. Das heißt manche Dinge haben sich etwas verändert«, erklärte Simon. Und als er die Neugier in ihren Augen sah, mußte er weiterreden: »Mein Vater wurde wie so viele andere arbeitslos, als es nach dem Krieg mit dem Bereitschaftsdienst vorbei war. Da hat er angefangen Boote zu bauen, Segelboote. Inzwischen hat er eine Werft und eine Menge Angestellte und Sorgen.«

»Vom Kommunisten zum Kapitalisten. Das schafft wohl auch politische Hohlräume«, überlegte Klara.

»Mmmm. Er ist ein guter Mensch«, antwortete Simon, selbst etwas überrascht.

»Das war wohl vorauszusetzen«, sagte Klara. »Daß du einen prima Papa hast, meine ich.«

»Wieso?«

»Nun, du bist doch ein so ungewöhnlicher Junge ohne Bedürfnis sich hervorzutun oder sich aufzuspielen.«

Simon war unerhört erstaunt.

»Klar bin ich genial«, sagte er. »Aber ich kenne mich mit diesem psychologischen Jargon nicht aus, und darum komme ich hier nicht ganz mit. Gehen wir ein Bier trinken, damit du mir Nachhilfeunterricht geben kannst?«

Als sie hinunter zur Allee radelten und dann weiter zum Rosenlundkanal und der Fischerkirche, wo es in der Nähe ein Bierlokal gab, nahm sie sich vor, jetzt alle ihre Kräfte aufzubieten und nett und ganz sie selbst zu sein.

»Erzähl von dir«, bat er, als sie beide ein Glas Bier vor sich stehen hatten und einander über den Tisch hinweg ansahen.

Und sie hörte sehr wohl, was er wissen wollte: Wer bist du?

»Mein Papa hat ein Sägewerk in Värmland«, sagte sie. Sie nannte einen Ort. »Meine Mama ist mit einem anderen Mann durchgebrannt als ich elf war, und es tut immer noch weh. Aber ich kann sie verstehen, denn, nun ja, er ist schwierig, mein Papa, aber super.«

Simon versuchte ihren Blick festzuhalten, aber sie nahm ihn zurück und er schien sich in diesen graugrünen Augen ganz zu verlieren.

Simon bemühte sich, nachzuempfinden, wie es für ein kleines Mädchen sein mochte, wenn es von der Mutter verlassen wurde, und er dachte an Karin, und wie böse er auf sie gewesen war, als sie ihm fast weggestorben wäre. Aber er sah sehr schnell ein, daß das überhaupt nicht zu vergleichen war.

Bald begann Klara von ihrem Studium zu erzählen, und ihr Blick überwand die Einsamkeit und begegnete dem seinen wieder, sie vergaß ihre Angst und Simon dachte, Herr im Himmel, sie ist ja schön.

»Ich habe vor, mich auf die Psychiatrie zu spezialisieren«, sagte sie. »Aber momentan bin ich ganz auf die alten Mythen versessen, weil ich denke, sie hatten noch einen tieferen Sinn. Daß sie eine psychologische Funktion hatten, fast eine therapeutische, verstehst du?«

»Ja«, bestätigte Simon, und sie sah sein intensives Interesse, als stünde er kurz vor einer der phantastischen Antworten, die er immer suchte.

»Ich habe viel über die Volksmärchen nachgedacht«, erläuterte Klara. »Von wie vielen schwierigen Gefühlen sie erzählen, die Kinder so haben, ohne darüber jemals sprechen zu dürfen. Du weißt schon, grausame Phantasien und Gewalt und so etwas.«

Simons Herz schlug jetzt ganz heftig, dieses Mädchen schenkte ihm ein Stück von jener Wahrheit, die ihn freier machen würde, aber das konnte sie nicht ahnen. Sie fuhr fort: »Ich habe vor, mich auf den griechischen Parnaß zu konzentrieren und zu versuchen, Zusammenhänge zwischen all diesen Göttern und den verbotenen Phantasien der Menschen zu finden.«

Simon saß sehr still auf seinem Stuhl. Das ist mein Mädchen, dachte er, und für einen Augenblick glaubte er zwischen den verfliesten Wänden der Bierhalle das Gelächter des Fernfahrers Andersson widerhallen zu hören.

Dann sagte Klara, daß schon viele Menschen vor ihr solche Gedanken verfolgt hatten.

»Dichter?«

»Ja, aber auch Wissenschaftler«, erklärte sie und erzählte von Carl Gustav Jung, dem kollektiven Unterbewußten und den Archetypen, dem Helden, dem weisen alten Mann, der großen Mutter, dem heiligen Kind.

»Er hat in den Mythen geforscht und fand in allen Kulturen gemeinsame grundlegende Wesenszüge«, fuhr Klara fort. »Wenn man etwas über den Menschen erfahren will, muß man sich mit seinen Mythen befassen«, meinte sie.

Das habe ich immer gewußt, dachte Simon.

»Ich kann dir ein paar Bücher leihen«, bot Klara ihm an.

Irgendwie brachten sie es fertig, daß zwei Bier für eine ganze Stunde reichten, dann bestellten sie noch zwei und dazu vier belegte Brote. Als sie endlich aufbrachen, sagte Simon, daß abscheuliche Väter etwas Seltsames an sich hätten, sie bekämen nämlich wunderbare Töchter.

»Ich kenne da noch eine, sie ist mit meinem besten Freund verheiratet«, sagte er, und Klara dachte, jetzt falle ich gleich in Ohnmacht.

Sie trennten sich in der Allee, es war schon dunkel, als sie beide, mit dem Gefühl ein gemeinsames Geheimnis zu haben, jeweils in eine andere Richtung radelten.

Ruben war verreist, und darüber war Simon froh. Er mußte nachdenken.

Und die Gedanken kamen, ein vernünftiger und klarer Gedanke nach dem andern. Das hier war keine Liebe, nicht annähernd mit dem verwandt, was er zwischen Isak und Mona beobachtet hatte. Klara war nicht von Licht umflossen, sie beide würden nie aus sich heraus leuchten.

Sie war ein boshafter Mensch, das hatte sie selbst gesagt, und er hatte es gesehen und auch gehört. Böse, borstig, das wurde sie, wenn sie den Blick zurückzog. Und häßlich. Lang und flach wie ein Brett, und dann all diese widerlichen Sommersprossen im Gesicht und auf den Armen, ja, sogar auf den Händen. Die schön und geheimnisvoll waren, schlanke Finger und weiche Polster auf den Handflächen mit tief eingefurchten Lebenslinien.

Und wenn sie lächelte ...

Nein, er wollte alles vergessen, es war einfach, denn es gab nichts zu vergessen.

Trotzdem war sein letzter Gedanke vor dem Einschlafen, zusammen mit ihr bin ich bei mir selbst.

Er träumte, daß er am Strand entlang ging, und das Leben kam auf ihn zu und hatte goldrotes Haar und es trug in der langfingrigen und sommersprossigen Hand einen Apfel.

Am nächsten Tag sagte Simon, als er sich in der Vorlesung neben sie setzte, daß sie bestimmt gerne Musik höre. »Ja«, sagte Klara.

»Ich habe für Samstag zwei Karten für das Konzerthaus. Gespielt wird die Meeressymphonie von Nystroem.«

Er hatte keine Karten, aber die würden noch zu beschaffen sein.

»Möchtest du mitkommen?«

»Ja, gerne«, sagte Klara und hielt die Augen geschlossen, um ihn nicht sehen zu lassen, wie sehr sie sich freute.

»Ich habe seinerzeit die Uraufführung gehört«, berichtete Simon.

»Die Symphonie hat solchen Eindruck auf mich gemacht, daß ich ein langes Gedicht darüber geschrieben habe.«

Da schlug Klara die Augen auf und sah ihn erstaunt an, und er konnte der Versuchung nicht widerstehen: »Der Verlag Bonniers wird es veröffentlichen.«

Und schon begann die Vorlesung.

In der Einzimmerwohnung in Haga sah Klara ihre Garderobe durch und stellte fest, daß kein Kleid gut genug war. Es war erst Samstagmorgen, und sie konnte noch in die Linnégata gehen, wo sie vor dem Schaufenster einer Boutique schon oft von einer anderen und schöneren Klara geträumt hatte.

Jetzt kaufte sie sich dünne Nylonstrümpfe, denn sie hatte hübsche Beine. Und die ersten hochhackigen Schuhe ihres Lebens, denn Simon war ja doch um einiges größer als sie. Dann fiel ihr ein Jüngling aus der Anatomie ein, der gesagt hatte, sie habe einen netten Po, also probierte sie einen Rock, der sich eng an ihr Hinterteil schmiegte.

»Er sitzt wie angegossen«, sagte die Verkäuferin und holte eine grüne Seidenbluse mit weiten Ärmeln und einem Schluppenkragen, der den Hals umspielte.

»Aber ich habe keinen Busen«, bemerkte Klara, die sah, wie die Seide den Körperlinien folgte und alles enthüllte. Und sie haßte diese Frau, die sie gezwungen hatte, diese Peinlichkeit auszusprechen.

Aber die Verkäuferin lächelte nur und meinte, das sei leicht zu beheben, und ehe Klara nachdenken konnte, hatte sie einen BH mit einer spitz zulaufenden Einlage gekauft.

Ich bin verrückt, dachte sie.

Als sie sich zu Hause die Haare gewaschen und über ein Handtuch gerollt hatte, um eine schöne, weiche Pagenfrisur zustande zu bringen, mußte sie daran denken, daß sie oft unter den Armen schwitzte. Sie benutzte deshalb Aluminiumchlorid, aber das half bei Angst wenig.

»Klara Alm«, sagte sie laut zu sich selbst. »Heute abend wird dich keine Angst überkommen.«

Ehe sie sich ankleidete, überzog sie das Bett frisch. Ganz zum Schluß färbte sie sich die Wimpern, sie waren von Natur aus lang. Als sie, wie abgemacht, um halb sieben zum Treffpunkt kam, strahlte Simon vor Freude: »Du siehst wunderschön aus«, sagte er, und sie dachte, jetzt wäre der richtige Moment zu sterben, ehe alles wieder zunichte war.

Aber dann lächelte sie: »Du mußt wissen, daß die Leute zu Hause immer gesagt haben, die häßliche Tochter vom Sägewerker hat das garstigste Maul im ganzen Dorf.«

»Jetzt ist sie nicht mehr häßlich«, sagte Simon. »Vielleicht wird das Maul dann auch artiger.«

»Das ist die Frage«, sagte Klara und sah aus, als würde sie gleich zu weinen anfangen.

Da küßte er sie.

Aber sie kamen dennoch rechtzeitig ins Konzert, und die Musik umfing sie mit ihrem Zauberring. Klara schwieg auch danach.

Sie gingen durch die Stadt, und Simon erzählte ihr von den Indianerfrauen, die ihre Kinder in der Quelle des Flusses wuschen, und von der Woge, die über den Atlantik wanderte, um an den Klippen von Bohuslän zerschlagen zu werden.

»Als ich die Symphonie das erste Mal hörte, dachte ich, die Woge kann nicht sterben, denn sie wird nie zur Person. Verstehst du?«

»Ja«, sagte sie. »Ich glaube auch, daß Persönlichkeit meistens nur Abwehr ist. Darum ist meine auch so stark und ausgeprägt.«

Da küßte er sie wieder, mitten auf den Mund und mitten auf der Straße.

Simon hatte nie geglaubt, daß ein Mädchen sich ihm mit solchem Vertrauen hingeben würde. Sie war so willig und unschuldsvoll, so nackt und kindlich offen, daß er am liebsten geweint hätte. Aber er konnte sie mitnehmen und ihr Genuß und Befriedigung schenken.

Sie blutete nicht, er verstand und fühlte, daß auch das ein Geschenk war.

Es war zwei Uhr nachts, als Klara in die Küche ging, um sich unter dem Kaltwasserhahn zu waschen, und als sie in einem blauen Bademantel zurückkam, sagte sie: »Eigentlich möchte ich jetzt sterben. Aber vorher will ich dir noch etwas vorspielen.« Sie holte eine Flöte, und Simon wollte rufen, nein, tu das nicht, kleine Klara, laß es sein.

Aber sie setzte sich ans Fußende des Bettes und spielte Carl Nielsens Flötensolo, in dem die Nebel sich hoben und sich auflösten, etwas zögernd zunächst, als wäre sie ungeübt, doch bald immer sicherer, gehaltvoll und mit Wärme.

Simon lag danach so lange still im Bett, daß sie fragen mußte: »Du bist doch nicht etwa eingeschlafen?«

»Wie kommst du darauf!« entgegnete Simon. Und dann: »Das ist aber mehr als nur ein Hobby, oder?«

»Ich habe die beste Ausbildung genossen, die man in Värmland bekommen kann«, sagte sie und erzählte von dem jüdischen Flötisten in Karlstad, der vor seiner Flucht nach Schweden Berliner Philharmoniker gewesen war und sich später als Musiklehrer durchschlug.

»Er war wunderbar«, sagte sie. »Ihm habe ich zu verdanken, daß ich nach dem Verschwinden meiner Mutter überlebte.«

Simon dachte an geheime unergründliche Zusammenhänge.

»Ich habe meine Mutter behalten dürfen. Vielleicht habe ich deshalb nie Geige spielen gelernt.«

»Wolltest du denn?«

»Klara, das ist eine unglaublich lange Geschichte, und ich habe sie vermutlich bis heute nicht verstanden.«

Aber er dachte an Simon Habermann, den ehemaligen Geiger bei den Berliner Philharmonikern und fragte: »Lebt er noch, dein Lehrer in Karlstad?«

»Ja.«

»Irgendwann werden wir ihn besuchen fahren«, sagte Simon, und dann schliefen sie ein.

Bis zwölf am Sonntagmorgen schliefen sie, und sie waren, als sie aufwachten, sehr hungrig und fanden im Hafen eine Kneipe, die sonntags geöffnet war, und es gab Hering als Vorspeise und dann gepökelte Rinderbrust. Simon bestellte zwei Klare, und als sie mit dem scharfen Getränk angestoßen hatten, sagte Klara, daß sie in ihrem ganzen Leben noch nie so etwas Gutes auf der Zunge gehabt habe.

Vierzehn Tage lang waren sie weit offen für einander und noch immer wie im Paradies. Dann fiel Simon ein, daß er auch eine Familie und Ruben und Isak hatte, und daß Klara mit ihm nach Hause kommen und Karin kennenlernen mußte.

Er sah, daß sie erschrak, aber er wußte nichts von den Dämonen, die sich jetzt von ihrem Herzen lösten und unerbittlich kopfwärts stiegen und dort sofort das Regiment übernahmen.

Als er dann sagte, ich hole dich also am Samstag ab, und meine Mutter lädt uns zum Essen ein, fühlte er eine Mauer zwischen ihnen wachsen.

31

Simon mußte Karin anrufen und von seinem Mädchen erzählen. Aber er scheute sich vor dem Gespräch und schob das auf Klara und ihre Unruhe. Am Freitagvormittag, zwischen zwei Vorlesungen, überwand er seine Unlust und wählte die wohlbekannte Nummer, hörte Karins herzliche und erfreute Stimme: »Das ist aber lange her, Simon. Wo bist du nur gewesen?«

»Ach, weißt du, Mama, ich hab ein Mädchen kennengelernt.«

»Soso.« Die Stimme schien von weit her zu kommen, und er wollte erklären, wollte sagen, weißt du, Mama, das ist ein so seltsames Mädchen, zerbrechlich und doch stark und häßlich und schön, und ich glaube, ich liebe sie, was immer das heißen mag, aber sie hat so ungeheuerlich große Angst vor dir.

Aber natürlich sagte er das nicht, sondern nur: »Ich möchte morgen mit ihr zu euch kommen, damit ihr sie kennenlernt.«

»Ihr seid herzlich willkommen, mein Junge.«

Das war auch nicht das, was Karin hatte sagen wollen, aber sie war froh, es über die Lippen zu bringen und auch darüber, daß ihre Stimme ganz normal klang.

»Sie ist Ärztin«, fügte Simon hinzu. »Das heißt, sie ist fast schon fertige Ärztin.«

»Allerhand«, hauchte Karin, und dann war es wieder still, bis sie zum Glück endlich ganz normale Worte fand: »Wir essen um zwei, wie immer am Samstag. Ich werde Steinbutt besorgen und etwas wirklich Gutes kochen.«

»Dann kommen wir also. Tschüs bis dann.«

»Tschüs.« Sie wollte noch etwas sagen, aber es fiel ihr nichts ein.

Auch er hatte etwas anderes sagen wollen, aber es wurde nur »Grüß Papa« daraus.

»Mach ich, Simon.«

Schlecht gelaunt und daher wütend auf sich selbst ging Simon zurück in den Hörsaal. Karin legte den Hörer auf, lehnte sich in der Diele an die Wand und dachte an ihr Herz.

Aber das schlug ruhig und sicher.

Entschlossen.

Sie hatte doch gewußt, daß das irgendwann passieren würde. Früher oder später mußte Simon einem Mädchen begegnen, er genauso wie Isak, und Karin suchte nach tröstlichen Gedanken. Es konnte ein Mädchen wie Mona sein.

Aber bei diesem Gedanken mußte Karin in die Küche gehen, sich auf die Küchenbank setzen und ein ernstes Wort mit ihrem Herzen reden.

»Also jetzt!« sagte sie. »Also jetzt immer schön mit der Ruhe, jetzt schlagen wir, wie sich's gehört, langsam und stetig.«

Das Herz gehorchte, und Karin wies den Gedanken an Mona zurück, der so weh getan hatte, weil ihr dabei bewußt geworden war, daß sie Mona verabscheut hätte, wäre sie Simons Mädchen gewesen.

Sie sah sich in der Küche um, die ihr so große Zuversicht gab, und erinnerte sich an eine andere Küche, kleiner und dürftiger, deren Wänden Armeleutegeruch angehaftet hatte, dieser bösartige Geruch, der davon kam, daß man in den Spülstein pinkelte, weil der Abort drei Stockwerke tiefer im Hof des kommunalen Wohnbaues lag. In jener Küche saß eine andere Frau und preßte die Hand aufs Herz, als wolle sie es am Zerspringen hindern, und vor ihr stand Erik, den Arm um die Schultern eines jungen Mädchens gelegt.

Es war ein schönes Mädchen, dessen ebenmäßige Nase fast in die Wolken zeigte, und dessen braune Augen blitzten, als es sagte: »Das ist ja der eigentliche Sinn, daß die Alten sterben müssen, um den Jungen Platz zu machen.«

Alles hat seinen Preis, dachte Karin, aber die Erinnerung an die

Schwiegermutter half ihr. Nie würde sie werden wie Eriks schreckliche Mutter, sie hatte auch ihren Stolz. Nein, sie wollte die beste aller Schwiegermütter werden, so wie sie die beste aller Mütter gewesen war, und niemand würde je auch nur ahnen, was es sie kostete.

Das Herz schlug, kaltgehämmert, Eis war in der Brust entstanden. Als Lisa kurz darauf kam, hatte Karin Kaffeewasser aufgesetzt, und brachte es über die Lippen: »Kannst du dir vorstellen, daß Simon ein Mädchen gefunden hat?«

»Ist das aber schön!« begeisterte sich Lisa, und ihre aufmerksamen Augen, die immer auf der Jagd nach Staub und Heimlichkeiten waren, glänzten vor Neugier.

»Wer ist es?«

»Sie ist Ärztin«, erwiderte Karin, und damit war es heraus, und sie konnte Lisas Verwunderung ein wenig genießen und über die spitzen Worte lachen: »Na danke. Aber er ist ja immer ein bißchen was Besseres gewesen.«

Karin war sich bewußt, daß ab jetzt in den Nachbarhäusern der Eitelkeitswalzer wieder die Runde machen würde, diese ewige Leier von Larssons mit ihren jüdischen Freunden, ihrer Werft und dem Jungen, der das Abitur gemacht hatte und jetzt auf die Universität ging, um Frühgeschichte zu studieren ... Sumerer, sie konnte das Gekicher hören und mit ihnen fühlen, wenn sie sagten, Simon sei verwöhnt und glaube, das Leben sei ein Kindergarten.

»Wie heißt das Mädchen?« fragte Lisa.

»Himmel noch mal, das habe ich ganz zu fragen vergessen. Weißt du, ich war dermaßen verblüfft.«

»Ja, du hast wohl gedacht, du kannst den Jungen für den Rest deines Lebens für dich behalten«, meinte Lisa und lachte ein bißchen, um der Bosheit die Spitze zu nehmen.

Karin wurde rot vor Zorn und stand auf, wollte Lisa nicht die Genugtuung geben, ihren Zorn zu sehen. Sie ging zur Werft, fand Erik im Zeichenbüro und sagte ganz schnell, um es hinter sich zu bringen: »Simon hat ein Mädchen kennengelernt, eine Ärztin. Sie kommen morgen zu uns.«

Erik fiel nicht nur der Zeichenstift, sondern auch der Zirkel aus der Hand, und er nahm die Brille ab: »Das ist eine erfreuliche Nachricht, Gott im Himmel, Karin, wie schön!« rief er aus, und sie sah, daß seine Freude ganz echt war.

»Ist er verliebt?«

»Ich nehme es an«, sagte Karin, und sie lächelte breit und fast natürlich.

Erik ging zum Kaffee mit ins Haus, so etwas mußte gefeiert werden, und er sprach ununterbrochen davon, wie das Leben so spielte, wenn man jung und verliebt war, und auch davon, wie er sich von ganzem Herzen gewünscht hatte, daß Simon sich verlieben würde.

Dann lachte er laut und meinte, er habe sich doch immer einen Arzt in der Familie gewünscht. Der Teufel soll's holen, aber Erik Larsson kriegt, was er will. Wenn der Junge kein Doktor werden will, dann beschafft er sich eben einen. Großartig.

Karin stimmte in sein Lachen ein, aber es schwebte ein eiskalter Engel durchs Zimmer, als sie Eriks Freude sah und an das Mädchen dachte, das er einmal geliebt hatte, das Mädchen, das von der Schwiegermutter verscheucht worden war. Erik hatte vor Traurigkeit die Schwindsucht bekommen und lange im Sanatorium gelegen.

Dann ließ Karin sich ihren Entschluß, eine gute Schwiegermutter zu werden, durch den Kopf gehen, konzentrierte sich so sehr darauf, daß ihre Gesichtszüge starr wurden.

»Ist ja schrecklich, wie ernst du aussiehst«, sagte Erik. »Du bist hoffentlich nicht eifersüchtig?«

»Nein, weißt du«, erwiderte Karin, und ihre Augen schossen Blitze, so daß er sich schnell aus der Affäre ziehen mußte: »War doch nur ein Scherz«, sagte er, und sie konnte lächeln, ein ungewohntes und unechtes Lächeln.

Eifersüchtig, das war ein häßliches Wort, dachte sie, als sie ihren gewohnten Spaziergang machte. Es war nicht der richtige Ausdruck für die Trauer, die sie empfand, und die einer anderen Trauer nach einem Verlust vor langer Zeit ähnelte.

Petter, dachte sie, er war vernünftig genug gewesen, zu sterben.

Simon hingegen hatte sie enttäuscht. Trotzdem konnte sie ihn nicht hassen, sondern nur das Mädchen. Nein, auch das Mädchen nicht.

Plötzlich dachte sie daran, wie sehr sie Ärzte immer verabscheut hatte, diese Übermenschen mit ihrer Macht über Leben und Tod.

Sie ging in die Fischhandlung in Tranered, bekam ihren Steinbutt und leistete sich, um es richtig luxuriös zu machen, dazu noch ein halbes Kilo Krabben. Es sollte für das Mädchen ein fürstliches Willkommensessen geben. Niemand sollte Karin etwas nachsagen können.

Auf dem Heimweg wich sie den Eichen aus, wollte an diesem Tag keine Wahrheiten hören. Hingegen kam ihr der Umweg durch den alten verwilderten Garten gerade recht, in dem sie mit Simon gespielt hatte, als er noch klein war, und wo sie gedacht hatte, daß niemand ihn jemals würde so lieben können wie sie.

Beim Abendkaffee wirkte Erik nervös. Ob Karin meinte, das Mädchen stamme aus der Oberschicht? Stell dir vor, sie ist aufgeblasen! Sollten sie etwa zum Umgang mit der idiotischen Familie eines Großkaufmanns verpflichtet sein?

»Ich weiß nicht«, sagte Karin. »Aber Simon hat an sich ein gutes Urteilsvermögen.«

»Urteilsvermögen hat doch nichts mit Verliebtheit zu tun!«

Erik schrie es fast heraus, und weil er noch nie ausgehalten hatte, etwas nicht zu wissen, rief er bei Simon an. Er war nicht zu Hause, aber Ruben war am Apparat und wußte wenigstens ein kleines bißchen mehr, obwohl er das Mädchen auch noch nicht kennengelernt hatte.

Als Erik zu Karin zurück kam, hatte er sich zumindest ein wenig beruhigt. »Das Mädchen heißt Klara Alm, ist Tochter eines Sägewerksarbeiters, der Geld geheiratet und das Sägewerk in Värmland übernommen hat.«

»Das klingt doch gut«, fand Karin.

»Naja«, meinte Erik. »Möglicherweise trinkt der Vater. Es hat eine Scheidung gegeben. Klara soll einen sehr hellen Kopf haben, aber leicht hat sie es nicht gehabt.«

Das Mädchen nahm jetzt deutlichere Formen an, Karin gefiel das nicht. Doch dann berichtete Erik, Ruben habe gesagt, Simon sei vierzehn Tage lang kaum zu Hause gewesen und verliebt wie ein alter Kater.

Erik lachte zufrieden, er war so von Freude erfüllt, daß er gar nicht merkte, wie Karin erstarrte und wieder diese verflixte Kälte ausstrahlte.

Klara hatte die ganze Nacht über gegen die Dämonen angekämpft. Und hatte verloren. Das erkannte sie in dem Augenblick, als Simon sie holen kam, in der Tür stand und die ganze Abbruchwohnung mit seiner Energie erfüllte.

Sie war ganz derselben Meinung wie die Dämonen, von denen der eine sagte, es sei lachhaft, daß sie so einen Mann kriege, und der andere flüsterte: Gott wird sich deinetwegen schämen.

Klara hatte einen schwarzen Pullover angezogen, der sie noch blasser machte als sie ohnehin schon war. Die Sommersprossen leuchteten in dem weißen Gesicht, und unter den Augen hatte sie Ringe, Ton in Ton mit dem Pullover. Sie sah, daß Simon sie am liebsten gebeten hätte, etwas Hübscheres anzuziehen, war aber dankbar dafür, daß er es sein ließ. An dem schwarzen Pullover würde man den Achselschweiß nicht sehen.

Sie gingen zum Järntorget und stiegen in die Breitspurbahn nach Långedrag. Simon versuchte, als sie daran vorbeifuhren, von der Schule und von anderen interessanten Dingen auf der Strecke zu erzählen, die lange Jahre hindurch sein Schulweg gewesen war. Aber Klara hörte nicht zu. Sie dachte, wie sie es die ganze Nacht getan hatte, an all das, was er über seine Familie und diese wundervolle Mutter erzählt hatte, und Klara haßte sie schon jetzt. Schließlich wurde Simon böse und sagte, du siehst aus, als würde ich dich zur Schlachtbank führen. Aber sie gab auch darauf keine Antwort, dachte nur, das ist erst der Anfang, jetzt tu ich ihm weh, weil es eben sein muß.

Auf dem Weg von der Haltestelle hinunter zum Fluß versuchte er es noch einmal, erzählte von Äppelgren, seinem Retter, wenn er sich als kleiner Junge verlaufen hatte. Es kam eine kurze Rückmeldung, Klara hatte zugehört und fragte jetzt: »Und warum bist du ausgerissen?«

»Ausgerissen?« überlegte er. »Damit hatte das nichts zu tun, ich bin einfach losgezogen, wie neugierige Kinder das so machen.«

Doch es klang erstaunt, Klara merkte, daß er sich diese Frage selbst nie gestellt und sie jetzt die erste Kerbe in das Bild von der wunderbaren Kindheit geschlagen hatte, und daß sie jetzt sofort auf dem Absatz kehrtmachen und verschwinden sollte, bevor sie ihm zuviel kaputtgemacht hatte.

Alles lief genau so schlimm ab, wie Klara es sich vorgestellt hatte, sie stand wie eine Hopfenstange in der Küchentür, als Simon Karin begrüßte, und Klara hatte den Eindruck, daß das Band zwischen Mutter und Sohn so stark war, daß es sie eigentlich beide erdrosseln müßte, und sie schaute Karin an und sah zu ihrer Verzweiflung, daß diese nicht nur gut, sondern etwas noch viel Schlimmeres war.

Schön!, dachte Klara. Und intelligent, dachte sie, als die klugen Augen sie ansahen, durch sie hindurch sahen und alles ablehnten.

»Willkommen«, sagte Karin, aber dann wurde auch für sie alles unnatürlich, dieses häßliche rothaarige Mädchen mit der feuchtkalten Hand und Simon mit dem ängstlichen Gesicht.

Verrückt, dachte Karin, mein Junge, und dann dieses …

Doch dann kam Erik mit einer Rolle Zeichnungen unter dem Arm in seiner üblichen Natürlichkeit von der Werft: »Du bist mir aber mal ein großes, prächtiges Mädchen!« sagte er, sah sie aus fröhlichen Augen an, die Versteinerung wich, Klara konnte lächeln und war jetzt richtig hübsch, und Simon umarmte seinen Papa, lachte erleichtert und tat sich groß: »Sie ist mit dem Medizinstudium fast fertig, Vater.«

Das hätte der Wendepunkt sein können, denn Erik sagte, potzblitz, und dabei noch so ein junges Mädchen, und Klaras Lächeln wurde breiter. Doch dann sagten die Dämonen, Simon schämt sich so, daß er dich mit deiner Ausbildung entschuldigen muß, und im nächsten

Augenblick kam Isak und erschrak so vor Klara, daß er sie gleich verabscheute und es nicht verbergen konnte.

Er verschwand mit Eriks Zeichnungen Richtung Werft, rief über die Schulter, ich fang gleich an, Erik. Komm, sobald du Zeit hast.

Sie mußten dringend planen, was vor der Verlegung der Werft noch zu erledigen war.

Erik schien erstaunt, ging Isak aber bald nach, und nun waren die drei wieder allein in der Küche, wo Karin mit einem frisch gebügelten Tischtuch und dem feinsten Porzellan aufgedeckt hatte.

Das Steinbuttgratin mit Krabben schmeckte gut wie immer, aber Klara kaute, als wäre es Stroh, das Schlucken fiel ihr schwer, und sie spürte, wie ihr der Schweiß ausbrach.

Zu Mona sagte Isak daheim später, da hat Simon aber eine seltsame Braut angeschleppt, lang wie ein Kran, häßlich und steif und eingebildet wie der Teufel. Mona ging also hinüber um Zucker zu borgen, sie war schöner und birnenförmiger denn je, und hätte einem Renaissancebild der hoffenden Gottesmutter entstiegen sein können.

Klara verabscheute sie wegen der lieblichen Mutterschaft, und auch, weil sie so freundlich und natürlich war. Aber Mona ging zu Isak nach Hause und sagte, daß Klara nicht eingebildet sei. »Sie fürchtet sich nur, das sieht doch jeder.«

Nein, Isak konnte das nicht sehen, und außerdem war das idiotisch, hier gab es doch nichts zu fürchten.

»Ich würde Todesängste ausstehen, wenn ich Simons Mädchen wäre und Karin das erste Mal gegenübertreten müßte«, erklärte Mona.

Nach dem Mittagessen nahm Erik Klara mit, um ihr die Werft zu zeigen, das half ihr ein wenig. Hier war es zugig und kalt, so daß der Schweiß trocknete, und Erik war stolz auf seine Werft, und Klara meinte ganz aufrichtig, daß die fast fertigen Küstensegler, die bald vom Stapel laufen sollten, einmalig schön seien.

In der Küche wandte Simon sich verzweifelt an Karin: »Sie hat Angst, Mutter, siehst du das nicht?«

»Freilich sehe ich das, aber was kann ich machen?«

»Nimm sie mit auf den Berg, Mama, zeig ihr die Aussicht und rede mit ihr, du kannst doch sonst immer ...«

Als Klara also von der Werft zurückkam, sagte Karin entschlossen: »Möchtest du vielleicht ein Stückchen mit mir spazieren gehen, Klara?«

Klara nickte, ging mit, als wäre sie unterwegs zu einer Gerichtsverhandlung und fest entschlossen, alle Verbrechen einzugestehen und jede Strafe gerecht zu finden.

Sie saßen auf dem Felsen, Karin zeigte auf die Festung, sprach vom Meer und daß es auch seine Schattenseiten hatte, so in seiner Nähe zu wohnen. Schließlich hielt Klara es nicht mehr aus: »Warum machst du das alles? Warum sagst du nicht gleich, daß du mich abscheulich findest und daß ich zur Hölle fahren soll!«

»Na hör mal«, entrüstete sich Karin.

»Ich bin mit dir einer Meinung, ich finde, ich bin Simon nicht wert, und ich weiß, daß ich sein Leben zerstören werde.«

Karin mußte ihren inneren Jubel unterdrücken und sagte: »Ich kann doch einen Menschen nicht gleich mögen, den ich zum ersten Mal sehe.«

»Das klingt einleuchtend, aber inzwischen hast du vermutlich genug gesehen«, erwiderte Klara, die sich jetzt zweifellos ganz den Dämonen überließ.

»Liebe Klara«, sagte Karin. »Du solltest vielleicht mal ein bißchen von dir selbst erzählen.«

»Ich«, sagte Klara. »Ich bin die häßliche Tochter des Sägewerkers, die das abscheulichste Maul von ganz Värmland hat.«

»Wie bist du das denn geworden?«

»Vielleicht war es, als meine Mutter in meiner Kindheit mit einem neuen Mann verschwand. Aber ich weiß nicht, wahrscheinlich bin ich von Natur aus häßlich.«

»Hast du nie mehr was von ihr gehört?«

Es war eine Routinefrage, es machte Karin Schwierigkeiten, allein schon ihrer Stimme die innere Befriedigung nicht anmerken zu lassen. Es gelang ihr schlecht, das fühlten sie beide, aber trotzdem antwortete

Klara höhnisch lachend: »Nein, vermutlich hat nicht einmal sie mich lieben können, denn ich habe nie ein Lebenszeichen von ihr erhalten.«

»Dann wirst du sie wohl jetzt, wo du erwachsen bist, aufsuchen müssen«, sagte Karin, als wäre das die einfachste Sache der Welt, und die junge Frau dachte an die Telefonnummer in ihrem Notizbuch, die sie eigentlich schon seit drei Jahren wählen wollte.

»Das ist ein guter Rat«, sagte sie.

»Du scheinst dich selbst ganz und gar nicht zu mögen, wenn du so böse auf andere bist«, bemerkte Karin.

»Stimmt«, erwiderte Klara. »In der Fachsprache nennt man das Projektion.«

»Versuchst du mir zu imponieren?«

»Nein, ich weiß ja, daß das nicht geht.«

»Ich habe so meine Schwierigkeiten mit Menschen, die sich selbst nicht mögen«, erklärte Karin. »Sie lassen andere das teuer bezahlen.«

»Stimmt«, sagte die junge Frau. »Ich begreife sehr wohl, daß du Simon ein besseres Schicksal gegönnt hättest. Da sind wir uns einig. Verlaß dich auf mich, Karin, du große Mutter. Es wird jetzt bald zu Ende sein, das kurze Liebesmärchen.«

Sie verwandelte sich in eine starre Säule, die aus weitsichtigen Augen übers Meer schaute ohne etwas zu sehen, und Karin, die genau wußte, daß dies die Art des Mädchens war, die Tränen zurückzuhalten, bekam ein schlechtes Gewissen und wurde wütend. »Versuchst du mir die Schuld zuzuschieben?«

»Nein«, erwiderte Klara. »Die gute Mutter ist immer ohne Schuld. Sie muß es sein, um überleben zu können.«

Das ging unter die Haut, das tat weh, das traf das Lebensgefühl messerscharf, aber es gelang Karin, mit fester Stimme zu sagen: »Du bist der boshafteste Mensch, den ich je kennengelernt habe.«

»Das habe ich doch gesagt«, erwiderte die junge Frau, aber sie bekam ein ängstliches Gesicht, als sie Karin ansah und feststellen mußte, daß diese bleich wie ein Gespenst war und die geballte Hand fest aufs Herz drückte. Simon hatte ihr von dem Infarkt erzählt.

Als die beiden den Berg hinuntergingen, wußte Klara, daß sie schnell von hier weg mußte, ehe sie noch mehr Porzellan zerschlagen konnte. Kaum kamen sie in die Küche, die jetzt voller Leute war, ging sie von einem zum andern und verabschiedete sich, bedankte sich für das Essen und bedauerte, nach Hause zu müssen, um für die Abschlußprüfungen zu lernen. Zu Karin sagte sie leise: »Verlaß dich auf mich.«

Ruben Lentov war da, Klara reichte ihm eine schlaffe, verschwitzte Hand.

Simon begleitete sie zur Straßenbahn, sie wechselten unterwegs nicht ein Wort. Doch als die Bahn kam, sagte er: »Ich komme morgen gegen fünf zu dir zum Essen. Vielleicht haben wir uns bis dahin beide beruhigt.«

Den ganzen Sonntag ging Klara in der dunklen Einzimmerwohnung in Haga auf und ab und dachte an das Versprechen, das sie Karin gegeben hatte, und sie war dabei so traurig wie ein Mensch es nur sein kann. Um halb fünf öffnete sie eine Dose Champignonsuppe, belegte ein paar Käsebrote, und genau auf den Glockenschlag kam Simon.

Er versuchte sie anzulächeln, sie zu umarmen, aber sie stieß ihn weg.

»War es so schlimm?« fragte er.

»Nein, gar nicht«, antwortete sie. »Es waren doch alle genauso nett, wie du es vorausgesagt hattest. Erik ist lieb und Isak freundlich und Mona unglaublich hübsch. Ganz zu schweigen von deiner Mama, die einfach phantastisch ist. Die große Mutter, die sich in ihrem in eine bescheidene Küche verwandelten Tempel huldigen läßt.«

»Halt die Klappe«, sagte Simon, doch Klara konnte sich nicht zurückhalten: »Sogar der reiche Mann war da, bereit den Boden zu küssen, über den die große Mutter schreitet«, fügte sie hinzu.

»Von wem redest du?«

»Von Ruben Lentov, diesem typischen Vertreter des kultivierten jüdischen Kapitalismus.«

Simon saß sehr ruhig auf seinem Stuhl. Aber seine Augen brannten: »Ich habe nie begriffen, wie du Psychiater werden kannst«, sagte er. »Du hast, was Menschen betrifft, ja nicht die geringste Ahnung. Und ich habe auch nicht gewußt, daß du Antisemitin bist.«

In ihrem Gesicht war jetzt etwas, das um Schonung bat, doch es war zu spät.

»Immer schön eins nach dem andern«, erklärte Simon. »Karin ist keine große Mutter, denn sie hat nie eigene Kinder bekommen können. Das ist der Kummer ihres Lebens, oder zumindest ein Teil davon.«

Dann fuhr er sehr langsam fort: »Ich selbst bin adoptiert worden. Als jüdisches Kind. Mein Vater ist ein typischer Vertreter der in Auschwitz vergasten Juden. Wo du übrigens unter den Henkern gute Figur gemacht hättest!« schrie er, ging und knallte die Tür hinter sich zu, ohne daß erstaunlicherweise das alte Gebäude in sich zusammenfiel.

Klara nahm vier Schlaftabletten, um sich zu beruhigen.

32

Als Klara am nächsten Morgen aufwachte, war ihr schlecht und sie hatte rasende Kopfschmerzen. Das war gut, war um vieles besser als Angst.

Sie rief im Historischen Institut an, meldete sich dort ab, bekam einen Rüffel, erfuhr, daß sie die Semestergebühren nicht zurückbekomme.

Dann wählte sie die Nummer des Dozenten in der Sahlgrenschen Klinik und fragte, ob sie ihre Famulatur jetzt antreten könne.

»Sie haben einen Monat nachzuholen, Fräulein«, erwiderte der Dozent trocken. Aber er mochte sie ihrer raschen Auffassungsgabe wegen, fügte also hinzu, daß es sich vermutlich machen lasse.

»Ist ja schön zu hören, daß Sie sich die psychologischen Phantasien aus dem Kopf geschlagen haben«, meinte er.

Den ganzen Montag verwendete Klara auf das Schreiben eines Briefes: »Simon. Ich bin ein schrecklicher Mensch, und Du kannst froh sein, daß es zwischen uns aus ist. Aber ich bin keine Antisemitin, und ich glaube nicht, daß ich unter den Henkern von Auschwitz gewesen wäre, wo Dein Vater starb.

Will sagen, ich hoffe das zumindest. Denn wer kann eigentlich wissen …«

Dann geriet ihr alles durcheinander, aber das war jetzt egal. Sie schickte den Brief nie ab, und am Dienstagmorgen stand sie bei der Visite auf der Inneren Abteilung am äußersten Ende der langen Schlange von Studenten, und ihr Blick war mehr denn je in die Ferne gerichtet.

Doch sie hörte zu, und zum Glück war es bei ihr so, daß ihr Gehirn aufnahmefähiger wurde, je mehr sie ihr Herz verschloß. Die Dämonen waren nun für lange Zeit auf ihre Kosten gekommen. Sie schwiegen.

Simon hatte es nie für möglich gehalten, daß es in seinem Körper so weh tun könnte, es war ein physischer Schmerz in seiner Brust. Die Luft war klar, die helle Septembersonne leuchtete freigiebig über der Stadt, aber seine Welt war grau. Das konnte er ertragen.

Aber der Schmerz, der dort saß, wo die Schuldgefühle ihn in seinen Jugendjahren immer gequält hatten, war unerträglich.

Dieses Mal ist es kein Schuldgefühl, sagte er sich. Er bereute nicht ein Wort von dem, was er gesagt hatte. Im Gegenteil. Das einzige, was Linderung bot, war das Ausdenken noch schlimmerer Dinge, böserer Worte, die er eigentlich hätte aussprechen sollen. Faschistenschwein.

Manchmal dachte er, es sei an ihm irgend etwas verkehrt, etwas in seinem Verhalten gegenüber Frauen. Erst Iza und dann jetzt dieses Weib, das noch viel bösartiger war.

Er erinnerte sich an seine Phantasien über das Böse, die aus seinem Leben eine Wirklichkeit machen sollten. Jetzt steckte das alles in seiner Brust, und das Dasein war für ihn nie so unwirklich gewesen wie jetzt. Ruben sprach mit ihm, aber Simon konnte nicht zuhören. In den Vorlesungen war es genauso. Dieser verdammte Schmerz in der Brust machte ihm das Hören unmöglich.

Er versuchte ununterbrochen nicht an Karin zu denken.

Ruben rief bei Erik an und sagte ihm, daß er sich wegen Simon Sorgen mache.

»Daran stirbt doch keiner«, antwortete Erik. »Aber krank werden kann man.«

Ruben erinnerte sich an etwas, das Erik einmal gesagt hatte, daß er nämlich nach einem Liebeskummer in der Jugend Tuberkulose bekommen hatte. »Wir müssen etwas tun, Erik.«

»Keiner kann etwas tun. Aber es ist verdammt schade, es war ein prima Mädchen, etwas Ungewöhnliches.«

»Was ist passiert, Erik?«

»Ja, was ist passiert?«

Nach vierzehn Tagen bekam Simon Fieber, jetzt konnte vor Karin nichts mehr vertuscht werden. Sie kam fast gleichzeitig mit dem Arzt, den Ruben hergebeten hatte, und der bei Simon eine Lungenentzündung feststellte.

»Das ist heutzutage ja nichts Gefährliches mehr«, sagte der Arzt und spritzte Antibiotika. Aber sicherheitshalber wollte er den jungen Mann doch ins Krankenhaus schicken.

Karin fuhr im Krankenwagen mit.

Dann lag Simon auf der Sahlgrenschen Klinik und träumte wieder, daß er im Grasmeer einem Mädchen nachlief, sie war langbeinig und schlank, launisch wie ein Sonnenstrahl, er bekam sie zu fassen und wußte, daß es Klara war, doch als sie sich umdrehte, war es Iza, die ihn auslachte. Da hörte er eine Flöte und sah, wie der Nebel sich über dem Fluß lichtete, aber er wollte dort nicht hingehen, wollte nicht sehen, daß es Iza war, die spielte und ihm mitten ins Gesicht lachte.

Karin wachte die Nacht hindurch an Simons Bett und bat zum ersten Mal in ihrem Leben Gott um Schonung und um Vergebung. Doch als das Tageslicht kam und er ruhiger atmete, versuchte sie zu denken, daß es gut war, wie es gekommen war. Und daß sie, Karin, frei von Schuld war.

Alles war gut, besonders als die Ärzte nach einer Untersuchung versicherten, Simon werde wieder gesund. Sie verließen sich ganz auf die neuen Medikamente, und dieses Vertrauen war greifbarer als die nächtlichen Hinwendungen an den unbekannten Gott, an den sie nicht glaubte.

Karin bekam Kaffee und ihr kam der Gedanke, das Mädchen könne nicht normal sein und habe Simons Leben zerstört, und daß es wirklich gut war, so wie es gekommen war.

Sie selbst war zu Klara so freundlich gewesen, wie man es nur verlangen konnte.

Doch da begann Simon im Schlaf zu schreien, und danach glaubte Karin, er habe zu atmen aufgehört, und ihre Angst war gewaltig und nur Gott, der zu Beschwichtigende, war da, und sie hörte ihre Mutter krächzen: Leid tun, leid tun, und sie sah sich selbst als junge Frau in der Küche der Schwiegermutter, als sie sagte, die Alten müßten sterben, um den Jungen Platz zu machen, und sie wußte, daß sie mit diesen Worten einen Pakt mit dem Teufel geschlossen hatte, und daß er jetzt gekommen war, um sein Recht einzufordern.

Der Teufel ist nicht persönlich gekommen, dachte Karin. Er hat ein Mädchen geschickt, eine Hexe, die mein Selbstvertrauen zerstört hat, von dem der Junge lebt. Darum mußte er jetzt sterben.

Karin schrie in wilder Verzweiflung auf, und Ruben war da und Erik, und sie sagten, sie müsse sich schonen, und dann kam ihr alter Herzdoktor, den Ruben gerufen hatte. Er untersuchte Simon und konstatierte, daß er bald wieder auf den Beinen sein werde, daß das Sulfonamid gewirkt habe und das Fieber gefallen sei, und dann gab er Karin eine Spritze, und sie konnte sich später nie erinnern, wie sie nach Hause gekommen war, aber nach vierzehn Stunden wachte sie in ihrem eigenen Schlafzimmer auf und Erik brachte ihr Tee ans Bett und berichtete, daß Simon die ganze Nacht fest durchgeschlafen habe und nun fieberfrei sei.

Sie verdöste den Vormittag im Bett und dachte an den Gott, an den sie nicht glaubte, und daran, wie wunderbar groß seine Macht war. Was den Teufel betraf, so war ihr klar, daß sie ihm in ihrem eigenen Herzen begegnet war, daß es ihn bei ihr gab wie bei allen anderen Menschen, nur eben immer wieder verleugnet und beschönigt.

Sie erinnerte sich daran, wie der Friede sie krank gemacht hatte, als all das Böse in diesem schrecklichen Frühling vor vier Jahren offenbar wurde.

Und es kamen ihr alle Träume in den Sinn, derentwegen sie in der Herzklinik geweint hatte. Lange verweilte sie bei der Erinnerung an ihren Vater Petter und an die Nacht, in der er ihr im Traum erschienen war. Er hatte ihr etwas sagen wollen, aber sie war zu müde gewesen, ihm zuzuhören. Ich wollte nicht, dachte sie.

Denn sie wußte jetzt, daß es bei dem, was Petter ihr hatte sagen wollen, um das Böse ging, das in jedem Menschen steckt, und das erst durch Erkenntnis verstanden und bekämpft werden kann.

Da stand sie auf, suchte die Nummer von Klara Alm im Telefonbuch und rief bei ihr an.

Die Stimme der jungen Frau überschlug sich, und das nicht nur vor Erstaunen.

Freude, dachte Karin.

»Ich weiß, daß es zwischen euch aus ist, und ich denke, du magst in vielem recht haben, was du über gute Mütter gesagt hast«, begann Karin zusammenhanglos. »Aber nun verhält es sich so, daß Simon sehr krank ist, und ich dachte mir, daß du als Ärztin vielleicht ...«

»Simon ist krank!« Klaras Stimme war schrill vor Angst.

»Er liegt im Sahlgrenschen«, Karin ratterte Abteilung und Zimmernummer herunter.

»Ich fahre sofort hin. Und ich rufe dich an.«

Klara nahm ein Taxi, bereute es aber, es wäre mit dem Rad schneller gegangen. Aber schließlich kam sie doch hin. Weißer Mantel, und das richtige Gesicht aufgesetzt. Die Stationsschwester war höflich, blieb aber auf Distanz bis Klara sagte, sie wolle aus privaten Gründen wissen, wie es stand, und dabei ein Gesicht machte, als würde sie gleich weinen.

Die kleine Medizinerin ist verliebt, dachte die Schwester nicht gerade unfreundlich und holte das Krankenblatt.

Lobulärpneumonie. Das Antibiotikum hatte gegriffen, er war nach dem Abklingen des Fiebers geröntgt worden. Keine Flecken auf der Lunge.

»Sie können kurz nach ihm sehen«, sagte die Schwester, und Klara wurde mutiger, als die Pflegerin hinzufügte, er werde wohl schlafen, und daß man sicher nicht zu betonen brauche, daß er nicht geweckt werden dürfe.

Er lag privat in einem Einzelzimmer, gottlob, und er schlief, wie die Schwester gesagt hatte, und, mein Gott, wie schön er war.

Klara blieb lange bei ihm stehen und sah ihn an, und es war, als spüre er ihre Nähe, denn er öffnete unvermittelt die Augen und sagte: »Zum Teufel mit dir, Faschistenschwein.«

Als sie sich umdrehte, um wegzulaufen, stieß sie mit Ruben Lentov zusammen, der sie schon eine Weile beobachtet hatte und Simons Worte gehört haben mußte.

Jetzt kam das Weinen, sie rührte sich wie üblich nicht vom Fleck um es zu unterdrücken, aber es half diesmal nichts, die Augen quollen über, und eine Flut von Tränen spülte ihr übers Gesicht. Das große Taschentuch, das Ruben herauszog, war ihr kaum bewußt, aber sie fühlte seine Wärme, als er ihr das Gesicht abwischte und sie zu trösten versuchte: »So, ja, kleine Klara, so ja.«

Da nahm sie sich zusammen, versuchte etwas zu sagen, versuchte es noch einmal und brachte schließlich heraus: »Würden Sie Simon bitte Grüße bestellen und ihm sagen, daß der einzige Mensch, den ich seit dem Verschwinden meiner Mutter geliebt habe, und der sich um mich gekümmert hat, ein Flöte spielender Jude war.«

»Ich werde es nicht vergessen«, sagte Ruben. Aber er war wütend auf Simon, Klara sah es, als sie weglief. Sie kam nach Hause, versuchte sich zu beruhigen, rief Karin an: »Ich bin dort gewesen«, sagte sie. »Ich habe das Krankenblatt gelesen. Er schwebt nicht in Gefahr, er wird in wenigen Tagen entlassen werden.«

»Danke«, sagte Karin. »Danke, meine Liebe.«

»Ich bin sehr unglücklich«, sagte Klara, und ihre Stimme schwankte, hielt aber durch. »Ich bitte dich, mir zu verzeihen ... das, was ich gesagt habe ... über gute Mütter, und daß ich dich traurig gemacht habe.«

»Du brauchst es nicht zurückzunehmen«, sagte Karin. »Ich habe darüber nachgedacht, es steckt ein Körnchen Wahrheit darin. Trotzdem sind Mütter notwendig, oder etwa nicht?«

»Karin, ich werde sie anrufen.«

»Tu das und laß von dir hören, wenn du reden möchtest.«

»Aber Simon ...«, sagte Klara.

»Mit dieser Sache hat Simon überhaupt nichts zu tun«, bestimmte Karin. Und schnell, als fürchte sie, es zu bereuen: »Simon ist schon immer ein schwer begreifbarer Mensch gewesen. Er wird nie ein hübsches und anschmiegsames Mädchen finden, wie Schwiegermütter es sich erträumen.«

»Dann würde ich ja passen.«

»Ich glaube, ja«, sagte Karin. »Ich habe inzwischen die Einsicht gewonnen, daß du sogar verdammt gut zu ihm passen würdest.«

Ihre Stimme vibrierte vor Zorn, Klara hörte es und verstand.

»Das ist nicht gerade leicht für dich, Karin«, sagte sie.

»Nein«, gestand Karin. »Das Leben ist überhaupt schwer zu begreifen. Und, Klara, da ist noch etwas, was du von Simon nicht weißt. Er gibt niemals auf.«

»Mich hat er doch aufgegeben«, meinte Klara. »Ich bin in diesen Tagen total durchgedreht, weißt du.«

Karin legte den Hörer auf und spürte, daß sie dieses Mädchen immer noch haßte, obwohl es etwas Großartiges an sich hatte. Sie ist von allen Menschen, die ich kenne, die einzige, die meinen Teufel erkannt hat, und die ich nie werde hinters Licht führen können, dachte sie.

Klara nahm sich nicht die Zeit, nachzudenken oder auch nur den Mantel auszuziehen. Sie meldete ein Gespräch nach Oslo an.

Eine warme norwegische Stimme, Klara erkannte sie sofort, und ihr Herz flatterte wie ein eingesperrter Vogel. Aber sie sagte: »Könnte ich bitte Frau Kersti Sörensen sprechen?«

»Am Apparat.«

»Guten Tag. Hier ist Klara.«

Es wurde still, als wäre die Erde zum Stillstand gekommen, weder in Oslo noch in Göteborg gab es ein Auto, das einen Mißton beisteuerte. Gott hält die Zeit an, dachte Klara. Dann hörte sie ihre Mutter weinen.

»Ich habe immer gehofft, daß du Kontakt zu mir aufnimmst, all die Jahre habe ich davon geträumt.«

»Und warum hast du nicht angerufen?«

Dann stand die Erde noch einmal still, bis die Stimme der Mutter wieder da war: »Ich habe es nicht gewagt. Aber ich weiß, daß du in Göteborg Medizin studierst. Ich bin so stolz auf dich.«

»Mama, warum hast du nie etwas hören lassen, als ich klein war und dich gebraucht hätte ...«

»Aber ich habe doch geschrieben, Klara. Ich habe ganze Berge von Briefen geschrieben, die dein Vater ungeöffnet zurückgeschickt hat. Ich habe um das Sorgerecht gekämpft, ich habe mein ganzes Erbe für Anwaltskosten aufgebraucht. Aber damals war es schwer, ich hatte keine Chance, den Ehebruch hatte ja ich begangen.«

»Mama!« Das war ein Aufschrei.

»Das Ergebnis war, daß wir deinen Vater zwingen konnten, zumindest, meinen Anteil an dem Sägewerk und am Kapital auf dich zu überschreiben. Gegen die Zusicherung, nie wieder etwas von mir hören zu lassen.«

»Mama.« Klara weinte jetzt.

»Du warst ja so intelligent, Klara, ich wollte deine Ausbildung absichern, denn ich wußte doch, wie geizig er ist.«

»Aber ich habe um jedes Öre betteln müssen und studiere jetzt mit einem Studiendarlehen.«

»Rufe Rechtsanwalt Bertilsson in Karlstad an, tu das, Klara, und bitte, gib mir deine Adresse, damit ich dir die alten Briefe schicken kann.«

»Du hast sie aufgehoben?«

»Ja, ich dachte ... sie ergeben doch ein Bild davon, wie es abgelaufen ist, was ich empfunden habe, weißt du.«

»Fünf Perioden«, schaltete sich die Telefonistin dazwischen.

Klara gab ihre Adresse an. »Wir sehen uns, Mama. Ich werde dich zu Weihnachten besuchen.«

»Mein Gott, wie schön!«

In den nächsten Stunden bedeuteten Wut und Zorn für Klara Alm so etwas wie Glück. Sie erwischte den Rechtsanwalt in seiner Wohnung in Karlstad, und er bestätigte verwundert, daß es ein Konto auf ihren Namen gab, und daß dieses seit der Scheidung ihrer Eltern bestand.

»Wieviel ist es?« fragte Klara.

»Rund fünfundzwanzigtausend«, mutmaßte der Anwalt. »Es hat Zinsen getragen, wie es sich gehört, vielleicht sind es inzwischen sogar schon dreißigtausend.«

Klara rief den Sägewerker an, hörte schon an der Stimme, daß er betrunken war.

»Du bist ein ganz gemeiner Schweinehund«, rief sie in den Hörer und legte auf.

Doch dann vergaß sie das Sparbuch, auch der Stimme ihrer Mutter zuliebe, in der sie jeden Tonfall wiedererkannt hatte, und in der so viel Schmerz und Liebe gelegen hatten.

Ich habe eine Mutter, dachte sie. Auch ich, Simon, habe eine Mutter, der ich etwas wert bin.

Zwei Tage später trafen die Briefe aus Oslo ein. Klara meldete sich an der Klinik telefonisch krank, eine Herbstgrippe, behauptete sie.

Dann las sie die Briefe und weinte. Und las.

Bis sie jeden einzelnen auswendig konnte. Danach rief sie Karin an und erzählte.

»Das finde ich wunderbar«, sagte Karin. Und Klara hörte, daß ihre Stimme wieder die alte Kraft hatte.

Als hätte auch Karin Genugtuung erfahren.

33

In Rubens Wohnung saß Simon im Lehnstuhl und dachte, das Schlimmste sei jetzt überstanden, die Verliebtheit hatte sich mit der Lungenentzündung ausgeheilt. Er konnte sich nicht mehr richtig freuen. Freude ist nur für die Unschuldigen da, dachte er.

Doch eines Abends sagte Ruben, er habe zufällig mitgehört, was Simon an jenem Nachmittag im Krankenhaus zu Klara gesagt hatte.

»Das war im Traum«, meinte Simon.

»Leider war es das nicht«, entgegnete Ruben, und Simon sah, daß er ganz aufgebracht war.

»Es war im Fieberwahn.«

»Du hast sie eine Faschistin genannt. Nach allem, was geschehen ist, ist es unverzeihlich, mit solchen Wörtern um sich zu schmeißen. Hier geht es um Anständigkeit, Simon, um Respekt vor den Toten.«

Simon schnappte unter Rubens zornigem Blick nach Luft. »Teufel nochmal, du weißt doch gar nicht, was sie gesagt hat.«

»Ich weiß, was sie zu mir gesagt hat, als du wieder eingeschlafen warst, und das reicht. Sie hat mich gebeten, es dir auszurichten, und es ist so wichtig, daß ich es mir sogar Wort für Wort aufgeschrieben habe.« Er nahm seine Brieftasche heraus, fand die Notiz, las: »Der einzige Mensch, den ich als Kind geliebt habe, und der sich um mich gekümmert hat, war ein Flöte spielender Jude.«

Simon dachte, jetzt fängt das wieder an.

Es war lange still, bis er sagte: »Der Mann hat meinen Vater gekannt.«

»Simon Habermann?«

»Ja.«

Simon hatte eigentlich nur einen Gedanken, daß der Schmerz in der Brust trotz allem aus Schuld entstanden war. Seit jeher ein Wissen um Schuld gewesen war.

»Ich werde ihr schreiben und sie um Verzeihung bitten«, sagte er.

»Tu das«, nickte Ruben.

Simon brauchte zwei Tage für den Brief, der Papierkorb war bis oben voll mit Entwürfen. In dem letztlich abgeschickten Brief stand: »Klara. Ich bitte Dich um Verzeihung wegen der häßlichen Dinge, die ich zu Dir gesagt habe. Natürlich weiß ich, daß Du keine Faschistin bist. Simon.«

Er bekam eine Antwort: »Simon. Danke für Deinen Brief. Ich kann Deine Reaktion verstehen, denn selbst war ich ja auch mehr als niederträchtig. Klara.«

Das war gut, aber es minderte Simons Qualen nicht. Das Schuldgefühl nagte an ihm, und es gab Augenblicke, wo er zu ahnen meinte, daß es jemand anderem als Klara galt. Doch das schlug er in den Wind.

Jeder für sich arbeiteten sie sich durch den Herbst, verbissen und fleißig, wie immer. Simon begann sich für Politik zu interessieren, für die unendlichen Diskussionen um den neuen Staat Israel, die unter Rubens Freunden entbrannt waren.

Manchmal dachte er: Ich fahre hin.

Aber er war den Papieren nach kein Jude, und für seine lächerliche akademische Ausbildung hatte man in einem Land, das ums Überleben kämpfte, keine Verwendung.

Als die Weihnachtsferien kamen und Mona ihr Töchterchen zur Welt brachte, empfand Simon zum ersten Mal seit vielen Monaten wieder Freude. Er saß in der Gebärklinik und las, wie Andersson es ihn gelehrt hatte, in den Augen des Neugeborenen. Sie waren unergründlich und unbegreiflich wie Simons eigener Gedanke: Ich habe eine Schwester bekommen.

Am Tag vor dem Heiligen Abend bestieg Klara das Flugzeug nach Oslo. Sie hatte die Reisetasche voller Geschenke für ihre Mutter und auch für die kleinen Geschwister, die sie nie gesehen hatte.

Es waren keine einfachen Weihnachten, Kersti holte Klara auf dem Flughafen Fornebu ab, und sie hatten keine Worte für das, was sie einander sagen wollten. Tagelang suchten sie nach Worten, kamen aber nicht weiter als zu Gesprächen über die Besetzung Norwegens durch die deutsche Wehrmacht und um wievieles besser es trotz allem mit dem Essen geworden war und ähnlichem.

Die kleinen Geschwister erzählten in ihrem klangvollen Norwegisch, es habe immer geheißen, Klara sei merkwürdig.

Ihr war klar, daß sie den Erwartungen der Kinder nicht entsprach.

Auch der neue Mann ihrer Mutter war Alkoholiker, aber umgänglicher, nicht so zerstörerisch wie der Sägewerker. Doch Klara sah, daß Kersti es nicht allzu leicht hatte.

In den Tagen nach Weihnachten meinte Kersti, Klara müsse etwas für ihre Haare tun, dieses schöne Haar. Kichernd betraten sie einen eleganten Salon in der Innenstadt, und Klaras Haare wurden geschnitten und gedauergewellt und bekamen den Schwung, den sie sich schon immer gewünscht hatte.

»Du bist nicht wiederzuerkennen«, sagte Kersti, und Klara betrachtete erstaunt ihr Spiegelbild in den Schaufenstern und überall dort, wo sich sonst noch Gelegenheit bot.

Sie trafen mit Kerstis Freunden zusammen: »Meine Tochter. Sie studiert in Göteborg Medizin.«

Die Mutter war stolz, das tat Klara gut.

Am Tag vor Silvester flog sie heim, saß in der Maschine und ihr wurde bewußt, daß sie fast die ganze Woche nicht an Simon gedacht hatte. Sie hatte an Neujahr Klinikdienst, auch das war ein gutes Gefühl.

Aber nach Hause zu kommen war schwierig, mein Gott, wie sie diese Abbruchwohnung haßte. Eiskalt, muffig, düster.

Ein Rattenloch.

Ein Päckchen wartete auf sie, sie erkannte die Handschrift auf dem Umschlag sofort: Doktor Klara Alm.

Er treibt seinen Spott mit mir.

Aber sie öffnete das Päckchen, es war sein Buch, und auf dem Vorsatzblatt stand: Der Geliebten.

Sie fluchte ausgiebig und lange und hemmungslos gemein.

Aber der Zorn wirkte nicht, es war, als hätte sie ihn in Oslo liegen lassen. Also blieb sie mit dem Buch auf dem Bett sitzen und dachte, daß sie es vielleicht die ganze Zeit gewußt hatte, daß es von dort keinen Weg nach draußen gab, und daß sie Simons wegen nach Oslo hatte reisen müssen.

Um ihn nicht auszulöschen.

Schließlich fror sie so sehr, daß sie zitterte, machte Feuer im Küchenherd und vertrieb die naßkalte Luft aus der Wohnung so gut es ging.

Packte ihre Tasche aus, ging in den Laden um die Ecke und kaufte Brot und Butter, Kaffee, machte einen Bogen um den Fisch, der sie mit Augen ansah, die schon viel zu lange tot waren, und kaufte vier Schweinskoteletts, um über Neujahr versorgt zu sein.

Ununterbrochen dachte sie, er hätte dieses Wort nicht verwenden dürfen, daß dieser Ausdruck nicht stimmte. Sie hatten nie von Liebe gesprochen. Jetzt war es gesagt, jetzt stand das Wort wie ein Haus in dem Buch und machte das, was gewachsen war und froh gemacht und gequält hatte, zur fordernden Wirklichkeit. Zwingend.

Jetzt mußten sie hinein in dieses Haus, mußten dort leben und wohnen.

Sie brauchte zwei Stunden, um die Wohnung soweit warm zu bekommen, daß sie ins Bett kriechen konnte. Aber sie war trotz aller Decken gezwungen, Handschuhe anzuziehen, um das Meergedicht lesen zu können.

»sieh doch endlich ein,
daß die wahrheit nur im ungesagten zu finden ist ...«

Ganz richtig, Simon Larsson, daran hättest du denken sollen, bevor du deine Widmung geschrieben hast. Worte machen alles endgültig.

Wirklichkeit ist etwas anderes, ist stete Bewegung, unmöglich einzufangen.

Sie las das Gedicht immer und immer wieder. Ehe sie einschlief, dachte sie noch, das könnte sie selbst geschrieben haben.

Wenn sie hätte schreiben können.

Und damit war auch ein Wissen in Worte gefaßt, das bisher im Unbewußten ungehindert hatte wachsen können, daß nämlich Simon und sie sich sehr ähnlich waren.

Sie schlief die ganze Nacht durch, und als sie am nächsten Morgen im Herd Feuer machte, dachte sie, daß das, was sie jetzt empfand, Glück war, nur dieses und nichts anderes.

Es war vorbei mit dem Zwiespalt.

Es mußte das sein, was die Leute Frieden nennen, dachte sie und erinnerte sich daran, wie mißtrauisch sie diesem Wort immer gegenübergestanden hatte. Sie hatte es nie verstanden. Aber sie erkannte das Gefühl wieder, sie mußte es früher gehabt haben.

Als Kind, bevor ihre Mutter verschwand.

Und in der Musik, einem Leben im Inneren der Töne, wenn man loslassen konnte und die Flöte wie von selbst spielen durfte.

Klara bewahrte auch beim Telefonieren Ruhe. Ruben Lentov war am Apparat, sie sagte ihren Namen und bat mit Simon sprechen zu dürfen. Sie hörte, daß Ruben sich freute und bezog es bedingungslos auf sich. Doch Simon war nicht zu Hause, er war draußen bei seinen Eltern, um die Silvesterfeier vorzubereiten.

»Ach.« Klara war enttäuscht, sie wollte dort nicht anrufen.

»Du würdest nicht mit mir zu Mittag essen wollen? Ich möchte schon so lange gerne mit dir sprechen.«

Ruben klang verlegen. Klara wunderte sich.

»Das mache ich gerne«, antwortete sie, dachte aber, es gäbe doch eigentlich gar nicht mehr viel zu reden.

»Kann ich dich abholen?«

»Nein, um Gottes willen!« Klara fiel fast in Ohnmacht bei dem Gedanken an Lentov hier in dieser Wohnung in Haga.

»Ich komme zu Ihnen«, sagte sie.

»Nimm ein Taxi, dann suchen wir zusammen ein Restaurant, das heute offen hat.«

»Was mich angeht, ist das Essen nicht so wichtig«, erwiderte Klara.

»Für mich auch nicht. Dann geben wir uns eben mit ein paar belegten Broten aus meinem Kühlschrank zufrieden.«

Sie bürstete ihre neue lockige Frisur bis es knisterte und suchte den Rock heraus, den sie angehabt hatte, als sie mit Simon ins Konzert gegangen war. Griff nach der grünen Seidenbluse, bügelte sie. Als sie sich die Wimpern tuschte, dachte sie, und heute werde ich nicht heulen. Erst als sie im Taxi saß, fiel ihr ein, daß sie ihre Achselhöhlen zu pudern vergessen hatte, fand aber, daß das nichts ausmachte. Heute wollte sie auch nicht schwitzen.

Ruben machte selbst auf, und als sie ihm in die Augen sah, erinnerte sie sich daran, wie lieb er im Krankenhaus zu ihr gewesen war. Sie bedankte sich noch einmal für das Taschentuch, er lächelte und ließ sie wissen, wie wütend er auf Simon gewesen war, und daß er ihre Nachricht übermittelt hatte.

»Das war mir klar, als ich seinen Brief bekam«, sagte sie.

Dann schwiegen sie eine Weile etwas betreten, bis Klara begann: »Ich habe das Meergedicht gelesen. Und mir ist dabei bewußt geworden, daß Simon und ich einander sehr ähnlich sind.«

Da nickte er und Klara wußte endlich, welche Eigenschaft Ruben Lentov ganz besonders auszeichnete.

Menschliche Nähe, dachte sie.

»Darüber wollte ich mit dir sprechen«, sagte Ruben. »Und dann natürlich über dieses Unbegreifliche, was Liebe genannt wird und so schwierig ist.«

»Ich fürchte mich vor diesem Wort«, erklärte Klara.

»Pfeif auf das Wort. Sprechen wir darüber, wie selten sich das ereignet, was man Liebe nennt, denn die allermeisten Menschen halten schon ihre unbefriedigten Bedürfnisse dafür.«

»Ich nicht«, bekannte Klara, und als sie sah, daß Rubens Mundwinkel zuckten, fuhr sie trotzig fort: »Ich meine, wenn ich die Fähigkeit hätte, meine Unzufriedenheit mit Liebe zu verwechseln, wäre ich pausenlos verliebt.«

Darüber konnten sie beide lachen, und Ruben dachte, sie ist wirklich ein ungewöhnliches Mädchen, genau wie Erik behauptet hatte. Und Klara dachte, daß Ruben ein wunderbarer Mensch war, und wie gerne sie den Mut hätte, es ihm zu sagen.

Und dann sagte sie es: »Sie sind ein wunderbarer Mensch, Direktor Lentov.«

Er wurde rot wie ein Schuljunge und meinte, das Fräulein cand. med. Alm möge ihn ab sofort Ruben nennen, damit er sie auch weiterhin mit Klara ansprechen könne.

Er bot ihr einen Sherry an, ging in die Küche und holte die belegten Brote.

Danach sagte er entschlossen: »Ich würde dir gerne etwas erzählen, was ich bisher noch nie einem Menschen gegenüber erwähnt habe.«

Er mußte zunächst nach Worten suchen, als er Rebecca schildern wollte, das Mädchen, das er geliebt und dessen Schwester er geheiratet hatte.

»Rebecca und ich waren für einander bestimmt«, sagte er. »Vielleicht sehe ich es zu romantisch, nein, das tue ich nicht, wir waren für einander vorgesehen. Aber sie wollte aus dem Judentum heraus, und ich, der ich ihre große Sehnsucht nach Freiheit erkannte, ließ sie gehen. Zu einem deutschen Offizier mit einem adeligen Namen, der ihr einen Platz im Reich der Arier sichern sollte.«

Klara legte ihr Brot auf den Teller zurück.

»Ich habe mich in allem geirrt«, sagte Ruben. »Der vornehme deutsche Name half ihr nicht, als die Gestapo kam. Sie starb mit zwei ihrer Kinder im Konzentrationslager.«

Klara merkte, daß sie keine Wimperntusche hätte auflegen sollen, aber auch, daß ihr die schwarzen Streifen im Gesicht egal waren.

Ruben erzählte, wie er sich heimlich mit Rebecca in einem Restaurant in Paris getroffen hatte, in der Stadt, die er liebte.

»Ich hatte so edle Gedanken«, sagte er, und dann mit plötzlichem

Nachdruck: »Pfui Teufel, wieviel Schlimmes hat dieser Gedanke doch bewirkt, dieser idiotische Entschluß, auf sie zu verzichten und wider Gott und die Natur zu handeln. Für sie, für ihre Schwester, die ich mit hierher genommen habe, und die vor Angst und aus Mangel an Liebe den Verstand verloren hat.«

»Für dich selbst«, flüsterte Klara.

»Ja.«

Jetzt mußte Klara ins Badezimmer gehen, um sich das Gesicht zu waschen und mit kaltem Wasser zu erfrischen. Als sie zurückkam, war Ruben ruhiger, sagte: »Ich möchte nicht, daß du das weitererzählst, nicht einmal Simon.«

»Das verspreche ich«, sagte Klara.

Dann tranken sie noch ein Glas Sherry, bis er sagte: »Ich soll so um fünf draußen bei Larssons sein. Ob du wohl genug Mut hast, mitzukommen?«

»Ja«, sagte sie. »Ich trau mich.«

Auf dem Weg dorthin erzählte er im Auto, daß er Großvater geworden sei, erzählte von dem neugeborenen Kind, von dem behauptet werde, es sehe ihm ähnlich.

»Hier bin ich«, sagte Ruben. »Und ich bringe eine große Überraschung mit.«

Karin starrte Klara an, als traue sie ihren Augen nicht, doch dann kam die Freude, kamen Verzweiflung und Zorn, und dann wieder Freude. Klara konnte sehen, wie die Gefühle Karin durchwogten und sagte etwas beunruhigt: »Wir sollten dich solchen Schocks wohl besser nicht aussetzen.«

»Freude kann doch wohl keine Gefahr bedeuten«, konterte Erik und umarmte Klara so fest, daß es weh tat, und Klara dachte, ich muß in Erfahrung bringen, was es mit ihrem Herzen auf sich hat.

Simon und Isak waren mit Eriks Auto unterwegs auf einer Probefahrt. Mona stand mitten in der Küche und kümmerte sich um das Essen und deckte den Tisch und überwachte den Truthahn, der im Ofen schmorte und herrlich duftete.

»Nimm das Kind und verschwinde, damit hier ein bißchen Ordnung reinkommt«, und schon stand Klara mit einem neugeborenen Säugling in den Armen da, schaute von dem kleinen Gesicht zu Ruben, sagte mit großem Ernst: »Es stimmt, sie sieht dir ähnlich.«

»Jetzt haben wir die ärztliche Bestätigung«, stellte Mona fest.

Dann gingen Karin und Klara in das frühere schöne Zimmer, das jetzt auch weiße Wände und an den Fenstern weiße Wolken hatte. Die alten Eichenmöbel waren stehengeblieben und sahen in all dem Weiß irgendwie fehl am Platz aus.

Klara erzählte Karin von ihrer Mutter, von deren neuem Mann, und daß er auch ein Trinker war.

»Kannst du begreifen«, fragte Karin, »warum das Leben so schwierig sein muß?«

»Nein«, erwiderte Klara, und beide sahen das Kind an, das unkompliziert und gut war.

Doch dann hörten sie draußen ein Auto und Karin wurde nervös.

»Klara«, sagte sie. »Simon kann der Schlag treffen. Lauf nach oben, damit wir ihn ein bißchen vorbereiten können.«

Klara übergab Karin das Kind, sie hatte jetzt spürbares Herzklopfen, aber ihre Angst war frei von Dämonen, als sie die Treppe hinauflief.

»Die rechte Tür!« rief Karin ihr nach.

Klara betrat Simons altes Kinderzimmer, fühlte, daß hier alles von ihm durchdrungen war, und ihre Knie zitterten so sehr, daß sie sich aufs Bett setzen mußte.

Als Simon in die Küche kam, verstummte Karin, sah nur das magere Gesicht und darin die vor Qual brennenden Augen, und dachte, Gott im Himmel, was sagt man bloß.

Aber Erik, der fröhlich war wie ein Spielmann, fand Worte: »Hör mal, Simon. Dieser phantastische Ruben Lentov ist nochmal mit einem Weihnachtsgeschenk für dich hergekommen. Es wartet oben in deinem Zimmer auf dich. Sei auf das Schlimmste gefaßt, denn das jetzt ist noch viel schöner als die Musiktruhe.«

Simon mußte lachen, sagte dann zu Ruben, hör endlich auf mit deinen Weihnachtsgeschenken, und außerdem hab ich ja schon eins gekriegt. Er ging auf die Treppe zu, aber Karin hielt ihn zurück.

»Vielleicht solltest du vorher ein Schnäpschen trinken, Simon. Angeblich beruhigt das.«

Ruben wußte nicht, ob er lachen oder weinen sollte, Mona zog vor zu lachen, doch Simon sagte: »Du bist nicht ganz bei Trost, Mama.«

Dann verschwand er und das Haus hielt den Atem an, aber obwohl es so still war, konnten sie kein Wort hören.

Nur eine Tür, die geschlossen wurde.

»Jetzt vergessen wir die zwei bis das Essen fertig ist«, sagte Mona, und fing wieder an mit den Töpfen zu klappern.

Simon stand in der Tür und sah das Mädchen auf dem Bett an.

Dann machte er die Tür leise zu, ging zu ihr hin und begann ohne ein Wort, sie auszuziehen, die schöne Bluse, den engen Rock, die Nylonstrümpfe, den BH, alles.

Als er fertig war, legte er sich neben sie aufs Bett und liebte sie, wie er es im letzten halben Jahr in tausend Träumen getan hatte, stark und ernst.

»Danke«, sagte sie hinterher, aber er legte ihr den Finger auf den Mund und fragte: »Hast du deine Flöte dabei?«

»Nein.«

»Morgen«, sagte er. »Morgen wirst du für mich spielen.«

»Ja.«

Sie dachten, es sei nur ein Augenblick vergangen, als Mona an die Tür klopfte und sagte, man könne nicht nur von der Liebe leben, und daß sie nun schon seit fast zwei Stunden mit dem Essen warteten.

Da lachte Simon.

Ich hatte vergessen, welch ein gewaltiges Lachen in ihm steckt, dachte Klara, als sie sich anzog.

Sie kamen Hand in Hand die Treppe herunter und sprachen den ganzen Abend fast kein Wort, und es war schwierig, sie anzusehen, denn sie waren so bis in die Tiefen ihrer Seelen nackt und bloß. Nur Karin wagte einen langen Blick auf Simon, und dieser Blick sagte ihr, was sie schon wußte, jetzt hatte sie ihn verloren, und jetzt war er glücklich.

Als die Uhr zwölf schlug, erhoben alle das Glas auf das Wohl der beiden: »Auf eure Liebe«, sagte Erik. »Hütet sie von jetzt an gut, verdammt nochmal.«

34

Um sechs am nächsten Morgen hätte Klara das schlafende Haus fast zu Tode erschreckt: »Du liebe Zeit, Simon, ich habe Journaldienst, ich muß vor sieben in der Sahlgrenschen Klinik sein und ich habe keine Schuhe und fährt schon eine Straßenbahn?«

»Du wolltest doch für mich Flöte spielen«, unterbrach Simon sie, aber dann erkannte auch er den Ernst der Lage und weckte Erik, der grunzend die Hose über den Pyjama zog und das Auto aus der Garage holte. Karin suchte ein Paar bequeme flache Schuhe aus, meinte: »Was für ein Glück, daß wir die gleiche Größe haben.«

»Karin«, sagte Klara, die sich wegen des Trubels schämte. »Sag's nur gerade heraus, daß du zornig auf mich bist und mich für leichtsinnig hältst, weil ich Krankenhaus und Job und einfach alles vergessen habe.«

»Ich bin schon neugierig, wie lange du noch bestimmen wirst, was andere denken«, erwiderte Karin. »Könnte ja sein, daß ich dich für dumm halte, weil du nicht verstehst, daß nach einem Abend wie dem gestrigen jeder den Kopf verlieren kann.«

»Ich bin nicht ganz sicher, ob ich meinen schon gefunden habe«, meinte Klara.

»Am meisten werden darunter die Kranken zu leiden haben«, lachte Erik, der mit dem Wagen vorgefahren war.

In der darauffolgenden Woche zog Klara aus der Abbruchwohnung in Simons Zimmer bei Ruben. Sie redeten und redeten, und bis zum Dreikönigstag hatten sie so viel geredet, daß es hätte für ein ganzes Leben reichen können.

Wie Simon das ausdrückte.

In den Osterferien flog er mit nach Oslo, um Klaras Mutter zu besuchen. Er ist nicht das kleinste bißchen ängstlich, dachte Klara, die sicher war, daß er Kersti im Sturm erobern werde.

Was er auch tat.

Als der Frühling erblühte, machten sie einen Kurzbesuch beim Sägewerker, vor allem, damit Klara die Werksstraße auf und ab flanieren und Simon vorzeigen konnte. Er verstand das und blieb willig ab und zu dort stehen, wo die meisten Fenster nebeneinander lagen, um Klara zu küssen.

Der Vater war schlimmer als Simon es sich vorgestellt hatte, rüde in der Ausdrucksweise und mit gehässigem Blick. Wie vom Teufel geritten, zerschlug er jeden Versuch einer Annäherung.

Simon bekam es mit der Angst zu tun, er hatte so etwas schon erlebt.

Sie fuhren mit dem Auto, denn jetzt hatte er einen Führerschein, und Erik hatte ihm seinen Wagen zur Verfügung gestellt. Auf dem Weg nach Karlstad sprach er es aus: »Es ist das Spiel deines Vaters, das du spielst, wenn die Dämonen hinter dir her sind.«

Sie kamen zu Joachim Goldberg, Klaras altem Flötenlehrer. Sie hatten den Besuch vorbereitet, hatten geschrieben und angefragt, ob er sich an Simon Habermann erinnern könne.

»Jetzt ist die Nervosität bei mir«, sagte Simon, als sie in dem Mietshaus die Treppe hinaufgingen, wo Frau Goldberg mit Kaffee und Kuchen wartete und der alte Mann Klara mit großer Wärme empfing. Zu Simon sagte er: »Ich fürchte, ich muß dich enttäuschen.«

Im Berliner Philharmonischen Orchester hatte es mehr als 30 jüdische Musiker gegeben, Goldberg konnte sich nur vage an einen scheuen Geiger namens Habermann erinnern.

»Er hat zu den Gutgläubigen gehört, die geblieben sind und nicht wahrhaben wollten, daß das möglich sein konnte, was ununterbrochen um uns herum geschah«, sagte Goldberg.

Auf dem Heimweg besuchten sie Trollhättan, betrachteten von

oben die stillgelegten Wasserfälle und befanden sich bald mitten in einem widersinnigen Streit über alles und nichts. Schweigend fuhren sie durch das Flußtal weiter.

Sie heirateten zu Mittsommer 1949 in Oslo, wo Kersti eine Hochzeit ausrichtete, die größer und prächtiger war als es jeder von ihnen haben wollte, Simons Familie war mit dabei, Karin mochte Klaras Mutter vom ersten Augenblick an und blieb ein paar Tage in Oslo, um auch die eigenen Kusinen zu besuchen, denen sie den ganzen Krieg hindurch Lebensmittelpakete geschickt hatte. Sie erkannte bald, daß diese sie ablehnten, sie, die Reiche aus dem von deutscher Besatzung verschonten Nachbarland.

»Man konnte nicht ein Gespräch mit ihnen führen, ohne daß einem die deutschen Eisenbahntransporte in den Rachen geschoben wurden«, äußerte Karin sich Mona gegenüber, als sie nach Hause kam.

35

Karin saß mit einem Topf auf dem Schoß in der Küche. Er war nie ein besonders schönes Stück gewesen, und inzwischen war er nach jahrelangem Gebrauch zerbeult und aus der Form geraten. Ein Henkel war abgegangen.

Sie sah den Topf fast erstaunt an und erinnerte sich daran, wie sie sich einst über ihn gefreut hatte, wie sie in dem Geschäft in der Övre Hamngata gestanden und von all den guten Suppen geträumt hatte, die sie darin kochen würde.

Vermutlich hatte sie diese Suppen in den vergangenen Jahren auch wirklich gekocht, aber der Mensch merkt nur selten, wenn Träume sich erfüllen.

Das dachte Karin und sagte: »Na dann tschüs.«

Dann steckte sie den Topf in den großen Müllsack, der vor ihr stand.

Es war ein so warmer Nachmittag in dem heißen Spätsommer 1955, daß man sich unmöglich im Freien aufhalten konnte. Die Küche war kühler als der Schatten unter den Bäumen, zumindest wenn man ein wenig Durchzug machte. Aber auch das war nicht leicht, denn die Luft stand still. Karin fiel das Atmen schwer.

Sie war mit Lisa übereingekommen, daß sie die warmen Nachmittage dazu verwenden wollten, die Schränke aufzuräumen und alles wegzuwerfen, was ausgedient hatte.

Karin hatte immer ihre Schwierigkeiten gehabt, Sachen auszumustern. Jetzt machte es ihr fast Vergnügen. Ein altes Eßbesteck mit schwarzen Griffen, blecherne Suppenlöffel, die ihr immer zuwider gewesen waren, das verrückte geblümte Kaffeeservice, das sie zur

Hochzeit von ihrem Bruder bekommen hatte, alles wanderte in den Sack, den sie mitten in die Küche gestellt hatten.

Lisa seufzte hin und wieder, machte sich auch schon mal Luft. Als das Kaffeeservice samt Sahnekännchen und allem was sonst noch dazugehörte in den Sack gesteckt wurde, konnte sie sich nicht mehr zurückhalten.

»Na, dann nimm's doch, wenn es dir gefällt«, sagte Karin und hielt einen Augenblick inne. Aber dann seufzten sie beide, denn sie wußten ja, wie voll auch Lisas Schränke schon waren.

Die Anderssons hatten auch an dem neuen Überfluß teil und hatten nicht die geringste Ahnung, wie sie damit umgehen sollten.

Am Donnerstagnachmittag sah der Himmel endlich ein, welche Qualen die Erde litt und wie sehr sie seiner Barmherzigkeit harrte. Gewitterwolken türmten sich von Blitzen zerrissen, und mit Donner und lautem Getöse stürzte das Wasser auf Land und Meer nieder. Die Erde trank, schlürfte sich begierig voll.

Ohne die geringste Dankbarkeit.

Wie es die Erde immer tut, dachte der Himmel, und voll Eigensinn wurde er kalt und grau, gab kein Wasser mehr her, obwohl der Boden sich bei weitem nicht sattgetrunken hatte.

Am Abend nach dem Wolkenbruch wollte Karin nicht zu Bett gehen, sie blieb im Garten sitzen, atmete die kühle Luft ein und warme Luft wieder aus bis sie fror und merkte, daß sie ausreichend erfrischt war, um gut schlafen zu können.

Auch am nächsten Tag trotzte der Himmel, aber Karin freute sich, jetzt konnte sie wieder durch die Landschaft streifen, wie sie es gewohnt war. Etwas schuldbewußt stahl sie sich an der Rückseite des Hauses den Fußpfad bergauf, ängstlich daß die Kinder sie sehen könnten und mitgehen wollten.

Heute wollte sie mit Hügeln und Meer, dem Fluß und den gelben Wiesen allein sein. Sie ging dem alten Badeplatz zu, stand auf der Klippe und dachte, es ist noch gar nicht so lange her, daß Simon hier den Kopfsprung gelernt hat.

Die Zeit zerrinnt einem zwischen den Fingern, desto schneller, je älter man wird, dachte Karin.

Jetzt konnte hier niemand mehr baden, das Mündungswasser des Flusses stank, war braun und ölverseucht. Karin sah die neuen Häuser, diese Kisten, die sich eitel auf die Hügel gesetzt und es in wenigen Jahren geschafft hatten, die Konturen jener Landschaft zu zerstören, die Meer, Strom und Berge in Jahrtausenden geschaffen hatten.

Nie hatte Karin geahnt, daß gestiegener Lebensstandard sich so häßlich auswirken konnte. Wie hatte sie von jener Zeit geträumt, die nach Fertigstellung des Volkshauses kommen und die Menschen von dem Druck befreien würde, den die Armut schafft. Jetzt war diese Zeit gekommen, allen Menschen ging es besser, das war gut, das war wunderbar. Die Angst vor dem Morgen vergällte das Leben nicht mehr, und die andere Angst, die es in der Tiefe immer gegeben hatte, konnte vorläufig mit allerlei Krimskrams beschwichtigt werden. Tausende von neuen Begierden, von denen früher niemand etwas geahnt hatte, schufen sich plötzlich Raum, und fast jede dieser Begierden konnte von dem neuen und häßlichen Überfluß zufriedengestellt werden.

Ich habe Gedanken wie ein alter Reaktionär, sagte sich Karin und wies ihre Gefühle zurecht. In diesen häßlichen Kästen, die die Landschaft zerstört hatten, lebten die Leute in gut geplanten Wohnungen als freie Menschen, die sich nicht zu ängstigen und vor niemandem zu erniedrigen brauchten, und für die Warmwasser und Kanalisation eine Selbstverständlichkeit waren. Die Abwässer wurden auf kürzestem Weg ins Meer abgeleitet und mischten sich dort mit dem Unrat der großen Industrien am Strom.

Sie wandte sich vom Strand ab, nahm den schmalen Pfad durch die Wiesen, wo bald Grundstücke für Reihenhäuser abgesteckt werden sollten, und dachte, dann brauche ich wenigstens die Kisten da oben nicht mehr zu sehen. Was sie wirklich damit meinte, wußte sie selbst nicht, doch als sie zu den Eichen kam und eine Rast einlegte, hatte sie plötzlich das Bedürfnis, von dem Topf zu erzählen.

»Ihr müßt wissen«, sagte sie zu den Bäumen. »Es war ein alter Topf, der ausgedient hatte. Er fraß außerdem furchtbar viel elektrischen Strom und hatte auf dem Herd keine Standfestigkeit mehr.«

Die Eichen lauschten und verstanden.

Als Karin aber weitererzählte, wie häßlich der Topf geworden war, wie verbeult und uneben, und daß er einen wackligen Henkel hatte, waren die Bäume nicht mehr einer Meinung mit ihr. Der Kochtopf war von einer alten, verläßlichen Schönheit gewesen, fanden die Eichen, und Karin mußte ihnen wohl oder übel ein wenig recht geben.

Dann sprach sie, wie es ihre Gewohnheit war, von Simon und den anderen Kindern, wie gut es ihnen allen ging und für wie vieles sie selbst dankbar sein mußte.

Schon im vierten Jahr studierte Simon an der Londoner Universität, und es mußte ja etwas Bedeutendes sein, womit er sich beschäftigte, wenn er dafür staatliche Fördergelder bekam. Jahr für Jahr flossen Stipendien, die es ihm ermöglichten, zu den seltsamen Zeichen auf den alten Tontafeln aus Mesopotamien zurückzukehren.

Karin verstand nicht, was es Wichtiges mit ihnen auf sich hatte oder warum man bestrebt war, eine Sprache zu begreifen, die schon seit vielen Jahrtausenden niemand mehr sprach.

Es war ein ähnliches Rätsel wie der hohe Lebensstandard und die sich daraus ergebende Häßlichkeit.

Ich werde wohl langsam alt, sagte sie zu den Eichen, die darüber die Köpfe schüttelten. Und Karin mußte irgendwie zugeben, daß das nicht stimmte, sie war letztes Jahr fünfzig geworden, und das war kein Alter mit dem man angeben konnte.

Sie solle lieber an Dinge denken, die sie begriff, meinten die Eichen, und da freute sie sich eine ganze Weile darüber, daß Simon es mit Klara gut getroffen hatte, die jetzt in der Schweiz war und mit ihrer langen und gründlichen Ausbildung bald fertig sein würde.

Die beiden konnten nicht viel beisammen sein, aber das war für die Liebe wohl eher förderlich.

Karin blieb in Gedanken bei Klara hängen, dem Mädchen, das mehr über sie wußte als jeder andere, die ihr aber trotzdem nie nahestehen würde. Respekt, gegenseitiger Respekt, das war es, was zwischen ihnen bestand.

Sie schämte sich schon lange nicht mehr für das, was geschehen war, als Klara das erste Mal zu ihnen kam. Es war eine schwierige Zeit gewesen, in der Karin oft allein durch die Hügel gegangen war und einsehen mußte, daß sie ihrer eigenen Schwiegermutter vielleicht gar nicht so unähnlich war.

Das Wichtigste in Karins Leben, sogar wichtiger als Simon, war ihr Bild von sich selbst als der Guten und Klugen. Der großen Mutter, wie Klara das genannt hatte. Karin konnte inzwischen fast darüber lachen und dachte, das sei ja eigentlich kein übles Bild, besser als das, das Frauen normalerweise wegen ihrer Unzulänglichkeitsgefühle von sich schufen.

Wie auch immer, man strebt schließlich danach, die Vorstellung, die man von sich selbst hat, wahr zu machen, und die gute und kluge Karin war für die Kinder schon nicht schlecht gewesen. Was für sie selbst dabei herausgekommen war, stand nicht zur Debatte, denn sie hatte hart gearbeitet und war für ihre Jahre viel zu gebrechlich und verblüht.

Ähnlich dem Topf, den sie weggeworfen hatte.

Klara hatte einen Beruf, sie besaß das, was Karin immer hatte haben wollen. Sie war nicht von einem Mann abhängig, um leben zu können.

Trotzdem war sie viel mehr abhängig von Simon als Karin es je von Erik gewesen war.

Das war erstaunlich, aber es war bei Mona und Isak nicht anders, denn die Ehe stellte große Anforderungen. Sie wollten alles miteinander teilen, den anderen immer verstehen.

Das führte zu Enttäuschungen und unausweichlich auch zu Kränkungen. Karin konnte es bei Isak und Mona deutlich beobachten, wie auf beiden Seiten die Verzweiflung zunahm, bis neue Versuche zu neuen Streitigkeiten führten, wenn sie sich näherkommen wollten. Statt es bleiben zu lassen, dachte Karin, die nie die Ansicht geteilt hatte, daß Mann und Frau sich von Grund auf verstehen müßten.

Sie hatte versucht, es Mona zu erklären: »Wir kommen aus unterschiedlichen Welten.«

Aber Mona hörte nicht zu, selbst wenn sie eine Zeitlang ihre Ansprüche herunterschrauben konnte, wenn sie daran erinnert wurde, wie unsicher der Boden war, auf dem Isak stand.

Malin kam die Böschung hinter dem Haus herunter auf Karin zugesprungen. Geliebtes Kind, du, dachte Karin wie fast immer, wenn sie das kleine Mädchen mit dem tiefen Ernst und der großen Freude erblickte.

Simon nannte Malin seine kleine Schwester, aber das konnte wohl nicht darauf zurückzuführen sein, daß sie einander glichen. Wo er einen Feuereifer an den Tag legte, war das Mädchen ruhig wie die Bäume, wo er vor Fragen fast platzte, war sie voll reichem Wissen.

Karin setzte sich auf den Felsen, um das Mädchen in die Arme zu schließen.

»Malin, sechs Jahre, und Freude meines Herzens«, begrüßte sie die Kleine fast feierlich. Dann machte sie es wie immer, flocht die Finger in das dichte braune Haar und hauchte dem Kind in den Nacken. Es hatte einen kräftigen, eigenartigen Duft.

»Du riechst, als kämst du vom Himmel«, freute sich Karin.

»Ich habe dich gehen sehen und wollte dir nachlaufen«, sagte das Kind. »Aber dann wußte ich, daß du allein sein möchtest.«

»Das war gut«, nickte Karin. »Aber jetzt möchte ich nicht mehr allein sein, jetzt will ich mit dir zusammensein.«

»Worüber mußtest du denn nachdenken?«

»Ja, was war es nur?« Karin überlegte eine Weile und dann sagte sie, selbst erstaunt: »Über einen alten Kochtopf, den ich gestern weggeworfen habe. Ich dachte, das muß ich genau durchdenken.«

Malin fand das nicht erstaunlich, sie teilte Karins Gefühl von Verlust. »Hättest du ihn nicht mir geben können? Ich hätte in der Sandkiste damit spielen können.«

»Aber du hast doch so viele hübsche Sandeimerchen.«

»Trotzdem liebe ich alte Töpfe«, sagte Malin und Karin gab sich Mühe, nicht zu lachen.

Dann gingen sie Hand in Hand den Berg hinunter und hinaus in den großen neuen Garten.

Der Garten, ja. Trotz des grauen Himmels breitete er sich in Pracht und Reichtum vor ihnen aus, die würdevollen Morellenbäume, die Erdbeerbeete, die für dieses Jahr schon abgeerntet waren, der weiche Rasen, der sich so schön an alle Bäume heranmachte, die Eschen ganz unten am Felsen beim Fluß, und die Fichtenhecke, die noch nicht viel hermachte, in einigen Jahren jedoch Schutz vor dem Wind bieten würde.

Karin setzte sich in den alten Liegestuhl auf dem Holzsteg am Teich und betrachtete die mannshohen Schwertlilien mit den umgestülpten dunkelvioletten Kelchen, die ihre feuerfarbenen Staubgefäße frech emporreckten. Es würde nicht mehr lange dauern, bis sie Samen bildeten, und Karin würde an den zierlichen Samenständen, die man trocknen und im Haus in Krüge stellen konnte, den ganzen Winter hindurch ihre Freude haben.

Malin saß schweigend zu ihren Füßen und versuchte den Marienkäfern die Blattläuse schmackhaft zu machen.

»Laß den Tieren ihre Freiheit«, sagte Karin. »Setze die kleinen Käfer bitte wieder auf die Rosen.«

»Später«, sagte das Kind und sah zu den dicken Rosen am Teichrand hinüber, die unter Hitze und Wolkenbruch arg gelitten hatten.

Als Karin den Kopf zurücklehnte, konnte sie die Apfelbäume an der Grenze des alten Gartens sehen, den sie mit Erik einst zu Anfang hier angelegt hatte. Es waren Åkerö-Äpfel, die knorrigen altehrwürdigen Bäume versprachen reiche Ernte.

In diesem Jahr werde ich sie nicht ernten. Mona kann sich nehmen, was sie braucht, den Rest überlassen wir den Vögeln.

Malin verhielt sich ganz still, als glaubte sie, Karin wolle auch in diesen Augenblicken mit ihren Gedanken allein sein, die jetzt von fröhlicher Art waren und sich um den Garten und all das rankten, was sie ihm zu verdanken hatte.

Heimliche Freude zu Anfang, bis dann die Zeit der Werftverlegung kam und sie mit Mona ihre Idee entwickelte. Den ganzen Vorfrühling lang, als das Baby Malin noch von Arm zu Arm weitergereicht wurde oder auf einem Kissen auf der Küchenbank schlummerte, hatten sie beide herumphantasiert und Pläne gezeichnet. Mona hatte von einer richtigen Wiese mit Margeriten und Akeleien geträumt, von Kornblumen und Klatschmohn in der südlichen Ecke. Auf einem großen Küchengarten mit Erdbeeren und Himbeersträuchern als Abschluß hatte Karin bestanden. Zu den Felsen hin wollten sie bodendeckende Polsterpflanzen und Primeln als Frühlingsfreude setzen, und blauen Enzian für den Herbst.

»Hauswurz«, hatte Karin nüchtern vorgeschlagen.

»Weißt du«, hatte Mona hinzugefügt, »daß es zwanzig verschiedene Anemonenarten gibt, weiße und lila und gelbe. Und sogar gefüllte weiße, die wie Röschen aussehen.«

Nein, das hatte Karin nicht gewußt. Sie war immer der Meinung gewesen, daß weiße Anemonen Buschwindröschen genannt wurden und während der kurzen Zeit, die ihnen geschenkt war, überall im Land blühten.

Die beiden Frauen hatten von Ruben Gartenbücher bekommen, und damit bekamen die Träume neue Nahrung, wuchsen ins Uferlose.

Dann war es darum gegangen, Erik zu überzeugen. Es war fast das Schwierigste von allem gewesen.

»Du wirst dich totarbeiten«, hatte er gesagt. »Außerdem brauche ich das Kapital, das in diesem Grund und Boden steckt.«

Da war Karin böse geworden.

»Du redest wie ein unersättlicher Kapitalist, du Blutsauger«, hatte sie so wütend geschrien, daß ihr die richtigen Worte abhanden kamen. Erst später war ihr eines eingefallen: Ausbeuter.

Erik war auch in Rage gekommen, da Karin inzwischen aber herzkrank war, hatte der Zank sich nie richtig ausgewachsen, und Erik hatte sich samt seinem Zorn wie üblich in die Werkstatt zurückgezogen.

Nur bei Isak hatten die beiden Frauen anfangs Unterstützung gefunden, er hatte ihre Meinung geteilt, daß ein Garten bis ganz hinunter zum Fluß etwas Großartiges wäre, Ruben hatte den Kopf geschüttelt und eher zu Erik gehalten, denn wie sollten Karin und Mona einen Garten von so riesigen Ausmaßen besorgen können. Er hatte wohl auch an die Besitzverhältnisse gedacht und daß Isak und Mona bei Gustafssons Miete zu bezahlen hatten.

Niemand weiß, wie es geendet hätte, wären die beiden Gustafssons nicht gerade zur richtigen Zeit gestorben, erst der Mann und dann nach einigen Monaten die alte Frau, die sechzig Jahre lang auf ihrem Mann herumgehackt hatte, es aber nicht schaffte, ohne ihn zu leben. Ihre Erben hatten in dem verwinkelten Haus mit Erkern und zahlreichen Sprossenfenstern nicht wohnen wollen. Es würde ein Vermögen kosten, das Gebäude zu modernisieren, gerade Wände einzuziehen und Kippfenster einzubauen.

Die Erben waren also froh, als Isak ein angemessenes Angebot machte. Mona jubelte laut, Karin nur still in ihrem Herzen.

Im ersten Sommer waren sie nicht besonders weit gekommen, hatten jedoch Leute und Maschinen aufgetrieben, die nach Verlegung der Werft Ordnung schufen und das Gelände planierten. Ladung für Ladung wurde noch rechtzeitig vor dem Frost Humuserde herbeigeschafft. Noch vor dem Winter, den sie brauchten, um Gustafssons Haus umzubauen, wurden Bäume und Büsche gepflanzt.

Im Haus hatte es ursprünglich acht Zimmer und zwei Küchen gegeben, jetzt waren es nur noch sechs Zimmer, denn Mona gehörte nicht zu denen, die sich davor scheuten, Wände umzulegen und Licht und Luft in ihrer Umgebung zu schaffen.

Die alte Küche im oberen Stock war jetzt Webstube, Mona hatte einen Kurs besucht und weben gelernt, und Karin hatte während dieser Zeit Malin gehütet.

Als der Garten angelegt wurde, war Mona wieder schwanger gewesen, hatte dick und unförmig im künftigen Steingarten gearbeitet, und der Bauch war dem Setzholz immer im Weg gewesen. Und Erik hatte einen Mann eingestellt, einen alten Gärtnermeister, der weiterhin einen Tag in der Woche kam und die schwereren Arbeiten erledigte.

Im nächsten Winter waren die Zwillinge auf die Welt gekommen, zwei grundverschiedene Jungen. Der eine schwarz wie die Nacht, jüdisch, introvertiert und nachdenklich. Und der andere blond, fröhlich und, wie es schien, einfach und unkompliziert.

»Wie der Fischhändler«, hatte Mona gesagt.

»Jetzt halt aber den Mund«, hatte Karin ganz erschrocken gerufen, doch Mona hatte nur gelacht, das Flachsköpfchen an sich gedrückt und gesagt, daß sie den Fischhändler ja trotz allem liebe, und daß er ein bißchen verschroben sei, habe mit den Erbanlagen nichts zu tun.

»Weißt du«, hatte sie hinzugefügt. »Meine Großmutter hat irgendwie der Teufel geritten.«

»Genau wie meine Schwiegermutter. Ich wüßte nur gerne, durch was diese Frauen so geworden sind.«

Goldene Jahre, schwer von Süße und mit derselben Art von Selbstverständlichkeit wie damals, als Simon noch klein war, dachte Karin.

Dann nahm sie Malin mit ins Haus, Lisa war für heute schon gegangen, und die beiden beschlossen, für den Abendkaffee eine Torte zu backen, rührten Eier und Zucker, verstreuten Mehl auf dem Küchenboden, schlugen Sahne und hatten viel Spaß.

Sie vergaßen den Kuchen im Ofen, darum war er ein bißchen angebrannt, doch waren sie sich einig, daß er genießbar wäre, wenn man die Ränder wegschnitt.

»Den Fußboden mußt du kehren«, sagte Karin. »Ich bin ein bißchen müde, weißt du.«

Und Malin kehrte, und da sie nun einmal war, wie sie war, machte sie das auch gründlich.

Als sie heimging, meinte sie, jetzt bist du wohl nicht mehr traurig wegen deinem Kochtopf, und Karin antwortete, nein, nein, das bin ich nicht mehr.

Gerade richtig zum Sonntag hatte der Himmel seine schlechte Laune überwunden, fegte die Wolken weg und ließ die Sonne ungehindert mit Bäumen und Menschen spielen. Ruben war gekommen, um bei Mona und Isak zu Mittag zu essen, wie es sonntags der Brauch war. Im

Garten unterhielt er sich mit Karin, und sie erzählte noch einmal von dem Topf, den sie weggeworfen hatte und der ihr nicht aus dem Kopf gehen wollte.

»Ist doch eigenartig«, sagte sie. »Ich habe den Topf seit Jahren nicht mehr in der Hand gehabt, also kann ich ihn doch gar nicht vermissen.«

Ruben erzählte von einem Rabbiner, der gesagt hatte, daß man Tag für Tag so leben solle, als nähme man Abschied von allem, allen Dingen, die man besaß und allen Menschen, die man liebte. Vermöge man dieses zu tun, dann sei das Leben geprägt von Wirklichkeit, hatte der Rabbiner behauptet.

Karin, von den Worten ergriffen, sah Ruben lange an. Und er spürte so etwas wie einen Schatten in seinem Inneren, und er bereute seine Worte ohne recht zu wissen, weshalb.

An diesem Abend dachte Karin vor dem Einschlafen, daß es vielleicht dieses war, was sie zu lernen versuchte, nämlich sich freizumachen von den Bindungen an Menschen und Dinge.

Der Topf war nur ein Anfang gewesen, und daher hatte er sich in ihren Gedanken eingenistet.

Und vielleicht war ihr Leben nach dem Wolkenbruch wirklicher geworden, möglicherweise wuchs etwas Neues in ihr. Nein, nicht Neues, es war wohl immer vorhanden gewesen, jedoch von den Sorgen um die Kinder und all dem Unberechenbaren, was das Leben immer mit sich bringen konnte, verdeckt worden.

Sie schlief nachts wie ein Kind, tiefer und besser als seit langem. Und ihre Streifzüge durch die Hügel waren unbeschwerter, sie hatte weniger Erinnerungen und mehr Freude an ihren Beobachtungen.

»Ich glaube, ich höre allmählich auf zu denken«, sagte sie eines Tages zu Malin.

»Das ist aber gut«, sagte das Kind. »Die Gedanken machen alles meistens nur schwieriger.«

»Da könntest du recht haben«, meinte Karin und betrachtete diesen neuen Menschen, der gerade zu denken begonnen hatte, statt einfach nur zu sein.

Karin saß lange unter den Eichen und bedauerte, daß sie sich immer zu einer Gehetzten gemacht, daß sie in ihrem Leben alles immer getan hatte, um es hinter sich zu bringen. Und was hatte sie dann mit der Zeit getan, die sie herausgeschlagen hatte?

Daran konnte sie sich nicht erinnern.

Doch die Eichen trösteten sie wie gewöhnlich, sie wußten ebensogut wie Karin, daß es dumm ist, das zu bedauern, was man nie wieder ungeschehen machen kann. Auf dem Heimweg war sie wieder ohne Erinnerungen und fühlte sich seltsam frei.

»Du bist so still«, bemerkte Erik. »Du bist doch hoffentlich nicht krank?«

»Nein«, lachte Karin. »Ich habe mich nie gesünder gefühlt, es ist nur so, daß ich aufgehört habe, mich zu sorgen.«

»Willst du damit sagen, es gibt nichts mehr zu bereden?«

»Ja, und wenig zu bedenken.«

»Man könnte sagen, daß es ja auch höchste Zeit war, daß du aufhörst, dir Sorgen zu machen«, erwiderte Erik, doch Karin glaubte so etwas wie Mißtrauen in seinen Augen zu erkennen.

Aber auch das kümmerte sie nicht.

Soll er es nehmen, wie er will, dachte sie.

Erik und Isak wollten Ende November nach Amerika fahren, um Kleinbootwerften zu studieren. Sie fürchteten sich beide vor der Reise, in erster Linie Erik, der die Sprache nicht kannte und Unterlegenheit nicht vertrug. Aber das konnte er ja nicht einmal sich selbst eingestehen.

Er wollte Karin mit dabei haben, aber sie sagte es, wie es war, daß ihr nämlich eine so weite Reise zu anstrengend sei, und gedacht hatte sie, du kannst nicht dein Leben lang an meinem Schürzenzipfel hängen, Erik Larsson. Es ist an der Zeit, daß du auf eigenen Beinen stehst.

Der September war verregnet, doch der Oktober brachte einen milden, goldenen Altweibersommer. Karin hatte am Strand eine Stelle gefunden, wo das Schilf so hoch stand, daß es alles verdeckte außer den Himmel und den Fluß. Sie konnte lange dort sitzen und nur schauen.

Sie war nie so klarsichtig gewesen wie jetzt, wo sie sich freigemacht hatte von allen Überlegungen, was das Leben eigentlich bedeuten sollte.

Jetzt wußte sie, was das Leben war, und wie man es leben konnte.

An diesem Tag, einem Dienstag, kamen die Seidenschwänze angeflogen, eine ganze Schar, unterwegs in den Süden. Sie ließen sich ganz in Karins Nähe nieder, und sie betrachtete die sonnengelben Binden an den Schwingen und die lustigen Köpfe mit den eigenwilligen Schöpfen. Und wieder hörte sie diesen eigentümlichen Gesang, der zwischen Freude und düsterer Trauer lag.

Sie war dennoch erstaunt, als ihr bewußt wurde, was sie erkannt hatte, und sie verstand, daß es dieses war, worauf alle Anzeichen hingedeutet und die große Freiheit vorbereitet hatten.

So leise sie konnte, um die Vögel nicht zu stören, legte sie sich hin und machte es sich bequem. Sie lag ruhig im Schilf und beobachtete aufmerksam, wie sich ihr Herzschlag verlangsamte und nach und nach ganz aufhörte.

36

Mona schüttete den abgestandenen Tee weg, der zu lange gezogen hatte und schon kalt geworden war. Es ist idiotisch, sich Sorgen zu machen, sagte sie laut vor sich hin.

Doch dann kam Malin weinend an und schluchzte, sie sei mindestens hundertmal auf dem Berg gewesen, weil sie Karin entgegengehen wollte. »Warum kommt sie nicht, Mama?«

Da beschloß Mona, die Besorgnis des Kindes ernst zu nehmen, rief Lisa an und bat sie, eine Weile zu den Kindern zu kommen.

Dann ging sie los, im wesentlichen kannte sie ja die Wege, die Karin besonders liebte, war ihrer Sache also sicher und anfangs auch ganz gelassen.

Wahrscheinlich sitzt sie irgendwo, ist vielleicht eingeschlafen, ich muß langsam machen, darf sie nicht erschrecken.

Doch bald war Monas Vernunft am Ende. Sie lief zu den Eichen, lief über Hügel und Wiesen, den Strand entlang. Es dauerte eine Stunde, es dauerte zwei, doch nirgends war eine Spur von Karin zu entdecken.

Als Mona sich wieder auf den Heimweg machte, hatte sie eine vage Hoffnung, daß Karin wie gewöhnlich mit Malin im Garten sitzen werde. Aber eigentlich wußte Mona ...

Isak war zu Hause, Gott sei Dank. Erik war noch auf der Werft, das war gut. Sie bat Lisa, noch zu bleiben und lief mit Isak zum Strand: »Ich habe überall gesucht, vielleicht ist sie ins Wasser gefallen.«

Isaks Augen waren schwarz vor Angst. Gemeinsam liefen die beiden am Flußufer entlang und hinein in den dichten Schilfgürtel. Und dort lag Karin dann ganz friedvoll, als schliefe sie.

»Karin!« rief Isak, in seiner Stimme schwang Erleichterung mit, doch als Karin nicht antwortete, schaute er Mona an und verstand. Er wollte es nicht glauben, packte sie an den Schultern, schüttelte sie und sagte: »Mona, das darf nicht wahr sein. Sag, daß es nicht wahr ist.«

Aber das war es. Sie standen dort und hielten einander an der Hand wie Kinder, keiner hatte Tränen, doch als Mona sich frei machte und ein paar letzte Sommerblumen pflückte, um sie Karin in die Hände zu legen, und beide erkannten, daß sie schon starr war, schrie Isak sein Entsetzen laut heraus. Es war nicht Verzweiflung, denn die hatte ihn noch nicht erreicht, und die große Trauer, die ihm bevorstand, konnte er in diesem Augenblick nicht einmal ahnen.

Doch Mona, die bis in die Lippen weiß wie Schnee war, sagte jetzt: »Isak, wir müssen ganz ruhig sein, einer von uns bleibt hier und hält Wache, und der andere geht heim und ruft einen Arzt.«

»Ich bleibe«, sagte er, denn nachdem das Entsetzen sich freigemacht hatte, wollte er es, wollte eine Weile allein bei Karin sitzen und mit ihr sprechen, wie er es all die Jahre immer getan hatte, wenn ihm schwer ums Herz war.

»Herrgott«, stöhnte Mona. »Wann wird Erik kommen?«

»Er saß über einer Zeichnung als ich ging und wollte sie noch fertigmachen«, erklärte Isak.

Mona rannte los, erst nach Hause, um Lisa zu bitten, die Kinder ins Bett zu bringen und bei ihnen zu bleiben. Malin schaute sie mit großen Augen an: »Sie ist fortgegangen, Mama? Das ist sie doch, ja?«

»Ja«, antwortete Mona. »Malin, Liebes, du mußt jetzt ein großes und vernünftiges Mädchen sein.«

»Ja.«

Mona rannte zu Larssons Haus, zu ihrer Verzweiflung sah sie Eriks Auto in der Auffahrt stehen.

»Ich habe mir Sorgen gemacht, als Karin nicht ans Telefon ging«, erklärte er, aber er sah nicht beunruhigt, sondern wie immer fröhlich aus, und Mona dachte, was sage ich jetzt. Hilf mir, lieber Gott.

»Karin ist ... krank«, begann sie. »Wir müssen einen Arzt rufen.« Und sie rief den Arzt an, den alten Hausarzt, der sich all die Jahre um sie alle gekümmert hatte, und sie hielt Eriks Hand ganz fest, als sie zu dem Arzt sagte, er müsse sofort kommen, sie werde an der Straße vor dem Haus warten, um ihn dorthin zu bringen, wo Karin lag.

»So laß mich doch endlich los, Mona!«

Erik schrie es zornig, aber sie ließ seine Hand nicht los, führte ihn zur Küchenbank und kniete sich vor ihn hin: »Sie ist tot, Erik.«

Dann erkannte sie, daß er ihr nicht glaubte.

»Er wird gleich kommen, der Doktor, er hat Spritzen bei sich.«

Im nächsten Augenblick war der Arzt da, es ging schnell, alles ging jetzt schnell, und Erik warf sich ins Auto und rief dem Arzt zu, die Spritze bereitzuhalten, und als die Straße zu Ende war, lief Mona voraus, und der Arzt sah gleich auf den ersten Blick, daß alles zu spät war. Aber Erik sah es nicht, warf sich über Karins Körper, schüttelte sie, schrie wie wild: »So wach doch endlich auf, Mensch!«

Es war schrecklich. Isak mußte alle seine Kräfte aufwenden, um Erik von der Toten wegzuziehen und ihn ins Auto zu befördern, wo der Arzt schon eine zweite Spritze vorbereitete, um sie Erik in den Arm zu stechen, dessen Zorn in Dunkelheit unterging.

»Wir bringen sie nach Hause«, entschied Mona. »Wir werden so lange Totenwache bei ihr halten, bis Simon aus England da ist.«

Und so war es dann auch, Mona überzog das Bett mit Karins feinstem Leinen, Isak hielt Wache bei Erik aber auch am Telefon.

Zuerst Ruben. Isak konnte hören, wie er am anderen Ende der Leitung schrumpfte, verschwand. »Papa!« schrie er. »Papa, wir müssen jetzt stark sein. Du mußt Simon verständigen. Und Klara.«

Die Stimme kam aus dem Niemandsland zurück, sie war spröde, sagte aber: »Ich übernehme das und komme dann zu euch.«

Und Ruben funktionierte, konnte denken, diese Nachricht sollte Simon nicht telefonisch erreichen, er meldete ein Ferngespräch nach Zürich an und hörte Klaras ruhige Stimme.

Eiskalt in dem Bemühen, die Traurigkeit einzudämmen, sagte die Stimme, sie werde bestimmt einen Platz in der Abendmaschine nach London bekommen. Von dort werde sie mit Simon am nächsten Morgen den ersten Flug nach Torslanda nehmen.

»Sei behutsam mit dem Jungen«, legte ihr Ruben ans Herz.

»Gott im Himmel, wie soll ich das fertigbringen!« schrie Klara, und das Eis war aus der Stimme gewichen, und die Angst brach sie in Stücke.

Sie bekam wirklich einen Platz im Flugzeug. Vom Züricher Flugplatz aus telegrafierte sie an Simon: Komme abends Heathrow stop 23 Uhr Deine Klara.

Das Telegramm wurde telefonisch durchgegeben, Simon freute sich und hatte nicht viel Zeit zum Nachdenken, erst als er im Flughafenbus saß, ging ihm auf, daß es Klara gar nicht ähnlich sah und daß ihr etwas passiert sein mußte.

Dann, als sie ihm in der Halle entgegenkam, sah er es, sah, daß sie den Blick zurückgenommen hatte wie immer, wenn etwas schwierig war. Aber ihre Stimme war ruhig, als sie sagte: »Du wartest am Laufband auf meine Tasche, die rote, du weißt schon. Ich besorge inzwischen Flugkarten für morgen.«

»Du fährst morgen schon wieder?«

Aber sie gab ihm keine Antwort, saß nur fest an ihn gedrückt im Taxi nach London, und zu dieser Zeit wußte Simon schon, daß sie etwas unfaßbar Großem voll von Verzweiflung entgegenfuhren.

Er hatte Angst. »Klara, so sprich doch endlich.«

»Simon, nicht hier.«

Als sie aber hinauf in sein Zimmer gekommen waren, sagte sie es, es konnte nicht aufgeschoben und nicht behutsam getan werden. »Karin ist heute nachmittag gestorben.«

Danach sah sie sehr wohl, daß auch er starb, zwar aufrecht vor ihr stand, aber von Minute zu Minute mehr erstarrte. Bald fing er zu frieren an, sie zwang ihn ins Bett und legte sich neben ihn. Nicht ein Wort sprach er, aber irgendwann in der Nacht merkte sie, daß er weinte, und ihre Anspannung ließ ein wenig nach.

Am Morgen zog er sich mechanisch an und folgte ihr wie eine Marionette zum Taxi und zum Flugzeug. Nachdem sie die Sicherheitsgurte angelegt hatten, machte er zum ersten Mal seit dem Vorabend den Mund auf: »Hoffentlich stürzen wir ab.«

»Es wird schon alles gut gehen«, sagte sie. »Wir müssen. Erik zuliebe.«

Da konnte Simon an Erik denken, und seine Gedanken führten ihn aus der Versteinerung heraus, zumindest ein wenig, zumindest für kurze Zeit.

Das Flugzeug setzte in Torslanda mustergültig auf, und Ruben erwartete sie im Auto mit einem seiner Angestellten als Fahrer.

Göteborg war schamlos unverändert.

Im Garten am Fluß hatte Erik einen Tobsuchtsanfall bekommen. Seine Wut war so groß, daß er Bäume ausreißen und Felsen ins Wanken hätte bringen können.

Es durfte nicht wahr sein, kein verdammter Mensch durfte ihn auf diese Art behandeln.

Isak war die ganze Nacht an seiner Seite geblieben, hatte versucht, ihn in den Arm zu nehmen, wenn die Verzweiflung am größten war, und in der Morgendämmerung war der Arzt mit Medikamenten gekommen.

Ruben und Mona hatten bei Karin Totenwache gehalten. Und auch Malin, die in ihrem weißen Nachthemd gegen drei Uhr herübergekommen war, hatte sich zu ihnen gesetzt und Karin nur angeschaut.

Sie war es gewesen, die gesagt hatte, was sie alle schon wußten, daß Karin seit dem Regen und nachdem sie ihren Topf weggeworfen hatte, unterwegs irgendwohin war. »Sie wollte allein sein«, sagte das Kind.

Lisa kam und kochte den Morgenkaffee, sie müßten ja trotz allem essen, sagte sie. Und Mona kaute an einem Butterbrot, hatte aber Schwierigkeiten mit dem Schlucken, doch Ruben trank eine Tasse schwarzen Kaffee nach der anderen und war unnatürlich wach, was seine Qualen vermehrte.

Für kurze Zeit ging Mona heim zu ihren Kindern, sie würden heute mit Tante Lisa zusammen sein, sagte sie mit solchem Ernst, daß keines mit Einwänden kam.

Dann ging sie wieder hinüber, Erik schlief zum Glück noch, und der Arzt hatte gesagt, wenn er aufwache, bestünde immerhin die Möglichkeit, daß er alles verstehen und sich damit abfinden werde.

Der wird sich nie damit abfinden, dachte Mona. Jedenfalls nicht in der Tiefe seiner Seele.

Dann war Simon da. Und Klara. Endlich noch ein erwachsener Mensch, dachte Mona, als sie Klara umarmte und sie beide weinen konnten, und sie Klara ins Ohr hatte sagen können, daß hier alle übergeschnappt seien und daß es mit Erik am schlimmsten sei und er fast den Verstand verloren habe.

Simon ging sofort zu seiner Mutter, saß bei ihr bis die Kerzen niedergebrannt waren, und was er gedacht oder zu ihr gesagt hatte, erfuhr nie ein Mensch.

Als Erik aufwachte, war er ruhiger, nur als er Simon sah, überkam ihn für einen Augenblick erneut die Wut, er wiederholte, was ihn schon die ganze Nacht gequält hatte, nämlich daß es ungerecht sei und daß niemand die Familie so behandeln dürfe.

Und Simon tobte genau wie Erik, schrie, daß Erik, verdammt nochmal, recht habe, und Klara seufzte erleichtert auf.

Gegen Mittag wurde Karins Leichnam abgeholt, und der Weg, den der Wagen mit dem Sarg nahm, war gesäumt von weinenden Nachbarinnen und schweigenden Kindern. Ruben wollte nicht zusehen, wie Karin weggetragen wurde. Er saß steif im Garten und hatte nur einen Gedanken: jetzt war sie tot, die zweite Frau, die er geliebt hatte, und daß ihm auch diesmal das Recht zu trauern verwehrt war.

Dann entschloß er sich, heimzufahren, in seiner eigenen Wohnung würde er vielleicht, wie Erik, alles herausschreien können.

Klara sah ihn auf das Auto zugehen und fühlte, daß Ruben Unrecht geschah. Sie zögerte nur einen Augenblick, dann rief sie Olof Hirtz in der Sahlgrenschen Klinik an.

Auch er war von Karins Tod erschüttert. Und um Ruben besorgt versprach er, ihn aufzusuchen, sobald er die anfallenden Arbeiten hinter sich gebracht hatte.

»Juden nehmen sich nur selten das Leben«, schloß er, doch wenn er beabsichtigt hatte, Klara damit zu trösten, verfehlte es die Wirkung. Sie legte den Hörer auf und versuchte den Schrei zu unterdrücken, der sich aus der Tiefe ihrer Seele zu befreien drohte.

Nach und nach entwickelte sich dann aber alles ganz normal. Jeder war für eine Woche mit all dem beschäftigt, was vor einer Beerdigung erforderlich war. Alles lief so großartig ab, daß Karin sich geschämt hätte, dachte Klara, als sie in der Kirche stand und die freudlosen christlichen Worte hörte: *Von der Erde bist du genommen, und zur Erde kehrst du zurück.*

Simon verharrte noch immer in seiner Wut, hielt das alles für unwahr, hielt es für eine verdammte Lüge, denn ein Leben war doch so unendlich viel mehr als ein paar Schaufeln voller Erde.

Inga war unter den geladenen Trauergästen, was Klara auf die Idee brachte, sie unter vier Augen zu fragen: »Könntest du dir vorstellen, daß du eine Zeit bei Erik bleibst, bis er über das Schlimmste hinweg ist?«

Inga konnte.

Mona setzte durch, daß Isak und Erik, wie vereinbart, nach Amerika fuhren. Als Erik zurückkam, war Inga in das Haus am Fluß eingezogen und hatte die Tür zur Hütte am See hinter sich abgeschlossen. Sie und Erik waren Cousine und Cousin und hatten einander immer gemocht. Jetzt wurde Inga seine Haushälterin, hielt das Haus sauber und Erik vom Branntwein ab.

Sie war duldsamer als Karin, entgegenkommender. Durch sie kam bei Erik langsam das Gefühl zurück, sein Leben unter Kontrolle zu haben.

Aber froh wurde er nie mehr, diese kindliche Freude, die die Götter Erik in die Wiege gelegt hatten, war an einem Dienstag im Oktober unten am Fluß abhanden gekommen.

37

Aus der Luft sahen sie, wie sich die Konturen der norwegischen Küste im blauen Meer abzeichneten und Simon sagte: »Es ist merkwürdig, daß auch im Chaos Kraft liegt.«

Klara, die gerade gemerkt hatte, wie müde sie eigentlich war, mußte wieder aufmerksam sein. »Du bist erstaunt?«

»Ja, weißt du, ich habe immer geglaubt, wenn Karin nicht ist, gibt es auch mich nicht. Aber irgendwie habe ich auch gemerkt, daß es nicht der richtige Ausruck dafür ist ...«

Er schwieg.

»Wenn Karin stirbt, wird Simon auch sterben?«

»So ähnlich, und das habe ich nicht nur gedacht, sondern eher für ebenso selbstverständlich gehalten wie unsere Erde oder die Nacht.«

»Und war es nicht so?«

»Anfangs schon, als du kamst und es ausgesprochen hast. Aber jetzt nicht mehr.«

Klara blieb eine Woche in dem Studentenheim am Queen Boswell, war Simon schweigend nahe, während er an seiner Dissertation weiterarbeitete. Sie saß neben ihm in dem riesigen Lesesaal der British Library und dachte an Karl Marx, wie er es wohl empfunden haben mochte, als er Tag für Tag hier saß, um seine Forschungen zu betreiben. Vielleicht war für nichts anderes Platz gewesen, als für *Das Kapital*, vielleicht hatte er seine schlechte finanzielle Lage, seine betrogene Ehefrau und die armen Kinder vergessen.

Klara sah Simon an und beneidete die Männer um die Fähigkeit, die Dinge der Reihe nach zu erledigen und ganz darin aufzugehen.

Eines Abends, als sie in einem der kleinen indischen Restaurants im Studentenviertel aßen, setzte Simon das Gespräch fort: »Es ist wie neu geboren zu werden«, meinte er. »Unter großen Schmerzen.«

Klara stöhnte und trank Wasser, weil ihr von dem stark gewürzten Hühnchen fast die Tränen kamen.

»Mir ist bewußt geworden, daß das, was alles verändert, einzig und allein du bist«, fuhr er fort. »Ich bin dieses Mal nicht auf mich allein gestellt.«

Klara blickte in die Ferne. Er sah es und lachte: »Hallo, du, komm raus aus dem Stein!«

Und da tat sie es, und die Tränen in ihren Augen konnten ebensogut von den scharfen Gewürzen kommen.

»Ich habe da so eine Idee«, sagte sie. »Aber ich fürchte mich ein bißchen davor, sie auszusprechen.«

»Versuch's trotzdem«, forderte Simon sie auf.

Da erzählte Klara von einem kleinen Wagen, den sie gesehen hatte, einem Volkswagen mit roter Karosserie. Sie hatte ihn sich am Nachmittag angesehen, während Simon in der Vorlesung saß.

»Es ist ein Gebrauchtwagen und gar nicht so teuer. Und Geld haben wir ja.«

Sie hatte ein langes Gespräch über käuflich erworbenen schnellen Trost und andere komplizierte Dinge befürchtet. Daß Simon oft überraschend praktisch war, hatte sie vergessen.

»Ich hätte nie den Mut, in London Auto zu fahren.«

»Wir können es doch morgen versuchen.«

Am nächsten Tag machten sie in dem roten VW eine Probefahrt, und Simon mußte sich sehr konzentrieren, um sich im Dschungel der Millionenstadt zurechtzufinden. Es machte Spaß.

»Nun?« Mehr äußerte Klara nicht, als sie wieder beim Autohändler vorfuhren, und Simon sich den Schweiß von der Stirn wischte.

»Doch«, antwortete er, und sie sah, daß er sich freute.

»Du kannst ihn wirklich brauchen, hier sind ja immer die Entfernungen so groß.«

»Meine Überlegung ist vor allem, daß ich dadurch leichter hinaus aufs Land komme«, sagte er. »Du weißt, für mich sind Bäume in Parks nicht ganz das Wahre.«

Das Auto verlieh den Tagen Glanz, die ihnen vor Klaras Rückkehr nach Zürich noch blieben. Es ist verrückt, meinte Simon, eigentlich müßte ich mich ja schämen, daß es mir Spaß macht. Klara sprach nicht aus, was sie dachte, daß nämlich nicht der Wagen als solcher ihm Befreiung schenkte, sondern daß es die Notwendigkeit absoluter Konzentration beim Fahren war.

Dann reiste Klara ab, und Simon war nicht vorbereitet auf die Einsamkeit und die Schuld, die ihm im Zimmer des Heimes auflauerte. Beides hatte sich nur eine Weile zurückgezogen, hatte bis zu Klaras Verschwinden gewartet.

Die Fragen näherten sich ihm zurückhaltend, um ihn nicht gleich zu Tode zu erschrecken: Warum war ich nicht zu Hause? Ich hätte mit Karin am Ufer spazieren gehen und sie im Leben halten können. Beim ersten Mal hat sie doch für mich weiterleben wollen.

Anfangs war noch Vernunft zugegen. Sie erklärte genau wie der Arzt: macht das Herz einmal Schluß, dann ist eben Schluß.

»Im übrigen«, stellte Simon sich der Schuld lauthals entgegen. »Im übrigen ist vieles gar nicht wahr. Ich konnte Karin keine Lebensfreude schenken, zumindest nicht immer. Eigentlich sogar eher selten, denn vieles machte sie mir nur vor, das weißt du so gut wie ich.«

Mit diesen Worten hatte er sich der Schuld jedoch ausgeliefert, die ihre Angriffsmöglichkeiten direkt im Herzen des Kindes fand.

Es war mein Fehler, daß sie nicht froh war.

Dann überfielen sie ihn, die tausend alten Gedanken von all dem Bösen, das in ihm steckte, und das seine Mama immer traurig gemacht hatte. Als seine Gedanken alles in Worte gekleidet hatten, verfielen sie in Schweigen, und ein Abgrund tat sich auf. Simons Entsetzen war so groß, daß sein Mund trocken wurde, ihm der Schweiß ausbrach und das Herz so heftig zu schlagen begann, daß sein Pochen von den Wänden widerhallte.

Im Bücherregal stand noch eine halbe Flasche Wein, er trank sie aus und bekam immerhin soviel Abstand zum eigenen Entsetzen, daß er wieder denken konnte. Vergiß nicht, daß Klara gesagt hat, es läge eine Packung Tabletten in der Schreibtischschublade.

»Nur wenn es unerträglich wird«, hatte sie gemahnt.

Jetzt war es soweit, er schluckte zwei Tabletten und schlief so schnell ein, als hätte man ihn bewußtlos geschlagen. Wachte morgens auf, in seiner Brust, wo die Schuld hauste, war es still, und das war weitaus wichtiger als die stechenden Kopfschmerzen.

J. P. Armstrong trug vor, begrüßte Simon mit einem Kopfnicken, sagte: »Mein Beileid.«

Damit nahm er an Simons Verlust teil, sehr britisch doch absolut ausreichend, und Simon konnte fast lächeln, als er sagte: »Danke, Sir.«

Am Abend rief Klara an und hörte sofort, was los war: »Du darfst nicht jeden Tag Tabletten nehmen, Simon, hörst du.«

»Du hast ja keine Ahnung, wie es ist.«

»Ich komme wieder zu dir«, tröstete Klara.

»Nein!« schrie Simon und warf den Hörer auf die Gabel.

Er haßte sie wie er Karin haßte, diese Frauen, die einander nur ablösten, einen ermahnten und wieder verließen.

Doch eine Stunde später meldete er ein Gespräch an, brachte heraus: »Verzeih mir, aber ich muß da allein durch.«

»Da hast du sicher recht«, bestätigte Klara. »Aber versprich mir, daß du anrufst, bevor du wieder Tabletten schluckst.«

»Das werden teure Pillen«, sagte Simon, und darüber konnten sie beide lachen.

Als er in sein Zimmer hinaufging, dachte er, daß ich mich schlecht gegenüber Klara benommen habe, hat diesmal nichts mit dir zu tun, du elende Schuld.

Er erschrak, als er sich aufs Bett legte und ihm sein plötzlicher Haß auf Karin und Klara bewußt wurde. Hatte in ihm nicht immer finsterer Haß geschwelt?

Hatte Karin das erkannt?

Klar hat sie das, sagte die Schuld und drehte an der Messerklinge, die jetzt tief in seinem Herzen steckte.

Er schlief in dieser Nacht überhaupt nicht, aber die Vernunft versetzte der Panik einen Schlag, und es gelang ihr, sie einigermaßen in den Griff zu bekommen.

Morgens setzte Simon sich an den Schreibtisch und nahm seine Aufzeichnungen vor. Keilschrift, Sumerer, eine untergegangene Sprache, die wiederentdeckt werden wollte. Wie idiotisch, wie unglaublich idiotisch. Daß ein erwachsener Mensch sich mit solchem Nonsens befassen konnte, das war doch verrückt.

Er fing an zu lachen, lachte bis er zu weinen begann, mußte sich wieder aufs Bett legen. Als die Schuld die Klinge noch einmal umdrehte, gab er alles zu: Mama, ich weiß, daß es dich gefreut hätte, wenn ich im Leben etwas Vernünftiges geworden wäre. Ich hätte jetzt Arzt sein können, Mutter, und Herrgott, wie stolz wärst du gewesen, wenn ich als Chirurg in der Sahlgrenschen Klinik Menschenleben gerettet hätte. Da hättest du das Gefühl gehabt, daß auch dein Leben etwas wert ist.

Vielleicht hättest du dann gerne weitergelebt?

Es waren keine einfachen Gedanken, aber die Nacht hatte Simon gelehrt, daß Gedanken weit besser sind als wortlose Schuld, weit besser als sich vom Abgrund verschlingen zu lassen. Diese Erkenntnis beschäftigte Simon schließlich so sehr, daß er sich aufsetzte und fast seine Ruhe vor der Schuld hatte, weil er so intensiv nachdenken mußte.

Er hatte sich oft genug mit der Beschränkung auf Wörter beschäftigt. Jetzt brauchte er die Worte, um überleben zu können. Simon erkannte die Wahrheit in dem schwedischen Sprichwort: Nenne den Troll beim Namen, und er wird platzen. Vielleicht waren Worte der Trolle wegen notwendig.

Als Klara anrief, erzählte er von seinen neuen Erkenntnissen. Sie lachte: »Was meinst du, was Psychotherapie anderes ist! Mein Job ist ein ständiges Suchen nach Worten, die einen Menschen befreien können.«

»Ich bin oft fürchterlich dumm«, gestand Simon.

»Nein«, sagte Klara. »Aber du bist nur immer so absolut.«

Er verstand nicht, was sie damit meinte, versicherte ihr aber, daß er sich besser fühlte.

Nach dem Gespräch kehrte er zu den Abgüssen der Tontafeln auf seinem Schreibtisch zurück, Fragmenten, die angeblich darauf hinwiesen, daß das große babylonische Gilgamesh-Epos auf die Sumerer zurückging. Es war knifflige Kleinarbeit, aber Simon erschloß sich die Tontafeln Stück für Stück und war hingerissen von der Geschichte vom Huluppibaum, der von der Göttin Innana davor bewahrt worden war, im Euphrat zu ertrinken. Sie verpflanzte den Baum in ihren Garten und pflegte ihn sorgsam, denn wenn er groß genug wäre, wollte sie sich aus seinem Holz ein Bett zimmern.

Als der Huluppibaum jedoch seine volle Höhe erreicht hatte, konnte er nicht gefällt werden. An seinem Fuß hatte die Schlange, die niemand beschwören konnte, ihr Nest gebaut, und in seiner Krone wohnte Lilith, die Dämonin, die auch in den Legenden der Juden als die böse Frau bekannt ist.

Er übersetzte, wie Innana bittere Tränen darüber weinte, was ihrem Huluppibaum zugestoßen war, wie Gilgamesh ihr dann zu Hilfe kam und die Schlange tötete und Lilith in die Flucht trieb. Und Innana zimmerte sich kein Bett aus dem Baum, sondern baute aus seinem Holz eine Trommel.

Das klang eigentümlich und trostreich.

Namen für die Trolle, dieser Gedanke beschäftigte Simon. Ihm fiel Samuel Noah Kramer ein, der Amerikaner, der in London Vorlesungen gehalten hatte.

Simon suchte seine Mitschriften heraus.

Frühe sumerische Aufzeichnungen bestanden aus Listen, langen Aufzählungen von Vögeln und Tieren, Pflanzen und Bäumen, Gesteinen, Sternen. Alle dargestellt durch ihre sichtbaren Eigenschaften. Im Universum der Sumerer herrschten Ordnung und Methode, auch die Götter, die in der Kunst veranschaulicht wurden, hatten ihre bestimmten Aufgaben.

Alle transzendenten Qualitäten fehlten ihnen, hatte Kramer betont. Es war eine sachorientierte Kultur gewesen, und doch die religiöseste, die die Welt kannte.

Das alte Volk, das sich selbst als Schwarzschädel bezeichnete, hatte geglaubt, daß es die einzige Möglichkeit sei, die Welt und ihre unfaßbaren Kräfte zu beherrschen, wenn man all das benannte, was ihr innewohnte.

Am Anfang war das Wort, es schuf die Welt und besiegte das Entsetzen.

Aus dieser Erkenntnis wurde die Magie geboren, dachte Simon. Und dann nach und nach die Naturwissenschaften, die im Großen gesehen dieselbe Funktion hatten.

An diesem Abend schrieb er einen langen Brief an Klara und erzählte ihr, was die Schuld von ihm hielt, von seinem Verrat und seinem Unvermögen, Karin glücklich zu machen. Er schrieb wie ein Kind, hielt nichts von Formulierungen und dachte, daß er auch von einer Antwort nichts hielte. Aber er bekam Herzklopfen, als der Antwortbrief eines Tages vor ihm lag.

Simon, ich habe am Telefon gesagt, daß Du in allem so absolut bist, besonders wenn es um Karin geht. Aber Du hast doch die Vernunft eines Erwachsenen. Siehst Du nicht, wie kindisch und egozentrisch Dein Verhältnis zu ihr ist? Der Freudianer würde es einen unbewältigten Ödipuskomplex nennen.

Kannst Du nicht einsehen, daß Du in ihrem Leben nicht alles gewesen bist, vielleicht nicht einmal das Wichtigste? Was ihren Kummer anbelangt, so gab es ihn lange bevor Du zur Welt kamst ...

Er las nicht weiter.

Ausnahmsweise überkam ihn der Zorn sofort, er schoß wie glühendes Eisen durch seinen Körper und explodierte im Kopf in weißglühender Raserei.

Er hatte nicht um eine Diagnose gebeten. Er hatte der Psychologie schon lange mißtraut, obwohl er von den Deutungen fasziniert gewesen war, von der souveränen Bereitschaft, Dinge in Worte zu fassen, von denen niemand etwas wissen konnte.

Was wußte Klara denn, was konnte sie wissen, fühlen, verstehen von dem Verhältnis, das zwischen Karin und ihm bestanden hatte! Sie verhielt sich gegenüber dem Unbegreiflichen wie so viele andere Menschen auch, wartete mit ein paar Phrasen auf und distanzierte sich.

›Früh und unbewußt hast Du die Schuld an ihrem Schmerz auf Dich genommen ...‹ Jawohl. Auf der Bewußtseinsebene war mir seit vielen Jahren klar, daß es ihren inneren Schmerz lange vor mir gegeben hatte. Aber diese simple Tatsache verändert in der Tiefe nichts.

Wie konnte Klara etwas ahnen von dem feinen tausendfädigen Netz aus Trauer und Schuld, das zwischen ihm und Karin immer bestanden hatte.

Immer, dachte Simon. Es war uralt, schicksalhaft, in Jahrtausenden geflochten.

Karin redete nie viel, sie wußte, daß man von den wichtigsten Dingen im Leben nicht reden konnte.

Er knallte den Brief in dem Gefühl, daß er in seiner Hand Funken sprühte, auf den Schreibtisch, hörte das Telefon im Foyer des Studentenheimes klingeln, dachte, jetzt ruft sie an, mein Gott, wie ich sie hasse. Aber das Gespräch war nicht für ihn, das verschaffte ihm Bedenkzeit. Er mußte aus dem Haus, ehe Klara anrief, diese Klugscheißerin von einer Psychoanalytikerin, die überhaupt nichts kapierte.

Er rannte zur New Oxford Street, bei der Tottenham Court Road erwischte er einen Bus und einen Fensterplatz in der oberen Ebene und hatte Aussicht auf die Stadt mit den betriebsamen Menschen, über der die Dämmerung hereinbrach.

Er sah ohne zu sehen.

Doch als er aus dem Bus stieg und von der Menge aufgenommen wurde, diesem nie versiegenden Strom von Menschen, kam sein Bewußtsein wieder in Fluß. Tausend Schicksale liefen da ihrer Vollendung entgegen, tausend Wege, Leben, die gelebt und nach einem unbekannten Muster beendet wurden, einem Muster, das nur erahnt werden konnte.

Vor dem Kaufhaus Harrods in der Brompton Road stand ein großgewachsener Inder in grauem Überrock und mit dunklem Gesicht und dunklen Augen, die wie gebannt in eine ausgestellte Kücheneinrichtung mit Töpfen und Schneidbrettern, Messern und Toastern starrten. Er war ganz versunken und verwundert, als glaube er, die Dinge im Schaufenster sprächen eine geheime Sprache und hätten Kenntnis von der Seele des abendländischen Menschen.

Simon hätte den Mann am liebsten wachgerüttelt, hätte ihm gerne gesagt, es gebe da nichts zu begreifen, alles sei nur Schein.

Hast du schon einmal von unbewältigten Ödipuskomplexen gehört, hätte er ihn fragen wollen. Ohne sie zu begreifen? Ja? Dann kann ich dir nur sagen, daß es da nichts zu begreifen gibt, sie unterscheiden sich in nichts von den Küchengeräten.

Simon fühlte sich immer wieder zu dunkelhäutigen Menschen hingezogen. Eine Gruppe schwarzer Jungen stand vor einem Kino Schlange, Simon stellte sich hinten an, blieb in ihrer Nähe wie auf der Suche nach einer Kraft der Menschen, die noch wußten, daß sie Träger des großen Schicksals waren, das unter der Haut keinen Platz hatte und vom Menschen nicht beschrieben werden konnte.

Das weiß aufblitzende Lachen der schwarzhäutigen Männer wußte mehr vom Leben als jeder verdammte Psychologe, dachte Simon, machte an der Kinokasse kehrt und rannte wieder in die Stadt zurück. Er wollte nicht irgendwo stillsitzen und sich von seiner Wut ablenken lassen.

Er selbst war Wirklichkeit.

Wie Karin es immer gewesen war, dachte er. Ihre Traurigkeit hatte ihr Wirklichkeit verliehen, hatte ihr Mut gemacht, nie nach befreienden Worten zu suchen. Sie hatte immer gewußt, daß das Leben nicht erklärt, sondern nur gelebt werden kann. Und durchgestanden.

Sie hatte gewußt, daß das mühsam war.

Er ging ohne Umschweife auf ein Straßenmädchen zu, blieb vor ihr stehen, sah in das weiße Gesicht mit dem roten zu einer Wunde der Verzweiflung geschminkten Mund, versuchte in ihren Augen zu lesen, in das Wissen vorzudringen, das sie gewonnen hatte, indem sie ihr Schicksal erfüllte, das darin bestand, bis auf den Grund zu gehen, in die Tiefe der Schande abzusinken, der Schande der Millionenstadt, die sie sich aufgeladen hatte, und die ihre Vernichtung wollte.

»What a nice boy«, sagte sie und es war unmöglich, die Verwunderung mißzuverstehen, aber er war entschlossen. Heute nacht wollte er mit ihr untergehen.

Er übersah alle Details in dem schäbigen Zimmer, die erschlaffte Haut des alternden Körpers, die Absurdität der Situation. Alles nur Schein. Er wollte diese Frau zur Verzweiflung bringen, wollte sich davon versengen lassen.

Natürlich gelang ihm das nicht, er lächelte, sie lächelte, sie schliefen miteinander, fast kühl. Er bezahlte, ging, wollte sich waschen, wies den Gedanken aber von sich, tief in den Dreck, das wollte er doch, Wirklichkeit wollte er.

Er betrat das nächste Pub, soff sich voll, und hatte nicht die geringste Erinnerung daran, wie er anschließend doch nach Hause gekommen war. Als er zu seinem eigenen Staunen am nächsten Morgen in seinem eigenen Bett aufwachte, fand er zwei Zettel vor, auf denen stand, daß Zürich ihn um 19 Uhr und um 21.35 Uhr zu sprechen gewünscht hatte. Klara war jetzt bestimmt beunruhigt, und das geschah ihr ganz recht, dachte er.

Aber in der Universität hatte er dann doch ein ungutes Gefühl und rief nach der letzten Vorlesung bei ihr an.

»Danke für den Brief«, sagte er. »Er ließ jegliches Einfühlungsvermögen vermissen und war außerdem dumm.«

»Simon, ich appelliere an deine Vernunft. Du mußt …«

»Ich muß gar nichts«, schrie er, konnte aber, ehe er den Hörer auf die Gabel schmiß, gerade noch sagen: »Ich schreibe.«

Und das tat er, noch immer im Zorn, aber das Eisen war erkaltet.

Ich bereue, mich Dir geöffnet zu haben, und meine, Du kannst dir alle Deine schönen Worte über Ödipus in den Hintern stecken. Du hast nichts kapiert, weder von mir, noch vom Ödipusmythos …

Das war gemein, aber er fand es witzig, schickte den Brief also ab und fühlte sich am nächsten Tag, als er Klara anrief und sie bat, den Brief ungelesen zu zerreißen, nur noch miserabler.

Das werde sie nicht tun, sagte Klara, aber könnten sie nicht miteinander über weniger wichtige Dinge in einem Ton sprechen, der ihnen die Gewißheit gab, daß zwischen ihnen alles so war wie es eigentlich sein sollte?

In dieser Nacht träumte Simon, daß er schwerelos in seinem Bett liege und abhebe, durch die Decke und den über London liegenden schmutziggrauen Nebel hindurch ins Blau fliege.

Tagsüber war er intensiv mit dem Ursprung der Sumerer beschäftigt, dem Rätsel, das nur über die Sprache zu lösen war. Doch diese Sprache glich keiner anderen, weder den indogermanischen noch einer der semitischen. Er war fasziniert von den Schriften der Hethiter, den ersten Indoeuropäern im Mittleren Osten. Durch sie bekamen die Inschriften auf den Tontafeln einen vertrauten Klang, obwohl die Wörter lang und unverständlich waren. Aber es gab da etwas, einen Rhythmus, eine zu ahnende Melodie, die ihm selbst vertraut schien.

Anfang Dezember kam Ruben zur Buchmesse nach London. Er blieb über das Wochenende, sie fuhren in dem roten VW aufs Land und fanden ein Coaching Inn mit einer langen Geschichte und gemütlicher Einrichtung. Am Sonntag durchstreiften sie die Landschaft, liefen über Felder und durch entlaubte Wälder. Es war nebelig.

»Ich würde gerne über Karin sprechen, darüber, wie sie in der letzten Zeit war«, begann Ruben.

Das war hart, aber Simon hatte das Bedürfnis, soviel wie möglich darüber zu erfahren, wie sie gedacht und gefühlt hatte.

Ruben erzählte von dem Gespräch über den alten Kochtopf, und wie er damals zum ersten Mal geahnt hatte, daß etwas Neues in Karins Gedankenwelt Form anzunehmen begann.

»Ich habe einen alten Rabbiner zitiert, der zu predigen pflegte, daß man jeden Tag leben soll, als nehme man Abschied von allem, von

Menschen und Dingen. Das hat unerhörten Eindruck auf Karin gemacht.« Simon schaute Ruben erstaunt an.

»Dann hat mir Mona erzählt, daß Karin für ihre Spaziergänge immer mehr Zeit gebraucht hat«, fuhr Ruben fort. »Das hat mich ein wenig beunruhigt, und eines Tages habe ich sie gefragt, woran sie während all dieser Wanderungen denke. Da sagte sie, daß sie völlig unbelastet sei von Gefühlen und auch von Gedanken.«

Simon mußte stehenbleiben, um richtig aufnehmen zu können, was Ruben da erzählte.

»Sie strahlte etwas Seltsames aus, etwas Neues«, sagte Ruben. »Als ich an diesem Abend zu mir nach Hause kam, versuchte ich es zu verstehen, den Ausdruck in ihren Augen zu deuten.«

»Ja?«

»Ich kam zu dem Ergebnis, daß Karin glücklich ist«, betonte Ruben. »Dieses Neue war Glück, zum ersten Mal seit ich sie kennengelernt hatte, war sie ohne Trauer. Es wird dir auch aufgefallen sein, daß sie eine gewisse Traurigkeit in sich trug?«

»Mehr als alles andere in ihrem Leben«, pflichtete Simon bei.

»Ich habe das gemerkt.«

»Glaubst du, sie wußte, daß sie sterben wird, daß das der Grund war?«

»Ich weiß nicht, sie wußte es vielleicht, aber nicht mit dem Verstand. Ich glaube nicht, daß sie darüber nachdachte.«

Simon kamen die Tränen, aber das fiel im Nebel nicht auf, und Ruben fuhr fort: »Ich habe viel darüber nachgedacht, daß es einen tieferen Sinn im Tod gibt, mehr als nur das Vergehen des Körpers, daß es darum geht, psychisch zu einem Schluß zu kommen. Alles was ich gelebt habe, all mein Wissen, mein Glück und mein Leiden, meine Erinnerungen und Bestrebungen müssen auf ein Ende zulaufen. Das Bekannte, die Familie, die Kinder, das Zuhause, die Ideen, Ideale, alles womit du dich identifiziert hast, mußt du hinter dir lassen.«

Simon dachte an die Woge, die an den Klippen von Bohuslän gestorben war und alle ihre Erfahrungen an das große Meer zurückgeben mußte, ehe sie wiedergeboren werden konnte.

»Das muß es sein, was Tod bedeutet«, überlegte Ruben. »Dieses Verzichten. Und gerade diesem gilt wohl auch alle Todesangst, meinst du nicht?«

»Da magst du recht haben.«

»Ich wollte, daß du es erfährst«, begann Ruben wieder. »Weißt, daß Karin frei von allem starb, sie hatte alles hinter sich gelassen und war glücklich, als sie von uns ging.«

Als Ruben abgereist war, kam die Trauer zu Simon. Sie war groß und voller Wehmut. Aber wo die Trauer war, konnte die Schuld nicht sein, sie schlossen sich gegenseitig aus.

Schließlich dachte er, Karin habe ihm ihre Trauer als Erbe hinterlassen.

Das ist ihr Land, dachte er, hier hat sie gelebt und gewirkt. Es ist groß und einsam aber nicht unerträglich. Man kann hier wohnen und leben und die täglichen Pflichten mit Sorgfalt erfüllen.

38

Klara und Simon fuhren zu Weihnachten nach Hause, trafen sich in Kopenhagen und setzten ihre Fahrt mit der Bahn fort.

Es waren keine einfachen Feiertage. Die Tage bewegten sich nur mühsam von der Stelle, häuserschwer, endlos wie die Karl-Johan-Gata. Aber die Menschen nahmen es auf sich, gaben den Kindern zuliebe ihr Bestes, wie sie das ausdrückten.

Klara und Simon übernachteten bei Erik im früheren Kinderzimmer. Er haderte nicht mehr mit dem Schicksal, war aber gealtert und geduldiger geworden. Simon war entsetzt, er wollte einen starken und aufbrausenden Vater.

Isak und Mona waren sehr still geworden.

Klara hatte ihre Studien in der Schweiz beendet und hatte eine Anstellung an der Psychiatrie der Sahlgrenschen Klinik in Aussicht, die ihr keine Gelegenheit bieten würde, das Wissen zu verwerten, das sie sich bei den Jungianern in Zürich erworben hatte. Simon mußte nur noch zwei Abschlußprüfungen in London hinter sich bringen. Schon im März würde er wieder zu Hause sein und seine Doktorarbeit fertigschreiben.

Er und Klara waren bei der Behörde für eine Wohnung vorgemerkt, doch Ruben hatte ein wachsames Auge auf die Dreizimmerwohnung einer neunzigjährigen Dame in seinem Haus in Majorna geworfen.

An einem regnerischen Tag Ende Februar bat J. P. Armstrong Simon um ein Gespräch. Er wurde sogar gebeten, in dem schönen Raum Platz zu nehmen, in dem der Professor Bücher und Abgüsse von assyrischen Löwen sammelte. In seiner Jugend hatte er bei Sir

Leonard Woolley an den berühmten Ausgrabungen der Königsgräber von Ur teilgenommen, war jetzt aber auf die Assyrer spezialisiert.

»Die Universität von Pennsylvania unternimmt zur Zeit Teilausgrabungen in Girsu. Es geht um den Eninnu-Tempel.«

Er lächelte, als er Simons Interesse wahrnahm.

»Jetzt ist dort ein Mann erkrankt, ein Schriftexperte. Man hat sich an uns gewandt, um schnell einen Ersatzmann zu bekommen, und nun möchte ich Sie fragen, ob Sie Interesse hätten.«

Nicht einmal wenn der sumerische Sonnengott aus seinem Himmel herabgestiegen wäre, um mit ihm zu sprechen, hätte Simon erstaunter sein können. Und wenn Innana selbst ihn auf ihr Liebeslager gebeten hätte, wäre er nicht glücklicher gewesen als jetzt.

»Sie sind hier bei uns ja praktisch fertig, ich gratuliere übrigens zu den Ergebnissen. Es würde Ihnen vielleicht Vergnügen bereiten, das Ganze aus einer eher handfesten Perspektive zu betrachten«, sagte der Professor.

Vergnügen bereiten, dachte Simon.

Hier ging es um den Fünfziggöttertempel der Gudea bei Lagash, und ›Vergnügen bereiten‹ war ein sehr britischer Ausdruck für den Jubel, der ihn erfüllte.

»Ich bin wirklich sehr dankbar, Sir«, antwortete Simon, und das waren fast schon unnötig viele Worte, doch der Professor lächelte gnädig.

Dann ging alles sehr schnell, Visum, Geld, Tickets. Simon konnte gerade noch seine Dissertation verpacken und nach Schweden schikken. Sein Auto mußte stehenbleiben, wo es stand, nämlich im Hof des Studentenheimes. Er telefonierte mit Ruben, der sich aufrichtig freute, mit Erik, der verstand, daß man zu einem so abenteuerlichen Angebot nicht ›nein danke‹ sagen konnte, und mit Klara, die traurig war.

»Es sind ja nur ein paar Monate, die Ausgrabungsarbeiten werden unterbrochen, sobald die Hitze kommt«, beschwichtigte Simon.

»Paß gut auf dich auf«, bat Klara und Simon dachte zornig, die wird Karin immer ähnlicher, legt einem die Last der Schuld auf.

»Du wirst doch verstehen, daß ich eine solche Chance wahrnehmen muß.«

»Selbstverständlich verstehe ich.«

Sagt sie jetzt ›mein Junge‹, werde ich verrückt, dachte Simon und fühlte, daß er dieses persönlichkeitsvernichtende Verständnis immer gehaßt hatte. Doch dann war Klaras Stimme wieder da, zornig: »Ich werde wohl ein Recht haben, enttäuscht zu sein«, bemerkte sie.

Da war es vorbei, und sie konnten zusammen lachen. Aber das letzte, was sie ins Telefon schrie, war dieses verflixte: »Paß gut auf dich auf.«

Er flog nach Basra, einschließlich Zwischenlandung war er 13 Stunden unterwegs gewesen, und er schlief fast ein, als er sich in dem englischen Kolonialhotel eintrug, das wie eine Theaterkulisse am Ende des Flugplatzes lag. Hinter dem Gebäude gab es einen Park, und Simon war klar, daß das, was vor seinem Fenster raschelte, der Wind war, der durch die Kronen der Palmen wehte. Aber für mehr an Eindrücken war er zu müde.

Am nächsten Morgen um acht riß David Moore mit Getöse die Tür auf und rief, jetzt, my boy, beginnt der Ernst des Lebens.

»Er wartet draußen in Gestalt eines alten Jeeps auf dich«, verkündete er und war so amerikanisch, daß er einem Western hätte entsprungen sein können.

»Darf ich noch duschen?«

Simon hörte, wie britisch er klang und sah, wie Davids Augen vor Abscheu schmal wurden, als er sagte, Gott allein wisse, wie die Klempner Ihrer Majestät der Königin Viktoria ihre Arbeit hier in diesem Mausoleum überhaupt hatten bewerkstelligen können, aber vielleicht gäbe es ja doch noch einen Wasserstrahl aus irgendeinem verrosteten Rohr. Simon lachte, sprang aus dem Bett und streckte dem andern die Hand hin.

»Larsson«, sagte er. »Simon Larsson. Ich bin Schwede, du kannst mich also nicht mit Imperialismus, Kolonialhotel, Gentleman-Getue und anderem, was so typisch britisch ist, ärgern. Ich bin unschuldig, verstanden!«

David Moore mußte sich vor Lachen in einen alten Korbstuhl schmeißen, der erschrocken ächzte.

»Ein Schwede. Von der University of London. Hatten die sonst niemand?«

Der Gedanke freute Simon.

Sie nahmen ein ausgiebiges englisches Frühstück zu sich und dann wurde Simon samt Koffer und allem Zubehör im Jeep verstaut. David zog vorsorglich die Jalousien herunter und verklebte eine Ritze an Simons Tür mit Papierstreifen.

»Besteht Gefahr, daß wir erfrieren?«

»Du wirst es gleich merken«, erwiderte David.

Binnen einer halben Stunde hatten sie die Stadt verlassen, folgten der Straße nach Norden, und Simon erinnerte sich an Grimbergs Worte: ›Ein Land des Todes und der großen Stille ist Mesopotamien, schwer ruht auf ihm die rächende Hand des Herrn.‹

Wüste, so weit das Auge reichte, unberechenbare Hügel aus Sand. Hier und dort verlor sich die Straße in den Wanderdünen, aber der Jeep fuhr nur kurz durch unwegsames Gelände und fand den Weg jedesmal wieder.

»Schneeverwehungen gar nicht so unähnlich«, meinte David. »Daran bist du wohl eher gewöhnt?«

Simon mußte lachen und bekam dabei Sand in den Mund. Der heiße Wind fegte Sand in den Wagen, in Augen und Mund, unter den Hemdkragen, über Rücken und Bauch und vermischte sich dort mit dem Schweiß, daß es am ganzen Körper zu jucken begann.

Sie machten Rast in einem Lokal am Rand der Sumpfstadt Al-Shubaish, spülten sich den Sand mit schmutzigem Wasser aus dem Gesicht.

»Glaub ja nicht, daß du hier ein Bier kriegst«, sagte David. »Hier bestimmt der Prophet Mohammed die Trinksitten, aber spül dir den Mund vorher mal lieber mit Wasser aus. Du kriegst hier nämlich Coca-Cola zu trinken.«

Es war eine armselige aus Schilf erbaute Hütte, die aussah, als wolle sie demnächst den Geist aufgeben. Aber die Cola war gar nicht so übel, sie war einigermaßen kühl und beseitigte vor allem das lästige Knirschen zwischen den Zähnen.

»Hier bringe ich gerne die jungen Milchgesichter her«, berichtete David Moore. »Es ist ein so heilsamer Ort für romantische Narren. Du kriegst hier nämlich ein Volk zu sehen, das noch unter den gleichen Bedingungen lebt und haust wie zu Zeiten der alten Sumerer.«

Mit einer ausladenden Handbewegung wies er auf den Kai, und Simon sah die spitz zulaufenden Kanus des Sumpfvolkes, die noch genauso gebaut waren wie das berühmte Silberkanu im Grab des Meskalamdug in Ur. Doch vor allem sah er die stakenden Männer und deren ausgemergelte Kinder in den Kanus. Ihre Augen waren mit Fliegen bedeckt.

»Hier gibt es alles«, erklärte Moore. »Malaria, Aussatz, Tbc, Bilharziose. Du kannst es dir aussuchen. Zur Lebensweise gehört auch die schreckliche Unterdrückung der Frauen mit Grausamkeiten verschiedenster Art, Blutrache und die betörende Sitte, den Frauen die Schamlippen abzuschneiden.«

Es war Simons erste Begegnung mit der Not, und er war nicht vorbereitet auf das Schamgefühl, das ihn überkam, die bedrückende Erkenntnis, wie groß und wohlgenährt, wie gepflegt und gut ausgebildet er war.

»Nicht weit von hier liegt der Garten Eden«, erzählte David Moore. »Nichts versetzt mich mehr in Erstaunen, als die Fähigkeit des Menschen, zu lügen.«

Simon schaute weg, als am Kai eine Frau an ihnen vorbeiging, scheu wie ein Tier, und so mager, daß der schwangere Leib grotesk wirkte.

»Bist du Christ?« fragte Moore.

»Den Papieren nach bin ich Lutheraner«, antwortete Simon. »Aber in Skandinavien hat das Christentum ziemlich an Bedeutung verloren.«

»Macht das irgend etwas besser?«

»Ich weiß nicht. Vielleicht sind wir dadurch handlungsfähiger.«

»Hier saßen über Jahre die Engländer. Aber meinst du, die haben etwas anderes getan, als Chinin in ihre Getränke zu mischen und die Ölleitungen bis zum Meer zu bewachen?«

Sie mieteten ein Kanu, und Simon schämte sich, als der grüne Eindollarschein den Besitzer wechselte und er erkannte, daß dies das Größte war, was diesem Sumpfaraber je widerfahren war, der so seltsam milde lächelte.

»Apropos Chinin«, nahm David das Gespräch wieder auf. »Hier gibt es auch die eine oder andere entzückende Anophelesmücke.«

»Was ist das denn?«

»Sie überträgt die Malaria.«

Es war eine eigenartige Welt, durch die sie sich vorwärts stakten, eine Welt, die schon vor Tausenden von Jahren von Menschen aus dem Lehm des Deltalandes erbaut worden war. Hier und dort standen Häuser des gleichen Typs wie auf alten sumerischen Reliefs, Schilfbündel zu Gewölben gebogen.

»Hier müßte man Bulldozer einsetzen und das Wasser ableiten, müßte wie verrückt DDT sprühen, die Kinder in Schulen schicken, Krankenhäuser bauen und den Frauen den Schleier herunterreißen«, schimpfte Moore. »Das wäre sinnvoller, als in der Wüste in alten Ruinenhaufen zu stochern.«

»Warum bist du Archäologe geworden?«

»Weil ich ein ebensolcher Spinner war wie du.«

Als sie wieder im Auto saßen und vor lauter Sand nicht reden konnten, versuchte Simon die Bilder von den Kindern zu verdrängen. Er mußte an die etwas unverständliche Frage nach seiner Religion denken, hatte Moore den Juden geahnt?

»Was hast du eigentlich für eine Religion?« fragte Simon.

»Ich«, sagte David Moore. »Ich bin ein von Herzen gläubiger Jude.«

Als sie auf der Brücke über den Euphrat fuhren, um dann in Richtung Tello nach Norden weiterzufahren, verkündete David: »Der Alte sieht deinem Kommen mit großen Erwartungen entgegen. Unser kleiner Professor aus Pennsylvania heißt Philip Peterson und glaubt vertrauensselig, daß alle verdammten Tonscherben, die wir hier finden, große Geheimnisse enthüllen werden.«

»Welche denn?« fragte Simon erschrocken.

»Na, zum Beispiel, wo die Hauptstadt von Akkad lag, dieses vielbesungene Agade. Immerhin haben wir eine Chance. Unsere liebe Gudea war doch vermutlich daran beteiligt, es dem Erdboden gleichzumachen.«

»Wohl kaum«, entgegnete Simon. »Das haben die Bergvölker getan, die Gutier.«

»Wo es um Mesopotamien geht, kann man sich nie sicher sein. Jemand setzt irgendwo in der Wüste den Spaten an, und schon verändert sich der Lauf der Geschichte.«

»Ja«, bestätigte Simon und dachte an die Bilder vom großen Krieg, die er vor seinem inneren Auge gesehen hatte, als er das erste Mal die Symphonie von Berlioz gehört hatte.

Dann waren sie am Ziel, Moore stellte vor.

»Um allen Mißverständnissen vorzubeugen«, sagte er. »Das hier ist Simon Larsson, ein Wikinger aus Schweden. Er hat London nur einige Jahre mit seiner Anwesenheit beehrt.«

Alle lachten, Peterson offensichtlich erleichtert. Er war ein stämmiger Mann um die fünfzig. Simon mochte ihn vom ersten Augenblick an.

Sie waren dabei, das Viertel der Schreiber freizulegen, es sah aus, als hätte ein verrückter Riese zertrümmerte Mauern auf den Mond geworfen. Um all die Tonscherben zu sortieren, die zutage gefördert worden waren, hatte man ein Zelt errichtet.

»Ich hoffe Sie nicht zu enttäuschen, Sir«, sagte Simon.

»Meine Güte, ich heiße Philip«, sagte der Professor. »Wie darf ich das verstehen? Du bist doch Sumerologe, Schriftexperte?«

»Ja.«

Simon bekam eine Schüssel Suppe, dicke amerikanische Suppe aus der Dose, und dann brauchte er nur noch in das Zelt zu gehen, wo die Scherben ordentlich aufgereiht lagen.

Das meiste waren Listen von Lagerbeständen, das wußten sie

schon. »Aber wer weiß«, lächelte Peterson. »Fang halt mal an, mein Sohn.« Simon konnte also nur einen kurzen Blick auf die Ruinen des Eninnu-Tempels werfen, ehe er im Zelt saß und dachte, so heiß kann's ja nicht mal in der Hölle sein.

Sie hörten erst auf und setzten sich alle zusammen, als der Himmel schwarz wurde, urplötzlich, als hätte jemand eine Lampe ausgeknipst. Peterson sah Simon hoffnungsvoll an, aber der schüttelte den Kopf: »Was ich bisher gesehen habe, ist nur das Übliche.«

Ein Mann, der beim Essen nicht dabei gewesen war, tauchte auf und grüßte: »Thackeray«, sagte er. »Engländer, Enkel des Schriftstellers. Ich bin der Arzt in diesem Cowboylager. Du hast dich hoffentlich nicht von diesem verdammten Moore im Sumpf rumschleppen lassen.«

»Hatte ich eine andere Wahl?« fragte Simon.

Thackerey stöhnte und sagte: »Ich hoffe, du bist ein Mann, der viel Glück hat. Bist du das nicht, hast du ungefähr zehn Tage Zeit.«

»Wovon sprichst du?«

»Malaria.«

Er gab Simon eine Packung Tabletten, Chinin. »Du löst morgens und abends je vier Tabletten in abgekochtem Wasser auf«, sagte der Arzt und ging.

»Es ist keine gefährliche Krankheit«, erklärte der New-Yorker Tischnachbar mit dem semmelblonden Schopf und der beruhigenden Ausstrahlung, der Blondie genannt wurde. »Aber fünf Mann hat es bisher erwischt und sie sind mit mit hohem Fieber heimgeflogen worden.«

»Das ist ja verrückt«, meinte Simon.

Der Mann am Tisch gegenüber lachte und sagte, dies sei der Ort, den ein berühmter Krieger gemeint habe, als er sagte, die Überlebenden müßten die Toten beneiden.

Nach einigen Tagen in Hitze und Sand wußte Simon, was der Mann damit gemeint hatte.

Es wurde davon, daß Simon Philip Peterson Tag für Tag enttäuschen mußte, nicht besser. Die Laune der Gruppe wurde an dem Tag besser, als Simon neue Scherben erhielt und sofort feststellen konnte, daß dies etwas anderes, weitaus Interessanteres war. Mit klopfendem Herzen übersetzte er, Philip Peterson hing an seinen Lippen: ›Er kappte die Enden der Schnüre an Peitschen und Gerten, ersetzte sie durch Wolle von Mutterschafen. Die Mutter rügte ihr Kind nicht, das Kind widersetzte sich der Mutter nicht, niemand lehnte sich auf gegen Gudea, den guten Hirten, der Eninnu erbaute.‹

Fast gleichzeitig erkannten sie alle den Text auf den berühmten Zylindern im Louvre wieder. Was sie gefunden hatten, waren Kopien oder möglicherweise Entwürfe.

Peterson war untröstlich.

Zweimal erklomm Simon die Mauern des Tempels, gewaltige tote Ruinenhaufen. Stumm, ohne ein Lebenszeichen, kein zu erahnendes Flüstern Gudeas.

Simon wußte nicht recht, was er erwartet hatte, aber seine Enttäuschung war ebensogroß wie die Petersons.

Spät am Abend des zehnten Tages, Simon war allein in seinem Zelt, überkam ihn der erste Schüttelfrost. Er wußte, daß er jetzt nur noch eine Stunde Zeit hatte, bis das Fieber ihn ganz in seiner Gewalt haben würde, und da rannte er zu der Ruine, kletterte die Mauer hinauf bis zur Krone.

Es war eine Mondnacht.

»Gudea«, sagte er. »Um des barmherzigen Gottes willen.«

Er fror, daß die Zähne aufeinanderschlugen, aber er bekam, was er wollte. Es stand ein Mann auf der Mauer und erwartete ihn.

39

Das rätselhafte Lächeln war nur zu ahnen, es war vor allem die Andeutung der milden Weisheit und deren Verstärkung in den halbmondförmigen Augen, die hervorstach.

Als Simon die Frage stellte, über die er seit seiner Kindheit nachgegrübelt hatte: »Was tust du in meinem Leben?«, wurde das Lächeln breiter, wuchs sich zu einem Lachen aus, das zwischen den Mauern erklang und von einem Echo vervielfältigt wurde. Simon fühlte, wie das Fieber seinen Körper eroberte und wollte vor Wut und Verzweiflung schreien, denn er war jetzt doch schon ganz nah, fast angekommen bei der Antwort auf das Rätsel, mit dem er sich sein Leben lang beschäftigt hatte, das er wegen dieser verdammten Malaria aber nicht würde lösen können, der er sich nicht mehr widersetzen konnte, und die bald sein Bewußtsein trüben würde.

Er fühlte, wie er fiel, fühlte daß er sich während des Falls entlang der Mauer verletzte und auf einem Vorsprung liegenblieb, wo der Wüstenwind das Fieber kühlte, den Schmerz im Bein aber ins Unerträgliche steigerte.

Im nächsten Augenblick streckte Gudea seine Hand aus, Simon faßte sie, eine kleine Hand mit auffallend festem Druck. Leicht, als wäre er eine Daunenfeder, hob die Hand ihn über die Mauerkrone, und im selben Augenblick stand der Tempel wiedererrichtet vor seinen Augen.

Die goldenen Stiere bekleideten die Wände zwischen den Säulen auf dem großen Platz, und die Zikkurate verliefen himmelwärts, gleichzeitig schwer und leicht, ein gewaltiges Zeugnis der Vereinigung des Menschen mit Gott.

Es war hell, die Sonne überflutete den Tempel, als wäre er eine ganze Stadt, verlieh all diesem Großartigen Glanz, löste Reflexe in blauem Lazulith, schwarzem Diorit, weißem Alabaster aus. Aber vor allem in dem vielen Gold, das Dächer und Wände bekleidete, diesem warm schimmernden Gold.

Simon war sich entfernt bewußt, daß jenseits der Mauern Nacht herrschte wie schon vorher in der Wüste, und daß Steven Thackeray, der Enkel des Schriftstellers, Simons Körper fand, Leute und Bahre herbeiholte, das gebrochene Bein schiente und alles tat, was zu tun war. Doch Simon vergaß Dunkelheit und Wirklichkeit über den schwindelerregenden Gesichten dort in der Tempelstadt, und dies vor allem wegen des Mannes, den es schon in seinen Träumen gegeben hatte, und dessen geheimnisvolle Liebe Simons Sinne jetzt erfüllte.

»Wie hat die Sprache geklungen, die das Leben zurückgab?« Gudea lächelte dieses kaum zu ahnende Lächeln, und Simon glaubte zu erkennen, daß darin jetzt ein Anflug von Trauer lag.

»Es ist nicht so, wie du glaubst«, sagte er. »Es ging nicht um die sumerische Sprache an sich, sondern um etwas viel Größeres. Das Sumerische gab es ja in Schriften und Gebeten, aber meine Träume drehten sich um den Ursprung. Es gab eine uralte Sprache, die älteste der Menschheit, in der mit Tieren und Bäumen gesprochen werden konnte, mit Himmel und Wasser.«

Gudea seufzte, und es bestand kein Zweifel mehr, es lag Trauer in seinem Lächeln, als er fortfuhr: »In dem gesprochenen Sumerisch, in der Sprache des Volkes, gab es noch Reste der ersten Sprache. Ich dachte, ich besäße den Schlüssel dazu, könnte sie erschließen und die Verbindung wieder herstellen. Aber es war zu spät, der Weg zu der großen Wirklichkeit war versperrt, und unsere Lieder konnten ihn nicht wieder öffnen. Die sumerische Sprache hatte ihre Macht verloren, sie mußte beim Akkad Wörter und Ausdrücke entlehnen, die wir in alten Zeiten nicht brauchten, als alles noch einfach und heil war.«

Er fügte hinzu: »Es war vielleicht der letzte große Versuch, der auf der Erde unternommen wurde, um den Menschen wieder Anteil haben zu lassen.«

Doch dann lachte er: »Jetzt gibt sich der alte Gott mit jedem Kind, das geboren wird, doch noch Mühe und versucht, die Ganzheit wieder herzustellen. Am Anfang eines jeden Lebens kann sich der Mensch noch immer mit allem, was lebt, verständigen, auch mit den Flüssen und dem Himmel. Doch dann geht das meiste verloren.«

Gudea streckte die Hand aus, und auf dem großen Platz wuchsen die Eichen, Simons Eichen aus dem Land seiner Kindheit, und vor ihnen stand ein kleiner Junge mit zornig flammenden Augen und schrie seinen Abschied heraus, nahm Maß, beurteilte, bewertete und benannte die Bäume.

Simon schrie vor Schmerz und irgendwo stach man eine Nadel in seinen Arm und die wilde Qual wich.

»Du beginnst ja doch zu erkennen«, sagte Gudea, »daß, wer beurteilt, die Wirklichkeit verliert, und daß, wo immer ein Urteil gefällt wird, sich die Ganzheit entzieht.«

Dann nahm er Simon bei der Hand: »Wir müssen unsere Wanderung mit einem Gruß an den Gott beginnen, der in unseren Herzen wohnt und der nie in seinem Bestreben ermüdet, die Verbindung wieder herzustellen.«

Simon sah, daß die Trauer jetzt aus Gudeas Gesicht gewichen war, und daß die Halbmondaugen voll Zuversicht waren.

Sie gingen am Fuß des Turmes in den Tempel, und Simon erschrak vor der Größe und der Kraft des Raumes. Doch als er seinen Blick dem Gott zuwandte, der sie ganz vorn in der Halle erwartete, hielt Gudea ihn zurück.

»Keiner kann ihn ansehen, ohne vernichtet zu werden. Ihn darfst du nur in deinem eigenen Herzen schauen, in dem Tempel, in dem er immer auf dich wartet, und der grenzenlos ist.«

Dann fielen sie beide auf die Knie, Seite an Seite, und die Welt verging, sowohl die große Wüste rund um die Ruinen, als auch der goldene Tempel in der Sonne. Simon verharrte, bis Gudea ihm die

Hand auf die Schulter legte, eine leichte Berührung voll Zärtlichkeit, die Simon wiedererkannte.

»Jetzt wirst du Nin-alla, die Tochter des Ur-Babu, begrüßen, die die Oberste Priesterin des Mondgottes und meine Gemahlin ist.«

Simon folgte Gudea, der einen Kopf kleiner war als er, die breite Treppe der Zikkurate hinauf zur ersten Ebene, von wo er die leuchtende Tempelstadt überblicken und hinaus in die Dunkelheit schauen konnte, die sich schwarz hinter den Mauern türmte.

Doch Gudea führte ihn noch hundert Stufen weiter, bis sie an der Spitze den Tempel des Mondgottes erreichten, hoch oben, als schwebe er über dem Erdboden.

»Die Priesterin schläft und darf erst beim nächsten Entfachen wieder geweckt werden«, sagte Gudea. »Sie braucht all ihre Kräfte, um das Silberschiff über den Himmel zu lenken.«

Simon verneigte sich vor der Schlafenden, die er kannte, gut kannte, und deren rotes Haar zu einem schönen Kranz um die hohe Stirn geflochten war.

Auf dem Weg die Treppen hinunter hörten sie Geigenspiel, eine Melodie von wilder Schönheit, und Gudea sagte: »Ja, du mußt unserem Geigenspieler lauschen, den du selbst wie den Wind jagst, dem du jedoch nie begegnen wirst.«

Und da wußte Simon, daß es Habermann war, der da spielte, und er lief dem Klang nach, doch der Geiger trieb Spott mit ihm, verschwand zwischen den Säulen des großen Palastes. Nur ein einziges Mal, für einen kurzen Augenblick, bekam er den Rücken des Spielmanns zu sehen, und er war ganz so, wie Simon ihn aus seinem Traum kannte, scheu, ausweichend.

Jetzt bin ich verloren, dachte Simon. Ich finde nie aus diesem Palast ohne Anfang und Ende heraus. Und er schrie seine Furcht hinaus, und im selben Moment beugte sich der lange Aron Äppelgren über ihn, genau wie es zu sein hatte, und er wurde auf das Fahrrad gehoben.

Sie gingen wie immer zu Hause über die Wiesen, und Aron machte alle Vogelstimmen nach und ärgerte die großen Möwen, und Simon lachte wie damals als Kind und machte in die Hose wie damals, als er noch klein war.

Dann fiel ihm ein, wo er war und er rief: »Gudea!«

»Aber ich bin doch immer hier«, sagte die sanfte Stimme in seiner Nähe, und Simon wußte, daß es wahr war und daß es nichts zu fürchten gab.

Jetzt standen sie in einem Beduinenzelt, der schwarze Stoff fraß das Licht auf und es dauerte eine Weile, bis Simons Augen sich soweit an die Dunkelheit gewöhnt hatten, daß er die Frau sah, die sich in der Mitte des Zeltes vor ihnen verneigte.

»Ich war kinderlos«, sagte sie. »Das ist in unserem Volk schlimmer als der Tod. Du wirst also meine Freude verstehen, als Ke-Ba, die Priesterin, eines Nachts kam und mich bat, mich des Jungen anzunehmen, den sie heimlich geboren hatte.«

»Du weißt ja«, fuhr sie fort. »Weißt, daß die Priesterin des Gatumdu nicht schwanger werden kann, daß ihr Schoß vielen Männern dient und den Auserwählten große Wollust bereitet, daß der Same aber der Göttin gehört und im Leib der Priesterin nicht wachsen kann.«

»Als Ke-Ba schwanger wurde, wußte sie also, daß das Kind dem Gott gehörte, und wagte nie, es Akkads Priestern zu sagen, die das heilige Kind vernichtet hätten.«

Simon nickte und sie fuhr fort: »Darum durfte Gudea hier bei mir aufwachsen, und er schenkte meinem Leben Wert und wurde zum Segen für sein ganzes Volk.«

Simon sah die Frau lange an, es gab auch bei ihr etwas, das er wiedererkannte.

Aber erst beim Abschied, als er bemerkte, daß die Wände des Zeltes dem großen nordischen Wald wichen, erkannte er, daß es Inga war, die zu ihm gesprochen hatte, und daß da der lange See war, blau und kühl in der endlosen Wüste.

Aber schon waren sie wieder in der Tempelstadt und Gudea sagte, ich möchte auch, daß du meine Mutter, die große Ke-Ba kennenlernst.

Und er führte Simon in ein weiteres goldenes Gemach mit leuchtend blauen Wänden und einer goldenen Decke.

Eine Frau wartete in der Mitte des Raumes.

»Ich lasse euch allein«, sagte Gudea.

Und Ke-Ba, die das Kind geboren hatte, es aber nicht hatte behalten dürfen, wandte sich langsam um, braune Augen voll Wärme begegneten seinem Blick.

»Mama«, sagte er. »Karin, geliebte Mama.«

Sie lächelte ihr altes breites Lächeln und er dachte, Gott, guter Gott, ich habe vergessen, wie schön sie ist, und er erkannte jeden Ton in der festen Stimme, als sie sagte: »Simon, mein Junge.«

Sie standen einfach da und hielten einander bei der Hand und die gemeinsame Freude war so groß, daß sie die Wände des Raumes sprengte. Dann sagte Karin mit all der alten eindringlichen Kraft in den Worten: »Ich mag diese Schuld nicht, mit der du dich abquälst. Du warst mir im Haus am Fluß jeden Tag eine Freude. Nichts, was du getan hast, hörst du, hätte anders sein dürfen.«

»Mama!« rief er. »Warum bist du gestorben?«

»Ich hatte beschlossen zu gehen, sobald mein Teil vollbracht war, Simon. Es war ein gutes Leben, aber ich wollte nicht als alter Mensch im Weg stehen.«

Er öffnete den Mund, um zu widersprechen, sie sah es und lachte: »Ich scherze, Simon. Da war etwas, das du nicht wußtest.«

Sie erzählte ihm von Petter und den Seidenschwänzen, und er erkannte nun endlich die Quelle der Trauer im ihrem Herzen.

»Das Leben ist groß, Simon«, sagte sie. »Viel größer als wir ahnen.«

Er schaute sich um und die Unendlichkeit der Ebene traf auf die des Meeres, und hinter Karin lagen die Wälder, die tiefen Wälder, und über ihnen ein Himmel ohne Ende.

Doch dann überkam Karin Unruhe, und sie sagte, wie sie es all die Jahre getan hatte, Simon, es ist höchste Zeit, du mußt dich beeilen.

»Lauf«, drängte sie und hängte ihm den Rucksack mit den Schulbüchern über die Schultern. »Du kommst noch rechtzeitig«, versicherte sie. »Los geht's im Sauseschritt!«

Er nickte, er war sicher, sie sorgte für ihn, wie sie es immer getan hatte. Er würde rechtzeitig an Ort und Stelle sein.

Aber er drehte sich an der Küchentür um, wie immer, und sie stand, wie es zu sein hatte, am Herd und sagte lachend: »Beeil dich, mein Junge.«

40

Und er war rechtzeitig dort und schlug an einem normalen schwedischen Nachmittag die Augen in einem grauen Krankenhauszimmer auf und hörte Stimmen vor der Tür, beglückende schwedische Stimmen.

Ich bin zu Hause, dachte er, und eigentlich war er gar nicht erstaunt, denn irgendwo gab es ja auch hinter Spritzen und Bahren, Flugzeugen und weißen Kitteln ein Bewußtsein, Klaras Gesicht über ihn gebeugt, ihre kühlen Hände, die das Kissen umgedreht und seine Stirn getrocknet hatten, Ruben mit besorgtem Blick, Erik voll Angst.

Simon war traurig, er wollte nicht zurück in die Wirklichkeit, die so viele Menschen für die einzige hielten.

Karin hat mich betrogen, dachte er.

Aber im selben Augenblick wußte er, daß sie getan hatte, was sie hatte tun müssen.

Nach einer Weile wurde ihm klar, daß die Stimmen vor der Tür über ihn sprachen.

»Das kann so nicht weitergehen. Es scheint ein Zustand der Verwirrung zu sein, der mit der Malaria nichts zu tun hat«, sagte eine junge Stimme.

»Gehirnerschütterung und Fieber, das erklärt alles.«

Er war eine ältere Stimme, die fortfuhr: »Seine Angehörigen haben doch versichert, daß er psychisch stabil ist, kein neurotischer Typ. Und seine Frau ist selbst vom Fach und keineswegs beunruhigt.«

»Aber er halluziniert seit vierzehn Tagen, auch zwischen den Fieberanfällen, wo er eigentlich ruhig hätte sein müssen.«

Das war wieder die junge Stimme, und Simon verabscheute sie.

Er hatte keine Angst, aber er ahnte Gefahr, und er hatte Zeit zum Nachdenken, denn die Stimmen entfernten sich jetzt. Ich muß den Bildern standhalten, ihnen nicht mehr nachgeben, dachte Simon.

Los geht's im Sauseschritt.

Im nächsten Augenblick wurde ihm bewußt, daß eines seiner Beine eingegipst war, und vage konnte er sich daran erinnern, daß er es sich beim Fall von der Mauer gebrochen hatte.

Er versuchte zu schlafen, die Bilder kamen, aber er trieb sie in die Flucht und wachte auf, bevor er noch mitten in ihrem Fluß war. Es gab eine Klingel neben dem Bett, er läutete, eine Nachtschwester kam.

»Könnte ich eine Schlaftablette bekommen«, bat er. »Ich kann nicht einschlafen.«

Er sah ihre Verwunderung, dann kam ein abgehetzter diensthabender Arzt und fühlte ihm den Puls, ordnete an, den Tropf am Arm zu entfernen und dem Patienten einen Becher Brei zu verabreichen.

»Willkommen in der Wirklichkeit!« sagte der Arzt und war schon wieder verschwunden. Simon lächelte.

Und schluckte seinen Brei und nahm seine Tablette, verbrachte eine traumlose Nacht in ausgiebiger, schwarzer Ruhe.

Am nächsten Morgen war der Stationsarzt da, der Mann mit der jungen Stimme, und Simon stellte fest, daß sie einander kannten, Studienkollegen gewesen waren. »Hallo, wie geht's dir?«

»Doch, danke, halt müde.«

Per Andersson sah sich die Fieberkurve an, die nach unten zeigte, fühlte den Puls, horchte das Herz ab, und Simon verstand, daß das alles nur die Neugier des Arztes vertuschen sollte.

Er sprach eine Weile über die Malaria, daß die Besserung jetzt schnell fortschreiten werde, und daß das Bein heilte, wie es sollte.

»Du mußt so schnell wie möglich mit einem Training anfangen. Möglichst schon heute«, sagte er.

Dann mußte er gehen. An der Tür drehte er sich aber noch einmal um. Er konnte seine Neugier nicht mehr zügeln: »Wer ist Gudea?«

»Ein sumerischer König, einer der letzten.«

»Und was ist so besonders an ihm?«

»Nun, er hat einen großen Tempel gebaut und versucht, die sumerische Sprache wieder zu beleben, die schon fast vergessen war. Sein Name bedeutet ›Der Gerufene‹. Aber warum, zum Teufel, interessiert er dich?«

»Du phantasierst seit fast vierzehn Tagen von ihm.«

»Ach so?« sagte Simon und seine Verwunderung verlieh den Worten Inhalt. »Aber vielleicht ist das gar nicht so komisch«, überlegte er. »Ich schreibe meine Dissertation über ihn, und ich hatte ja hohes Fieber.«

»Wir haben das schon komisch gefunden, lange andauernde Halluzinationen gehören nicht zum Krankheitsbild.«

»Ach so«, sagte Simon wieder.

»Ich habe schon gedacht, du bist besessen«, sagte Per Andersson lachend.

»Besessen«, sagte Simon, und jetzt war seine Verwunderung echt. »Glaubt die ärztliche Wissenschaft an sowas?«

»Es gibt viel zwischen Himmel und Erde«, antwortete der Arzt und verschwand. Er wirkte fast enttäuscht.

Simon blieb im Bett liegen und dachte, daß er es geschafft hatte, daß er es wohl in Zukunft auch schaffen werde. Aber der Sieg brachte ihm keine Genugtuung, er verspürte kaum Freude.

Klara kam und, ja, er freute sich, als er sie sah.

»Du kannst einen ganz schön erschrecken, Simon«, sagte sie leise.

»Das wollte ich nicht«, erwiderte er.

»Bist du ihm begegnet, deinem Gudea?«

»Ja, zumindest in den Träumen«, sagte Simon und fürchtete, Klara könnte von Jungschen Archetypen anfangen oder von irgend etwas anderem Ermüdendem, gegen das sich zu wehren er nicht die Kraft hatte.

Doch sie saß nur bei ihm und hielt seine Hand während er einschlief.

Am dritten Tag mußte sie fragen: »Er hat dir doch hoffentlich nicht den Lebenswillen genommen, Simon?«

Da sah er, daß sie weinte, aber er konnte ihr nicht erzählen, daß es nicht um Gudea ging, sondern um Karin, die ihn dazu gebracht hatte, aus der Küche zu laufen.

Erik kam kurz zu Besuch, erkannte aber, daß Simon sogar zum Sprechen zu müde war, blieb also nur mit feuchten Augen neben ihm sitzen: »Ich habe mir so verdammte Sorgen gemacht.«

»Das war nicht nötig, Papa. Du hast mir ja beigebracht, wie man kämpft.«

Sie konnten sogar ein bißchen lachen.

Ruben kam mit Blumen und Büchern, er hatte die Kleine dabei, Malin, und es tat gut, sie zu sehen.

Im Korridor sprachen sie davon, Antidepressiva einzusetzen, aber Klara lehnte ab.

»Er schafft es ohne, er braucht nur Zeit«, sagte sie, aber Simon wußte, daß sie sich Sorgen machte.

Ein paar Tage später sagte Per Andersson, der Stationsarzt: »Wir kriegen einen Engländer, einen Lord Sowieso, der auf Malaria spezialisiert ist.«

Bei der Visite am nächsten Tag waren mehr Leute anwesend als gewöhnlich, es wimmelte nur so von weißen Kitteln. An der Seite des Chefarztes stand ein kleiner Mann, der The Queen's English sprach.

Per Andersson erstattete in etwas holprigem Englisch Bericht über den Fall: »Wir haben uns einige Zeit Sorgen um den Patienten gemacht, er hat mehrere Tage fast ununterbrochen halluziniert.«

»Das kommt manchmal vor«, sagte der Lord. »Excuse me.« Er zog Simons Augenlid hoch und leuchtete mit geübter Geste einen Augenblick mit einem Lämpchen in die Pupille.

»Keine Anzeichen von Dauerschäden«, sagte er und ersah aus dem Krankenblatt, daß es sich hier vermutlich außerdem um eine fieberhafte Gehirnerschütterung handelte.

Ein Zucken durchlief Simon, sein ganzes Wesen sammelte sich, als er die Hand erkannte, die Berührung. Er starrte die kurzen Finger an, wagte den Blick dem Gesicht entgegenzuheben und sah in die Augen mit dem geheimnisvollen Lächeln.

Ich bin verrückt, dachte Simon.

Alarmglocken läuteten, sei auf der Hut, paß verdammt noch mal auf!

Doch als die ganze Gruppe gehen wollte, besiegte Simons Bedürfnis, noch etwas mehr zu erfahren, seine Angst, und er fragte: »Entschuldigen Sie, Sir. Sind wir einander nicht schon begegnet?«

Sein Englisch war fast ebenso nasal wie das des Lords, er hatte nicht vergeblich vier Jahre an der London University studiert. Er wußte, daß seine Stimme fest war.

Der Engländer drehte sich auf dem Absatz um und ging an das Bett zurück, schaute Simon und dann die Fieberkurve mit dem Namen an und sagte überaus erstaunt und fast heiter: »Simon Larsson, natürlich. Ich erinnre mich sehr gut an den Morgen in Ohmberg.«

Ohmberg, sagte er, es war nicht anzunehmen, daß die Herumstehenden den Namen in der Geographie orten konnten, aber alle wirkten überrascht, und der Chefarzt sagte, wie es in solchen Fällen üblich ist, daß die Welt klein sei.

Simon fühlte das Lachen in sich aufsteigen, direkt aus dem Bauch, und er fragte: »Glauben Sie immer noch, daß die Riesen ihre Unterhosen im Vättersee waschen, Sir?«

»Of course«, nickte der Lord mit glitzernden Augen, und das Lachen sprang aus Simons Körper heraus und explodierte im Raum. Es war so gewaltig, daß Simon dachte, es halle, wie schon einmal, bestimmt in Königin Ommas Burg wider.

Alle lachten, die meisten unsicher, und manche dachten, dieser typisch englische Humor sei in all seiner Unbegreiflichkeit einfach unwiderstehlich.

Aber der Lord wandte sich an seine Kollegen und sagte bedauernd: »Sie müssen wissen, ich verbrachte einen ganzen Tag mit diesem jungen Archäologen, um ihm in jeder nur möglichen Weise klarzumachen, wo in der Welt er nach der Halle des Bergkönigs zu suchen habe. Aber denken Sie, er hat auf mich gehört? Nein, er mußte auf kürzestem Weg in die Malariasümpfe des Irak und in die Ruinenhaufen von Lagash.«

Alle nickten, keiner begriff, das Lächeln wurde immer angestrengter, aber Simon ließ nicht locker: »Wie geht es Ihren Kindern, Sir?«

»Ich hatte einigen Kummer mit einem meiner Söhne, aber das ist jetzt so gut wie vorbei«, antwortete der Lord. »Und dann habe ich noch ein Töchterchen dazubekommen.«

»Ich gratuliere.«

»Danke.«

Die kurze Hand des Lords lag auf Simons Schulter, sie verströmte Kraft, und er sagte: »Wir sehen uns wieder, Simon Larsson.«

Und weg war er, aber im Zimmer zurück blieb seine Freude und eine große Sicherheit, die in Simons Herzen Wurzeln schlug, mitten in der Halle des Bergkönigs.

Er wurde erstaunlich schnell gesund, aß wie ein Löwe, schlief wie ein unschuldiges Kind mit sanften und freundlichen Träumen.

Klara kam am Tag seiner Entlassung, um ihn abzuholen.

Draußen stand sein Wagen, der rote VW, der aus London mit dem Schiff herübergebracht worden war.

»Ich werde fahren, wenn dir dein Bein Schwierigkeiten macht«, bot Klara an.

»Tu das nur.«

Es machte Freude, die Welt zu betrachten, die voller Erlebnisse war, voller Wirklichkeiten, sie zu genießen. Im Haus an der Flußmündung erwarteten ihn die andern, er nahm Malin in seine Arme und flüsterte: »Ich kann dir Grüße von Karin bestellen.«

Sie nickte, nicht im geringsten erstaunt.

Der gedeckte Tisch wartete bei Mona und Isak, Simon humpelte durch den großen Garten und sah, daß der Frühling schon am Werk war. In aller Bescheidenheit hatten die Leberblümchen ausgeschlagen und wetteiferten unter den Eschen in ihrer Bläue mit den Traubenhyazinthen.

Als sie sich an den Tisch setzten und die Gläser erhoben, sagte Simon: »Wir stoßen auf Karin an, auf die Erinnerung an sie.«

Und das taten sie auch, und Simon fühlte, daß die Trauer ihren Schmerz jetzt verloren hatte. Bei ihnen allen.

In der Dämmerung ging Simon den Hügel hinauf und über die Wiese zu den Eichen der Kindheit – um seinen Bund mit ihnen zu erneuern.

Band 2

INGE UND MIRA

Mein besonderer Dank gilt Luisa, die mir Farben und Düfte, Gedanken und Erinnerungen an jenes Chile zu vermitteln vermochte, das sie einmal verlassen hat – und die mir auch den Reichtum meines Landes Schweden vor Augen führen konnte, indem sie sich und ihren Kindern dort eine neue Existenz schuf.

Es ist aber nicht ihr Leben, das ich hier schildere. Ich habe einen Roman geschrieben und somit der Phantasie keine Grenzen gesetzt. Meine Absicht ist es, die Anstrengungen und Bemühungen der Einwanderer aufzuzeigen, die ein neues Land mit andersartigem Lebensstil, ungewohnten Denkweisen zu dem ihren machen wollen.

Vorwort

Dies ist die Geschichte von zwei Frauen, die Freundinnen wurden.

Wo es um Erfahrungen geht, liegen Ozeane zwischen den beiden.

Das Erbe der einen ist das lange Winterdunkel, das der anderen Sonnenschein. Gott selbst trennt sie. Die eine glaubt an die Vernunft und braucht keinen Gott, die andere hält täglich Zwiesprache mit Dem Herrn.

Und doch gleichen sie sich in vielem, sie sind beide geschieden und haben ihre Kinder alleine großgezogen. Und ihr eigentlicher Lebensinhalt ist die unnötige Sorge um die inzwischen erwachsenen Kinder.

Sie sind gleich alt, schon fast fünfzig, haben ihre Falten gezählt und erkannt, dass es langsam bergab geht.

Dass sie sterblich sind. Und dass deshalb die eine wie die andere bei sich selbst Vergebung finden muss.

Die Winterfrau führt ein Tagebuch. Manchmal meint sie, hier Dinge aussprechen zu dürfen, die sie nie zu sagen gewagt hat. Aber das stimmt nicht. Sie hat nie ein Blatt vor den Mund genommen.

Vielleicht ist sie auf der Suche nach einem Lebensmuster.

Auf das Vorsatzblatt hat sie geschrieben: »Woher kommt dieses Verlangen, ein Leben widerzuspiegeln, das auch das Leben so vieler anderer Frauen war? Will ich die Rückseite des Spiegels erkunden?«

Sie findet nur selten Antworten, füllt aber weiterhin Seite um Seite. Mit den kleinen täglichen Ereignissen und den großen Fragen des Daseins.

Am 28. März 1988 schreibt sie: »Heute regnet es, der Schnee weicht Fleck für Fleck. Bilde ich es mir ein, oder steigt wirklich ein Duft von Frühling aus der schwarzen Erde?«

Ganz unten auf der Seite steht: »Was eigentlich wird verletzt, wenn man verletzt wird?«

Die andere, die Sonnenfrau, schreibt kein Tagebuch, obwohl ihr sogar zwei Sprachen geläufig sind. Sie denkt spanisch und flucht auf Schwedisch. Sie würde sich aber nie die Frage stellen, wie Verletzung sich äußert. Sie weiß es, und zwar ganz genau. Und bei dem Gedanken daran steigt jedes Mal die Wut in ihr hoch.

Einige Menschen sind für sie gestorben. Auch Unersetzliche.

Sie hat sie aus ihrem Leben verbannt. Sie haben mit dem neuen Land nichts zu tun.

Ihre Einstellung zu Schweden ist ebenso gespalten wie das Verhältnis zu ihrem Heimatland: Sie hasst es und sehnt sich danach.

Die großen Wahrheiten interessieren sie nicht. Ihr Dasein war immer mit der Notwendigkeit erfüllt, zu überleben.

Das Aufallendste an ihrem Gesicht sind die unersättlichen Augen. Dieser Appetit schenkt ihr große Freude.

Trotzdem weiß sie besser als viele andere, dass Freude und Angst mit dem Tod verknüpft sind. Und dass deshalb jede Entscheidung wichtig ist.

Sie spricht Abend für Abend mit Gott.

Aber sie weiß nicht sicher, ob sie an ihn glaubt.

1

Wir lernen einander in der Gärtnerei kennen.

Zwischen uns steht ein Tisch auf Rädern, drei Meter breit und sicher acht Meter lang. Er ist bedeckt mit Tausenden Stiefmütterchen, einem wogenden Meer von gelb gestreiftem Blau und Violett, wie Sonnengeglitzer auf Wasser.

Sie steht mir gegenüber. Ihr Gesicht spiegelt meine eigene Freude wider, und ich zeige mit gestrecktem Arm auf die Blumen und sage, das sei unglaublich. Sie antwortet mit einem blendend weißen Lächeln, sagt, dass fast nichts auf der Welt solche Lebensfreude vermittle wie Blumen.

»Höchstens kleine Kinder«, fügt sie hinzu.

Ich kann mir ihre Worte nicht ganz erklären, obwohl sie gut schwedisch spricht. Allerdings mit einem kleinen Akzent, und nun sehe ich, dass sie eine Einwanderin ist, vermutlich Chilenin.

»Der Gedanke ist mir noch nie gekommen«, sage ich. »Aber ich glaube, du hast Recht.«

Dann hören wir den Wind am Dach des hohen Gewächshauses klappern und sind uns einig, dass es noch zu früh ist, Stiefmütterchen zu pflanzen. Es friert noch jede Nacht.

»Und dann dieser Wind«, sagt sie.

Wir wickeln uns fester in unsere Jacken und gehen geduckt zwischen den Glashäusern zum Laden.

»Ich heiße Ingegerd«, sage ich. »Meistens nennt man mich Inge.«

»Ich heiße Edermira, aber hier in Schweden wird es zu Mira.«
Wir nicken zustimmend. Ich bin neugierig auf sie.

Kurz darauf spricht sie schnell und lebhaft mit dem Mädchen hinter dem Ladentisch, fragt nach Zwiebeln für … Jetzt muss sie innehalten, schließt einen Moment lang die Augen und nennt einen Namen. Spanisch.

Das Mädchen verzieht die Mundwinkel zu einem unsicheren und gleichzeitig verächtlichen Lächeln. Dann lacht sie auf, zuckt mit den Schultern und wendet sich an mich: »Verstehst du, was sie sagt?«

Ich antworte verlegen und schamrot: »Sie fragt nach dieser blauen afrikanischen Lilie.«

Ich versuche Miras Blick einzufangen und sage: »Diese Gärtnerei ist auf Tulpenzwiebeln spezialisiert. Komm, gehen wir.«

Aber meine Stimme versagt, als ich ihren Zorn sehe, blauschwarzen Zorn mit rotem Einschlag, wie entfesselte Elektrizität, die alles an ihr zum Knistern bringt. Ich beginne zu ahnen, welche Energien in ihr schlummern.

Wir gehen. Kämpfen gegen den Wind an, der durch Jacken und Wollpullover dringt.

Ich friere.

Mira scheint die Kälte nichts auszumachen.

Unten am Strand blinzelt die Sonne durchs Grau. Wir finden eine windgeschützte Klippe und wenden die Gesichter dem Licht zu. Ich möchte ihr so vieles sagen, wie sehr ich mich schäme, und dass es bei allen Völkern dumme Menschen gibt, und dass das Gärtnermädchen nur einfältig, aber nicht boshaft ist.

Befangen, fällt mir dazu ein.

Aber ich schweige, es sind ja alles nur Worthülsen, die weder Samen tragen noch Spuren hinterlassen. Ein Gefühl von Hilflosigkeit rumort in meinem Bauch: Nichts kann zurechtgerückt werden.

Impulsiv lege ich Mira den Arm um die Schultern, weiß aber sofort, dass ihr das zu viel ist. Also ziehe ich ihn zurück und zeige in den Himmel: »Siehst du die Möwen? Die sind auf der Jagd nach Regenwürmern. In meinem Rasen.«

Aber das interessiert Mira nicht. Sie sagt: »Ich bin so höllisch auf meine Würde bedacht.«

Jetzt kreischt die Möwenschar über unseren Köpfen, und ich muss schreien, um mir Gehör zu verschaffen: »Das bin ich auch. Ich glaube, es ist eine Alterserscheinung.«

Dann schweige ich, schäme mich wieder, füge hinzu: »Klar gibt es Unterschiede …«

»Ja. Ich denke, Ihnen wird überall Respekt entgegengebracht.«

Eine Antwort erübrigt sich.

Der Sonne gelingt das Unmögliche, sie bricht den Himmel auf und färbt ihn violett.

Auch die See färbt sich bläulich.

Wir lächeln einander zu, ich sehe, dass der Schimmer auf der honigfarbenen Haut wieder da ist. Und dass die hübsche Kurzhaarfrisur sich wieder zurechtlegt.

»Im Herbst war ich auf Madeira«, sage ich. »Im November, wenn es hier am unerträglichsten ist. Im Bazar von Funchal habe ich mir zehn Knollen Agapanthus africanus gekauft. Sie stehen in Töpfen in meinem Glashaus, und mindestens drei haben schon grüne Triebe. Komm mit und such dir zwei davon aus.«

Dann erschrecke ich, weil das vielleicht zu großspurig geklungen hat, und füge hinzu: »Du musst wissen, ich habe nur ein Reihenhaus mit einem kleinen Garten. Dort ist nicht genügend Platz für weitere zehn Töpfe. Und diese Afrikaner wachsen sich ja zu richtigen Büschen aus.«

Jetzt können wir endlich lachen.

Wir stehen auf und setzen unseren Weg am Strand entlang fort. Sie geht schnell, macht lange Schritte, zielstrebig.

Ich bleibe zurück, rufe: »Nicht so schnell!«

Sie bleibt stehen und wartet auf mich, kichert entschuldigend.

»Hast du aber eine Kondition«, sage ich.

Später sollte ich lernen, dass die langen Schritte ihre natürliche Gangart sind. Sie rennt auch in geschlossenen Räumen, auf Treppen, über den Rasen wie ein Hürdenläufer.

»Ich habe immer solchen Tatendrang«, sagt sie.

Dann ist der Uferpfad zu Ende und geht in eine Villenstraße über. Ich bleibe stehen, schaue auf die weite Wasserfläche hinaus, sage: »Ich bin am Meer geboren. Es zieht mich an, manchmal habe ich das Gefühl, es ist ein Teil meiner selbst. Ich empfinde eine Art Verwandtschaft.«

Jetzt werde ich verlegen, aber sie hört voller Ernst zu, nickt, als verstünde sie es: »Ich bin auch am Wasser aufgewachsen. Es war ein Fluss. Als Kind bin ich immer heimlich ans Ufer gegangen. Obwohl es mir verboten war.«

Ihr Blick verliert sich in Erinnerungen, und ich sehe zum ersten Mal, dass ihre Augen nicht so braun sind, wie ich dachte, dass sie einen grünen Schimmer haben.

»Ich liebte den Gedanken, dass der Rio Mapocho aus den Bergen kommt, dass er sich auf den Andengipfeln durch den Schnee bricht. Den Steilhängen verdankt er seine Schnelligkeit, und er wächst zu einem mächtigen Strom heran. Oben in den Bergen ist der Fluss rein und das Wasser klar.«

Sie schweigt eine Weile, das Gesicht verschließt sich.

»Aber dann fließt der Rio Mapocho durch die Stadt Santiago und muss tonnenweise Dreck mitnehmen. Wenn er den Vorort erreicht, in dem ich aufgewachsen bin, ist er braun und träge geworden.«

Ich nicke und sage, dass auch meine Gewässer verschmutzt sind, dass die ganze Ostsee verunreinigt ist und dass es auf den Meeresböden angeblich kein Leben mehr gibt.

»O lieber Gott«, sagt sie. Aber ihre Stimme klingt eher ironisch und ich schweige.

Wir schweigen noch immer, als wir das letzte Stück bis zu meinem Haus zurücklegen und sie ihre Schritte den meinen anzupassen versucht. Plötzlich sagt sie: »Ich glaube, Sie kennen meinen Fluss vom Fernsehen her. Pinochets Soldaten haben die Ermordeten einfach in den Mapocho geworfen.«

Ich wage nicht einzugestehen, dass ich die Augen schließe, wenn mir die Bilder auf dem Fernsehschirm unerträglich werden.

2

Ich bin stolz auf mein Treibhaus. Nicht weil es etwas Besonderes ist, es ist weder schön noch groß. Aber es besteht aus Panzerglas, hat Fußbodenheizung und Dachfenster, die sich selbsttätig öffnen, wenn es drinnen zu warm wird. Während der kalten Jahreszeit stehen meine Topfpflanzen dort und die Orangenbäumchen mit ihren gelben Früchten, die Zitronen, die richtige Dauerblüher sind. Und duften.

Jetzt, zu Beginn des Frühjahrs, dient das Glashaus dem Kultivieren der Aussaat. In den Torftöpfchen auf Bänken und Wandbrettern keimen die Samen der einjährigen Pflanzen, die irgendwann im Juni in den Garten gesetzt werden, wenn kein Nachtfrost mehr zu befürchten ist.

Kapuzinerkresse hängt über einen Topfrand und öffnet ihre feuerroten Blüten.

»Wie schön es hier ist!«, sagt Mira und es klingt glücklich.

Ich sage ihr, dass das für mich die einzige Möglichkeit ist, das lange Warten zu ertragen. Im langen, langsamen schwedischen Frühling.

Mira erzählt mir, dass sie eine Glasveranda in Südwestlage hat. Dort gibt es einen langen Tisch, und nun stellt sie sich vor, dass an jedem Ende dieses Tisches eine afrikanische Lilie stehen wird. Dazwischen sollen rosa Geranien blühen.

Mit der Zeit begreife ich, dass Mira Symmetrie liebt.

Wir sehen uns gemeinsam meine überwinterten Geranien an. Sie sehen abgestorben aus.

»Am Wochenende werde ich mich ihrer annehmen«, sage ich. »Sie zurückschneiden und in größere Töpfe umpflanzen.«

»Leben die denn noch?« Mira klingt verwundert.

»Verlass dich drauf«, sage ich und fange an zu erklären. Ich klinge wie eine Lehrerin und verabscheue diese Stimme.

Also halte ich den Mund und wende mich den Knollengewächsen aus Madeira zu. Wir sehen sofort, dass die Wurzeln kurz davor sind, die Torftöpfchen zu sprengen.

»Sie entwickeln sich wunderbar!«, jubelt Mira. Und ich sage, dass ich große Tontöpfe und neue Blumenerde kaufen muss.

Wir einigen uns, dass Mira in etwa einer Woche wieder herkommt, um zu sehen, wie die Pflänzchen das Umtopfen vertragen haben.

»Hättest du gern eine Tasse Kaffee?«

»Bitte.«

Wir gehen durch die Küchentür, ich stelle Wasser auf.

»Es gibt leider nur Pulverkaffee.«

»Haben Sie keinen Tee?«

Ich wühle im Vorratsschrank und finde tatsächlich eine ganze Tüte Tee. Und eine Packung amerikanische Kekse, zwar alt, aber immerhin …

»Wohnen Sie hier alleine?«

Wie, um Himmels willen, kann ich sie dazu bringen, du zu mir zu sagen, denke ich, wage aber keinen Versuch.

»Ja, ich bin geschieden.«

»Das bin ich auch.«

Unsere Blicke begegnen sich, und bald beginnen wir, wie alle Frauen es tun, von unseren Kindern zu erzählen.

»Ich habe zwei Töchter, schon erwachsen.«

»Ich habe zwei Söhne«, sagt sie, und ich höre ihrer Stimme an, dass sie stolz ist. Ihr Gesicht leuchtet auf, wird aber gleich wieder ernst.

»Sie sind schon richtige Schweden geworden.«

»Aber das ist doch gut?«

Ich höre selbst, wie es klingt.

»Doch«, sagt sie. »Mag sein. Aber manchmal beunruhigt mich das. Zum Beispiel wenn ihnen auf diese schwedische Art alles egal ist. Ein Chilene darf nicht naiv sein.«

»Meinst du, dass deine Söhne hier in Schweden benachteiligt werden?«

Jetzt wird sie verlegen, gibt aber nicht klein bei.

»Das ist nie vorgekommen. Noch nie.«

Ich wage nicht zu lachen, aber sie tut es.

»Manchmal bin ich entsetzlich dumm.«

Ich schweige, denke aber, dass Mütter immer nach einer Begründung für ihre Sorgen suchen.

Ganz unvermittelt sagt sie: »Ich habe immer wieder das Gefühl, dass ich neu geboren wurde, als ich nach Schweden kam und meine Menschenwürde erhielt.«

Sie lächelt entschuldigend, als schämte sie sich der feierlichen Worte: »Sofern man noch geboren werden kann, wenn man schon Kinder hat und über dreißig ist.«

»Erzähl mir davon.«

»Wir kamen vom dänischen Flughafen Kastrup auf dem Bahnhof von Malmö an. Es war merkwürdig dunkel, obwohl es schon nach neun Uhr morgens war. Plötzlich hörten wir Musik und sahen eine Menschenmenge mit einer Heiligenfigur auf uns zukommen.

Ich dachte nur, sie jedenfalls sind Christen.

Als sie näher kamen, sah ich, dass die Heilige mit ihren eigenen Beinen lief und elektrische Kerzen im Haar hatte. Das Seltsame war, dass sie sang, laut und falsch, obwohl eine Musikkapelle ihr den Ton vorgab.

Außerdem war sie ziemlich dick.

Ich versuchte zu verstehen und kam zu dem Schluss, dass hier in diesem Land die Heiligen gewöhnliche Menschen sind. Ich fand das großartig.«

»Erzähl weiter«, sage ich, als wir uns ausgekichert haben.

»Nun, unser Zug setzte sich in Bewegung und wurde schneller, dum, dum, schneller, immer schneller. Aber die Dämmerung ließ lange auf sich warten. Sie schlich sich so vorsichtig an, dass ich dachte, irgendwann wird sie sich's noch anders überlegen.

Und das stimmte irgendwie auch.

Zum ersten Mal in meinem Leben sah ich Wald. Es hatte geschneit, und die Bäume waren schwer von diesem Weiß. Und wie weiß es war!«

Miras Gesicht drückt immer noch Erstaunen aus.

»Ich hatte zu Hause vom Fenster aus Schnee auf den Gipfeln der Anden gesehen. Als Kind reimte ich mir Geschichten über dieses Weiße zusammen, das in der Dämmerung blau wurde. In weiter Ferne, unmöglich zu erreichen.«

Miras Blick verliert sich.

»Mutter behauptete, dass alles nur gefrorener Regen sei. Und von Vater hörte ich, dass dort oben wilde Indianer lebten, Chiles berühmte Krieger, die sowohl die Inkas als auch die Spanier besiegt hatten.«

Ich schenke Tee nach und zünde auf dem Küchentisch Kerzen an. Gerade will ich sagen, dass ich mehr über die Indianer wissen möchte.

Aber Mira bleibt bei ihrem Thema. Und ich merke, dass ihre Erinnerung aus Bildern besteht, dass sie ein fotografisches Gedächtnis hat. Und einer Bilderflut, die keine Unterbrechung duldet.

»Wir blieben irgendwo auf einem Bahnhof stehen, und nichts konnte meine Söhne daran hindern, ins Freie zu stürmen. Sie waren wie von Sinnen, hüpften in dem Weiß herum, ballten es mit den Händen zusammen, leckten daran, riefen: ›Wie Softeis, Nana.‹

Dann kamen sie ins Abteil zurück, nass und durchgefroren.

Und der Zug rollte weiter durch die Wälder. Aber nach einigen Stunden öffnete sich die Landschaft, wir fuhren an schönen roten Häusern mit großen Stallungen vorbei, Herrensitze, dachten wir. Durch die Ortschaften fuhren wir langsamer. Dort gab es elegante Villen. Und höhere Wohnhäuser mit großen Fenstern und Balkons, auf denen Tannenbäume standen.

Ich erinnere mich, dass ich dachte, wo wohnen hier nur die gewöhnlichen Leute? Die Armen.«

Sie lacht. Und was vom Lachen übrig bleibt, reicht für ein Lächeln, als sie weiterspricht: »Dann geschah etwas Überraschendes. Der Schaffner kam in unseren Wagen und sagte, irgendwo sei ein Chilene zugestiegen. Der Schaffner versuchte es mit Zeichensprache, wir verstanden nicht richtig, was er meinte, aber es wirkte freundlich. Und dann kam ein Mann herein, der uns auf Spanisch begrüßte. Er heiße Luis, sagte er. Und sei in Valparaiso geboren.

Wir waren nicht allein gelassen in diesem fremden Land.

Er sagte uns, dass es in Schweden viele Chilenen gebe.

Er selbst lebte schon seit zehn Jahren hier und war schwedischer Staatsbürger.

Wir konnten hören, dass er stolz darauf war.

Wir waren zu achtzehnt unterwegs, und die Männer stellten viele Fragen. Luis schien auf alles eine Antwort zu wissen. Er sprach von Politik und Demokratie, von Einwanderungsbehörden und Aufenthaltsgenehmigungen. Das sagte mir nichts.

›Die Schweden wissen eine Menge über Chile, vom Militärputsch und den Folterungen und davon, dass viele Menschen spurlos verschwinden. Sie haben in ihren Zeitungen darüber gelesen und das ganze Inferno im Fernsehen verfolgen können‹, erklärte Luis.

Ich schämte mich. Ich wusste nichts über Schweden. Hatte nie von diesem Land gehört. Aber Luis sprach weiter, sagte, Schweden sei ein gutes Land, und vieles, was Allende sich für Chile erträumt habe, sei hier schon Wirklichkeit.

Aber dann sagte er – und da merkte mein ganzes Ich auf –, dass in Schweden die Frauen dieselben Rechte hätten wie die Männer. Sie verdienten eigenes Geld und trafen ihre Entscheidungen selbst.

›Hier sitzen auch Frauen in der Regierung‹, sagte er und lachte über unser Erstaunen, erzählte dann aber weiter, dass lateinamerikanische Männer nicht selten mit der schwedischen Polizei in Konflikt kämen. Hier sei es nämlich gesetzlich verboten, eine Frau zu schlagen.

›Und wenn sie ihm untreu ist?‹

Es war ein jung verheirateter Mann, der das fragte.

›Dann hat sie ein Recht dazu. Sie entscheidet selbst über Leib und Leben‹, antwortete Luis.

›Das ist ja absolut verrückt!‹, schrie der junge Mann und ringsum stimmte man ihm aufgebracht zu.

›Aber denkt doch einmal nach‹, wandte Luis ein. ›In Chile werden Männer wegen Untreue nicht bestraft. Und ich habe schon gesagt, dass hier in diesem Land Frauen dieselben Rechte haben wie Männer.‹

Ab und zu übertönte das Lachen einer Frau die aufgeregten Männerstimmen. Ich selbst war so erstaunt, dass mir der Mund offen stand und ich nicht sprechen konnte. Ich schielte zu meinem Mann hinüber, doch der war ganz in sich versunken. Also konnte ich in das Lachen der Frauen einstimmen.

Ich hätte gerne Fragen gestellt, traute mich aber nicht. Alle Frauen hielten ihre Worte zurück, aber ihr Lachen klang immer hysterischer.

Nach einiger Zeit musste Luis in sein Abteil zurückgehen. Er verabschiedete sich und wünschte uns viel Glück. Die kleinen

Kinder waren auf dem Schoß ihrer Mütter längst eingeschlafen. Nur meine Söhne saßen sehr aufrecht auf ihren Sitzen und schienen von Luis' seltsamen Worten verhext zu sein. Mein Ältester, José, legte mir den Arm um die Schultern und sagte, wir schaffen das schon, Nana.

Es gab Tee und belegte Brote. Dann brachte der Schaffner uns Decken und Kissen, und wir machten uns auf den Bänken, so gut es eben ging, ein Bett zurecht. Es war so eng, dass wir Kopf bei Fuß liegen mussten. Wir waren alle sehr müde. Bevor ich einschlief, musste ich noch an das denken, was Luis über die Frauen in Schweden gesagt hatte, und dass da irgendwie ein Zusammenhang bestehen musste mit der Heiligen, die in Malmö auf dem Bahnhof gesungen hatte.

Aber ich konnte den Zusammenhang nicht finden.«

Vor dem Küchenfenster des Reihenhauses senkte sich die Märzdämmerung, die lange blaue Stunde der Wehmut. Wir kochten noch einmal Wasser und tranken eine weitere Tasse Tee, bis Mira aufstand und sagte, sie müsse jetzt gehen, sie möge die Dunkelheit nicht.

Wir tauschten unsere Telefonnummern aus, ich begleitete sie zur Tür. Der Wind hatte sich gelegt, es war kalt und sternenklar.

»Es gibt wieder Nachtfrost«, sagte Mira.

Dann verschwand sie mit langen Schritten auf der Straße. Ich blieb an der Tür stehen und wurde den Eindruck nicht los, dass diese Frau Funken sprühte. Aber das konnte nicht stimmen, sie war ja jetzt nicht zornig.

3

Mira war fassungslos.

Warum hatte sie soviel gesagt? Sie, die die schwedische Art zu reden, ohne dabei etwas auszusagen, jahrelang geübt hatte. Abstand zu halten. Zuzustimmen. Vom Wetter, von der Mode zu plaudern, über die Dunkelheit und das Schneeschaufeln zu jammern. Einfach zu tratschen, nicht über die Nachbarn, sondern über die Leute, die in den Illustrierten abgebildet waren. Mira konnte sich solche Zeitschriften nicht leisten, also konnte sie sich auch keine eigene Meinung bilden. Aber das spielte keine Rolle, sie hatte gelernt, ein bejahendes Gesicht zu machen.

Während ihrer ersten Jahre hier hatte sie viel über die Ausdrucksweise der Schweden nachgedacht. Das Ergebnis war, dass sie niemanden zu nah an sich herankommen lassen wollte.

Anfangs fand sie das gut.

Doch bald kam eine Zeit, in der sie sich größte Mühe gab, es diesen Schweden gleichzutun. Um von ihnen anerkannt zu werden. Nach und nach begriff sie, dass das unmöglich war, sie unterschied sich schon allein durch ihr Aussehen von den Schweden. Und durch die Aussprache. Und ihre Herkunft, ihre Erfahrungen aus einer Welt, in der andere Grundsätze galten.

Die Schweden liebten anders geartete Menschen. Hauptsache, sie waren ihnen gleich.

Zum Teufel, dachte sie auf Schwedisch.

Normalerweise dachte sie spanisch, aber bei Flüchen war sie zu feige dazu.

Was hatte diese Frau an sich, dass es ihr gelungen war, Mira dazu zu bringen, so offen zu erzählen? Inge Bertilsson war interessiert, neugierig und grauenhaft verständnisvoll. Ohne zu verstehen. Deshalb hatte Mira auch die Toten im Fluss erwähnen können.

Verdammt blöde, dachte sie, wieder auf Schwedisch.

Als sie den Schlüssel ins Türschloss ihrer Wohnung steckte, schämte sie sich.

Sie erinnerte sich, dass sie Inge hartnäckig gesiezt und so Abstand zu ihr gehalten hatte. Die Schweden sagten immer du zu einander, und sie duzte sie auch. Normalerweise. Aber es gab gewisse Hemmungen, und die hatten mit Klassenbewusstsein zu tun.

Klassenunterschiede waren etwas, was die Schweden ablehnten. Das ärgerte Mira.

Sie hatte, als sie durch Inges Haus ging, schon auf den ersten Blick erkannt, dass die Einfachheit ihrer Einrichtung reine Angeberei war. Etwas, das man bei besseren Leuten oft beobachten konnte. Weichholzböden, Flickenteppiche, überquellende Bücherregale und Stapel von Büchern auf Tischen und Stühlen. Undefinierbare Bilder, hängemattenähnliche Ruhemöbel mit geflochtenen Gurten statt Polsterungen.

Staub und Unordnung.

Mira hatte bei sich zu Hause weiche Ledersessel und Teppiche mit orientalischen Blumenmustern. Und Ordnung.

Inge gehörte zu diesen reizenden Schweden, deren andauernde Zuvorkommenheit eine echte Freundschaft verhinderte.

Sie sah sich die Fernsehnachrichten an. Hochdruckwetter war angesagt, Sonne. Die Wahrscheinlichkeit von Nachtfrost nahm zu.

Als sie ihr Bett für die Nacht zurechtmachte, fühlte sie sich eher traurig als wütend.

Sie wusch sich, putzte sich die Zähne, zog das Nachthemd an und dachte dabei die ganze Zeit an Inge.

Sie war ein so offener Mensch.

Also ich habe wohl einfach erzählen müssen.

Im Bett sprach Mira wie immer mit Gott. Er fand Inge auch eingebildet.

Bald nach dem Einschlafen kamen die Träume, ein Strudel von Kindheitsbildern. Wie immer waren die Bilder der Nacht, als sie aufwachte, vergangen, doch Licht und Stimmung waren geblieben.

Sie filterte sich ihren Kaffee und blieb am Küchentisch sitzen, gab sich zum ersten Mal seit langem ihren Erinnerungen hin.

Verwundert merkte sie, dass sie immer nur spanisch dachte, dass sich nicht ein einziges schwedisches Wort einschlich.

Sie ist sieben Jahre alt und schlüpft durch das Loch in der Mauer, flink flitzen ihre Füße durch die Gassen, zunächst geradeaus, dann nach links Richtung Fluss. Das ist verboten und daher besonders spannend.

Nun hört sie den Rio Mapocho rauschen, und bald kann sie dem strömenden Wasser mit den Augen folgen. Das ist der Moment, in dem sie sich den Ursprung dieses Flusses hoch oben in den Anden vorzustellen versucht.

Sie denkt auch darüber nach, was er mit seiner Reise bezweckt, wohin er unterwegs sein mag?

Zum Meer, hatte Vater gesagt, zum größten Meer der Welt.

Warum sehnt sich der Fluss nach dem Meer, das ihn verschlingt?

Der Stille Ozean, sie hatte viel über diesen Namen nachgedacht. Und einmal hatte sie ihren Vater nach Valparaiso begleiten dürfen, er besaß damals einen Lastwagen. Da hatte sie es gesehen, dieses endlose Meer.

Von Stille konnte nicht die Rede sein. Der Ozean dröhnte, hohe Wellen schlugen gegen die Felsen.

Das Seltsamste von allem war, dass sie und ihr Vater mit einem Lift hinauf in die Berge fuhren. Es gab siebzehn Lifte, sie wusste es, denn sie hatte sie gezählt.

Hier an den Ufern des Mapocho schaufelten müde, schmutzige Männer den Schlamm aus dem Flussbett, hielten ihn feucht, rührten ihn zu einem Brei, den sie mit Stroh vermengten. Den gossen sie in Holzformen und fertigten auf diese Weise Ziegel, die in der Sonne trocknen mussten. Aus diesen Lehmquadern wurden in den Vororten Mauern und Wohnhäuser errichtet.

Der braune Modder stank, in Ufernähe schwammen tote Katzen und ersäufte Hunde im Wasser. Es war aufregend.

Endlich schaute das Kind nach der Sonne und musste feststellen, dass Stunden vergangen waren. Jetzt traute sie sich erst nach Hause, wenn der Vater von der Arbeit kam, er würde sie vor der Mutter in Schutz nehmen. Mutter konnte sehr böse werden.

Also stahl die Kleine sich in die Gasse zurück, drückte sich in den tiefen Schatten der Mauer, wo die Strahlen der untergehenden Sonne nicht mehr hinreichten. Schnell schlüpfte sie in Gracielas Haus, wo sich, wie immer um diese Tageszeit, die alten Frauen versammelt hatten. Sie hatten so viel zu schwatzen, dass ihnen Mira gar nicht auffiel.

Die Stimmen waren einmal laut, einmal leise, und manchmal schrien sie alle durcheinander, um sich Gehör zu verschaffen. Wenn ihnen eine Geschichte mit vielen unanständigen Wörtern besonders gut gefiel, lachten sie alle laut. Das kleine Mädchen verstand wohl die Wörter, wusste aber nicht, was daran so witzig war.

Meistens jammerten die Frauen allerdings. Und fluchten. Manchmal weinten sie vor Zorn. Und das Kind dachte, dass jede der Frauen mehr als eine Frau war, eine war voller Wut und die andere voller Sehnsucht, aber jede von ihnen war auch noch voller Verzweiflung.

Manchmal schrie eine von ihnen so laut, dass man es noch jenseits der Mauern bei der Mutter des kleinen Mädchens hören konnte, die an der Nähmaschine arbeitete. Die Mutter pflegte zu sagen, der Teufel habe die Schreiende geritten.

Es war aufregend. Jedes Mal wenn Mira in Gracielas Haus in ihrer Ecke saß, wünschte sie sich inständig, das Schreckliche einmal sehen zu dürfen, wenn der Teufel eine Frau ritt.

Sie hatte oft genug zu hören bekommen, dass sie auch einen Teufel im Leib habe. Anfangs war sie darüber erschrocken, aber mit der Zeit stellte sie sich vor, er müsse ein Indianer sein. Mit Indianern konnte man ihr Angst einjagen.

Oder wenn sie in der Schule geärgert wurde. Da schlug sie mit den Armen um sich und schrie, die andern sollten sich vor ihr hüten. Denn ihr Großvater sei ein echter Mapuchekrieger. Und sie, Mira, habe echtes Indianerblut in den Adern.

Daraufhin ließen die anderen Kinder sie in Ruhe.

Es war also ein guter Teufel. Später sollte sie in der Schule lernen, dass jeder Mensch auf der Erde sieben Teufel in sich habe. Und erst wenn man ihnen allen furchtlos begegnet war, könne man seinem Schutzengel gegenübertreten.

Das hatte der Pfarrer gesagt. Und Mira, die nur einen von ihren sieben Teufeln kannte, wusste, dass sie ihrem Engel nie begegnen würde.

Und so war es dann ja auch gekommen, dachte sie und schenkte sich noch eine Tasse Kaffee ein. Dann kehrte sie in Gedanken wieder zu Gracielas Haus zurück.

Jetzt trennten sich die Frauen, die Männer waren schon auf dem Heimweg, und die Frauen mussten schnell ihre Kinder einfangen und Essen kochen.

Das kleine Mädchen fand, dass die Männer leichter zu verstehen waren. Und man konnte sich eher auf sie verlassen. Auch in ihnen steckten allerlei Teufel, aber sie waren weniger unberechenbar. Ihre Teufel steckten in einer Flasche und kamen nur frei, wenn die Männer zu viel von dem roten Wein getrunken hatten.

Wenn sie gar Aguardiente zu sich genommen hatten, diesen Branntwein, den sie mit Pflaumen rot färbten, konnte es gefährlich werden. Anders als die Frauen hatte das kleine Mädchen nie Angst davor. Es konnte sich auf seine schnellen Beine verlassen.

Nach dem Frühstück spülte Mira das Geschirr in ihrer schönen schwedischen Küche und fasste einen Beschluss. Sie würde Inge anrufen. Nicht etwa um sich zu entschuldigen. Sie wollte ihre Hilfe beim Umtopfen anbieten.

4

Inge Bertilsson hatte den Lehrerberuf aufgegeben und verdiente genug durch das Schreiben von Sachbüchern, in denen es im wesentlichen um Schulkinder ging. Sie brachte gute Voraussetzungen für diese Aufgabe mit, hatte sie doch Universitätsstudien in Literatur und Pädagogik absolviert. Am nützlichsten waren ihr aber die langjährigen praktischen Erfahrungen. Ihr gefiel diese Arbeit, aber sie lebte dadurch – besonders jetzt, wo ihre beiden Töchter in England Sprachen studierten – zurückgezogen.

Vielleicht war es ihrer Abgeschiedenheit zuzuschreiben, dass sie sich über die Bekanntschaft mit der undurchsichtigen Südamerikanerin so freute. Nein, das war nicht der richtige Ausdruck, es war eher deren Anziehungskraft, ihr inneres Feuer. Inge suchte nach Worten, gab es schließlich auf und ärgerte sich über ihren ständigen Bedarf an Definitionen.

Als das Telefon klingelte, hoffte sie einen Augenblick lang, es wäre eine ihrer Töchter. Dann ermahnte sie sich selbst, die beiden konnten sich ein Auslandsgespräch gar nicht leisten. Es war wohl eher der Verlag.

Als sie die tiefe Stimme und den Akzent hörte, war sie selbst erstaunt. Wie sehr sie sich freute!

Mira sagte, sie habe sich überlegt, beim Umpflanzen der Geranien und auch der Afrikaner zu helfen. Es war doch eine arge Schlepperei mit Blumenerde und Töpfen.

Dann wurde die Stimme unsicher: »Nur wenn du willst«, sagte sie.

»Ist doch klar, dass ich will«, sagte Inge.

Ihre Stimme wurde lebhafter.

Sie verabredeten sich. Inge würde mit dem Auto vor Miras Tür stehen. Samstagmorgen um zehn.

Sie nannte die Adresse, wusste sie, wo das war?

Ja, sie kannte sich dort aus.

»In Eskilsta gibt es ein Gartencenter. Die sind recht billig. Dort fahren wir hin.«

Mira lachte, sie verstand. Nie wieder die alte Gärtnerei.

Sie sagten tschüss, legten auf. Inge blieb neben dem Telefon stehen, sah den Hörer dankbar an: Mira hatte du gesagt.

Beim Treffen am Samstagmorgen ging es ein bisschen steif zu. Befangen. Inge sprach vom Wetter, wie schön, dass die Sonne schien. Mira fand das auch.

Es war, als brauchten sie etwas Zeit, um eine gewisse Aufregung zu dämpfen.

Nach einer Weile sagte Inge entschlossen: »Das, was du erzählt hast über eure Ankunft in Schweden, ist mir gestern Abend noch lange durch den Kopf gegangen. Du hast das einmalig geschildert … aber ich wurde das Gefühl nicht los, dass du nicht ganz bei der Sache warst … dass du dich anderswo befunden hast?«

Die Frage blieb an der Windschutzscheibe hängen. Mira war dankbar, dass sie Inges Blick nicht zu begegnen brauchte, er war auf die kurvenreiche Straße gerichtet. Aber ihr Mund sprach weiter: »Ich dachte, du hast das alles wohl schon so oft erzählt, dass es für dich wie ein Film ist, der immer wieder abgespult wird?«

Die Fragen blieben in der warmen Luft des Innenraumes kleben. Guter Gott, dachte Mira. Gib, dass wir bald da sind.

Sie wurde erhört. Inge bog in die Einfahrt des großen Gartengeschäfts ein, der Parkplatz war dicht besetzt, und es dauerte eine Weile, bis sie eine Lücke fand.

Aber als sie aus dem Wagen stiegen, dachte Mira an Gott, der sie als großspurig bezeichnet hatte. Und sie sagte: »Es kostet mich Mühe, mich nicht zu erinnern.«

»An die Reise?«

»Ja, das auch. Und an das, was vorher war. Die Erinnerungen haben nichts mit Schweden zu tun, verstehst du?«

»Ich will's versuchen.«

Inge hätte am liebsten gesagt, das müsse ja wie ein Leben in einer doppelten Wirklichkeit sein. Aber sie schwieg und schämte sich, schon wieder war die Annäherung zu heftig ausgefallen.

Jetzt standen sie vor den hoch aufgestapelten Säcken mit Blumenerde. Weiß, schwer, ordentlich, Plastik.

»Ich nehme meistens Zehnkilosäcke. Die großen lassen sich so schwer heben.«

»Mir macht das nichts.«

Im Nu hatte Mira drei Zwanzigkilosäcke auf der Karre.

»Himmel!«, sagte Inge.

Die Töpfe waren erheblich leichter. Fünfzehn mittelgroße für die Geranien, zehn große für die Afrikaner. Auch sie wurden mit Schwung auf eine Karre und weiter zum Auto, in den Gepäckraum befördert.

Wie immer, wenn sie auf einen praktischen Menschen traf, war Inges Handlungsfähigkeit wie gelähmt. Feige verdrückte sie sich zur Kasse und bezahlte.

»Was hat das gekostet?«

»Es war nicht so teuer, ein paar Hunderter.«

»Ich möchte meinen Teil bezahlen.«

Die Schwedin schwieg. Mira sah, dass sie rot geworden war und hörte, dass die Stimme zornig klang, als sie sagte: »Kommt nicht in Frage.«

Sie schwiegen auf der kurvenreichen Rückfahrt zu Inges Reihenhaus. Beide wussten, dass etwas Entscheidendes ausgesprochen worden war, aber keine begriff, worum es eigentlich ging.

Schließlich sagte Inge: »Ich hoffe auf eine Freundschaft. Ein Freund muss ein einfaches Geschenk annehmen können.«

Mira focht einen inneren Kampf, konnte schließlich aber sagen: »Eins musst du wissen. Freunde erregen immer meinen Zorn.«

»Ich werde es mir merken«, sagte Inge und musste laut lachen.

Die ist prima, dachte Mira.

Aber sie machte ein verkniffenes Gesicht und Inge sagte: »Worüber hast du dich denn jetzt wieder geärgert?«

Doch Mira war nicht verärgert, sie hatte Angst.

»Wir brauchen Gummistiefel. Du kannst welche von mir haben, aber sie sind dir wahrscheinlich zu groß. Du brauchst dicke Socken.«

»Ich habe große Füße, drum kann ich auch so schnell rennen.«

Das Gespräch entwickelte sich mit ebensolcher Natürlichkeit wie der Sonnenschein, der im Glashaus fast blendete. Mira schleppte Säcke und Blumentöpfe herbei, Inge füllte eine große Wanne mit Wasser und legte die neuen Tontöpfe hinein.

Sie mussten eine Stunde wässern.

»Inzwischen essen wir einen Teller Suppe.«

5

Inge hatte frisches Brot und Käse zu Hause. Aber sonst nichts außer einer Tütensuppe.

»Die schmeckt meistens recht gut«, sagte sie, während sie die Kochanleitung der Tüte mit kurzsichtigen Augen durchlas. Mira sagte: »Kann ich irgendwie helfen?«

»Ganz wie du willst.«

Mira fand eine kleine Packung Mais im Gefrierschrank, eine Flasche mit einem alten Rest Chilisoße, Koriander in einem Tütchen und ein Stück Räucherfleisch, das sie klein schnitt. Dann schmeckte sie die Suppe mit Salz und Pfeffer ab.

»Petersilie wäre nicht schlecht.«

»Aber die haben wir doch! Einen ganzen Blumentopf voll gleich vor der Küchentür.«

Unmittelbar darauf rief Mira: »Thymian hast du ja auch! Darf ich davon nehmen?«

»Selbstverständlich.«

Als sie am Tisch saßen und sich die Suppe schmecken ließen, sagte Inge:

»Das erinnert mich an ein altes schwedisches Märchen von einem Mann, der aus einem Nagel Suppe kochen konnte.«

Mira lachte.

»Aber bei uns war es kein Nagel«, sagte sie. »Es war eine Tüte.«

Sie lachten immer noch, als sie die Blumentöpfe im Glashaus erst einmal mit Tonscherben auslegten, dann mit Erde füllten und endlich mit dem Pflanzen beginnen konnten. Die ruppigen Geranien sahen trotz aller Fürsorglichkeit armselig aus. Aber die Afrikaner streckten sich. Zumindest kam es Mira so vor.

»Sie haben neue Hoffnung bekommen«, sagte sie.

Sie standen bis über die Knöchel im schlammigen Wasser, hatten schmutzige Hände und Erde im Gesicht, als sich plötzlich Wolken vor die Sonne schoben. Aber es war gar keine Wolke, die jetzt ihren Schatten auf den Eingang des Glashauses warf, es war ein großer Mann. Groß und stämmig. Lachend sagte er: »Wie ich sehe, sind die Damen beschäftigt. Kann ich irgendwie helfen?«

»Oh, Nesto, mein Verhängnis«, sagte Mira mit so liebevoller Stimme, dass Inge sofort wusste, dieser Riese an ihrer Tür war der Sohn der kleinen Mira. Sie sprachen in unwahrscheinlichem Tempo spanisch miteinander.

»Ich gehe die Suppe aufwärmen«, sagte Inge, als beide kurz Atem schöpften.

»Sehr lieb, aber ich bin nicht hungrig.«

»Klar bist du«, sagte Mira. »Du hast immer Hunger.«

Inge blieb an der Tür stehen, versuchte sich die Erde aus den Augen zu wischen, was ihr das Sehen nur noch mehr erschwerte. Sie war sogar nach schwedischen Maßstäben von beachtlicher Körpergröße. Aber der junge Mann war fast einen Kopf größer als sie.

Lieber Gott, was für ein sinnlicher Mann, dachte sie und sagte: »Du siehst tatsächlich aus wie einer von den Indianern, für die ich als Kind geschwärmt habe.«

»Du hast Indianer gekannt?«

»Nur aus Indianerbüchern. Mit wunderbaren Illustrationen.«

»Aber ich bin Mestize wie die meisten Chilenen. Wenn du anderer Meinung bist, musst du meine Mutter fragen.«

Sein Lachen ließ die Glaswände des Treibhauses vibrieren. Mira drohte ihm mit dem Finger: »Du räumst jetzt hier auf, und wir gehen uns waschen.«

»Sí, sí, Nana.«

Schon auf dem Weg zur Küche hörten sie, wie er den Schlauch anschloss und den Fußboden zu säubern begann.

Inge rief: »Ja keinen Tropfen Wasser auf die, die wir gerade umgepflanzt haben!«

Und Mira sagte: »Ich habe ihn gebeten herzukommen und die Lilien nach Hause zu fahren.«

»Aber die müssen nach dem Umtopfen noch eine Woche hier stehen bleiben, weißt du. Um sich an die frische Erde zu gewöhnen. Ihr müsst also am nächsten Wochenende noch einmal kommen.«

Miras Nicken war von ihrem großen Lächeln begleitet, und die Zähne wirkten in dem schmutzigen Gesicht noch weißer als sonst.

»Dein Sohn hat einen unglaublichen Charme«, sagte Inge.

»Ja, das ist sein großes Pech.«

»Das kann ich fast verstehen«, antwortete Inge, und im selben Augenblick erinnerte sie sich an ihn, diesen Jungen in der ersten Bank neben der Tür. Während sie sich Hände und Gesicht wusch, andere Schuhe und eine saubere Bluse anzog, wurde das Bild immer deutlicher. Es bestand kein Zweifel: er war der Junge aus der Einwandererklasse, der am schnellsten lernte, alles am leichtesten begriff, lebhaft, erfinderisch war. Und voller Freude über sich selbst. Voller Fragen, neuer Gedanken. Aber faul, machte nie die Hausaufgaben, erlernte die schwedische Rechtschreibung nie.

Als sie sich mit der heißen Suppe und dem aufgebackenen Brot, einem Stück Käse und einer Flasche chilenischem Rotwein zu Tisch setzten, sagte Inge: »Ich erkenne dich wieder. Und ich weiß noch, wie wütend ich auf dich war – so begabt und so faul.«

Er wurde nicht einmal rot, lächelte nur, und seine Stimme hatte einen spöttischen Klang: »Dir ist wohl nie aufgefallen, dass ich müde war. Ich habe die Nächte über im Hotel Star die Zimmer gemacht.«

Es war Inge, die rot wurde: »Warum hast du nie was gesagt?«
»Warum hast du nie gefragt?«

Sie gab keine Antwort, obwohl ihr eine auf der Zunge lag. Es war die Zeit gewesen, in der es ihr besonders mies gegangen war, Scheidung, Wohnungswechsel, Kindererziehung, zwei Töchter, die heulend nach ihrem Papa verlangten. Schuldgefühle, was hatte sie getan? Geldmangel, sie hatte den Einwandererunterricht wegen des Geldes übernommen, keineswegs aus Interesse. Obwohl es ein interessanter Job war, oder doch hätte sein können …

Mira, die die Spannung spürte, tat, was Frauen zu allen Zeiten getan haben, sagte, sie säßen bei Tisch, um es sich gemütlich zu machen, und dass ihr Sohn keinen Verstand habe. Aber Inge gab ihm Recht und fand es ganz in Ordnung, dass er die Kritik angebracht hatte.

Nesto sagte: »Du wirst es vielleicht nicht glauben, aber ich habe dich bewundert.« Für ihn war sie die schöne Schwedin, die ein unabhängiges Leben führte. Und selbständig für sich und ihre Kinder sorgte.

Hast du eine Ahnung, dachte Inge. Aber er fuhr fort: »Du hast uns ein Gedicht vorgelesen, das mich sehr beeindruckte. Wir hatten keinen Kopierer in diesem Raum, aber ich wollte das Gedicht haben. Das habe ich dir nach dem Unterricht gesagt. Und da hast du es ganz einfach rausgerissen. Aus dem Buch! Erinnerst du dich?«

»Ja.«

»Der Mensch sitzt an der Dichtung Tor …«

Und gemeinsam deklamierten sie weiter: »Seine großen Taten bringt er vor

und Großes, das er noch tun wird …
Er selbst ist nur ein Funke im Wind,
Geburtsschrei, gefurchte Stirne.«

»Das kann ich nicht nachvollziehen«, sagte Mira.

»Nein, Mutter, du hast Recht wie immer«, sagte Nesto und wandte sich an Inge.

»Du wirst es mir vielleicht nicht glauben, aber ich habe dieses Gedicht jahrelang in meiner Brieftasche aufbewahrt. Bis ich es eines Tages auf dem Parkplatz in Auschwitz bis zur Unkenntlichkeit zerriss und in meiner eigenen Kotze zertrat. Drinnen im Lager hatte ich gelernt, dass sich das Leben des Menschen nicht aus Gedichten oder Träumen aufbaut. Dass vielmehr die großen schönen Worte uns verraten und verführen.«

Es war so still am Tisch, dass man das Flackern der Kerzen hören konnte.

Aber Nesto wollte weiterreden und sagte, jedes Wort betonend: »Der Mensch ist, was er tut. Das gilt für Naziland ebenso wie für Chile.«

Tausend Einwände schwirrten Inge durch den Kopf: Was wäre der Mensch ohne …

Aber ihr fiel nur eine belanglose Frage ein: »Was hast du in Auschwitz gemacht?«

Nesto, der ihr Dilemma verstand, lachte: »Zu meinen vielen Fähigkeiten auf dieser Welt gehört auch das Busfahren. Mein Bruder und ich besitzen einen eigenen Bus, einen kleinen. Wir übernehmen aber auch Jobs als Fahrer von Reisebussen mit Touristen, die ostwärts wollen, um sich die neuen alten Länder anzusehen, Tschechien, Ungarn, Polen.«

Er machte eine kurze Pause, lächelte und sagte, dass er sich im Moment in Polen besser auskenne als in Schweden.

»Im Herbst brachten wir einmal Schüler nach Auschwitz, das war zu der Zeit, als in Schweden, wie du dich erinnern wirst, viel von Neonazis die Rede war. In einigen Schulbezirken beschloss man, mit den Kindern im neunten Schuljahr eine Klassenfahrt zu den Vernichtungslagern zu machen.

Es waren zwar Lehrer dabei, aber du kannst dir vorstellen, was daraus wurde. Spaß, Gelächter, Popmusik, Bälle und Papierschwalben, die durch die Luft flogen.«

Er schwieg eine Weile, ehe er fortfuhr: »Du hättest diese Gören auf dem Heimweg sehen müssen, blass, ruhig wie in der Kirche. Viele haben geweint. Ich selbst bin nur ein einziges Mal mit in das Lager gegangen, das war, als ich nachher auf den Parkplatz gekotzt und dein Gedicht zerrissen habe.«

Sie tranken noch eine Tasse Kaffee, bevor sie aufbrachen. Mira sagte, sie müsse in der nächsten Woche bei ihrem älteren Sohn als Babysitterin einspringen. Es war ihr also sehr recht, dass die Afrikaner noch eine Woche im Treibhaus stehen blieben.

»Wir sehen uns nächsten Samstag«, sagte sie.

Inge nickte und schüttelte Nesto die Hand. Er verabschiedete sich mit den Worten: »Pass gut auf meine Mutter auf. Und nimm dich vor ihr in Acht.«

Da fauchte Mira ihn an, lange und auf Spanisch.

»Was hast du gesagt?«

Mira presste die Lippen zusammen, aber Nesto sagte: »Sie sagt, dass ich ein riesiger Angeber bin.«

Er lachte. Und schließlich lachten sie alle drei.

Als sie in der Einfahrt an Inges Wagen vorbeikamen, sagte Nesto: »Du hast aber einen alten Klapperkasten.«

»Tja«, sagte Inge. »Aber ich kann mir keinen anderen leisten.«

»Wenn er Zicken macht, ruf mich oder meinen Bruder an. Wir kennen uns mit alten Autos super aus. Mein Bruder ist ein Genie bei Motoren.«

Er gab ihr eine lange Handynummer.

Als sein Wagen den Parkplatz verließ und Inge ihre Tür abschloss, dachte sie, dass in Miras Worten viel Wahrheit gelegen hatte. Dieser Mann wusste wirklich, wie man Eindruck schindet.

6

Inge ist in dieser Woche in ihrem Haus allein. Sie versucht sich einzubilden, dass das gut so ist. Für die Arbeit. Und sie erledigt eine Menge.

Sie beendet ihre Tage wie immer. Mit dem Tagebuch. Sieht staunend, dass sie ihm bisher nie so viel anzuvertrauen hatte. Sie füllt Seite um Seite. Stellt Frage auf Frage.

Mira hatte gesagt, dass sie Erinnerungen abblocke. Inges Kummer war, dass sie selbst so wenige Erinnerungen hatte.

Wenn sie morgens vor dem Badezimmerspiegel stand, hatte sie den Eindruck, ihre Augen gehörten einer Fremden. Alles, was sie im Lauf der Jahre gesehen hatten, war abhanden gekommen.

Sie musste daran denken, wie Mira die alten Frauen in Gracielas Haus in ihrer weit zurückliegenden Kindheit geschildert hatte, wie messerscharf das Bild jeder einzelnen hervortrat. Wie sie deren Verzweiflung erkannt hatte, ihre Teufel, wie sie es ausdrückte.

Mira war einer der seltenen Menschen, die Sehen und Erleben miteinander verschmelzen konnten.

Dann dachte sie an Miras Erzählung von den sieben Teufeln, die wir alle kennen lernen mussten, bevor wir unserem Schutzengel begegnen durften. Inge hatte bisher keinen einzigen ihrer Teufel erlebt. Oder doch? Gesehen und nicht erkannt?

Diese verdammten Augen, die sich nicht erinnern wollten.

Am Mittwoch ruft der Verlag an. Ob sie zu einer Besprechung mit dem dänischen Übersetzer kommen könne? Ja, um elf

Uhr am nächsten Tag, sie könnten gemeinsam zu Mittag essen gehen.

Aber am Donnerstagmorgen stellt sie fest, dass ihr Wagen nicht anspringt. Er hat in der kalten Nacht seinen Geist aufgegeben. Sie kann ihn verstehen, er ist alt und müde.

Sie will die Autowerkstatt nicht anrufen, erträgt diese Männer nicht, die grinsend mit den Schultern zucken und lachen. Frau in mittlerem Alter mit schrottreifem Wagen.

In diesem Moment fällt ihr Nesto ein. Der Gedanke ist zu verlockend. Also wählt sie die lange Nummer nicht. Sie nimmt den Bus, mehrere Busse, denn sie muss dreimal umsteigen, um in die Stadt zu kommen.

Aber sie hat dabei viel Zeit zum Nachdenken.

Als sie am Abend endlich wieder auf ihr Haus zugeht, ist sie müde. Und zornig. Sie versetzt ihrem alten Auto im Vorbeigehen einen Fußtritt. Und, endlich daheim, geht sie entschlossen ans Telefon und wählt die Handynummer.

Er sagt, dass er am nächsten Tag kommen kann, irgendwann im Laufe des Vormittags.

Nach und nach würde sie begreifen, dass genaue Zeitangaben nicht zu seinem Lebensstil gehörten.

Genau wie beim ersten Mal ist sie, als er in die Diele tritt und die ganze Türöffnung ausfüllt, von seiner Persönlichkeit überwältigt. Sie jammert ein bisschen über das viele Umsteigen von gestern, hört aber selbst, wie das klingt und versucht sich zu rechtfertigen.

»Du weißt, dreimal umsteigen, je zwei Stunden Fahrt einmal hin, einmal zurück.«

Er sagt: »Ich hätte dich fahren können.«

Sie schüttelt den Kopf. Wie so oft, wenn jemand ihr einen Gefallen tun will, wird sie verlegen und ärgert sich.

Es regnet.

»Du kannst das Auto bei dem Wetter doch nicht auseinander nehmen. Komm rein und trink erstmal eine Tasse Kaffee.«

Als sie am Küchentisch sitzen, sagt sie: »Du scheinst dich in einem Land, in dem der Mann nicht den Macho spielen darf, ganz gut zurechtzufinden.«

Sie kichert dabei, um die Bemerkung abzuschwächen. Aber Nesto fürchtet sich nicht davor, dass ihm jemand zu nahe tritt, sondern erwidert ernst: »Das hieße ja, seine Identität aufzugeben.«

»Seine Identität?«

»Was anderes als den Hahn sollte ein Mann denn spielen?«

Inge lacht, fühlt aber, wie in ihr schön langsam der Zorn aufsteigt. Am liebsten würde sie sagen, dass ein Hahn doch eine Anzahl dummer Hühner voraussetzt. Sie kommt aber nicht dazu, da er weiterspricht: »Anfangs war das natürlich phantastisch. Oh, wie erinnere ich mich an die hellen Sommernächte, die Wälder und Strände. Und die Mädchen, die ebenso gratis waren wie die Natur und ebenso schön wie die Nächte. Man brauchte sich nur zu bedienen.

Erst nach etwa einem Jahr merkte ich, dass es die Mädchen waren, die sich bedienten. Sie wollten eine Zeit lang ihren Spaß haben und dann tschüss. Ich war nicht mehr als ein exotischer Leckerbissen.«

»Du hast dich also in gleicher Weise ausgenutzt gefühlt, wie es die Frauen zu allen Zeiten empfunden haben?«

Aber er hört es nicht. Er schlägt mit der flachen Hand auf den Tisch, und seine Stimme schwankt ein bisschen, als er fortfährt: »Du lieber Himmel, wie oft muss ich an meinen Vater denken. Er kam hierher und verlor alle Macht. Er wurde zum Schatten, den unsere Mutter und wir Jungen einfach übergingen, den wir kaum beachteten.

Natürlich kann ich jetzt, so lange danach, denken, dass es vieles gab, wofür wir uns rächen wollten. Das betraf besonders Mira. Du würdest es mir nicht glauben, wenn ich dir erzählte, wie sie in Chile war. Unterwürfig, unwissend. Sie hörte beim Bügeln Radio. Und sie hat pausenlos gebügelt. Wenn sie nicht gerade putzte.

Aber sie muss die Ohren verschlossen haben, wenn im Radio über Politik geredet wurde. Sie hat alles erst an dem Tag kapiert, als draußen vor der Tür ein Panzer mit Soldaten stand, die alle ihre Maschinengewehre auf sie richteten.«

Sie schweigen beide lange, er trinkt seinen Kaffee, sagt: »Ich habe nie erfahren, was sie dachte. Sie ist verschlossen. Mein Vater war zu der Zeit wenig zu Hause. Das war eine Erleichterung, denn wenn er weg war, hatten wir unsere Ruhe. Aber Nana war blass und schweigsam, und meine Schwester machte sich ihretwegen Sorgen. Wir Jungens haben das nicht begriffen, es ist ein schrecklicher Gedanke, aber wir fanden diese Demonstrationen und die Straßenkämpfe damals spannend. Und dann passierte … aber nein, das soll sie dir selbst erzählen. Wenn überhaupt.«

Es hatte zu regnen aufgehört, Inge setzte sich an den Computer, konnte aber keinen vernünftigen Satz formulieren.

Also ging sie einkaufen.

Als sie am Nachmittag heimkam, fand sie ein zerlegtes Auto vor und einen Zettel auf dem Küchentisch. Darauf stand, Nesto werde am Sonntag wiederkommen und seinen Bruder mitbringen.

Sie seufzte. Ihrem alten Morris war wohl nicht mehr zu helfen. Dann sah sie sich in der Küche um, staunte, wie sauber und ordentlich es überall war.

Er hatte aufgeräumt!

7

Mira, du warst nicht dumm.«

»Du weißt nicht, wie nah Unwissenheit und Dummheit beieinander liegen.«

»Aber du musst doch gewusst haben, was da im Gang war.«

»Sie haben im Radio rumgemeckert, ungefähr wie hier im Land, wenn es um Meinungsverschiedenheiten zwischen Rechten und Linken geht. Das war nichts, was mich anging.«

»Aber dein Mann war doch aktiver Linker.«

»Chilenische Männer sprechen darüber nicht mit Frauen. Wenn ich eine Frage stellte, wurde er böse und schickte mich ins Bett.«

Inge ist so erstaunt, dass sie beinah die Tasse fallen lässt. Schließlich flüstert sie: »Wie man es früher mit unfolgsamen Kindern getan hat.«

»Ich hatte schreckliche Angst vor ihm. Herrgott, habe ich dir jemals gesagt, dass ich erst ein Mensch wurde, als ich nach Schweden kam?«

Sie schweigen eine Weile und sehen den Kindern zu, die draußen Fußball spielen.

»Klar hätte ich etwas ahnen müssen«, sagt Mira schließlich. »In den Geschäften gab es keine Lebensmittel mehr zu kaufen. Mein Mann war sehr wenig zu Hause, kam und ging, wann immer er wollte. Abends, nachts. Besprechungen, sagte er. Aber nur zu den Jungens, die, wie er das ausdrückte, besser nichts wussten. Mit mir sprach er nicht, aber ich musste nachts zur Hand sein. Er brauchte warmen Tee und frisches Brot, wenn er nach Hause kam.«

Sie sitzen auf Miras Balkon in der Sonne, sie haben sich über die afrikanischen Lilien in den großen Töpfen gefreut, die sich jetzt dem Licht entgegenstrecken.

Sie trinken Kaffee, starken, guten Kaffee.

Inge sagt: »Irgendwann musst du doch begriffen haben, was sich da abspielt?«

»Ich wollte draußen vor der Tür die Post holen. Auf der Straße stand eine Art Kampfwagen. Die Maschinengewehre auf mich gerichtet. Es war so still …«, sie hält inne, als könnte sie auch heute diese unheimliche Stille noch hören.

Dann schließt sie die Augen, um nicht sehen zu müssen.

»So viele Bilder, stell dir das vor, der Rio Mapocho, der Fluss, an dem ich als Kind gespielt habe, voller Leichen und rot von Blut.«

Sie schweigt, sieht zum Himmel hinauf, sagt: »In meinem Inneren sehe ich vieles, was unwirklich ist.«

Inge schweigt, Mira sagt schließlich: »Es verdichtet sich in meinem Kopf. Ich weiß nicht mehr, was ich tatsächlich gesehen habe.«

Der Bissen Kuchen in Inges Mund wird immer mehr. Aber Mira spricht weiter: »Wirklich sicher bin ich nur bis zu dem Augenblick, als Papa uns verließ.«

Ihre Gesichtszüge werden weicher. Inge sagt: »Möchtest du davon erzählen?«

»Mein Papa hatte viele verschiedene Beschäftigungen. Manchmal fuhr er einen alten Lastwagen. Er züchtete Margeriten, der ganze Hinterhof war eine wogende Blumenwiese. Ich durfte sie pflücken, Sträuße binden und in Eimer mit gefärbtem Wasser stellen. Manche sollten violett werden, andere blau und wieder andere grün. Aber die meisten sollten rot wie Blut werden.

Wenn die Blumen Farbe angenommen hatten, kamen die Leute, um sie zu kaufen. Sie banden daraus Kränze für die Toten.«

Sie schweigt eine Weile, lächelt vor sich hin, fährt fort: »Und dann waren da die vielen Küken. Wir hatten über sechzig Hühner und sicher eine Million Küken. Zumindest kam es mir mit meinen fünf Jahren so vor, denn zählen konnte ich noch nicht so gut.

Jeden Morgen zerhackte ich Maiskörner für die Küken. Es war lustig, die Daunenbällchen umschwirrten mich, und ich musste sie immerzu verscheuchen. Sie waren so süß …

Aber auch sie wurden verkauft. Und natürlich die Eier.«

»Wie habt ihr gewohnt?«

»Es waren Arbeiterunterkünfte in einem der Vororte. Große Hinterhöfe, staubige Gassen, Stein, Stein. Und dann der Fluss, an den man heimlich laufen konnte.

Nein«, sagt sie plötzlich. »Es gibt keine Wälder in meiner Erinnerung. Nur die Anden in der Ferne, geheimnisvolle Berge, die manchmal aus den Abgaswolken auftauchten.«

Ihre Stimme hat etwas Endgültiges. Inge wagt nicht nach der Tochter zu fragen, sagt aber: »Warum hat dein Papa dich verlassen?«

»Ich werde dir ein Bild meiner Mutter zeigen.«

Sie umarmen sich zum Abschied.

Inge sagt, dass Mira sich gern jederzeit rosa Geranien holen kommen kann, sie hat wie immer zu viele. Und Mira meint, dass José am Sonntagmorgen bestimmt welche mitnehmen wird, er will ja Inges altes Auto gründlich durchsehen.

Die Luft ist warm und voller Erwartungen, als Inge abends nach Hause geht. Die Menschen drängen sich auf den Straßen, Stimmengewirr, übermütiges Lachen.

Der Frühling ist unterwegs.

Aber nicht einmal das stimmt sie froher.

8

Am Sonntagmorgen war der Frühling dann da. Er kam nicht wie in anderen Jahren zögernd, jeden Schritt überlegend.

Nein, er kam als Unwetter mit Donner und Blitz. Inge wachte auf, als der erste Donner die Schlafzimmerwände erzittern ließ.

Dachte: Das kann nicht wahr sein.

Dann stand sie lange am Fenster und sah dem Platzregen zu, der über die Scheiben strömte. Nein, kein düsteres Aprilnieseln, sondern wolkenbruchartiger wunderbarer Regen, warm.

Er trommelte aufs Dach und dampfte aus der Erde. Und das beste von allem: der Himmel zeigte kein Erbarmen mit dem Schnee. Die letzten schmutzigen Flecken an den Nordhängen verschwanden, der Fels wurde reingewaschen, der graue Granit erhob sich aus der Erde, und das Wasser strömte durch Rinnen und Gräben.

Das Drama dauerte fast auf die Minute genau eine Stunde. Dann zog das Gewitter zum Meer im Osten, und die Sonne brach über dem Land hervor, trocknete alles, trieb den Dampf zum Himmel empor, wo er sich zu neuem Regen an anderen Orten verdichtete. Einen kurzen Augenblick nur war es still, dann ertönte Vogelgezwitscher.

Zunächst war das Zwitschern der Spatzen und das Zirpen der Meisen zu hören. Doch plötzlich sangen die Amseln, und Inge dachte, dass sie nun endlich belohnt wurde, hatte sie die Vögel doch den ganzen langen Winter hindurch mit Äpfeln versorgt.

Sie zog Gummistiefel an und ging hinaus in ihren Garten. Jetzt gab es keinen Zweifel mehr, der Boden duftete nach Frühling. Und auch schon eine Spur nach Schneeglöckchen und Krokus. Sie stand lange auf der felsigen Kuppe und wunderte sich, denn gestern Abend hatten ihre Zwiebelpflanzen noch gegen die Schneedecke angekämpft, und jetzt öffneten sie ihre Kelche schon der Sonne.

Die vorsichtigen Eschen auf dem Gemeindegrund zögerten noch, ließen sich vom Wunder dieses Morgens nicht beeindrucken. Auch die Zweige des amerikanischen Ahorns im Nachbargarten zeichneten ohne das geringste Lebenszeichen ein schwarzes Muster in den Himmel. Aber die gewöhnlichen Ahornbäume ließen schon Knospen ahnen und würden bald honigduftend blühen und die Bienen anlocken.

Auch die Hängebirke war meistens eine von den Mutigen und Frühen. Inge suchte sie in der warmen Sonne an der Südseite auf, aber nein, noch keine grünen Mauseöhrchen.

Es war so warm, dass sie die Jacke ausziehen musste. Sie blieb lange im Pyjama stehen und genoss die warme Luft.

Erst als sie ihre Sauermilch aß und ihren Kaffee zubereitete, wandten sich ihre Gedanken Mira und der Fotografie zu, die sie von ihr zum Anschauen bekommen hatte. Das Porträt, das etwas Wichtiges zu erzählen hatte. Wenn Inge es richtig verstand.

9

Eine schöne Frau tritt aus dem verschwommenen Grau der alten Fotografie hervor. Mandelförmige Augen schauen an ihr vorbei, als weigerten sie sich, Inges Blick zu begegnen.

Das war ungewöhnlich. Leute, die in den dreißiger Jahren zum Fotografen gingen, starrten üblicherweise genau in die Linse. Und es geht aus den Details hervor, dass es sich um eine Atelieraufnahme handelt, getönter Hintergrund, elegantes Kleid, Halskette, eine Rose am Ausschnitt.

Die Augen sind groß, etwas schräg, dunkel. Vorwurfsvoll? Leer? Jedenfalls weit weg, in die Ferne gerichtet, als ginge das Naheliegende sie nichts an. Der Mund ist hart, so fest geschlossen, dass die feinen Linien fast zerstört werden. Zorn? Angst? Sie sieht aus, als hätte sie einen Entschluss gefasst, an dem nicht zu rütteln ist.

Langsam wird es Inge bewusst, dass das Bild sie traurig macht, dass sie einen Klumpen im Hals hat. Aber sie weiß nicht warum und versucht vernünftig und neugierig zu denken. Mira hat keine Ähnlichkeit mit ihrer Mutter. Die Frau auf dem Bild ist, oberflächlich betrachtet, schöner, das Oval des Gesichtes ist vollendet wie das Antlitz der Jungfrau Maria auf einem mittelalterlichen Heiligenbild. Sie ist schlank, die lange Nase edel geformt, die Haltung aufrecht.

An Mira ist so gut wie alles rundlich. Inge ist es vorgekommen, als hätte sie noch nie ein so durch und durch lebendiges Gesicht gesehen. Es verändert sich ununterbrochen, jedes Gefühl spiegelt sich wider. Es kann sich verschließen, wenn sie böse wird, aber nicht einmal der Zorn weist das Gegenüber zurück. Und häufig hat es neugierige Augen, die die Welt verschlingen und jeden einzelnen Bissen genießen wollen.

Inge sieht das Foto wieder an, fröstelt bei dem Gedanken, wie es gewesen sein mag, das Kind dieser Eiskönigin mit dem fernen Blick zu sein.

Aber etwas stimmt nicht.

Etwas ist falsch, denkt Inge. Und im nächsten Moment: Es ist ja nur eine Fotografie.

Die Frau hat sich fein gemacht, um zum Fotografen zu gehen, sich vor der Kamera zu brüsten. Der fest verschlossene Mund? Vielleicht hatte sie schlechte Zähne.

Als Inge das Frühstücksgeschirr wegräumt, ruft Mira an, sie jubelt vor Freude.

»Hast du's schon gemerkt? Wir warten hier auf den Frühling, und schon ist der Sommer da. Draußen ist es über zwanzig Grad warm!«

Sie lacht, dass der Telefonhörer zu zittern scheint.

»Ja, ich bin schon durch den Garten gegangen. Aber die meiste Zeit habe ich in der Küche gesessen und das Bild von deiner Mama angesehen.«

Es wird still, Inge zögert, was soll sie sagen?

Aber es ist Mira, die das Schweigen bricht: »Ich kann verstehen, dass du traurig bist. Sie war ein schwieriger Mensch.«

Wieder ist es lange still. Schließlich sagt Inge: »Ich denke darüber nach, wie du so werden konntest, wie du bist.«

»Du hast nicht begriffen, dass ich eine von denen bin, die nie wissen, wohin sie den nächsten Schritt setzen sollen.«

Sie sind sich einig, dass an diesem Sonntag keine Zeit ist, über ernste Dinge zu reden. Fast die ganze Familie Narvaes wird herkommen, um bei der Reparatur des Autos mitzuhelfen.

»Ich werde für ein Mittagessen sorgen«, sagt Mira. »Ich halte unterwegs irgendwo und kaufe ein, was wir brauchen.«

»Wunderbar.«

Inge hatte José sofort gern, all diese verhaltene Wärme in seinen Augen. Er war voll und ganz Spanier, ähnelte weder seinem Bruder noch seiner Mutter. Er hätte einem Gemälde von Velázquez entstiegen sein können.

Inge fragt unvermittelt: »Kannst du Flamenco tanzen?«

»Nein, mein Hobby ist der Gleitflug.«

Inge wundert sich nur, sie weiß nicht, wovon er redet.

Aber er versteht sie falsch und sagt entschuldigend: »Nur manchmal, wenn ich es mir gerade leisten kann.«

Er ist nicht so redegewandt wie sein Bruder, aber er versucht über das Fliegen zu sprechen, über diese unbeschreibliche Freiheit, die Luft, das All.

Inge versteht ihn, will aber wieder auf die Erde zurück: »Wie gefällt es dir in Schweden?«

Er wirft stolz wie ein Spanier den Kopf zurück: »Ich bin Schwede. Ich habe bei den Feldjägern in Arvidsjaur zwei Jahre meine Wehrpflicht abgeleistet.«

»Oh!«, sagt Inge und denkt an die vielen schwedischen Gymnasiasten, die sich zu dieser Einheit gedrängt, aber die Voraussetzungen nicht erfüllt haben.

Plötzlich fällt ihr Miras Erzählung von dem Nachtjungen ein, dem Kind, das unter ihrem Bett lag, zeichnete, malte und seinen Grübeleien in schwierigen mathematischen Gleichungen Ausdruck gab.

Weiter kommen sie nicht, denn jetzt fegt Nesto wie ein Wirbelwind herein. An der Hand hat er Josés kleinen Sohn.

Inge beugt sich vor und schüttelt dem Kind ernsthaft die Hand: »Ich heiße Inge Bertilsson und bin Lehrerin.«

Er antwortet mit demselben Ernst: »Ich heiße Lars-José und gehe in die erste Klasse.«

»Und es gefällt dir in der Schule?«

»Eigentlich ist alles ein bisschen kindisch. Weißt du, ich konnte schon lesen und schreiben, bevor ich in die Schule kam.«

Inge denkt an die Probleme der frühreifen Kinder in den schwedischen Schulen. Zögernd sagt sie: »Es wird bestimmt bald besser, wenn die anderen Kinder das gelernt haben, was du schon kannst.«

»Ja, das sagt mein Papa auch. Aber ich habe keinen Freund.«

Inge läuft es kalt über den Rücken, aber Gott sei Dank ist es wahr, was sie sagt: »Dann haben wir beide etwas gemeinsam. Ich hatte als Kind auch keine Freundin.«

»Und was hast du da gemacht?«

»Habe mir selbst Freunde und Geschichten und so was ausgedacht.«

Er nickt: »Das tue ich auch.«

Inzwischen ist Mira mit all ihren Taschen aus Nestos Bus geklettert und stürmt auf die ihr eigene Art zur Tür herein. Der kleine Junge lässt eine Salve spanischer Wörter los. Mira lacht und fasst kurz zusammen: »Er sagt, dass er dich mag.«

Dann verschwindet der Junge hinaus zu den Männern und dem Auto. Inge geht ihm nach und sieht eine Weile zu, sieht, wie José den Kopf schüttelt. Das wird ein teurer Spaß, denkt sie, und im nächsten Moment: Hol's der Henker. Wird schon hinhauen.

Dann hilft sie Mira beim Auspacken.

Nach einiger Zeit kommt der Junge in die Küche zurück und erklärt, Nana will alleine sein, wenn sie kocht. Mira zwinkert Inge zu und muss laut lachen, als Lars-José hinzufügt: »Sie wird immer böse, wenn man hilft. Ich finde, du solltest mir lieber ein Märchen vorlesen.«

»Aber wir können bei diesem Sonnenschein doch nicht im Zimmer sitzen. Weißt du was, wir tragen die Gartenschaukel ins Freie.«

Inge und der Junge mühen sich ab, die Schaukel aus dem Abstellraum an die Südseite vorm Haus zu bugsieren. Es ist gar nicht so einfach, die vielen Stangen zusammenzufügen, aber schließlich ist alles samt den Kissen an seinem Platz.

Inge ist wieder einmal glücklich über ihre Volksmärchensammlung und sucht ein Buch mit Illustrationen von Åke Arenhill heraus. Es ist wunderschön in rote Seide mit Golddruck gebunden.

»Toll!«, sagt der Junge.

Sie blättern das Buch mit den vielen verführerischen Zeichnungen durch. Schließlich entscheiden sie sich für das schwedische Märchen vom Lunkentus.

Als die Spannung fast unerträglich wird, hebt der Junge die Hand: »Hör jetzt bitte auf. Ich möchte mir den Rest selbst ausdenken.«

Inge wundert sich, aber Sonne und Wärme haben sie müde gemacht.

»Legen wir uns einfach hin und denken nach«, sagt sie und schüttelt die Kissen zurecht, zieht den Jungen an sich und versetzt die Schaukel in leichte Schwingung. Im nächsten Augenblick sind sie schon eingeschlafen und werden nach einer halben Stunde von Miras Lachen geweckt.

»Ich habe mir gleich gedacht, dass das so ausgehen wird. Ich habe zu sagen vergessen, dass Lars-José Märchen immer selbst zu Ende denken will. Und er tut es im Schlaf.«

»O Mira, ich hatte dieses Gefühl schon fast vergessen, wie es ist, ein Kind im Arm zu halten.«

Bei Tisch wird viel gelacht, und Mira muss sich immer wieder anhören, wie gut es schmeckt, dass sie schwedische und chilenische Kochkunst meisterhaft zu verbinden versteht und dass niemand so wunderbar mit Kräutern würzt wie sie.

Mira strahlt wie die Sonne.

Inge hat eine Flasche Wein aufgemacht, aber weder Nesto noch José trinken etwas.

Das Gespräch fließt leicht dahin, Geschichten werden erzählt, es wird gelacht.

Jetzt bekommt Inge die Geschichte vom einzigen Kontakt der Familie mit der Fürsorge zu hören. Alle lachen erwartungsvoll, Inge merkt, das Ereignis ist ein Stück Familiengeschichte. Auch Mira verzieht den Mund. Widerwillig, ein wenig beschämt?

»Ich hatte mich nämlich verliebt«, sagt Nesto, und José ruft laut: »In eine Alfa Romea.«

»Ich habe doch während meiner Jahre in der Schule und im Gymnasium in einem Hotel Betten gemacht. Auf dem Heimweg in der Morgendämmerung, ich werde diesen Tag nie vergessen, habe ich sie erblickt.

Mein Gott, war die schön. Sie war ziemlich zerknautscht, aber der Unfall hatte ihrer Schönheit und auch dem Fahrtwind, der sie wie ein Sturm umtoste, nichts anhaben können. In meiner Phantasie jedenfalls.

Die Gedanken rasten mir durch den Kopf. Ich würde sie reparieren können, sie würde wie neu aussehen. Eines Morgens konnte ich ihr nicht mehr widerstehen, ich stieg aus dem Bus, stellte mich auf den Parkplatz und begehrte diese Karosse sicher eine Stunde lang, und dann tauchte der Mann auf, dem sie gehörte. Er hatte mich von seinem Fenster aus beobachtet und sagte jetzt: ›Für zehntausend kannst du sie haben.‹

Du lieber Himmel, das war ein Vermögen, aber ich hatte Ersparnisse.

Du kannst dir vorstellen, wie es weiterging. Ein Kumpel hat den Alfa mit uns in die Garage bugsiert, und dann haben wir losgelegt. José hat mir geholfen, es wurde teurer, als wir angenommen hatten, denn alle Ersatzteile mussten in Italien bestellt werden. Aber wir haben es geschafft.

Ich machte eine Probefahrt. Es war himmlisch. Dann sagte mir ein Schulfreund, dass ich mit dem Auto erst fahren dürfe, wenn ich die Steuern bezahlt hätte.

Tausend Kronen.

Aber ich war pleite, hatte bei meiner Mutter schon Schulden gemacht. Ich habe vor Enttäuschung fast geheult.

Als ich am selben Tag durchs Stadtzentrum ging, erblickte ich ein Schild, auf dem ›Sozialamt‹ stand. Mir fiel ein, dass jemand gesagt hatte, dort könne man hingehen, wenn man Geld brauchte. Also bin ich raufgegangen, habe mir eine Wartenummer genommen und landete irgendwann bei einem bärtigen Mann. Seine Mundwinkel zuckten, als ich von dem Alfa Romeo erzählte.

Er klärte mich auf, dass die Fürsorge für solche Fälle wie den meinen nicht zuständig sei.

Ich sagte ihm, ich würde innerhalb eines Monats alles zurückzahlen, und er sagte, das behaupten alle.

Dann begann er zu lachen und sagte okay.

Was er auf den Zettel geschrieben hat, mit dem ich zur Kasse ging, weiß ich nicht. Aber ich habe das Geld gekriegt.

Einen Monat später hatte ich tausend Kronen zusammengespart, steckte den Geldschein in meine Jeanstasche und ging wieder in dieses Amt. Der Mann vom Sozialamt wollte gerade essen gehen, aber er erkannte mich wieder. Ich drückte ihm den Schein in die Hand und bedankte mich für die Hilfe.

Er fing zu stottern an, weil er nicht recht wusste, wie er mir das erklären sollte. So einfach gehe das nicht, sagte er.

Also ging er mit mir zur Post und schickte den Betrag per Postanweisung an die Sozialkasse. Dann gingen wir zusammen in eine Pizzeria, aßen und gönnten uns ein Bier dazu. Er lachte ununterbrochen, und ich dachte, für einen Schweden hat er wirklich viel Sinn für Humor.

Wir treffen uns immer noch ab und zu und trinken ein Bier zusammen.«

Inges lautes Lachen klingt glücklich. Und stolz. Auf diesen schwedischen Bürokraten.

Nach dem Kaffee gehen sie in Inges Arbeitszimmer, um das Geschäftliche zu besprechen. Auf dem Schreibtisch liegt das Foto von Miras Mutter.

José hebt fragend die Augenbraue.

Er sagt: »Sie war ein schwieriger Mensch.«

Seine Stimme hat etwas Endgültiges, aber Nesto sagt: »Ich habe sie geliebt.«

José zuckt die Schultern, müde, hier geht es um alte Meinungsverschiedenheiten. Dann wendet er sich an Inge und sagt, sie könnten ihr für acht- bis zehntausend ein kleines Auto beschaffen. Ob sie das wohl aufbringen könnte?

Ja, kann sie.

»Aber für den Betrag kriegt man doch kein ordentliches Auto?«

»Doch, doch«, sagen die Brüder wie aus einem Mund. »Gebrauchtwagen, aber super.«

»Wenn wir den in den Fingern gehabt haben, läuft er wie ein Uhrwerk.«

Erst als die Familie sich verabschiedet hat, fällt ihr ein, dass sie zu fragen vergessen hat, was sie ihnen für die viele Arbeit an dem alten Auto schuldig ist.

»Ist doch wurscht«, sagt sie laut. Aber in ihr Tagebuch schreibt sie: »Das wird ein karger Sommer.« Und dann durchzuckt sie der Gedanke: Autodiebe.

Einwanderer.

Gleich schämt sie sich so sehr, dass sie anfangen muss abzuwaschen. Das tut gut. Sie spült ganz verbissen. Bringt die Küche tadellos in Ordnung.

Eine Weile spielt sie sogar mit dem Gedanken, staubzusaugen. Lässt es aber sein. Und schläft die ganze Nacht durch.

10

Mira hingegen schläft in dieser Nacht nicht viel. Ungestüm bedrängt sie die Angst, diese Freundschaft aufzugeben.

Durch ihren Kopf schwirrt die Frage, was Inge eigentlich zu dem Foto ihrer Mutter gesagt hat, nein, sie kann sich nicht erinnern. Nur an die Traurigkeit in ihrer Stimme. Dieses verdammte Weib zerrt an ihr, reibt sie auf.

Sie versucht Gott um Verständnis zu bitten, aber er ist unerbittlich.

»Sei vernünftig«, sagt Er. Und dann tröstet Er: Sie habe doch einen herrlichen Tag erlebt, ihre Söhne hatten sich ordentlich aufgeführt, sie hat allen Grund, stolz zu sein.

Ja, das stimmt schon. Aber.

»Du verstehst das nicht«, sagt sie zu Gott. »Inge ist listig wie eine Schlange. Sie stellt keine gezielten Fragen. Sie horcht mich aus, umzingelt mich, schwarz und gefährlich. Nicht ein Wort hat sie über sich selbst gesprochen, aber nach mir schnappt sie. Und jetzt tropft das Gift aus allen meinen Wunden.«

»Sie waren noch nicht verheilt«, sagt Gott.

Aber Mira hört ihm nicht zu, bleibt bei ihren Behauptungen und fragt: »Wie verteidigt man sich gegen eine Schwedin, die einem nur Gutes will? Und dabei nichts begreift?«

Sie weint eine Weile, das erleichtert, sie schläft eine Weile. Sie wacht aber mit Herzklopfen auf. Gott schweigt jetzt, er ist nicht mehr da. Aber ein anderer …

Wer?

Bald kann sie es nicht mehr leugnen. Der Junge ist es, ihr Erstgeborener, der erschossen, auf einen Lastwagen geworfen und hinunter zum Fluss gebracht wurde.

»O Javi«, sagt sie, und ihre Angst ist so gewaltig, dass sie meint, es müsse ihr die Brust sprengen.

Dann rettet der Zorn sie, und endlich kann sie mit ihm schimpfen. »Was, zum Teufel, hattest du draußen zu suchen. Du wusstest von der Ausgangssperre, du hast selbst erzählt, wie Menschen auf den leergefegten Straßen von Helikoptern aus totgeschossen wurden. Trotzdem hast du dich von Guille in seinem verdammten Auto mitnehmen lassen.«

Für einen Augenblick beherrscht sie sich, Javi kann ja alle diese schwedischen Flüche nicht verstehen. Aber er antwortet ihr: »Es war das Auto, Nana, Guilles neues Auto ... Er hat mich zu einer Fahrt eingeladen ... ich konnte nicht widerstehen. Ich weiß, dass wir uns gesagt haben, vom Hubschrauber aus können sie ein Auto nicht kaputtschießen ... Und so war's ja auch. Sie haben aus einem Panzerwagen geschossen.«

Sie wollte etwas fragen. Sie hatte tausend Fragen. Hat das Sterben wehgetan? Wusste er, dass sie geflüchtet waren? Wusste er etwas von dem neuen Land ...?

Aber schon bei der ersten Frage war Javi verschwunden.

Schweißgebadet knipst sie die Nachttischlampe an, steht auf, macht überall Licht. Ihre Zähne schlagen aufeinander, sie geht ins Badezimmer, steht lange unter der Dusche.

Der Junge, so schön. Dieses feine Lächeln, doch, José hatte es auch, manchmal konnte er es zeigen, kurz, so als schäme er sich dafür.

Aber José ist viel schwieriger zu verstehen, ein komplizierter Mensch, scheu. Nicht wie Javi, dieser Unkomplizierte, dem so viel Lebensfreude in die Wiege gelegt worden war.

»O Gott«, sagt sie. »Nur du weißt, wie sehr ich dieses Kind geliebt habe.«

Aber Gott hört nicht zu, und sie denkt, dass Er vielleicht auch manchmal schlafen muss. Also legt sie sich ins Bett, zieht entschlossen die Decke bis zum Kinn.

Dann denkt sie, wenn der Junge in dieser Nacht zu ihr gekommen ist, kommt das Mädchen auch.

»Nein!«, schreit sie.

Dann muss sie eingeschlafen sein.

Als sie aufwacht, ist sie felsenfest überzeugt. Otilia ist ihr nicht erschienen, weil sie gar nicht tot ist. Sie ist »verschwunden«. Diese Einsicht flößt Mira Furcht ein.

11

Inge hatte gut und lange geschlafen, war freudig aufgewacht und sah nun, dass die Sonne das Schlafzimmer durch das Fenster hindurch mit Gold überschüttete. Kein Zweifel, der Frühling war gekommen.

Von der Küchentür aus sah sie den ersten Star, hätte ihn am liebsten gestreichelt, um ihm dafür zu danken, dass er sich durch Schnee und Regen gekämpft hatte, um hierher zu kommen. In den Norden. Gegen den Wind. Meile um Meile.

Tapferer kleiner Vogel, hätte sie gerne zu ihm gesagt.

Aber wo waren seine Gesellen?

Da entdeckte sie den Schwarm, der ganze Rasen war von schimmernden, perlschwarzen Vögeln übersät.

Sie hackte Brot und Käse in kleine Bröckchen, öffnete die Tür und lauschte entzückt, als die Vogelschar sich flatternd erhob und zu den unbebauten Wiesen flog.

So leise sie konnte, lief sie barfuß ins Freie und streute ihr Begrüßungsfrühstück ins Gras. Dann verharrte sie reglos hinter der Tür und sah zu, wie die Vögel sich an dem Überfluss satt fraßen.

Der Kaffee war gerade fertig, als das Telefon klingelte. Merkwürdig, dachte sie. Wer ruft an einem Montagmorgen schon vor acht Uhr an?

Eine Stimme fragte auf Englisch, ob sie bereit wäre, das Gespräch zu bezahlen. Inge war erfreut, gleichzeitig aber auch beunruhigt. Warum riefen ihre Töchter um diese Tageszeit an? Hoffentlich war nichts passiert.

Aber die Mädchenstimmen schnatterten fröhlich in den Hörer, doch, doch, alles war bestens. Und in London blühten die Narzissen.

Dann sagte Britta: »Wir dachten, wir rufen dich an, weil wir dir etwas erzählen müssen. Wir waren gestern draußen bei Papa und Marylin. Er war nicht da, und da sagte sie uns, dass sie sich scheiden lassen wolle.«

Inge war sprachlos, der Telefonhörer wurde feucht, so sehr schwitzte sie an den Händen.

»Sie hat es bestimmt nicht leicht gehabt und ihre Kinder auch nicht. Wir haben es dir nicht erzählt, aber er ist ein ziemlicher … Alkoholiker.«

Inge schwieg.

»Marilyn hat ihren Job in der Bibliothek wiederbekommen. Sie verkauft das Haus. Die Jungen werden den Sommer bei den Großeltern verbringen. Auf dem Land, du weißt schon, in Yorkshire.«

Inge brachte noch immer kein Wort heraus.

»Mama, bist noch dran?«

Sie konnte ein Ja stammeln.

»Wir dachten, du solltest es wissen. Es könnte ja immerhin sein, dass er bei dir aufkreuzt.«

»Nein!«

Es war ein Aufschrei.

»Aber Mama, gefährlich ist er ja nicht.«

»Doch!« Sie schrie immer noch. »Für mich ist er gefährlich. Ich will nicht, ich wage gar nicht … Ich will von hier weg.«

»Aber Mama …?«

Jetzt weinte Inge, man hörte sie durchs Telefon aufschluchzen. Zwischen den Schluchzern stieß sie hervor, sie werde zurückrufen. Bald.

Dann legte sie auf.

Nach einer Viertelstunde konnte sie wieder sprechen, konnte fragen: »Was ist nun wirklich passiert?«

»Wir wissen nicht besonders viel, Marilyn hat hauptsächlich davon gesprochen, dass er trinkt und ausfällig gegen sie und auch gegen die Jungens wurde. Seine Firma hat ihn entlassen. Niemand weiß, wo er sich jetzt aufhält.«

»Hat er eine neue Frau?«

»Marilyn glaubt das nicht. Von ihr stammt die Idee, dass er bei dir auftauchen könnte. Mama, du brauchst dich nicht vor ihm zu fürchten, koch ihm eine Tasse Kaffee und rede ein Weilchen mit ihm.«

Sie konnte die Wahrheit nicht aussprechen, also schwieg sie lieber.

Schließlich sagte Britta: »Komm zu uns, Mama. Nimm das nächste Flugzeug. Im Mai schließt Ingrid ihr Studium ab und fährt mit dir nach Hause zurück.«

»Danke«, sagte Inge und weinte wieder. »Ich rufe euch heute Abend an, wenn ich gründlich nachgedacht habe …«

Sie legte sich aufs Bett, fror, kroch unter die Decke. Nach einer Weile hielt sie es nicht mehr aus, ging durchs Haus, überprüfte alle Schlösser, löschte alle Lampen, schloss alle Fenster.

Wahrscheinlich spinne ich doch ein bisschen, dachte sie.

Möglich, dass sie eine Weile geschlafen hatte. Vielleicht war sie vom Widerhall ihres Herzklopfens in der Federkernmatratze aufgewacht. Sie rief im Reisebüro an, ja, sie konnte für Mittwoch ein Flugticket nach London haben.

Zwei Nächte noch und einen Tag.

Sie bezahlte ihre Rechnungen, rief ihren Verlag an und sagte, sie wolle für eine Weile Urlaub machen, rief Nesto an und sagte, »mit dem Auto müssen wir warten, ich muss nach London fliegen«, rief eine gute Freundin in der Stadt an und fragte, ob sie mit ihr ins

Kino gehen würde. Aber die Freundin hatte schon etwas anderes vor.

Schließlich rief sie bei Mira in der Kindertagesstätte an. Wollte fragen, ob sie ein bisschen rüberkommen könne, sagte aber: »Darf ich bei dir übernachten?«

»Na klar.«

Sie holte sich bei Mira im Kindergarten die Wohnungsschlüssel. Später, als sie auf dem Sofa lag, beruhigte sich ihr Herz. Sie sank, tiefer, tiefer.

Als Mira sie weckte, sagte sie fast schon lächelnd: »Ich drehe wahrscheinlich durch.«

Mira gab ihr einen großen Kognak.

»Trink.«

»Danke.«

Dann erzählte sie von dem Mann, der von seiner englischen Frau rausgeworfen worden war und möglicherweise bei ihr auftauchen würde.

»Und wovor fürchtest du dich?«

Da sprach sie es aus: »Ich liebe ihn.«

Mira schnaubte und sagte: »Jetzt koche ich erst mal Kaffee. Und mache uns ein paar Butterbrote. Du bist ja halb verhungert.«

Am Küchentisch schwiegen sie.

Lange.

Schließlich fing Mira von ihrer Nacht zu erzählen an. Von ihrem toten Sohn, der sie besucht hatte, von ihrer Tochter, die nicht gekommen war. Und von ihrer Schlussfolgerung: Sie lebt, sie gehört zu denen, die verschwunden sind.

»Das ist fast noch schlimmer«, sagte sie, und unter ihren geschlossenen Augenlidern quollen Tränen hervor.

Inge fing hemmungslos zu weinen an.

»Ich war heute Nacht wütend auf dich. Du förderst mit deinen Fragen alle Erinnerungen zutage.«

Inge wollte sich verteidigen, wollte sagen, dass niemand seiner Vergangenheit entfliehen kann, dass sie es nicht so gemeint hatte …

Aber sie schwieg.

Mira sprach weiter: »Heute Nacht habe ich beschlossen, dich über dich selbst auszufragen und dich zum Sprechen zu zwingen. Du bist voller Geheimnisse, Inge. Dann dachte ich, du würdest bestimmt mit einer riesigen Wortflut antworten. Und nichts davon würde wahr sein.

Ich wollte dich über deine Scheidung befragen. Und ich war sicher, du würdest die üblichen schwedischen Antworten bereithalten, deine Mühen mit den Kindern, mit dem Beruf, dem Kochen, Abwaschen und dass er immer nur gebügelte Hemden und süß schlummernde Kinder erwartete.«

»Du hast Recht«, sagte Inge. »Diese Antworten hättest du gekriegt. Wenn du mich gestern gefragt hättest.«

Dann klagte sie: »Ich habe ja selbst dran geglaubt, Mira. Und irgendwie ist es auch wahr.«

»Aber es ist nicht die ganze Wahrheit?«

»Nein.«

»Was euch Schweden das Leben so erschwert, ist, dass ihr immer Erklärungen braucht. Ihr müsst alles mit dem Verstand erfassen können. Aber dieses verdammte Leben ist nun mal nicht zu verstehen.«

Sie saßen einander schweigend gegenüber. Schließlich sagte Mira lächelnd: »Erkennst du den Finger Gottes?«

»Nun, eine Ahnung vielleicht«, sagte Inge erschrocken.

Und wieder schwiegen sie.

»Wie denkst du dir deine Tochter?«

»Sie könnte wahnsinnig geworden sein und im Land umherirren. In Chile gibt es vermutlich keine Irrenanstalten mehr. Sie könnte als Prostituierte in Santiago leben. Sie könnte mit einem von Pinochets Männern verheiratet sein und die Partys der Junta besuchen. Sie ist sehr schön. Gleicht ihrer Großmutter.«

Mira weinte immer noch nicht, aber aus ihren Augen schrie die Angst.

Inge sagte: »Jetzt trinkst du einen Kognak.«

Es war schwierig, Inge musste ihr gut zureden, sie fast zum trinken zwingen. Sie hörte nicht zu sprechen auf, die Worte überstürzten sich: »Es muss möglich sein, das Mädchen ausfindig zu machen. Es muss Organisationen, Vereine geben, die Nachforschungen betreiben. Amnesty könnte etwas herausfinden. Du hast doch noch immer Briefkontakt zu deinen Verwandten in Santiago.«

»Die würden es nie wagen, sich nach Otilia zu erkundigen. Das ist gefährlich …«

Jetzt konnte Mira weinen, sagte entschuldigend: »Der Alkohol benebelt mich richtig.«

»Das ist gut«, sagte Inge ruhig. »Dann kannst du heute Nacht wenigstens schlafen.«

Sie verabschiedete sich, wollte doch nach Hause gehen. Nicht über Nacht bleiben.

Auf dem Heimweg überlegte Inge, was sie sagen würde, wenn Jan zu Hause auf der Treppe säße. Sie würde so tun, als wüsste sie von seiner Scheidung nichts, würde nur sagen: Was machst du denn hier? Er würde sagen, dass er ein bisschen plaudern wolle, sie würde sagen, sie habe keine Zeit, sei gerade bei der letzten Durchsicht eines Buches. Er würde ihr Vorwürfe machen, sie habe nie Zeit für ihn gehabt. Sie würde nicht widersprechen, nur sagen, dass sie einander nichts mehr zu sagen hätten.

Natürlich saß niemand auf der Treppe.

Die Luft in ihrem Haus war schlecht, sie öffnete Fenster und Türen, machte Durchzug.

Beim Öffnen der Türen schämte sie sich ganz fürchterlich. Ihr war alle Vernunft abhanden gekommen. Sie war hysterisch, verrückt.

Sie rief ihre Töchter an, bat um Entschuldigung.

»Ich kann nicht begreifen, was in mich gefahren ist.«

»Aber du kommst am Mittwoch?«

»Ja, wie abgemacht.«

»Gut, dann können wir uns aussprechen. Damit wir alles besser verstehen.«

Ich habe nur vierundzwanzig Stunden Zeit. Um selbst zu verstehen, dachte Inge, als sie den Hörer aufgelegt hatte. Im selben Moment hörte sie Mira lachen.

12

Liebe. Ist sie so, wie die Griechen sie sich vorgestellt haben, ein Gott, der einen Pfeil abschießt, damit das Leben, davon getroffen, Funken sprüht?

Oder ist es nur eine große Projektion?

Eigentlich besteht da kein Unterschied.

Oder doch? Der Gott, der seine Pfeile abschoss, war ein Sohn der Gegensätze. Sein Vater war der Kriegsgott Ares, und Aphrodite, die Göttin der Leidenschaft, war seine Mutter.

So wurde er selbst zum Schicksalsboten.

Die Projektion war Menschenwerk, von Unbestimmtem gesteuert.

Warum schmerzte es so? Nach all den Jahren. Was hatte sie bewogen, zu Mira zu sagen, dass sie ihn liebte? Heute. Jetzt.

Sie versuchte sich ein Bild von ihm zu machen. Ein gewalttätiger Alkoholiker. Sie bekam Bauchschmerzen, krümmte sich zusammen, musste die Toilette aufsuchen. Sie drohte dem weißen Gesicht im Spiegel: Du verlierst nicht noch einmal die Fassung.

Aber, lieber Gott, wie tat Jan ihr Leid!

Sie dachte an ihren Vater, sein vornehmes Gesicht, seine freundlichen Augen, die sanften Hände, die sie streichelten.

Sein freudloses Lächeln.

Sie sei das einzige, was ihn durchhalten ließ, hatte er ihr gesagt.

So weit sie sich zurückerinnern konnte, hatte sie ihn vor Mutters Zornausbrüchen zu schützen versucht. Das eine oder andere Mal hatte sie Mutter beruhigen können.

Nie aber Vater trösten.

Das war dem Kind nie gelungen.

Die Auseinandersetzungen, die langen, schrecklichen Streitereien, die das Kind fast um den Verstand brachten. Sie versteckte sich im Kleiderschrank, hielt sich die Ohren zu, wenn die Eltern einander menschenunwürdig behandelten.

Er sei ein Schwächling, schrie die Mutter.

Und er gab es zu, er sei ein Schwächling, sei es immer gewesen.

Als sie zwölf war, verstummte der Streit. Der Vater erzählte der Tochter, er habe eine andere Frau gefunden. Er war glücklich, stolz.

Gott, wie sehr vermisste sie ihn nach der Scheidung.

Jetzt war sie allein.

Die Mutter weinte nachts in ihrem Bett.

Aber eines Morgens verstummte das Weinen, und in den Scherben ihres Lebens entdeckte die Frau, dass sie ein Kind hatte.

Es war viel zu spät, natürlich war es das. Aber es gelang Mutter und Kind, nach und nach Freundschaft zu schließen.

Sie sprachen nie über das, was gewesen war.

Der Mutter fiel es schwer, zärtlich zu sein. Worte fehlten ihr ganz. Was sie der Tochter geben wollte, war ein hohes Selbstwertgefühl. Und das Kind ging darauf ein, aus Angst, auch noch die Mutter zu verlieren.

Sie wurde eine gute Schülerin, ihre bislang mittelmäßigen Zeugnisse wurden glänzend. Sie wuchs, und mit der Zeit wurde sie richtig hübsch.

Und dann ging sie an die Universität und erfreute ihre Mutter mit einem akademischen Abschluss nach dem anderen.

Als Inge Jahre danach mit ihren Kindern schließlich alleine war, musste sie an ihre Mutter denken. Wie stark sie gewesen war. Und wie hart ihr Leben. Sie hatte keinerlei Ausbildung bekommen. Sie putzte abends Büroräume und scheuerte morgens in Mietshäusern die Treppen.

Keinen Pfennig bezahlte der Vater an Unterhaltskosten.

Es war festgelegt worden, dass das Kind jedes zweite Wochenende beim Vater verbringen sollte.

Inge fühlte sich in seinem neuen Heim nie wohl, und eines Tages stellte sie fest, dass seine neue Frau ebenso böse werden konnte wie seinerzeit ihre Mutter, dass die schlimmen Streitereien am Küchentisch bereits auf der Lauer lagen. Und losbrechen würden, sobald das Kind sich verabschiedet hatte.

Es gab dort auch ein neues Kind, einen quengeligen Jungen.

Sie ging immer seltener hin. Das letzte Mal würde sie nie vergessen, denn da hatte sie ihren Vater zum ersten Mal so gesehen, wie er wirklich war.

»Er ist ein Märtyrer«, hatte die neue Frau gesagt. Sie verfügte über mehr Wörter, als die Mutter des Mädchens.

Und Inge beobachtete sein Gesicht mit den harmonischen Zügen genau, in denen das erstorbene Lächeln automatisch, aber unregelmäßig kam und ging. Wie die Tränen, die immer wieder in seine Augen traten. Ihre Mutter hatte Recht gehabt, er konnte einem Leid tun.

Sie ging nie wieder dorthin.

Aber sie liebte ihn weiterhin.

Sie liebte ihn immer noch. Besuchte ihn einmal im Monat im Pflegeheim, wo seine Art des Seins schließlich belohnt wurde.

Hier gab es endlich die Geduldigen, die offensichtlich zuhörenden, unerträglich freundlichen Frauen.

Sein Sohn, ihr Halbbruder, war geflüchtet. Nach Australien. Er schickte nicht einmal zu Weihnachten eine Karte.

Inge wollte den Bildern Einhalt gebieten, ging in die warme Nacht hinaus und atmete tief durch.

Aber die Gedanken machten weiter.

So war das also mit mir, dachte sie. Kein Gott mit Pfeil und Bogen war nötig gewesen, um sie in Jans Arme fallen zu lassen.

Aber der Gedanke verletzte sie.

Als hätte sie etwas Großartiges besessen und es eingestampft.

Ihre Bilder veränderten sich.

Seine Arme. Wie schön war es gewesen, als sie einander langsam und zärtlich erforschten, Körper voller Freude und Überraschungen. Dem Körper wohnt ein Glück inne, das die ganze Welt zum Strahlen bringt.

Jan hat mir meinen Körper geschenkt, und das war vielleicht das Größte, was mir je widerfahren ist. All die Sinnlichkeit, alle meine Fähigkeiten zu sehen, riechen, horchen, genießen, hat er mir geschenkt.

Es war schon fast Mitternacht, als sie sich in ihrem Bett ausstreckte. Ich muss schlafen. Aber der Schlaf wollte nicht kommen, Lust überkam sie. Sie umarmte, wie so viele Male zuvor, ihr großes Kissen. Danach weinte sie.

13

Inge schloss ihr Haus am nächsten Morgen mit gemischten Gefühlen ab, ging zur Nachbarin hinüber und übergab ihr die Schlüssel.

»Ich mache jeden Abend eine Runde«, sagte Kerstin. »Aber du weißt ja, hier passiert nie was.«

Sie hat Recht, dachte Inge. Hier passiert nie was.

Sie war morgens gegen vier aufgeweckt worden. Schritte in der Auffahrt. Und dann das Klappen des Briefkastens.

Der Zeitungsmann.

Inge hatte Herzklopfen und konnte nur schwer wieder einschlafen.

In aller Frühe hatte sie Mira angerufen, deren Stimme tief und belegt klang.

»Ich habe erfahren, dass die Chilenen in London eine Organisation haben, die sich mit der Suche nach Menschen befasst, die während des Putsches verschwunden sind.«

Mira schwieg lange Zeit. Schließlich sagte sie: »Ich muss gründlich nachdenken. Und mit José und Nesto sprechen.«

»Verstehe. Ich rufe dich in ein paar Tagen aus London an.«

Zu ihrem Spiegelbild im Badezimmer hatte Inge laut und wütend gesagt: »Du brauchst dich vor nichts anderem zu fürchten als vor deiner eigenen Schwäche.« Der Spiegel war mit ihr einer Meinung. Als ihre Gesichtszüge sich entspannten, hatte sie mit verzogenem Mund festgestellt, dass ihr Lächeln freudlos war wie das ihres Vaters. Sie sehe ihrem Vater ähnlich, hatte es schon geheißen, als sie klein war.

Und jetzt das, nein.

»Ich bin kein verdammter Schwächling«, hatte sie gesagt, und noch einmal hatte das Spiegelbild zustimmend genickt.

Jetzt saß sie im Flugzeug und dachte an ihre Töchter, die, von ihrer Reaktion am Telefon aufgeschreckt, in Heathrow auf sie warteten. Vielleicht waren sie auch beunruhigt, sie waren es nicht gewöhnt, dass ihre Mutter die Fassung verlor.

Und nun standen sie dort.

Blond, ihr selbst ähnlich. Schön geformte Gesichter, hohe Stirn, gerade Nase, aufrechte Haltung. Nur Britta hatte gewisse Züge von Jan, einen großen Mund mit viel Lachen und einer Reihe weißer Zähne.

Sie hatten während der langen Busfahrt in die billige Londoner Pension viel zu reden, in der die Mädchen während ihrer Studentenzeit zusammenwohnten. Die abgerackerte Wirtin hieß Inge willkommen und sagte, das übliche Zimmer stehe für sie bereit.

Hunger hatten sie nicht. Nach alter Gewohnheit hatten sie schon gegessen, Inge im Flieger und die Mädchen in einer Bar am Flughafen.

Inge versuchte zu erklären, dass sie einfach nicht verstehen konnte, was mit ihr passiert war, als sie von Jans Scheidung erfuhr. Aber inzwischen habe sie sich beruhigt. »Ich habe heute Morgen zu meinem Spiegelbild gesagt, dass ich mich nicht vor Jan fürchte, sondern vor meiner eigenen Schwäche.«

»Du meinst, dass du … eine Schwäche für ihn hast? Nach all den Jahren!«

Inge gab zu: »Als meine Hysterie auf dem Höhepunkt war,

habe ich zu einer guten Freundin gesagt, dass ich ihn noch immer liebe.«

»Ist das wahr?«

»Nein, ich glaube nicht. Ich habe ja einige Nächte zum Nachdenken gehabt.«

»Und was hast du gedacht?«

»Komisch, ich habe vor allem an meinen Vater gedacht.«

»An Großvater?«

»Ja.« Sie erzählte von den Bildern, die während der ersten Nacht gekommen und gegangen waren, von den Zusammenhängen, die sie erkannt hatte.

Schließlich sagte Britta, es sei doch eigenartig, zu welchen Erinnerungen und Schlussfolgerungen Jans Scheidung sie geführt habe. Die ging doch eigentlich keine von ihnen etwas an.

»Wir haben oft daran denken müssen, wie wütend wir auf dich waren, weil du ihn rausgeworfen hast. Und wie wir uns nach ihm gesehnt haben, wie wir uns gewünscht haben, dass er kommt und Unsinn mit uns macht und uns bis an die Decke wirft. Wie schrecklich es war, raus aufs platte Land zu ziehen … in dieses enge Reihenhaus. Und wie wir uns gefreut haben, als wir nach London fahren und ihn besuchen durften.«

»Ich weiß«, sagte Inge, und das Schuldgefühl ballte in ihrem Magen die Faust. Aber die Mädchen nahmen sich gegenseitig fast das Wort aus dem Mund.

»Du weißt so vieles nicht, Mama. Es war überhaupt nicht schön in England. Marilyn war freundlich und tat für uns, was sie nur konnte, aber Papa … nein, der hat uns überhaupt nicht beachtet. Er hat sich nicht für uns interessiert, hat nie nach irgendetwas gefragt, nach der Schule und so. Und hat nie etwas von sich selbst erzählt. Schließlich haben wir uns damit abgefunden, und die Träume vom wunderbaren Papa starben während der Winter in Schweden langsam ab. Daran musst du dich doch erinnern,

Mama? Dass wir uns irgendwann weigerten, nach England zu fahren.«

Inge erinnerte sich sehr wohl, wie niedergeschlagen die Kinder heimgekommen waren und wie sie sie abends hatte weinen hören.

»Warum hast du uns nie gesagt, dass er ein richtiges Aas ist und immer nur an sich selbst denkt?«

»Ja, du lieber Gott!«, sagte Inge und biss die Zähne zusammen.

Zornig fügte sie hinzu: »Hättet ihr mir denn geglaubt?«

»Das ist kaum anzunehmen. Aber wir hätten wenigstens einen gewissen Rückhalt gehabt, als der Held absackte. Du verhältst dich immer idiotisch solidarisch. In jeder Beziehung.«

Inge schwieg.

»Ihm waren auch seine neuen Söhne gleichgültig«, sagte Britta. »Marilyn hat es jahrelang schwer gehabt und ganz besonders in letzter Zeit. Ich begreife nicht, wie sie es ausgehalten hat.

Als wir mit ihr darüber sprachen, wehrte sie mit den Händen ab und meinte, dieselbe Frage müssten wir dir stellen.«

Inge schwieg. Britta ließ nicht locker.

»Warum bist du so lange bei ihm geblieben, Mama?«

Schließlich antwortete Inge, und sie hörten alle drei, dass sie es kaum schaffte: »Ich war so unsicher.«

Aber ihre Stimme war härter, als sie fortfuhr: »Man muss hassen können. Und das fällt mir unglaublich schwer, es ist, als müsse man etwas Verbotenes tun.«

Ihr Blick verlor sich an der Zimmerdecke.

»Und dann diese ganzen Zweifel. Es ging in erster Linie um euch und um den Lebensunterhalt, Geld, Wohnung. Und dazu mein Stolz, es war schwer, die Anstellung an der Universität aufzugeben und Dorfschullehrerin zu werden.

Wie gesagt, man muss hassen können. Und sehr stark sein. Es hat gedauert, bis ich soweit war. Und nach der Scheidung, als sich nach und nach alles regelte, kam die Traurigkeit. Nicht nur ihr habt euch nach Jan gesehnt.«

Sie schwiegen lange, Ingrid weinte, aber Britta zog es vor, das Thema zu wechseln.

»Wir sind zu Marilyn gefahren, um ihr beim Umzug zu helfen. Ihre Brüder waren auch dort. Sie haben uns mit einer Distanz behandelt, die so breit war wie der Ärmelkanal. Typisch britisch, weißt du. Wir hatten eine solche Wut, dass wir uns selbst geschunden haben wie Vieh, aber das half so gut wie nichts.«

»Ein bisschen freundlicher sind sie mit der Zeit doch geworden«, sagte Ingrid.

Sie packte eine Flasche Bier aus, und Inge trank gierig. Sie wusste schon gar nicht mehr, wie gut das englische Bier schmeckte. Und wie stark es – gemessen an dem schwedischen Gebräu – war.

»Ist er immer noch verschwunden?«

»Ja. Marilyn und ihre Brüder haben Nachforschungen angestellt. Sie haben sehr bestimmt darauf hingewiesen, dass das ihre Angelegenheit sei und nicht unsere. Wir seien volljährig und hätten keine Ansprüche an ihn zu stellen.

Als wenn wir das je getan hätten«, sagte sie.

Britta packte eine zweite Flasche Bier aus. Inge trank und merkte nicht, dass ihre Töchter besorgte Blicke tauschten.

»Etwas Unangenehmes haben wir noch nicht erzählt. Als Jan verschwunden ist, hat er die Ersparnisse der Familie von der Bank abgehoben, Geld, das Marilyn für den Schulbesuch ihrer Söhne zurückgelegt hatte.«

Inges Gesicht flammte rot auf, aber sie war eiskalt vor Zorn.

»Mama, warum bist du bei unserem Anruf so erschrocken? Leidest du an Vereinsamung?«

»Nein. Ans Alleinsein habe ich mich gewöhnt.«

Sie überlegte sehr genau, schüttelte dann aber den Kopf. Ihre merkwürdige Reaktion hatte nichts mit Einsamkeit zu tun gehabt.

Kurz darauf lachte sie übers ganze Gesicht und sagte: »Ich habe übrigens etwas Wunderbares erlebt. Ich habe mich mit einer chilenischen Familie angefreundet. Durch sie lerne ich tatsächlich, die Dinge auf ganze neue Art zu betrachten und überhaupt neu zu denken.«

Und sie begann zu erzählen, wie sie Mira in der Gärtnerei kennen gelernt hatte, und von den afrikanischen Lilien. Und von dem Indianer Nesto und dem Spanier José, die ihr Auto wieder in Schuss gebracht hatten.

Ihre Töchter hörten zu, hingen mit großen, erstaunten Augen an ihren Lippen. Wenn Inge zwischendurch Luft holte und noch einen Schluck Bier trank, jubelten die Mädchen, dass die Scheiben klirrten, und bogen sich vor Lachen.

Inge sah die beiden erstaunt an. Schließlich riss Ingrid sich zusammen: »Mama, das ist ja geradezu verrückt. Wir haben nämlich auch ein chilenisches Geheimnis, schön, indianischer Typ, sehr jung. Er heißt Fernando Larraino, genannt Nano. Und er ist in Britta verliebt und sie in ihn.«

Inge blieb das Lachen im Hals stecken, und sie sagte fast feierlich: »Wieder der Finger Gottes.«

Und Ingrid meinte, du bist doch wohl nicht fromm geworden, Mama?

»Nur ein bisschen«, sagte Inge. »Daran ist Mira schuld.«

»Ist sie katholisch?«

»Nein, sie hat ihren eigenen Glauben. Sie spricht oft mit Gott, und manchmal erscheinen ihr nachts die Geister ihrer Verstorbenen.«

Inge beachtete die Verwunderung ihrer Töchter nicht, sondern sagte nur: »Ich muss deinen Freund kennen lernen und unter vier Augen mit ihm sprechen.«

»Ich rufe ihn an und lade ihn zum Essen ein«, sagte Britta mit vor Freude rosigen Wangen.

Nano war ein völlig anderer Typ als Inges schwedische Chilenen. Zwar hatte er auch diesen honigfarbenen Teint und die hohen Backenknochen. Aber alles an ihm war Klasse, Stil und Selbstverständlichkeit. Er bewegte sich elegant und fand ohne Schwierigkeiten die richtigen, angemessen liebenswürdigen Worte, als er Inge vorgestellt wurde. Sein leicht schleppendes, nasales Englisch ließ das kostspielige Internat erkennen.

Inge versuchte ihre Vorurteile zu unterdrücken.

Er habe ein Auto, sagte er. Er habe in der Hoffnung, seine schwedischen Freunde zum Essen einladen zu dürfen, in einem indonesischen Restaurant einen Tisch bestellt.

»Man dankt«, sagte Ingrid, und ihre Mutter hörte den Sarkasmus heraus. Nano nahm ihn ebenfalls wahr und errötete leicht.

Problemlos ist das nicht, dachte Inge und sah Britta an. Aber die hatte nichts bemerkt.

»Meine Mutter möchte gern unter vier Augen mit dir sprechen«, sagte sie, und in diesem Augenblick verlor der junge Mann seine Sicherheit. Er war plötzlich sehr jung und verletzlich.

Inge gefiel er jetzt besser.

Sie gingen hinüber in ihr Zimmer, und sie begann sogleich von ihrer chilenischen Freundin und deren Tochter zu erzählen, die als verschwunden galt. Stimmte es, dass es in London eine Organisation gab, die Nachforschungen anstellte?

Er seufzte vor Erleichterung, als er antwortete, er selbst sei in dieser Sache nicht so engagiert. Aber seine Mutter sei es und habe viele Freunde in der chilenischen Bewegung. Außerdem sei sie Rechtsanwältin. Er werde ein Treffen arrangieren.

Inge strahlte, sagte aber: »Sagen Sie den beiden Mädels vorläufig nichts davon.«

»Unser Geheimnis«, sagte der junge Mann und hauchte ihr einen Kuss auf die Wange.

14

Am nächsten Morgen war Inge allein. Ihre Töchter waren zum Unterricht gegangen, und sie selbst wollte sich einen Spaziergang durch die Kew Gardens gönnen. Tausende Narzissen, blühende Magnolien, Pfirsichbäume.

Aber kaum war sie angezogen, klingelte das Telefon: »Hier ist Matilde Larraino. Ich habe gehört, Sie wollen mir eine Frage stellen.«

»Ja.«

»Können wir uns zum Mittagessen treffen?«

»Ich bin sehr dankbar.«

Sie verabredeten einen Treffpunkt. Inge rief Mira an, aber es hob niemand ab, rief dann im Tagesheim an, und dort war sie dann. Ja, sie seien übereingekommen, einen Versuch zu wagen. Mira gab ihr den vollständigen Namen und das Geburtsdatum ihrer Tochter durch und auch den damaligen Wohnort.

Sie überflog ihre Notizen noch einmal, bevor sie den Zettel zusammengefaltet in die Handtasche steckte. Das Mädchen war 1961 geboren und 13 Jahre alt gewesen, als es nach einer Vergewaltigung verschwand.

Inge nahm sich ein Taxi, das sich geschickt durch den Verkehr hin zu dem unauffälligen Restaurant schlängelte, in dem Matilde wartete. Noch lange Zeit danach überlegte Inge, wie sie bei dieser ersten Begegnung ausgesehen hatte. Schön natürlich, gut angezogen, graues Kostüm und Perlenkette. All das hatte Inge auch erwartet. Ihr Interesse wurde aber von etwas völlig anderem so sehr abgelenkt, dass sie zunächst mit ihrem Englisch nicht zurechtkam.

Ich darf sie nicht anstarren, dachte Inge.

Als aber der Kellner kam und Matilde sich erwartungsvoll in die Speisekarte vertiefte, hatte Inge Gelegenheit, sie näher zu betrachten.

Braune Augen, so dunkel, dass die Pupillen kaum zu erkennen waren. Große runde Brillengläser. Kastanienfarbenes Haar, kurz geschnitten wie eine eng anliegende Haube. Weiße Haut, glatt, nur ein paar feine Fältchen um die Augen. War das Leben sanft mit ihr verfahren?

Sie ist unverdorben!

Als Matilde die Bestellung aufgegeben hatte, wandte sie sich an Inge und sagte, sie habe Britta sehr gern und freue sich über die Liebe der jungen Leute.

»Wir werden miteinander verwandt sein.«

Inge war verblüfft, so weit hatte sie noch gar nicht gedacht. Dann zuckte sie mit den Schultern und meinte, die heutige Jugend bestehe auf dem Recht auszuprobieren. Und dass sie das gut fand. Worauf Matilde erwiderte, sie habe gewisse Schwierigkeiten mit dieser modernen Art, die Liebe zu handhaben.

Sie meinte, es könne im Leben eines Menschen viele Verliebtheiten geben, aber nur eine Liebe.

Als sie Inges Verwunderung sah, lächelte sie: »Ich kann verstehen, dass Sie mich romantisch finden. Aber ich glaube es zu wissen.«

»Dann muss ich mich dem wohl beugen«, sagte Inge, und zum ersten Mal lächelten die beiden Frauen einander an.

Sie aßen, während das Restaurant sich langsam mit Gästen füllte, Seezunge mit Avocadosauce und tranken dazu ein Glas Weißwein. Gemurmel füllte den Raum, und es wurde schwierig, das Gespräch fortzusetzen.

»Was haben Sie sich für heute vorgenommen?«

»Mir in den Kew Gardens den Frühling anzusehen.«

»Na, dann machen wir das doch. Ich habe den ganzen Nachmittag Zeit.«

Sie fuhren mit der U-Bahn und saßen eine Stunde später auf einer Parkbank unter zartgrünen Buchen am Rand eines Tulpenmeeres.

Inge erzählte von Mira und deren Söhnen. »Sie machte einen so offenen Eindruck, und ich wurde sehr neugierig. Ich wusste ja nicht, was meine Fragen bewirken würden.«

»Vielleicht waren es gar nicht die Fragen, sondern eher die Tatsache, dass Sie ihr nahe kamen. Ist sie verbittert?«

»Nein, sie ist fröhlich, wenn sie nicht gerade zornig ist. Und maßlos neugierig. Auf alles, sie will ununterbrochen dazulernen, sie verbohrt sich in dieses neue Land, seine Sprache, die Sitten und Gebräuche. Täglich entwickelt sie neue Theorien über die Schweden und warum sie so sind, wie sie sind.«

»Kritisch?«

»Ja, das auch. Sie ist unwahrscheinlich … explosiv. In Sekundenschnelle kann sie wütend werden, dass die Funken fliegen. Wenn es vorbei ist, lacht sie über sich selbst.«

»Das kommt mir bekannt vor. Im Jetzt leben, sich nichts entgehen lassen. Was gewesen ist, ist vorbei, ist tot und begraben. Können Sie das verstehen?«

»Ich versuche es.«

»Neugier auf alles Neue ist eine große Hilfe. Und dann natürlich auch der Kampf ums Dasein, die Schwierigkeiten der Einwanderer mit der Sprache, mit dem Beruf und der Ausbildung.«

Matilde ließ den Blick über die Blumenbeete schweifen, atmete den Duft ein und schwieg eine Weile.

»Das Schicksal Ihrer Freundin schmerzt mich. Zu der plötzlichen Einsicht gezwungen zu sein, dass man ein Kind in der Hölle zurückgelassen hat. Herr, du mein Gott, ist das schwer.«

Matilde hatte Tränen in den Augen, als sie fortfuhr: »Es gibt noch eine andere Erklärung für den Erinnerungsverlust. Sie werden das kennen. Das Opfer schämt sich. Es war unglaublichen Demütigungen ausgesetzt und empfindet das als Schande. Mira hat nicht nur deswegen so lange geschwiegen, weil die Erinnerungen schmerzen, sondern vor allem, weil sie sich schämt. Ich weiß es, ich bin selbst vergewaltigt und gefoltert worden.«

Inge schnappte nach Luft, aber Matilde fuhr fort: »Mira und ich sind einander ähnlich, haben Sie das bemerkt?«

Inge überlegte eine Weile und sprach dann aus, was sie dachte. Es gab zwar Ähnlichkeiten, aber doch auch einen großen Unterschied.

»Mira ist nicht ganz so … zivilisiert. Die gesellschaftliche Herkunft prägt einen Menschen ja ebenso wie seine Nationalität«, sagte sie.

Matilde nickte und meinte, die Bemerkung sei verständlich.

Inge wurde rot: »Ich kämpfe gegen meine kleinbürgerlichen Vorurteile an, so gut es geht.«

»Genau wie ich gegen meinen Standesdünkel.«

Jetzt konnten sie lachen.

Eine Schulklasse kam an der Bank vorbei, auf der sie saßen, und die Kinderstimmen übertönten das Vogelgezwitscher. Als die Schulkinder weitergegangen waren, fuhr Matilde fort: »Ich bin in Santiago aufgewachsen, habe die Stadt aber nie zu sehen bekommen. Zwischen mir und der Wirklichkeit lagen zwanzig luxuriöse Zimmer und ein großer Park. Englische Konversation bei Tisch. Mein Vater war der Ansicht, Spanisch sei in erster Linie eine Sprache für Ungebildete, für Träumer und Weiber. Zumindest in Chile, wo die Muttersprache entartet sei, behauptete er. Sie sei ungezügelt, angereichert mit Übertreibungen, magischem Denken und romantischen Träumereien. Englisch hingegen trainiere den Verstand, lehre uns, maßvoll und kritisch zu denken.«

»Ist da etwas dran?«

»Ja, vielleicht. Chilenisch ist die Sprache der ungehemmten Gefühle, und ich liebe das. Aber eigentlich wollte ich Ihnen erzählen, dass es in unserem Haus von Dienstboten wimmelte, die für uns ebenso selbstverständlich waren wie die Luft, die wir atmeten. Keiner von uns dachte auch nur im Entferntesten daran, dass diese eilfertigen Schatten Menschen waren. Arme Leute waren etwas Wesenloses, man konnte sie nicht greifen, und trotzdem nähte meine Mutter Hemden für sie. Ist es schwierig, das zu verstehen?«

»Ja.«

»Für mich auch.«

»Mag sein, dass Niveau-Unterschiede von ganz oben her schwer wahrzunehmen sind«, sagte Inge und fuhr dann fort: »Das ist wohl der Grund, warum vor Gott alle gleich sind.«

»Jetzt scherzen Sie aber?«

Inge hörte heraus, dass Matilde schockiert war, und antwortete einfach: »Natürlich.«

Eine Mutter mit Kindern und zwei großen Hunden kam vorbei. Matilde rührte sich nicht.

Als sie wieder allein waren, musste Inge fragen: »Wie konnten Sie mit diesem Hintergrund zu einer Gefahr für die Militärdiktatur werden?«

»Zu Anfang hatte es nichts mit Politik zu tun. Es war die Liebe, die große, wunderbare, verflixte Liebe«, sagte Matilde mit solcher Leidenschaft, dass es Inge die Sprache verschlug.

Dann erzählte sie, dass sie mit neunzehn Jahren an der Universität Jura zu studieren begonnen hatte. Ihr Vater hatte Bedenken, aber ihre Mutter meinte, eine Tochter habe heutzutage das gleiche Recht auf eine Ausbildung wie ein Sohn. Der Vater erwiderte, Matildes Zukunft sei gesichert und vorgegeben. Sie sah gut aus und konnte nicht nur Klavier spielen, sondern auch französische Konversation machen. Und das Wichtigste von allem, sie besaß ein großes Vermögen.

»Ich war also auf dem Heiratsmarkt ein sehr begehrtes Objekt, müssen Sie wissen.

Aber mein Onkel stellte sich überraschenderweise auf die Seite meiner Mutter, und schließlich gab Vater nach. Was konnten einige Jahre akademische Studien schon schaden.

An der Universität gab es eine Fülle junger Revolutionäre. Plötzlich befand ich mich in einer Welt, in der Zorn und Aufruhr loderten. Und ich merkte auf, ach, wie hörte ich zu! Und ich lernte. Und beobachtete. Als ich nachmittags nach Hause kam, sah ich meine Zofe zum ersten Mal an, und auch den Gärtner und die alte Köchin. Ich schämte mich. Aber ich hatte nicht den Mut, mit ihnen zu reden.

Ich schwieg zu Hause ebenso wie an der Universität. Aber ich konnte nachts kaum mehr schlafen.

Eines Tages begegnete ich Pedro. Es waren eigentlich nur unsere Blicke, die sich begegneten, und es gibt keine Worte für das, was in diesem Augenblick mit mir geschah. Schon am nächsten Tag ging ich mit ihm in sein Untermietzimmer im Slum, und noch immer erinnere ich mich an jede Sekunde und alles, was in dem schmalen Bett geschah.

Er liebte mich.

Aber seine große Leidenschaft galt der Gerechtigkeit.

Mit tiefem Ernst unterzog er sich der Aufgabe, mir die Augen zu öffnen. Während langer Zeiträume ließen wir die Vorlesungen Vorlesungen sein und wanderten durch jenes Santiago, das ich noch nie gesehen hatte. Die abertausenden Arbeitslosen, die aus den Salpeterminen im Norden entlassen worden waren, endlose Vororte ohne Hoffnung, überall Schmutz, Elend, und am schlimmsten von allem die Kinder mit den hungrigen, bettelnden Augen.

Ich marschierte an Pedros Seite bei fanatischen Demonstrationen mit. Meine Mutter sagte, wenn Papa das erführe, würde ihn der Schlag treffen. Aber er erfuhr nichts davon, er war geschäftlich in England. Und als er nach Hause kam, hatte die Katastrophe die Familie schon ereilt, die vornehme Tochter war schwanger.

›Wegmachen‹, sagte Vater, und ich sagte ›niemals‹. ›Wer ist der Mann?‹ ›Das wirst du nie erfahren.‹ Und ich musste lächeln, wenn ich daran dachte, wie ich Pedro, diesen Revolutionär in der schmutzigen Jacke, den Grubenarbeiterstiefeln, dem wilden Bart und den langen Haaren meiner Familie vorstellen sollte.

Vater brüllte, ich brächte Schande über die Familie, und ich antwortete, dass ihnen allen weitaus schlimmere Gefahren drohten als ein Skandal.

›Wovon redest du?‹

›Von Revolution.‹

Fast hätte er mich geschlagen. Aber bald darauf erzählte mir Mutter, dass er angefangen hatte, sein Geld ins Ausland zu bringen.

Als in Chile die große Wahl bevorstand, wurde ich auf dem Land bei einer Kusine untergebracht, versteckt. Sie war Witwe und ein guter Mensch, ich hatte sie immer gern gehabt. Und ich war glücklich über das Kind, das in mir heranwuchs, und über Pedro, der mich manchmal nachts besuchen kam. Er war der Anführer einer revolutionären Gruppe, und er glaubte daran, dass die Linke die Wahl gewinnen würde. Aber er glaubte nicht, dass die neue Regierung es schaffen konnte.

›Die Kapitalisten werden jede Veränderung sabotieren‹, sagte er.

Und er behielt Recht.

Kurz gesagt, ich brachte meinen Sohn an dem Abend zur Welt, an dem ganz Santiago vom Freudentaumel der Linken ergriffen war.

Nach einem halben Jahr kehrte ich in die Großstadt zurück. Dort ereignete sich in der Familie etwas Seltsames. Mein Vater liebte das Kind. Es war sein erster Enkel und noch dazu ein Junge. Ein süßer Kerl, sagte Papa, diese frappierende Familienähnlichkeit, ganz der Urgroßvater, ganz der Onkel mütterlicherseits. Dieselben Augen, der gleiche wache Intellekt.

Von Pedro wurde kein Wort gesprochen. Nur ich, die ich meinen Geliebten nur dann und wann treffen konnte, wusste, dass dieses Kind ein Abbild des Revolutionärs war.«

Im Park war es Nachmittag geworden, ein sanfter Wind wehte durch die Baumkronen, und die beiden Frauen merkten plötzlich, dass sie fröstelten. Matilde sagte, jetzt habe ich dich mit meiner Erzählerei gelangweilt, aber Inge hätte gern noch viel mehr gehört.

»Ein andermal«, sagte Matilde.

Da sah Inge, dass ihre neue Freundin müde war. Und maßlos traurig.

»Jetzt habe ich mit Ihnen dasselbe gemacht wie mit Mira«, sagte Inge. »Sie gezwungen, sich zu erinnern.«

»Da gibt es einen Unterschied. Ich will mich erinnern, ich will meine Geschichte erzählen, sie wiederholen, sie neu erleben.«

Sie nahmen ein Taxi. Im Wagen sagte Matilde, ohne Inge anzusehen: »Das beinahe Allerschlimmste passierte, als ich endlich nach England kam. Es war unglaublich demütigend. Ich lag im Krankenhaus, man entfernte mir die Gebärmutter. Ich war während der Folterungen viele Male vergewaltigt worden. Und Pinochets Teufel hatten Hunde dazu abgerichtet, Frauen zu begatten. Mein Gott, wie habe ich mich geschämt, als ich das den englischen Ärzten sagen musste.«

15

Mira wanderte nächtelang hin und her. Zählte die Schritte in der Küche, durch das Wohnzimmer, das Schlafzimmer, die Diele.

Ihre Gespräche mit Gott nahmen an Intensität zu und führten oft zu einer Art verschwörerischen Auseinandersetzung.

Wenn du das und das tust … verspreche ich …

Danach schämte sie sich.

Nur ein einziges Mal tat Gott etwas für sie. Sie erkältete sich mitten im warmen Frühling. Sie war noch nie krank gewesen, hatte an der Arbeitsstelle nicht einen Tag gefehlt. Jetzt wurde sie heimgeschickt, um nur ja die Kinder im Kindergarten nicht anzustecken.

Sie selbst sah den Finger Gottes diesmal nicht.

Sie wollte keine Zeit zum Nachdenken mehr haben. Wollte sich nicht erinnern.

Aber die Bilder drängten sich auf.

Santiago, die Schreie auf den Straßen, die Angst.

Und …

Nein.

Dann war da nur noch Otilia und all das, was dem Mädchen hatte passieren können. Sie sah es jetzt, die Huren in Santiago und ihre Zuhälter. Und sie erinnerte sich, dass sie zu verstehen versucht hatte, wie die Frauen das überhaupt auszuhalten vermochten, wie sie auch nur eine Nacht überleben konnten.

»Das nicht, nur das nicht, lieber Gott«, betete sie.

Aber dann kamen die Erinnerungen an das kleine Mädchen

von damals, als die Welt noch in Ordnung war. Sie war das hübscheste und liebenswerteste aller ihrer Kinder, süß wie Honig und wie Seide schimmernd.

Sie suchte nach einem schwedischen Wort, die haben dafür so ein gutes Wort, dachte sie, und fand es schließlich.

Vän, geschrieben wie das Wort für ›Freund‹, aber es wurde mit einem langgedehnten ä gesprochen: vääään. Lieblich, liebenswert. Das war ihre Otilia: lieb, lieblich.

»O Gott«, sagte Mira zur Schlafzimmerdecke hinauf. »Konntest du nicht dafür sorgen, dass sie sterben durfte?«

Sie konnte die Folterungen überlebt haben, konnte sich mit einem Landarbeiter in den südlichen Tälern verheiratet haben, wo auf großen Landgütern Grundbesitz und Macht vereint waren.

Mira suchte Trost. Aber der reichte nicht weit.

Eine Landarbeiterfrau, nein, dieses Schicksal wünschte sie keinem. Jedes Jahr ein Kind, zu Tode rackern, einen Mann, der seine Frau schlug, und dazu der verdammte Grundbesitzer, der jede Frau vergewaltigte, die einigermaßen aussah.

Otilia war schön wie ihre Großmutter.

Die Großmutter hatte es selbst erkannt: »Sie sieht mir ähnlich«, hatte sie gesagt. »Armes Kind.«

Dieses eine Mal hatte Mira der Alten widersprochen: »Wieso arm?«

»Es ist ein schreckliches Schicksal.«

Plötzlich weinte Mira über ihre Mutter, über sie, die jeden Sommer zu Verwandten geschickt worden war, die auf einem Gut im Süden Fronarbeit leisteten.

Ich glaube, ich weiß, was dir passiert ist.

Mira ging zeitig zu Bett, konnte aber nicht schlafen. Daran ist der Husten schuld, sagte sie sich. Die Erkältung steckte ihr wie ein dicker Klumpen im Hals.

Inge. Mira vergeudete viel Zeit mit ihrem Zorn auf Inge. Als José kam, um nach ihr zu sehen, brach der ganze Ärger über die Freundin bei ihr los, der Freundin, die sich in Dinge einmischte, die sie nichts angingen. Und es brach auf … was alt und vergessen war.

José wurde böse, sagte, früher oder später müsse man der Wahrheit ins Gesicht sehen.

Sie sagte, er kapiere überhaupt nichts, er sagte, sie sei es, die sich weigere zu verstehen.

»Was, um Himmels willen, meinst du?«

»Man kann die Augen nicht vor allem verschließen, was man mitgemacht hat«, sagte er. »Auch ich erinnere mich inzwischen an Santiago zur Zeit des Militärputsches, an die Angst, an den Tod Janviers. Und an die Vergewaltigungen, Nana, daheim in unserer Küche.«

Mira schnappte nach Luft. »Ich will nicht!«, schrie sie.

Aber es war nicht mehr möglich, die Bilder von den geilen Soldaten zu verdrängen, die über die Mädchen auf dem Küchenfußboden herfielen.

»Nein, nein … ich will nicht.«

»Du musst.«

Sie konnte alles sehen, schrie aber: »Du irrst dich.«

Natürlich war er im Irrtum, sagte sie sich, als er endlich gegangen war. Er wollte morgen wiederkommen und mit ihr zum Arzt gehen.

»Ich bin nur erkältet.«

»Du brauchst etwas, damit du schlafen kannst.«

Wieder ging sie in der Wohnung auf und ab, aber sie konnte sich Gott nicht mehr zuwenden. Sie wusste, was er sagen würde, er hatte dafür sogar ein Bibelwort: Die Wahrheit wird euch frei machen.

Mira hatte es nie verstanden.

Als das Telefon klingelte, schaute sie auf die Uhr. Es war erst neun. Welcher Wochentag? Sie wusste es nicht.

Sie griff zum Hörer, hielt ihn mit beiden Händen fest. Es war Inge, die ihr sagte, sie habe sich mit einer Anwältin zum Essen getroffen, und diese Frau hatte versprochen, der Sache nachzugehen.

»Aber es kann dauern, Mira, es ist schwierig.«

»Ich verstehe.« Mira brachte die richtigen Worte kaum heraus.

»Du klingst so eigenartig.«

»Ich bin erkältet.«

»Ich rufe wieder an, sobald ich mehr weiß.

»Ist gut. Gute Nacht.«

Als Mira ins Bett kroch, dachte sie, diese Ermittlungen in London würden nie zu einem Ergebnis führen. Das alles war nur die normale schwedische Art, Unbegreifliches in den Griff zu bekommen. Nachforschungen anzustellen, wie es in den Radionachrichten dauernd hieß.

Sie stellen das Schicksal in Abrede, dachte sie. Und wenn es zuschlägt, bilden sie sich ein, es lenken zu können. Diese überheblichen Schweden.

Allen voran Inge.

Aber in dieser Stunde redete Gott ihr ernsthaft ins Gewissen. Inge war ein guter Mensch, sie wollte helfen, hingegen war sie, Mira, ungerecht und undankbar.

Sie schämte sich, bat Gott um Vergebung.

Jetzt konnte sie schlafen.

16

Die Familie Larraino versammelte sich vor dem Essen wie üblich im Salon. Man trank einen trockenen Sherry und sprach in gewählten Worten über die Ereignisse des Tages.

Fernando Larraino, das Familienoberhaupt, leitete die Befragung. Er war ein großer, silberhaariger Mann mit solchem Abstand zum Leben, dass um ihn ein leerer Raum entstand.

Der Enkel hatte zwar seinen Vornamen geerbt, wurde aber Nano gerufen. Niemand hätte es wagen dürfen, Señor Fernando mit einem Kosenamen anzureden. Matilde sagte nicht Papa, sie sagte Vater, Nano sagte Großvater.

»Nun?«, wandte er sich an Nano. »Wie ist sie, deine eventuelle Schwiegermutter?«

Nano zögerte: »Sie ist blond. Hübsch. Hochgewachsen. Bewegt sich langsam, fast würdevoll.«

Der alte Mann runzelte die Stirn, und Nano wusste, dass die Antwort nicht ausreichte: »Sie spricht absolut ohne Umschweife.«

Fernando Larraino erlaubte sich ein leichtes Seufzen und wandte sich an Matilde.

»Was Nano sagt, stimmt. Sie bewegt sich langsam, was einen merkwürdigen Kontrast zu ihrem schnellen Denken bildet. Sie ist ein kultivierter, geheimnisvoller Mensch, man redet in ihrer Gegenwart zu viel. Ich würde sie als wahrhaftig bezeichnen.«

Fernando Larraino zog die Stirn kraus: »Wie du weißt, habe ich Schwierigkeiten mit Menschen, die unverblümt vorgehen und glauben, die Wahrheit zu kennen. Sie bringen im allgemeinen Unglück.«

»Jetzt machst du dir ganz falsche Vorstellungen«, sagte Matilde. »Wenn ich über Inge Bertilsson etwas mit Sicherheit sagen kann, dann ist es: Sie hat Humor.«

Der alte Mann schüttelte den Kopf, Humor war eine Eigenschaft, auf die er sich nicht verstand und die er folglich nicht leiden konnte.

Als sie zu Tisch gingen, sagte Nano leise zu seiner Mutter, dass sie beide ein verkehrtes Bild von Inge Bertilsson vermittelt hatten. Aber Matilde flüsterte, der Alte habe sich sowieso längst ein fertiges Bild gemacht, und ganz gleich, welche Worte sie gewählt hätten, es wäre für ihn nur eine Bestätigung gewesen.

In der Pension tranken Inge und ihre Töchter Bier zu ihren belegten Broten. Ihr Gespräch aber hatte Ähnlichkeit mit der Konversation im Salon in Chelsea: »Mama, wie hat dir Matilde gefallen?«

»Ich mag sie. Sehr.«

»Aber sie ist doch so hoffnungslos elegant«, sagte Ingrid.

»Ja. Da müssen wir mit unseren Ansichten ein bisschen zurückstecken.«

Sie lachten.

»Jetzt werde ich euch erzählen, warum es mir so wichtig war, sie kennen zu lernen.«

Und sie erzählte von Miras verschwundener Tochter.

Die beiden Mädchen saßen stumm da, Inge betonte, dass sie über die Sache Schweigen bewahren mussten.

»Woher wusstest du, dass Matilde …?«

»Nano hat mir gesagt, dass sie in direkter Verbindung mit der Zentrale der Widerstandsbewegung in Chile steht und oft mit der Suche nach Verschwundenen zu tun hat …«

»Nie hätte ich das auch nur geahnt«, sagte Ingrid.

»Ich habe es gewusst, Nano hat es mir erzählt«, strahlte Britta.

»Wohl damit angegeben«, meinte Ingrid. »Er hat wahrscheinlich gewusst, dass dich das beeindruckt.«

Britta wurde rot.

Einige Abende später war die Familie Bertilsson bei Señor Fernando Larraino zum Essen eingeladen. Britta war vor Angst wie gelähmt, Ingrid fühlte sich unsicher, und Inge nahm es gelassen. Vielleicht etwas zu gelassen, dachte sie, als man sich im Salon zum Sherry versammelte.

Der Raum war für zeremonielle Feierlichkeiten eingerichtet, die vor langer Zeit stattgefunden hatten, aber offensichtlich bis heute fortwirkten. Die Stühle waren qualvoll unbequem.

Die beiden jungen Leute zogen es vor, stehen zu bleiben, Britta legte Nano besitzergreifend eine Hand auf die Schulter.

Die Konversation kam in Gang und plätscherte oberflächlich dahin. Señor Fernando stellte die üblichen Fragen über Schweden, und Inge gab die üblichen Antworten: das lang gestreckte Land, die reichen Naturschätze, die geringe Einwohnerzahl. Und nicht zuletzt der schon so lange anhaltende Friede.

Er zeigte angemessenes Interesse. Doch dann fragte er, wie es dem Land möglich gewesen sei, eine sozialistische Revolution ohne Blutvergießen durchzuführen.

Inge hob die Augenbrauen und sagte mit einer gewissen Schärfe, dass es in Schweden keine Revolution gegeben habe.

»Aber Sie haben eine sozialistische Regierung?«

»Die haben Sie in England ja auch gehabt. In gleicher Weise gewählt wie in Schweden.«

Eine kaum merkbare Spannung lag in der Luft, Inge suchte Matildes Blick, die ihr zuzwinkerte. Ihre Mundwinkel zuckten vor unterdrückter Erheiterung. Also fuhr Inge fort: »Ich nehme an, dass Ihre Frage darauf hinausläuft, wie es uns möglich war, so früh und mit friedlichen Mitteln eine starke und demokratische Arbeiterbewegung aufzubauen.«

»So könnte man es vielleicht ausdrücken.«

Inge lächelte ihn strahlend an: »Ich habe auf diese Frage eine eigene Antwort, aber ich bitte Sie, nicht zu vergessen, dass ich Lehrerin und somit Partei bin. Schweden hat als eines der ersten Länder der Welt die allgemeine Schulpflicht gesetzlich festgelegt. Seit 1842 lernen bei uns alle Kinder lesen.«

Sie machte eine Pause, dachte nach: »Diese Reform wurde in einem Land durchgeführt, dessen althergebrachten Gegensätze unverrückbar und gottgegeben schienen.«

»Ich weiß nicht, ob ich Sie verstehe.« Es interessierte ihn.

»Ich will damit sagen, dass sich aus der Fähigkeit, lesen zu können, allmählich ein politisches Erkennen der Ungerechtigkeiten in der Gesellschaft entwickelte.«

»Mit anderen Worten: Sie sind der Meinung, wenn die Unterschicht eine gewisse Bildung erlangt, gewinnen die Sozialisten die Wahlen?«

»Für mich ist das selbstverständlich. Die arbeitenden Menschen haben bisher schließlich in allen Ländern immer die Mehrheit gebildet.«

»Sie haben soeben eine meiner grundlegenden Ansichten bestätigt. Man darf der Unterschicht Bildung nicht aufzwingen, diese Menschen brauchen sie nicht, und das Ergebnis wäre nur gefährliche soziale Unruhe.«

Inge versuchte ihr Erstaunen zu unterdrücken, sah sich im Salon um und dachte, das Gefühl, hier stehe die Zeit still, habe sie nicht getrogen.

Sie schwieg.

Aber Señor Fernando wollte weitermachen und ging zur direkten Konfrontation über.

»Mein Erbe möchte sich mit Ihrer Tochter verheiraten. Was halten Sie davon?«

Inges Stimme war um etliche Grade abgekühlt, als sie sagte: »Ich habe kein Recht, dazu Stellung zu nehmen. Meine Tochter ist erwachsen und entscheidet selbst über ihr Leben.«

»Aus meiner Sicht bedeutet Ihr Standpunkt, dass Sie elterliche Verantwortung ablehnen.«

»Und aus meiner Sicht bedeutet es Respekt vor der Verantwortlichkeit und dem Recht der erwachsenen Kinder, ihre eigene Wahl zu treffen.«

Jetzt lachte Matilde laut, sagte aber mit trauerumflorter Stimme: »Vater, du dürftest in dieser Hinsicht eine gewisse bittere Erfahrung gemacht haben.«

Er wurde nicht rot und sah Matilde nicht an, sondern wandte sich weiterhin an Inge: »Und wenn diese beiden verliebten jungen Leute einen großen Irrtum begehen?«

»Dann ist das ihr gutes Recht«, sagte Inge, dachte an ihr eigenes Leben und fügte hinzu: »Ich bin mit Ihnen einer Meinung, Señor. Der Preis kann sehr hoch sein.«

Kurz darauf gingen sie zu Tisch, und Inge dachte erstaunt, dass sie so etwas wie einem Verhör ausgesetzt gewesen war. Und nach der Suppe fuhr der Hausherr fort: »Ich denke, Ihre Tochter ist eine außerordentlich starke Frau. Mein Erbe bekommt eine Frau, die er nicht beherrschen können wird.«

»Das hoffe ich«, sagte Inge mit Nachdruck.

Jetzt konnte Matilde ihr Lachen nicht mehr zurückhalten, Ingrid stimmte in die Fröhlichkeit ein, und Nano verzog den Mund. Auch Inge lächelte, als sie fortfuhr: »Was raten Sie mir? Ich brauche Nano nicht zu fragen, ob er eine Frau versorgen kann, denn Britta wird immer für sich selbst aufkommen. Ich könnte die beiden aber fragen, ob sie nachsichtig zueinander sein werden. Sie können jedoch keine wahrhaftige Antwort geben, denn sie wissen nicht, wie kompliziert eine Ehe ist.«

»Es ist ganz einfach«, sagte Nano. »Wir lieben einander.«

In Inges Lächeln lag große Zärtlichkeit, als sie sich an den jungen Mann wandte: »Wenn du dich nun aber für einen kleinen Augenblick bemühst, die Liebe außer Acht zu lassen, musst du die Schwierigkeiten sehen. Britta ist arm, sie kommt aus einer anderen Gesellschaftsschicht als du und ist von einer Kultur geprägt, in der die Gleichberechtigung der Geschlechter fast so etwas wie eine Religion ist.«

»Dort sehe ich meine Probleme nicht«, sagte Nano. »Sie liegen eher hier.«

Einige Sekunden tiefen Schweigens dehnten sich wie Minuten hin. Dann nahm Nano sich zusammen und fuhr fort, als wäre nichts gewesen: »Ich will Kinder haben, blonde, blauäugige Kinder.«

»Hast du nie daran gedacht, dass deine Kinder, genau wie du, schwarze Augen und indianisch hohe Backenknochen haben könnten?«, warf Inge ein.

»Nein«, sagte er lächelnd. »Aber spielt das eine Rolle?«

»Ja, und ich kann dir versprechen, wenn du einen Indianerjungen, dunkler als du selbst, bekommst, wirst du ihn lieben.«

Britta meinte, danach kriegen wir dann vielleicht eine blauäugige Wikingertochter.

»Wozu soll das gut sein«, sagte Inge und dachte, dass die Liebe kluge Mädchen oftmals in dumme Gänse verwandelt.

Sie tranken im Salon Kaffee, Señor Fernando sah plötzlich alt und müde aus. Doch er bedankte sich für einen interessanten Abend, und Inge bedankte sich für ein wunderbares Essen. Als der alte Herr sie verlassen hatte, sagte Ingrid zu Matilde: »In was für einem Familiendrama haben wir eigentlich heute Abend mitgewirkt?«

»Ach, um das zu erklären, würde ich die ganze Nacht brauchen.«

»Und wir sind alle sehr müde«, sagte Inge.

17

Mira hatte Schlaftabletten bekommen, schlief über der Angst ein und fand, als sie aufwachte, dass diese Angst sich in verzehrende Furcht verwandelt hatte.

Das war fast noch schlimmer.

Aber sie hustete nicht mehr und konnte wieder arbeiten gehen. Eigentlich war sie im Kindergarten als Köchin angestellt worden, aber man hatte dort bald erkannt, dass sie gut mit Kindern umgehen konnte. Und nicht nur das, sie war die einzige, die die chilenischen Kinder beruhigen konnte, wenn sie einen Zornausbruch bekamen oder in einer Art verzweifelt waren, dass sie nur auf Spanisch beruhigt werden konnten.

Der vierjährige Eduardo geriet so außer Rand und Band, als Mira wieder auftauchte, dass sie sich im Vorraum auf einen Hocker setzen musste, damit der Junge auf sie einschlagen konnte. Sie war froh, dass sie ihren dicken Mantel anhatte, als die kleinen Fäuste sie bearbeiteten.

»Wo bist du gewesen?«, schrie er auf Spanisch.

»Krank, zu Hause im Bett.«

Er drosch weiter auf sie ein.

»Meine Mama ist auch krank, aber sie muss trotzdem arbeiten gehen. Das ist ungerecht.«

Mira packte die wütenden Hände mit eisernem Griff, sah dem Jungen fest in die Augen und sagte ihm, dass Leute, die in einem Kindergarten arbeiten, alle Kinder anstecken können, wenn sie krank sind. Seine Mama arbeite in einer Fabrik, und Maschinen können sich nicht erkälten.

Er lenkte ein, krabbelte ihr auf den Schoß und weinte ein Weilchen. Schon bald machte er sich in den Garten auf, um mit den anderen Kindern zu spielen.

»Du bist geschickt, wie hast du das nur fertig gebracht?«, fragte Lisbeth, die Leiterin. Sie verstand ihre Sache, war aber fast krankhaft ehrgeizig.

Mira erklärte, Lisbeth seufzte und sagte, das hätte sie eigentlich begreifen müssen …

»Wie hättest du dich denn verhalten?«

Lisbeth zögerte einen Moment und sagte dann: »Nimm's mir nicht übel, aber diese lateinamerikanischen Kinder sind so schwer zu verstehen. Diese überschäumende Freude und dann die abgrundtiefe Verzweiflung.«

»Das stimmt«, sagte Mira. »Sie sind nicht so zurechtgebogen wie die schwedischen Kinder.«

»Angepasst, meinst du.«

Mira nickte, ging in die Küche und dachte, vielleicht krankt Chile nur daran, dass nie jemand angepasst wurde.

Dann bereitete sie mit Hilfe der Einwandererkinder das Essen zu. Sie nahm sich die Freiheit, die Küchentür zu schließen, und während alle Fleischklößchen drehten, sprachen sie spanisch. Als Lisbeth hereinschaute, sagte Mira, gerade jetzt würden die Kinder ihre eigene Sprache benötigen.

Und mir hat es auch gut getan, dachte sie auf dem Heimweg. Sie spürte den Duft des Frühlings und konnte den Frühling auch im Park und in den Straßen leuchten sehen, wo die Bäume ausschlugen. Doch als sie zu Hause die Tür aufschloss, war dieser bohrende Schmerz im Bauch wieder da. Sie streckte sich auf dem Bett aus und dachte, das Elend im Zwerchfell kommt davon, dass ich meinen Zorn verloren habe und dass allein der Zorn sie während all dieser einsamen schwedischen Jahre aufrecht gehalten hatte.

»Wenn man nicht wütend werden kann, ist man seiner Verzweiflung ausgeliefert«, sagte sie.

Laut.

Sie wollte ein Gespräch mit Gott anfangen.

Aber er hörte nicht zu.

Er, auch Er hat mich verlassen.

Für eine Weile war sie versucht, von den magischen Tabletten zu nehmen und einfach zu verschwinden. Aber dann fiel ihr ein, dass ihre beiden Söhne zum Essen kommen wollten.

Sie musste aufstehen, einkaufen gehen. Fisch wollte sie kaufen, teuren weißen Dorsch, den Nesto und José so gerne aßen. Und jungen Rhabarber. Einen mürben Rhabarberkuchen mit Vanillesauce sollte es zum Nachtisch geben.

»Ich überlebe«, sagte sie, als sie das Essen zubereitete. Und die Angst stieg im Körper immer höher und schnürte ihr den Hals zu. Ruhig atmen, tief atmen. Aber es wurde nur ein stoßweises Keuchen daraus.

In diesem Augenblick musste sie an die Flasche denken, an das Geschenk, das im schönen Schrank stand und nur im äußersten Notfall angerührt werden durfte. Sie hatte nie richtig begriffen, was die Schweden unter äußerster Not verstehen. Aber sie wusste, dass sie sich jetzt in einer solchen Lage befand.

Vielleicht hilft es, dachte sie. Zumindest stirbt man nicht daran.

Als sie sich zwang, das scharfe Getränk Schluck für Schluck durch die Kehle rinnen zu lassen, klingelte das Telefon. Es war Nesto, der ihr mitteilte, dass Gabriel von seiner Chilereise zurückgekehrt war und viel zu berichten hatte. Sicher hatte sie auch für ihn noch genug zu essen?

Sie wollte ihr übliches wütendes Nein schreien, aber in ihr war kein Zorn mehr. Zudem hatten alle ihre Sinne ausgedient, ihr Kopf brummte, und der Küchenboden schwankte in langen Wellenbewegungen.

Sie kicherte.

Ich bin betrunken, dachte sie und versuchte sich zu schämen. Es ging aber nicht, denn die Schmerzen im Zwerchfell waren vergangen.

»Jetzt weiß ich, wie die Leute zu Säufern werden.«

Sie sagte es laut und glaubte Gott einen irrlichternden Augenblick lang lachen zu hören.

Er hatte sie vielleicht doch nicht verlassen.

Aber dann versuchte sie sich zusammenzunehmen: dieses Lachen hatte sie sich in ihrem Fuseldusel doch nur eingebildet.

Fuseldusel, das war auch so ein schwedisches Wort, das sie nie verstanden hatte. Jetzt wusste sie genau, was darunter zu verstehen war.

»Himmelarschundzwirn«, sagte sie. »Ich muss nüchtern werden.«

Nesto behauptete immer, Kaffee würde helfen, also kochte sie sich eine Tasse voll mit der Maschine und trank. Ja, es stimmte, der Fußboden kam einigermaßen zur Ruhe. Als die jungen Männer eintrafen, konnte sie aufrecht stehen, aber sprechen wollte sie nach Möglichkeit nicht.

Mira hatte Gabriel, diesen kleinen rundlichen, meist gut gelaunten Chilenen immer gern gemocht. Jetzt war er schweigsam, fast traurig.

»Meine Mutter ist gestorben«, sagte er. »Aber ich bin noch rechtzeitig bei ihr gewesen.«

Der Appetit der jungen Leute ließ nichts zu wünschen übrig, sie lobten das Essen, alles ist fast wie immer, dachte Mira. Aber sie blieb auf ihrem Stuhl sitzen, als José den Tisch abräumte und Nesto ihn sauberwischte. Beide sahen ihre Mutter besorgt an.

Gabriel hatte einen großen Stadtplan von Santiago und ganze Stöße von Ansichtskarten mitgebracht.

Er faltete den Stadtplan auseinander und benutzte einen Bleistift als Zeigestab: »Ich habe mich hier von der Fußgängerzone aus eingeschlichen. Über die Vía Calle del Puente bin ich zur Plaza de Armas gegangen. Alles war genauso schön, wie ich es in Erinnerung hatte, und ganz unverändert die große Kathedrale. Überall tummelten sich die Menschen. Ihr werdet euch an die Zeichner erinnern, bei denen die Leute sich porträtieren ließen, an die Fotografen mit ihren alten Apparaten, an die Gitarre spielenden jungen Burschen. Und an die vielen Transvestiten. Alle waren sie da, als wäre nichts passiert.«

Seiner Stimme war das Erstaunen anzuhören.

Er breitete seine Ansichtskarten aus, aber Mira brauchte nicht hinzuschauen, sie sah alles vor sich. Wie es gewesen war, wie es, wenn man Gabriel glauben durfte, immer noch war. Er fuhr fort: »Plötzlich dröhnte aus einem Lautsprecher ein Lied, ›Gracias a la vida‹ von Violeta Parra. Eine finnische Sängerin singt es auch auf Schwedisch: Danken will ich dem Leben.«

Sie begannen es verhalten zu summen, vermischten spanische Worte und schwedische. »Es hat mir das Leben gegeben, es gab mir das Lachen und gab mir den Schmerz … alles, was meine Lieder schafft und auch eure Lieder, die meine Lieder sind …«

José fragte: »Willst du damit sagen, du hast keine Veränderungen gesehen?«

»Doch, alles ist schöner, in jeder Hinsicht prächtiger. Riesige Blumenbeete in den Straßen und auf den Plätzen. Grelle Reklame an den Wänden, junge Leute, die wie amerikanische Studenten gekleidet sind.«

»Wohlhabender?«

»Anfangs kam es mir so vor, aber dann sah ich die Bettler. Ich weiß nicht, ob es stimmt, aber mir kam es vor, als hätte ihre Zahl gegen früher zugenommen. Mir fiel es schwer, die Kinder mit den hungrigen Augen und den bittend ausgestreckten Händen anzusehen, aber das kam wohl daher, dass ich es von Schweden her nicht mehr gewohnt bin.«

Alle verstanden, was er meinte. Gabriel erzählte weiter: »Ein Unterschied war, dass es viel mehr Carabinieri gab als früher und dass sie besser organisiert waren. Und ängstlich. Sie haben wohl auch Grund dazu. Ich habe gehört, dass eine der fahrenden Polizeistationen auf der Plaza de Armas in die Luft gesprengt worden ist.«

Gabriel schwieg einen Augenblick, bevor er weitersprach: »Der Monedapalast ist wieder aufgebaut worden, verdammt elegant. Es war ein komisches Gefühl. Als ich ihn im September 1973 das letztemal sah, stand er in Flammen.«

Er suchte die neuen Aufnahmen des Präsidentenpalastes heraus, aber Mira sah sich einen Überblick über die Stadt mit dem schneebedeckten Vulkan Aconcaguas im Hintergrund an.

Sie hatte Heimweh. Die Schmerzen im Zwerchfell meldeten sich wieder.

Gabriel begann zu erzählen, wie er mit dem Bus heim nach Carrascal gefahren war.

»Es stimmt wirklich, dass Pinochet um gewisse Poblaciónes Mauern hat bauen lassen.«

Mira hatte von den Mauern gehört und hatte versucht, sie sich vorzustellen. Aber dann hatte sie gedacht, dass die endlosen Vororte Santiagos immer von Mauern umgeben gewesen waren, unsichtbar zwar, aber undurchdringlich.

Gabriel erzählte, dass es hieß, die Mauern seien errichtet worden, weil die Carabinieri sich vor den heißblütigen armen Leuten fürchteten. Einen Augenblick lang war Mira stolz auf ihre Herkunft.

Dann aber sagte Gabriel, dass die Mauern vermutlich gebaut worden waren, um den Touristen den Anblick der Slums zu ersparen.

»Es war schwierig, zu Mutters Haus zu gelangen. O Dios, was für ein Elend herrscht dort, was für ein Dreck, was für ein Flickwerk. Hoffnungslos. Als Kind habe ich mich dort wohlgefühlt. Wenn ich in den letzten Jahren an die heimischen Gassen gedacht habe, dann in idiotisch romantischer Weise.

Jetzt stand ich dort und sah meine Schwestern und alle meine Neffen und Nichten schmutzig, hungrig, in Kleidern, die, in kaltem Wasser mit billiger Seife gewaschen, ganz grau geworden waren. Mir war nicht im Entferntesten der Gedanke gekommen, ihnen etwas zu essen zu kaufen, ich hatte nur ein paar blödsinnige Geschenke mitgebracht.

Wie ein geschlagener Hund habe ich mich in meinen eleganten Kleidern geschämt. Und das heftige Heimweh, das mich plötzlich überkam, machte die Sache nicht besser. Ich wollte heim nach Schweden, heim in meine Küche, mein Badezimmer. Und zu meinen Nachbarn, diesen kühlen Schweden, die sich nicht gegenseitig überschreien, die einen nie mit lästigen Fragen an die Wand drücken.

Verwandte und Nachbarn drängten sich in unserem Haus, es kam zum reinsten Kreuzverhör, sie wollten alles wissen, und am allerwichtigsten war ihnen zu erfahren, was ich so mit den Frauen trieb.«

Mira hörte längst nicht mehr zu. Sie war müde, wünschte sich, dass sie gingen. José sah es, sagte ihr, sie solle zu Bett gehen.

Sie schlief, vom Kognak schwer, ein, und die Bilder von Santiago flackerten unter den Augenlidern. Wachte mitten in der Nacht auf, die Schmerzen im Zwerchfell waren in ein unbehagliches, aber nicht unerträgliches Bohren übergegangen.

Dann stellte sie fest, dass ihr Kopf schmerzte und dass diese Schmerzen das Weh in der Brust abgelöst hatten.

Sie setzte sich auf, vor ihren Augen zuckten Blitze, und hinter der Stirn dröhnte es.

Wieder suchte sie nach Worten, die Schweden hatten einen reichlichen Wortschatz, was das Trinken betraf. Als ihr etliches davon einfiel, lächelte sie erleichtert. Sie war nicht krank, sie hatte einen Brummschädel. Und einen gewaltigen Kater.

Kaffee, dachte sie. Aspirin.

Sie tappte in die Küche, die herzensguten jungen Männer hatten abgewaschen.

Nach einer Weile wurde das Brummen in ihrem Schädel erträglich und sie konnte denken.

Gabriel hatte so ganz nebenbei etwas Wichtiges gesagt. Was nur?

Dann fiel es ihr ein. Er hatte gesagt, er habe Angst bekommen, als die Erde bebte, weil ihm die häufigen Erdbeben ganz entfallen waren.

Das geht mir genauso, dachte Mira. Dieses Gefühl der Erleichterung, als ich erfahren habe, dass es in Schweden keine Erdbeben gibt, war auch schnell vergangen.

Plötzlich erinnerte sie sich an Valparaiso, wo die Erschütterungen so pünktlich kamen, dass man die Uhr danach stellen konnte. Erinnerte sich an einen Ausflug mit ihrem Vater in die hohen Berge. An die Schlepplifte, die berühmten siebzehn Lifte hinauf über die Felsenmassive, Pablo Nerudas Haus auf der Isla Negra im unendlichen Meer dort unten. Vaters Schoß, wenn er ihr die Gedichte dieses Poeten vorlas, während sie darauf warteten, dass das Beben auf die Minute käme.

Vater. Ich habe ihn geliebt. Und als er mich verließ, öffnete sich die Wunde im Zwerchfell.

18

Als sie zur Arbeit ging, machte sie, um eine Weile freier atmen zu können, einen Umweg. Die ganze Zeit dachte sie voll Erstaunen: Wie habe ich die chilenischen Erdbeben nur vergessen können?

Sie begann mit der Kindergartenleiterin Lisbeth ein stummes Gespräch. Du musst verstehen, dass Menschen, die mit dem Tod unter den Füßen leben, sich einem langen, vorausschauenden Leben nur schwer anpassen können, wollte sie sagen.

Ihre eigenen Gedanken mündeten aber nur in einem Schnauben.

Sie würde niemals mit einer Schwedin über Angst sprechen können, darüber, wie die Menschen nachts aus den Häusern gerannt waren, manche noch im Nachthemd, andere mit Jacken über den Schultern. Jeder trug ein Kind, größere Kinder trugen die kleineren.

Sie konnte es jetzt hören, dieses Trampeln nackter Füße auf der bebenden Erde. Und sie erinnerte sich, wie sie gelacht hatten, wenn es vorüber war und sie in ihre Häuser zurückgingen, sie lachten über den alten Juan, der gespensterhaft nackt aus dem Haus gelaufen war, und über die Mutter, die ihr Kind mit dem Kopf nach unten an den Füßen gepackt hielt. Dios, wie hatte das Kind gebrüllt!

Die maßlose Erleichterung musste bei übermütigen Geschichten und lautem Gelächter gemeinsam abreagiert werden. Es fiel jedes Mal schwer, auseinander zu gehen, ein jeder in sein Haus.

Die Kinder waren gescheiter, die schliefen in den Armen der Frauen ein. Und die Hunde legten sich in den Straßenstaub und schliefen, als wäre nichts geschehen. Und doch war es das laute Gebell der Hunde gewesen, das die Menschen in den Häusern geweckt hatte, als die Erde zu beben begann.

Mira erinnerte sich an das große Erdbeben, das die Städte in den südlichen Landesteilen vernichtet hatte. Sie war damals noch klein gewesen, saß unter dem Mauergewölbe zur Straße hin auf Vaters Arm. Er sagte, die Bauweise gehe auf die Erfahrungen der alten Römer zurück und werde, selbst wenn das Schlimmste eintreten sollte, standhalten.

Im Stadtgebiet von Santiago waren prächtige hohe Häuser in sich zusammengesunken. Die Vororte waren weit weniger betroffen gewesen.

Inzwischen war es schon fast acht Uhr geworden. Sie musste zur Arbeit gehen.

Im Kindergarten füllten hunderterlei Pflichten Zeit und Gedanken aus. Ein kleines chilenisches Mädchen hatte Bauchschmerzen, und Mira, die als einzige mit ihr sprechen konnte, wurde beauftragt, mit ihr zum Arzt zu gehen. Im Ambulatorium brüllte das Kind so laut, dass die anderen Patienten ihnen den Vortritt ließen. Manchmal hat das chilenische Temperament auch sein Gutes, dachte Mira.

Der Arzt nahm es sehr genau, konnte aber nichts finden. Er meinte, wahrscheinlich wären dem Kind irgendwelche Aufregungen auf den Magen geschlagen, und Mira fielen die Eltern des Kindes ein, die in Scheidung lebten.

Sie sagte es dem Arzt, der ein mitfühlendes Gesicht machte und ein Beruhigungsmittel verschrieb. Auf dem Rückweg schlief das Mädchen im Kinderwagen ein, und Mira dachte über die Tatsache nach, dass sich fast alle chilenischen Ehepaare, die nach Schweden kamen, scheiden ließen.

Sie hatte es selbst auch getan und wusste also, woran es lag.

Gott hatte geholfen, wie froh war sie doch gewesen, als die schwedischen Behörden ihren Mann in ein Flugzeug nach Argentinien setzten. Und ihr die Scheidungspapiere aushändigten.

Gar nicht zu reden von der Freude, als sie eines Tages mit eigenem Geld ein Bankkonto eröffnen konnte.

Sie hatte ein Bankkonto, das auf ihren Namen lautete, es war unglaublich!

Ihre Füße schwebten damals regelrecht übers Straßenpflaster, als sie aus der Bank nach Hause ging. Wie beim Tanz.

Das muss ich Inge erzählen, dachte sie.

Sie ging nach der Arbeit nicht nach Hause, sie hielt es in der Wohnung nicht aus, und sie wollte weder den Tabletten noch dem Kognak eine Chance geben. Ohne darüber nachzudenken, schlug sie den Weg zur Reihenhaussiedlung ein und stand nun vor Inges Haus mit dem Garten.

Sah das Unkraut an den felsigen Stellen und auch in den Beeten wuchern.

Jetzt wusste sie, was sie tun konnte.

Aber zuerst musste sie den Schlüssel bei der Nachbarin holen. Sie hatten sich irgendwann bei Inge während eines Kaffeeplauschs kennen gelernt. Und Inge hatte gemeint, die Nachbarin habe das Herz auf dem rechten Fleck. Aber Mira wusste längst, dass das bei den Schweden eher der Ausdruck für Dummköpfe und Trunkenbolde war.

Sie selbst hatte erst kürzlich erfahren, wo sie ihr Herz hatte. Es saß im Zwerchfell, genau dort, wo die Rippenbogen zusammenliefen.

Die Nachbarin freute sich, als Mira kam, sie hatte auch schon gesehen, wie wohl sich das Unkraut in Inges Blumenbeeten fühlte. Außerdem machten ihr der wachsende Postberg und die vielen Faxe vom Verlag Sorgen.

»Kannst du sie nicht anrufen?«

»Ich habe keine Nummer.«

Aber Mira wusste sie sogar auswendig. Sie hatte für Zahlen ein fotografisches Gedächtnis.

Also sagte sie die lange Nummer auf.

Die Nachbarin machte ein ganz erschrockenes Gesicht und meinte, vielleicht könne Mira das Anrufen übernehmen.

Klar konnte Mira das, aber zuerst wollte sie den Schlüssel haben, wollte sich im Haus Overall und Arbeitsstiefel holen.

Im Haus war schlechte Luft, sie öffnete sämtliche Fenster und Türen. Dann dachte sie, sauber machen wäre auch nicht schlecht, Inge würde das sicher nicht aufregen, sie würde es vermutlich nicht einmal merken.

Im herrschenden Durchzug las sie die Faxe von Inges Verlag. Man hatte irgendwelche Rechte nach irgendwo ins Ausland verkauft und dort brauchte man Zeit, um das Buch übersetzen zu lassen, also bitte, liebe Inge, beeile dich.

Und so weiter und so weiter. Jedes Fax endete mit: Melde dich umgehend.

Mira freute sich über die ungeduldigen Faxe, vielleicht würde Inge sich schnellstens auf den Heimweg machen. Also wählte sie die Nummer. Keine Antwort.

Ich versuche es später noch mal.

Sie nahm Pflanzschaufel, Kralle und ein kurzes scharfes Messer mit auf die kleine Anhöhe zu den Felsspalten. Während der Arbeit fühlte sie den alten Zorn in sich aufsteigen: »Verdammtes Teufelszeug«, sagte sie zu jedem Löwenzahn. Und als sie zum Hahnenfuß mit den langen eingewurzelten und zähen Ausläufern kam, wurden ihre Augen schmal: »Glaubt bloß nicht, dass ihr mich mit eurem verdammten Eigensinn kleinkriegen könnt.«

Nach etwa zwei Stunden begann ihr Rücken zu schmerzen, es war geradezu wohltuend, denn das Zwerchfell nahm es hin. Mira richtete sich auf, wusch sich in der Küche die Hände und ging wieder zum Telefon.

Inge hob sofort ab, sagte: »Wo hast du gesteckt, wir suchen dich schon den ganzen Nachmittag!«

Jetzt schlug Miras Herz so sehr, dass es wehtat.

»Gibt's was Neues?«

»Na ja, aber du sprichst am besten gleich selbst mit der Anwältin.«

Es meldete sich eine kultivierte chilenische Stimme, Mira erkannte den Oberschichtakzent und versuchte ihren Widerwillen zu überwinden.

Sie setzte sich hin.

»Gemäß behördlicher Auskunft ist die Frau mit dem Namen Otilia Narvaes schon nach kurzem Aufenthalt in einem Frauenlager gestorben.«

»Das ist nicht wahr. Dann hätte sie sich mir in den Nächten gezeigt.«

»Ich glaube Ihnen«, sagte die schöne Stimme. »Es ist immer einfacher, offizielle Anfrageformulare durch ein einfaches ›Verstorben‹ zu erledigen.«

Es wurde still im Telefonhörer. Mira hatte nichts weiter zu sagen. Nach einer Weile fuhr die Stimme fort: »Einer unserer ... Mitarbeiter kennt eine Frau, die etwas älter als Ihre Tochter ist. Die beiden dürften sich gleichzeitig im Lager aufgehalten haben. Sie ist davongekommen und in England verheiratet. Wir verfolgen die Sache weiter und werden versuchen, mit ihr Kontakt aufzunehmen.«

»Danke«, sagte Mira. »Tausend Dank.«

Die Anwältin fuhr fort: »Sie haben nicht zufällig ein Foto von Ihrer Tochter?«

»Nein, ich konnte einzig ein Foto von meiner Mutter mitnehmen. Die beiden haben sich sehr ähnlich gesehen.«

»Ich melde mich wieder, wenn wir diese Frau in England gefunden haben.«

Sie sagten Buenas tardes, und Mira legte den Hörer auf.

Erst auf dem Heimweg fiel ihr ein, dass sie Inge nichts von den vielen Faxen gesagt hatte. Ich rufe morgen noch mal an.

Dann dachte sie, dass die Anwältin von Otilia als Frau gesprochen hatte. Sehr langsam wurde ihr bewusst, dass ihre Tochter jetzt erwachsen war.

Wie mochte sie aussehen?

Von diesem Augenblick an dachte Mira sich die Tagträume aus, die ihr das Überleben erleichtern sollten.

Der längste und schönste Tagtraum handelte davon, dass es Otilia gelungen war, von dem Panzerwagen abzuspringen und auf allen vieren in ein Haustor zu kriechen. Dort fand sie ein Holländer und brachte sie mit einem Taxi in seine Botschaft. Als man sich ausgiebig um das Kind gekümmert hatte und das Mädchen wieder zu sich selbst gefunden hatte, verliebte sich der Holländer in sie, die beiden heirateten und er konnte sie völlig legal außer Landes bringen.

Jetzt lebte sie als Gärtnersfrau in Holland. Mira konnte sie auf den Wegen zwischen den endlosen Tulpenbeeten einhergehen sehen, von denen Mira sich ein Bild aus einem Katalog ausgeschnitten und es an die Küchenwand geheftet hatte. Das Mädchen hatte den Gärtner an seiner Seite. Er war älter als sie, das war gut, dachte Mira.

Beim Nachhausekommen malte sie sich den Traum weiter aus. Jetzt saß Otilia auf einer Bank vor ihrem Haus, es war ein lang gestreckter, prächtiger Bau, den alten schwedischen Bauernhäusern ähnlich. Zwei Kinder spielten ihr zu Füßen, ein Junge und ein Mädchen …

Mira hatte Schwierigkeiten, sich Nahaufnahmen von den Kindern auszudenken, das ärgerte sie, denn sie war auf Familienähnlichkeiten neugierig.

Sie malte sich alles weiter aus, war sich, wenn sie im Bett lag, aber immer bewusst, dass es ein ganz blödsinnig zusammengedichtetes und total verlogenes Trostspiel war. So etwa würden die Schweden das ausdrücken.

Dann nahm sie ihre Schlaftablette und empfand eine gewisse Körperschwere, als sie Inge am nächsten Morgen anrief, um ihr von den Faxen vom Verlag zu berichten.

Inge freute sich, sagte, dass sie Heimweh habe und in London schon alle ihre Vorhaben erledigt hatte. Sie wollte den nächstmöglichen Flug nach Arlanda buchen.

Nicht lange danach rief Inge im Kindergarten an, um mitzuteilen, dass sie Samstag 13 Uhr in Schweden landen werde. Mira freute sich, sie würde bis dahin nicht nur im Garten alles gejätet, sondern auch das Haus sauber gemacht haben.

19

Sie verabschiedeten sich in Heathrow mit den üblichen Redensarten: Ingrid, wie schade es doch sei, dass Inge schon wieder abreisen müsse, Britta, dass sie sich viel mehr Gespräche erhofft habe, und Inge, dass es ihr Leid tue, aber sie müsse ihr Buch druckreif machen. Die Lizenzverträge würden einiges Geld bringen.

Inge ging lächelnd durch die Passkontrolle und dachte bei sich, dass keine die Wahrheit gesagt hatte. Alle drei waren sie erleichtert. Britta, weil sie die wachsamen Augen los war, die den Mann abschätzten, den sie liebte, Ingrid, weil sie sich jetzt endlich mit der Schwester auseinandersetzen konnte, die den Kopf verloren hatte. Und Inge, weil sie sich nach Hause sehnte.

An sich mochte sie London gern. Aber diesesmal hatte sie die Stadt von einer anderen Warte aus, nämlich mit Matildes Augen gesehen, die Huren, die Obdachlosen und die Tausende Einwanderer, die um einen Platz auf der untersten Stufe der Gesellschaftsordnung kämpften.

Während des Fluges kamen ihr Ausschnitte aus den Gesprächen der letzten Tage in den Sinn. Sie war irgendwie erstaunt, ihr Gedächtnis musste sich gebessert haben. Zunächst hörte sie Matilde sprechen: »Ich habe einen Mann, aber nicht so, wie du denkst. Er ist geistreich und intelligent und sorgt für mich.«

Und lächelnd fuhr sie fort: »Er hat eine ungewöhnliche Begabung für Freundschaft. Und er ist homosexuell, was bedeutet, dass ich ganz ich selbst sein darf. Kannst du das verstehen?«

»Ja. Ich habe auch so einen Freund gehabt. Und ich empfand es wie du, dass ich, frei von weiblichem Spiel, ihm gegenüber ehrlich sein konnte.«

Sie schwieg eine Weile und erinnerte sich dann: »Er hat mir über die schwierigen Jahre hinweg geholfen. Es fing damit an, dass er meine Kinder betreute, wenn ich abends arbeiten musste. Die Kinder liebten ihn, er nahm sie mit zum Skilaufen oder fuhr mit ihnen in die Stadt ins Kino oder ins Theater. Und er las ihnen Märchen vor, er war ein Literaturkenner und verstand sich wirklich auf die Kunst der Vermittlung.«

Mit belegter Stimme sagte sie: »Er war einfach da. Hörte sich geduldig mein elendes Gejammer darüber an, wie Leid ich mir selbst tat. Allen anderen Leuten sagte ich, es gehe mir gut, ich sei zuversichtlich und genieße meine Freiheit.«

»Aber dann habt ihr euch auseinander gelebt.«

Inge senkte die Lider, ihr Gesicht war verschlossen: »Er starb an Aids.«

Irgendwann brach Matilde das Schweigen: »Wir beide haben keine Schwierigkeiten, einander zu verstehen.«

»Nein. Seit unserer Taxifahrt versuche ich zu begreifen, was Folter und … Vergewaltigung für dich bedeutet haben. Ich hätte das nicht überlebt. Du bist viel stärker als ich, Matilde.«

»Da bin ich mir nicht sicher. Weißt du, sie haben dafür gesorgt, dass ich nicht sterben konnte. Infusionen, Spritzen, Drogen.«

»Gott im Himmel! Warum?«

»Sie hatten mich ja geschnappt, weil ich ihnen verraten sollte, wo mein Geliebter sich mit seinen Guerilleros versteckt hielt. Ich hätte ihn verraten, Inge, du musst das verstehen, ich hätte wirklich alles gesagt. Aber ich wusste nichts, dafür hatte Pedro gesorgt.

Ich habe keine Erinnerung daran, wann und wie sie mich wieder laufen ließen. Erst später erfuhr ich, dass sie mich einfach auf die Straße geworfen haben, weil sie Pedro erschossen hatten.

Manchmal blitzen in mir Erinnerungen an die Britische Botschaft und an menschliche Ärzte auf. Aber der Botschafter besaß einen Hund …

Dann wurde ich nach London geflogen und sofort in ein Krankenhaus gebracht.

Mein Sohn war damals vier Jahre alt.

Du wirst dir vorstellen können, wie das alles für ihn war. Seine Mutter war wieder da, aber seine Großmutter nahm ihn mit ins Krankenhaus, wo ein an Kanülen und schrecklich piepsende Apparate angeschlossenes weißes Paket lag. Das ganze Gesicht von Bandagen verdeckt. Die Narben von den Hundebissen in meinem Gesicht waren ja auch operiert worden. Die Engländer haben ausgezeichnete Fachärzte für plastische Chirurgie.«

Inge stöhnte auf, erinnerte sich, dass sie gedacht hatte, Matildes glattes Gesicht sei ein Zeichen dafür, dass das Leben sanft mit ihr verfahren war.

»Du wirst dich fragen, wie man mit solchen Erinnerungen leben kann. Man kann es nicht, man verdrängt sie. Das Tückische ist nur, dass sie oft bei Nacht wieder Gestalt annehmen und manchmal auch bei Tag, wenn ein entsprechendes Wort fällt. Man stürzt dann in einen bodenlosen Abgrund der Schrecken.

Es war dieser Freund, von dem ich sprach, der mich erkennen ließ, dass ich durch diese Hölle gehen, mich an jeden Schritt erinnern, meinen Freunden davon erzählen musste. Und dass ich mit Menschen zu arbeiten anfangen sollte, die ähnliche Erfahrungen hinter sich hatten.

Du kennst diesen merkwürdigen Trost, wenn dir bewusst wird, dass du nicht allein bist mit … mit dem Unfassbaren.

Ich bin nie Nanos Mutter geworden, dafür war es zu spät«, fuhr Matilde fort, und es war das einzige Mal während dieses Gespräches, dass sie nahe daran war, zusammenzubrechen.

»Die Mutter, die er hatte, war seine Großmutter, eine prinzipientreue Dame mit festen Vorstellungen, wie Jungen zu Männern zu erziehen sind. Doch auch sie verließ ihn. Sie starb einen langsamen Krebstod. Übrig blieb für den Jungen der Großvater, der in einer Vergangenheit lebt, die es nie gegeben hat. Und der nur ein einziges Ziel für den Jungen hatte: Er sollte ein englischer Gentleman werden.«

Inge konnte sich nicht erinnern, wie sie und Matilde an diesem Nachmittag auseinander gegangen waren.

Aber sie erinnerte sich an das Gespräch mit Britta. Sie saßen bis tief in die Nacht auf Inges Bett. In der Pension war es kalt, sie wickelten sich in eine bereitliegende zweite Decke, und Britta war klug und vernünftig. Und zornig.

»Ich weiß, was du denkst, Mama. Dass Nano ein Niemand ohne Identität und eigenen Willen ist. Aber du hast keine Ahnung, was er hinter sich hat.«

»Doch, Matilde hat es mir erzählt.«

»Ach ja? Das ist allerdings eigenartig. Ich dachte, sie hat nicht den Mut, zuzugeben ...«

Inge schwieg.

»Tut es ihr Leid, dass sie sich nicht um ihn gekümmert hat?«

»Das habe ich sie nicht gefragt. Im Vordergrund steht ja nun die Sache mit der großen Liebe, die ich nicht verstehe und die du so ernst nimmst.«

Sie konnten darüber lachen.

»Du bist nicht so vernünftig, wie du glaubst, Mama.«

»Okay, sieh mich an. Ich war ebenso sicher wie du, als es um die einzige Liebe meines Lebens ging.«

»Und du hattest ja Recht. Du hast nie wieder geheiratet. Lars zum Beispiel, der war ein netter Kerl.«

Sie sah Inge fragend an, ehe sie fortfuhr. »Denke einmal darüber nach, was du für Papa empfindest, du hast doch selbst gesagt, du liebst ihn immer noch.«

»Aber ich habe mich recht schnell wieder berappelt.«

»Bist du sicher?«

»Nein.«

»Mama, du hast einen großen Fehler. Du erlaubst dir nie, dich selbst zu bedauern.«

»Ich weiß, dass es für mich und Nano nicht leicht werden wird.«

Brittas Stimme wurde härter: »Ich habe eine solche Wut auf dieses Internat, du weißt bestimmt besser als ich, wie es den Kindern in diesen vornehmen englischen Schulen geht. Aber Nano hat durchgehalten. Das war sein Kampf um eine eigene Identität. Er wollte ein Engländer werden. Aber er musste bald erkennen, dass das nicht möglich war. Er würde nie und nimmer als solcher anerkannt werden. Der Akzent stimmte. Aber da waren seine Haare und die Hautfarbe. Begreifst du?«

»Ja«, sagte Inge und dachte an Mira.

Aber sie dachte auch an das Erbe, das sie ihren Töchtern mitgegeben hatte, das Mitleids-Syndrom, das Betreuungsbedürfnis. Das, wogegen sie fast täglich ankämpfen musste, und das bei ihr mit den Jahren zu dieser harten Schale geführt hatte.

Sie war verwundert, als die Maschine zur Landung in Arlanda ansetzte, und froh, als sie der bewaldeten Tundra entgegensank.

Ich nehme mir ein Taxi vom Flughafen nach Hause, dachte sie.

Aber kaum hatte sie den Zoll hinter sich, sah sie Nestos strahlend weißes Lächeln und seinen winkenden langen Arm. Im nächsten Moment erkannte sie, dass sie sich insgeheim gerade das erhofft und Mira aus diesem Grund gesagt hatte, dass sie um 13 Uhr lande.

»Mein Gott, bist du lieb«, sagte sie, als sie ihn umarmte. »Ich habe mich vor dem vielen Umsteigen schon gefürchtet, wenn ich mit dem Bus nach Hause fahre.«

»Ich habe eine Überraschung für dich«, sagte Nesto. »Komm mit.«

Und dort stand er, ein kleiner japanischer Wagen, erdbeerrot und ein wenig gedrungen, aber er glänzte, als wäre er neu.

»Du musst ihn nicht kaufen«, sagte Nesto. »José hat ihn entdeckt, ein echter Fund. Zehntausend Kronen. Wir haben ihn durchgecheckt, einiges ausgetauscht, und jetzt ist er perfekt.«

Inge war sprachlos.

»Der ist leicht zu verkaufen, du brauchst es also nur zu sagen, wenn du ihn nicht haben willst.« Nesto hatte ihr Schweigen völlig missverstanden.

»Klar will ich den haben.«

»Habe ich mir doch gedacht«, lachte Nesto und legte ihre Tasche in den Gepäckraum. Gab ihr die Schlüssel.

»Es ist ein Automatik.«

Inge lächelte ihn an: »Ich habe schon begriffen, dass das ein Auto ist.«

Nesto lachte schallend: »Bist du so dumm, oder tust du nur so? Das ist ein Auto mit automatischer Gangschaltung. Die gnädige Frau braucht jetzt also nur das linke Bein an einer Stelle zu parken, wo es nicht im Weg rumsteht.«

»Schon verstanden, die Kupplung fehlt.«

»Richtig.«

Auf den ersten zehn Kilometern zuckte es immer wieder in Inges linkem Bein. Und in der rechten Hand, die automatisch nach der Gangschaltung greifen wollte. Dann hatte sie sich eingewöhnt und genoss die Fahrt. Es ging flott dahin, Nesto warnte mehrere Male: »Achtung, hier darf man nur siebzig fahren!«

Als sie sich der Reihenhaussiedlung näherten, sagte Nesto: »Inge, wir machen uns wegen Mutter Sorgen. Sie hat sich verändert, wirkt irgendwie bedrückt. Sie nimmt zu viele Medikamente, und manchmal trinkt sie auch.«

Es wurde still, das Auto verlor an Geschwindigkeit.

»Ich habe es ihrer Stimme angemerkt«, sagte Inge schließlich. »Sie ist dünn und ohne Klang.«

»Ja, sie ist insgesamt so geworden.«
»Wartet sie zu Hause auf mich?«
»Nein.«
»Ich rufe sie an.«
»Gut. Ich muss nämlich sofort weiter.«
Nestos Bus stand vor Inges Haus, und er stieg sofort ein.
»Neue Fuhre in Arlanda abzuholen«, rief er. »Diesmal Touristen.«

20

Inge ging durch ihren Garten und sah, dass das Unkraut gejätet und alles in schönster Ordnung war. Oben im Steingarten blühten die kleinwüchsigen Narzissen. Und die Traubenhyazinthen. Und ihre wunderschönen gefüllten Buschwindröschen. Wie kleine weiße Rosen sahen sie aus.

Aber sie konnte sich nicht freuen.

Nicht einmal über den Duft und den Gesang der Vögel.

Sie sah sich die Faxe an, die schön ordentlich gestapelt neben dem Telefon lagen, rief ihre Verlagslektorin an und sagte ihr, sie sei jetzt wieder zu Hause und rechne damit, in zwei Wochen fertig zu sein.

Ihr Herz schlug hörbar, als sie Mira anrief.

»Ich bin's. Bin soeben nach Hause gekommen.«

»Willkommen«, erwiderte die dünne Stimme.

»Nesto hat mich mit dem neuen Auto abgeholt. Hast du's schon gesehen?«

»Nein.«

»Du, ich denke, wir könnten zusammen eine Probefahrt rauf zu den Seen machen. Kommst du mit?«

Schweigen. Inge überlegte, wie Mira geantwortet hätte, wenn alles wie früher gewesen wäre: »Prima! Ich sorge für Proviant.« Jetzt sagte sie: »Können wir machen.«

»Ich hole dich in einer halben Stunde ab.«

Mira stand schon vor der Haustür, und Inge sah, dass sie kleiner geworden war. Genau wie ihre Stimme an Farbe und Klang verloren hatte.

Inge stieg aus dem Auto und umarmte Mira. Aber sie kam ihr nicht entgegen, der magere Körper war erstarrt.

»Ich muss mich dafür bedanken, dass du meinen Garten gejätet hast.«

Mira nickte, sagte: »Das Haus habe ich auch geputzt.«

»Ist mir noch gar nicht aufgefallen.«

»Damit habe ich auch nicht gerechnet.«

Was in aller Welt soll ich tun, dachte Inge. Sie legte den ersten Gang ein und gab Gas. Das Auto heulte vor Schreck auf. Zum ersten Mal lachte Mira und sagte boshaft: »Du wirst es bald zugrunde gerichtet haben.«

Dann saßen sie schweigend an dem schönen See, bis Inge, nervös geworden, von der Familie Larraino und diesem verrückten alten Señor, diesem Dinosaurier, zu erzählen begann.

»Das ist in Chile eine ganz normale Sorte Mensch«, sagte Mira. »Wir nennen sie Mumien.«

»Aber seine Tochter … Die ist unsere Anwältin.«

Nach einer Weile sagte Mira: »Das klingt ja fast verliebt.«

In ihrer Stimme schien etwas von dem alten Zorn mitzuschwingen. Inge wagte nicht zu lachen, sondern erzählte weiter von Matildes Liebe zu dem jungen Revolutionär und dem Sohn, den sie vernachlässigt hatte.

»Was ist das nur für ein Mensch«, sagte Mira verächtlich.

Schweigend fuhren sie nach Hause. Die alte Vertrautheit war verschwunden und beide waren traurig darüber.

Als sie sich der Haustür näherten, wagte Mira einen Versuch: »Ich hätte dir gern von meinem Bankkonto erzählt«, sagte sie.

»Hast du Schwierigkeiten damit?«

Mira schüttelte den Kopf, alles schien vergebens.

Als sie sich trennten, sagte sie trotzdem: »Ich komme morgen und kümmere mich um dein Gewächshaus. Die Blumen müssen ins Freie.«

»Ja, in den Wind und die Sonne«, erwiderte Inge und versuchte fröhlich zu klingen.

Es war ein verlogener Augenblick, und das wussten sie beide.

21

Inge war in der Nacht von ihrem eigenen Weinen aufgewacht. Es gelang ihr aber, wieder einzuschlafen.

Morgens versuchte sie sich einzureden, dass das Leben weitergehen müsse. Sie trank ihren Kaffee und stellte fest, dass Mira an sie gedacht hatte, alles war vorhanden, Brot, Butter, Käse und Marmelade.

Dann sah sie die Post durch: Rechnungen, Einladungen zu fünfzigsten Geburtstagen, ein Brief von einem alten Freund, über den sie sich freute – und eine Ansichtskarte aus Westindien.

Ein Bekannter, der mit seiner Urlaubsreise angeben will, dachte sie, drehte die Karte um und erkannte die Handschrift sofort: Jan!

Verrückt, dachte sie, als sie die wenigen Zeilen immer wieder las: »Ich möchte nicht, dass du dir Sorgen machst. Mit mir ist alles in Ordnung. Hier fehlt es an guten Informatikfachleuten.«

Inge wurde wütend, warum soll ich mir seinetwegen Sorgen machen, so ein eingebildeter Schwachkopf. Dann dachte sie an Marylin, die beiden kleinen Jungen und das verschwundene Geld.

Sie rief in London an.

»Mama!«, schrie Britta. »Wo ist die Karte abgestempelt?«

»Ich kann den Poststempel nicht entziffern, aber es sieht nach so einem verdammten Inselparadies aus.«

»Schick sie her, Mama, die muss zur Polizei.«

Inge verbiss sich ihren Ärger, versprach es aber.

»Heute ist Sonntag«, sagte sie. »Selbst wenn ich sie per Eilboten schicke, dauert das zwei Tage.«

»Moment mal. Wir rufen Marylins Bruder an und lassen dann wieder von uns hören.«

Während Inge auf das Gespräch wartete, liefen ihr widersprüchliche Gedanken durch den Kopf: Ich will nicht, ich will nicht.

Ich muss.

Dann telefonierte sie mit einer ruhigen englischen Stimme. Konnte sie die Ansichtskarte mit einer Übersetzung des Textes faxen? Jetzt gleich?

»Ja.«

Sie bekam eine Nummer und eine Adresse. Und versprach, die Ansichtskarte als Eilbrief zu schicken. Dann dachte sie an Matilde: »Du musst verstehen, ich hätte ihn verraten, wenn …«

Aber sie, Inge, war ja keiner Folter ausgesetzt.

Sie ging ihr Manuskript durch, nahm einige Korrekturen vor. Sah sich die Kapiteleinteilung an und dachte, dass eigentlich nur noch eine Zusammenfassung fehlte. Das würde kaum Mühe machen.

Um elf Uhr kam Mira, sie versuchten einander anzulächeln. Auf dem Weg ins Treibhaus konnten sie fast wie früher miteinander reden, es gab so viel Praktisches: Welche Pflanzen in welche Töpfe? Und wo sollten sie stehen?

»Hörst du die Vögel singen?«

»Ja.« Mira lächelte zwar, aber irgendwie gequält.

Inge arbeitete an ihrem Schreibtisch, Mira topfte um und bereitete irgendwann ein tiefgefrorenes Hähnchen mit Reis zu. Sie aßen, Inge wagte eine Frage:

»Wie war das mit deinem Bankkonto?«

»Du kapierst wie immer gar nichts.«

Gegen Abend brachte Inge Mira nach Hause, sagte: »Zeigst du mir, wie es deinen afrikanischen Lilien geht?«

»Warum nicht.«

Die Wohnung war tadellos in Ordnung. Den Lilien ging es gut, aber sie zeigten noch keine Blütenknospen.

»Die kommen schon noch«, sagte Inge.

»Möchtest du einen Kognak?«

»Nein, ich muss ja Auto fahren.«

Inge wusste sofort, dass Mira sie los sein wollte.

Was soll ich nur tun, dachte sie, als sie die Treppe hinunterlief.

Zu Hause klingelte das Telefon. Es war dieser höfliche Engländer, der ihr mitteilte, dass die Polizei den Poststempel auf dem Fax nicht hatte entziffern können. Hatte sie die Ansichtskarte schon abgeschickt?

»Ja, heute Vormittag per Eilbrief«, sagte Inge so kurz, dass ein Missverständnis nicht möglich war.

Als sie den Hörer auflegte, dachte sie an Jan, seine Verletzlichkeit, seine Unruhe. Er hatte ihr vertraut. Pfui Teufel. Verräterin, sie war eine Verräterin.

Die Abendstunden widmete sie der Erinnerung an Jan. Ihr fiel ein, wie er jedes Mal verschwunden war, wenn die Kinder krank waren, wie sie selbst auf dem Notbett im Kinderzimmer gewacht und gegen den Schlaf angekämpft hatte, immer allein auf sich gestellt. Dann konnte er in den Morgenstunden heimkommen, reichlich angetrunken und … Nein! Doch, er hatte sie vergewaltigt.

Auf diese Weise bekam er, wenn auch nur vorübergehend, seine Schuldgefühle erfolgreich in den Griff und konnte schlafen gehen.

Die Wochen schlichen dahin, Inge schrieb wie besessen, Mira kam manchmal nach der Arbeit vorbei, sie sprachen nur übers Wetter. Dass Skandinavien weiter von Sonne und Wärme verwöhnt wurde. An einem Samstag Anfang Juni kam Ingrid nach Hause zurück.

Und alles war, wie es sein sollte, zumindest für die ersten Stunden. Ingrid brachte gute Neuigkeiten mit, Britta hatte sich für das Medizinstudium qualifiziert. In Stockholm.

»Sie will doch wohl nicht …?«

»Nein, ganz übergeschnappt ist sie nicht. Du weißt ja, wie sie sich dafür ins Zeug gelegt hat. Denk doch nur an dieses schreckliche Praktikum im englischen Krankenpflegedienst.«

»Und Nano?«

»Frag sie selbst.«

Dann kam der Zeitpunkt, wo Inge von Mira erzählen musste.

»Verschlossen, abgestumpft, boshaft«, sagte sie.

»Ihre Söhne?«

»Haben auch keinen Zugang zu ihr. Sie sind, genau wie ich, ganz außer sich vor Sorge.«

Am Nachmittag tauchte Nesto auf, schaute Ingrid an und meinte: »Solche Frauen wie dich habe ich bisher nur auf Fotos gesehen.«

»Komm mir bloß nicht mit der alten Masche von wegen schwedische Schönheit. Das macht auf mich keinen Eindruck«, sagte Ingrid.

»Schon verstanden.«

Inge und Nesto gingen ins Arbeitszimmer, um das Geschäftliche zu erledigen. Nesto hatte eine richtige Firmenrechnung mit Mehrwertsteuer und allem Drum und Dran mitgebracht. Inge lächelte erleichtert, das konnte sie ohne Schwierigkeiten schaffen. Aber sie sagte: »Warum verlangst du eigentlich für die Überprüfung des alten Autos nichts?«

»Man kann sich ja auch mal was schenken lassen. Inge, was machen wir mit meiner Mutter?«

Und wieder wagten sie einander kaum anzusehen.

Ingrid und Inge saßen die halbe Nacht beisammen und redeten und redeten, bis alles gesagt war, ausgeräumt, dachte Inge erleichtert, als sie schließlich ins Bett kroch.

Sie schlief und schlief.

Und wachte erst auf, als die Sonne schon hoch am Himmel stand. Und sie Stimmen in der Küche hörte.

Mira, die sehr wohl wusste, dass sie boshaft und ungerecht war, hatte eine Methode gefunden, sich zu entschuldigen. Sie kochte zu Hause bei Inge ein gutes Essen, wusch und bügelte, stellte Inge eine Tasse frisch gebrühten Kaffee auf den Schreibtisch.

Sie begriff nicht, dass sie damit alles nur noch schlimmer machte.

An diesem Sonntagmorgen hatte sie Hefeteig mitgebracht, den sie schon bei sich zu Hause hatte aufgehen lassen. Jetzt wollte sie Inge mit dem Duft frisch gebackener Hefeteilchen wecken.

Als sie das Gebäck gerade in den Ofen geschoben hatte, hörte sie jemanden die Treppe herunterkommen. Und erblickte einen Engel.

Die lichte Gestalt nahm langsam, fast schlafend, Stufe um Stufe, sagte: »Hier riecht's aber gut.« Dann entdeckte sie Mira, ging auf sie zu und umarmte sie.

»O Mira!«, sagte sie. »Mama hat mir so viel von dir und deiner Tochter erzählt.«

Sie weinte, die Tränen flossen, sie waren echt, sie küsste Miras Wangen und grub sich immer tiefer in ihre Umarmung ein. Mira war hingerissen, eine junge Inge, der etwas eigen war, was ihrer Mutter fehlte. Oder was sie nie zu zeigen wagte.

Sie roch wie ein Kind nach Schlaf und Seife und einem Shampoo mit Blumenduft.

Mira schob sie von sich, schaute prüfend in die großen blauen Augen und dachte noch einmal, dass dieses Mädchen ein Engel war. Und dass diese Sorte meist etwas Unberechenbares an sich hatte.

Dann verlor sie die Fassung, warf sich weinend über den Küchentisch.

Der Engel sagte Gott sei Dank nichts, setzte sich nur auf den Küchenhocker, legte seinen Kopf in Miras Schoß und weinte mit.

So fand Inge die beiden und sagte: »Das ganze Haus riecht nach verbranntem Kuchen.«

Ingrid und Mira hatten den gleichen Gedanken: typisch.

Aber Inge riss den Backofen auf, und die Küche füllte sich mit Qualm.

»Raus mit euch«, sagte sie. »Setzt euch in die Laube und heult dort weiter.«

Sie ist eigentlich gar nicht so dumm, dachte Ingrid und trabte Arm in Arm mit Mira ins Freie.

Die Laube war für untröstliches Tränenvergießen wie geschaffen.

Inge machte sich eine Tasse löslichen Kaffee und fand im Gefrierfach eine harte alte Zimtschnecke. Dann ging sie an ihren Schreibtisch.

Der Tag im Reihenhaus gestaltete sich eigenartig. Lautlos, geheimnisvoll. Aber am Nachmittag rief Matilde aus London an. Sie hatten die Frau gefunden, die mit Otilia im Lager gesessen hatte. Sie hatte sich bereit erklärt, Señora Narvaes und deren Familie in der kommenden Woche zu empfangen.

»Sonst nichts?«

»Nein«, sagte Matilde. »Sie will wahrscheinlich ganz sicher sein, bevor …«

Sie schwiegen und kamen zu demselben schwerwiegenden Schluss.

Inge bekam Adresse und Telefonnummer in einem Dorf in Schottland.

»Sie ist mit einem Schafzüchter verheiratet«, erklärte Matilde.

22

Mira lag auf Inges Bett. Ihr Gesicht war verquollen, aber sie hatte sich beruhigt.

»Ich bin kein dummer, boshafter Mensch«, sagte sie laut.

Sofort entstand eine milde, positive Atmosphäre. Gott hörte endlich zu. Sie setzte sich im Bett auf, faltete die Hände und sprach: »Es war hässlich von mir, dich bestechen zu wollen.«

ER stimmte ihr zu. Doch dann sagte er, der Mensch erträgt nicht zu viel Wirklichkeit.

Mira musste eine Weile nachdenken, bis sie verstand.

»Zumindest nicht zu viel auf einmal«, sagte sie.

Gott sagte, ihre Zeit des Trauerns sei nun gekommen.

Sie dachte an Janvier ihren Sohn, der während des Ausgehverbotes ermordet worden war. Sie hatte sich nie die Zeit genommen, um ihn zu trauern.

Sie zog das Bild von Otilia hervor, auf dem sie in Holland durch Tulpenfelder schritt.

Beim Betrachten schnaubte sie. Laut.

Dieses Mal war sie ganz sicher, dass sie Gott lachen hörte.

Von weit her war ihr, als klingle das Telefon in Inges Arbeitszimmer.

O Dios, dachte sie, heute ist ja Sonntag. Und niemand in diesem Haus hat bis jetzt etwas zu essen bekommen, nicht einmal Frühstück.

Inzwischen konnte sie über das verbrannte Hefegebäck lachen.

Sie ging in die Küche und fand noch ein tiefgefrorenes Hähnchen. Besser als gar nichts. Sie hörte, wie Inge das Telefongespräch beendete, sie sprach englisch, und Mira fühlte ihr Herz ängstlich schlagen. Als Inge aber in die Küche kam, fragte sie: »Wo ist Ingrid?«

»Ich glaube, sie duscht.«

Inge schaute Mira lange an, das Weiße in ihren Augen war gerötet, der Blick jedoch gelassen. Herr im Himmel, wie soll ich ihr das sagen?

Sie setzten sich an den Küchentisch, sahen einander stumm an. In diesem Augenblick kam Ingrid in Jeans und weißem Blusenhemd die Treppe herunter. Nasse Haare, verschwollene Augenlider.

»Mein Engelskind«, sagte Inge.

»Ist sie immer so gewesen?«, fragte Mira, und Inge nickte und dachte daran, wie oft sie sich um dieses von Natur aus gutmütige Kind gesorgt hatte.

Dann nahm sie sich zusammen und erzählte von dem Gespräch mit London.

»Mrs. Drummond weigert sich, mit jemand zu sprechen, der nicht Otilias Familie angehört«, begann Inge.

Das klingt wie das Gotteswort, eine Zeit, zu trauern, dachte Mira.

»Mira, hast du einen Reisepass?«

»Ja.«

»Wir müssen deine Söhne verständigen.«

»Würdest du das wohl übernehmen?« Es klang kleinlaut.

»Ja, natürlich.«

Inge erreichte Nesto, der gerade in der Garage unter einem Bus lag. Er musste am nächsten Tag nach Polen fahren.

»Du musst auf alle Fälle heute Abend hierher kommen«, sagte Inge in sehr strengem Ton, und er erwiderte, das sei okay, also in einer Stunde.

Auch José erreichte sie über Handy. Doch, er werde kommen. Aber er musste vorher Lars-José zu Hause abholen. Seine Frau müsse heute Nacht arbeiten, sagte er. Ob Inge wohl bei Kristina anrufen und es ihr erklären könne?

»Klar«, sagte Inge.

Inge hatte Kristina schon kennen gelernt und das hübsche Mädchen aus ihrer Klasse sofort wiedererkannt, große Brüste und lebhafte Augen hinter langen Wimpern, einladende Mundwinkel. Mehr Lachen als Gekicher. Nicht unbegabt, aber, was die Schule betraf, völlig desinteressiert.

Sie hatte diese Art Mädchen gemocht und als Opfer frühzeitiger Hormonausschüttungen, wie sie es im Lehrerkollegium ausdrückte, oft verteidigt.

Wenn sie letztlich beim richtigen Mann landeten, konnten sie gute Ehefrauen und Mütter werden.

Jetzt erzählte Inge Kristina von dem Anruf aus England und dass sie schon nächste Woche nach Schottland fahren mussten.

»Aber das bedeutet ja …«

»Das wissen wir nicht. Und sie will sichergehen …«

»Rede José bitte zu, dass er mit Mira dorthin fährt. Ich habe nächste Woche ziemlich viel frei, und außerdem habe ich ja meine Mutter. Ich schaffe das …«

Nun waren die beiden Söhne da. Nesto hielt die Hand seiner Mutter, während Inge von dem Gespräch berichtete. Sie mussten fahren …

Man beratschlagte, welcher Tag wohl in Frage käme, aber Inge unterbrach die Überlegungen und meinte: »Wir werden die schottische Dame entscheiden lassen.«

Alle nickten, Inge wählte die Nummer, eine Knabenstimme antwortete, sie bat, mit Mrs. Drummond sprechen zu dürfen. Während des Wartens sagte sie zu Mira, sie solle den Hörer übernehmen, sie sei schließlich die nächste Verwandte.

»Ich kann kein Englisch.«

»Klar spricht sie spanisch.«

»Ich will mit!«, schrie Lars-José, schwieg aber sofort, als er den Ernst in Josés Stimme hörte, der kurz und bündig nein sagte.

»Der Dienstag wäre angenehm«, sagte Mira, als sie den Hörer auflegte. »Da ist Eloiza den ganzen Tag allein zu Hause.«

»Inge, wir sprechen aber kein Englisch!«

Da lächelte der Engel sie an und sagte: »Ich komme mit.«

23

Inge würde ein paar Tage alleine sein. Es kam ihr gelegen, sie brauchte Zeit für sich selbst. Das Manuskript war fertig, auf Diskette an den Verlag geschickt.

Und ihr Garten blühte in hellen, frühsommerlichen Farben.

Am Abend vor Ingrids Abreise tranken sie zum Abschied ein Glas, und Ingrid sah ihre Mutter besorgt an: »Du wirkst so abgekämpft.«

»Ich mache mir Sorgen. Um Mira und um Jan. Und um Britta.«

Verlegen schwenkten sie den Rotwein in ihren Gläsern.

»Ich habe gar nicht gewusst, dass du dir Sorgen um Britta machst. Du hast, als du in London warst, durchaus wohlwollend und eher amüsiert gewirkt.«

Inge errötete vor Zorn. Das Gespräch stockte wieder.

Dann machte sie es wie immer, wich ins Allgemeine aus: »Es ist nicht leicht, erwachsene Kinder zu haben. Eine Mutter darf sich nicht einmischen, darf nicht einmal eigene Ansichten haben. Sie muss danebenstehen, machtlos. Wenn sie gut drauf ist, setzt sie dieses verdammt verständnisvolle Mamagrinsen auf.«

Sie wurde immer lauter, bis Ingrid einwandte: »Wer zwingt dich dazu?«

»Ich«, sagte Inge und dachte an ihre eigene Mutter, die sie oft geradezu gehässig vor Jan gewarnt hatte.

In der aufkommenden Stille konnten sie den Abendgesang der Amsel hören.

»Mama, vielleicht schaffen Britta und Nano es besser, als wir glauben.«

Inge schwieg, aber ihr Gesichtsausdruck sagte: Weiß der Teufel.

Sie erhoben die Gläser und stießen auf die Liebe an.

Sie saßen im Freien, der Uhrzeit nach war es schon Abend, aber die Sonne sandte schräge Strahlen durch den Garten mit den leise raunenden jung belaubten Bäumen. Der Ahorn blühte, und der laue Wind roch nach Honig.

Nach einer Weile fragte Ingrid: »Warum machst du dir eigentlich wegen Papa Sorgen?«

»Ich mache mir keine Sorgen. Aber ich fühle mich wie ein Verräter.«

»Ich glaube, ich kann dich verstehen. Und dann ist da ja auch noch Mira.«

»Ja.«

Als sie gegen Mitternacht zu Bett gingen, war es draußen immer noch hell, aber der Himmel war unergründlich. Ingrid würde am nächsten Morgen um fünf Uhr von José abgeholt werden. Inge nahm sicherheitshalber eine Schlaftablette. Ihr letzter Gedanke an diesem Abend war, dass sie jetzt Zeit für ihr Tagebuch haben würde.

Sie wachte trotz allem auf, als das Auto vorfuhr, schlüpfte in ihren Morgenrock und lief die Treppe hinunter. Umarmte Mira kurz, fühlte, dass sie entspannter war und dachte: Sie ahnt nicht …

Dann ging sie wieder ins Bett und versuchte noch einmal einzuschlafen. Es gelang nicht. Sie blieb noch eine Weile liegen, in Gedanken mit Britta und Nano beschäftigt. Was konnte nicht alles passieren, wenn ihre Tochter nach Schweden zurückkehrte und ganz in dem schwierigen Studium aufging. Würde die Verliebtheit wie eine Grippe vorübergehen?

Wunschdenken.

Mit ebensolcher Wahrscheinlichkeit konnte die Liebe sich, genährt durch Entfernung und Träume, zur Leidenschaft auswachsen. Nein, das auch nicht. Leidenschaft setzt das Unerreichbare voraus, beispielsweise eine Frau in Australien oder einen verheirateten Mann.

Er ist niemand, hatte Britta von Nano gesagt.

Wer niemand ist, besitzt vielleicht die außerordentliche Fähigkeit, andere Menschen widerzuspiegeln.

Dachte Inge, schämte sich aber. Sie wusste nichts von Nano Larraino. Und hatte, was die große Liebe betraf, nur wenige und zudem schlechte Erfahrungen.

Ihre Gedanken waren nahe daran, sich in Richtung Jan zu verlieren. Das wollte sie nicht, entschlossen stieg sie aus dem Bett, ging ins Badezimmer und blieb dort stehen, um ihr eigenes Spiegelbild zu betrachten. Wie schon so oft, auch schon vor der Zeit mit Mira und vor allen anderen Ereignissen, die ihr Leben durcheinander gebracht hatten.

Und dann fragte sie sich wie üblich, ob die Augen die einfachsten Dinge überhaupt wahrnahmen. Ob sie nicht immer zu spät dran waren, wenn sie nach althergebrachten Vorlagen auswählen, ausschließen oder zusammensetzen sollten.

Erwachsene Augen sind nie unschuldig, dachte sie, schloss die Augen vor dem Bild im Spiegel und putzte sich die Zähne. Als sie aber ihre Haut eincremte und danach die Haare zu bürsten begann, konnte sie ein anderes Bild hinter jenem ahnen, das der Spiegel wiedergab. Eine junge Inge, Ingrid ähnlich, nicht so schön, aber doch einigermaßen hübsch.

Sie war es gewesen, die sich in Jan verliebt hatte.

In diesem Augenblick erkannte sie, dass sie gewichtigere Gründe gehabt hatte als Britta, auf Warnsignale zu achten. Nano war ein junger Mann, der vielleicht erwachsen werden würde. Jan war schon erwachsen gewesen, ein willensstarker Mann mit klaren Zielsetzungen. Ihm ging es nicht um Liebe, nur um Sex.

Bin ich jetzt ehrlich?

Sie zog ein bequemes Blusenhemd und eine alte lange Hose an und ging in die Küche, um Kaffee zu kochen. Ihre Gedanken bewegten sich im Kreis: Sie selbst? Wie war sie, diese hübsche Fünfundzwanzigjährige, gewesen?

Einsam und ausgehungert. Sie war keine von denen, die sich einfach bedienten, als der freie Sex die alten Verhaltensmuster sprengte.

Ich war eine blauäugige Träumerin, die zu viele romantische Gedichte gelesen hatte. Zwei Hälften mussten zu einem Ganzen mit denselben Zielen und Bedürfnissen werden.

Herrgott! Selbstverständlich durfte dieses Mädchen sich all seiner Träume aus Jugendjahren erinnern. Sie wollte frei sein, völlig unabhängig, wollte ihr Recht niemals aufgeben, stets auf eigenen Beinen zu stehen.

Und das tat sie auch, aber dann kam es so, wie es eben gekommen war.

Inge setzte sich mit ihrer Kaffeetasse oben auf der Felskuppe in die Sonne. Dicke Hummeln summten in den gefüllten Blüten der Buschwindröschen.

Sie hatte mit Matilde über die Liebe gesprochen, die wie ein Blitz einschlägt und alle Vernunft ausschaltet. Sie hatten, jede mit einer Tasse Tee, in einer Londoner Bar gesessen.

Matilde hatte behauptet, Verliebtheit sei ein Wiedererkennen auf niedrigster Ebene. Dort ist der andere, der meine Gedanken denkt, alles so sieht wie ich, der fühlt wie ich und Dinge von mir weiß, die ich geheim gehalten habe. Nicht einmal vor mir selbst zugegeben habe.

Es ist wie ein Wunder, hatte sie gesagt. Keine Ausgrenzung mehr. Du darfst die sein, die du bist, du hast nichts zu verbergen, nichts zu verteidigen.

Inge hatte geschwiegen, erstaunt und brüskiert. Aber schließlich hatte sie energisch erwidert, das klinge doch stark nach Projektion.

Sie erinnerte sich, dass Matilde sie mitleidig angesehen hatte, etwas, was Inge nicht vertrug. Sie musste fragen: »Was, glaubst du, wäre aus eurer Liebe geworden, wenn ihr heiraten und ein langes normales Leben miteinander hättet verbringen können?«

»Wir wussten ... ohne es jemals ausgesprochen zu haben ... dass der Tod unser ständiger Begleiter war. Diese Gewissheit stand in Pedros Blick, lag in seinen Händen und seiner unwahrscheinlichen Zärtlichkeit.«

Inge hatte glücklicherweise nicht ausgesprochen, was sie dachte, dass nämlich das Mysterium des Todes sich mit dem der Liebe vereint hatte.

Jetzt, hier oben in ihrem Steingarten, konnte sie zugeben, dass sie Neid verspürt hatte.

Ihre Gedankengänge wurden von der Nachbarin unterbrochen, die herüberkam, um Inge zu bitten, ihren Cäsar, den großen gelben Kater, der gern durch die Gärten der Reihenhaussiedlung streunte, im Auge zu behalten. Kerstin musste in der Stadt Besorgungen machen.

Inge mochte diesen Kater. Er war alt und viel zu faul, um Vögel zu jagen, ein Geschöpf, das sich einem vertrauensvoll auf den Schoß legte, schnurrte und sich unerforschlichen Gedanken hingab.

Sie übernahm also die Dose mit dem Katzenfutter und nickte: »Selbstverständlich.«

Dann sprachen sie eine Weile übers Wetter, über diesen seltsamen Frühling und den zeitigen Sommer.

»Wir brauchen Regen, es ist so trocken, dass die Erde staubt.«

Na klar, ich muss gießen, dachte Inge, und dann fragte sie zu ihrer eigenen Überraschung: »Glaubst du an die große Liebe?«

»Nein, das sind nur die Hormone.«

»Ein biologischer Trieb, um die Nachkommenschaft zu sichern?«

»Na klar. Aber ich muss zugeben, dass es vergnüglich war, so lange es anhielt.«

Sie lachten einmütig.

»Und danach?«

»Tja, es soll ja Leute geben, die alle Tage ihres Lebens in glücklicher Eintracht verbringen. Aber so welche kenne ich nicht. Du etwa?«

Inge blieb die Antwort schuldig. Als Kerstin aber zu sich hinüber ging und Inge den Gartenschlauch holte, fiel ihr ein, dass sie doch einige solcher Leute kannte. Sie ließ den Schlauch liegen, rief Hilde an und fragte ohne lange Vorrede, wie das bei ihr und ihrem Mann möglich gewesen war. »Ihr habt immer so einen glücklichen Eindruck gemacht.«

Sie waren alte Freundinnen, und doch fragte Hilde: »Machst du eine Art Umfrage?«

»Nein, ich denke nur drüber nach. Ich mache mir Sorgen um Britta, die verliebt ist und total den Kopf verloren hat. Sie will heiraten.«

Am Telefon wurde es still. Sie denkt nach, dachte Inge.

»Inge, du wirst doch wohl nicht vergessen haben, wie höllisch es bei Kalle und mir jahrelang zugegangen ist. Fürchterliche Kräche und wilde Beschimpfungen, aber am schlimmsten war das Schweigen. Und Tränen und Traurigkeit. Und zu viel Wein.«

»Doch.« Inge erinnerte sich schwach: »Und wie habt ihr das überwunden?«

»Wir haben gegenseitig keine Besitzansprüche mehr gestellt. Haben Abstand gewonnen. Und da wurde es langsam besser.«

»Ihr habt auf Projektionen verzichtet?«

»Das ist ein großes Wort, aber man könnte es vielleicht so ausdrücken. Als ich damit aufhörte, Erwartungen in ihn zu setzen, musste ich wohl oder übel ich selbst werden. Und da musste er auch der sein, der er war. Verstehst du?«

Ja, Inge glaubte zu verstehen.

Als sie zum Gießen in den Garten zurückging, wurde ihr klar, dass Jan und sie keine Chance gehabt hatten. Es war, wie es war, und natürlich war das traurig. Aber Traurigkeit ist heilsam.

Oder?

In ihr Tagebuch schrieb Inge an diesem Abend: »Ich habe den ganzen Tag damit verbracht, mich zu erinnern und vieles besser zu verstehen. Trotzdem bin ich nicht einen Schritt weiter gekommen. Alte Augen haben auf alte Bilder zurückgegriffen. Alte Gedanken wurden bis zum Überdruss wiedergekäut.«

Aber dann erkannte sie blitzartig, dass sie an diesem Tag etwas Neues gedacht hatte, etwas Wichtiges. Sie versuchte sich zu erinnern, sah in Gedanken Matildes schönes Gesicht in der Londoner Bar vor sich: »Er hat mich von meinem Außenseitertum befreit.«

Inge war während ihrer ganzen Kindheit eine Außenseiterin gewesen. Keine beste Freundin, kein Kreis, dem sie sich zugehörig fühlte. Die Ursachen waren leicht zu erkennen, sie hatte keinen Vater, ihre Mutter scheuerte Treppenhäuser, und sie selbst war hässlich und linkisch. Wuchs schnell, war groß, größer als alle Gleichaltrigen, mager, eine Bohnenstange und streberhaft.

Mit siebzehn blühte sie auf, das Aschenputtel wurde zum Schwan. Aber es war zu spät, sie fand den Weg in die Gemeinschaft nicht. Und sie redete sich ein, nicht dazugehören zu wollen, Gekicher, Eitelkeit und Flirt zu verachten.

Verständlich also, dass sie dem Prinzen zum Opfer fiel, als er auftauchte.

Sie sah diesen letzten Satz lange an, dann strich sie ihn dick durch. So einfach war es nicht.

24

Kurz nach sieben hob die Maschine am Dienstagmorgen in Arlanda ab. Kaffee wurde serviert, Mira musterte die Flugbegleiterinnen mit großen Augen. Weit mehr als hundert Passagiere, eng, Luftlöcher! Und sie verschütteten keinen Tropfen.

Der Kaffee schmeckte nicht besonders.

Mira war neugierig. Sie hat bis jetzt noch nichts begriffen, dachte Ingrid.

Nach der Landung in Heathrow mussten sie über eine Stunde auf den Anschluss nach Edinburgh warten. Im Flieger bekamen sie Sitzplätze nebeneinander, und José erläuterte ihnen den Plan für die Weiterreise. Auf dem Flugplatz stand ein Mietwagen für sie bereit, sie würden über eine Art Brücke genau in Richtung Norden fahren. Dann auf der Fernstraße 90 nach Perth und nordwestlich davon hinauf ins Hochland.

»Hast du den Linksverkehr bedacht?«

José riss die Augen auf, meinte dann aber lächelnd: »Ich muss eben mein Gehirn umprogrammieren.« Mira schwieg, aber die Neugier war nicht aus ihren Augen gewichen.

»Ich rechne damit, dass wir es in zwei Stunden schaffen. Es sind nur 100 Kilometer«, sagte José und an Ingrid gewandt: »Hast du einen Führerschein?«

»Ja«, sagte Ingrid.

»Es wäre vielleicht besser, wenn du die Papiere beim Autoverleih unterschreibst. Es erspart uns möglicherweise Komplikationen.«

José sah das blonde Mädchen nicht an, spürte aber ihren Zorn.
»So ist das nun mal, Ingrid.«

Für José gab es schon bei der Passkontrolle Schwierigkeiten, wo man den schwedischen Pass misstrauisch durchsah und fragte: »Señor Narvaes ist Schwede?«

»Ja.«

»Darf ich fragen, wieso Señor so viele Reisen nach Osteuropa unternommen hat?«

»Ich fahre schwedische Touristenbusse.«

»Hmmm.«

Ingrid stand mit vor Wut schamrotem Gesicht unmittelbar hinter ihm. Aber José verzog keine Miene.

Lieber Himmel, der ist das gewöhnt, dachte sie.

Von Edinburgh sahen sie nicht viel, denn José fand die Fernstraße 90 sehr schnell.

Er hatte keine Schwierigkeiten mit dem Linksverkehr, hatte aber nicht mit den Schafen gerechnet. Sie zottelten die Straße entlang, blieben hier und dort stehen, machten ein paar Schritte, langsam, wie im Schlaf. Das Auto musste lange vor einer modernen roten Telefonzelle stehen bleiben. Eine lange Reihe Schafe überquerte hier gemächlich die Straße.

Mira auf dem Rücksitz musste laut lachen.

Sie fuhren an Perth vorbei, sahen auch von dieser Stadt nichts. Auf einer kurvenreichen, schmalen Landstraße ging es in nordwestlicher Richtung weiter. Jetzt begegneten ihnen die Schafe nicht mehr nur vereinzelt, sondern herdenweise stumpfsinnig dahinwogend.

Mira konnte nur lachen.

José aber meinte, dass sie zu spät kämen.

Sprachlos vor Staunen bewunderten sie die blauen Berge und die grünen Täler. Und die Straße, die sich unentwegt dahinschlängelte.

Sie sahen Dörfer mit weißen Häusern, die schwarz gedeckt waren. So wird sie wohl auch wohnen, diese Eloiza Drumond, dachte Mira.

»Der Name kommt mir irgendwie bekannt vor«, sagte sie.

»Ja, hier tragen viele Familien den gleichen Namen. Es gibt zum Beispiel Tausende MacDonalds, die nicht die Spur mit Hamburgern zu tun haben«, sagte Ingrid. »Schottland ist seit Jahrtausenden ein Land der Clans.« Kichernd fuhr sie fort: »Es gibt eine sagenhafte Geschichte aus den Highlands über einen Clan namens Cambell, der hier seit Urzeiten den Ton angibt. Einer aus diesem Clan hatte eine besondere Schwäche für Frauen. In der Geschichte heißt es, dass er der Vater von dreihundertachtundneunzig Kindern war und dass dies die Erklärung dafür sei, dass es überall in der Welt Millionen Cambells gibt.«

José lachte, Mira lächelte mit hängenden Mundwinkeln.

Dann plötzlich ein Fluss, ein See, so ruhig und schön, dass allen der Atem stockte. José hielt an, sie stiegen aus, um ihrer Seele diesen Anblick einzuprägen, wie Mira es ausdrückte. Der See hieß Loch Lomond, und Mira wollte wissen, ob hier jenes Seeungeheuer hause.

»Nein«, sagte Ingrid. »Der Loch Ness liegt weiter nördlich. Aber es gibt ein Lied, das den Loch Lomond besingt.«

Und sie sang leise vor sich hin: »Where me and my true love will never meet again. On the bonny, bonny banks of Loch Lomond …«

Die weiteren Worte waren ihr entfallen.

Wenige Kilometer danach kamen sie zu dem Ortsschild: Crianlarich.

Sie waren am Ziel.

José ging in den Pub, um nach Drumonds Haus zu fragen, kam wieder heraus und sagte, er habe die Leute nicht verstanden. Aber sie hatten ihm eine einfache Skizze mitgegeben.

Das Haus war, wie angenommen, weiß. Hinter dem schwarzen Dach ragten die blauen Berge empor. Eloiza stand auf der Treppe. Sie hatte ein schmales ovales Gesicht mit ausdrucksstarken Zügen, einen langen Hals, schwarzes im Nacken zu einem Knoten geflochtenes Haar.

Ihr Mund war sorgenvoll, der Blick kühl, aber nicht unfreundlich.

In Chile begegnet man dieser Art Frauen häufig, dachte Mira. Stolze Frauen, die sich nicht unterkriegen lassen.

Eloiza bat sie ins Wohnzimmer, wo ein Kohlenfeuer brannte. Die Einrichtung war abgenutzt, aber gemütlich. Die wertvollen Möbel sind für den Raum zu groß, dachte Ingrid. Mira versank fast in dem riesigen Ledersessel. Eloiza setzte ihnen Bier und Zitronenwasser vor.

Das Gespräch wurde auf Spanisch geführt.

Mira holte das Foto ihrer Mutter hervor, sagte: »Es wurde immer behauptet, sie sähen sich sehr ähnlich.«

»Das kann stimmen.«

José hatte aus der Erinnerung eine Zeichnung von seiner Schwester angefertigt. Eloiza sagte ohne Zögern: »Ja, das ist sie. Aber ich habe es schon gewusst, der Name ist ja nicht so häufig. Und sie fiel uns gleich auf … denn sie war ja so jung. Noch ein Kind.«

Um den Tisch wurde es still. José flüsterte Ingrid die Übersetzung zu. Eloiza sah Mira an und sagte, dass das Mädchen im Lager anständig behandelt worden sei, keine Folterungen oder ähnliches.

Es wurde ein langes Schweigen, drückend wie die Luft vom Kohlenfeuer.

»Sie hat nicht viel gesprochen. Sie hatte nachts Schwierigkeiten mit dem Schlafen, und ich saß oft bei ihr und hielt ihre Hand.«

Jetzt weinte Mira.

»Wir haben nie begriffen, was passiert war und warum. Eines Morgens rannte Otilia aus der Baracke genau auf den Zaun zu. Ein Wächter schoss. Traf sie in den Kopf. Sie war augenblicklich tot.«

Mira war bleich, fand nur schwer Worte, sagte aber schließlich: »Das ist gut zu wissen. Dass es schnell ging, meine ich.«

José setze sich auf die Armlehne des großen Sessels und legte den Arm um seine Mutter. Er weinte.

Eloiza wandte sich an Ingrid und sagte auf Englisch: »Ich habe frisches Gebäck in der Küche. Und Kaffee. Würdest du mir wohl behilflich sein?«

Sie gingen durch die Diele in die Küche. Eloiza schloss die Tür, sah Ingrid lange an und fragte dann: »In welchem Verhältnis stehst du zur Familie?«

»Meine Mutter ist mit Mira eng befreundet.«

»Das muss reichen. Denn irgendjemand muss es ja erfahren.«

Ingrid schüttete heißes Wasser in den Kaffeefilter, ihre Hand zitterte.

»Otilia bekam ein Kind. Ein Kind gebar in dieser Hölle ein Kind. Es war eine schwere Entbindung, sie war zu klein für das Baby, und ihr Unterleib wurde regelrecht zerrissen. Das Kind wurde ihr sofort weggenommen, niemand weiß, wohin sie es gebracht haben. Sie hat tagelang geblutet, hatte keine Kraft zu jammern, weinte nicht. Wir hatten keinen Zugang zu ihr.«

Ingrid versuchte tief zu atmen, Eloiza sprach weiter.

»Das ging so bis zu jenem Morgen, an dem sie, diese schrecklichen Hunde auf den Fersen, auf die Absperrung zulief. Die Hunde waren so abgerichtet, dass sie flüchtenden Menschen die Kehle durchbissen. Ich glaube, die Wache schoss aus Mitleid.«

Schweigend machte sie die Tabletts zurecht. Schließlich sagte sie: »Du kannst es halten, wie du willst, aber ich dachte, die Mutter braucht das nicht zu erfahren.«

Ingrid konnte nur stockend flüstern: »Das stimmt. Mira wäre zuzutrauen, dass sie nach Chile fährt, um dieses Enkelkind zu suchen. Ich werde es meiner Mutter erzählen, aber nur meiner Mutter. Sie kann schweigen.«

Ingrid zitterte am ganzen Leib, als sie das warme Brot, die Butter, den Schafkäse und das Kleingebäck ins Wohnzimmer trug.

Niemand hatte Appetit, aber Mira meinte, sie müssten vor der langen Rückreise doch etwas essen. Als sie ihren Kaffee ausgetrunken hatten, standen alle auf, bedankten und verabschiedeten sich. In diesem Augenblick hielt ein großes Auto im Hof, Eloiza erstarrte, die Kälte in ihren Augen fror zu Eis, als sie sagte, ihr Mann komme früher heim als erwartet. Zwei Buben stürmten lärmend zur Tür herein und schrien in unverständlichem Gälisch, sie hätten Hunger, ein riesiger Schotte Ende fünfzig kam hinter ihnen her und bedachte die Gäste mit verdrießlichen Blicken.

»Wir wollten gerade aufbrechen«, sagte Ingrid.

Beim Anblick der jungen Frau leuchteten die Augen des Schotten auf, und er sagte: »Sie möchten doch sicher einen Whisky.«

Danke, aber den wollten sie nicht, sie durften ihr Flugzeug in Edinburgh nicht verpassen.

Mira umarmte Eloiza, Ingrid und José schüttelten ihr die Hand. Im Wagen machte José auf dem Rücksitz ein Lager zurecht, rollte seine Jacke zu einem Kopfkissen zusammen und deckte Mira mit Ingrids Mantel zu. Sie schien schon zu schlafen, als sie in Richtung Süden losfuhren.

Der Tag war zu Ende, es wurde dunkel. Die beiden Menschen auf den Vordersitzen schwiegen, es gab nichts mehr zu sagen. Mira hinter ihnen weinte im Schlaf.

In Heathrow holten Britta und Nano sie mit dem Wagen ab. Es

war Nacht, der Asphalt glänzte, es goss in Strömen, die große Stadt glitzerte.

Mira rief Inge von der Pension aus an. Erschöpft gingen sie zu Bett. Mira weinte lautlos vor sich hin. Britta versuchte mit ihrer Schwester zu flüstern. Zum ersten Mal musste Ingrid erfahren, wie schwer es ist, mit einem schrecklichen Geheimnis allein zu sein.

25

Der traumhafte Sommer hielt in Skandinavien an, tagsüber brannte die Sonne, die langen Abende waren lau. Der Regen fiel in mittsommerhellen Nächten, kühlte die Luft ab, durchfeuchtete den Boden. Tausende Blumen dankten es in leuchtenden Farben.

Mira erholte sich langsam, schien aber unter einer unbestimmten Wehmut zu leiden und lachte selten. Nur ihr Körper war unverändert flink und lebhaft. Sie hatte Urlaub.

Ingrid hatte in der Nachbargemeinde eine Sommervertretung als Einwandererlehrerin angenommen.

Inge las Korrektur, widmete sich aber auch ihrem Garten, die Afrikaner blühten endlich und waren ihrer Meinung nach eher eine Pracht als ausgesprochen schön. Aber die Kapuzinerkresse, die sich über den Felsen ergoss, Pfähle und Zäune hochkletterte und die Steinplatten vor dem Haus mit langen, leuchtenden Ausläufern bedeckte, war ein wahres Wunder.

Eines Tages fragte Mira telefonisch an, ob Inge sie wohl auf den Friedhof fahren würde.

»Ja, gern.«

»Du musst wissen, ich habe in Schweden ein Grab. Meine Mutter liegt dort, und ich bilde mir ein, dass meine toten Kinder sie manchmal besuchen.«

Inge war stumm vor Staunen. Als Mira keine Antwort bekam, sagte sie nach einigem Zögern: »Wahrscheinlich habe ich dir zu erzählen vergessen, dass ich meine Mutter, als sie alt wurde, nach Schweden geholt habe.«

Inge schwieg noch immer, sie verstand das nicht. Mira hatte sich einer Mutter angenommen, die sich, soviel Inge wusste, nie um sie gekümmert hatte. Sie hörte die Stimmen: José, der sagte, »sie war ein schwieriger Mensch«, Nesto, der sagte, »sie war Mutter gegenüber boshaft, aber ich habe sie geliebt«.

Schließlich hatte Inge sich gefasst: »Ich komme in einer halben Stunde.«

Inge hatte in dieser halben Stunde für viele Erinnerungen Zeit. Da war die Geschichte von Miras Mutter, die sich ins Bett legte und eine Woche lang kein Wort sprach. Das Kind musste hungern.

Das war, nachdem der Vater sie verlassen hatte. Der Hunger zwang das Mädchen schließlich, die Apothekerin aufzusuchen, die ihr zu essen gab und sie für einfache Handreichungen dürftig entlohnte. Wenn Mira mit ihren Pesos nach Hause kam, nahm die Mutter ihr das Geld weg und verließ das Bett.

Vom Schulbesuch der Elfjährigen war nicht mehr die Rede.

Das Kind bekam Arbeit in einer Fabrik, und die Mutter lebte viele Jahre von Miras Lohn. Das Mädchen bekam nicht einmal Geld für die Busfahrt zur großen Textilfabrik und wieder zurück, einer Fabrik mit riesigen staubigen Hallen und Maschinen, deren Lärm Hunderte Frauen zu ertragen hatten.

Mit siebzehn heiratete sie aus dieser Hölle heraus in eine andere.

Inge entsann sich ihrer Frage: »Wie versorgte deine Mutter sich nach deiner Heirat?«

Und wie Mira gelacht und gesagt hatte, dass sie daraufhin wieder anfing Hosen zu nähen. Wie früher auch.

Und diese Frau hatte sie hierher nach Schweden geholt!

Mira spürte Inges Gedanken, als sie sich vor der Haustür trafen: »Das war mein Schicksal. Eine Tochter ist es der Mutter schuldig, sich ihrer anzunehmen.«

Inge hatte dafür kein Verständnis, schwieg also lieber.

Miras Stimme stieg stolz himmelwärts, als sie zu erzählen fortfuhr: »Es war gar nicht so schwierig, ich bekam in diesem neuen Pflegeheim eine kleine Wohnung für sie. Ich habe die Leute auf der Behörde einfach niedergeredet. Schließlich haben sie begriffen, dass sie mich nie loswerden würden, wenn sie mir nicht meinen Willen ließen.«

Aufseufzend sagte sie: »Das Geld für das Flugticket und die zusätzliche Miete zusammenzukriegen war mühsam. Aber meine Söhne waren mir damit und auch mit den Papieren behilflich. Also kam sie her und dachte gar nicht daran, sich zu ändern.«

Mira schwieg nur einen kurzen Augenblick und fuhr dann fort: »Ich bin jeden Tag nach der Arbeit zu ihr gegangen, habe sie gepflegt und gefüttert. Sie hat nie Schwedisch gelernt, fühlte sich in dem neuen Land nicht wohl und gab mir die Schuld an der Kälte.«

Sie seufzte: »Das waren mühselige Jahre. Trotzdem habe ich um sie getrauert, als sie starb.«

Inge parkte vor der Kirche, sie gingen langsam über den Friedhof und fanden zu dem Grabstein: Edermira Narvaes.

»Ihr habt denselben Namen?

»Ja, ich wurde nach ihr getauft.«

Auf dem Grab standen Blumen, ein großer Topf voll kleiner roter Rosen.

»Nesto kommt her. Er war der einzige, der sie mochte. Er sagt immer, sie sei ein durch und durch ehrlicher Mensch gewesen. Und darin liegt wohl ein Funken Wahrheit.«

Ja, dachte Inge. Wer innerlich leer ist, hat auch nichts zu verbergen. Aber das verschwieg sie und sagte stattdessen: »Ich lasse dich mit deinen Verstorbenen alleine und gehe inzwischen in die Kirche.«

Inge saß lange in der Kirchenbank und versuchte zu verstehen. Ohne dass es ihr gelang. Zu Mira sagte sie, als sie zurückkam, sie bewundere ihre Fähigkeit, zu verzeihen.

»Konntest du deinem Vater auch verzeihen?«

»Das war schwieriger. Aber zum Schluss ist es gelungen. Ich bekam einen Brief von einer Kusine, die mir mitteilte, dass er schwer an Krebs erkrankt sei und kein Geld für Medikamente habe. Also begann ich ihm welches zu schicken, einhundertfünfzig Kronen im Monat. Das ist in Chile viel Geld. Und für mich war es auch eine Menge.

Meine Kusine schrieb mir, er kaufe von dem Geld Morphium. Also konnte ich mir einreden, dass ich ihm wenigstens zu einem leichteren Sterben verholfen hatte.«

Sie wirkte zufrieden.

»Würdest du wohl mit mir meinen Vater besuchen fahren? Er liegt auf einer Pflegestation«, fragte Inge und erschrak über ihren Mut.

»Ja. Aber vorher musst du mir von deinen Eltern erzählen, von ihrer Scheidung und von deiner Kindheit.«

So kam es, dass Inge in der Laube mit den dornigen Rosenranken die ganze elende Geschichte ihrer Kindheit erzählte.

Zum ersten Mal, dachte sie.

Mittendrin fing sie zu weinen an. Aber Mira hatte kein Erbarmen, sagte nur: Mach weiter.

Sie aßen eine einfache Mahlzeit, beschlossen, am nächsten Tag zu fahren. Ins Pflegeheim in Norrtälje.

»Ich sorge für Proviant«, sagte Mira und gab der weiten Fahrt dadurch den Anstrich eines Ausflugs.

Jetzt macht Mira mit mir, was ich mit ihr gemacht habe, dachte

Inge, als sie sich trennten. Stellt scheinbar nebensächliche Fragen, die einen zwingen, sich zu erinnern.

Er saß da wie ein morscher Baum, der nie die Kraft gehabt hatte, in den Himmel zu wachsen und zu grünen.

Inge schob ihn im Rollstuhl auf die Terrasse, er sagte, es sei lieb von ihr, dass sie ihn besuche. Sie sei doch erst vor kurzem hier gewesen.

Aber in Wirklichkeit war es schon viel zu lange her.

»Ich habe eine liebe Freundin mitgebracht. Möchtest du sie nicht auch begrüßen?«

Er sah Mira lange an, forschend, sagte: »Das ist aber eine sehr schöne Dame. Sieht wie eine Spanierin aus.«

»Stimmt«, sagte Mira und klapperte in temperamentvollen Flamencoschritten mit den Absätzen, streckte die Arme und schnippte so laut mit den Fingern, dass man hätte meinen können, es seien Kastagnetten.

Inge musste lachen, aber ihr Vater flüsterte ängstlich: »Ich habe gar nicht gewusst, dass du so feine Leute kennst.«

Dann fragte er wie üblich, wie es Mama gehe. Und Inge antwortete wie üblich, Mama sei seit vielen Jahren tot. Er seufzte und meinte, das sei gut für sie.

Wie immer kroch die Zeit dahin.

Sie hatten unterwegs einen Strauß Wiesenblumen gepflückt, Mira ging eine Vase holen, und der Vater flüsterte: »Wie hast du diese feine Dame kennen gelernt?«

»Wir haben uns in einer Gärtnerei getroffen.«

Die Antwort sagte nichts aus, aber das war auch nicht nötig. Es mussten doch nur Worte gewechselt werden.

Endlich tönte der Gong zum Essen. Inge schob ihren Vater in den Speisesaal. Sie nickten einander zum Abschied zu.

»Umarmst du ihn gar nicht?«

»Nein, da kriegt er nur Zustände.«

Als sie den Parkplatz überquerten, sagte Mira: »Er sehnt sich nach dem Tod.«

»Ja, ich glaube, das hat er immer getan.«

Sie standen jede auf einer Seite des Autos und sahen einander lange an. Miras Blick war ungetrübt, und die weißen Augäpfel wirkten in dem braunen Gesicht fast erschreckend. Ihre Züge waren schärfer, der Gesichtsausdruck konzentrierter, der Körper schlanker geworden.

Papa hatte Recht, dachte Inge. Mira ist trotz alldem, was sie mitgemacht hat, eine Schönheit.

»Du siehst müde aus«, sagte Mira. »Woran denkst du?«

»An mich selbst und daran, wie wenig man eigentlich von sich weiß.«

Mira sagte nachdenklich: »Früher hätte ich mir was drauf eingebildet, wenn ein Mann gesagt hätte, ich sei schön. Auch wenn er alt und triefäugig gewesen wäre. Aber jetzt ...«

»Wieso?«

»Ich bin dir wahrscheinlich ähnlich geworden: Wer bin ich eigentlich?«

»Bitte, Mira, lass das.«

»Was willst du damit sagen?«

»Ich weiß nicht recht.«

Aber Inge wusste es doch. Sie wollte die Mira wiederhaben, die das Leben mit Löffeln aß und sich darüber ausließ, wie ihr jeder einzelne Bissen schmeckte.

Sie schraubten die Thermoskanne mit dem Kaffee auf und aßen ihre belegten Brote. Auf einer grünen Bank an dem langen Kai in der kleinen Stadt.

26

Inge bekam einen Brief von Matilde. Sie werde auf Wunsch des schwedischen Chilekomitees einen Vortrag halten. In Linköping: ›Ich dachte, wir könnten uns dort treffen. Aber dann habe ich mir die Landkarte angesehen, es ist ja unglaublich, in was für einem großen Land du wohnst …‹

Inge rief bei ihr an: »Worüber wirst du sprechen?«

»Ich wollte persönlich werden und von meiner Liebe zu Pedro Gonzales, von den Folterungen und den Toten und Verschwundenen sprechen. Von Miras Tochter zum Beispiel. Ohne Namen zu nennen natürlich.«

Sie zögerte und fuhr dann fort: »Dann muss ich natürlich auch von der Widerstandsbewegung sprechen, soviel ich eben darüber zu sagen wage. Einen Abschnitt habe ich ›Pinochets langer Arm‹ genannt.«

»Ich habe eine Idee«, sagte Inge. »In Schweden feiern wir zu dieser Zeit Mittsommer, das ist hier ein großes Fest. Britta und Nano kommen her, also werden wir zusammen nach Linköping fahren und uns deinen Vortrag anhören.«

»Schrecklich! Aber ich verstehe, wie es gemeint ist.«

»Dein Schreck wäre noch viel berechtigter, wenn du wüsstest, was es bedeutet, die Sommersonnenwende in einer Kate im Urwald zu feiern«, sagte Inge.

Beide lachten, und Matilde fragte: »Was ist eine Kate?«

»Du wirst schon sehen.«

Nano und Britta wollten mit der Fähre nach Göteborg übersetzen, er wollte nicht auf seinen Jaguar verzichten. Um den starken Mann zu mimen, dachte Inge, räumte aber sofort ein, dass ein zweites Auto praktisch war.

Inge schmiedete Pläne.

Nach dem Vortrag würden sie sich in dem Häuschen am Vättersee treffen, das sie von ihrer Mutter geerbt hatte. Klein, primitiv, Kachelöfen, Plumpsklo am Waldrand, aber schön gelegen mit herrlichem Ausblick auf den lang gestreckten, türkisblauen See.

Als sie Ingrid von ihren Plänen erzählte, schüttelte die Tochter den Kopf: »Nano wird nicht auf seine Mutter hören. Und dann vergiss das Wetter nicht, Jahr für Jahr waren wir zu Mittsommer in der Kate eingeregnet und haben immerzu nur Karten gespielt.«

Inge schaute ihre Tochter nachdenklich an, solche Worte sahen ihr gar nicht ähnlich. Und plötzlich entdeckte sie etwas, das zu sehen sie sich geweigert hatte, seit das Mädchen aus Schottland zurückgekommen war.

»Was ist mit dir los, Ingrid?«

»Ich habe es dir längst erzählen wollen, es bedrückt mich. Und es muss endlich raus.«

Jetzt folgte die Geschichte, die die schottische Frau Ingrid in der Küche erzählt hatte.

Stockend kam alles zutage.

»Eloiza war der Meinung, Mira brauche das alles nicht zu erfahren. Dass aber jemand aus ihrer Umgebung die Wahrheit wissen müsse. Ich habe ihr versprochen, Stillschweigen zu bewahren, und dich als einzige einzuweihen. Mama, was machen wir nur?«

Jetzt weinte sie.

Inge hatte sich in Stein verwandelt, in weißen Marmor.

Schließlich sagte sie: »Wir schweigen. Nichts wird besser, wenn Mira und ihre Söhne es erfahren.«

Die Schwalben, die unter dem Ziegeldach nisteten, schwirrten über ihre Köpfe hinweg. Aber die Zeit stand still, als die beiden Frauen sich in stummer Verzweiflung ansahen.

Schließlich sagte Inge, sie werde ab sofort die Verantwortung übernehmen, und fragte dann: »Könntest du es jetzt, wo du dich mitgeteilt hast, nicht vergessen?«

»Nein, ich will nicht. Ich hasse diese verdammte chilenische Oberschicht, und das wird sich nicht ändern. Ich habe Matilde einmal gefragt, ob sie wisse, dass ihr Vater Pinochet mit Geld und Waffen unterstützt habe. Sie wusste es. Aber sie sagte, dass dieser alte Mann ihr Vater sei und dass sie ihn liebe.«

Inge berichtete von Mira, die ihre armseligen Ersparnisse dafür verwendet hatte, für ihre Mutter, die sich nie um sie gekümmert hatte, ein Flugticket und eine Wohnung in Schweden zu besorgen.

»Kannst du dir vorstellen, dass diese Frau jahrelang hier gelebt und dass ihre Tochter sie gepflegt hat?«

»Dumm von Mira«, sagte Ingrid.

Inge sah ihre Tochter lange an und dachte an Jan.

»Das Verzeihen scheint uns Schweden recht schwer zu fallen«, sagte sie schließlich.

»Dafür können wir recht vernünftig denken. Und das ist wahrlich besser, als ein Haufen Mythen von Blut, Verwandschaft, familiären Bindungen und Liebe.«

Inge wagte keinen Einwand.

Wenige Tage später sagte Mira: »Irgendetwas ist mit dir los, Inge. Du weichst meinem Blick aus.«

Inge fixierte Mira, hielt ihrem Blick stand und log: »Ich hecke einen teuflischen Plan aus.«

Sie saßen auf Miras Balkon, der Himmel verdüsterte sich, wurde von Blitzen zerrissen. Gewitter, endlich ein Gewitter. In diesem Augenblick läutete es an der Tür, es waren Nesto und José, die vor dem Regen geflüchtet waren und anfragten, ob es möglicherweise Kaffee gebe.

»Prima«, sagte Inge. »Ihr kommt wie gerufen. Ich brauche Hilfe für einen Plan.«

Am gedeckten Kaffeetisch wurde sie deutlicher.

»Ihr müsst wissen, dass Matilde Larraino von der chilenischen Gruppe in London in Linköping einen Vortrag halten wird. Am Tag vor Mittsommer.

Und jetzt müsst ihr euch eine lange Geschichte anhören.« Sie erzählte von der vornehmen Familie Larraino, von Matildes Liebe zu einem jungen Revolutionär, von Nano und Britta. Und dann folgte eine ausführliche Schilderung ihrer Erlebnisse in London.

»Die jungen Leute kommen morgen hierher«, sagte sie schließlich. »Ich brauche eure Hilfe, um Britta und ihren Freund zu überreden, dass sie mit uns nach Linköping fahren. Nach dem Vortrag würden wir dann gemeinsam zu meinem Häuschen fahren und dort die Sommersonnwende feiern.«

José und Nesto machten eher verständnislose Gesichter, aber dann sagte José, er habe in seiner Zeitung von dem Vortrag gelesen und tatsächlich schon erwogen …

»Aber ich habe doch Frau und Kind …?«

»Die kommen natürlich mit.«

Nesto sagte: »Wir haben so unsere Schwierigkeiten mit der chilenischen Oberschicht.«

»Mir geht es genauso«, sagte Ingrid.

»Schließlich sind das auch nur Menschen«, warf Mira überraschend ein.

Inge legte den Kopf schief.

Nesto zählte an den Fingern ab: »Wir sind insgesamt neun Personen. Wie groß ist dein Sommerpalast?«

»Winzig, alt, primitiv. Ich habe mir gedacht, wir könnten Zelte mieten.«

Alle mussten über ihren Eifer lachen. Doch Mira fand das alles wunderbar, und José nickte.

Dann legte Nesto sich ins Zeug, sprach von einer Firma, bei der er billig Zelte mieten konnte, da er den Besitzer kannte.

»Es ist natürlich auch eine Frage des Wetters«, sagte Inge. »Der gegenwärtige Sommer spielt ja verrückt. Wir müssen also damit rechnen, dass um Mittsommer eine Regenperiode einsetzt.«

Ihre Stimme verlor an Elan, aber Ingrid wusste gleich Rat: »Wir haben vier Schlafplätze in der Hütte und noch mal so viele in der Scheune.«

»Somit bleibt nur einer übrig. Und ich bin es gewöhnt, bei minus 25 Grad im Zelt zu übernachten«, sagte José.

»Der Feldjäger hat gesprochen«, ulkte Nesto.

Sie teilten sich auf, Mira, Inge und Ingrid würden vorausfahren und die Hütte in Ordnung bringen. Mira würde die Verpflegung planen, doch, doch, Kühlschrank und Elektroherd waren vorhanden.

Als Mira dann gegen Abend alleine war, quälte sie die Erinnerung: Inge hatte sie angelogen. Den ganzen Vormittag war sie Miras Blicken ausgewichen, und als Mira sie nach dem Grund fragte, sprach Inge geschäftig von ihren Mittsommerplänen.

Lüge, dachte Mira.

Es war fast unerträglich heiß in ihrer Küche, also setzte sie sich, nachdem sie alles abgewaschen hatte, auf den kühleren Balkon und dachte nach. Nicht so sehr über Inge, sondern vor allem über sich selbst.

Sie hatte frühzeitig gelernt, vorauszusetzen, dass sie angelogen wurde. Manchmal hatte sie sich deswegen geschämt, vor allem, als sie erkannte, dass diese eiskalten Schweden meistens Wort hielten.

Die Bürokratie war ein Beispiel dafür, sie mahlte langsam und war überladen mit unverständlichen Formularen, aber schließlich kam das heraus, was versprochen worden war.

Sie erinnerte sich an die Kuratorin, die ihr und ihrem Mann unter Hinzuziehung eines spanischen Dolmetschers zunächst mit Familienberatung weiterhelfen wollte. Sinnlos, denn ihr Mann sprach nie ein Wort. Später reichte die Kuratorin die Scheidung ein und beschaffte für den Mann, der von den starken Frauen und dem Gefühl der Fremde in Schweden weg wollte, ein Flugticket zurück in die Heimat.

Wieder musste Mira an das Bankkonto denken. Nie im Leben werde ich meine Ersparnisse einer Bank anvertrauen, hatte sie gesagt, als die Kuratorin diesen Vorschlag machte.

Bis sie ihre Engstirnigkeit einsah.

Denn auf die Schweden konnte man sich verlassen.

Kaum aber auf einzelne Menschen. Außer auf Inge.

Sie war ehrlich. Jetzt aber log sie.

Warum?

Ich werde ihre eigene Methode anwenden und sie geradeheraus fragen, dachte Mira.

Als sie ihre abendliche Zwiesprache mit Gott hielt, antwortete ihr die sanfte Stimme, dass Inge ihr etwas verheimliche, um sie zu schützen.

Etwas weinerlich saß sie mit gefalteten Händen im Bett und sagte dann laut: »Warum bin ich so verletzlich geworden?«

ER brauchte ihr nicht zu antworten, sie wusste, dass die Trauer ihre Schutzwände durchbrochen hatte.

»Wie kann man danach noch Lebensmut haben?«, fragte sie. Doch Gott antwortete nicht.

27

Auch Inge und ihre Tochter blieben an diesem hellen Abend noch lange auf.

Inge sprach nicht von dem, was sie am Nachmittag auf Miras Balkon beobachtet hatte, dass nämlich fast unsichtbare Bande zwischen Ingrid und José bestanden. Ein Licht, so hell, dass sie einander kaum anzusehen wagten.

Nicht das auch noch, hatte Inge gedacht.

Und dann: Sie sind wie für einander geschaffen.

Ingrid sprach von Nesto, von diesem Charmeur, der so einsam war. Hinter all seiner Freundlichkeit und Großmut lag eine tiefe Trauer. Und eine Erwartung.

Inge hatte es auch gesehen, sagte:

»Was ist diesen Kindern widerfahren, als das Unzumutbare ihr Dasein zerbrach?«

Ingrid erzählte, wie verzweifelt José geweint hatte, als die schottische Frau von seiner Schwester sprach.

»Aber seinem Gesicht war auch noch etwas anderes anzusehen«, sagte sie. »Eine Art Bestätigung vielleicht. Als hätte er es gewusst.«

Das könnte stimmen, dachte Inge. Dieser geheimnisvolle José hatte einen allzu hellen Kopf, um Erinnerungen in finstere Winkel zu verbannen.

Dann setzte sie das Messer an und sagte: »Aber er hat es ja am besten von allen, eine gute Familie, einen wunderbaren kleinen Sohn und eine gute Frau.«

»Ist sie schön?«

Inge hörte, wie sehr ihre Tochter sich um Festigkeit in ihrer Stimme mühen musste.

»Nja, eher hübsch. Und wie die meisten schwedischen Mädels, die es zu Mann und Kind und Sicherheit gebracht haben, ist sie ein bisschen rund und betulich geworden. Ich bin nur wenige Male mit ihr zusammengetroffen, aber ich kann sagen, dass sie ein ehrliches, vielleicht ein wenig naives Ding ist. Und eine gute Mutter.«

Sie schwiegen, lauschten den Eulenschreien in der alten Eiche auf der anderen Straßenseite. Bis Ingrid sagte, sie sei müde und wolle schlafen gehen.

Inge stieg mit schweren Schritten die Treppe hinauf, sie war grausam gewesen und hatte damit ihre Pflicht getan.

Es tröstete sie nicht.

Morgen Abend würde Britta kommen. Eigentlich sollte ich mich freuen, dachte Inge. Aber sie freute sich nicht. Und noch etwas belastete sie: Sie wusste, dass Mira wusste, dass sie gelogen hatte.

Was sie beide jetzt tun sollten, konnte nicht einmal Gott wissen.

28

Der Fernsehwetterbericht zeigte an, dass die schöne Witterung über das Mittsommerfest anhalten würde. Mira und Inge bepackten das Auto und konnten Lars-José und Kristina mit Mühe und Not gerade noch unterbringen. Kristina hatte Urlaub genommen und wollte mithelfen, die Kate in Ordnung zu bringen.

Inge dachte an Ingrid.

Seit Ingrid aus England zurückgekommen war, hatte ein Junge aus ihrer früheren Schule zunächst telefonisch nach ihr gefragt, hatte ab und zu hereingeschaut und mit hellblauen Augen, die vor Verlangen immer dunkler wurden, am Gesicht ihrer Tochter gehangen. Diesmal rief er an dem Tag an, an dem Britta heimgekommen war: Er habe sein Segelboot fahrtüchtig gemacht. Ob sie sich wohl vorstellen könnte, Mittsommer in den Schären zu feiern?

»Meine Mutter hat momentan so viel um die Ohren, ich muss sie erst fragen.«

Inge hatte gemeint, es werde Ingrid gut tun, mal ein paar Tage von allem wegzukommen. Sie ließ ihre Tochter auch wissen, dass sie den Jungen mochte, er wirke in seiner Schüchternheit so durch und durch schwedisch.

Mira hatte ihr zugestimmt und die Idee gut gefunden. Aus vielerlei Gründen.

Inge und sie hatten einander lange angesehen. Und beide wussten, dass das, was sie auf dem Balkon beobachtet hatten, keinen Irrtum zuließ.

Als sie die Sachen im Auto verstauten, hatte Inge dem schüchternen Segler einen mitleidigen Gedanken gewidmet, diesen aber gleich verworfen.

Die Schwestern hatten sich, als der Jaguar in der Abenddämmerung auftauchte, nur kurz gesehen. Nano und Britta hatten Ingrid zum Bootssteg begleitet, wo Åke mit dem Segelboot wartete. Man hatte ihnen den Neid geradezu angesehen. Aber Ingrid hatte gemeint, dass sie den Vortrag von Nanos Mutter in Linköping auf gar keinen Fall versäumen dürften.

»Die beiden schweigen sich aus«, hatte Inge zu Mira gesagt. Die aber antwortete, Gott allein wisse, wie dieser große Sonnenfeiertag ablaufen werde. Aber sie änderte ihre Meinung, als sie die Kate und den See erblickte, es werde alles gut gehen, sagte sie nur. Dies sei Gottes Land und werde allen Seelen Ruhe schenken.

Darüber zu sprechen, warum Inge gelogen hatte, fanden sie nie die Zeit.

Sie lüfteten das alte Haus durch, putzten, stellten lange Einkaufslisten zusammen und füllten Kühlschrank und Erdkeller. Mira plante einen chilenischen Eintopf, der nach dem Vortrag über offenem Feuer auf den Klippen am Strand gekocht werden sollte. Inge kaufte Wein und natürlich auch Hering, Lachs und junge Kartoffeln ein, und zum Anstoßen in der Mittsommernacht auch noch einen klaren Schnaps.

Und Erdbeeren! Die allerersten und besonders aromatischen.

Matilde war nach dem Vortrag müde, er hatte länger gedauert als vorgesehen, da konsekutiv ins Schwedische gedolmetscht worden war. Aus Rücksicht auf die vielen Schweden, die mit Chilenen verheiratet waren.

Es hatte eine gewisse Niedergeschlagenheit geherrscht.

Zorn und Verzweiflung hatten vielen Anwesenden die Tränen in die Augen getrieben. Aber es gab auch Widerstand beim Publikum. Viele wollten nicht erinnert werden.

Inge saß neben Nano und bedachte ihn ab und zu mit einem vorsichtigen Blick. Er rührte keine Miene, hielt aber Brittas Hand fest umklammert. Als Inge ihre Tochter schluchzen hörte, reichte sie ihr ein Taschentuch und beobachtete, wie sie Nano die Hand entzog.

Er reagierte mit einem heftigen, hörbaren Gähnen. Inge litt mit ihm.

29

*J*etzt aber saßen sie auf den Klippen am Vättersee, wo das Feuer flackerte und es würzig nach Miras Eintopf roch. Sie sahen zu, wie die rote Sonnenscheibe hinter den Bergen auf der anderen Seite des Sees untertauchte, dessen Wasser im Dunkeln golden schimmerte.

»Wird es nie Nacht?«, flüsterte Matilde Mira auf Spanisch zu.

»Nein. Es hat irgendwas mit dem Nordpol zu tun, aber das werde ich nie kapieren. Wenn es dann aber endlich doch Nacht wird, dauert sie ein halbes Jahr.«

»Ist das wahr?«, flüsterte Matilde, und Mira nickte: »Ja, es ist schrecklich«, erwiderte sie. Doch dann dachte sie, dass sie ihrem neuen Land Gerechtigkeit widerfahren lassen müsse und fügte hinzu: »Aber der Schnee macht alles hell, zumindest bei Mondschein.«

Matilde versuchte sich das vorzustellen.

»Liegt der Schnee auch auf dem See?«

»O nein, da liegt das Eis. Man kann darauf bis hinüber auf die andere Seite gehen. Dort kommt man dann in ein anderes schwedisches Land, aber ich habe vergessen, wie es heißt.«

Die jungen Leute gingen schwimmen, quietschten nicht nur vor Übermut, sondern auch wegen des Schocks, wenn sie vom Felsen springend ins kalte Wasser eintauchten. Britta schoss wie ein Pfeil hinaus in den goldenen See, dicht gefolgt von Nesto und José.

Nur Nano blieb mit einem frostigen Gedanken im Kopf oben

auf dem Felsen sitzen: Sie badeten alle nackt. Sein Mädchen schwamm zusammen mit ein paar Kerlen aus den Slums von Santiago nackt im See.

Matilde gab sich alle Mühe, ihn nicht anzusehen.

»Ich möchte auch schwimmen gehen«, sagte sie zu Inge, die antwortete: »Wir verschwinden hinter der nächsten Klippe. Ich hole uns Seife und Bademäntel.«

Mira hielt alle für verrückt, das Wasser sei ja entsetzlich kalt.

Und das war es auch, aber Matilde genoss es und fühlte, wie die Unruhe aus ihrem Körper wich. Als die beiden Frauen über die schlüpfrigen Steine aus dem Wasser stiegen und die Bademäntel anzogen, sagte sie: »Es ist für mich geradezu ein exotisches Abenteuer.«

»Genieße es«, sagte Inge und umarmte Matilde. »Vergessen wir unsere erwachsenen Kinder und ihre Dramen.«

»Aber Nano ist in der Klemme.«

»Wir haben wirklich getan, was in unseren Kräften steht.«

Von der Feuerstelle her rief Mira: »Wer friert, kann sich einen Kognak holen. Kommt her!«

Matilde leerte ihr Glas in einem Zug, und Mira dachte, der geht es jetzt wie mir, als ich es mit dem Zwerchfell hatte.

Dann gab sie Nano einen Drink und meinte: »Du, Junge, hast eine phantastische Mutter.«

Und dann aßen sie, während die Sonne im Nordosten am Himmel emporstieg, den chilenischen Fleischtopf.

Matilde bekam das schönste Zimmer im Haus ganz für sich alleine. Als sie den Kopf aufs Kissen legte, war sie auch schon eingeschlafen. Sie wachte aber früh auf und hörte Britta drüben an Mutters Bett leise sprechen.

Matilde verstand zum Glück kein Wort.

Entschlossen schlief sie wieder ein.

30

Die drei Frauen trafen beim Kaffee in der Küche zusammen. Sie flüsterten, um die jungen Leute nicht zu wecken, und außerdem hatten sie Verständigungsschwierigkeiten.

»Verdammt noch mal«, schimpfte Mira. »Seit fünfzehn Jahren bemühe ich mich, eine neue Sprache zu lernen, und jetzt geht es nicht.«

»Versuch's mit Spanisch«, sagte Inge. Mira strahlte und erzählte klangvoll, wie sehr sie Matilde bewunderte.

Matilde umarmte sie schluchzend.

Dann setzten sie sich mit ihren Kaffeetassen hinaus in den kühlen Morgen.

Bald darauf erwachte das ganze Haus.

Zuerst kroch Lars-José aus dem Zelt und hatte Mühe, seinen Schlafsack abzustrampeln.

»Hilfe, Inge! Hilf mir da raus! Ich will schwimmen gehen.«

»Ich begleite dich.«

Matilde und Mira konnten weiterreden, bis Kristina mit aufgedunsenem Gesicht aus dem Haus kam und schrie: »Wo ist der Junge?«

»Er ist mit Inge schwimmen gegangen.«

Kristina beruhigte sich, trank Kaffee, bis José stumm wie ein Fisch aus dem Zelt gekrochen kam. Er ist kein Morgenmensch, dachte Matilde amüsiert. Als er dann aber auch Kaffee bekommen hatte, wandte er sich an sie: »Ich habe auf deinen Vortrag hin ganz scheußlich geträumt. Du musst wissen, in mir türmt sich ein Chaos von Bildern. Ich war erst elf, als der Putsch stattfand.«

Sein Blick durchsuchte eine entschwundene Ferne.

»All die Jahre hat mich ein Albtraum verfolgt, das Bild eines alten Mannes, den sie aufgehängt hatten. An einem Baum. Bis heute begreife ich nicht, warum dieses Bild von solcher Beständigkeit ist, es ist doch so viel anderes und weit Schlimmeres passiert. Mein Bruder wurde erschossen … Und meine Schwester … Aber heute Nacht im Zelt baumelte der alte Mann wieder im Geäst.«

Jetzt tauchten Britta und Nano auf, holten sich Kaffee in der Küche und machten ein paar Brote zurecht. Die anderen brauchten nur einen Blick auf die beiden zu werfen, um zu wissen, dass sie nicht geschlafen hatten.

»Diese verdammte Helligkeit!«, sagte Nano.

José lachte: »Aus ganz Europa kommen die Leute angereist, um die hellen Nächte zu erleben. Weiter im Norden scheint die Mitternachtssonne sogar die ganze Nacht.«

»Schrecklich«, sagte Nano.

»Wir werden dir eine Augenbinde besorgen«, versprach Mira.

»Ist nicht nötig, ich fahre heute Abend nach Göteborg zurück und nehme die Fähre nach England.«

Sie sprachen Spanisch, aber Britta hatte trotzdem verstanden.

»Tu das«, sagte sie auf Englisch, und es wurde daraufhin so still, dass das Vogelgezwitscher ohrenbetäubend wirkte.

Inge kam mit dem in ein Badetuch gewickelten Lars-José zurück. Sie setzte ihn Kristina auf den Schoß und meinte, sie solle ihn warmreiben. Er sei nicht aus dem Wasser zu kriegen gewesen.

»Inge ist so lieb. Der braucht man nicht zu gehorchen«, sagte der Junge.

Inge lachte.

Nesto kam als letzter an den Kaffeetisch unter dem Apfelbaum, schaute Matilde an, setzte sich neben sie und legte ihr den Arm um die Schultern: »Eine so mutige und schöne Frau darf doch nicht weinen.«

Mira war schon in die Küche verschwunden, man hörte sie in dem alten eisernen Herd Feuer machen, um Spülwasser zu wärmen. Sie beschwor Gott, die Tränen aller Mütter in einem Sack zu sammeln, bis er so schwer war, dass nicht einmal ER ihn mehr heben konnte.

»Tu was«, bat sie.

Aber Gott schwieg.

Unter dem Apfelbaum erhob sich José, legte Nano einen Arm auf die Schulter und sagte: »Komm mit. Wir fällen eine Esche und errichten einen Maibaum.«

»Hinter dem Klohäuschen wachsen mehr als genug kerzengerade Eschen!«, rief Inge ihnen nach.

Nach einer Weile waren Axthiebe zu hören. Und das Knarren, als der schlanke Baum fiel. Nano bewunderte José wegen des eleganten Hiebes und des zentimetergenau berechneten Falls.

Dann begannen sie, jeder an einem Ende, Äste und Rinde abzuschälen.

»Du kannst gut mit dem Messer umgehen«, sagte José, und Nano strahlte wie ein Kind über das Lob.

Als sie sich einander in der Mitte des Stammes näherten, sagte José: »Warum, zum Teufel, fährst du nicht nach Chile und suchst nach deiner Familie, deinen Großeltern, Onkels und Cousins väterlicherseits? Lerne sie kennen und höre dir ihre Geschichten über den Guerillahäuptling Pedro Gonzales an.«

»Warum sollte ich das tun?«

»Um ein ganzer Mensch zu werden.«

»Ich würde sie alle verachten.«

»Verachtung ist nichts anderes als Selbstverteidigung«, sagte José.

Mitten im Hof grub Nesto ein Loch für die lange Stange. Dann befahl er Frauen und Kindern, Blumen pflücken zu gehen.

»Raus auf die Wiesen und rein in den Wald mit euch!«, rief er.

Sogar Britta lachte.

Aber Matilde machte ein ängstliches Gesicht: »Darf man das denn?«

Inge nickte beruhigend. Sie pflückten ganze Arme voll Mittsommerblumen, goldene Habichtskräuter, weiße Margeriten, hier und dort eine blaue Kornblume und ganze Wolken von Wiesenkerbel. Inge und Matilde hatten den bemoosten Weg durch den uralten Wald gewählt.

Matilde sog das großartige Erlebnis in sich auf und flüsterte: »Es ist wie ein Kirchgang.«

»Ja. Nur noch schöner. Hier wirst du von keinem Pfarrer abgelenkt.«

Sie streiften gut eine Stunde umher, sprachen nicht viel. Und begegneten keinem Menschen, nur einem Rudel Rehe.

Erst auf dem Heimweg erinnerten sie sich an ihre Aufgabe und rissen am Waldrand büschelweise Weidenzweige ab.

31

Nano lag neben Mira auf den Knien und befestigte Blumen und Laub am Maibaum. Kristina band Kränze und Sträuße. Nesto war auf der Suche nach einem geeigneten Querholz, und danach gab es ein emsiges Hin und Her, wo es anzunageln sei. Als man sich endlich geeinigt hatte, saß es viel zu hoch oben.

»Das macht nichts«, sagte Inge.

»Klar macht es was«, schrie Lars-José, der überall im Weg herumstand. Und sein Vater gab ihm Recht. Sie setzten das Querholz tiefer an und konnten den Baum endlich aufrichten.

»Jetzt trinken wir unser Mittsommerschnäpschen!«, schlug Kristina vor und ging den Östgöta Kornbrand und Gläser holen.

»Was für niedliche kleine Gläser«, sagte Matilde.

»Du wirst gleich wissen, warum sie so klein sind«, sagte Mira lachend. »Jetzt gibt es das, was die Indianer Feuerwasser nennen.«

Dann sagte Inge auf Schwedisch: »Nun wollen wir unsere Gläser erheben und auf den längsten Tag des Jahres anstoßen.«

Mira übersetzte, und alle riefen: »Skål!«

Sie tranken die Gläser auf einmal leer, keuchten. Es folgte ein langes, verblüfftes Schweigen.

Inge und Kristina hatten den langen Tisch unter dem alten Apfelbaum festlich gedeckt. Keiner der Chilenen aß Hering, alle nahmen nur vom Lachs, und Nano genehmigte sich zwei weitere Schnäpse. Zur Mitternacht versammelten sich alle um das Feuer in der Felsenmulde am See.

José spielte Gitarre, Kristina sang schwedische Sommerchoräle, »Die Erde ist schön« und »Die Blütenzeit nun kommet«. Inge flüsterte Matilde zu: »The flowers' time will come.«

Eine Weile später spielte José Lieder von Victor Jara, und nun sangen Mira und Matilde. »Yo no canto por cantar, ni por tener buena voz …«

Als die rote Sonne sich im Norden ankündigte, war Nano in seiner Bergmulde eingeschlafen, und Nesto ging einen Schlafsack holen, um den jungen Mann zuzudecken.

32

Beim Kaffee am nächsten Vormittag versuchte Matilde alle Erlebnisse dieses Feiertages in Worte zu fassen.

»Ich werde mich an jeden Augenblick erinnern«, sagte sie.

»Ich auch!«, schrie Nano und machte sich lauthals Luft über diese schreckliche Wildnis und die verwünschte Sonne, die nie unterging.

Natürlich muss es bei dieser Spannung, die die Luft erzittern lässt, zu einer Entladung kommen, dachte Inge. Auch sie wurde böse und konnte den Mund nicht mehr halten.

Aber Nano hörte nicht zu schreien auf. Spanisch und an seine Mutter gewandt. Für sie als gebildeten Menschen müsste es doch eine Qual sein, wie barbarisch hier alles sei, diese primitiven Menschen aus dem Slum von Santiago, die alte Bruchbude, der man schon vor hundert Jahren einen Tritt hätte versetzen müssen. Und dieses Klohäuschen, in dem wahrscheinlich Ratten hausten. Und Männer und Frauen, die nackt in eiskaltem Wasser badeten.

»Ein Land der Barbaren«, schrie er.

»Mein Land«, sagte Britta.

Aber sie kam nicht weiter, denn Nesto richtete sich zu voller Länge auf und hievte Nano wütend auf einen Ast im Apfelbaum.

»Du vergisst, dass du von unserem Land sprichst«, sagte er.

»Es ist aber, verdammt noch mal, nicht dein Land!«

»Ich bin schwedischer Staatsbürger, willst du meinen Pass sehen? Ich bin hier in die Schule gegangen, ich wurde an einem schwedischen Gymnasium ausgebildet. Ich habe den Wehrdienst in Schweden abgeleistet. Meine Freunde sind Schweden. Und ich bin unerhört stolz auf mein Land. Mein Land, hörst du!«

Er holte tief Luft, ehe er fortfuhr.

»Wenn deine Mutter nicht hier säße, würde ich dir einen Tritt in den Hintern versetzen.«

»Bitte, Nesto«, mahnte Inge.

»Nesto, sprich weiter!«, sagte Matilde.

»Ich habe geglaubt, die Oberschicht ist zur Höflichkeit erzogen, die uns Slumbewohnern angeblich fehlt. Aber nein. Deine Dankrede an Inge, die uns zum Mittsommerfest eingeladen hat, wird uns lange in Erinnerung bleiben.«

Nestos zornige Stimme reichte bis in die Wolken: »Du bist ein feiger Jammerlappen. Und ein Überbleibsel aus einer Zeit, die seit langem tot und begraben ist.«

Das Geschrei drang bis zu José, der sich mit seiner Familie am Seeufer aufhielt.

Er schlenderte über die Wiese, legte seinem Bruder die Hand auf die Schulter und sagte, jetzt beruhigen wir uns alle erst mal.

»Aber du weißt ja gar nicht, was er gesagt hat.«

»Nein, aber ich kann es mir denken. Der Junge ist so verängstigt, dass ihm alles zuzutrauen ist.«

»Komm runter, verdammt«, sagte er zu Nano.

Inge schaute Britta an, fragte auf Schwedisch: »Woran denkst du?«

»An Großvater«, sagte Britta.

Dann wandte sie sich an Nano und sagte überlegt und ruhig: »Fahr jetzt. Steig in dein Wunderauto und fahr los.«

»Alleine?«

»Ja.«

Während der große Jaguar viel zu schnell den Schotterweg Richtung E4 losbrauste, machten Inge und ihre Tochter einen Waldspaziergang. Sie wollten nachsehen, ob schon Pfifferlinge wuchsen.

Aber es waren noch keine Pilze zu entdecken.

»Es ist zu trocken«, sagte Inge, und dann schwiegen sie beide. Stundenlang. Sie suchten den Himbeerschlag auf, die Erdbeerhänge bei der verlassenen Hütte, den Farnhügel, wo sie, als Britta klein war, einen Elch gesehen hatten, und das Hochmoor, wo Wollgras und Segge wuchsen.

Als sie sich auf dem Rückweg dem Haus näherten, roch es nach gebratenem Lamm, und sie merkten, dass sie Hunger hatten.

»Ich werde es überleben, Mama.«

»Ich weiß, dass du das wirst.«

»Ich habe eine Mordswut auf Ingrid. Weil sie Recht behalten hat.«

»Es ist immer viel einfacher, sich als Außenstehender ein Bild zu machen.«

33

Was ihnen vom Wochenende noch blieb, würde ihnen als farblose, aber doch als außergewöhnliche Szenerie in Erinnerung bleiben: Matilde, die weinend im Schatten des Apfelbaumes saß und sagte: »Ich muss nach London zurück. Schade, ich hatte mich so darauf gefreut, Stockholm kennen zu lernen.«

Inge hatte sagen wollen, es wäre sicher gut, wenn Nano seine Situation ganz alleine würde klären müssen. Aber sie kam nicht dazu, denn Mira sagte auf Spanisch: »Es ist doch klar, dass du dich um deinen Sohn kümmern musst.«

Britta, die Matilde aufsuchte, als sie beim Packen war, versuchte zu erklären: »Alle Möglichkeiten schwinden dahin, wenn man von ganz verschiedenen Grundvoraussetzungen ausgeht.«

»Ich verstehe. Aber Nanos Problem ist, dass er überhaupt keine Grundvoraussetzungen hat.«

»Ich weiß.«

Sie zögerte, fuhr dann aber fort: »Er beschuldigt dich, dass du ihn im Stich gelassen hast. Aber mir ist klar geworden, dass das nicht wahr ist.«

Matilde flüsterte ein Danke, aber die zwischen ihnen entstandene Kälte ließ beide erschauern.

Inge telefonierte mit der Bahnauskunft und dann mit dem Flugplatz von Landvetter. Matilde würde morgen früh um sechs Uhr den Schnellzug nach Göteborg nehmen. Inge würde sie nach

Hallsberg bringen, wo der Express aus Stockholm anhielt. Das Flugzeug nach Heathrow startete um halb elf, um die Mittagszeit würde sie schon in London sein.

Schließlich das Bild, wie sie an diesem taufrischen Morgen um Matilde herumstanden. Sie wurde von Umarmung zu Umarmung weitergereicht, und alle meinten es aufrichtig, als sie sagten, sie wollten sich bald wieder treffen.

Und dann Miras eigentümliche Abschiedsworte: »Keiner lebt auf Erden, ohne Schatten zu werfen.«

34

Mitte Juli kam der Regen, was hätte man auch anderes erwarten können?

Die Erde trank sich satt. Eines Tages konnte sie dann nichts mehr schlucken, Inges Rasen stand unter Wasser, das Korn faulte auf den Feldern, die Bauern jammerten, und die Nächte wurden immer länger.

Ingrids Liebesgeschichte – wenn es überhaupt eine gewesen war – wurde vom Regen weggeschwemmt oder vielleicht auch vom mangelnden Segelwetter. Britta hörte nichts von Nano.

»Auch gut«, sagte sie. Aber sie war vormittags immer die erste am Briefkasten.

Eines Tages rief José an und wollte mit Inge sprechen: »Ich habe einen merkwürdigen Brief von Nano bekommen. Könntest du dich zum Mittagessen in der Bar am Busterminal mit mir treffen?«

Auch London war vom Tiefdruck über dem Atlantik betroffen. Nano ging in der großen Wohnung hin und her, rastlos.

»Ich schäme mich«, sagte er zu Matilde.

»Dazu hast du allen Grund.«

Näher kamen sie einander nicht.

Nano dachte, sie habe, wie gewöhnlich, nicht verstanden, und hätte am liebsten geschrien: Ich bin verzweifelt!

Er hatte Verzweiflung bisher nie verspürt, nur Hass …

Alles Böse, was ihm widerfahren war, hatte seine Mutter verschuldet, die ihn im Stich gelassen hatte, Großmutter, die einfach gestorben war, der Alte mit seinem Zorn. Furcht, ja, er hatte sich gefürchtet, immer, nun ja, fast immer. Vor den Schlägen, die auf ihn niedersausten, vor dem Hohn, der auf ihn eindrang, vor den in ihn gesetzten Erwartungen, vor dem Vorwurf in Matildes Augen.

Britta hatte gesagt, er müsse damit aufhören, sich selbst als Opfer zu betrachten.

Er versuchte ihr einen Brief zu schreiben: »Ich wusste von Anfang an, dass meine Liebe nichts taugte. Es war schrecklich. Aber ganz unerträglich war die Erkenntnis, dass du mich liebtest. Also tat ich, wozu ich mich genötigt sah, kränkte und verletzte dich. Und hatte dich endlich so weit, dass du dich von mir abkehrtest.«

Dann zerriss er den Brief. Dachte: Ich bin weder hier zu Hause noch in Schweden, noch sonst wo.

In dieser Stunde erinnerte er sich an das, was José gesagt hatte, als sie den Baum gemeinsam entrindeten: »Warum fährst du nicht nach Chile und suchst nach deiner Familie, deinen Verwandten, deinen Großeltern, Onkeln und Cousins väterlicherseits? Solange du nichts von dieser Hälfte deiner Herkunft weißt, wirst du ein unsicherer Mensch bleiben.«

Herr im Himmel, man stelle sich vor, dieser Kerl hätte Recht.

An diesem Abend wartete er ungeduldig auf Matilde und bekam es mit der Angst zu tun, als sie die Tür zur Wohnung nebenan aufschloss. Aber er riss sich zusammen und klingelte drüben.

»Komm rein, nimm Platz.«

Aber er setzte sich nicht, ging hin und her und erzählte, was José ihm gesagt hatte.

Er hörte, dass ihre Stimme unsicher war, als sie fragte: »Du überlegst also, ob du es tun sollst?«

»Ja.«

»Das ist gut, Fernando, es könnte einen Wendepunkt für dich bedeuten.«

»Und der Alte?«

»Wir sagen ihm, du willst nach dem alten Gutshof im Tal sehen. Der ist noch in seinem Besitz.«

Sie hat wie immer Recht, dachte Nano, als er sah, wie der alte Mann zu strahlen begann, als er von der Reise erfuhr. Sie blieben nach dem Essen sitzen und stellten eine ganze Liste mit Aufträgen zusammen. Er sollte den Besitz inspizieren, er sollte mit dem Anwalt in San Felipe Kontakt aufnehmen und in Erfahrung bringen, ob es Interessenten gab.

»Alles ist verfallen«, sagte der Alte, rot im Gesicht vor Wut auf den verdammten Allende, der seinen Besitz verstaatlicht hatte. Jetzt hatte er ihn zurückbekommen, und Grund und Boden hatten immerhin ihren Wert.

Als der alte Mann sich zurückgezogen hatte, ging Nano wieder zu Matilde, die gerade telefonierte. Sie sprach sehr schnell in spanischer Sprache, fragte, fragte, und als er merkte, dass das Gespräch mit einer Untergrundorganisation in Santiago geführt wurde, bekam er Herzklopfen.

Als Matilde das Gespräch beendet hatte, sagte sie, er solle sich einen neuen Pass beschaffen, solle mit der Begründung zum englischen Passamt gehen, dass er seinen Pass verloren habe. Er solle seinen Vornamen in Fernie umändern, doch im übrigen sollten alle Angaben den Tatsachen entsprechen.

Neue, schöne britische Stempel, sagte sie.

Der Großvater würde schriftlich bestätigen, dass sein Enkel den Landbesitz der Familie inspizieren werde. Die chilenischen Behörden würden keine Einwände haben.

»Aber Pedro Gonzales muss doch irgendwo registriert sein.«

»Offiziell ist nie ein Wort darüber verlautet, dass er dein Vater ist.«

»Aber … die Verhöre mit mir?«

»Ich würde meinen, dass alle Akten vernichtet wurden. Da gibt es ja nichts, worauf sie stolz sein könnten. Und außerdem bestimmt das Geld in Chile alles. Es sollte mich sehr wundern, wenn sie einem Mitglied der Familie Larraino Schwierigkeiten machten.«

»Aber wie kriege ich Kontakt mit … der Familie meines Vaters?«

»Hör mir jetzt genau zu, Nano.«

Er bekam Instruktionen, die einem Spionageroman entnommen zu sein schienen. Er versuchte sich einzureden, dass es geradezu lächerlich war. Aber er spürte Angst.

35

Jetzt saß er mit dem Gefühl im Flugzeug, dass alles über seinen Kopf hinweg beschlossen worden war.

Alles war von vorne bis hinten einfach nur eine idiotische Idee.

Als er an Bord sein Frühstück aß, verwünschte er in Gedanken diesen José Narvaes, der Bäume fällte, oben im Ödland seine dreckigen Busse zerlegte und Leuten, die er nicht kannte, blödsinnige Ratschläge gab.

Noch einmal ging er die erhaltenen Instruktionen durch: Gehe zur großen Kathedrale, stelle dich mit dem Buch von Alcolea »La catedral de Santiago« in der Tasche ans Tor.

Wie in einem wahnwitzigen Thriller, dachte er wieder.

Aber wer jung ist, hat ein gutes Verhältnis zum Schlaf.

Er verschlief den größten Teil des Zwanzigstundenfluges.

Als er hinaus in den eleganten Terminal des neuen Flughafens von Santiago kam, war er voller Erwartungen. Fühlte sich irgendwie beschwingt. Er war allein, war Herr seiner selbst. Aber als er am Förderband auf sein Gepäck wartete, konnte er Brittas Stimme hören: »Jetzt hast du niemanden mehr, auf den du etwas abwälzen kannst.«

Ihm wurde kalt vor Angst. Aber da gab es auch noch ein anderes Gefühl: Verwegenheit.

Das Menschengedränge auf der Plaza de Armas erschreckte ihn, doch blieb er fasziniert hinter einem Kunstmaler stehen und vergaß alles ringsum, konnte nur noch das Bild in sich aufnehmen, das auf der großen Leinwand hervortrat.

Die Transvestiten interessierten ihn nicht, diese Sorte war ihm in London oft genug begegnet. Im Treiben der Menge hörte er junge Gitarrenspieler Lieder von Victor Jara singen.

Das gefiel ihm weniger, erinnerte es ihn doch an das Mittsommerfest in Schweden.

Vor dem Tor der Kathedrale blieb er stehen und bewunderte das gewölbte Tympanon. Sein Buch trug er gut sichtbar in der rechten Tasche.

Erst jetzt wurde ihm bewusst, dass er in Jeans, grauer Windjacke, weißen Joggingschuhen vielleicht zu einfach gekleidet sein könnte.

Ich befinde mich hier in einem Land, wo man Anzüge trägt, dachte er.

Der katholische Priester war viel jünger, als er ihn sich vorgestellt hatte. Er sagte wie vereinbart: »Wie ich sehe, interessieren Sie sich für Kirchenarchitektur. Möchten Sie sich vielleicht die Kathedrale ansehen?«

»Ja, gerne, sehr gerne.«

Dann war Nano, wie immer, wenn es um Sehenswürdigkeiten ging, ganz Ohr, dachte nervös, irgendwann muss dieser Geistliche doch zur Sache kommen.

»Ich möchte vorschlagen, dass wir noch gemeinsam ein Gebet sprechen.«

Nano folgte dem Pater in eine Seitenkapelle, ließ sich auf der Kniebank nieder und lauschte dem Gebet mit Spannung. Gonzales ist in Chile ein häufiger Name, leierte der Priester mitten im lateinischen Text. Der Revolutionär Pedro wurde in einem Dorf nahe den Bergen aufgespürt. Dort wohnt seine Familie noch immer, schloss er, stand auf und reichte Nano ein Gebetbuch.

»Bete drei Ave Maria als Buße für deine Sünden«, sagte der

Geistliche und ging. Nano blieb kniend zurück, schlug das Buch auf und entnahm ihm eine einfache Skizze des Straßenverlaufs.

Danke, lieber Gott, flüsterte er, ohne wirklich so zu empfinden. Als Nano die Kathedrale verließ, widmete der Geistliche sich schon anderen Besuchern, deutschen Touristen, die den Hinweisen auf alle Besonderheiten der Kirche interessiert lauschten. Nano legte einen Geldschein in das Gebetbuch und gab es dem Pater ehrfurchtsvoll zurück.

Er ging in sein Hotel zurück, bat um einen guten Stadtplan von Santiago und eine Karte der an die Stadt angrenzenden nordöstlichen Region in Richtung Anden.

»Können Sie mir einen Wagen besorgen?«

»Selbstverständlich.«

Der Mann von der Mietwagenfirma trug einen so eleganten Anzug, als wolle er an einer Teegesellschaft teilnehmen. Er brachte ihm einen Volvo.

Verdammt, dachte Nano.

»Es ist das Beste, was wir haben«, sagte der Elegante. Nano zeigte ihm seinen Führerschein und unterschrieb Papiere.

Als er sich in den hektischen dichten Großstadtverkehr einreihte, musste er zugeben, dass in dem Land, in dem es nie dunkel wurde, gute Autos gebaut wurden.

Dem Land, in dem Britta lebte.

Im nächsten Augenblick dachte er, dass dieses Auto vielleicht ein Zeichen war.

Dann schnaubte er. Er war doch nicht abergläubisch, oder …

Nano ließ die nicht enden wollenden Vororte irgendwann hinter sich und fand in das Tal, durch das sein Weg führen sollte. Grünes Land, gut umsorgtes Bauernland. Der starke Wagen ließ nicht spüren, dass es bergauf ging, aber Nano sah die Anden durch die Windschutzscheibe immer mächtiger werden.

Nach zwei Stunden erreichte er das Dorf, trank in der Schenke ein Bier und fragte ganz nebenbei nach der Familie Gonzales. Der Wirt lächelte verschlagen, zwinkerte ihm mit einem Auge verständnisinnig zu, und antwortete: »Fahren Sie noch zwei Kilometer weiter. Der Weg ist schlecht, aber Sie haben ja ein gutes Auto.«

Nano war unbehaglich zumute, als er zum Wagen zurückging, was, zum Teufel, hatte dieser Kerl mit seinem Zwinkern gemeint? Dann sah er die Häuser, die sich vor dem Hintergrund der schneebedeckten Gipfel an den Hang klammerten.

Häuser, nein, das waren keine Häuser. Eher Behausungen, ein paar uralte Wohnwagen, eine Anzahl schrottreifer amerikanischer Autos aus den sechziger Jahren. Und Scharen von mageren Kindern, die das Auto umschwärmten, schrien, bettelten. Es stank nach Unrat und Latrinen und noch nach etwas anderem – es war ein Geruch, den er kannte, den er aber nicht definieren konnte.

Er legte Brieftasche und Führerschein ins Handschuhfach, schloss es ab und steckte den Schlüssel in die Hosentasche. Dann stieg er aus dem Wagen und machte ein paar Schritte auf die größte Unterkunft zu.

Die Tür ging auf, und ein etwa fünfzigjähriger Mann trat auf die Schwelle. Nano blieb stehen.

Sie hatten einander noch nie gesehen, erkannten einander aber augenblicklich. Nanos Angst wich lähmendem Erstaunen.

Auch der ältere Mann war verblüfft, erholte sich aber schnell: »Ach ja«, sagte er. »Taucht da noch einer von Pedros Hurensöhnen auf. Wo kommst du denn her?«

»Aus London.«

»Aha, noch ein Ei von einer dieser Edelhuren, denen Pedro Geld abgeknöpft hat. Was suchst du hier?«

»Ich wollte meine Verwandten väterlicherseits kennen lernen.«

»Ach so.«

Kein Zweifel, es war so etwas wie Wärme zwischen ihnen aufgekommen.

»Nun, ich bin dein Onkel. Die Familie besteht aus lauter Verrückten. Pedro, der so genannte Revolutionär, der seinen Krieg und seinen Heldentod schließlich bekam, war der verrückteste von allen.«

»Ist das die ganze Wahrheit?«

»Ganz, was ist schon ganz in dieser Welt. Es ist meine Wahrheit. Wie heißt du?«

Nano zögerte, nannte aber seinen Namen und rief damit ein Aufflackern von Interesse in den Augen des anderen hervor.

»Aha«, sagte er. »Ich erinnere mich jetzt an sie, Matilde Larraino, schön wie ein Traum und dumm wie eine Gans. Sie hat ihrem Vater Geld gestohlen und es Pedro gegeben, der Waffen dafür kaufte. Die haben wir übers Gebirge geschmuggelt. Ach so, sie hat ein Kind gekriegt. Das haben wir nicht gewusst.«

Er schwieg eine Weile, sagte dann: »Die steinreiche Familie Larraino.«

Neuerlich Schweigen, bis er fortfuhr: »Du hast einen Bruder, er ist der Sohn der Puffmutter von Santiago, diesem außerordentlichen Frauenzimmer. Ihr Sohn hat die Bordelle geerbt und das Unternehmen ausgebaut.«

»Und du, womit beschäftigst du dich?«

»Das geht dich nichts an«, sagte der andere, und es klang wie eine Drohung. Im selben Moment erkannte Nano den undefinierbaren Geruch, der wie ein zarter Hauch über allem Gestank schwebte.

»Hau jetzt ab«, sagte Gonzales. »Mach, dass du so schnell wie möglich wieder nach London kommst, und grüß deine dämliche Mutter herzlich von mir.«

Nano hörte die Drohung heraus, sagte Adieu und ging zum Auto zurück.

Er hatte solche Angst, dass er mit der Gangschaltung nicht zurechtkam. Aber der Wagen bewegte sich von der Stelle, schnell, schneller, immer bergab. Kurz vor der Autobahnauffahrt nach Santiago wurde er von der Polizei angehalten. Man war äußerst höflich, ein Sergeant nahm ihn beiseite und fragte, was er bei Gonzales zu tun gehabt habe.

Nanos Herz pochte. Aber er reagierte eiskalt.

»Gar nichts«, sagte er. »Ich wollte so weit wie möglich Richtung Gebirge fahren. Vor einer Behausung habe ich einen alten Mann getroffen und ein paar Minuten mit ihm gesprochen.«

»Worüber denn?«

»Über die Berge und ob man hier klettern könne.«

»Und was hat er geantwortet?«

»Er hat mich ausgelacht. Gesagt, die Anden seien keine verdammte Touristenattraktion. Das hat mich geärgert, ich bin nämlich an Klettertouren in den Alpen gewöhnt.«

»In den Alpen?«

»Ja, einem Gebirge in Europa.«

Der Polizist war immer noch höflich: »Warum haben Sie in der Dorfschenke nach Gonzales gefragt?«

»Weil mir jemand gesagt hatte, dass diese Leute die Andengipfel kennen.«

»Und was hat Gonzales darauf geantwortet?«

»Er hat mich aufgefordert, mich zum Teufel zu scheren.«

Der Volvo wurde mit Hilfe eines Hundes durchsucht, Nano hatte Berichte über Drogenhunde gelesen, wusste also Bescheid.

Er zeigte dem Sergeanten gelassen seine Papiere, wo dieser immer wieder auf den Namen Larraino stieß.

»Ist Señor Larraino Ihr Vater?«

»Ja, ich bin hier, um unseren Familienbesitz bei San Felipe zu besuchen. Das alles kann ich mit meinem Pass und anderen Unterlagen im Hotel belegen.«

Der Hund kam mit eingezogenem Schwanz zurück. Der Polizeibeamte entschuldigte sich, es war überstanden.

Nano hatte sich noch nie so stark gefühlt, wie während des schleppenden Vorankommens durch Santiago zum Hotel. Er war verschwitzt, müde und hungrig und unglaublich zufrieden.

Als er geduscht und sich eine Weile hingelegt hatte, kam die Angst. Was, was in Dreiteufels Namen sollte er Matilde sagen?

Das war ein neuer Zustand. Gefürchtet hatte er sich immer, aber anders als jetzt.

Was soll ich sagen ... Er hatte die Verantwortung für sie.

Im nächsten Moment wusste er: Sie sollte es nie erfahren.

Er war zu müde, um hinunter in den Speisesaal zu gehen, rief also den Zimmerservice an. Er verschlang ein paar belegte Brote und leerte eine Flasche Wein. Und schlief im Nachtlärm der Stadt, die niemals schlief, bis zum Morgen durch.

Am nächsten Tag tat er, was ihm aufgetragen war, fuhr die wenigen Meilen zum alten Familienbesitz nördlich von San Felipe. Es war eine schöne Landschaft, grün, lieblich, gepflegt. Die hohen Avocadobäume reckten sich zwanzig Meter in den Himmel, die Zitronenbäume dufteten, Mais, alle Arten Gemüse wuchsen auf gepflegten, lang gestreckten hügeligen Feldern, die von Gräben mit nie versiegendem Wasser aus den Anden umgeben waren.

Aber fast brutal veränderte sich die Landschaft, als er das Familiengut erreichte, verkommen, von Unkraut und Dornengestrüpp überwuchert, und mittendrin eine verrußte Ruine. In unmittelbarer Umgebung lebten Menschen wie die Ratten in verfallenen Lehmhütten.

Hoffnungslos.

Vom Hotel aus hatte Nano den Anwalt der Familie Larraino angerufen und eine Uhrzeit vereinbart. Jetzt saß er im Büro dieses Mannes.

»Gibt es Käufer?«, fragte er.

»Viele«, sagte der Anwalt, der ein sympathischer älterer Herr mit freundlichen Augen war.

»Glauben Sie, dass einer davon es schaffen könnte?«

»Ja.«

Die nun auftretende Stille währte so lange, dass es peinlich wurde.

»Die Familie Larraino will das Gut also nicht wieder in Besitz nehmen?«, frage der Anwalt schließlich.

»Nein.«

Nano lächelte zufrieden. Er hatte einen Entschluss gefasst.

Auch der Anwalt wirkte erleichtert: »Das höre ich gerne. Sie müssen wissen, Ihr Großvater war … hier … nicht gerade beliebt. Er peitschte seine Landarbeiter aus und vergewaltigte ihre Frauen.«

»Großer Gott«, sagte Nano, und die Gedanken schossen ihm durch den Kopf. Er trug sowohl von Vaters als auch von Mutters Seite an einem schlimmen Erbe. Kein Wunder, dass …

Er nahm sich zusammen, sagte: »Würden Sie mir wohl ein paar Worte über den von Ihnen empfohlenen Käufer sagen?«

»Er ist akademisch ausgebildeter Landwirt, nicht reich, sie müssten einen Schuldbrief akzeptieren. Aber ich kann Ihnen versichern, er wird das Gut wieder auf die Beine bringen.«

»Würden Sie seine Unterlagen bitte an mich persönlich nach London schicken. Dann können wir das Geschäft abschließen.«

Bevor er den Wagen vor der Anwaltskanzlei wendete, betrachtete er noch einmal den Gebirgszug. Die Berge standen in der rot untergehenden Abendsonne fast in Flammen. Überwältigend. Er musste an die Schwindel erregenden Andenpässe denken, über die das Schmugglergeschlecht der Gonzales seine Waren über die Grenze brachte.

Ein erschreckender Gedanke durchfuhr ihn: Sein Vater war ein kühner, todesverachtender Abenteurer gewesen.

Auch das war ein Teil seines Erbes.

José und Inge saßen in einer Vorortpizzeria, aßen aber kaum etwas. José übersetzte sehr langsam die dicht beschriebenen Seiten des längsten Briefes, den Nano je geschrieben hatte.

Als sie schließlich ihren Kaffee bekamen, sagte José: »Was, zum Teufel, soll ich tun. Ich sage etwas, was mir gerade einfällt, und er fasst es als Befehl auf. Und heraus kommt das hier.«

»Hat er mit Matilde über Pedros Verachtung für die Gesellschaft gesprochen?«

»Nein. Mir scheint, er hat begriffen, dass er sie damit umbringen würde.«

»Vielleicht hast du Recht«, sagte Inge und sah zum Fenster hinaus, wo ihre Worte irgendwo hängen blieben. Es regnete, sie dachte über den jungen Mann nach, auf dem ein Geheimnis lastete: »Vielleicht ist alles gar nicht wahr, es ranken sich ja immer allerlei Geschichten um einen toten Revolutionär. Du weißt, sie sind angeblich immer auch Weiberhelden.«

»Das klingt gut, das werde ich Nano sagen.«

»Kein Wort zu Britta.«

»Nein, das ist klar. Aber was soll ich tun?«

»Ich weiß nicht.«

José kehrte zu seinen Bussen zurück, unbefriedigt. Im Lauf des Nachmittags hatte er eine Idee, und bevor er heimging, rief er Inge an. Ob sie Nano wohl ein Telegramm schicken könne. Auf Englisch. »Nimm Flug Arlanda 3. September, hole dich ab. Weiterfahrt Dalarna, Gleitflug erlernen. Erbitte Mitteilung Ankunft Arlanda telefonisch. José.«

Inge gab das Telegramm auf, rief José an: »Nicht dass ich kapiere, was du vorhast. Ich möchte dir nur sagen, dass du keine Verantwortung für das trägst, was passiert ist. Aber du bist ein beachtenswerter Mensch.«

36

Mira trotzte dem Regen, machte sich auf den Weg zum Strand. Das Meer war grau und wellig, aufgewühlt wie ihre Gedanken. Ihr fiel etwas ein, was Inge über die Katze gesagt hatte, über den großen Kater der Nachbarin. Ganz nebenbei, wie etwas Selbstverständliches, über das ein Außenstehender aber lange nachzudenken hatte.

»Er ist groß und träge. Du weißt schon, so werden sie, wenn man sie kastrieren lässt. Es ist, als ob sie dadurch die Lebenslust verlieren.«

Dann hatten sie über anderes gesprochen, Inge hatte Miras Erstaunen überhaupt nicht bemerkt. Obwohl Mira Inge lange angestarrt hatte, weil ihr zum ersten Mal aufgefallen war, dass Inge Bertilsson der schottischen Dame ähnelte, langer Hals, kühler Blick und ein Gesicht, das ein Geheimnis nie verraten würde.

Katzen! Mira hatte ab und zu überlegt, warum schwedische Katzen oft fett und faul waren. Sie hatte es auf ein besonderes Rassemerkmal zurückgeführt. Jetzt wusste sie, dass man sie einer Operation unterzog, um ihnen die Lust zu nehmen.

Sie selbst war noch nie operiert worden, hatte aber trotzdem nie Lust verspürt. »Wenn ich mit dir schlafe, habe ich immer das Gefühl, ich liege mit einer Portion Hackfleisch im Bett«, hatte ihr Mann einmal gesagt. Mira hatte diese Beschreibung gut gefunden und sich alle Mühe gegeben, eine Portion Hackfleisch mit einem

Loch zu werden. Und sie hatte sich über das Ergebnis gefreut: vier gesunde Kinder.

Als sie nach Schweden kam, war sie von dem vielen Gerede über Sex unangenehm berührt gewesen. Sex, schon allein dieses Wort!

Diese Schweden waren wie besessen davon. Die Schwedinnen übrigens auch! Anfangs hatte Mira Ekel empfunden, sich wegen jedes nackten Mädchens in der Zeitung mit entsprechender Schlagzeile geschämt. Nach einigen Jahren aber kam in ihr das Gefühl auf, dass ihr selbst etwas entgangen war.

Warum?

Natürlich konnte man es auf die kulturelle Entwicklung zurückführen. In Chile wuchsen Mädchen ahnungslos auf. Hörten immer nur, dass sie auf sich aufpassen müssten. Sie hatte den Sinn dieser Worte nie verstanden.

Mira blieb stehen, wandte dem Meer ihr Gesicht zu, vom Regen gepeitscht überkam sie ein alter Schmerz.

Sie war so hässlich gewesen, diese neue Frau, derentwegen Papa sie verlassen hatte, so plump. Mira suchte nach einem schwedischen Wort dafür, fand es: vulgär.

Sie hatte einen Mund von einem Ohr zum anderen, der jeden zu verschlingen drohte, der ihm zu nahe kam, erinnerte Mira sich. Sie konnte diese schwerfällige Frau jetzt vor sich sehen, die sich so langsam bewegte.

Sinnlich!

Ihr fiel plötzlich die Anzeige in einer schwedischen Zeitschrift ein: ›Gute Mädchen kommen in den Himmel, böse überall hin‹.

Ihre Mutter war kalt und schön gewesen, hatte sich sparsam bewegt und Berührungen gefürchtet. Als Kind hatte Mira sich nach Zärtlichkeit gesehnt, dann und wann hatte sie versucht, ihre Mutter zu streicheln. Aber sie war mit einer Härte zurückgewiesen worden, die lange schmerzte, nicht nur auf der Wange, auf der die Ohrfeige gelandet war.

Jetzt fiel ihr ein, dass es ihrem Vater nicht anders ergangen war, eine Annäherung, und Mutter kehrte ihm den Rücken und verschwand. Dass sie ein Kind bekamen, war ein Wunder, dass dieses Kind heranwuchs und sich entwickelte, war das Verdienst ihres Vaters. Sie hielt sich an ihren Vater, seine Antworten waren Märchen und Lieder, Umarmungen und Lob, Ausflüge und Abenteuer. Von ihm hatte sie ihre Neugier, ihren unersättlichen Appetit auf die Welt: Hör mal, schau, ist es nicht seltsam …

Während der vielen Jahre hier in Schweden hatte sie versucht, sich ein klareres Bild von ihrer Mutter zu verschaffen. Es war von einem weiteren Kind gemunkelt worden, einem älteren Bruder Miras. Familienklatsch?

Und dann waren da die Vermutungen, was ihrer Mutter passiert sein mochte, als sie bei den Cousins arbeitete, die auf dem großen Gut südlich von Santiago Landarbeiter waren. Sie war dreizehn Jahre alt gewesen.

»O Dios!«, sagte Mira aufs Meer hinaus.

Ebenso alt wie Otilia, als …

Sie war nass im Gesicht.

Weinte sie? Nein, es war der Regen.

Auf dem Rückweg war sie dankbar für den weiten Trenchcoat, den Inge ihr geborgt hatte. Er hielt die Nässe ab, er war hässlich wie das meiste, was Inge besaß, schon allein das graue, triste Haus, in dem Inge sich eingenistet hatte. Und sie hatte mit tristen Möbeln und diesen vielen Büchern alles nur noch verschlimmert. Wie oft man auch putzte, immerzu war alles staubig.

Wie nannten die Schweden das? Sie musste lange nachdenken, bis ihr das Wort einfiel: funktionell. Doch, der Trenchcoat war funktionell, aber es regnete, zum Kuckuck, dennoch schließlich nicht jeden Tag.

Sie hatte den Wind jetzt im Rücken, und der Zorn verwehte, das waren dumme Gedanken gewesen und sie, wie üblich, ungerecht.

Dann musste sie an ihre Hochzeit denken. Sie war siebzehn, der Mann zehn Jahre älter, ein Linker und zukunftsorientiert. Er hatte ihr eine Broschüre mit Bildern vom Geschlechtsverkehr in die Hand gedrückt, von Babys, die sich im Bauch der Frau entwickelten, und von anderen Dingen, die gut zu wissen waren. Aber Mama nahm ihr das Heft weg, Mira hatte noch kaum darin geblättert, als ihre Mutter es zerriss und die Schnipsel verbrannte. Mit vor Wut und Abscheu weißem Gesicht.

So wurde dann eben alles zu Hackfleisch, dachte Mira und versuchte zu lachen. Aber es klang wie ein Schluchzen.

Sie erinnerte sich, wie ihr erster Sohn unterwegs war und der Bauch sich wölbte. Sie sei unappetitlich, sagte die Mutter, und Mira schämte sich so sehr, dass sie sich nicht einmal aus dem Haus wagte, um einkaufen zu gehen.

Mit großen Schritten steuerte sie Inges Haus an, und Inge sagte, mein Gott, bist du nass, komm herein und trockne dich ab, ich mache inzwischen Feuer im Kamin und stelle Teewasser auf.

»Ich möchte Tee mit Kognak.«

»Sollst du haben. Nur ja keine Erkältung.«

Als das heiße Getränk seinen Weg in den Magen nahm, konnte Mira die Scham überwinden und ihre Frage stellen: »Ist Sex wirklich das Wichtigste im Leben?«

Inge hatte ausnahmsweise keine fertige Formulierung auf Lager, sondern nur zögernde Worte: »Das kann ich nicht glauben.«

»Aber du hast das von diesem Kater gesagt. Dass er durch die Kastration die Lebenslust verloren hat.«

Inge blieb der Mund vor Verblüffung offen, aber sogleich legte sie los: »Du lieber Himmel Mira, wir sind doch keine Katzen. Wer von uns streunt in seinem Liebesdrang schon schreiend durch Höfe und Gärten!«

»Willst du damit sagen, für uns gibt es Erfreulicheres?«

»Ja. Wir leben doch beide ohne Sex und haben trotzdem eine ganze Menge Freude am Leben.«

Mira rang sich ein schiefes Lächeln ab und meinte, sie halte es dennoch für traurig, dass ihnen das alles entgangen sei. Als hätte man nicht richtig gelebt.

»Aber du hast doch Kinder geboren, also musst du immerhin ...«

Und Mira begann von allen Gedanken zu erzählen, die ihr am Meer gekommen, von allen Erinnerungen, die ihr durch den Kopf gegangen waren. Es dauerte seine Zeit.

Inge schwieg auch noch, als Mira geendet hatte. Dann sagte sie überraschend: »Jetzt habe ich etwas von dir gelernt.«

»Was denn?«

»Unser Fehler ist, dass wir Sex mit Liebe verwechseln.«

Es war lange still zwischen ihnen, was bei Inge absolut ungewöhnlich war. Schließlich fragte Mira fast schüchtern: »Und an was denkst du jetzt?«

»Ich suche rückblickend nach dem Glück. Nach Augenblicken, in denen ich ein so überwältigendes Glück verspürt habe, dass die Zeit stehen blieb. Wenn dein ganzer Körper und alle deine Sinne zu Licht werden.«

Inges Blick schweifte durchs Fenster ab, doch ihr Gesicht strahlte.

Die Kinder rannten voraus, Britta mehr hopsend als laufend, und Ingrid, die sie lachend an der Hand hielt. Wie alt konnten sie gewesen sein, neun und sieben, also in dem Alter, in dem das Leben keine Vorbehalte kennt.

Der Himbeerschlag am Wald, himbeerrote Kindermünder und

Wangen. Helles, von Vogelgezwitscher untermaltes Lachen. Ein Baumstumpf, darauf ein Käfer, Ingrid, die seinen Namen wissen wollte und den Namen wunderbar fand. »Maikäfer«, trällerte sie, »Maiheiheiheiheienkäfer!«

»Was haben deine Erinnerungen dir gezeigt?«, fragte Mira.

»Bilder von den Kindern. Wenn ich zurückdenke, sind meine glücklichsten Erlebnisse mit den Kindern verbunden.«

Mira nickte, sie lächelte: »An solche Augenblicke erinnere ich mich auch.«

Dann dachte sie nach: »Wie ist es eigentlich zu verstehen, dass du deinen Mann immer noch liebst, obwohl du solche Angst davor hast, dass er hier auftauchen könnte?«

»Erinnerst du dich, wie du geschnaubt hast? Und du hattest Recht. Die Wahrheit ist wohl, dass das einzige, was zwischen uns geklappt hat, die Sexualität war. Er hat eine Lust in mir geweckt, die ich heute noch spüre. Ich habe vorhin schon zu sagen versucht, dass wir Frauen Sex mit Liebe verwechseln.

Zumindest wir Älteren«, fügte sie hinzu. »Ich glaube, die Jüngeren sehen nüchtern den Unterschied.«

Mit einem schiefen Lächeln fuhr sie fort: »Frauen wie ich müssen die Lust vielleicht in Liebe verpacken, damit das alles gesitteter wirkt. Sinnliche Lust, das klingt ja schrecklich … nackt. Wir scheinen uns unserer Körper und unserer Begierden zu schämen. Du weißt, dass viele Frauen Schwierigkeiten mit dem Orgasmus haben und dass man das heutzutage sogar als Behinderung wertet.«

Sie saßen schweigend vor dem Feuer, bis Inge fortfuhr: »Mir will manchmal scheinen, dass die weibliche Sexualität eine Schattenseite hat. Wir empfinden es als Genuss, uns zu unterwerfen. Und dafür braucht man sich nicht zu schämen, solange man es für Liebe hält.«

Mira glaubte das nicht zu verstehen.

»Darum finde ich heute das Verhalten der jungen Leute von Heute gut, die es einfach ausprobieren, die mit der Lust spielen. Wunderbar schamlos«, sagte Inge.

»Das kann nicht stimmen. Sieh dir Britta und Nano an, die verliebt und gleichzeitig verzweifelt sind.«

Fast betrübt stimmte Inge zu: »Du hast Recht. Ich habe das, was die Leute Leidenschaft nennen, wohl nie verstanden. Ich halte es wie immer, diskutiere …«

»Du glaubst nicht an das Schicksal?«

»Nein, ich will nicht.«

»Hör zu …«

Mira erzählte von Otilia, dem Kind, das seiner Großmutter schon in der Wiege so ähnlich war, dass die Leute staunten, die gleichen dunklen Mandelaugen, die hohe Stirn, die feinen Gesichtszüge. Auch ihr Wesen, sie hielt Distanz, ihre Person strahlte Würde aus. Und sie erzählte, wie die Großmutter dann mit dreizehn Jahren vergewaltigt worden war.

»Wie Otilia«, flüsterte sie. »Mutter habe nach der Vergewaltigung ein Kind bekommen, hieß es. Das wenigstens ist Otilia erspart geblieben.«

Inge fühlte, wie ihr Herz Sprünge machte. Aber sie biss die Zähne zusammen.

»Es gibt noch einen weiteren großen Unterschied, Mira. Deine Mutter ist über siebzig Jahre alt geworden. Otilia ist mit vierzehn gestorben.«

»Das ist in einer gewissen Weise wahr. Aber … ja, du weißt doch, dass meine Mutter eigentlich gar nicht gelebt hat. Sie hat nur überlebt.«

Inge nickte, ließ aber nicht locker: »Es gibt noch andere Unterschiede. Du hast erzählt, dass Otilia ein anschmiegsames Kind war, sie saß auf deinem Schoß, wollte gestreichelt werden und war selbst zärtlich. Ein sanftes und fröhliches Kind.«

»Das ist wahr. Aber vielleicht war meine Mutter auch so, bevor …«

Mira hatte Inges Bedrängnis wahrgenommen und nahm jetzt allen Mut zusammen: »Du verheimlichst mir etwas. Schon lange.«

Inge holte tief Luft: »Bist du sicher, dass du es wissen willst?«

Nach langem Schweigen antwortete Mira.

»Nein. Wir warten noch eine Weile. Wenn wir uns das nächste Mal wieder sehen, sage ich es dir.«

37

Mitte August kam der Sommer zurück.

Hitzewelle.

Komisch, dieses Wetter, sagten die Leute. Wahrscheinlich das Ozonloch.

Inges inneres Auge war auf Britta gerichtet, die sich mit ihrem breiten Lächeln rein äußerlich gleich geblieben war. Doch ihre Mundwinkel hatten sich in die Wangen eingegraben.

Der Verlag wollte ein neues Buch haben. Früh an einem Morgen beschloss Inge, um Aufschub zu bitten. Sie hatte nicht die Kraft zum Schreiben. Gerade jetzt nicht. Aber das Thema war interessant: Wie bringt man Kindern das Lernen bei …

Noch vor einem Jahr hätte sie darüber viel zu sagen gewusst, jetzt war sie unsicher …

Bei den meisten Dingen, bei allem.

Sie machte einen Schritt auf Britta zu und sagte: »Du weißt, dass ich immer zum Zuhören bereit bin.«

»Schon, aber … ich habe dir nichts zu sagen.«

»Ist okay.«

Aber das war es ja nicht.

Die Formulierungen im Tagebuch wurden zorniger, manchmal geradezu wütend. Warum, zum Teufel, sollte sie allein all die schrecklichen Geheimnisse hüten? Wie bei der Sache mit Mira. Oder mit Nano, der zum Gleitflug nach Schweden kommen wollte. Und Matilde … die nur eine von Pedro Gonzales'

High-Society-Nutten gewesen war. Sie konnte nicht überleben, wenn …

Dann stellte sie fest, dass Matilde sie nichts anging, sie hatten schließlich keine gemeinsamen Kinder.

Dem fügte sie ein Ausrufezeichen und ein großes Fragezeichen hinzu und schrieb dann: »Aber vielleicht haben wir sie doch …«

Und dann war Britta wieder der Mittelpunkt ihrer Sorgen.

Ingrid trug sich mit dem Wunsch, an der Lehrerakademie zu studieren. Das war eine Geschichte für sich, sie wollte Sozialarbeiterin werden und hatte ihre Papiere schon an der Hochschule für Sozialberufe abgegeben. Inge hatte sich nicht eingemischt, war jetzt aber so weit mit sich ins Reine gekommen, dass sie ihre Zweifel zu zeigen wagte.

Als sie spätabends an ihrem Tagebuch schrieb, versuchte Ingrid es ein wenig hintenherum.

»Mama, was hast du gegen die Sozialhochschule?«

Inge klappte ihr Tagebuch zu, lehnte sich zurück: »Es gibt Berufe, für die man sich viel zu sehr eignet und die schon allein aus diesem Grund ungeeignet sind«, sagte sie schließlich.

»Wie meinst du das?«

»Du wirst jeden einzelnen Fall persönlich nehmen, den obdachlosen Alkoholiker ebenso wie die Ehefrau, die sich misshandeln lässt, oder die Kinder, die darunter zu leiden haben. Im Rahmen der Gesellschaftsordnung kannst du nicht viel für sie tun. Ich will nicht pathetisch werden, aber für einen solchen Job ist deine Liebesfähigkeit zu groß.«

»Mama, wer sonst soll denn dann jenen helfen, die ohne Hoffnung sind?«

»Jemand mit rationaler Seele.«

»Und die habe ich nicht?«

»Ingrid, ich kann mich irren, aber ich fürchte, du wirst … wie nennt man das jetzt … ja, ausgebrannt.«

Eine Woche später stürmte Ingrid ins Haus, wedelte mit Papieren: »Mama, ich bin in die Lehrerakademie aufgenommen worden. Ich habe es nach unserem Gespräch dort versucht und bekam einen Platz, nachdem jemand abgesagt hatte.«

Inge hatte vor Erleichterung geweint, Ingrid tanzte um sie herum, sah wohl die Tränen und sagte: »Manchmal, mein Mütterlein, bist du verdammt dumm.«

Britta machte sich in die Großstadt auf, um Lehrer und Studienkollegen an der Klinik des Karolinska kennen zu lernen. Die beiden Schwestern hatten Glück und fanden nahe Roslagstull zusammen ein Zimmer. Sie waren beide mächtig gespannt, jetzt wurde es Ernst.

Die Woche über würde Inge wieder allein sein, und sie empfand das als angenehm. Mira würde, wie gewohnt, kommen und gehen, an Gesprächen und Besuchen würde es also nicht fehlen. Plötzlich schämte sich Inge, zwischen Mira und ihr war ein gewisser Ernst aufgekommen. Zum ersten Mal wurde ihr bewusst, dass es mehr als eine gewöhnliche Freundschaft war, dass damals, als sie sich in der Gärtnerei begegneten, etwas zum Leben erweckt worden war.

Fast so etwas wie eine neue Liebe.

Aber sexuelle Verlockungen waren nicht mit im Spiel, weder Mira noch sie selbst neigten dazu. Lange Zeit saß Inge vor ihrem Tagebuch und bedauerte zutiefst, dass dies nicht der Fall war.

Aber das schrieb sie nicht hinein.

Stattdessen schrieb sie von der Freude an ihrer Freundschaft. Wie Mira sie gelehrt hatte, alles neu zu sehen.

In Großbuchstaben schrieb sie: »WIE MIT DEN AUGEN EINES NEUGEBORENEN«.

Nach und nach gab sie sogar zu, dass sie ihre intellektuelle Distanz aufgegeben hatte. Jene Mauern, die sie um ihr Leben errichtet hatte. Es war keine Laune des Schicksals, dass so vieles, was jetzt geschah, schmerzte. Dass sie in Vorgänge hineingezogen wurde, bei denen die alte Vernunft ihr keine Hilfe war.

Das war bisher nur ein einziges Mal passiert, damals, als sie Jan kennen lernte. Ein Mann aus einer anderen Welt trat in ihr Leben. Und veränderte alles. Jetzt hatte eine Frau dies getan, hatte buchstäblich die Schwelle einer anderen Welt überschritten.

»Ich liebe sie«, schrieb Inge in ihr Tagebuch, änderte es dann aber ab in »habe sie sehr gern«.

Das Telefon klingelte, es war José, der herüberkommen wollte.

»Bist du allein?«

»Ja, du bist willkommen.«

Er kam, hatte tiefe Falten zwischen den Augenbrauen.

»Geht's dir nicht gut?«

»Nein. Mir gefällt diese Heimlichtuerei mit Nano nicht. Er wird im September hierher nach Schweden kommen. Ich habe das Gefühl, wir hintergehen Britta.«

In diesem Augenblick kam Inge dieses Gefühl der Sorge um Britta bekannt vor.

»Du hast Recht«, sagte sie. »Klar müssen wir es ihr sagen. Hast du Zeit? Ich nehme an, Britta kommt mit dem Bus um neun. Ingrid bleibt über Nacht in der Stadt.«

Britta betrat die Küche wie eine Königin, groß, aufrecht, vorbehaltlos lebendig, aber herber als José sie in Erinnerung hatte. Als sie ihn erblickte, überzog das breite Lächeln mit der blitzenden Zahnreihe ihr Gesicht.

»Wie schön, dich zu sehen.«

»Ich glaube nicht, dass du das auch dann noch findest, wenn ich gesagt habe, was ich sagen will.«

Er nahm den langen Brief zur Hand, siebzehn Luftpostseiten, die im Durchzug von der offenen Tür zu flattern begannen. Inge zündete eine Kerze an, die gleichermaßen flackerte.

Sie schloss die Tür.

José übersetzte, langsam, nach den passenden schwedischen Ausdrücken suchend. Britta drückte die Augen fest zu, ihr Gesicht war so bleich wie der Augustmond draußen vor den Glastüren. Und ebenso kalt.

Sie unterbrach José nur ein einziges Mal: »Was hattest du zu ihm gesagt?«

José antwortete, er habe das nie für so wichtig gehalten: »Lerne deine andere Hälfte kennen.«

»Und daraufhin ist er gefahren …?«

»Ja.«

»Alleine?«

»Ja.«

José fuhr mit dem Übersetzen fort, es ging so langsam, dass Britta jedes Wort auskosten konnte. Die Schilderung der Landschaft, die Begegnung mit den Schmugglern am Fuß der Anden, den Onkel, der ihn augenblicklich als einen von Pedros zahllosen Hurensöhnen erkannt hatte, die Polizei, die sein Auto mit Drogenhunden durchsucht hatte. Den Verkauf des alten Landgutes, seine Angst vor der Mutter, den Entschluss, ihr nichts davon zu erzählen.

Sie fragte nicht weiter, gab keinen Kommentar ab. Als José den Brief zusammenfaltete, seufzte er: »Jetzt kommt das Schlimmste. Ich fühle mich verantwortlich, und außerdem mag ich ihn.«

Dann zeigte er ihr das Telegramm mit der begeisterten Antwort: »Vielen Dank. Lande Arlanda 12.9. Zeit 11 Uhr 30.«

Es war so still, dass sie die Wanduhr im Arbeitszimmer rasseln hörten, bevor sie elfmal schlug. Schließlich sagte Britta: »Was ist Gleitflug?«

Endlich konnte José seine verlegene Miene ablegen. Beim Erzählen leuchteten seine Augen wie die eines kleinen Jungen, der ein großes Abenteuer erlebt hat.

»Das klingt ja verrückt«, sagte Britta. »Und furchtbar gefährlich. Glaubst du, dass Nano diesen Mut aufbringt?«

»Es gehört außerdem ein Fallschirmtraining dazu.«

»Lieber Gott.«

»Wieso?«

»Er hat Höhenangst.«

»Klingt gut«, sagte José. »Fallschirmspringen ist die beste Art, sie loszuwerden.«

Brittas Augen waren groß vor Staunen. Schließlich sagte sie: »Warum habe ich mich in Nano verliebt und nicht in dich?«

»Ja, das ist wirklich schade«, meinte José, und endlich konnten sie lachen.

Britta durfte den langen Brief vorläufig behalten.

»Mein Spanisch ist nicht besonders gut, aber ich werde mich durchbuchstabieren«, meinte sie.

Als José aufbrach, war er einigermaßen erleichtert.

Britta holte sich ein spanisches Wörterbuch, sagte Inge gute Nacht, drehte sich auf der Treppe um, fragte: »Glaubst du, Nano kann erwachsen werden?«

»Warten wir's ab.«

»Das bedeutet, es gibt eine Chance?«

»Britta, ich bin keine Wahrsagerin.«

38

Okay, wie es auf gut schwedisch heißt. Ich höre«, sagte Mira.

Sie waren mit dem Auto hinauf in die großen Wälder gefahren, um Pilze zu suchen. Und sie hatten Pfifferlinge und ein paar prächtige Steinpilze gefunden. Jetzt verschnauften sie, jede mit einem Apfel in der Hand, jede auf einem Baumstumpf.

Inge seufzte, Mira erschrak kurz vor der Schwärze in ihren Augen.

»Sie hat ein Kind gekriegt«, sagte Inge geradeheraus. »Die schottische Frau hat Ingrid mit in die Küche genommen und es ihr erzählt, meinte, jemand von deinen Freunden müsse es erfahren.«

Mira saß schweigend da, wortlos. Inge weinte.

»Niemand weiß, was aus dem Kind geworden ist, es wurde ihr weggenommen.«

»Junge oder Mädchen?«

»Weiß niemand.«

Mehr gab es nicht zu sagen, nicht in diesem Augenblick. Sie warfen ihre Apfelbutzen unter die Birken und sahen, dass das Laub in den hohen Baumkronen schon gelb wurde. Der Herbst kündigte sich an.

Inge hatte den Wagen auf einem gewundenen Waldweg abgestellt, erst jetzt wurde ihr bewusst, dass sie nur im Rückwärtsgang herauskommen konnte. Rückwärtsfahren war nicht ihre Stärke. Und die Tränen, die die Sicht behinderten, machten die Sache nicht besser.

Aber sie kamen heraus. Mit einem Seufzer der Erleichterung wendete sie den Wagen auf der breiteren Straße.

»Hast du Geld bei dir?«, fragte Mira.

»Sieh mal in meiner Brieftasche nach.«

»Zweihundert. Leihst du sie mir, ich möchte Blumen für Mutters Grab kaufen.«

»Wir fahren nach Läggesta.«

Sie kaufte kleine Topfrosen, wunderschön rosa und zierlich.

Wie Otilia, dachte Inge.

»In einem Monat wird der Frost sie holen«, sagte Mira. »Ich finde das gut so.«

Sie beschlossen, zu Mira nach Hause zu fahren, um die Pilze zu säubern und zuzubereiten.

»Wir machen uns Frikadellen dazu, ich habe Hackfleisch im Kühlschrank. Und saure Sahne«, sagte Mira, und Inge nickte.

Sie hörte erst zu weinen auf, als Mira meinte, jetzt ist's aber genug. »Im Moment helfen Tränen nichts.«

Spätabends fragte Inge, schon im Gehen: »Möchtest du, dass Ingrid herüberkommt? Sie weiß ja besser, was in der schottischen Küche gesprochen wurde.«

»Nein, nicht jetzt. Vielleicht ein andermal.«

Inge umarmte sie herzlich und fühlte, dass Mira kleiner und abweisend geworden war. Wie damals im Frühling.

Ein tiefdunkler, kalter Abend brach herein, der erbarmungslose Herbst drückte dem Dasein schon seinen Stempel auf.

Mira führte eines ihrer langen Gespräche mit Gott. Sie begann mit einem Angriff: »Wie kannst du zulassen …?«

Darauf antwortete er nicht, und sie begriff, dass sie höflicher werden musste.

»Lieber Gott, lass mich jetzt nicht im Stich.«

Da spürte sie seine milde Gegenwart. ER war da.

»Danke«, sagte sie einfach. »Darf ich dich fragen, ob mein Enkelkind lebt?«

»Nein, ich habe es sofort zu mir genommen.«

»Und Otilia, ist sie auch bei dir?«

Jetzt lächelte die sanfte Wärme, die Miras Bett umgab, und schon kam die Antwort.

»Natürlich.«

Das Gespräch war schon weiter fortgeschritten, als Gott sie an die sieben Teufel erinnerte, denen der Mensch ohne Furcht begegnen musste, bevor er seinen Schutzengel kennen lernen durfte. Er sagte: »Es gibt nicht mehr viel, wovor du dich fürchten musst.«

»O Gott, du musst vergessen haben, wie es hier auf der Erde zugeht. Mein Heim kann abbrennen, meine Söhne können sich totfahren, ich kann Krebs bekommen, es kann Krieg geben ...«

Alle ihre Ängste zählte sie ihm auf.

»Ich glaube, der kleine Lars-José wird in der Schule gemieden. Wegen seiner schönen Augen«, sagte sie.

ER schwieg.

Zuletzt äußerte sie noch die allerschlimmste Befürchtung: »Die verrückten Militärs könnten auch hier in Schweden einen Putsch machen.«

Da lachte ER, und sie verzog den Mund: »Nun«, sagte sie. »Du weißt ja, dass ich recht dumm bin.«

Er bestätigte es und meinte, sie solle jetzt schlafen.

Sie gehorchte und hatte einen seltsamen Traum. Ein Bus: Auf dem Sitz neben ihr saß Janvier, zwölf Jahre alt und doch schon ein richtiger Mann. Sie fuhren nach Norden, der peruanischen Grenze entgegen.

Sie konnte sogar jetzt die Erregung über das Vorhaben spüren, zu dem sie und der Junge unterwegs waren. Und die Last in ihrem

BH, in dem die schweren Geldbündel untergebracht waren, das Geld der Gewerkschaft.

»Du schaffst das«, hatte ihr Mann gesagt. »Du siehst aus wie eine dumme Bauersfrau, kein Mensch wird dich verdächtigen.«

An der Grenze gab es Soldaten, Zöllner, überall Waffen, die auf andere Länder gerichtet waren. Sie half sich mit der Lüge, die sie auswendig gelernt hatte, sie wolle einen Vetter besuchen, der in einem Dorf jenseits der Grenze wohne.

O weh, dachte sie im Traum, so viele Indianer. Staunte, hatte das längst vergessen.

Ein großer Marktplatz auf der anderen Seite, eine Fülle von wunderbaren Dingen, Nylonstrümpfe, seidene Unterwäsche, Schmuck. Schöne indianische Textilien. Und Leben und Lachen. Sie aber tat, wie ihr gesagt worden war, ging zu dem Mann am Stand ganz hinten links.

Und kaufte Gold, kiloweise Ringe.

Ihr Herz klopfte vor Aufregung, als sie in das Zelt schlüpfte, in dem die Leute ihre Notdurft verrichteten, noch im Traum roch sie den Gestank. Aber sie konnte alle goldenen Ringe im BH unterbringen.

Und sie kamen in einer langen Schlange über die Grenze, wo die schläfrigen Soldaten ihnen keinerlei Aufmerksamkeit schenkten.

Sie und auch der Junge waren total verschwitzt. O Dios, wie warm es doch war.

Ihr Mann nahm die Ringe entgegen, verkaufte sie und mehrte den Barbestand der Gewerkschaft. Nicht einen einzigen Ring durfte sie behalten.

Jetzt saß sie in ihrer schwedischen Küche und dachte, dass sie zum ersten Mal Bild für Bild eine wahre Erinnerung geträumt hatte. Vielleicht wollte Gott sie trösten.

Beim Kaffeetrinken war sie wieder bei Otilia und verrannte

sich in einen einzigen Gedanken: Otilia hatte ein Mädchen geboren. Eine Enkelin, ein kleines Mädchen.

Nun konnte sie weinen. Duschen, sich anziehen und zur Arbeit gehen.

Zwei Tage später ging sie auf kürzestem Weg zu Inge: »Es ist vorbei, das Schlimmste«, sagte sie. Dann erzählte sie von ihrem Traum.

»Das merkwürdigste war, dass alles der Wahrheit entsprach, absolut. Als wenn uns jemand gefilmt hätte.«

Inge fand es auch merkwürdig, Träume seien ja normalerweise wirr und verschwommen, meinte sie. Und man wertet sie als eine Botschaft.

»Es war eine Art Trost«, lächelte Mira. »Ich habe es ja wirklich getan, ich habe Gold über die Grenze geschmuggelt.«

Inge schwieg lange und wiederholte Miras Worte dann: »Ich habe Gold über die Grenze geschmuggelt.«

»Wie meinst du das?«

»Hast du es vielleicht getan, als du hierher nach Schweden kamst, hast Gold am Busen geschmuggelt.«

»Jetzt mach mal ’nen Punkt«, sagte Mira. Inge merkte, dass die Wortwahl sich langsam normalisierte.

»Ich kann mir nicht vorstellen, dass dein Gott dir Träume schickt, ohne etwas damit bezwecken zu wollen«, sagte sie.

»Jetzt sehen wir mal in deinem Garten nach, was dort zu tun ist«, schlug Mira schließlich vor.

Also gingen sie hinaus.

Sollten sie Kalk streuen, nein, noch zu früh, erst, wenn sie das welke Laub weggeräumt hätten.

»In diesem verdammten Land weiß man nie, wann es wofür an der Zeit ist«, sagte Mira.

Die Sonne schien hell, und die Luft schien gläsern, wie so oft im September.

39

Es kam noch eine Ansichtskarte: aus Colombo auf Sri Lanka.

»Es geht mir gut. Grüße Jan.«

Inge steckte die Karte in die Tasche.

Sie würde sie nie vorzeigen, würde nie Kontakt mit der englischen Polizei aufnehmen. Nicht noch einmal.

Sie empfand Freude, fast Glück. Er hatte es geschafft, hatte überlebt. Sie war einmal mit in Colombo gewesen, konnte die engen Gassen vor sich sehen, zwei Jungen, die einen dritten trugen, einen kleinen Jungen ohne Beine. Polizisten, die mit Gummiknüppeln auf bettelnde Kinder einschlugen, die schönen Menschen – Singhalesen – stolz und arrogant. Auf dieser Reise hatte sie eine erschreckende Seite an sich entdeckt. Sie schaute immer weg, hatte nie Mitleid, hatte ihre Besitztümer vor den Kindern, die wie die Raben stahlen, gierig bewacht. Und während der Busfahrten über die traumhaft schöne Insel hatte sie nur einen Gedanken im Kopf gehabt: Hoffentlich gibt es im nächsten Hotel eine Klimaanlage.

Was tat Jan jetzt dort?

Nicht einmal ihre Töchter sollten es erfahren, dachte sie, als sie die Ansichtskarte in ihr Tagebuch schob.

Aber am Abend rief Ingrid an und sagte, stell dir vor, Marylin hat eine Ansichtskarte von Jan bekommen. Aus Ceylon. Sie hat sie der Polizei übergeben, die jetzt die Suche aufnimmt.

Inge musste an sich halten, um nach einer Weile ruhig antworten zu können: »Ist ja schrecklich, welche Mühe die englischen

Ordnungshüter sich machen, um einen Verschollenen aufzuspüren. Aber wahrscheinlich geht es hier um Geld.«

»Um viel mehr, Mama. Wir haben es dir vielleicht nicht gesagt, aber er ist in seiner Abwesenheit wegen Unzucht verurteilt worden. Vergewaltigung seiner Sekretärin, einer jungen Frau, die extrem abhängig von ihm war.«

»Du lieber Gott!«, sagte Inge, und ihre Stimme schwankte, als sie weitersprach: »Ihr müsst herkommen und mir die ganze Wahrheit sagen.«

»Sie ist sehr unangenehm.«

»Ich werde sie ertragen«, sagte Inge und dachte dabei an Mira.

Als sie samstags gemeinsam am Tisch saßen, sagte Inge: »Ich habe es immer wieder bereut, dass ich seine erste Karte nach England geschickt habe. Und dann habe ich darüber nachgedacht, warum ihr mich dazu überredet habt. Niemand kann eine nahe Verwandte zwingen …«

»Wir wissen es«, sagte Britta. »Aber das verliert wohl seine Gültigkeit, wenn der nahe Verwandte einen gezwungen hat …«

Inge begriff nur langsam. Dann schrie sie: »Nein!«

Sie war so blass, dass alle Angst bekamen.

»Mama, hör zu. Wir hatten schreckliche Angst, aber er hat uns nichts tun können. Dank Marylin. Sie hat uns nicht eine Minute aus den Augen gelassen, sie schlief Nacht für Nacht in unserem Zimmer. Und dann hat sie uns mit dem Auto zum Flughafen gebracht, und dort hat sie auf uns aufgepasst, bis wir in der Maschine nach Stockholm saßen.«

Inge erinnerte sich an das Telegramm, an die Angst, dass etwas passiert sein könnte.

Aber als die Kinder kamen, waren sie wie immer, und sie selbst verlangte nie eine Erklärung.

»Jetzt verstehst du vielleicht, warum es uns so wichtig ist, dass man ihn erwischt. Er ist gefährlich, Mama.«

»Und wir verabscheuen ihn«, sagte Britta.

Das Schweigen war lang wie eine Winternacht und ebenso eisig.

»Ich dachte, ich kenne euch«, sagte Inge so verängstigt, dass ihr die Stimme versagte. »Dass wir keine Geheimnisse voreinander …«

»Du bist nicht so stark, wie du glaubst, Mama. Und außerdem bist du unerträglich lieb, geradezu beklemmend. Und unendlich empfindlich. Kapierst du? Wie hätten wir dir etwas sagen können, ohne dich am Boden zu zerstören?«

»Und dann deine verdammte Ehrlichkeit«, sagte Britta. »Du überfährst einen so knallhart damit, dass die wahre Ehrlichkeit dabei auf der Strecke bleibt.«

»Schon verstanden. Ich fange langsam an zu lernen.«

Inge stand vom Tisch auf, erstaunt, wie sehr ihre Beine zitterten. Sie holte Jans Ansichtskarte, übergab sie Britta mit den Worten: »Würdest du wohl dafür sorgen, dass sie der Londoner Polizei zugestellt wird.«

Im Wesentlichen saßen sie den ganzen Abend schweigend beisammen. Inge ging früh zu Bett, überzeugt, dass sie nicht würde schlafen können. Es gab zu vieles zu überlegen, einzusehen, durchzudenken. Und so schweiften ihre Gedanken zu Matilde ab.

Ein bedauernswerter Mensch.

Und schon war sie eingeschlafen.

40

Das Einzige, was ich im Leben habe, ist Geld«, sagte Nano. Er wollte für die Fahrt nach Orsa einen Wagen mieten. »Warum sollen wir uns mit deinem alten Mercedes abquälen?«

»Okay«, sagte José.

Nano mietete einen Volvo.

»Den bin ich von Santiago her gewöhnt«, sagte er lachend.

»Du kannst das«, sagte der Engländer.

»Nur mit dem Kopf.«

»Of course, es fängt im Kopf an und erfasst dann den ganzen Körper. You will see.«

Nano rannte mit dem schweren Fluggerät auf dem Rücken bergan. Alles um ihn her war schwarz, er lief durch einen Tunnel der Angst und sah nicht, dass die Sonne links und rechts des Weges hangaufwärts lila im Heidekraut brannte.

Nur nichts zeigen, nur nichts zeigen, dachte er, aber seine Hände waren fahrig, als er den Gurt spannte und sah, wie das sechs Meter breite deltaförmige Segel sich von der Mitte des Aluminiumdreiecks her entfaltete.

Jetzt ging es ein Stück bergab, der Engländer rannte mit der Leine neben ihm her.

Dann sah er ein Auto, klein wie ein Käfer, tief unten im Tal. Und schon folgte der Ruck und das Kommando: Absprung.

Sein Herz tanzte einen wilden Tango, als er am Hang entlang in den Tod fiel. Er dachte an seine Mutter. Dann bekam er Aufwind, und die blaue Luft trug. Sie trug, er stieg! Erstaunt blickte er auf die Wälder nieder, die wie Moos aussahen. Und auf einige rote Puppenhäuser. Und dann weit entfernt zur Rechten das Flugfeld, wo er irgendwann das Fallschirmspringen üben sollte.

Doch jetzt, in wenigen Minuten, würde er wieder auf der Erde sein.

In diesem Augenblick fühlte er zu seiner unglaublichen Verwunderung, dass er das nicht wollte. Er wollte seinen Vogelflug in alle Unendlichkeit fortsetzen.

Aber er befolgte die Instruktionen, balancierte sich über sein Körpergewicht vor, glitt elegant nach unten und ließ sich in den Gurten hängen, um das Fluggerät lenken zu können.

Hatte Boden unter den Füßen. Es war vorüber.

Zu José sagte der Engländer auf Schwedisch, der Junge sei in Ordnung, er würde es schnell lernen. Dann sprach er mit Nano englisch, sagte ihm, er habe beim Absprung Schwierigkeiten mit der Beschleunigung gehabt und auch gewisse Schwierigkeiten mit der Thermik. Am nächsten Morgen wollten sie sein Gefühl für die Winde üben.

Als Nano mit José allein war, weinte er, unhörbar, es flossen nur Tränen. Und seltsam, er schämte sich nicht.

José sagte nur, jetzt gehen wir was essen.

In Orsa bereiteten sie sich ihr Essen in der Baracke selbst zu. Nano war unwahrscheinlich hungrig.

Nach dem Abwaschen sagte José, jetzt pauke mal schön weiter. Nano legte sich aufs Bett und suchte sich das Kapitel über Aufwinde heraus. Im nächsten Moment war er eingeschlafen. Er träumte von seinem Paragleiter und sah zu seiner Überraschung, dass dieser gelb war wie die Sonne und wie die Gefahr.

Während der Überlandfahrt hatten sie genügend Zeit für Gespräche gehabt, es war ein weiter Weg gewesen, und Dalarna zeigte sich ihnen in der Zeit des ersten Herbstgoldes von seiner schönsten Seite. Nano äußerte sich nicht über die Landschaft, es wäre nach seinem Wutausbruch über das barbarische Schweden falsch aufgefasst worden. Er hätte sich entschuldigen müssen, und José schien am Aufwärmen von Vergangenem nicht interessiert zu sein.

Er erkundigte sich nicht einmal nach der Verwandtschaft von Pedro Gonzales.

José hatte ihm eine Liste mit Fachliteratur über Gleitflug geschickt, und Nano hatte alles, was er brauchte, in London aufgetrieben. Jetzt, im Auto, musste er sich einer Prüfung unterziehen.

José war beeindruckt: »O Dios, was du alles kannst! Ich selbst habe solche Schwierigkeiten gehabt, vor allem mit dieser ganzen Meteorologie.«

»Ich habe mir irgendwann Lerntechniken angeeignet. Und jetzt war mir diese Mühe zum ersten Mal von Nutzen.«

Wälder glitten vorüber, hier und dort blinkte ein See auf, kamen hohe Berge, tiefe Täler ins Bild. Und irgendwann flimmerte ihnen fast sommerlich blau der Siljansee entgegen. Sie passierten die Ortschaften am Ufer, Leksand, Rättvik, Mora und erreichten schließlich Orsa, wo sie in einer Baracke unterkommen würden.

»Was hast du für Schuhe dabei?«, fragte José, als sie auspackten.

»Erstklassige Turnschuhe.«

Nano zeigte sie her, José schüttelte den Kopf.

»Wir müssen in Orsa feste Schnürstiefel mit hohem Schaft für dich kaufen. Sonst könntest du dir beim Landen die Füße verstauchen.«

Jetzt überkam Nano die Angst. Sie ging vom Magen aus.

»Diese Instruktoren«, sagte er zögernd. »Die sprechen wohl nur schwedisch?«

»Darum habe ich diesen Ort hier ausgesucht. In Orsa gibt es nämlich einen Fluglehrer, der Engländer ist. Ich habe schon mit ihm gesprochen. Er wird sich um dich kümmern.«

Um drei Uhr war wieder Unterricht, und diesmal war Nano nicht allein. Ein paar Computerfreaks waren dabei und einige Studenten, die dermaßen angaben, dass jedes Kind ihre Angst herausspüren konnte. Und dann noch ein Fotograf, der die Anden im Gleitflug überqueren wollte, um den Flug der Kondore von oben zu filmen.

»Bist du schon in den Anden gewesen?«, wollte er wissen.

»Ja, vor etwa einem Monat.«

»Was hältst du von meiner Idee?«

»Du spinnst«, sagte Nano.

Am nächsten Tag flog er wieder, und auch am übernächsten und am überübernächsten. Die Angst meldete sich bei jedem Absprung mit kaltem Schweiß und Herzklopfen. Aber nach einer Weile verließ ihn die Furcht, und er empfand unendliche Freiheit. Und dann und wann, wie ein Aufleuchten, tiefen Frieden. Eins mit dem Himmel, dachte er.

Und wenn er gelandet war: Das ist es, was die Leute Gott nennen.

Eines Abends nahm er sich den Mut, mit José über seine eigentümlichen Gefühle zu sprechen. José war keineswegs erstaunt, sagte vielmehr, es sei bekannt, dass Gleitflieger in einen Trancezustand verfallen konnten. Deshalb durften sie hier an der Schule nie länger als eine halbe Stunde fliegen.

Die Nächte waren schon kalt, die jungen Männer krochen, bevor sie sich auf die Feldbetten legten, in ihre Schlafsäcke.

Schon fast eingeschlafen sagte José: »Ich bin ja kein Psychologe, aber ich glaube, diese phantastischen Erlebnisse haben mit dem Sieg über die eigene Angst zu tun.«

Am Samstag sprang Nano mit dem Fallschirm aus einem Flugzeug ab.

Es fiel ihm leichter als der Absprung vom Hang.

Zum Abschluss bekam er ein Zertifikat.

Die Woche im Lager war schnell vergangen, die Gruppe schied in Wehmut. Sie trösteten einander damit, dass sie im nächsten September bei klarer Luft und tragenden Aufwinden wieder hier zusammentreffen würden.

Aber … nun, das Leben war nun einmal so, wie es war.

Der Fotograf zum Beispiel sagte, bezüglich der Kondore hast du wohl Recht gehabt.

»Wie ist es Nano dabei gegangen?«, fragte Inge José, als sie sich nach dem Aufenthalt in Orsa bei Mira trafen.

»Es ist gut gegangen.«

»Will er Kontakt zu Britta aufnehmen?«

»Das weiß ich nicht.«

»Und wie geht es Matilde?«

»Nano und ich haben nicht über persönliche Dinge gesprochen.«

41

Mira und Inge trafen sich nicht mehr so oft wie früher. Jede saß traurig bei sich zu Hause, die eine trauerte wegen ihrer vergewaltigten Kinder, die andere um ihr Leben, dem von jenem Mann Gewalt angetan worden war, den sie liebte.

Die Einsamkeit zwängte sie ein wie ein altes Kleidungsstück, das, gut instand gehalten, durch viel zu häufiges Waschen eingegangen war.

Inges Zwangsjacke bestand wie bisher aus Schuldgefühlen: Wie war es möglich gewesen, dass sie nichts bemerkt hatte? Sie kannte solche Vorkommnisse doch aus ihren vielen Jahren an der Schule … die scheuen Kinder, verschlossen wegen der schlimmen und schändlichen Erlebnisse, für die es nur selten Worte gab.

Und all die Artikel und Diskussionen über Inzest.

Wie konnte man nur glauben, dass das Unbegreifliche nur anderen Leuten passiert?

Sie versuchte sich einzureden, dass weder Britta noch Ingrid irgendwelche Symptome gezeigt hatten, sie konnte sich nicht erinnern, dass die Vertrautheit zwischen ihnen Schaden genommen hatte.

Nicht erinnern, nichts bemerken.

Plötzlich dann doch eine Erinnerung: Marylin hatte angerufen und gesagt, sie könnten die beiden Mädchen zu Weihnachten nicht wie ausgemacht bei sich aufnehmen. Die Stimme war höflich gewesen wie immer, die Worte hielten Distanz, und Inge hatte keine Fragen gestellt. Hatte nur gesagt: »Wie schade, sie werden enttäuscht sein.«

»Das glaube ich nicht.«

Eine Lücke im Gespräch, ein Schlupfloch, aber Inge hatte es nicht erkennen wollen. Sie freute sich, ihre Kinder über Weihnachten bei sich zu haben.

Und außerdem hatte sie ihre Schwierigkeiten mit der englischen Frau. Sie hatten sich nur einmal in aller Eile auf einem Flugplatz getroffen. Und Inge hatte sie verabscheut, vor allem weil sie so gut aussah, aber auch, weil die Kinder sich ihr in die Arme geworfen hatten.

So war ich, und so bin ich. Bei meiner fieberhaften Suche im Spiegel habe ich das alles nie sehen wollen.

An den Abenden machte sie es wie Mira, genehmigte sich einen großen Whisky, trank, bis die Gedanken so verschwommen waren, dass sie sich befreit fühlte. Im Morgengrauen wurde sie, von Fragen verfolgt, wach: Wie weit war er gegangen, wie nah war er ihnen gekommen? Die Engländerin hatte über die Kinder gewacht, aber was konnte diese zart gebaute Frau gegen einen kräftigen Mann ausrichten?

Plötzlich erinnerte sie sich an den Satz am Telefon aus London: »Er ist betrunken, Mama.«

Inge saß im Bett und dachte sich Szenen aus: Die kleine Frau flößte ihm einen Drink nach dem anderen ein, bis sie ihn ins Bett befördern konnte. Und legte sich selbst im Zimmer der Mädchen schlafen.

Und was war mit ihren Söhnen?

Inge erinnerte sich, wie sie darüber gestaunt hatte, dass Marilyn ihre Kinder so oft bei den Großeltern auf dem Land unterbrachte.

Mein Gott, was hatte diese Frau für ein Leben hinter sich!

Ich werde ihr einen langen Brief schreiben.

Später an diesem Tag machte Inge einen Versuch, fand aber keine Worte.

Sie probierte es mit einem langen Spaziergang, um sich zu verausgaben, verzichtete auf den Whisky und konnte trotzdem einschlafen. Aber das Morgengrauen war pünktlich, um vier Uhr morgens saß sie wieder aufrecht im Bett. Die Angst kroch ihr in den Magen, sie hätte sich am liebsten übergeben, aber es gelang nicht.

Dann rief sie im Zimmer ihrer Töchter an und sagte dem Anrufbeantworter, es gehe ihr schlecht und es solle jemand zu ihr kommen.

Sie kamen alle beide noch am selben Abend, sagten erschrocken: »Mama, du bist in dieser Woche richtig dünn geworden. Und bist blass wie ein Gespenst, und was ist mit deinen Augen los?«

»Sie haben wohl endlich deutlich gesehen.«

Ein langes Schweigen folgte, es war ein kalter Abend, und Inge sah unten auf den Gemeindewiesen das Laub fallen. Wie immer das von der hohen Esche zuerst.

»Ich muss wissen, was passiert ist!«

»Wir haben nicht allzu viel kapiert. Er fing an, uns zu begrapschen, griff uns an die Brust und an den Unterleib und so. Es war widerlich. Eines Abends kam er ... seinen Schwanz fest in der Hand, zu uns ins Zimmer, wir sind wahnsinnig erschrocken und haben geschrien. Marilyn kam angerannt, tat, als merke sie nichts, und sagte in aller Ruhe: »Komm jetzt runter, du kriegst deinen Drink.«

Wir blieben mäuschenstill liegen, hatten Riesenangst. Dann hörten wir ihn wieder die Treppe heraufkommen und dann Marilyn, die sagte, du schläfst heute auf dem Sofa im Wohnzimmer. Dann kam sie zu uns rauf und sagte, wir sollten beide zusammen in Brittas Bett schlafen. Sie würde sich in mein Bett legen.

Wahrscheinlich kriegten wir erst da richtige Angst.

Am nächsten Morgen stieg er in sein Auto, und wir aßen unser Frühstück wie immer.

Marilyn sagte, es tue ihr sehr Leid, aber wir müssten heim nach Schweden fahren. Es dauerte ein paar Tage, bis sie Tickets bekam, er war nicht viel zu Hause, aber du liebe Zeit, was standen wir für Ängste aus. Marilyn ließ uns nicht einen Moment aus den Augen, und wir begriffen, dass Gefahr drohte.

Zwei Tage später brachte sie uns nach Heathrow, und auf dem Heimflug vergaßen wir alles. So gut es eben ging.

Verstehst du, Mama?«

»Nein.«

»Wir haben einfach nicht begriffen, was los ist. Nur, dass es etwas Widerliches war, etwas, wofür man sich schämen musste. Aber es war doch nichts passiert. Erst als davon gesprochen wurde, dass wir Weihnachten in England feiern würden, kam die Angst. Gott, wie erleichtert waren wir, als Marilyn eine andere Abmachung mit dir traf.

Als die Sommerferien näher rückten, haben wir zu dir gesagt, dass wir nie wieder nach England zu Papa fahren wollten. Wir dachten, du würdest protestieren und einwenden, dass es ein Abkommen gebe, das eingehalten werden müsse.

Für uns war es irgendwie verrückt, du hast ein so fröhliches Gesicht gemacht, du hast richtig gestrahlt. Und es kam dieser wunderbare Sommer im alten Häuschen, weißt du noch? Es hat viel geregnet, und wir haben immerzu Karten gespielt.

Und wir haben aus den Tarotkarten die Zukunft vorausgesagt. Erinnerst du dich?«

O ja, sie erinnerte sich. Das Buch, das sie in Linköping gekauft hatte, die schönen Karten, die sie nach allen Regeln der Kunst legte. Und dann ein grausamer König auf einem schwarzen Pferd, und wie sie alle erschrocken waren, weil er an einer exponierten Stelle aufgetaucht war.

Ingrid hatte es grausig gefunden, und Inge hatte gesagt, wir schummeln einfach, das alles ist ja eine richtige Wissenschaft, und die kann man nicht so mir nichts, dir nichts aus einem Taschenbuch lernen. Der Regen hatte aufs Dach getrommelt und gegen die Fensterscheiben gepeitscht. Es hatte nach Holzfeuer, nach heißem Fruchtsaft und nasser Erde gerochen.

Alle drei gaben sich eine ganze Weile alten Erinnerungen hin, bis Britta das Gespräch wieder aufnahm: »Als wir endlich begriffen, worum es ging, du erinnerst dich vielleicht an das Gespräch über Inzest, fanden wir alles so schlimm, dass wir einfach nicht in der Lage waren, es dir zu erzählen. Es war ja nicht wirklich etwas passiert, versteh das doch.

Und wir wussten ja auch, wie sehr du an Jan hängst. Und wie idiotisch solidarisch du immer mit ihm gewesen warst. Zeitweise haben wir dich deswegen gehasst.«

Ingrid fiel ihr ins Wort: »Manches ist vielleicht einzusehen. Man kann Marilyn ja nicht gerade als sinnlich bezeichnen, sie ist eher ein frigider Typ. Denkbar ist, dass er auch in seinem Beruf unglücklich war. Du kennst ja das Verhalten der Engländer gegenüber Ausländern. Und dazu dann noch diese Frau, die von Sex nichts hielt, zumindest nicht aus eigenem Antrieb.

Du hast selbst einmal gesagt, dass euch als einziges die Lust verbunden hat. Und dann nimmt er sich eine andere Frau und kriegt ein prüde erzogenes englisches Mädchen, das nicht mitspielen will. Ich glaube, das war der Grund, warum er zu trinken anfing. Dass er ihr Geld geklaut hat, war wohl so eine Art Rache für ihre Kälte.«

»Das alles haben wir erst begriffen, als wir als Erwachsene nach London zurückkamen. Wir haben die beiden nur besucht, weil wir Marilyn mochten, sie war so etwas wie eine große Schwester für uns. Aber vor allem tat sie uns unglaublich Leid«, sagte Britta.

Inge hatte jetzt rote Flecke auf den Wangen, doch ihre Stimme war eiskalt, als sie sagte: »Es gibt immer tausend Erklärungen für das Böse. Aber nicht eine davon entschuldigt die Tat.«

Ihre Töchter warfen sich einen Blick zu und lächelten dann: »Wann, Mutter, bist du denn darauf gekommen?«

Inge verzog nachdenklich den Mund.

»Das habe ich von Mira gelernt.«

Sie gaben sich alle Mühe, aus diesem Abend noch einen ganz normalen Abend zu machen. Aber es wollte nicht gelingen. Inge war müde und ging früh schlafen.

42

Die Sonne schien, Mira war wieder zuversichtlicher, und sie sagte laut zu Otilia: »Lass mich jetzt für eine Weile allein, mein Kind. Ich muss unter Menschen gehen, sonst werde ich noch verrückt.«

Dann tat sie, was sie schon öfter getan hatte, setzte einen Hefeteig an, packte ihn in einen Plastikbeutel und machte sich auf den Weg zu Inge.

»Es ist ja geradezu verrückt, dass wir uns eine ganze Woche nicht gesehen haben.«

Kein Laut war zu hören, das Haus schlief noch.

Mira schlich sich durch den Hintereingang in die Küche, legte den Teig auf die Arbeitsplatte, denn er musste noch in der Wärme gehen. Dann nahm sie sich die Freiheit, für sich eine Tasse Kaffee zu kochen.

Mit der Tasse in der Hand ging sie in den Garten und setzte sich in die Sonne. Aber es war kühler, als sie vermutet hatte, sie brauchte Wärme. Und dann rutschte ihr die Tasse über dem Spülbecken klirrend aus der Hand.

Jetzt habe ich alle aufgeweckt.

Kaum hatte sie es gedacht, hörte sie nackte Füße auf der Treppe, leicht, sachte. Der Engel, dachte sie.

Dieses Mal war es aber nicht der Engel, es war die andere, die Lange, Herbe. Aber sie machte es wie der Engel, ging auf Mira zu und umarmte sie.

»Wie gut, dass du gekommen bist«, sagte Britta. »Du musst wissen, Mama ist durch und durch verzweifelt.«

Mira hielt das junge Mädchen mit gestreckten Armen ein wenig auf Abstand und sagte betroffen: »Warum ist Inge traurig?«

Britta meinte, das müsse ihre Mutter Mira selbst erzählen. Zögerte, fuhr fort: »Aber das tut sie vielleicht nicht.«

»Warum das?«

»Möglicherweise schämt sie sich. Jetzt backen wir die Hefeteilchen, kochen Kaffee und wecken die anderen auf.«

Sie deckten den Tisch für ein großes Sonntagsfrühstück. Britta machte im Kamin Feuer, Ingrid kam die Treppe heruntergelaufen, umarmte Mira und sagte:

»Was führt ihr zwei nur für ein Leben.«

Und dann sprach sie wie ihre Schwester: »O Mira, wie gut, dass du gekommen bist.«

Als Inge in ihrem alten Morgenrock auftauchte, erschrak Mira: »Wie siehst du denn aus! Was hast du nur mit dir angestellt?«

»Das ist eine sehr lange und merkwürdige Geschichte. Das Endergebnis ist, dass ich alles Selbstvertrauen verloren habe.«

Es entstand eine lange Pause, bis sie sagte: »Ich weiß nicht, ob das Erzählen nicht meine Kräfte übersteigt.«

Britta und Ingrid warfen sich einen Blick zu, aber Mira wurde fuchsteufelswild: »Seit Monaten hörst du dir mein ganzes Elend an. Und jetzt, zum Henker, bist du dran …«

Inge begann abgehackt und unsicher zu sprechen. Die Pausen waren manchmal so lang, dass Mira aufstöhnte, und Inge sich an ihre Töchter wandte: »Erzählt ihr weiter.«

»Nun ja, es kam also noch eine Ansichtskarte von Jan. Und als wir Mama rieten, sie an die Polizei in London zu schicken, wurde sie böse und fing an zu fragen, warum wir ihn ausliefern wollten.«

»Also blieb uns nichts anderes übrig, als Farbe zu bekennen …«

Nun kam alles heraus, angefangen bei der Vergewaltigung der

Büroangestellten in London und dem Herumgrapschen an ihnen beiden, als sie noch kleine Kinder waren. Wie seine englische Frau sie gerettet hatte und dass ihre eigene Mutter nie etwas geahnt hatte.

»Obwohl vieles darauf hingedeutet hat«, warf Inge ein.

»Ihr habt nie etwas gesagt?«

»Nein, wir haben uns so schrecklich geschämt. Und außerdem wollten wir Mama nicht traurig machen. Aber wir haben uns schließlich geweigert, im Sommer nach England zu fahren.«

»Wir hatten eine Mordsangst vor ihm.«

»Ich hätte das doch kapieren müssen«, sagte Inge.

»Zu Inges vielen Grundsätzen gehört auch, dass man die Geheimnisse anderer Menschen zu respektieren hat«, sagte Ingrid.

»Das ist mir wirklich noch nie aufgefallen«, meinte Mira.

Inge ging frischen Kaffee kochen.

Am Tisch herrschte Schweigen.

Schließlich ergriff Inge das Wort: »Ich war absolut sicher, dass wir drei keine Geheimnisse voreinander haben.«

»Dumm«, sagte Mira. »Jeder Mensch hat Geheimnisse, Dinge, die niemand anderer wissen darf. Wir erleben das am deutlichsten bei den Kindern, den eigenen Kindern, meine ich. Die eigenen Gören wird man nie verstehen lernen.«

Britta und Ingrid wagten zu lachen.

Aber Inge fragte ernst: »Und warum kann man das nicht?«

»Nun, wahrscheinlich will man es gar nicht. Mütter bleiben an den Trostbildern hängen, die sie sich von ihren Kindern gemacht haben. Der fröhliche Nesto, der kluge José, der Engel Ingrid und die superkluge Britta. Daran darf nicht gerüttelt werden, sonst nehmen die Ängste überhand.«

Brittas Zähne blitzten, als sie sich einmischte.

»Vergesst die Kehrseite nicht. Wenn Kinder größer werden,

verteidigen sie ihre Geheimnisse mit Händen und Füßen. Sonst würden die Mütter sie völlig vereinnahmen. Ich kenne nichts Schlimmeres als Jugendliche, die immer ein Herz und eine Seele mit ihrer Mama sind. Die werden nie im Leben selbständig.«

»Ich weiß«, sagte Inge. »Theoretisch.«

»Dir wird auch bekannt sein, dass es absolute Vertraulichkeit nur in kurzen Augenblicken gibt. Momente so wunderbar wie eine Begegnung in der Ewigkeit«, sagte Ingrid.

Mira dachte an die Begegnung mit Ingrid in der Küche. Inge dachte an die Begegnung mit Mira in der alten Gärtnerei.

»Ja, ich weiß.«

»Du weißt so viel«, sagte Mira. »Das ist wohl der Grund dafür, dass du so wenig verstehst.«

»Ja, ich gerate ganz aus dem Gleichgewicht, wenn ich nach Erklärungen suche.«

»Aber es gibt doch gar keine. Das Leben ist grausam, und keiner wird jemals wissen, wann es das nächste Mal zuschlägt.«

»Mein naturwissenschaftliches Ich protestiert«, sagte Britta. »Es gibt immerhin so etwas wie Ursache und Wirkung.«

»Ist schon gut, Britta«, lachte Mira. »Gehe du nur ja nicht davon ab. Es ist eine Frage des Alters.«

»Jetzt redest du wie Mama! Ältere Frauen, die sich herablassen, weise Ratschläge zu erteilen, sind abscheulich.«

»Verzeih.«

Sie kicherten, räumten den Tisch ab, und die Mädchen machten sich zur Abfahrt bereit.

»Hast du Nano getroffen, als er hier war, um mit José fliegen zu lernen?«, fragte Mira in der Diele.

»Ja, wir haben in einer Altstadtkneipe zusammen Mittag gegessen.«

»Und wie war's?«

»Leider war alles unverändert. Wir ... stehen einander nahe wie eh und je.«

»Aber Britta, warum hast du mir nichts davon erzählt?«, fragte Inge.

»Du hast nicht gefragt, liebe Mutter.«

Inge brachte sie die fünf Kilometer zu der guten alten Bahnlinie, die auch eine Haltestelle an der Universität hatte.

»Wie fühlst du dich, Mama?«

»Besser, glaube ich. Möchtest du mir vielleicht von Nano erzählen?«

»Nun, es war genau so, wie ich gesagt habe. Alle diese Monate, die ich genutzt habe, um Abstand zu gewinnen, waren in wenigen Sekunden wie verflogen.«

»Und war er verändert?«

»Ja, er hat abgenommen und wirkte sicherer, geradezu energisch. Das hat mir nicht gefallen.«

Sie waren am Bahnhof angekommen, sagten tschüss, auf bald.

Inge blieb auf dem Parkplatz lange im Wagen sitzen und dachte über das nach, was Britta über Nanos Selbstsicherheit gesagt hatte. Und über das fast Unwahrscheinliche: »Das hat mir nicht gefallen.«

Hatte ihre Tochter Angst vor starken Männern?

»Hilf mir, lieber Gott«, sagte sie laut.

Und Ingrid, das Engelskind? War ihre Bravheit eher Abwehr, eine Möglichkeit, andere zu entwaffnen?

Nein, ich darf nicht … nicht unterstellen … Ingrid war schon von Geburt an lieb und brav. Und Britta hat sich schon in der Wiege immer durchgesetzt.

Als sie den Wagen aber startete und zurücksetzte, fror sie vor Angst.

Bei der Heimfahrt stürmte es. In der offenen Landschaft kamen noch vor der Kirche von Angarn so heftige Windböen auf, dass Inge das Lenkrad fest umklammern musste.

Mira war geblieben und hatte im Kamin Feuer gemacht.

»Ich habe mir die ganze Zeit den Kopf über dich zerbrochen«, sagte sie.

»Wieso das?«

»Es ist ja nicht nur das Bild der guten Mutter angekratzt, als du die Wahrheit über den Kerl erfahren hast, den du all die Jahre geliebt hast.«

»Das ist wahr, der Gedanke ist mir auch schon gekommen. Aber ich habe ihn noch nicht zu Ende gedacht.«

Der Wind drückte jetzt in heftigen Stößen gegen Türen und Fenster. Er heulte um den Dachfirst, legte sich plötzlich und hinterließ beängstigende Stille, bevor er mit neuer Kraft lostobte.

Riesige Blätterwolken wirbelten von den großen Bäumen unten auf den Gemeindewiesen durch die Luft, schwere Äste wurden abgerissen und in Inges Garten geschleudert, wo sie die Beete verwüsteten.

»Herrgott!«, sagten beide Frauen gleichzeitig, aber nur eine von ihnen meinte es wirklich. Das Telefon klingelte, es war José, der ihnen sagte, sie dürften das Haus auf keinen Fall verlassen, das Radio hatte orkanartige Stürme an der Ostküste gemeldet.

»Das ist kein gewöhnlicher Herbststurm«, sagte er. Dann wurde die Leitung unterbrochen, und Inge hörte, wie der Telefonmast an der Ecke wie ein Streichholz geknickt wurde und quer über die Straße fiel. Mira versuchte das Radio zum Leben zu erwecken, aber es schwieg beharrlich.

Dann war der Strom weg, das ganze Haus lag im Halbdunkel.

»Du hast einen Spirituskocher, also können wir uns wenigstens etwas Warmes zu essen machen«, sagte Mira.

Sie zündeten Kerzen an, wärmten Wasser, brühten Tee auf. Inge fand, dass er nach Spiritus schmeckte.

Sie besprachen, was mit dem Gefrierschrank zu tun sei, wenn es länger keinen Strom geben sollte.

»Es ist fast wie bei einem Erdbeben«, sagte Mira.

Inge sah, dass sie Angst hatte.

Sie selbst fühlte sich seltsam erregt, fast fröhlich. Blase du nur drauflos, blase weg …

Als aber die hohe Esche im Gemeindewald mit einem Getöse fiel, das Tote hätte aufwecken können, bekam auch sie Angst. Der alte Riese reckte einen Wurzelballen in die Höhe, der groß wie ein Sommerhäuschen war.

Die beiden Frauen beschlossen, sich hinzulegen, und verkrochen sich, mit einer Wolldecke versehen, jede in einer Ecke des Wohnzimmersofas. Von ferne konnten sie trotz des Orkans die Alarmsignale der Feuerwehren und Krankenwagen hören.

»Gott, nun lass es gut sein«, sagte Mira. Aber nicht einmal ER konnte sie durch das gewaltige Getöse hindurch hören.

»Mit mir ist etwas Eigenartiges geschehen«, sagte Mira. »Erinnere dich an meinen Traum von der Reise nach Peru. Seither habe ich fast jede Nacht solche Träume. Träume, die gleichzeitig Erinnerungen sind.«

»Wie merkwürdig«, sagte Inge, richtete sich in ihrer Sofaecke halb auf und zog sich die Decke bis über die Schultern hoch.

»Ja, in manchen Nächten sind es lichte frühe Erinnerungen. Andere sind schwarz wie die Hölle, grauenvoll. Etwa Dinge mit meinem Mann, die ich dir nie erzählen werde. Es kommt vor, dass ich ganz verzweifelt aufwache und schreien will wie die Frauen in Gracielas Haus. Du wirst dich erinnern, was ich erzählt habe.«

»Ja.«

»Manchmal glaube ich, ich werde verrückt. Aber es ist doch wieder ein anderes Gefühl. Es ist mehr wie ein Gefühl von … Gnade. Manchmal bilde ich mir ein, Gott nickt mir zu, tröstet nicht, sondern nickt nur.«

»Findet er es gut?«

»Ja, irgendwie nutzbringend. Er möchte, dass ich alles so sehe, wie es war.«

»Und das geht?«

»Ja, du weißt doch, dass man Träume nicht lenken kann. Nicht verändern oder so.«

Auf dem Couchtisch standen zwei brennende Kerzen, in deren flackerndem Schein Mira Inge betrachtete. Die Furchen in ihrem Gesicht wirkten tiefer, die Augen, die Mira in stummer Verwunderung ansahen, dunkler.

»Mir fällt plötzlich etwas ein, was ich einmal gelesen habe«, sagte Inge schließlich. »Ich kann es nicht wörtlich wiedergeben, aber sinngemäß ging es darum, dass Gott, oder der Teil von dir, der Gott ist, nicht auf Menschenart mit dir ins Gespräch kommen kann. Er muss auf Bilder aus deiner eigenen Erfahrung zurückgreifen.«

Jetzt richtete Mira sich so erregt auf, dass sie gar nicht beachtete, wie kalt ihr war.

»Erkläre!«

»Ich bin mir nicht sicher, aber ich meine, gelesen zu haben, dass Gott, der ja nicht in unserer heutigen Welt als Mensch lebt, auch nicht in unserer Sprache mit uns reden kann. Er gehört nicht der vergänglichen Welt an, die zu schildern wir Sprache haben. Wenn er dich erreichen will, muss er sich der Bilder und Worte deines eigenen Erfahrungsschatzes bedienen. Er hat gleichsam keinen anderen Weg.«

»Jetzt halte mal für ein Weilchen den Mund«, sagte Mira. »Ich muss nachdenken.«

Aber sie kam nicht zum Nachdenken, sie kroch unter die Decke und schlief ein. Inge lag wach, hörte dem Sturm zu und versuchte sich ein Bild von der Länge des Weges zu machen, den sie noch gehen musste, bis sie das, was sie erlebt hatte, in Bilder umsetzen konnte.

Schließlich musste auch sie eingeschlafen sein. Als die beiden Frauen gegen Abend aufwachten, war alles still.

Inge drückte auf den Schalter der Stehlampe, und beide konnten erleichtert lachen. Es gab wieder Strom.

Das Radio funktionierte, es brachte ununterbrochen Katastrophenmeldungen aus dem östlichen Svealand. Umgestürzte Bäume blockierten die Straßen, und die Bevölkerung wurde aufgefordert, in den Häusern zu bleiben.

Mira und Inge beschlossen, dem Wetter zu trotzen, zogen Windjacken und Stiefel an und verließen das Haus durch die Küchentür. Die Zerstörungen waren gigantisch, Inges Garten total verwüstet.

Doch der Sturm war vorüber, es war ruhig, sie konnten die Sterne sehen. Ein neuer Tag mit wolkenlosem Himmel und reiner Luft dämmerte herauf.

43

Mira war in einer geliehenen langen Hose zur Arbeit gegangen. Sie besaß keine eigene, sie verabscheute Frauenpopos in Männerhosen. Aber jetzt war es notwendig, denn sie musste über umgerissene Maste und Bäume klettern.

Das Tagesheim war aus dem einfachen Grund geschlossen, weil es das Dach vom Haus geweht hatte. Eltern und Personal standen stumm vor dem roten Holzbau, die Väter murrten über die schlechte Bauweise, und die Leiterin wollte auf der zuständigen Behörde wegen möglicher Übergangslösungen vorsprechen.

Mira ging nach Hause. Ihre Balkonverglasung war in tausend Stücke zerbrochen. Die afrikanischen Lilien und auch das, was von den Geranien übrig geblieben war, boten zwischen den Glassplittern ein trauriges Bild. Blumentopfscherben bedeckten den Fußboden.

Doch in der Wohnung sah es aus wie immer.

Sie hob den Telefonhörer ab. Der Apparat funktionierte. Also rief sie ihre Söhne an, sagte, es sei nichts passiert. Bei Inge war das Telefon noch tot.

Jetzt begann sie auf ihrem Balkon Ordnung zu machen.

Inge ging durch ihren Garten. In Overall und Stiefeln.

Überall in der Reihenhaussiedlung waren Elektriker am Werk, und auf jedem unbeschädigten Telefonmast saß ein Mann. Neue Maste wurden errichtet, Lastwagen donnerten durch die Straßen, Motorsägen zerrissen die Luft mit ihrem Gekreisch.

Was immer man über Schweden sagen mochte, im Ernstfall funktionierte alles, dachte Inge.

Sie schaute lange auf die öffentlichen Anlagen hinunter und erinnerte sich, wie sehr sie sich gefreut hatte, als sie das letzte Haus in der Reihe bekam, dieses kleine Grundstück in Hanglage, das sanft abfallend in den jetzigen Park überging, der wegen des alten Baumbestandes nicht verbaut werden durfte. Die Eiche stand wie eh und je aufrecht an ihrem Platz, war aber völlig entlaubt. Und die Ahornbäume lebten auf, der Sturm hatte alle dürren Äste weggefegt, und das tat ihnen gut. Auf der felsigen Kuppe, ihrem Berg, der zur Hälfte auf kommunalem Grund lag, war in Spalten und Rissen kein Krümel Erde übrig geblieben. Ohne Heidekraut, Moosbeeren und Gräser sah alles ganz armselig aus. Und wo waren Krokusse, Scilla, Leberblümchen, Buschwindröschen und Primeln geblieben?

Schnurzegal, dachte Inge. Neu wieder anzufangen macht auch Spaß.

Sie hatte noch keine Telefonverbindung, aber immerhin warmes Wasser. Also duschte sie lange und hingebungsvoll. Dann stellte sie sich vor den Spiegel, ohne zu fragen, was sich hinter dem Bild befand.

Es war aus mit dem Fragen. Eine mühsame Erkenntnis und ein wütender Sturm hatten einen Schlusspunkt gesetzt. Sie hatte etwas über Zeitbegriffe gelernt.

Was?

Mira hatte gestern Abend, als sie in ihren Sofaecken lagen und den Sturm toben hörten, etwas ausgesprochen.

Jetzt klingelte es, endlich funktionierte das Telefon. Inge rannte die Treppe hinunter, es war Ingrid.

»Mama, du lebst und bist unverletzt?«

»Ja, mir geht es gut. Ich habe zwar keinen Garten mehr, aber das wird sich mit der Zeit auch wieder ändern.«

»Weißt du, dass vier Menschen ums Leben gekommen sind? Drei davon in einem Segelboot.«

»Die sind selbst schuld«, sagte Inge hartherzig.

»Ja, und dann war da noch eine Frau alleine in ihrem Auto, die wurde von einem umstürzenden Baum erschlagen. Wir sind vor Schreck fast gestorben, aber Britta konnte mit einem Polizisten reden, der wusste, dass die Tote zweiundzwanzig Jahre alt und unterwegs nach Stockholm war.«

»Schrecklich.«

»Ist Mira bei dir geblieben?«

»Ja, sie hat hier geschlafen. Sie hatte schreckliche Angst und redete dauernd von einem Erdbeben. Und es sieht hier tatsächlich wie nach einem Erdbeben aus.«

»Was ist mit dem Treibhaus?«

»Das hat standgehalten. Erinnerst du dich, dass du damals von Luxus gesprochen hast, als ich mich auf Panzerglas versteifte? Jetzt hat es die Bewährungsprobe bestanden, und ich bin dankbar dafür.«

»Du klingst fast begeistert!«

»Ja, ich habe immer einen merkwürdigen Hang zu Katastrophen gehabt. Sie stärken das Lebensgefühl.«

Ingrid lachte, es klingelte an der Haustür.

»Das sind die Männer mit den Motorsägen«, sagte Inge.

»Wir kommen am Nachmittag zu dir raus. Tschüss!«

Vier Mann mit je einer Motorsäge machten sich über die umgestürzte Esche und alle abgebrochenen Äste und ausgerissenen Büsche im Garten her. Inge bewirtete die Männer mit Bier.

Mira rief an, erzählte von ihrem Balkon.

»Das also ist aus unseren afrikanischen Lilien geworden«, sagte sie.

Sie sprach bedauernd über die Todesopfer. Und berichtete auch vom Dach des Tagesheimes.

»Wer hätte gedacht, dass so etwas in Schweden vorkommen kann!«

Inge steckte sich Watte in die Ohren, holte ihr Tagebuch hervor und versuchte sich an das zu erinnern, was Mira gesagt hatte, als sie in ihren Sofaecken im Wohnzimmer lagen.

»Alles verändert sich, wenn man sich selbst von hinten nach vorn betrachtet. Nichts war, wie es war, ich meine, nicht so, wie ich geglaubt habe.«

»Denkst du an etwas Bestimmtes?«

»An Otilia. Aber letztlich konnte ich nicht mehr nur an sie allein denken, denn alles, was damals dort in unserer Küche geschah, erwachte zum Leben. Schließlich ist nicht nur sie allein vergewaltigt worden.«

»Du auch?«

»Ja. Es war grauenhaft, aber du weißt ... ich war es ja irgendwie gewohnt. Fast unerträglich war es, als das Kind keinen Laut mehr von sich gab und ich dachte, sie sei tot. Und am aller unerträglichsten waren die Männer, die wie angewurzelt an der Küchenwand standen und ihr Maschinengewehr auf mich richteten. Und mich nicht aus den Augen ließen, mich immerzu anstarrten.

Dir ist hoffentlich klar, dass man solche Erinnerungen auslöschen muss.«

»Ja.«

»Während dieser ganzen Woche habe ich mich gefragt, ob meine Söhne sich daran erinnern ... Aber ich werde nie den Mut aufbringen, sie zu fragen.«

Inge erinnerte sich immer deutlicher an Miras Träume.

Sie schrieb, jedes gesprochene Wort, an das sie sich erinnerte, kam an seinen Platz.

Dann unterstrich sie: Nichts war, wie es war.

Es war ein gutes Gefühl, seltsam, aber es war ein gutes Gefühl.

Sie wurde immer wieder vom Telefon unterbrochen, Freunde und Bekannte riefen an, um sich zu erkundigen, wie es ihr ergangen war. Die Nachbarin kam herüber, warf einen Blick auf den Garten, in dem die Motorsägen die große Esche zerstückelten.

»Wo du dich doch immer so darüber gefreut hast, dass du das Grundstück neben dem Park bekommen hast«, sagte sie.

Neidisch?

Egal, dachte Inge.

Zuletzt rief Nesto an und sagte, sie würden am Wochenende kommen und beim Aufräumen helfen.

Mira bereitete sich auf die Wochenendhelfer vor, als gelte es ein Fest zu planen. Sie kam am Freitag, um den Gefrierschrank zu inspizieren, und fand ihre Ahnung bestätigt, dass Inges großer Fischvorrat unter dem Stromausfall gelitten hatte.

Sie taute den Fisch auf und schickte Inge ein Kilo Krabben und ebenso viele Meereskrebse, zwei Dosen Muscheln in Knoblauchöl, etwas Safran und Unmengen Dill einzukaufen.

»Ich koche eine Fischsuppe, die ihr nie vergessen werdet«, sagte sie.

Inge sprach mit Nesto, der eine Bodenfräse mieten wollte. Von einem Nachbarn lieh sie sich zwei große Ölfässer, rief bei der Behörde an und teilte mit, dass sie Unrat verbrennen müsse. In der momentanen Situation konnte man ihr das kaum verbieten.

Dann holte sie ihre Töchter in der Stadt ab.

Britta ließ einen ganzen Schwall von Flüchen vom Stapel, als sie den Garten sah, Ingrid weinte. Nesto kam schon am Freitagabend und sagte, hier müsse Erde her, ein ganzer Lastwagen voll.

»Ich hoffe, du bist versichert.«

»Schon, aber ich weiß nicht recht, einen solchen Vorfall nennt man ja höhere Gewalt.«

Sie legten sich am Abend früh schlafen, alle wollten morgen bei Kräften sein.

Inge vergoß nicht eine Träne. Nicht einmal, als die Erdfräse die Beete einebnete und die alten Wurzeln von Pfingstrosen und Phlox, Klematis und Rosen zerhackte. Die Überreste der Rosenlaube wurden ausgerissen, und Inge sah mit Vergnügen zu. Die dornige Laube war von Anfang an ein Missgriff gewesen.

Der Felsen war mit Besen und Wasser gereinigt, als der Lkw kam, um selbst die kleinste Ritze mit Erde zu füllen. Mira kochte Schalentiere und hackte ganze Berge von Dill. Aus der Küche strömten wunderbare Düfte. Die Sonne schien und nahm dem kalten Wind die Schärfe.

Der Oktobertag war von einem entschlossenen ›was soll's‹ getragen.

Sie deckten den Tisch an windgeschützter und sonniger Stelle im Freien. Eine ganze Kiste Leichtbier wurde leergetrunken, die Suppe war himmlisch und bekam zusätzliche Würze vom Rauch des Laubes, das in den großen Fässern verbrannt wurde.

44

Das Herbstfest oder Rodungsgelage, wie es im Familienjargon hieß, wurde auf beiden Seiten zur Tradition. Jährlich trafen sich alle an einem Oktoberwochenende, stachen die Beete um, rechten Laub, schnitten das Gras und belohnten sich mit einem großartigen Sonntagsessen.

Die Familie war mit den Jahren größer geworden, Nesto hatte eine scheue Polin geheiratet, und Ingrid hatte zwei Töchter und war inzwischen geschieden.

Britta hatte ihr Medizinstudium beendet und war überwiegend in Afrika tätig. Aber in diesem Jahr war sie rechtzeitig zum Herbstfest nach Hause gekommen und hatte für das Mittagessen gesorgt, das wie alljährlich aus einer üppigen Fischsuppe bestand.

Jetzt spülte sie in der alten Küche das Geschirr. Es dämmerte schon, aber draußen waren die Gartengeräte noch immer im Einsatz, und der laute Rasenmäher zog seine Runden.

Als der letzte Kochtopf abgewaschen war, schaltete Britta das Radio an und blieb wie versteinert stehen. Doch nach wenigen Sekunden hatte sie sich gefasst, rannte ins Freie und schrie: »Kommt! Kommt augenblicklich alle ins Haus!«

Es war schwierig, sich bei Nesto Gehör zu verschaffen, der Rasenmäher machte zu viel Lärm. José schaltete den Motor kurz entschlossen aus und zerrte seinen Bruder hinter sich her. Nun standen sie in der Küche und hörten im Radio erregte Stimmen aus London.

Inge würde sich dieser Szene für alle Zeiten wie an einen Filmausschnitt erinnern, in dem das bewegliche Bild zu Eis erstarrt war. Sieben Menschen, damit beschäftigt, ihre Stiefel auszuziehen, wurden in den verschiedensten Stellungen zu Skulpturen. Als sie sich endlich wieder bewegen konnten, hatten sie die unglaubliche Wahrheit begriffen: Pinochet war in England festgenommen und des Völkermordes und des Verbrechens gegen die Menschenrechte angeklagt worden.

»Schaltet das Fernsehen an!«, rief Nesto.

Inge gehorchte, aber es gab keine Nachrichten.

»Moment!«, sagte sie und bekam BBC herein.

Ingrid und Britta übersetzten abwechselnd ins Schwedische. Die Journalisten berichteten anhand alter Archivaufnahmen über Pinochet, der wegen einer Rückenoperation nach London gekommen war. Jetzt hatte der spanische Untersuchungsrichter Baltasar Garzón sich mit dem Begehren an die Briten gewandt, Pinochet an Spanien auszuliefern, um ihm dort den Prozess zu machen.

Garzóns Anklageschrift ist eine erschütternde Lektüre, so der Kommentator. Es ist eine Studie über Grausamkeit und Erniedrigung, in der Tausende Zeugen sachlich und juristisch einwandfrei über grauenhafte Erlebnisse berichten.

Fünftausend Menschen wurden getötet oder sind einfach verschwunden, über dreihunderttausend wurden gefangen genommen und viele von ihnen gefoltert. Fast eine Million wurde zur Flucht außer Landes gezwungen.

Die chilenischen Indianer, das Volk der Mapuche, wurde besonders hart getroffen. Ebenso Gewerkschaftsmitglieder, Lehrer, Studenten. Und Geistliche, die sich auf die Seite der Demokratie gestellt hatten. Sie wurden in bestialischer Weise sexuell erniedrigt. Zwei Bischöfe, ein Katholik und ein Lutheraner, waren zur Audienz bei Pinochet vorgelassen worden, der die kirchlichen Würdenträger kurz zu Marxisten erklärte. Also mussten sie gefoltert werden, um auszusagen, und getötet werden, um dieses Übel ein für alle Mal auszurotten.

Die Zeugenaussagen der beiden Bischöfe waren in der spanischen Anklageschrift festgehalten worden.

In einigen Berichten wurde von der Villa Grimaldi in Santiago gesprochen, in der es ein ausgeklügeltes Instrumentarium und die hervorragendsten Folterspezialisten gab.

Inge versagte die Stimme, als sie zu sprechen versuchte: »Dort ist Matilde von Hunden vergewaltigt worden.«

In den Anklageakten waren Namen angeführt, es gab lange Listen von Hingerichteten, in den ersten Tagen nach dem Putsch waren es achtundfünfzig, in den nächsten Tagen kamen noch achtundsechzig dazu.

Und danach immer noch mehr.

BBC berichtete weiter über die Terrormorde an Allendes Getreuen in der ganzen Welt, eine Autobombe in den USA, Morde auf offener Straße in Argentinien, ein Sprengstoffattentat in Rom.

Die Sendung schloss mit einem ausführlichen Bericht darüber, wie Pinochet ein Amnestiegesetz für alle Menschenrechtsvergehen erlassen hatte.

In Chile würde er nicht verurteilt werden.

Im Moment, als sie das Fernsehen ausschalteten, erblickte Ingrid Lars-José. Seine Augen waren schwarz vor Angst.

»Jetzt trinken wir eine Tasse Kaffee«, sagte sie rasch.

»Meine Mama wird wohl auch eine wollen«, sagte der Siebzehnjährige.

»Na klar. Komm, Kristina.«

Sie saßen um den Küchentisch, als Ingrid sagte: »Es ist wie im Märchen. Jetzt haben die Menschen den schrecklichen Drachen endlich besiegt.«

Lars-Josés Lächeln war unsicher, es kam gleichsam gekrochen. »Also ist jetzt alles gut?«

»Ja, das will ich von ganzem Herzen hoffen.«

»Ich bin müde«, sagte der Junge.

»Das sind wir auch«, sagten die kleinen Mädchen, von denen jede ein Glas Saft vor sich stehen hatte.

»Legt euch oben ins Bett. Du auch, Kristina.«

Ingrid ging mit ihnen die Treppe hinauf und deckte die Kinder zu.

»Du übernachtest wohl am besten auch hier«, flüsterte Ingrid, als sie sah, wie blass Lars-José immer noch war.

»Ist gut.«

In der Küche filterte Britta frischen Kaffee und holte eine Flasche Kognak aus dem Schrank. Und alles, was das Haus an Gebäck zu bieten hatte. Inge und Mira saßen auf dem Sofa eng beisammen, Inge legte Mira den Arm so wie früher um die Schultern. Und wieder einmal bekam sie zu spüren, dass es ein Fehler war.

Als sie aufbrachen, sagte Mira: »Daraus wird nichts. England wird ihn nie ausliefern.«

»Egal, wie es weitergehen wird, es ist jedenfalls von großer symbolischer Bedeutung«, sagte Britta.

Mira schnaubte vernehmlich, jeder konnte hören, was sie von Symbolen hielt. Dann gab sie Inge fast feierlich die Hand und bedankte sich für die großartige Bewirtung.

»Ich komme morgen wie üblich«, sagte sie zum Abschied.

Nesto fügte hinzu, es sei doch klar, dass sie die Gartenarbeit fertig machten.

»Zurück in die Wirklichkeit«, sagte er, und es klang wie ein Leitgedanke.

José ging nach oben, um seine schlafende Familie zu holen. Als sie alle die Treppe herunterkamen, sagte Kristina: »Diese Ingrid ist ein Engel.«

»Ja«, sagte José. »Vor solchen muss man sich in Acht nehmen.«

»Warum das?«

»Ja, weißt du, sie sind auf dieser schrecklichen Erde nicht wirklich zu Hause.«

Die Chilenen verabschiedeten sich kleinlaut und verlegen. Weder Inge noch ihre Töchter fanden Worte des Trostes.

Und das Schweigen lastete schwer auf dem Reihenhaus und auch auf den Autos, die durch die Dunkelheit heimwärts fuhren.

Marianne Fredriksson
Hannas Töchter
Roman
Aus dem Schwedischen von Senta Kapoun
Band 14486

Als Anna ihre fast 90jährige Mutter Johanna im Pflegeheim besucht, ist diese nicht mehr ansprechbar. Anna ist zugleich traurig und wütend. So viele Fragen möchte sie noch stellen, so vieles möchte sie noch wissen über das Leben ihrer Mutter Johanna und ihrer Großmutter Hanna. Wie ist es gewesen vor fast hundert Jahren auf dem Land, als Hanna mit ihrem unehelichen Sohn Ragnar den Müller Broman heiratete? Wieso konnte sie sich später nie an das Leben in der Großstadt Göteborg gewöhnen? Wie hat sich ihre Mutter gefühlt, als der Vater starb, und warum hat sie niemals rebelliert gegen ihr tristes Hausfrauendasein?

Jetzt ist es zu spät, all diese Fragen zu stellen. Anna – Tochter und Enkelin – begibt sich allein auf die Reise durch das Leben ihrer Mutter und Großmutter und findet mit Hilfe ihrer Aufzeichnungen Zugang zum Leben ihrer Vorfahren und vor allem zu sich selbst. Marianne Fredriksson hat ein spannendes Buch über die Liebe geschrieben, in dem sie die drei einprägsamen Lebenslinien von Anna, Hanna und Johanna durch hundert Jahre schwedische Geschichte nachzeichnet.

Fischer Taschenbuch Verlag

fi 14486 / 1

Marianne Fredriksson

Lillemors Rätsel

Roman

Aus dem Schwedischen von Senta Kapoun

Band 14044

Wer ist die Tote im Wald? Und warum sieht Lillemor in ihr die eigene Schwester? Ein spannender Roman über verdrängte Schuld und die Last der Erinnerung, in dem die Jagd nach dem Mörder nur einer von vielen dramatischen Höhepunkten ist.

Fischer Taschenbuch Verlag

fi 14044 / 1

Marianne Fredriksson
Maria Magdalena
Roman
Aus dem Schwedischen von Senta Kapoun
Band 14958

Mit ihrem neuen großen Roman »Maria Magdalena« hat Marianne Fredriksson ein ergreifendes und eindringliches Buch über die Liebe geschrieben und den faszinierend spannenden Blick für ein weibliches Christentum eröffnet.

»... das ergreifende Porträt einer
leidenschaftlichen und stolzen Frau.«
freundin

»Ein Liebesroman großen Stils ist denn auch
dieses Buch wieder geworden, ›Hannas Töchter‹
und ›Simon‹ ebenbürtig.«
Helma Bemmann, BerlinerMorgenpost

Fischer Taschenbuch Verlag

fi 14958 / 1

Marianne Fredriksson

Noreas Geschichte

Roman

Aus dem Schwedischen von Walburg Wohlleben

Deutsche Erstausgabe

Band 14043

Norea ist die Tochter von Adam und Eva, eine Gestalt aus den alten Menschheitsmythen – und ein Kind mit ganz besonderen Gaben. Denn Norea sieht das »Verborgene«. Sie kann in die Zukunft schauen, in die Herzen der Menschen blicken und über Grenzen hinaussehen, die wir höchstens im Traum überschreiten.

Eva spürt von Anfang an, dass dieses spätgeborene Mädchen von all ihren Kindern das Glücklichste ist. Von klein auf fühlt Norea sich eins mit der Natur, mit den Tieren und Pflanzen. Doch dieses sichere Gefühl für die Einheit der Schöpfung schützt sie nicht vor harten Schicksalsschlägen.

Fischer Taschenbuch Verlag

fi 14043 / 2

Marianne Fredriksson

Sintflut

Roman

Aus dem Schwedischen von Ulrike Landzettel

Band 14046

Um 2750 v. Chr. wurde das Land Mesopotamien von einer Flutkatastrophe heimgesucht. Nur ein Mann, seine Familie und sein Vieh entkamen dem Inferno.
In Marianne Fredrikssons dramatischem Roman ›Sintflut‹ wird die Geschichte von dem Vernunftmenschen Noah, der für alles einen Beweis braucht, und seiner Frau Naema, die von einem Volk abstammt, das einmal die Sprache der Natur sprach, zum Gleichnis auf unsere Welt. Da gibt es das kalte, trostlose Nordreich mit seiner Militärdiktatur und das wohlhabende Südreich, dessen Menschen von Konsum- und Prunksucht beherrscht sind. An der Grenze zum Nordreich liegt Noahs Werft. Das Wasser des Flusses steigt langsam und unaufhörlich. Vor den Flussmündungen türmen sich riesige Schlammberge, in einer ersten Flutwelle ertrinken Menschen und Vieh, die Überlebenden streiten um die Ursache des unheimlichen Geschehens. Noah aber hat einen Auftrag bekommen von seinem Gott, der die Welt ertränken will. Allmählich nimmt ein riesiges Schiff aus Holz Gestalt an, und Noah steht vor der verzweifelten Frage: Wer darf gerettet werden?

Fischer Taschenbuch Verlag

fi 14046 / 1

Mr. Big-Hat's Button

"DAME Pippy, I want you to turn out my big cupboard," said Mr. Big-Hat, the wizard.

"Yes, Mr. Big-Hat," said Dame Pippy. She came in to work for the wizard every day. She was a little bit afraid of him because he knew such powerful magic. When he was making spells she always locked herself away in the kitchen.

"You never know when he's going to use thunder and lightning in his spells, or a dozen black cats," she said to her friends. "And my! What a temper he's got! I never dare to peep into any of his books, or even so much as open his desk!"

"I should think not, Dame Pippy!" said Mother Woolly, her friend. "That wouldn't be very honest. It never does to peep and pry, or to take even the smallest thing that belongs to anyone else!"

"As if I would!" said Dame Pippy crossly. "My word, I'm scared even to dust, with all the magic about that place!"

When she turned out Mr. Big-Hat's cupboard Dame Pippy found a lot of interesting things. There were big, old books of forgotten spells. There were bottles of queer-smelling liquids that changed colour as she looked at them. There were boxes of strange powders that made her sneeze if she opened them.

"My word! There must be a lot of old magic about this cupboard!" thought Dame Pippy. "And isn't it dusty! Now, what's in this tin that rattles so?"

She cautiously opened the tin. Inside was a collection of buttons. You should have seen them!

There were all sizes and shapes and colours—red and blue and green and yellow, round and square and oblong, big and small.

"The pretty things!" said Dame Pippy, and she ran her fingers through them. "I'd like to have these buttons in my work-basket! That's where they ought to be, not in this dusty old cupboard, where no one will ever see them or use them."

But she didn't dare to take the tin of buttons and

Enid Blyton's

HAPPY TIME STORIES

0361057164

Published 1982 by Purnell Books
Wolsey House
Wolsey Road
Hemel Hempstead
HP2 4SS
Made and printed in Germany
Reprinted 1985, 1986, 1990

CONTENTS

put it into her work-basket. Dear me! Mr. Big-Hat might fly into one of his dreadful tempers if she did such a thing as that!

She was just shutting down the lid when she saw a very bright red button, perfectly round, with five little holes in the middle of it. She looked at it.

"Now I do believe that would match the missing button on my old man's red dressing-gown," she thought. "Yes, I do believe it would!"

She took it out and put it back again. Then she took it out again. "Mr. Big-Hat would never miss a little red button like that," she thought to herself. "Why, I don't suppose he even knows there's a whole *box* of buttons here. It would be silly of me not to take this little button, now I've seen it. I'm sure it would match perfectly, and it's just the right size."

Without thinking any more about it, Dame Pippy took the round red button from the box and slipped it into her apron pocket. Then she shut the box, put it back on its shelf and went on cleaning out the cupboard.

When she got home that night she took out her husband's dressing-gown and put the little red button against the other buttons. But, alas, it didn't match at all! It wasn't a bit the same colour. Bother!

She put it on the table and left it there. Soon Mother Woolly came in for a chat and she saw the button there. "My! Do you want that?" she said. "I believe it would just match the buttons on the jersey of the little boy next door. He's lost one."

"Well, take it," said Dame Pippy, though she knew

quite well she had no right to say that at all! It wasn't hers to give—and it hadn't been hers to take, either!

Mother Woolly stayed for a while and then went home, taking the button with her. Dame Pippy forgot all about it till the next day. Then she got a horrid shock.

"When you turned out that cupboard of mine, did you happen to see a tin of buttons?" asked Mr. Big-Hat.

Dame Pippy went red. "Y-y-yes, sir," she said.

"Good!" said Mr. Big-Hat. "I hoped they would be there. Get the tin for me, will you, Dame Pippy. I want a special button out of it."

Dame Pippy went to get the tin. Oh, my goodness! How she hoped it wouldn't be that silly little red button that Mr. Big-Hat wanted!

He took the tin from her and emptied all the buttons on to his table. "It's a scarlet button," he said. "Quite round. With five little holes in the middle. A very, very special button, for use in a very powerful spell. It's a button off the dress of one of the cleverest witches that ever lived. Must be chock-full of magic. Now, where is it?"

Dame Pippy couldn't say a word. Her knees shook. That button! She knew it wasn't there. She had given it to Mother Woolly. Oh why, why had she been so foolish as to take it?

"Queer!" said Mr. Big-Hat in a cross voice. "It doesn't seem to be here. Dame Pippy, it must have rolled out into the cupboard. You will please go and look—and go *on* looking in that cupboard till you find

it. It is *most important*."

"Y-y-y-y-yes, sir," stammered poor Dame Pippy. She went off to the room where the cupboard stood. What was the use of looking? She knew the button wasn't there. But she dared not tell the wizard. No, no, she'd rather run away and never come back!

She heard him putting his big iron pot on his fire to boil. Ah, that meant he was beginning to make a spell. He would be busy for quite a while. She would have time to rush out to Mother Woolly's and get back that button!

Dame Pippy slipped out of the back door, still trembling. She saw that the smoke from Mr. Big-Hat's chimney had suddenly turned yellow. That meant he was making a very powerful spell indeed—a spell that might want that button! She must be quick!

She banged on Mother Woolly's door. "Did you give that red button to the little boy next door?" she cried. "I want it back!"

"Yes, I gave it to his mother," said Mother Woolly. "Why?"

But Dame Pippy did not wait to answer. She ran next door and banged on the door there. "Funny!" thought Mother Woolly. "She's come out without her coat or hat and in her old working slippers. And it's raining!"

"Could I have that red button Mother Woolly gave you?" begged Dame Pippy when the woman of the house came to the door. "Did you put it on your boy's jersey?"

"No. It didn't match," said the woman. "I gave it to John to play with. Johnny, what did you do with that button?"

"I gave it to my cousin Ella," said John. "She said she had lost one of her red tiddley-winks, so I thought the button would do instead. She lives up the hill, Dame Pippy."

"Oh dear!" said Dame Pippy, and tore up the hill in the rain, her hair getting wetter and wetter. She came to the house of Johnny's cousin Ella and banged on the door.

"*Have* you got that red button that John gave Ella?" she asked. "I need it back. It's most important."

"Oh, Ella was playing tiddley-winks with it, when Too-Tall came in," said Ella's mother. "And he said he would like to have the button to sew on a red belt he has—it was just the right size. I gave it to him."

"Oh, *my*!" said poor Dame Pippy. "Mr. Too-Tall lives miles away—and it's pouring with rain. Why didn't I bring an umbrella!"

Off she went again, her shoes quite soaked through, her breath coming in pants and puffs. Mr. Too-Tall lived in the woods. Dame Pippy got there at last and asked Mr. Too-Tall please, please to give her back the red button.

"Well, I sewed it on a red belt I had and gave it to my sister Katie," said Too-Tall. "I've no doubt she will give it to you if you ask her. How wet you are! Wait a minute and I'll lend you an umbrella."

But Dame Pippy couldn't wait. She rushed off again to Mr. Too-Tall's sister Katie.

But she had gone to a working-meeting, so Dame Pippy had to toil all the way across the fields to Mrs. Busy's house, where the working-meeting was being held.

"Bless us all! How wet you are!" said Dame Busy. "And look at your shoes! Come in and tell me what you want."

Dame Pippy panted out what she had come for. She looked for the belt on Katie's waist. But it wasn't there.

"I'm so sorry—but the red button came off the belt whilst I was walking here," said Katie. "Too-Tall didn't sew it on properly. So off came the button and down dropped my belt. I picked up the belt—but I couldn't find the button. It dropped somewhere by the stile."

Almost crying now with the wet and the cold, poor Dame Pippy stumbled off to the stile to look for the dropped button. And after she had gone down on her hands and knees and crawled about in nettles and grass and other weeds for half an hour, she actually found the scarlet button.

Tears of relief ran down her cheeks. She had got it at last. She ran all the way back to Mr. Big-Hat's, hoping that he hadn't yet finished his spell.

But he had. The chimney smoke was no longer yellow. Mr. Big-Hat was standing with his finger on the bell in his work-room, ringing and ringing for Dame Pippy. Why didn't she come? It was long past his dinner-time. He was hungry.

Where was Dame Pippy?

"R-r-r-r-r-r-ring!" went the bell, as Dame Pippy staggered in through the back door. She ran straight to Mr. Big-Hat's work-room, panting, her hair dripping wet and her clothes soaking.

"Oh, sir! I've been looking for that button!" she said. "And I've got it!"

She held out her hand with the scarlet button lying in the palm. But Mr. Big-Hat didn't take it.

"I made a mistake," he said. "It wasn't that red button I needed after all. It was a blue one. I don't want that red one. There's no magic in it."

Well! After all she'd done, to think it was the wrong button! Dame Pippy threw her wet apron over her head and sobbed loudly. Mr. Big-Hat was astonished. He saw how wet Dame Pippy was.

What *had* she been doing?

"I've been all over the place for that red button," sobbed Dame Pippy. "And now you don't want it."

"But why did you go all over the place?" asked Mr. Big-Hat, even more astonished. "It was in the cupboard, surely?"

"It wasn't. I wanted a red button to match one missing from my old man's dressing-gown," sobbed Dame Pippy. "And I took *your* red button. It *would* be the one you asked for! And then you didn't want it after all. A-tish-oo! A-tish-oo!"

"You have caught a dreadful cold," said Mr. Big-Hat. "Oh, Dame Pippy, it would have been so much better to have confessed that you had taken the button when I asked you for it this morning!"

"It would have been better not to have taken it at all!" said Dame Pippy, tears pouring down her cheeks. "Now you'll tell me to go. Now I shan't be able to work for you any more. Nobody will let me work for them. I shall lose all my friends. How dreadful for such big things to happen to me because of one tiny red button!"

"Yes, Dame Pippy—it's surprising how often big sorrows come out of small sins," said Mr. Big-Hat sadly. "But, cheer up—this time the big things are not going to happen. You have punished yourself enough, without my punishing you, too. Go and get some dry things on—and some dinner for us—and I'll make a fine big spell to stop you having a very bad cold!"

Well, dear me, Dame Pippy suddenly felt much better after that. She rushed out to get some dinner for poor, hungry Mr. Big-Hat. She'd been silly and wrong and not very honest—but she'd be better now. She'd never so much as take a pin. Then Mr. Big-Hat made her a spell to cure a bad cold—and he put into it the red button, which turned out to have some quite good magic in it. So, as Mr. Big-Hat said, it was a good thing Dame Pippy found it after all!

Mr. Stamp-About's Walking Stick

"WHERE'S my walking-stick gone?" shouted Mr. Stamp-About, coming into the kitchen in a great rage. "It's gone *again*. It's not in the hall-stand where it should be. What have you done with it? What have you done with it?"

Mrs. Stamp-About blinked at her angry husband. "Don't shout so, dear," she said. "Didn't you lend your stick to Mr. Flap the day before yesterday?"

"Well, if I did, why hasn't he brought it back?" yelled Mr. Stamp-About. "Why isn't it in the hall-stand?"

"Oh, go and ask him, dear," said his wife. So off went Mr. Stamp-About, stalking down the street to Mr. Flap's house. He banged at the door.

"Oh, it's you, Stamp-About," said Mr. Flap. "Don't break my knocker, *please*! What do you want?"

"My stick that I lent you," said Stamp-About.

"Oh, your stick. Well, I gave it to old Dame Shuffle yesterday," said Mr. Flap. "She was limping badly. She said she would leave it at your house."

you to bring back to me? It's not in my hall-stand."

"Oh, your stick? Well, I found I couldn't walk all the way to your house with it after all," said Dame Shuffle, "so I gave it to Father Frown, and he said he'd drop it in for you when he passed by your house."

"Well, he didn't. And it isn't in my hall-stand," said Mr. Stamp-About. "I'd like to know why!"

"Go and ask Father Frown," said Dame Shuffle, "and don't shout so. It goes right through my head."

She went indoors. Mr. Stamp-About went off, fuming, to find Father Frown. He lived at the other end of the village. He was leaning on his front gate, smoking a pipe.

"Hey, Father Frown!" yelled Mr. Stamp-About, almost deafening him. "Where's my stick? It's not in my hall-stand, and that's where it should be. Dame Shuffle gave it to you to drop in at my house when you passed by."

"So she did," said Father Frown. "But I found I wasn't going your way after all, so I asked the butcher if he would mind giving it to you when he brought the meat today."

"Well, he didn't bring it and I'd like to know why," said Mr. Stamp-About, beginning to rage again.

"You'll burst one day if you go on like this," said Father Frown, frowning hard. "If you want to know why he didn't bring your stick, go and ask him. He lives in the village. It's on your way home."

Stamp-About stalked down the village to Mr. Joint, the butcher. Mr. Joint was cutting up some meat. He didn't like Mr. Stamp-About at all.

"Where's that stick of mine?" said Mr. Stamp-About.

"How should *I* know?" said the butcher. "In your hall-stand, I expect."

"Then you expect wrong," shouted Stamp-About. "It's not. Father Frown gave it to you to deliver with the meat, and you didn't. Why not?"

"Because I didn't deliver any meat to you today," said Mr. Joint. "You had fish from the fish-shop as you very well know. As for your stick, I gave it to your friend, Mr. Hallo, when he came for sausages this morning. He said he would take it to you at once."

Mr. Stamp-About went out of the shop. He was thinking hard. Yes, Hallo had come to see him. Had

he given him back his stick? He couldn't remember it. Surely it would be in the hall-stand if he had? No, no, Hallo hadn't given him his stick. He had kept it himself.

He went off to Mr. Hallo's house. Hallo lived next door but one to Stamp-About. He was in his garden, weeding.

"Hallo, Hallo!" said Mr. Stamp-About, in rather a cross voice. "Why didn't you give me my stick this morning when you came to see me?"

"I did," said Hallo, at once. "But you were so excited because you'd noticed a whole lot of ripe plums on your plum tree that you hardly thanked me."

"Well, my stick isn't in my hall-stand," said Mr. Stamp-About. "Where is it?"

"How should I know?" said Hallo, crossly. "You are always in such an excitement about something or other that I wonder you ever remember where anything is! Go and look for it yourself."

Mr. Stamp-About went home, thinking hard. Hallo *had* come to see him. Yes, he certainly *had* been pleased about the ripe plums on that tree—but they had been high up and he couldn't reach them. But he had taken in a nice dishful for dinner. How had he got them? Of course—he had knocked them down WITH HIS STICK!

And when Mr. Stamp-About went into his garden, there was his stick, hanging meekly on a branch of the plum tree, exactly where he had left it. Oh dear, oh dear. Mr. Stamp-About took it down, tiptoed into the house and put it into the hall-stand. His wife called to him.

"Did you find your stick, dear? Where is it?"

"In the hall-stand," said Mr. Stamp-About in such a meek voice that Mrs. Stamp-About was really astonished. She went out into the hall to ask him more questions about his stick. But he had vanished. Yes—he had slipped out to the bottom of the garden, where he was very, very busy.

But I have a feeling it won't be in that hall-stand tomorrow, because he'll lend it to somebody else and then the trouble will start again!

Caterpillars' Party

THE big moth sailed down to where the five caterpillars were busy eating their dinner. They were fat caterpillars, each with a fur coat on, and they ate very fast indeed.

"Hallo!" said the big moth. "We moths are giving a party for you caterpillars tomorrow night. Would you like to come?"

"A party!" said the biggest caterpillar. "Yes, of course we'd like to come, but why are you giving a party for *us*?"

"Well," said the moth, waving his beautiful feelers about. "I don't expect you know it, but one day *you* will be moths like us! And we thought we would give a party for you, and tell you how to behave when the time comes for you to be moths."

The furry caterpillars were astonished. "How can we change into moths?" they said. "We have no wings. We are covered with fur. We are quite different from you!"

"I dare say!" said the moth. "But all the same, my words will come true. You see if they don't! Well, what about this party?"

"We'd love to come!" said the caterpillars at once.

"Well, come to the big bush over there tomorrow night when the moon is full," said the moth. "Look out for the hedgehog, though, if he's about. He likes a meal of grubs as fat as you!"

Off flew the moth, his powdery wings taking him high in the air. He was a beautiful thing. The cater-

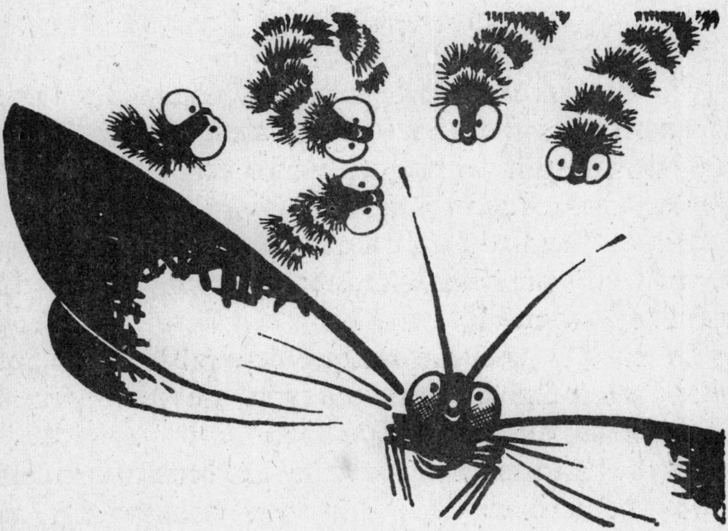

pillars watched him go. Could it be true that one day they would be as lovely as that, and fly through the air?

A small pixie came wandering by. The caterpillars called to him eagerly. "Tippy! We're going to a party!"

"Really?" said Tippy. "Well, mind you go nice and clean, with your coats gleaming. Everyone has to look his best at a party."

He skipped off. The caterpillars looked at one another. "Do we look nice enough to go to a party? Ought we to dress ourselves up or something? The moths do look so beautiful."

Now that night there came a great rainstorm. The enormous rain-drops battered the plants on which the caterpillars fed, and broke them. The frightened creatures found themselves on the ground in the mud. They squirmed here and there, but they couldn't get away from the rain.

"What a mess we are in!" said one, sadly. "All covered with mud—and our fur dirty and wet. We can't possibly go to the party."

They looked at one another. They certainly were in a dreadful mess. No party for them! Why, the moths would turn them away in disgust.

And just then who should come by again but Tippy the pixie. They called to him dolefully. "Tippy! See what the rain has done to us! We can't go to the party."

Tippy looked at the wet, muddy, untidy caterpillars. He scratched his head and thought hard. Then he spoke. "Caterpillars, I could clean you and tidy you up, if you like—but you would have to give me a reward."

"Just say what you would like and if we can give it to you, you shall have it," said the caterpillars eagerly. "But don't ask for gold, because we don't even know what it is, unless it is the sunshine that shines each day, and you have plenty of that yourself."

"I'll tell you what I want," said Tippy. "I want your fur coats! I could clean them, and make them into fur rugs to sell to the pixies to put on their beds in the winter-time."

There was a most astonished silence. Then the biggest caterpillar spoke in a shocked voice. "What! Give you the fur coats we wear? Why, they *grow* on us! We couldn't possibly do that."

Tippy grinned. "Well, listen—suppose a time comes when you really don't want your hairy coats—when you want to throw them away—will you give them to me then? I promise not to ask you for them unless you say you don't want them."

"All right," said the biggest caterpillar, cheering up. "That's a bargain. You get us all nice and tidy for the party—and we'll let you have our fur coats if we don't want them."

"Well, she didn't. It isn't in the hall-stand," said Mr. Stamp-About, his face getting red again. "It never *is* in the hall-stand. Why isn't it there?"

"Go and ask Dame Shuffle," said Mr. Flap, getting tired of Stamp-About, and he shut his door. Mr. Stamp-About stamped off down the road, round the corner, and up the hill to Dame Shuffle's cottage. She was in her garden. Mr. Stamp-About shouted to her.

"Where's my stick that Mr. Flap lent you and told

So Tippy set to work on the hairy caterpillars. He fetched his little sponge. He dipped it into a little pool of dew and wetted it. Then he sponged each muddy caterpillar very carefully to get off the mud. Soon their fur coats were quite clean again.

"Now you are very wet," said Tippy. "Sit out here in the sun—it's just rising, look—and see if you can get really warm and dry."

So out they all sat. Tippy watched them. Then he fetched his little brush, and began to brush the caterpillars' soft, dry hairs.

"Beautiful!" said Tippy, brushing away hard. "It's a pity there's no time to curl your hairs a bit. You'd look fine. There now—that's the last one of you done. Your fur coats have never looked nicer. Stay in the sun today, and towards evening I'll give you one more brushing."

When the caterpillars went to the moths' party they looked very neat and tidy indeed. Tippy had even parted their hairs down the middle, and squirted a little of his best scent on them. The moths thought they looked very fine indeed.

The party was lovely. There was plenty to eat, and the dew-drinks were all flavoured with honey that the moths had drawn from flowers with their long tongues. They told the caterpillars many interesting things, half of which the long-bodied creatures did not believe.

"They said we would go to sleep for a long time and wake up as moths," said the fattest caterpillar, on his way home. "What nonsense!"

"And they said that although we should go to sleep as caterpillars, with heaps of legs, a long body, and no wings, we should wake up with only six legs, some fine feelers, a short body, and two pairs of wings!" said another caterpillar. "Impossible! Such things don't happen."

They told all these things to Tippy when next they saw him. He laughed.

"Well, you never know," he said. "There is plenty of most peculiar magic in the world, you know. But before you go to sleep, and change into moths, I want those fur coats of yours! It's about time I had them, too. You eat so much, caterpillars, that I am sure you will burst your skins soon!"

The caterpillars certainly were eating a lot—and some of them were so fat they looked as if they might burst at any moment. Then the biggest one suddenly stopped eating.

"I feel queer," he said. "Very very queer. My skin is too tight for me. It's splitting! It is, really!"

Pop! It split down his back. "I must get out of my skin!" cried the caterpillar. "It's too tight. It's too tight! Help me, Tippy!"

Tippy helped him. The caterpillar wriggled and Tippy tugged. Soon the tight skin was peeling away from the caterpillar's body. It was off! There it lay beside him, a little ball of fur, a tiny fur-coat that he no longer wanted.

"You've got a beautiful new hairy skin underneath!" said all the other caterpillars, staring. "What a wonderful thing!"

"Of course he has!" said Tippy. "I've seen caterpillars doing this for years! Hurry up and split your coats, you others. I want the skins to make into fur rugs. Don't forget your bargain with me."

Well, of course, the other caterpillars soon got so fat that their skins split too, and you should have seen Tippy pulling and tugging at them, and the caterpillars wriggling. Soon the pixie had a fine hoard of furry skins in his cottage. The caterpillars were only too pleased to let him have them. They all had beautiful new furry coats, under their old skins!

And dear me, those coats split too as soon as the caterpillars grew too fat for them! Tippy was always there when that happened, you may be sure, and he rolled up the cast-off fur-coats, put them on his shoulder, and marched off with them.

One day the caterpillars could eat no more. They began to weave themselves silken beds, and they went to sleep inside these. They were too sleepy even to say goodbye to Tippy.

But he said goodbye to them. "I'll see you when you wake up!" he said. "And you'll see what a fine little shop I have then, with fur rugs of all kinds hanging up for sale!"

He was soon very busy. He cut each furry coat and trimmed it so that it made an oblong rug. He washed each one carefully and set it to dry in the sun. Then he brushed the fur well.

After that he hired a tiny shop and hung up the

rugs for sale. The very small ones were for the pixie cots or prams. The bigger ones were for beds. And how the little folk hurried to buy them!

"Such beautiful rugs! As warm as can be! Wherever did Tippy get them? Tippy dear, what fur is this? What animal gave you his skin for these lovely rugs?"

But Tippy wouldn't tell his secret. No, he wasn't going to have anyone sharing such a fine secret!

One day the caterpillars in the silken cocoons woke up. They crawled out of their cosy beds and looked round. They stared at one another in surprise.

"We're different! We've got wings! We're moths!"

So they were. They spread their soft, powdery wings and flew off into the night-air, rejoicing. It had been nice to be greedy caterpillars—but oh, how much nicer to be moths, with wings like the little folks, and with a long tongue that could pierce to the heart of a flower and drink the sweet nectar hidden there!

They went to see Tippy. He showed them his fine collection of fur rugs. "See?" he said. "You didn't want them but I did! They will keep many a pixie and elf warm in the winter nights. How different you look, moths! Magic has been at work on you—powerful magic!"

It's strange, isn't it, that caterpillars throw away their coats when they grow too big for them? Have you ever found one, rolled up and cast away? Perhaps Tippy has been before you and taken each one. Clever little thing, isn't he?

The Toys go on Strike

"WILL you stand up!" cried Betty to Amanda, her doll. "You're a very bad, disobedient girl! You just *won't* stand up!"

It wasn't surprising that Amanda wouldn't stand up, because she couldn't. She was a sit-down doll, and she sat down beautifully. But she couldn't bend her legs straight to stand up.

Betty slapped her hard, then threw her into a corner. Amanda fell on her face, and a little bit was chipped out of her pretty nose.

"My train is just as annoying as your doll," said Tom. "These carriages have got so locked together that I can't see how to undo them. Bother them!"

He tugged and pulled so roughly that he broke the little hooks that joined the carriages together. Then, when he tried to set his train properly on the rails, the carriages couldn't be joined at all, because the hooks and loops were broken.

Tom kicked his train and it fell over on its side. Then he stamped on one of the rails. He was in a very bad temper. He looked about for something else to do. He saw his box of bricks and kicked that round the room, too, so that the bricks flew here, there and everywhere!

"Let's go out!" said Tom. "I hate these silly toys! They really seem to *try* and be stupid!"

"Well, let's hope they will behave themselves this afternoon, when John and Pamela come to tea," said Betty. "I've a good mind to put Amanda at the back of the cupboard and not let her come to tea at all. Pretending that she can't stand up!"

The children went out of the room, and soon the toys heard them playing in the garden. Amanda the doll began to cry, because she knew her nose had been chipped.

The golliwog spoke up. "Toys! I know we are not supposed to come alive until it's dark—but really,

we simply *must* do something about these horrid children! Amanda, stop crying. I'll mend your nose for you."

The golliwog fetched a little tube of glue and found the broken chip of china on the floor. He fixed it on Amanda's nose with a spot of glue.

"There!" he said. "You look all right again. Stop crying, or your tears will unstick the glue. Smile! That's better."

The old teddy-bear spoke loudly and gloomily. "What a pity we belong to children like these! Look at my neck. Betty cut some of my fur off the other day."

"Well, what about *me*!" said the pink cat. "Tom pulled my tail off. There it is, on the floor of the cupboard. I feel cold at the back without my tail and

I'm sure I look dreadful!"

"Look at us—all over the floor again, sure to be kicked about and trodden on," said a brick, crossly. "I've got a bit broken off me already. It's a shame. We bricks used to build lovely houses and castles. But nowadays we are only flung about the room and trodden on!"

"Half my hair has gone," said the curly-haired doll, Janet. "It used to be so pretty."

She opened and shut her eyes. She was a very clever doll, for she could not only open and shut her eyes, she could walk, and she could say "Ma-ma" to Betty when a string was pulled at her neck.

"Let's go on strike!" said the golliwog suddenly. The toys stared at him.

"What does that mean?" asked the bear. "It sounds as if you wanted us to be matches and strike. I don't want to burst into flames, thank you."

The golliwog laughed. "No, it doesn't mean that. When workmen go on strike it means that they stop work and won't do any more till their troubles are put right. It isn't a very noble thing to do—but we might try it with Betty and Tom, just to see if it makes any difference in their behaviour."

"Well—but how can we go on strike?" asked Amanda, puzzled. "We don't do any work."

"We won't play with the children any more!" said the golliwog. "See? If they build up the bricks, then the bricks must fall down. If they send the engine round the rails, then it must fall off and refuse to run. If they try to make you shut and open your eyes,

Janet, you must shut them and refuse to open them. Clockwork clown, if they wind you up, you mustn't go head-over-heels at all."

"It sounds rather a good idea," said the little clockwork mouse. "If they wind me up, I shall run into a hole and not come out!"

"Splendid!" said the golliwog. "Now, hush! Here come the children back again!"

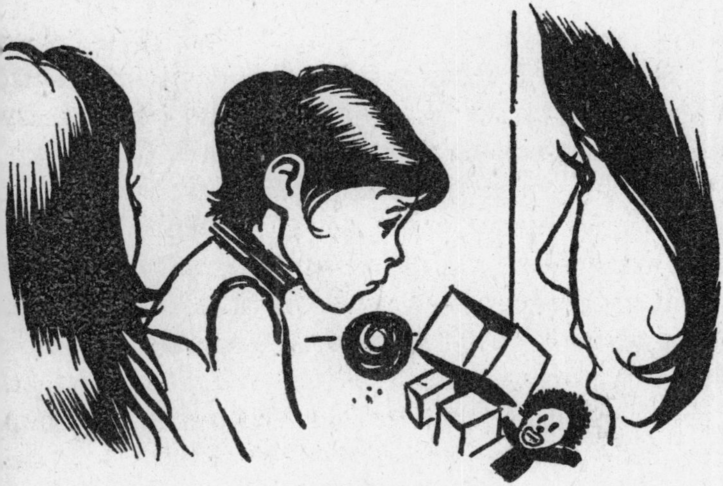

Mother came in with the children. She made them tidy up the nursery at once. "Bricks and toys all over the place!" she said. "How badly you treat your lovely toys! I'm ashamed of you!"

Betty and Tom sulked. They put their toys away and then went to wash for dinner. "We'll show Pamela how Janet opens and shuts her eyes, and walks and talks," said Betty to Tom. "She hasn't a doll as clever as that!"

"And I'll show John how fast my train goes on its railway lines," said Tom. "He's only got an ordinary train, a wooden one that doesn't wind up."

"And we'll build a very high castle with our bricks," said Betty. "And we'll wind up the clown and make him go head-over-heels a hundred times."

The toys listened. Aha! Betty and Tom could make all the plans they liked. If the toys didn't want to play, they wouldn't.

Pamela and John came at three o'clock. They were two very nice children, with good manners. They were thrilled to see all the toys in the nursery, for they hadn't nearly such nice ones in their own home.

"I'll show you how fast my train goes," said Tom, and he wound up the engine. He fastened as many trucks on as he could, except the ones he had broken that morning. He set a tunnel over the lines. He put the signal near, ready to work the signal arm up and down. "Now you watch!" he said. "My train will go roaring round the track, under the tunnel and past the signal. You just watch. It's marvellous!"

But it wasn't a bit marvellous. First the lines broke here and there and Tom had to put them together again. Then the signal fell over on to the line. Then the tunnel got too near the rails and there wasn't enough room for the train to pass, so it upset the tunnel and stopped.

When everything was put right, the engine ran right off the lines and fell over, its wheels turning fast in the air.

"It doesn't seem a very good railway set you've

got," said John. "Everything keeps going wrong. I think I prefer my own wooden train at home. You should see the loads it can carry!"

"Pooh!" said Tom rudely and wound up his engine again. But it ran straight off the rails into his ankle and spilt all its trucks round him! It just would *not* go! It was on strike!

Then Betty showed Janet, the clever doll, to Pamela. "She opens and shuts her eyes, and walks and talks," she said. "Now look."

Janet shut her eyes—but she wouldn't open them! Betty shook her hard, but it wasn't a bit of good! Janet was on strike and wouldn't open her pretty blue eyes. She wouldn't walk either. And instead of saying "Ma-ma" when the string at her neck was pulled she said "Ha-ha!" just as if she was laughing at Betty.

"Stupid doll!" said Betty and threw her down. "I hate her!"

"Don't be so rough with her," said Pamela, picking up Janet and rocking her gently. "She's a darling."

Janet opened her eyes at once and looked up at Pam. Pamela was delighted. "There! She's opened her eyes for *me*!"

Betty snatched the doll from her. Janet at once shut her eyes and refused to open them.

"She's on strike!" said Pamela with a laugh. "She doesn't like you, so she won't do anything for you!"

"Don't be silly," said Betty, but secretly she felt

very puzzled. Why wouldn't Janet open her eyes for her and yet open them at once for Pam?

The children began to build with their bricks. Betty and Tom had half and Pam and John had half as well. But no matter how carefully Betty tried to balance her bricks on one another, they fell off with a thud. Neither she nor Tom could build even a wall!

But the bricks behaved very well for Pam and John, and the two built a very fine castle indeed, with tall towers at each end!

"The bricks will build for us, but not for you," said John with a laugh. "You said you hated your doll just now, Betty—well, it almost looks as if your toys hate you!" Nothing went right that afternoon for Betty and Tom. The clockwork mouse was wound up to run across the floor, but instead of that he ran into a real mouse-hole and wouldn't come out! And

the clockwork clown wouldn't turn head-over-heels, even when he was fully wound up. He just wouldn't. He stood there on his head, but that was all. He wouldn't go over and over.

But as soon as Pam picked him up and set him down on the floor he performed beautifully. "He likes me," said Pam. "But he doesn't like you, Tom. Wind him up again and see if he will somersault for you."

But no, he wouldn't. Tom went red and felt angry. John wouldn't let him slap the clown or throw him down. "No, don't be rough and unkind," he said. "Nearly all your lovely toys are chipped or spoilt or broken in some way. No wonder they won't do anything for you!"

Even their ball bounced away out of the window when Tom took it up! Nothing would play with them at all. It really was very queer.

"We'll have to go now," said Pam, when the visit was over. "Thank you for having us. And do be nice to your toys in future. I'm sure they're all on strike. I should be very much ashamed if *my* toys wouldn't play with me!"

Tom stared at Betty when they were alone in the nursery again. "Queer, isn't it, Betty?" he said. "It really does seem as if our toys are on strike."

"We shouldn't have been so horrid and impatient with them!" said Betty, almost in tears. "Let's be nicer. It was awful when our toys wouldn't do anything for us—but all kinds of things for Pam and John!"

"All right. We'll be nicer and see if the toys stop striking!" said Tom. "But I'm sure they won't!"

The clockwork mouse suddenly ran out of the hole and raced across the floor to Tom. The clown began turning head-over-heels at once. Janet opened her eyes, looked at Betty and said "Ma-ma" quite clearly!

"Look at that!" said Tom. "I believe the toys must have heard what we said. And look—my engine is making a whirring noise. I believe it wants to show me that it *can* go round the rails without rushing off them!"

He put it on the rails and it rushed round and round most beautifully without once falling off. "There you are!" said Tom. "It's quite all right now. The toys aren't on strike any more. And I hope they never will be again."

Well, they won't if Betty and Tom keep their word. Have *your* toys ever been on strike? I hope not!

The Boy Whose Toys Came Alive!

THERE was once a boy called Sammy, who longed for his toys to come alive.

"I'm sure you come alive at night and have a lovely time!" Sammy said to them. "Well, why can't you come alive and really play with me in the daytime? Oh, I do wish you would!"

But they didn't—until something peculiar happened. It was like this. Sammy was walking along the lane to his home when a tiny rabbit flung itself out of the hedge and crouched down at Sammy's feet. After the rabbit came a fierce little weasel.

Sammy was frightened—but he picked up the little rabbit and held it safely in his arms. "You go away!" he said to the weasel. Just as he spoke a small brownie came running from the hedge, smacked the weasel sharply on the back, and ran up to Sammy.

"Oh, you've saved my pet rabbit for me!" he cried. "Thank you a thousand times, Sammy! Snowball escaped this morning from her hutch, and I knew the weasel would be after her. Come here, you silly little Snowball!"

Snowball leapt from Sammy's arms into the

brownie's. The little man petted and scolded her. Then he spoke to Sammy.

"I do feel so grateful to you for saving my pet rabbit. Is there anything I can do for you in return?"

Well, you can just guess what Sammy thought of at once! His toys!

"Yes, there is something you can do for me," he said. "Make all my toys come alive! Can you do that?"

"Yes, I can," said the brownie. "But just tell me this first—are you a good boy or a naughty one?"

"Does that matter?" asked Sammy, going red. He was a naughty boy, not very kind to others, often disobedient, and so noisy that his mother was always having headaches.

"Well, it does matter a bit," said the brownie. "You see, your toys will behave like *you* when they come alive. It wouldn't do to have a nursery full of bad toys, you know. You'd get very tired of them. Also, you must promise not to tell anyone they are alive."

"Of course I promise!" said Sammy. Then he told a story. "I'm a good boy!" he said. "So do make my toys come alive!"

"Very well," said the brownie. He felt in his pocket and brought out a little tin. "Rub this yellow ointment on to your toys," he said. "It will make them all come alive."

Sammy was so excited that he forgot to say thank you. He tore off home with the tin and rushed up to the nursery. Which toy should he make come alive first?

"I'll make my golliwog come alive!" he said. So he rubbed a little of the ointment on to the golly's face. It acted like magic! The golliwog yawned, got up and ran round the nursery at once! Sammy could hardly believe his eyes. This was simply fine!

"Come here, Golly," he said. "I want to have a look at you. Come and speak to me."

"Don't want to," said the golliwog, "I want to play with the bricks."

"Come here at once when I tell you!" said Sammy angrily. Do you know, that golliwog turned and made a very rude face at Sammy!

Sammy was so angry that he ran after his golly and slapped him hard. And that naughty little golly turned round and pinched Sammy in the leg! Then he ran off and got behind the toy-cupboard so that Sammy couldn't reach him.

"All right, you just wait!" said Sammy. He went to where he had left his tin of ointment and picked it up. He rubbed some on to his soldiers, his teddy-bear, his sailor-doll, his train, his horse-and-cart, his red ball, and his bricks!

Well, you should just have seen the nursery after that! The soldiers at once began to march in splendid rows, and the soldier band began to beat the drum and blow the trumpets! It sounded beautiful.

The teddy-bear chased the sailor-doll, and the train shot round the nursery so fast that it bumped into the box of bricks. But the bricks were alive and sprang out of their box at once. They hopped about, and threw themselves here and there joyfully. One brick threw itself at the teddy-bear and hit him on the nose. The bear was angry and ran after all the bricks, which hopped about the floor like mad things, making a tremendous noise!

"Stop that noise!" said Sammy, who was afraid his mother would come in. But do you suppose those bricks stopped? Not a bit of it! They danced about all the more, and two of them threw themselves at Sammy and hit him on the head!

Then the train got excited and ran over Sammy's foot. Its key caught his ankle and hurt him. Sammy held his foot and hopped about in pain.

"He thinks he's one of the bricks hopping about!" cried the sailor-doll rudely. "Just look at him!"

Sammy bent down and slapped the sailor-doll—and the doll gave a howl of rage, ran to the work-basket on the window-seat, took out a needle and pricked Sammy in the leg with it.

"Ow! Ow-ow!" yelled Sammy, hopping round

again, first on one foot and then on the other. How his toys laughed!

Then the horse-and-cart began to gallop round the nursery—and you should have seen the horse kick up its little wooden legs! And how it neighed too! Sammy would have loved to listen if only it hadn't made *quite* such a noise!

"You do make a noise," he grumbled. "Oh, goodness me—now the ball's begun bouncing itself! I say, don't bounce so high, Ball! Do you hear me? Don't bounce so high!"

The ball squeaked for joy and went on bouncing just as high as it wanted to. It bounced so high that it struck a vase of flowers—and over went the flowers, and down went the vase on to the floor, crash!

Well, all this noise was really too much for Sammy's mother. She was resting downstairs, and she called up to Sammy, "Sammy! Come here! What was that you broke just now?"

Sammy went down to his mother, looking cross and worried. "I didn't break anything," he said. "The ball bounced up and knocked down the vase of flowers."

"Oh, Sammy, that was very naughty of you," said Mother.

"Mother! *I* didn't do it!" cried Sammy. "It was the ball, I tell you."

"Don't talk like that," said his mother. "And don't be silly. Balls don't bounce themselves."

But that was just what Sammy's ball *was* doing, wasn't it! Sammy went back upstairs, very cross and upset.

"Here he comes! Here he comes!" he heard his toys say as he came in at the door. They were all waiting for him.

The ball bounced up into his face and hit his nose. The bricks, which had built themselves up into a high tower, made themselves fall all over him. The golliwog pinched his left leg and the teddy-bear pinched

his right one. The sailor-doll pulled his laces undone. The train tried to run up his leg. The horse galloped his cart over Sammy's left foot and back again in a most annoying way, and all the soldiers ran at him and tried to poke through his socks with their guns and swords.

"What are you all doing, you bad toys!" cried Sammy.

The toys danced round in glee, shouting and squealing.

"You were never kind to us!" yelled the bear. "We're having fun now you've made us come alive!"

And then the golliwog did a silly thing. He saw the tin of yellow ointment where Sammy had left it on the chair—and he ran to get it.

"I'm going to make the chairs and tables come alive!" he yelled. "Watch me, Toys!"

And then, to Sammy's horror, that naughty golliwog ran to the nursery table and rubbed some yellow ointment on to its legs. Then he rubbed some on to the chairs, and then smeared some on the cushions, the fender, the coal-scuttle, the stool, and everything else he could think of!

"Stop, stop!" shouted Sammy. But it was too late —the whole of the nursery was alive!

Goodness, you never heard such a noise as that furniture made! The table at once began to dance round and round, first on one leg and then on the

other. The chairs played "Catch" with one another, and banged all round the room trying to grab each other with their legs.

The coal-scuttle tried to get out of their way and bumped into the stool, which was very angry and kicked the coal-scuttle so hard that it made a dent in it.

The fender began to laugh and stood itself up on end to see how tall it was. All the cushions rolled off the chairs and the sofa, and tried to flop on top of the toys.

Sammy stood by the wall, looking quite frightened. It was like a bad dream. The arm-chair raced by and bumped into him. Sammy fell down at once, and all the other chairs raced over him. The fender laughed so much that it fell down with a crash.

"This is awful," said Sammy, trying to get up out of the way of the stool, which seemed to think it would like to stand on Sammy's middle. The fender stood itself up again to see better. A large blue cushion flung itself on top of the surprised teddy-bear, and he sat down hard, with a growl. The fender laughed so much that it fell down again.

"*Silly* fender! Stupid fender!" said Sammy, feeling very angry with it. "Stop laughing!"

But the fender couldn't. Then the fire-irons began to laugh too—the poker, the shovel, and the tongs—and they made such a noise skipping about and squealing, that Sammy felt quite certain his mother would be angry enough with him to send him to bed for the rest of the day.

"Listen, Toys! Listen, everything," said Sammy, trying to make them stop. "I shall get into such trouble

if you behave like this! I never knew such a noisy, disobedient nursery! Wherever in the world do you get these bad manners from?"

"You!" screamed everything. "We've learnt it all from watching *you*! That's why we're noisy! That's why we're rude and disobedient! That's why we're unkind! You taught us!"

The clock on the mantelpiece suddenly struck twenty-one without stopping and walked up and down like a policeman. The fender began to laugh again, and down it fell with a crash.

This time it fell on the golliwog, who was so much hurt that he yelled the place down.

"Stop screaming like an express train!" cried Sammy angrily. "I know you'll bring my mother up here! Oh, how I wish I'd never made you come alive, you tiresome things!"

"Well, we *are* alive, so you'll have to put up with it!" said the teddy-bear rudely.

"If you talk to me like that I'll smack you!" shouted Sammy. He ran to smack the bear, and the fender stood itself up again to see the fun. But before Sammy could smack the teddy, the golliwog neatly tripped him up and down he went with a bang. The fender almost choked with laughing and fell down with a worse crash than usual.

Sammy kicked the fender. He kicked the stool. He kicked the engine and the red ball. He kicked everything he could reach, for he was in a great temper.

And then the toys and everything else decided that

they would do a little kicking too. After all, if you are a table with four legs, you can do a lot of kicking! So they all rushed after Sammy, and the table got four fine kicks in all at once. Sammy gave a yell and rushed out of the room.

"After him, after him!" shouted the table, and tried to get through the door. But it got mixed up with the fender, who was hopping along to see the fun, and it was a good half-minute before they got outside the door. Then the fender laughed so much that it fell down again, and the table jumped over it and left it there on the landing.

Now Sammy had rushed to his room and locked the door, but the nursery-things didn't know this. They quite thought he had run downstairs. So down they all went, helter-skelter, after him. Well, really, you never heard such a noise!

The table clattered down on all four legs, and the chairs jumped two stairs at a time. The coal-scuttle rolled itself down and made a great noise. The stool hopped down, and the cushions rolled over and over. The fender stopped laughing, and slid itself down, bump-bump-bump, from stair to stair. It was enjoying itself thoroughly.

The golliwog and the rest of the toys rushed down after the furniture. They all had to pass the open door of the room where Sammy's mother was trying to rest.

She saw the table gallop past, and she was most astonished. She thought she must be dreaming.

Then the chairs hopped by, and Sammy's mother

sat up and stared. Then the coal-scuttle rolled by, its handle clattering gaily, and the stool trotted along behind.

"I must be mad!" thought Sammy's mother. "Am I really seeing tables and chairs running along? Why are they running along? Where are they going? Oh dear, it really makes me feel ill!"

The fender came along and stared in at the room. When it saw Sammy's mother looking so frightened it began to laugh, and down it fell with such a crash that Sammy's mother nearly leapt off the sofa. The fender picked itself up and hopped on after the others. Then the toys raced along too, and the engine clattered by with its carriages. The ball bounced along and the bricks hopped gaily. It was really an alarming sight.

Sammy was trembling in his bedroom. He heard

everything racing by, and he wondered what his mother would say if they all went into her room—and then he heard them out in the garden! He went to his window and looked out.

"Where's he gone?" cried the golliwog.

"He must be down the lane!" growled the teddy-bear.

"After him!" clattered the coal-scuttle—and out of the garden-gate they all went.

Well, they made such a noise that the brownie who lived in the lane peeped out to see what it was all about. And when he saw the live toys and furniture, he guessed in a twinkling what had happened.

"They must belong to Sammy—and he used his

yellow ointment on them!" he cried. "Oh my, he must have been a bad boy to have such noisy, naughty toys! I shall have to do something about this!"

He ran into the lane and spoke to the toys and the furniture.

"What's all this? What's all this? Please go by me, one by one, slowly and without noise."

Everything was afraid when they heard the brownie's stern, rather magical voice. So one by one they went quietly by him—and quick as thought he dabbed each toy and each piece of furniture with a blue ointment.

When every one of them had gone by, the brownie called to them sternly. "In two minutes you will no longer be alive. You had better go quietly back to the nursery unless you want to be left out in the lane."

What a shock all the toys and the furniture got! They were so afraid of being left out of doors that they all turned round and rushed up the lane, into the gate, and into the house. And Sammy's mother saw them all again, rushing the *other* way this time!

"I've got that dream again!" she said. "Oh dear, I must be ill or something. And here's that dreadful fender staring at me again, and laughing!"

Sure enough the fender began to laugh again, and it laughed so much that when it fell down with a crash at the bottom of the stairs, it couldn't get up again. And the two minutes were up before it could climb the stairs, so there it stayed, quite still.

But all the other things got safely into the nursery and just had time to arrange themselves in their places before the magic worked. They gave a sigh, and stayed as still as could be. There wasn't a growl from the

teddy nor was there a creak from a chair!

When everything was quite quiet, Sammy unlocked his door and peeped out. He tiptoed to the nursery. He saw that everything was quite still. He wondered if he could possibly have dreamt it all—but no, there was the little tin of yellow ointment still on the chair.

"Horrid stuff!" cried Sammy. He picked up the tin, put on the lid, and then threw the tin as far as ever he could out of the window!

"If my toys behave like me, then I must be a very bad boy!" thought Sammy to himself. "I'll try and be a bit better in future. Oh, goodness—here's Mother! I'm sure she will be cross with me."

Sammy was right—she was! She had made up her mind that Sammy must have thrown all the furniture and toys downstairs and then thrown them up again!

"What a bad, naughty boy you are, Sammy!" she said. "What do you mean by throwing everything downstairs? And do you know you've left the fender at the bottom of the stairs and I nearly fell over it? You will just go straight to bed and stay there."

"Yes, Mother," said poor Sammy, trying to be good and obedient for once. He went to his room, but on the way he peeped down the stairs and saw the fender at the bottom.

"You can stay there!" said Sammy. "Laughing like that! I suppose you thought it was all very funny!"

The fender tried to laugh but it couldn't. Sammy went to bed, very sad and sorry.

And so far nobody has found that tin of ointment yet. But if you do (it's a very bright yellow), just be careful how you use it. You don't want to end up in bed like Sammy!

"I Dare You To!"

"I DARE you to!" said Geoffrey to Bill.

The two boys were standing outside old Mr. White's cottage. It had a funny old-fashioned bell-pull, and when you pulled the handle you could hear a bell jangling somewhere in the little house.

"Go on—pull it! I dare you to!" said Geoffrey. He was always daring somebody to do something silly—and nearly all the boys were silly enough to take his dares.

"Pooh—I would dare a lot more than just pulling a bell!" said Bill, scornfully. He ran up to the front door and gave the bell-rope a terrific pull. To his horror it came away in his hand, and at the same time there was a loud jangling noise inside the house.

"Run!" shouted Geoffrey. "You've broken the rope, you idiot! Run!"

Bill ran for all he was worth. Old Mr. White was a hot-tempered fellow, and he was getting very tired of mischievous children who tugged at his bell-pull. Whatever would he say to somebody who broke it?

Bill fled down the street, feeling ashamed of himself for running away. But that afternoon, when Geoffrey told the other boys how Bill had taken his dare, and not only pulled at old Mr. White's bell but had actually tugged the rope in two, Bill found himself quite a hero! He forgot that he had been ashamed of running away, and he began to boast.

"That was nothing! I'd take a bigger dare than that!"

"I dare you to ride down Langham Hill without your bike brakes on!" said Geoffrey at once.

"Right!" said Bill.

"Don't be such an ass," said Derek, the head-boy of the class. "You'll have an accident. That hill is too steep to ride down without brakes on."

"There's hardly any traffic down that hill," said Bill. "I shan't have an accident, don't worry. I've got all my wits about me. It'll be grand sailing down there at top speed."

The boys all went to see him take the dare and ride down Langham Hill. It really was a very steep hill indeed, but perfectly straight, and had a good level stretch at the end. Very little traffic used it, because it was too steep. It certainly looked quite safe.

"Here goes!" said Bill, and got on his bike.

Whoooooooosh! Down he went, twenty miles an hour, thirty, forty . . .!

"As fast as a motor-bike!" said the boys, admiringly. "Look at him!"

Bill sped down the hill, enjoying the wind in his hair and the swiftness of his bicycle. What a ride! He came up on the level stretch and the bicycle sped along there too, and then gradually slowed down.

Bill leapt off and waved to the boys who were now running down the hill towards him. Then he rode to meet them, pedalling leisurely along.

"Jolly good!" said Geoffrey. "What did it feel like?"

"Grand," said Bill. "I'd do it again any time. Anyone want to dare me again?"

"We'll think of another dare for you, not the same one," said Geoffrey. "There's nobody as brave as you, Bill."

"And nobody as silly!" thought Derek, the head-boy, but he didn't say it out loud. Bill was so pleased with all the back-thumpings and praise he was having that he certainly wouldn't like being called silly.

Well, that was the beginning of many other dares. Bill was dared to ride home one night without lights, and he did, though he met the policeman and was rather scared when he was shouted at.

He rode all the way home from school holding on

to the tail of a van because Geoffrey dared him to. The van-man saw him and yelled at him, but Bill wasn't going to spoil his dare, and he didn't lose hold of the van till he came to the road where he lived. Ha—he'd shown the boys how brave he was. He was Dare-devil Bill, afraid of nothing.

Certainly Bill was a very clever cyclist. He was always in perfect control of his bicycle, which was a real beauty. It had cost nearly twenty pounds, and had been a very special birthday present from his mother and father and grandmother. Its brakes were perfect, its lamp was beautiful, and its red rear-light always shone out splendidly.

Bill could ride so slowly on it that it almost looked as if he were going to fall off, but he never did. He could ride sitting on the saddle, with his feet up on the

handlebars to steer instead of his hands. There was no end to the tricks he could do.

"There aren't many dares left for Dare-devil Bill," said the boys at last. "He's done everything."

"I bet he wouldn't dare to ride across the traffic lights when they showed red," said Harry. "Nobody would dare to do that."

"Nobody would be idiot enough," said Derek.

"Hi, Bill!" shouted Geoffrey. "I've got another dare for you. Would you dare to ride against the traffic-lights—go across when they show red instead of green?"

"You bet!" said Bill at once. "That's easy. Which traffic lights? Choose difficult ones, or it will be no fun."

"All right. Ride over the crossing at the end of the High Street," said Geoffrey. "On the way home from morning school. We'll watch! I bet you'll be nippy enough to get over before anyone knows what you're doing."

Bill was there at the High Street crossing, after morning school, standing with his bike, waiting for the lights to turn red. The boys stood a little way off, watching. Many people were walking up and down the pavement—women shoppers, hurrying men, and small children on their way home to dinner. None of them guessed what Bill was going to do.

The lights turned red against him. Bill leapt on his bike. He rode straight across the road against the lights, with cars hooting at him and drivers shouting. He was nippy. He kept his wits about him as usual. He was soon at the other side, perfectly safe, and he sailed off into a side-street, in case by any chance a policeman had seen him riding against the lights.

He didn't hear a crash behind him. He didn't hear screams. He didn't see the crowd that gathered round a little girl on the ground. He rode home whistling cheerfully, thinking what a clever, courageous fellow he was.

He went to school that afternoon as usual, expecting to be praised for his daring and patted on the back. He looked for Geoffrey—but Geoffrey wasn't there. He looked at the other boys and grinned cheerfully. But nobody grinned back. The boys looked away from him. Nobody spoke to him.

"What's up?" said Bill, puzzled.

"Haven't you heard what's happened?" said Derek. "When you rode across the road, against the lights, a car jammed on its brakes so as to avoid you—and it swung across on to the pavement and knocked down a little girl. She was taken to hospital."

Bill went white. "Who was it?" he said, almost in a whisper. "Anyone I know?"

"Yes. It was Geoffrey's little sister, Bets," said Derek. Then he burst out angrily at Bill.

"You and your idiotic dares! You think you're so clever, don't you, showing off all the fat-headed things you can do, breaking all the rules of the road, and getting off scot-free yourself! Look at you—thinking yourself no end of a fellow—and that poor little Bets dying in hospital! You're a worm—no, you're even worse than a worm."

Bill sat down suddenly. He felt queer and ill. Bets—little Bets dying in hospital—why, she had only come to tea the day before yesterday, and he had shown her how to do a jigsaw puzzle. He was fond of Bets, with her round red face and golden curls.

"It isn't true," said Bill with a groan. "Say it isn't true."

"It *is* true," said Derek. "That's why Geoffrey isn't here this afternoon. He's at the hospital with his mother and father. Imagine what he feels like! It's all because he dared you to do that silly trick that this awful thing has happened to his sister. But you're all right—nothing's happened to *you*! You can still go on taking silly dares, and doing fat-headed things, and bringing trouble to other people."

"Don't," said Bill, feeling sick.

"We're all to blame," said Harry. "We all enjoyed seeing him take the dares—and we patted him on the back like anything. We should have smacked his head instead. Poor little Bets! I keep thinking of her. She—she was right under the car, and she screamed."

Bill got up, looking as white as a sheet. He went straight to the headmaster's study and walked in without knocking. The headmaster looked up.

"Sir," said Bill, "I'm in great trouble. It's about Geoffrey's little sister, Bets. Please, sir—she's not dying, is she?"

"I don't know," said the Head. "She's badly hurt. I can only hope it wasn't one of the boys of this school who rode against the lights and caused the accident."

"I was the boy," said Bill clutching at the desk. "What shall I do, sir? Tell me what to do. Tell me *some*thing!" The headmaster looked at Bill in horror. He got up and spoke sternly.

"The first thing to do is to report to the police. Come with me."

That was a terrible afternoon. In a dream, Bill went to the police-station and gave all the details of the stupid dare to a stern policeman. He went home, and his mother listened in terror and distress to the tale. His father was telephoned for and came home too.

"Mother, what about Bets? Will she die?" said Bill desperately.

His father telephoned the hospital. "Bets is out of danger," he said thankfully. "She'll recover—but she has a broken arm and leg besides cuts and bruises. Oh, Bill—how could you do this? What unhappiness you've brought on yourself and us, and little Bets and her family!"

"I can never, never make up to Bets for this," thought Bill. "I must go and see her every day at the hospital. I must take her flowers and toys and dolls, and everything I possibly can. But where can I get the money? I've only about two shillings."

He got the money. He got a great deal of money

Because, you see, he sold his magnificent bicycle and spent every penny on Bets. She's better now, though she still limps a little. She loves Bill for being so kind.

Bill can't understand why Bets is fond of him. He thinks she should hate him—and Geoffrey too.

"After all, we nearly killed you between us," he tells Bets. "That was the most terrible afternoon of my life, I can tell you; it's changed me into a different person altogether!"

And a very good thing too! What do *you* think?

The Very-Long-Tail

THERE WAS once a tadpole with a very-long-tail. He lived in the pond with the frogs, the toads, the water-beetles, the water-spiders, the stickleback, and many other tadpoles.

And wasn't he proud of his very-long-tail!

It certainly was a long one, much longer than the tails the other tadpoles had. The tadpoles used their tails for swimming about the pond—and as this little tadpole had such a long one, he could get about very fast indeed.

"I don't care about the frogs or the water-beetles!" he cried. "I can always swim away from anyone who wants to catch me and scold me! Why, I even raced the stickleback yesterday, and he can go very fast indeed!"

The other tadpoles grew tired of hearing about the very-long-tail.

"He's always boasting about it," they said to one another. "Let's not take any notice of him. He's tiresome and dull, always saying 'Look at my very-long-tail!' "

So the tadpoles always swam away when the long-

tailed one came near, and wouldn't have anything to do with him. He was cross.

"I ought to be their leader," he thought. "I ought to be their king. There's no doubt about that. I am a better swimmer than any of them. We have no king at all. I ought to be king!"

So he asked the tadpoles to make him their king, but they swam away without listening. Then the long-tailed tadpole swam in a rage to the stickleback.

"I ought to be king!" he said. "Look at my long tail, and see how fast I swim. Tell the other tadpoles that I am their king, stickleback."

But the stickleback had built himself a little nest, and would not allow anyone to come near. So he chased away the tadpole, trying to tear him with his spines.

The tadpole swam off to the big water-beetle. "Big

black water-beetle, I ought to be king of the tadpoles!" he said. "Don't you think I ought to? Look at my long tail and see how fast I swim. Tell the other tadpoles that I am their king, big black water-beetle!"

"Go away," said the black water-beetle. "You bother me with your silly chatter. You are no more like a king than I am like a queen."

The tadpole swam off, talking to himself in a great temper. Why wouldn't anyone see that he was a really marvellous tadpole, and had a tail twice as long as anyone else? Ah, if only he were king he would make all the other tapdoles obey him, and say they were sorry for not talking to him.

He went to a newt who was lying at the bottom of the water asleep. The tadpole butted him with his head, and the newt woke up with a jump.

"Don't," he said. "What do you want?"

"I want you to go and tell the other tadpoles that I am king," said the tadpole. "Look at my long tail, and see how fast I can swim. I ought to be king."

"I can't decide a thing like that," said the newt, beginning to go to sleep again. "Go and find Leaper, the big green frog, who is king of the frogs, and ask him to make you king of the tadpoles. It is nothing to do with me."

Well, the tadpole spent a long, long time looking for Leaper. No one seemed to know where he lived. The tadpole swam about day after day, asking for him. He was surprised to find that he had little back legs one day. He had no idea how they had come—but he was very pleased.

"I've back legs now," he thought. "This is marvellous—back legs and a very long-tail! I *ought* to be king."

Then another day he found that he had front legs as well. How splendid! "Back legs *and* front legs—I am indeed a marvellous tadpole!" he said. "If only I can find Leaper, the green frog, I am quite certain he will let me be king of all the tadpoles!"

After a long time the tadpole did at last find Leaper. He was sitting on the bank of the pond, an old, wise and very big green frog. He blinked his eyes as the tadpole poked his head out of the water.

"Your Majesty," said the tadpole. "I've come to ask you to make me king of the tadpoles. I ought to be king."

"Why?" asked Leaper, with a croak.

"Because of my wonderful long tail," said the tadpole. "It makes me swim *so* fast."

"Show me your long tail," said Leaper. The tadpole turned himself round. Leaper croaked with laughter.

"You have no tail at all!" he said. The tadpole looked behind himself in alarm and surprise. But Leaper was quite right. He had no tail! It had gone.

"Oh! Where has it gone? Who has bitten it off? What shall I do without my tail? Oh, dear, dear Leaper, please make me king of the tadpoles, even though I have lost my tail."

"There are no tadpoles in the pond," said the frog, and he laughed again. The tadpole was astonished. He at once swam back into the pond, and went to look for his old friends, the wriggling tadpoles.

But Leaper was quite right. There were no tadpoles

at all. The little tadpole was most puzzled. Where had they gone? He met the stickleback and asked him.

"See that old bit of wood up there, on the top of the water?" said the stickleback with a grin. "Well, go and ask the creatures sitting there where all the tadpoles have gone. They will tell you."

So the little tadpole went to ask. He climbed on to the piece of wood, and saw dozens of tiny frogs sitting there. He spoke to them politely.

"Please could you tell me where the tadpoles are?" he said. "I can't find them anywhere!"

The little frogs laughed loudly. "*We* were the tadpoles!" they said. "But all tadpoles change into frogs. Do you still want to be king of the tadpoles, silly? Well, you must wait till next year then, when more tadpoles will hatch out of frog-spawn in the pond!"

The tadpole was astonished. He looked at himself in the water—and what a shock he got. He was no longer a tadpole—but a little frog like the rest!

"Yes—your tail has gone like ours, and you have
ont and back legs," said the tiny frogs. "But let
s tell you this, Vain-One. We will not let you be our
ing, because you are so stupid you didn't know you
ad changed into a frog. You thought you were still
tadpole with a very-long-tail!"

Poor little frog! He leapt into the water and swam
way. Yes, he had been very stupid; and stupid people
hould not be kings. Only wise people should lead others.

I know what will happen to him if he goes on being
tupid. He will be gobbled up by the first wild duck
hat goes to the pond! Wise frogs live to be as old as
Leaper, but silly ones are always eaten up.

"And that is as it should be," croaks Leaper.
Wisdom should live, and foolishness should die!
That is the law of all living things. Croak, croak!"

Pimmy is Very Busy

PIMMY WAS the pixie who lived in Pimmy Cottag at the end of Snapdragon Village. You could te he was a lazy little fellow because his garden was fu of weeds, his windows were dirty, and his gate hun crooked.

Now one day it was very, very windy. Pimmy pu on his red hat with the feather in it, and went out. I was a silly hat to wear on a windy day, but Pimm liked it very much. It was his best hat, and the feathe made him feel grand.

The wind saw Pimmy's hat with delight. Whooooo Just the kind of hat the wind liked to play with! I swept down on Pimmy, swished off his hat, and mad it sail high in the air.

"Oh—bother, bother, bother!" cried Pimmy as h saw his lovely hat whirled away. "Come back, hat!"

But the hat didn't. It was enjoying itself. It saile off, went over a tree, and then came down on the to of the shed in Dame Stern's garden.

"That's a nuisance," said Pimmy, screwing up hi nose. "I daren't go and get my hat off Dame Stern' shed without asking her—and she may snap my hea off, she's so bad-tempered."

Anyway, he went to ask if he might get it, because he really couldn't bear to lose such a lovely hat. He knocked on Dame Stern's door.

"If it's the baker, leave a loaf of bread on the step!" called a voice.

"It isn't," said Pimmy.

"Well, if it's the paper-boy, bring me the right paper to-morrow, or I'll chase you all the way down the street and back again," said the voice.

Pimmy felt glad he wasn't the paper-boy.

"It isn't the paper-boy," he said. "It's Pimmy. My hat has been blown on the top of your shed, Dame Stern, and please may I get it?"

"No, you may not," said Dame Stern. "You'll fall off and break your neck."

"I could climb up a ladder all right," said Pimmy politely.

"I haven't got a ladder," said Dame Stern. "But Old Man Stamper has. You might be able to borrow his."

Pimmy went off to Old Man Stamper's house. The old fellow was in his garden, digging. "Please, Mister Stamper, could you lend me your ladder?" said Pimmy. "My hat's blown on to the top of Dame Stern's shed."

"What a silly hat to have," said Old Man Stamper. "Well—I'll lend you my ladder, but you must do something for me first. You run along to Mother Grumble's and ask her to let me have a little of her cough medicine. My cough's so bad at night."

Pimmy didn't want to go to Mother Grumble's. It was a long way to go, and he was afraid of her. But

still, he wouldn't get the ladder if he didn't; and if he didn't get the ladder he'd lose his hat. So he had to go.

He came to Mother Grumble's and knocked at the door. He could hear the old lady grumbling away to someone.

"And if it isn't one thing, it's another. One of my hens got loose this morning, and it pecked up all my lettuce, and then a stray dog came and dug up my carrot-bed, and . . ."

Pimmy knocked again.

"And now here's someone at the door, just as I've got settled down to have a cup of tea! Really, if it isn't one thing, it's another. Who's at the door? Speak up!"

"Pimmy the Pixie!" called Pimmy. "Please will you lend Old Man Stamper some of your cough medicine?"

"Well, if he isn't asking all day long for something or other!" said Mother Grumble. "First it's a pinch of tea, then it's a box of matches, and now it's cough medicine. I haven't got a bottle to put any medicine in. You'd better go and ask the chemist to let you have one he doesn't want, Pimmy. Then I'll give you some."

Pimmy groaned. The chemist lived over the other side of the hill. He set off again and came to the chemist.

"Hallo, Lazy Little Pimmy!" said the chemist, who had once had Pimmy for an errand-boy and sent him away because he was so lazy. "What do *you* want?"

"Could you let me have an old medicine bottle for Mother Grumble?" said Pimmy.

"Ah, you want something for nothing, do you?" said the chemist. "No, no—if you want a bottle, you must do something to get it, Pimmy. I don't give something for nothing!"

"Well, what shall I do?" said Pimmy, feeling that he would never get home that day.

"See this parcel?" said the chemist. "Well, you take it to Mrs. Flap's for me, and when you come back you shall have the bottle."

Pimmy set off. Mrs. Flap's house was half a mile away. Pimmy wished he had had his shoes mended the week before, as he should have done. There was a hole in one, and the stones kept coming in and hurting his foot.

He came to Mrs. Flap's. Nobody answered the door. Pimmy knocked and knocked, more and more loudly. Then the window of the next house flew up.

"What's all this noise? It sounds like a thousand postmen at the door—knock, knock, knock! Mrs. Flap's not in. She's out shopping."

"Oh dear," said Pimmy, looking at the angry face of Mr. Glum. "I've come so far to bring her a parcel from the chemist."

"Well, I'll take it in for you if you'll do something for me," said Mr. Glum. "My dog hasn't been for his walk to-day, and he's longing for it. My leg's bad and I can't take him. You just take him round the streets and back again, and when you come back I'll take the parcel in for Mrs. Flap. Then you won't need to sit on her doorstep and wait."

"I don't like taking dogs for walks," said Pimmy. "And besides, I'm tired."

Mr. Glum looked at him hard. "Ah, you're Lazy Little Pimmy, aren't you?" he said. "*You* wouldn't take a dog for a walk, no matter how hard he begged you, would you? You're too lazy."

He slammed down his window. Pimmy stared at it in despair. Mrs. Flap might be hours before she came back from her shopping. He couldn't wait all that time. He would have to take Mr. Glum's dog for a walk, even though his legs did feel dreadfully tired.

So he shouted out loudly: "Mr. Glum, Mr. Glum, I'll take your dog out!"

The front door opened. Mr. Glum limped out with a very large dog on a lead. "Here you are," he said. "Take him for a nice run and come back again."

Pimmy took the lead and set off. He meant to go round the corner and sit for ten minutes, and then take the dog home again. But the dog had other ideas.

Pimmy didn't take that dog for a run—it took Pimmy for a gallop! It was a large dog and a strong dog, and a very determined dog. It tore off down the street, and Pimmy was dragged after it.

"Here! Hi! Whoa!" panted Pimmy. But the dog took not the slightest notice. It rushed on like an

express train, and Pimmy had to follow it. He ran and he ran, and he panted and he puffed. He had never in his life run so fast.

Then the dog suddenly turned and ran back to sniff an exciting smell. The lead wound itself round Pimmy's legs, and he sat down very suddenly. The dog looked surprised, and sniffed at Pimmy's ear.

"Don't, you horrid dog," panted Pimmy. "What do you mean by rushing off at top speed like that? Don't sniff in my ear—it tickles."

The dog sniffed at Pimmy's nose. Pimmy got up, and the dog at once started off at top speed again. But luckily this time it made for home. Pimmy tore along behind it, almost falling over his own feet.

He got back to Mr. Glum's, his face hot and red, his breath coming in such loud pants that Mr. Glum heard him before he even saw him. Mr. Glum smiled one of his rare smiles.

"I see Scamper has been giving you a good run," he said. "Well, it will do you good, Lazy Little Pimmy. Here, Scamper! Come in. Where is the parcel you wanted me to give to Mrs. Flap? Ah, there she is. You can give it to her yourself now."

He shut his door. Pimmy glared at it. So he had taken that dreadful dog out for nothing! He scowled, gave the parcel to Mrs. Flap and set off wearily to the chemist's.

"What a long time you've been!" said the chemist. "Lazy as usual, I suppose—just crawled along, didn't you?"

"I've been rushing along about sixty miles an hour!" said Pimmy, crossly, and he took the bottle the chemist held out to him. "Thank you. If I'd known how many miles I had to run when I took that parcel for you, I wouldn't have done it!" Pimmy took the bottle to Mother Grumble. She got up to fill it, grumbling away as usual. "If it isn't one thing, it's another. No sooner do I sit myself down than up I have to get again for lazy little fellows like you, Pimmy!"

Pimmy took the bottle of cough medicine to Old Man Stamper. The old fellow was very glad to have it. He took a dose at once.

"Could I borrow your ladder, please?" said Pimmy. "You said I could if I brought you some cough medicine."

"Dear me, I'd forgotten," said Old Man Stamper. "There it is, look. Mind you bring it back." Pimmy took the ladder. It was very heavy. He staggered back to Dame Stern's garden and in at her gate.

"Oh, you've got the ladder, have you?" said Dame Stern. "Now you be careful not to tread on any of my flower-beds, Pimmy!"

Pimmy was very careful. His arms ached with the heavy ladder and he was glad to put it against the shed. He went up. Now at last, at last, he would get his lovely hat!

But it wasn't there! It was gone! Pimmy burst into tears.

Dame Stern was surprised. "What's the matter?" she said. "Oh, of course, your hat is gone. Yes, I saw it go. The wind came down and swept it away. I don't know where it went to."

Pimmy cried bitterly. He carried the heavy ladder back to Mr. Stamper. Then he went home, still crying. And when he got there, what did he see in his very own garden but his lovely hat, feather and all!

"Oh—who brought you back?" he cried in delight, and put it on. The wind swept round him and shouted in his ear.

"I brought it back here, Pimmy. I was just playing a trick on you, that's all. I brought it back!"

"Oh, you mean, unkind wind!" cried Pimmy. "I've borrowed a heavy ladder and carried it ever so far—I've fetched cough medicine—I've carried a parcel—and I've taken a dog out for a run—all to get my hat, and now it's here! I'm TIRED OUT!"

"Do you good, do you good, Lazy Little Pimmy!" said the wind, and tried to pull his hat off again. "Do you good! Whoooo-ooo-ooo!"

The Wishing Wand

ONCE THERE was great excitement in Feefo Village because the Lord Chamberlain had promised wishing-wands to all the pixies and fairies.

"You have behaved very well this year," said the Chamberlain. "Every one has been kind and good, so, on the first day of spring, I will come to each house and give all of you a wishing-wand."

Now the pixies and fairies long to have a wishing-wand more than anything else in the world, because if they have a magic wand their wishes will come true. So you can imagine that every one in Feefo Village was very excited.

Most excited of all were the two pixies who lived in Corner Cottage. They hadn't always been very good, but that year they really had tried their best—and now they were to have a wishing-wand like everyone else. They *were* pleased!

When the day came for the wands to be given to each of them, the two pixies, Pickle and Goof, went out into their little front garden to enjoy the sunshine of the first day of spring. They had on their best suits, for they knew that the Lord Chamberlain would call

on them before long.

They sat on the edge of their well and waited. They talked about their wands.

"I shall wish such a lot of wishes with my wand," said Pickle. "I shall wish for a pair of new shoes, to begin with. I haven't had a new pair for years, and my old ones look dreadful with this nice new suit."

"I shall wish for a new hat, with a pink feather," said Goof.

"A *pink* feather!" said Pickle. "Why a *pink* feather? Pink's an ugly colour."

"It isn't," said Goof. "It's lovely. Why, roses are pink, aren't they, and the sunset clouds? So I shall have a pink feather. And what's more, I shall wish for pink cushions in the kitchen chairs, and a pink carpet on the floor."

"Indeed you won't," said Pickle. "I won't have pink things all over my kitchen. I shall wish for blue."

"And I shall wish for a nice, large, brown dog," said Goof, taking no notice of Pickle. "One that will belong to me and nobody else."

"You can't wish for a dog," said Pickle at once. "You know how we've always said we'd have a cat. Well, I want a cat, and your dog won't get on with it. I shall wish for a cat with long, long claws that will scratch your dog if you wish for one."

"Be quiet, Pickle," said Goof crossly. "I'm thinking of my wishes. My dog will eat your cat if you are so silly as to wish for one. I shall wish for a motor-car too—a yellow one with blue spots."

"How terrible!" said Pickle. "I won't be seen out in a car like that."

"Well, you needn't come out with me if you don't want to," said Goof. "I can go out with Gobo or Tinks."

"Whatever car we have *I* shall share," said Pickle crossly. "And I tell you I won't have a yellow one with blue spots. I shall wish for my own car—it shall be dark blue with red wheels."

"Our garage will only take one car," said Goof. "So you'll have to put up with mine. Ha ha!"

Pickle glared at him. "Then I shall wish for another garage!" he said. "And I shall put my car in that."

"You can't wish for another garage," said Goof. "There are houses each side of us, and there's no room for one. Ha ha, again!"

"Stop ha-ha-ing at me!" said Pickle, getting really

angry. "If I want another garage I shall have one. I shall wish away the houses next door, and then there will be plenty of room for a garage for my blue car."

"You wicked pixie!" cried Goof. "How dare you wish away Dame Clap's house and Mister Tibs' house! What would they do?"

"Oh, I'd wish away their houses to the hilltop over there," said Pickle. "And if you aren't careful I might wish you and your horrid dog away to the hilltop too."

"*Pickle!*" cried Goof in horror. "You wouldn't do such a thing!"

"Well, *I* don't want to live with a person who wears pink feathers and drives about in a yellow motor-car with blue spots. So there!"

"Pickle, if you aren't very careful, I shall wish you a hard spanking," said Goof solemnly. "Yes, a very hard spanking that you won't like at all."

"And who'll give me the spanking I'd like to know?" shouted Pickle angrily. "Not you, Goof, I know that!"

"Oh yes, I would," said Goof. "I can spank hard."

"You can't," said Pickle. "I wouldn't let you. I'd spank you first!"

"Oh no, you wouldn't," said Goof.

"Oh yes, I would," said Pickle.

"Oh no, you wouldn't," said Goof. "I'd get my spank in first—like that!" And he slapped Pickle hard on the arm. Pickle gave a roar of rage and smacked Goof on the chest. Goof slapped Pickle on the cheek and Pickle hit Goof so hard on the nose that poor Goof fell backwards, lost his balance—and disappeared down the well!

"Oooooh!" shrieked Pickle in fright, for he hadn't meant to push Goof down the well. He clutched at him and caught Goof's leg—but alas for Pickle! he fell over the edge too, and down they both went—down, down, down into the dark, cold water at the bottom.

Splash! They hit the water, went under and bobbed up again. The well was not very deep. They could just stand—but, oh dear, how in the world were they to get out again! The sides of the well were made of brick and were steep and smooth. It was no use trying to climb up.

"Let's shout!" said Goof, shivering. So they shouted, "Help! Help! We're down the well!"

But their voices were lost in the deep round well, and nobody heard.

It was a pity they had fallen down the well just at that moment, because the Lord Chamberlain came down the lane to their house, to give them their wishing-wands. He went up the path to the front door and knocked. Nobody answered, of course, because the two pixies were at the bottom of the well. The Lord Chamberlain knocked again and again. Still no answer.

"Most extraordinary," said the Chamberlain crossly. "Nobody about at all, and orders were given to everyone who wanted a wand to be at home to-day. Well, if Pickle and Goof are not at home they can't have their wands. I shall send them back to the Fairy Queen, and she can give them to someone else."

He went to the next house. He didn't hear Goof and Pickle calling and shouting. Nobody heard them at all, and it wasn't until Mother Clap came to get some water that evening, that the pixies were found.

"Oooooh!" shrieked Mother Clap, when she saw two round, white faces looking up at her out of the bottom of the well. "What's down there—what's down there?"

"It's only us," shouted Goof. "It's Goof and Pickle. We fell down. Get a ladder for us, dear Dame Clap."

"I can do something better than that for you," said Dame Clap, and she took her wishing-wand and waved it over the well. "I wish you both out here beside me."

At once Pickle and Goof flew out of the well and landed in surprise beside Dame Clap.

"Oh dear! Has everyone got their wands?" said Goof sadly.

"Everyone but you," said Dame Clap. "The Chamberlain said you weren't at home this afternoon, so he has sent your wands back to the Queen. Whatever were you doing?"

"Well—er—well, we—we just fell down the well," said Goof, feeling very much ashamed. "That's all."

"Quarrelling again, I suppose!" said Dame Clap.

"I thought you had given that up, and meant to behave yourselves. Well, you've lost your wishing-wands *this* year—and serve you right, if you can't be nice to one another!"

Off she went, and left Goof and Pickle alone. They looked at one another, very red in the face.

"Sorry, Goof," said Pickle in a small voice.

"Sorry, Pickle," said Goof in a smaller voice. Then, arm in arm, they went indoors to get dry. Weren't they a couple of sillies?

The Tale of Yah-Boo

ONCE upon a time there lived in Tick-Tock Village a goblin called Yah-Boo.

This may seem a funny name to you, but it was a good name for him, because he so often shouted "Yah-Boo!" to people.

Yah-Boo was a rude little goblin, with no manners at all. He would bump into people when he met them on the path. He would never take his hat off when he met a lady. And if he didn't like anyone, he always called a rude name after them.

When he met old Wizard Frowny, he waited till he was safely past him, and then turned round and put his hands round his mouth to shout.

"Yah-Boo, old stick-in-the-mud!" he called. "Yah-Boo, old slow-coach!"

Frowny was angry. He had a bad leg and he couldn't walk very quickly, and he thought it very unkind of Yah-Boo to call out after him like that.

Sometimes Yah-Boo would shout after old Mother Tiptap.

"Yah-Boo, old mingy-stingy-tiptap!" he called. "Who never gives a penny to anyone? Yah-Boo, old

mingy-stingy-tiptap!"

Poor old Mother Tiptap was so poor that she hardly ever had a penny for herself. It made her cry to hear Yah-Boo shouting after her like that.

He shouted after little Tiddler, too. Tiddler was very small for his age, but he made up for it by working very hard and carrying lots of parcels for other people. But Yah-Boo didn't think of that! He just yelled after him as loudly as he could, whenever he passed him.

"Yah-Boo, Tiny Tiddler! It's a wonder your feet reach the ground when you walk, you're so small! Yah-Boo, tiny mite!"

Now one day Yah-Boo had a great deal of money given to him. His old Aunt Trippy, who was very rich, gave a sack of gold to each of her nephews and nieces —and Yah-Boo got one, too.

At once his head became filled full of grand thoughts.

"I shall buy beautiful new clothes! I shall ride in a carriage! I shall wear a hat with an enormous feather in it! I shall make all kinds of grand friends and give some grand parties!"

You might have thought that being rich would make Yah-Boo kinder to everyone. But not a bit of it! It made him very high and mighty indeed, and he called out after people who were not so well-off as himself, in just the same unkind way as before.

"Yah-Boo!" he said to the old beggar at the roadside. "Your hat's got a hole in it, and your head's coming through! Yah-Boo!"

But it so happened that the old beggar at the roadside wasn't really a beggar. It was the enchanter Big-Head, come to collect a few Kind Smiles and Comforting Words from the people passing by. He wanted these for one of his spells.

So he had dressed himself up as a beggar, and was busy trying to collect all the Comforting Words and Kind Smiles that he could.

When Yah-Boo came by and yelled rude things at Big-Head, the old enchanter was so angry that he dropped the magic bag into which he had stuffed the Kind Words and the Smiles, and they fell down a nearby drain.

Big-Head had to pull up the grating over the drain,

and put his hand down into the dirty water there to try and find his bag. But he couldn't.

And all the time Yah-Boo called rude things to him. "Dirty Hands! Fancy messing about in that muddy water! Nasty old beggar—you'd better fall in the drain yourself, and then we shall be well rid of you! Yah-Boo!"

Big-Head stood up and looked hard at Yah-Boo. The goblin began to feel uncomfortable. He ran away down the street. He would have felt even more uncomfortable if he had known the spell that Big-Head was making for him.

Big-Head was speaking to the wind.

"Follow him, Wind, wherever he goes," said Big-Head, in his deep, soft voice. "Call his name.

Make him listen. And tell him things he doesn't want to know. Go, Wind, go. Follow Yah-Boo and talk to him!"

The wind followed Yah-Boo. The goblin was going to his tailor's, to try on a grand new suit. The wind followed him into the shop. It watched him undress and try on the grand suit, which fitted him beautifully.

"I'll wear it home," said Yah-Boo, and he walked out of the shop with his new suit on. It really looked very nice indeed, and Yah-Boo was pleased to see so many people looking at it.

Then the wind's voice spoke loudly to him, calling his name. "Yah-Boo! Yah-Boo!"

"Yes. Yes, who's calling me?" cried Yah-Boo, looking all round. Everyone else looked round too, for the wind had a very loud voice.

"Yah-Boo! You have a hole in your vest!" said the wind, and laughed loudly. "Yes, you have. You are wearing a grand suit, but you have a hole in your vest!"

Yah-Boo went as red as a tomato. He looked down hurriedly to see if his vest was showing. But it wasn't. Who *could* be saying that to him? It was quite true—he *had* got a hole in his vest. How dreadful that everyone should know it!

He walked off, and soon he met Sir Hoppitty and his lady. Yah-Boo was proud to show off his new suit. He stopped and chatted with them. "Yah-Boo!" cried the voice of the wind, sweeping up. "Yah-Boo!"

Yah-Boo took no notice. He was dreadfully afraid that whoever it was would begin to talk.

"YAH-BOO!" roared the wind. Sir Hoppitty looked all round in surprise.

"Someone is calling you, Yah-Boo," he said.

"YAH-BOO!" cried the wind. "You haven't washed behind your ears!"

Oh dear. It was quite true, Yah-Boo *hadn't* washed behind his ears. He hardly ever did. He had big ears, too, and he should have washed them carefully.

Sir Hoppitty looked at Yah-Boo's ears and turned up his nose. "Good day to you," he said, and walked on with his lady. He didn't want to talk to people who didn't wash behind their ears.

Yah-Boo looked hard all round to see if anyone was hiding anywhere. But he couldn't see who it was that had called out rude things. He went on home, and was glad to be indoors. He put the kettle on to make himself some tea.

He was just making it when Mr. Twinkle called in. Mr. Twinkle was a smart little brownie, and Yah-Boo was trying to make friends with him.

"Oh, do sit down, Mr. Twinkle," said Yah-Boo, politely. "Will you have a cup of tea?"

"Yah-Boo!" called the wind, getting in at the open window. "Yah-Boo!"

The goblin went pale. Where was this awful person who followed him everywhere? He went to the stove and began to make a great noise there. But the wind could make a much bigger noise. It rattled the window-pane and called more loudly: "YAH-BOO! You forgot to feed your poor old cat yesterday! Unkind goblin, aren't you, Yah-Boo!"

Mr. Twinkle was shocked. "Did you really forget to feed your cat?" he asked. "She does look rather thin. I hope you are not the kind of person that does things like that, Yah-Boo, because I could never be friends with you if you are."

"Of course I'm not!" said Yah-Boo. "I never forget to feed my cat, or my canary either."

"Oh, Yah-Boo! Yah-Boo is a bad story-teller!" yelled the wind, enjoying itself very much. "Yah-Boo only tells the truth when he wants to. Yah-Boo is a nasty little goblin!"

"I don't like this," said Mr. Twinkle, and he got up and went away. "There's something very strange here. Good-bye, Yah-Boo."

Yah-Boo was upset. He went out into the garden

to fetch in some clothes from the line. Old Mother Tiptap lived next door, and Yah-Boo saw her picking flowers. He was just about to open his mouth and call out a rude name when the wind spoke first.

"Yah-Boo! You didn't give Mother Tiptap her table-cloth back, when it blew over your wall the other day. Yah-Boo, you are a bad fellow! You've still got that table-cloth!"

This was news to Mother Tiptap. She glared at Yah-Boo, and rapped with her stick on the wall.

"You give it back to me!" she said.

"I haven't got it," said Yah-Boo, sulkily.

"Oh, Yah-Boo is a dreadful story-teller!" cried the wind, blowing over the wall, and taking off Yah-Boo's pointed cap. "He's mean! He's bad! He's rude!"

"Who are you calling rude names?" yelled Yah-Boo. "Where are you?"

"Over the wall!" cried the wind. "I've got your cap! I'm taking it away!"

Yah-Boo saw his cap racing over the wall and into a field. He jumped over the wall and went after it. "There's some imp I can't see going off with my hat!" he said. "I won't have it, I won't!"

He tore after his hat, but the wind took it into a wet, marshy meadow, and Yah-Boo soon found himself up to the waist in mud. He struggled out, looking a dreadful sight, all dirty and muddy.

"My new suit is spoilt!" he said. "Oh, how unhappy I am!"

He walked home, wet, cold and muddy. The wind yelled after him all the way.

"Yah-Boo! What a sight you are! Look at your legs! Look at your hands! You've got mud on your face, and mud on your clothes! Yah-Boo, put yourself in the dust-bin when you get home!"

Everyone laughed when they heard what the wind shouted. They thought it was good to hear someone shouting rude things after Yah-Boo.

Yah-Boo went home. He shut all the windows. He bolted all the doors.

"Now, whoever you are, you can't get in!" he said. "I won't have rude things shouted at me. I won't!"

But the wind slid down the chimney and blew the soot all over the hearth. "Yah-Boo!" it cried, in glee. "Here I am again. Yah-Boo, what a nasty, horrid, rude, mean little goblin you are! Can I live with you? It's such fun to call you names. You always enjoyed calling other people names, didn't you? It's fun, isn't it? Let me live with you, Yah-Boo!"

Poor Yah-Boo! He packed his bag and went to catch the very next bus. He meant to go and stay with his old Aunt Trippy, and get rid of whoever it was that was pestering him so.

But the wind got on the bus with him and travelled all the way, blowing round people's legs and making a terrible draught.

"Yah-Boo!" it whispered. "Yah-Boo! I'm coming with you. I'm here, I'm here!"

His Aunt Trippy couldn't bear to hear the shouting and the yelling. She popped Yah-Boo into an empty dust-bin, and clapped the lid on him.

"The wind will soon get tired of blowing around a dust-bin!" she said. It did—and poor Yah-Boo soon got tired of sitting *in* the dust-bin. But, as the wind said, it was a good place for rubbish!

"Good-bye, Rubbish!" it shouted. "You be good, now, or I'll be back again. Good-bye, Rubbish!"

I don't know if Yah-Boo is still in the dust-bin—but I'm quite sure nobody will mind if he is.

Pixie Mirrors

IN CLARA'S garden, though Clara didn't know it, lived a whole family of curly-headed pixies. They were the prettiest things, as light as thistle-down, and as merry as a blackbird in spring.

Everybody liked them. The field-mice who lived in the meadow at the bottom of the garden often asked them to tea, and the larks in the field took them to see their young ones as soon as they were out of the egg.

The meadow pixies asked them to dances, and even the cross old goblin who lived inside the hollow oak tree used to poke his head out and smile at them if he heard the flutter of their small wings going by.

Now whenever they were asked out to a party, the curly-headed pixies used to dress themselves up in their best blue-and-silver frocks, and brush out their hair till it shone like a golden mist around their small heads.

And then they used to fly to Clara's bedroom window, creep in very quietly, and go to Clara's mirror. It stood on Clara's dressing-table, and was very pretty, for it had flowers all round it.

Each pixie took her turn at looking in to see if her dress was right and her hair was neat. They patted

their skirts down, and dabbed at their curly hair, chattering excitedly all the time.

And Clara never knew! She didn't guess that the pixies used her mirror for their own, though once, on a rainy night, she was very puzzled to find a whole crowd of tiny muddy footsteps on her clean white dressing-table cover!

"Can it be the cat?" she thought. "No—cats don't have such small feet, nor such pointed toes either. It's very queer."

And then one day a dreadful thing happened. Clara went to put some flowers on her dressing-table, and her hand knocked against her mirror. It fell over, slid off the dressing-table and then fell to the ground with a crash! Bits of broken glass flew round Clara's feet.

"Oh, my goodness! Look at that!" cried Clara in dismay. "My lovely, lovely mirror is broken! Mother, Mother, look what I've done!"

Mother was sad. It had been such a beautiful mirror. "Never mind," she said. "Maybe we can get a new glass fitted into it and then it will be all right again. But you have broken one or two of the flowers off too, Clara. I wonder if those can be mended."

"That's seven years' bad luck for Miss Clara," said Jane, the maid, looking in at the bedroom door.

"Don't be silly, Jane," said Mother. "Bad luck has nothing whatever to do with breaking a mirror. It's bad luck to *break* a mirror, certainly—but really, I am ashamed of you to think you are such a baby as to believe that silly old tale of seven years' bad luck!"

Jane went away, blushing. Clara swept up the broken bits of mirror and put them into the dustbin. Mother took the broken mirror to see if it could be mended.

So Clara had no mirror on her dressing-table to tell her if she was neat and tidy.

"Well, it's a good thing no one else uses the mirror but me," thought Clara.

That was just where she was wrong! The curly-headed pixies had a great disappointment when they came along that evening to see if they were looking pretty for a dance that the cross old goblin was giving especially for them. There was no mirror there!

"It's gone!" said one.

"Let's look for it!" said another.

But that wasn't any good, because it just wasn't anywhere in the room at all. The pixies were so busy looking for it that they didn't hear Clara come into the room—and the little girl stood staring in surprise and joy at the twelve tiny pixies flying all round her bedroom!

"Am I dreaming?" she cried. "Or are you real?"

The pixies flew together in a bunch, looking round in fright. Then one of them spoke.

"We are real, of course," she said. "We were looking for your mirror, Clara. We always came to peep in it before we went to a party. But now it's gone."

"It's broken," said Clara sadly. "Did you badly want to see yourselves, Pixies? There is a long mirror in my mother's room. You can peep into that if you like."

"No, thank you," said the pixies at once. "We shouldn't really have let *you* see us, Clara—we would get into trouble if we let a grown-up see us. Oh dear—what are we to do? There is no pond in your garden to look into."

"Shall I tell you something?" said Clara suddenly. "Well, listen. This afternoon when I went down the garden, it had been raining. And as I passed by the lupin plants, I saw such a pretty sight. One of the lupin leaves had curved its pretty green leaflets upwards, and had caught a bright raindrop just in the middle! I am sure you could find it and use it for a mirror!"

"That *is* an idea!" cried the pixies in delight. "We'll go and find it straight away, Clara."

They flew out of the window. They went to where

the big blue and pink lupins grew. They had pretty leaves, cut up into green fingers—and sure enough, in the centre of one was a bright raindrop, just big enough to make a little mirror for the curly-headed pixies! One by one they looked into it, and patted their hair and arranged their dresses. It was just right for them!

Then a pixie knocked against the lupin leaf and the raindrop rolled out and splashed on to the ground. The little lupin mirror was broken!

But it didn't matter. The pixies had finished with it, and went off gaily to their dance. They had a lovely time, and told everyone about the funny little mirror they had found in the lupins.

Clara's mirror was mended and was put back on her dressing-table; but the pixies never used it again, though they often remembered Clara and dropped fresh flowers on to her pillow for her to find.

They asked the lupin leaves to hold the raindrops for them, whenever it rained—and that is just what they do. They make beautiful mirrors for the little folk, and are simply lovely to see. You won't forget to look for them, will you, after a rain-shower? You will find those pixie-mirrors gleaming brightly here and there, in the centre of the lupin leaves. Roll one out and see it break on the bed below!

Silly Little Goofy

THERE was once a small pixie called Goofy who really did do silly things! He was always making tea without putting tea into the tea-pot and putting salt on his stewed apples instead of sugar. You really couldn't help laughing at him!

Have you heard how he tried to mend Mr. Hoho's motor hooter? You haven't? Well, I really must tell you and give you a good laugh.

Mr. Hoho had a large green-and-yellow car, and it had a fine hooter that went "pip-pip-pip" very loudly whenever he pressed it. He pressed it quite a lot, because the High Street in Goofy's village was always crowded with pixies, fairies, and brownies, doing their shopping.

But one day when Mr. Hoho pressed his fine hooter, it didn't make a sound. Not a pip came out of it, not a squeak. It was very sad. Mr. Hoho had to drive very slowly and carefully indeed, because he couldn't hoot people out of his way.

Goofy was almost run over, and he stopped and glared at Mr. Hoho. "I'm sorry, Goofy," said Hoho. "But my hooter has lost its pip. It just won't pip-pip any more. Listen!"

He pressed the hooter hard but no sound came.

Goofy pressed it too. "I think I can mend it for you, Mr. Hoho," he said.

"I'd rather you didn't, thank you," said Mr. Hoho, very quickly, for he knew that Goofy often did very silly things. "Now hurry on your way, Goofy. I'm going into this shop to buy myself a new pair of socks."

Mr. Hoho hopped out of his car and went into the shop. Goofy stood and stared after him. He felt sure he could put Hoho's hooter right, and he did so want to try.

"If the pip-pip has gone I could easily put it back

again," thought Goofy. "I could buy an orange and put the pips inside the hooter—then it would be full of pips again and Hoho would be so pleased!"

Goofy waited till Hoho was safely inside the sock-shop, and then he ran across the road to the fruit-shop. He bought the largest orange he could see, and went back to the car. He got into it and peeled the orange. Goofy was not at all a tidy person and he scattered the peel all over the floor of Hoho's neat car.

He ate the orange, and then he gathered all the pips together into his left hand. He looked at the hooter. How was he to put the pips into it? He would have to make a little hole and pop them inside, one by one.

So Goofy got out his pocket-knife and made a small hole in the rubber hooter. Then, one by one, he dropped the sticky orange-pips inside. It was rather fun to put them in.

"I feel as if I am posting pips in a letter-box!" said Goofy. "There! That's the last pip. Goodness—I must have put about twelve into the hooter. It ought to say pip-pip very loudly indeed now!"

He pressed the hooter, expecting it to pip-pip as loudly as could be. But it didn't make a sound. Not the tiniest squeak came out of it at all!

Goofy was dreadfully disappointed. He stared at the hooter in dismay. Why wouldn't it pip-pip when he had put so many nice new pips inside?

"Perhaps it doesn't like orange-pips," said Goofy at last. "Perhaps it would rather have apple-pips. Yes—I feel sure it would rather have apple-pips."

So he went and bought an enormous ripe red

apple. He sat in Mr. Hoho's car and ate it. It was most delicious. There were plenty of brown pips in the core. Goofy carefully saved them all.

"I'd better take out the orange-pips before I put in the apple-pips," thought Goofy. But it was very difficult to squeeze out the orange-pips. They just wouldn't come.

"Well, I'll put in the apple-pips on top of the other pips," thought Goofy. "I don't expect the hooter will mind."

Into the hooter went all the brown apple-pips too! And then Goofy pressed the hooter again, expecting it to shout "pip-pip-pip" very loudly indeed.

But no—not a single pip-pip came out of it! Goofy

was upset. He began to wonder what Hoho would say when he came out of the sock-shop. Perhaps he wouldn't be very pleased. Goofy decided he would go home.

Just as he had got out of the car, Hoho came along with the shopman.

"If you'll let me unscrew your hooter and give it to my son to mend, I'm sure he can soon put it right for you," said the shopman. So Hoho got the screw-driver and began to unscrew the hooter from the side of the windscreen. But as soon as he had got it off, he looked very puzzled.

"Listen!" he said to the shopman. "This hooter rattles!" He shook it—and sure enough it rattled, which was not at all surprising considering what a lot of pips there were inside!

Hoho was most puzzled, and so was the shopman. They both looked at the hooter in astonishment. Then Hoho saw the little hole in the rubber of the hooter and was even more surprised.

"Look at that hole," he said. "What made that, I wonder?"

"Moths, do you think?" said the shopman.

"Of course not. Moths don't eat rubber, silly," said Hoho. He shook the hooter again, and then he made the hole a little bit bigger—and out came about twelve big orange-pips and eight large apple-pips! Gracious goodness, how Hoho stared!

"Who's been putting pips into my hooter?" he roared. "Who's been silly enough to think that pips in a hooter would mend it? Who . . ."

And then he caught sight of Goofy creeping away down the road, looking very red indeed. Hoho guessed at once that Goofy had been fiddling about with his hooter, and he gave an angry shout. He rushed after Goofy, took hold of his collar—and put all the orange and apple pips down poor Goofy's neck! You should have heard Goofy howl!

"That's right," said Hoho fiercely. "Run down the road squealing and squeaking like a hooter! Didn't I tell you not to touch my hooter? You wait till I see you next time, and I'll bump you right over in the road with my car!"

And Goofy is so afraid that he will, that he hasn't dared to go shopping for three days. Poor Goofy!

The Biscuit Tree

ONCE there was a brownie called Mickle who was very poor. He lived in a tumble-down cottage, and grew potatoes and cabbages in his garden, and nothing else, because it was so small.

But though he was poor he was as kind as could be. If anyone came knocking at his yellow front door begging for a penny, he would shake his head and say, "I haven't even a ha'penny. But you may have a slice of bread, or two or three potatoes."

If anyone wanted help, Mickle would always run to give it. When old Dame Fanny broke her leg, he went in to sweep and dust her cottage every day, and he fed her hens so well that they laid even more eggs than usual.

And when Mister Winkle had his roof blown off in a storm, Mickle took a ladder, and spent the whole day mending Winkle's roof most beautifully.

Most people knew how to reward Mickle for his kindness. They would give him a few biscuits.

Mickle was so poor that he never bought a biscuit for himself. His meals were mostly bread, potato, and cabbage, with sometimes soup for a treat.

And he did love biscuits so much!

"I really don't know which biscuits I love most,"

he would say. "The ginger-snaps are marvellous—such a lovely taste. And the chocolate biscuits that Dame Fanny makes simply melt in my mouth. And as for those little biscuits with the jam in the middle, well, I could eat them all day long!"

Now one day Mickle had a bit of bad luck. A goat got into his garden and ate all his winter cabbages! And when he went to his sack of potatoes to help himself to one or two, he found that a rat must have told his family about them, for nearly all had disappeared through a hole at one end of the sack!

Mickle could have cried! All his winter greens gone—and most of his potatoes! What was he to live on now?

He went indoors. He had been to help Pixie Lightfoot to dig her garden that day, and she had given him six pat-a-cake biscuits as a reward. He had meant to keep them for Sundays, and eat one each Sunday for six weeks at tea-time. But to-day he was so hungry that he felt he could eat them all!

Now just outside at that very moment was a little beggar-child. She belonged to a tramp who was walking through the village. She was ragged and cold, and when she saw the smoke rising from Mickle's chimney, she thought it would be very nice just to peep inside the door and look at the fire.

So, as Mickle was about to take a bite from the first biscuit, he saw the door slowly open, and the untidy curly head of the little beggar-child come peeping round the corner!

Mickle stared in surprise. The child smiled and came right in.

"I'm cold," she said. "I saw the smoke coming from your chimney and I wanted to look at a nice, warm fire."

"Come and sit down by it," said Mickle at once. "It's only made of sticks from the woods, but it is cheerful and warm."

So the little ragged girl sat down and warmed her hands. She looked at the bag that Mickle was holding and asked him what was inside it.

"Biscuits," said Mickle.

"Ooh!" said the beggar-child, but she didn't ask for one. Her eyes grew rounder, and she looked small and hungry. Mickle felt that he simply *must* give her a biscuit. So he handed her one.

"Thank you!" said the girl, and crunched it up as quickly as a dog eats a bone! Then she looked hungrily at the bag again.

Mickle knew he shouldn't give her any more because he wouldn't have any for the next five Sundays. But he found his hand going inside the bag, and there it was, holding out another biscuit again!

Well, the girl ate five of those six biscuits, and Mickle was just handing her the very last one when there came a shout from the gate, "Hie, Binny, hie! Where are you? Come along at once!"

The beggar-child jumped up. Her name was Binny, and it was her father who was calling her. She gave Mickle a quick hug and flew out into the garden. Her father was standing by the gate, waiting.

"This brownie-man has been so kind to me, Father!" cried the little girl. "Give him a reward. Please do!"

She bit her last biscuit and some crumbs fell to the ground beside the gate. The tramp trod them into the earth with his foot and muttered a few strange words. He looked at Mickle out of bright green eyes.

"Sometimes a bit of kindness grows and grows and brings us a reward we don't expect!" he said. "And sometimes it doesn't! But to-day there is magic in the wind, so maybe you'll be lucky!"

He nodded to Mickle and he and the beggar-child went dancing up the lane together, their rags blowing like dead leaves in the wind. Mickle shut the gate and went back to his warm kitchen. He was hungry—and all his biscuits were gone. Life was very sad.

He forgot all about the tramp and the beggar-child that spring. He never saw them again, and he worked so hard that he really hadn't time to think of anything except food and rest and work.

But one day he noticed a strong little shoot growing by his gate-post. He bent down to look at it. It was not like any seedling he had seen before. Perhaps it was a weed. Mickle thought he would pull it up. Then he thought he wouldn't. So he left it.

And to his enormous surprise it grew and grew very fast indeed, till in three weeks' time it was as high as the top of his gate! It sprouted into leaves. It grew higher still. It grew into a small tree, and Mickle had to walk under it when he went out of the gate. It was really most extraordinary!

He talked to his friends about it. They were used to magic, of course, but no one had ever seen a tree grow quite so quickly.

"It will flower soon and then we shall know what it is," said his friends. And the next week, sure enough, it did flower. It had funny flowers—bright red, with flat yellow middles.

The blossoms didn't last long. The red petals fell off, and the flat yellow middles grew larger. Every one was most puzzled—till at last Dame Fanny gave a shout and slapped Mickle suddenly on the shoulder.

"It's a biscuit tree! That's what it is! A biscuit tree! Goodness me, one hasn't grown in the kingdom for about five hundred years! A biscuit tree, a biscuit tree!"

Well, Dame Fanny was right. It *was* a biscuit tree, and no mistake! The biscuits grew till they were ripe, and a sort of sugary powder came over them. Then they were ready for picking.

And how Mickle enjoyed picking biscuits off his biscuit tree! You would have loved it too. He got some big and little tins from his grocer, lined them with paper, and then picked the biscuits. He laid each one neatly in a tin, till the tin was full and he could put the lid on. Then he took up another tin and filled that. He did enjoy himself.

He gave a tin of biscuits to everyone in the village. This was just like kind old Mickle, of course. They were pat-a-cake biscuits, and for a long time nobody knew why the tree was a pat-a-cake biscuit tree, nor why it had grown at all. And then Pixie Lightfoot suddenly remembered that she had given Mickle some pat-a-cake biscuits some months back.

"What did you do with them?" she asked Mickle. "Did you eat them?"

"No," said Mickle. "I gave them all to a beggar-child."

"Did she drop any crumbs near your gate, where the biscuit tree is growing?" asked Lightfoot.

"Yes—she did—and I remember now, her father stamped them into the ground, and said that sometimes kindness grew its own reward—and he said that there was magic in the wind that day!" cried Mickle.

"Ah—now we know everything!" said Lightfoot. "It was your own bit of kindness that grew! From the biscuit-crumbs came your wonderful tree, Mickle. Oh, how marvellous! I do hope it goes on flowering year after year."

Well, it does, of course, so Mickle always has plenty of biscuits to eat, sell, or give away. Go by his gate in Misty Village during the summer and see his biscuits growing on the tree—he'll be sure to give you a pocketful if you wish him good morning!

Tippy's Trick

THERE WAS once a naughty elf called Tippy. He thought it was very funny to take things away from people and hide them. Then he would enjoy himself watching them hunting all over the place for what they had lost.

He took Dame Tinky's blue tablecloth off the line and pushed it down a worm hole. Then he hid himself behind a daisy and watched the little old lady hunting everywhere for it.

He popped out at last and spoke to her. "What's the matter, Dame Tinky?"

"I'm looking for my blue tablecloth," said Dame Tinky. "It must have blown off the line. If you find it, Tippy, bring it back to me and I'll give you a penny."

Well, you can guess it didn't take Tippy long to find the tablecloth, because he had hidden it himself! He pulled it out of the worm hole, and went to Dame Tinky's with it. She gave him a penny at once.

"This is fun," said bad Tippy. "I'll do a little more of this. Let me see, Mr. Dumby usually stands his umbrella outside his door to dry when he has been out in the rain with it. I'll watch, and then I'll hide

it away. Maybe he'll give me a penny, too, if I bring it back."

So he waited about, and when he saw Mr. Dumby's little green umbrella standing in his front-door porch to dry after he had taken it out in the rain, Tippy stole up very quickly and took it. He stuffed it down the worm hole again.

Well, Mr. Dumby was upset to have lost his umbrella. He looked all about for it, and when he saw Tippy passing by he called to him, "I've lost my umbrella. See if you can find it anywhere for me. I'll give you a penny if you do."

Well, Tippy rushed off to the worm hole, pulled out the umbrella, and ran back with it. Mr. Dumby gave him a penny, and was very pleased.

Then Tippy took a red shawl off the clothes-line in Mother Mickle's garden. He stuffed that down a worm hole, too. Mother Mickle was very sad when she found that her best red shawl was gone.

She hunted everywhere. Tippy passed by and called out to her, "What are you looking for?"

"My best red shawl. It must have blown off the line. I pegged it there very firmly," said Mother Mickle sadly.

"What will you give me if I find it for you?" asked Tippy.

"A penny," said Mother Mickle.

"Say twopence," said Tippy. "It's a fine shawl, isn't it?"

"Well, twopence, then," said the old dame.

Tippy got his twopence, for it wasn't more than

ten minutes before he was back with the shawl. Mother Mickle looked sadly at the shawl. It was very dirty. "I shall have to wash it again," she said.

Tippy thought it was a very easy way of earning money. He didn't think how naughty it was. He went on hiding things away and getting rewards of pennies when he brought them back. He had quite a lot of money to spend.

People began to say how queer it was that so many things vanished, and that Tippy always seemed to know where they were.

"I believe he takes them himself and hides them," said Jinky.

"Where does he hide them?" said Mother Mickle.

"We'll find out," said Jinky. But nobody could find out. When anything vanished they hunted everywhere, under the daisy-leaves, in the heart of the dandelion plants and, everywhere—but they couldn't find the clever hiding-place that Tippy had chosen. A worm hole was a very good place!

One night the Princess of Far-Away came to stay in the village where Tippy lived. The naughty little elf at once thought that if only he could hide something of hers he would get a very big reward for bringing it back. So he waited about outside the house where the pretty little princess was staying.

He saw a light go on in her bedroom. He waited till it went out again, and then he quietly climbed up a tree outside, and popped his hand in at the open window to see if he could feel anything on the table just inside.

"What luck," he thought to himself when he felt the princess's crown, and rings, and necklaces, and bracelets! "I'll hide these, and then, when she says she will give a big reward, I'll bring them to her and say I found them."

He slid down the tree with his treasures. He ran to his worm hole and stuffed down all the things he had taken. He bent the grass over the hole, and went home to bed.

Well, it so happened that the princess woke up in the night and wanted a drink of water. She switched on her light—and, dear me, she saw that all her treasures had disappeared!

"My crown! My necklace! My rings!" she cried. "Robbers! Thieves!"

Soon the whole household was awake. Mother Mickle, who lived next door, looked rather thoughtful. She had seen Tippy waiting about, and she just wondered if he had taken them to hide.

"I believe it's Tippy again," she said, and everyone agreed. But when they went to Tippy's house he was fast asleep in bed. So they all thought they would hunt about and find the missing treasures if they could.

They hunted all night—and meantime a strange thing was happening. The day before, a spore from a toadstool nearby had blown into the worm hole, and this spore began to grow. Now, spores from toadstools or mushrooms are not really seeds, but they are able to grow into new toadstools or new mushrooms, just as seeds are able to grow into new plants.

And this spore began to grow. It was to be a toadstool, and a big one too! It pushed itself up inside the worm hole. It grew a nice little cap-like head. Its stalk grew long and pushed the head up. But there was something down that worm hole that was in the way of the toadstool's growing.

That something was the treasure belonging to the Princess of Far-Away! The toadstool couldn't grow round the crown and the rings and all the rest—so it

just pushed them upwards, as it grew.

No wonder the princess and her friends were astonished when they saw that toadstool growing up from the ground—for on the top of it were all the lost treasures! Toadstools grow in a night, very quickly —and this big toadstool grew in such a hurry that when daylight came its head and stalk were far above the ground, and winking and blinking in the sun were the princess's rings and crown and necklaces and everything!

"Look at that!" said the princess. "All my lost things on that toadstool!"

Jinky looked at them. "They must have been hidden down a worm hole," he said. "Very clever indeed. But the toadstool grew and pushed them up above the ground. Well, well—I'd very much like to know who took them and hid them!"

The princess put out her hand to take them, but Jinky stopped her.

"No," he said. "We'll just find out who hid them. Only one person besides ourselves knows who put the treasures down in that worm hole—and that person is the thief. We'll do a bit of hiding ourselves now. We'll leave everything on the toadstool, and we'll all go and hide behind the daisies and dandelions. Then we'll see who comes to find the treasures!"

So everyone hid carefully, and waited. They hadn't long to wait. Tippy woke up and dressed. He remembered the hidden treasures and set off to get them.

When he came to where his worm hole was, he stared in amazement, for there was the toadstool, now very big indeed, spreading its cap to the sun, and carrying on its head everything that Tippy had pushed down the hole!

"Well, well!" said Tippy, aloud. "To think that a toadstool should grow up in the very hole where I hid everything. What a surprising thing! It's a good thing nobody came by and saw what had happened, or I wouldn't get that reward!"

"And you won't get it now!" shouted Jinky, popping up from behind a daisy. "You wicked elf! Now we know what you've been up to, now we know your hiding-place! If that toadstool hadn't grown up, we'd never have found you out!"

Tippy was marched off to prison. He was well spanked, and he cried very bitterly. But nobody was sorry for him.

"You're a nasty, mean elf," they said. "You'd better turn over a new leaf, or you'll find yourself pushed out of Fairyland."

This was a dreadful threat, and Tippy did turn over a new leaf. He became a good and happy little elf—but there was always one thing he never liked—and that was a toadstool!

I wish I'd seen that toadstool growing up in a night, carrying its load of treasure!

Fly-Pie

THERE WAS once a big cat called Paddy. He was black and white, and had enormous whiskers. He was a great mouser—and alas! he caught birds too.

But very soon the birds in the garden began to know Paddy, and to fly away as soon as he came near. The mice feared him, and ran to the fields. Even the rats wouldn't come into the garden. So Paddy couldn't catch anything at all.

He didn't really need to catch birds or mice, because his mistress fed him well. Three times a week she bought fish-scraps and boiled them for Paddy—and every day he had fresh milk and bacon rinds and scrapings of pudding, so he had plenty to eat.

But he loved catching birds and mice. One day he sat in the garden looking up into the blue sky—and up there, flying high, he saw hundreds of birds! Far more than he ever saw in the garden, thought Paddy.

He sat and watched them. They were swallows with curved wings and forked tails. You can see them any day in the summer and early autumn, if you look up into the sky.

"If only I could get those birds down here!" thought Paddy. "Tails and whiskers, what a fine feast I would have!"

He went to visit Kirry, the little pixie who lived under the hedge at the bottom of the garden.

"Kirry, what do those birds up in the sky eat?" he asked. "Do they nibble the clouds for their dinner —or eat a star or two?"

Kirry laughed loudly. "Those are swallows!" he said. "And they certainly don't eat the clouds or the stars—they catch flies all day long!"

"Oh, *flies*!" said Paddy, and he began to think. "Do they ever come down to earth, Kirry? There are such a lot of them up there."

"No—the swallows hardly ever come down to earth," said Kirry. "Only when they want mud for their nests, you know, and that's in the spring-time."

"I wish I could get them down here," said Paddy. "I'd like to see them."

What he *really* meant was that he'd like to catch and eat them. But he didn't tell Kirry that, because Kirry loved the birds.

"Well—you won't get the swallows down here unless you give them as many flies as they can catch up there!" said Kirry.

"Oh," said Paddy, and he began to think hard. "Kirry," he said, "if I catch you a lot of flies, will you make me a fly-pie, please? And send a message to the swallows to ask them to come down to tea here and eat the fly-pie?"

"Well, that's very kind of you, Paddy," said Kirry, pleased. "Yes—I'll certainly make a fly-pie for you."

So for the next few days Paddy caught flies instead of mice or birds! There were a great many of the noisy

blue-bottles about just then, and many Daddy-long-legs, which the grown-ups hated because their grubs ate the roots of plants. So Paddy had a fine time catching these flies, and soon Kirry had enough to make a big fly-pie for the swallows.

He sent a message to the birds. "Please come down to tea to-morrow. There is a big fly-pie for you!"

The swallows twittered in the greatest excitement. "Fly-pie! Fly-pie! Did you hear that? We'll go and eat it, eat it, eat it! We'll go and eat it, eat it, eat it!"

So they sent a message back to Kirry. "Yes! We'll all come down to-morrow to eat your nice fly-pie. Thank you very much!"

Kirry told Paddy. Paddy sharpened his claws and licked his lips. He would wait under the hedge for the swallows—and then spring out when they came, and catch dozens and dozens of them! What a feast he would have! He looked at the fly-pie which Kirry had baked. It looked fine, with a big crust on top, and a little pattern round the edge of the crust.

"They'll be here at four o'clock to-morrow," said Kirry. "Put a new bow of ribbon on, Paddy, and wash yourself well. It will be quite a party. It's so kind of you to think of fly-pie for the swallows!"

Paddy grinned to himself. Yes, he had thought of a meal of fly-pie for the swallows—but he had also thought of a meal of swallows for himself!

The next afternoon Paddy was well-hidden under the hedge. Kirry put out the fly-pie, and put ready a little knife to cut it with. Now everything was ready. Only the guests had to come.

But they didn't come! No—not a swallow came! Kirry waited and waited—and Paddy hid and waited too. But no swallow flew down to the fly-pie! Kirry looked up into the sky. It was quite empty of birds! Not a swallow darted in the air up there. It was very, very strange.

"Paddy!" called Kirry. "It's funny—but all the swallows have gone. I can't see a single one!"

Paddy came out, swinging his tail angrily. "*Gone!*" he said. "What do you mean, 'gone'? Just when I was looking forward to a good meal, too!"

"A good meal?" said Kirry, astonished. "What do *you* mean? A good meal of what? I thought the fly-pie was for the swallows!"

"A good meal of swallows, silly!" squealed Paddy, in a temper. "Are you so foolish that you didn't know that the fly-pie was only a trap to catch swallows for me?"

"Oh! You wicked cat!" cried Kirry. "No—I didn't know that at all, or I would never have made the fly-pie for you! Now see what you have done! The swallows must have heard of your wicked trap—and they have all gone! Not one is left! Maybe they will never, never come back."

Paddy felt rather scared. Certainly the swallows had gone, there was no doubt about that—and how dreadful it would be if people got to know that he, Paddy, had driven them away because of his trap!

Paddy began to slink away, ashamed of his trick. But Kirry was very angry and shouted after him, "You're a bad cat! I don't want you for a friend any more! You and your fly-pie! Here, take it—you're the only one likely to have it now!"

He threw the fly-pie after Paddy. It broke over his head—and Paddy had to spend a most unpleasant half-hour licking the fly-pie off his thick black-and-white fur. Well, it served him right!

As for the swallows, they hadn't heard about the trap at all! You see, a cold wind had begun to blow the night before, and the chief of the swallows had decided that it was time to leave our country and fly to warmer countries far away!

So, with many twitterings, the swallows had gathered together, and then, with one accord, they had risen into the air and flown to the south! They would come back again in the spring—but Paddy didn't know that!

He just sat licking the unpleasant fly-pie off his fur, thinking, "Well, never again will I try a trick like this! No, never again."